କାହ୍ନୁଚରଣ
ତିନୋଟି ଉପନ୍ୟାସ

କାହ୍ନୁଚରଣ ତିନୋଟି ଉପନ୍ୟାସ

- ଏପାରି ସେପାରି
- ଅଭିନେତ୍ରୀ
- ଭୁଲି ହୁଏନା

BLACK EAGLE BOOKS
2021

BLACK EAGLE BOOKS

USA address:
7464 Wisdom Lane
Dublin, OH 43016

India address:
E/312, Trident Galaxy, Kalinga Nagar,
Bhubaneswar-751003, Odisha, India

E-mail: info@blackeaglebooks.org
Website: www.blackeaglebooks.org

First International Edition Published by
BLACK EAGLE BOOKS, 2021

3 NOVELS: (1) EPARI SEPARI, (2) ABHINETRI, (3) BHULI HUENA
by **Kanhu Charan Mohanty**

Cover & Interior Design: Ezy's Publication

ISBN- 978-1-64560-187-6 (Paperback)

Printed in United States of America

*The publisher gratefully acknowledges
the generous contribution to this
book provided by Mishra Charitable Foundation,
which is supported
by a major gift from*
Drs. Shantilata *and* **Uma Ballava Mishra,**
New York, USA.

କାହ୍ନୁଚରଣ: ନୂଆ ସମାଜର ବୈତାଳିକ

କଇଳାଶ ପଟ୍ଟନାୟକ

॥ ୧ ॥

ଫୁଲର ପରିଚୟ ଯେମିତି ତାର ସୌରଭ, ଫଳର ପରିଚୟ ଯେମିତି ତାର ସ୍ୱାଦ, ସ୍ଥାନର ପରିଚୟ ଯେମିତି ତାର ଐତିହ୍ୟ, ଋତୁର ପରିଚୟ ଯେମିତି ତାର ପ୍ରଭାବ, ବ୍ୟକ୍ତିର ପରିଚୟ ସେମିତି ତାର କର୍ମ !

କେଉଁ କର୍ମ ତୁମର ପରିଚୟ ନିର୍ଦ୍ଧାରଣ କରିଚି କାହ୍ନୁଚରଣ (୧୧.୮.୧୯୦୬- ୬.୪.୧୯୯୪)? ଜଣେ ସରକାରୀ କର୍ମଚାରୀର କାମଥିଲା ତମର ବୃତ୍ତି । ସେ ବୃତ୍ତି ତମର ପରିଚୟ ଗଢ଼ିନଥିଲା ! ଗଢ଼ିଥିଲା ତମର ଅସଲକାମ, ଲେଖାଲେଖି ।

କଥାରେ ଧୂଳିଆ ଗାଁ ଗୋହିରୀ, ଦଲୁଆ ପୋଖରୀ, ସନ୍ତାପିତ ଅସହାୟ ନାରୀ, ଅସମତାର ବାୟୁ-ବାରି, କଠୋର ସାମାଜିକ ଅଧିକାରୀ- ଏସବୁ ଦେଖିଲେ ହିଁ ବୁଝିହୁଏ ଯେ ତମେ, ତମେ କାହ୍ନୁଚରଣ; ତମଛଡ଼ା ଏତେ ମର୍ମଦହୀ ଗାଁ ଜୀବନ କିଏ ବା ଚିତ୍ରଣ କରିଚି ?

ତମର ମନ, ବୋଧ, ଦୃଷ୍ଟି ସର୍ବତ୍ର ଘର କରିଥିଲା ଗାଁ । ଗାଁରେ ରହି, ଚାରିଆଡ଼େ ଗାଁ ଦେଖି ଦେଖି; ଗାଁ କୁ ଛାଡ଼ି ତମେ ଲେଖନ୍ତ ବା କଣ ?

ଗାଁ ଆଉ ତାର ସାମାଜିକ ଅସମାନତାର ରୂପ ତମକୁ ଦୁଃଖୀ କରିଥିଲା । ସେଇ ଦୁଃଖ ତମକୁ କରିଥିଲା ପ୍ରଖର ସର୍ଜନଶୀଳ । ଜାତିଗତ, ସଂପଦଗତ, ସଂପର୍କଗତ, ମନୋଗତ ସେଇସବୁ ବିଷମତା ତମକୁ କରିଥିଲା ପ୍ରତିକ୍ରିୟାଶୀଳ । ତମେ ସିପାହୀ ନଥିଲ, ଥିଲ ସାହିତ୍ୟିକ । ତମ ହାତରେ କାର୍‌ତୁସ୍(Kartoos) ଭରା ବନ୍ଧୁକ ନୁହେଁ ଥିଲା କାଳି ଭରା କଲମ! ସେଇ ଅସ୍ତ୍ରରେ ତମେ କରିଚ ସବୁ ସାମାଜିକ ଅବିଗୁଣ ବିରୋଧରେ ସଂଗ୍ରାମ ।

ତମେ ଲେଖିଲେଖି ଆରମ୍ଭ କଲାବେଳକୁ ବିଂଶଶତାବ୍ଦୀର ଚଉଠେ ପ୍ରାୟ ପାରିହେଇ ସାରିଲାଣି । ଗାନ୍ଧିଜୀ ଓଡ଼ିଶାକୁ ଦୁଇଥର ଆସି ସାରିଲେଣି (୧୯୨୧, ୧୯୨୫) 'ଦେଶକୁ ସ୍ୱାଧୀନ କରିବାର ସ୍ୱପ୍ନ, ଭାରତୀୟଙ୍କ ମନରେ ଜୋର ଧରିଲାଣି । ସମୟକ୍ରମେ ପୁଣି ସ୍ୱାଧୀନତା ପ୍ରାପ୍ତିର ଦିନ ପାଖେଇ ଆସିଲାବେଳକୁ ତୀବ୍ର ରାଜନୀତିକ ଆନ୍ଦୋଳନ ସହ ଦେଶ ବିଭାଜନର ବାସ୍ତବତା ଓ ଭିନ୍ନ ଭିନ୍ନ ସଂପ୍ରଦାୟ ମଧ୍ୟରେ ତିକ୍ତତା ବଢ଼ିବାରେ ଲାଗିଲାଣି । ଭାରତୀୟ ଆକାଶ ବତାସରେ ଛାଇ ଗଲାଣି 'ରାଜନୀତି' !

ସେଇ ଘନଘୋର ରାଜନୀତିରୁ ମୁହଁ ବୁଲାଇ ଭିନ୍ନ ଗୋଟିଏ ସ୍ୱାଧୀନତାର ନୀରାଜନା କରୁଥିଲ ତମେ କାହ୍ନୁଚରଣ, ସେଇ ସ୍ୱପ୍ନ ଓ ସଂଗ୍ରାମର ଦିନମାନଙ୍କରେ !

ଶଗଡ଼ ଗୁଳାରେ ଚାଲିବାରେ ତ ସଭିଏଁ ଅଭ୍ୟସ୍ତ, ପବନ ବୁହାରେ ନାଆ ମେଲିଦବାତ ସହଜ, ସ୍ରୋତରୁ ବାହାରି ଅଲଗା କିଛି କିଏ ବା କରେ ? ତମେ କିନ୍ତୁ ସେଇ ଅଲଗା କାମଟି କଲ । ପଥରୁ ବାହାରି ନୂଆପଥଟିଏ ଖୋଜିଲ ।

କଠୋର ସାମାଜିକ ବ୍ୟବସ୍ଥାରୁ, ଜାତିଧର୍ମର ତୀବ୍ର ସଂକୀର୍ଣ୍ଣତାରୁ, ବଡ଼ସାନର ଉଗ୍ର ବିଭେଦରୁ ନିବୃତ୍ତ ରହିବାର-ସେ ସବୁରୁ ବ୍ୟକ୍ତି ମଣିଷର ସ୍ୱାଧୀନତାର ସ୍ୱପ୍ନ ଦେଖୁଥିଲ ତୁମେ । ତମପାଖରେ ରାଜନୀତିକ ସ୍ୱାଧୀନତା ଠାରୁ ହୁଏତ ଅଧିକ ତାତ୍ପର୍ଯ୍ୟପୂର୍ଣ୍ଣ ଥିଲା ସାମାଜିକ ସ୍ୱାଧୀନତା । ସେଇଥିଲାଗି ନିଜ ଉପନ୍ୟାସ ମାନଙ୍କରେ ଏସବୁକୁ ନେଇ ତମେ ଏତେ ନୀରବ !

ପଳାତକ (୧୯୩୦), ବାଲିରାଜା (୧୯୩୨), ନିଷ୍ପତ୍ତି (୧୯୩୨) ଆଦି ଲେଖାହେଲା ବେଳକୁ (୧୯୨୬-୩୧) ସରିଯାଇଥିଲା ଭାରତୀୟ ରାଜନୀତିର ଅସହଯୋଗ ଆନ୍ଦୋଳନ । ମାତ୍ର ତାରି ଅନୁକ୍ରମରେ ଜନ୍ମନେଇଥିଲା ନୂଆଏକ ଘଟଣା- ଗୁଜରାତର ସାବରମତୀରୁ ଓଡ଼ିଶାର ଶ୍ରୀଜଙ୍ଗ ପର୍ଯ୍ୟନ୍ତ ଯେଉଁ ଘଟଣା ଦୋହଲେଇ ଦେଇଥିଲା ଭାରତକୁ; 'ଲବଣ ସତ୍ୟାଗ୍ରହ' ! ତମେ ସେତେବେଳେ ଓଡ଼ିଶାର ଆତୀତିକ ନୌବାଣିଜ୍ୟର ଐତିହ୍ୟର କଥା ଉଠାଇ ଓଡ଼ିଆ ଅସ୍ମିତାର

ପୁନର୍ଜାଗରଣ ଚେଷ୍ଟା କରିଚ। ତମେ ସାମାଜିକ ଜୀବନର ଚଳଣିରେ ଦୃଷ୍ଟି ହାଣିଛ। ପୃଥିବୀରେ ଗାନ୍ଧିଜୀଙ୍କ ଅହିଂସ ଲବଣ ସତ୍ୟାଗ୍ରହ ହଉ କି ପରେପରେ ଦେଶବିଭାଜନର ଉଗ୍ରହିଂସ୍ରତାର ରକ୍ତାକ୍ତ ଦିନଗୁଡ଼ିକ ହଉ କି ଦେଶ-ସ୍ୱାଧୀନତାର ଉତ୍ସବ ମୁଖରିତ ଦିନ- ତମେ ସେଦିନମାନଙ୍କରେ ତପସ୍ୟାମଗ୍ନ ରହିଚ 'ଦୁନିଆର ଦାଉ' ଦେଖାଇ, 'ହାଅନ୍ନ'ର ଚିତ୍କାର ଶୁଣାଇ, ସବୁକିଛି 'ଓଲଟପାଲଟ' କରିବାକୁ ନିଜ 'ଅଦେଖାହାତ'ରେ।

ସମାଜର 'ଏପାରି ସେପାରି' କରିଦେବାରେ ତମର ଯେଉଁ ବେସାଲିସ୍ ଆଗ୍ରହ, ତାକୁ 'ଭୁଲିହୁଏନା'। ସେଇ ମନୋବଳ, ସେଇ ସମଦୃଷ୍ଟି ତମ ଭିତରେ ଭରିଚି 'ଝଞ୍ଜା', ତମକୁ କରିଚି 'ବଜ୍ରବାହୁ' ! କାହ୍ନୁଚରଣ, ଏଇ ଅନ୍ତର୍ଦୃଷ୍ଟି ଆଉ କଳା ସାଧନାର ପରାକାଷ୍ଠାରେ ଭାରତ ଇତିହାସର ଗୋଟିଏ ଅଭାବନୀୟ ସମୟଖଣ୍ଡକୁ ଦେଖାଇନାହଁ ସତ, କିନ୍ତୁ ସାବରମତୀର ସେ ସନ୍ଥଙ୍କ ଗ୍ରାମ ସଂଗଠନ, ସ୍ୱରାଜ ଆଉ ଗ୍ରାମୋନ୍ନୟନର ଚିନ୍ତା ତମ ଉପନ୍ୟାସ ମାନଙ୍କରେ ସଫଳ ଭାବେ ଉତ୍‌କୀର୍ଣ୍ଣ। ଭାରତର ରାଜନୀତିକ ଘଟଣା ଘନଘଟାକୁ ତମ ଉପନ୍ୟାସମାନଙ୍କରେ ଗୁରୁତ୍ୱ ଦେଇନାହଁ ସତ, କିନ୍ତୁ ସମାନ୍ତରାଳ ଭାବେ ସେଇ ସନ୍ଥଙ୍କ ସମାଜବିକାଶର ଯେଉଁ ମନ୍ତ୍ର, ତାକୁ ଅଶୁଣା କରିନାହଁ।

କଥା ସାଧକ ତମେ। କଥା ତମର ସାଧନା, ତମର ପରିଚୟ। ସେ କଥା ତମର ସମାଜମୁଖୀ। ସମାଜକୁ ସଜାଡ଼ିବାକୁ ତମେ ଅଣ୍ଟା ଭିଡ଼ିଚ। ଭାରତର ବଡ଼ ବଡ଼ ରାଜନୀତିକ ଘଟଣାଗୁଡ଼ିକ ତମ ମନରେ ଗାରଟାଣି ପାରିନାହିଁ। ସେ ଗାରସବୁ ତମପାଇଁ ସାମୟିକତାର ଖେଳ! ହେଲେ ଯାହା ସତରେ ଲୋଡ଼ା ଧନ, ଜାତି, ଧର୍ମ, ଖାଦ୍ୟ, ଚଳଣିର ସୁସମନ୍ୱିତ ସହାବସ୍ଥାନ; ସେ କାହିଁ? ଅସଲ ସ୍ୱାଧୀନତା ତମ ଆଖିରେ ହୁଏତ ସେଇଟା ଥିଲା। ସେଇଥିଲାଗି ତମ ପାଖରେ ବଡ଼ ହେଇ ଯାଇଚି ସାମାଜିକ ଜୀବନରେ ବିଷମତାର ବିଷ ସଞ୍ଚରୁଥିବା ପ୍ରଥାସବୁ, ହତାଦର ଭୋଗୁଥିବା ଚରିତ୍ରମାନେ!

ତମର ଚରିତ୍ରମାନେ ଗରିବ ହୋଇପାରନ୍ତି, ତଥାକଥିତ ଜାତିଗତ ନ୍ୟୂନତା ସେମାନଙ୍କର ଥାଇପାରେ, ହୋଇଥାଇପାରେ ସେମାନଙ୍କ ଜୀବନ ଭୋକ ସର୍ବସ୍ୱ, ସେମାନେ ପାଇନଥାଇ ପାରନ୍ତି ଶିକ୍ଷାର ଅଞ୍ଜନ, ସହୁଥାଇ ପାରନ୍ତି ପାରିବାରିକ କି ମାନସିକ କଷଣ; ତମପାଖରେ କିନ୍ତୁ ହେ କଥାସାଧକ! ସେମାନେ ବଡ଼, ସେମାନେ ଆଖି ଦୁରୁଶିଆ। ତାଙ୍କରି ଭିତରଦେଇ ହେ ଯାଜ୍ଞିକ; ନୂଆ ସମାଜଗଠନର ମନ୍ତ୍ରପଢ଼ ତମେ, ହୋମାନଳରେ ସାମାଜିକ ଦୁଃଖ-ଦୂଷଣର ଆହୁତି ଦେବାର ସ୍ୱପ୍ନ ଦେଖ ତମେ, ନୂଆ ସମାଜର ସାଜ ବୈତାଳିକ।

॥ ୨ ॥

ନୂଆ ସମାଜର ଯେ ବୈତାଳିକ ସାଜିବ, ନୂଆ ଭାବନାରେ ସ୍ୱପ୍ନବିତ ସେଇ ଦେଖାଇବ !

ନାରୀର ସ୍ୱାଭିମାନ ପାଇଁ ଏଡ଼େ ତତ୍ପର ଲେଖକଟିଏ କାହିଁ କିଏ ଥିଲା ତମ ପୂର୍ବରୁ କାହ୍ନୁଚରଣ ? କହତ ଏତେ ହୃଦୟସ୍ପର୍ଶୀ ନାରୀଚରିତ୍ର କେମିତି ଫୁଟାଇପାର ତମେ ? ହଁ ସବୁ ପୁରୁଷ ଭିତରେ ନାରୀସତ୍ତାଟିଏ ଓ ସବୁନାରୀ ଭିତରେ କୁଆଡ଼େ ପୁରୁଷସତ୍ତାଟିଏ ରହିଥାଏ। ସେ ନାରୀସତ୍ତାକୁ କିନ୍ତୁ ସକ୍ରିୟ କରି ନିଜ ପୁରୁଷ ଲେଖକର ସତ୍ତାରେ ଏକୀଭୂତ କରାଇ କଣ ଏତେ ମର୍ମସ୍ପର୍ଶୀ, କୋମଳ ଆଉ ପ୍ରାଣବନ୍ତ କରି ଆଙ୍କି ଦେଇପାର ତମ ଉପନ୍ୟାସର ନାରୀମାନଙ୍କୁ ?

'ପେଚିଟି ଆଜି ରୁଷିଛି'- ଏଇ ବାକ୍ୟରୁ ଆରମ୍ଭ ହୋଇଛି ତମ ଉପନ୍ୟାସ 'ଏପାରି ସେପାରି' (୧୯୪୬)। ସେଇ ପେଚି ତମର ଏ ଉପନ୍ୟାସର କେନ୍ଦ୍ରୀୟ ଚରିତ୍ର। ଏମିତି ତ କେତେ ଉପନ୍ୟାସ ଲେଖା ହେଇଚି ନାୟିକାଙ୍କୁ ନେଇ। ସମଗ୍ର ଊନବିଂଶ ଶତାବ୍ଦୀର ଧାରାତ ଥିଲା ଏମିତି ! ହେଲେ ତମର ପେଚିକୁ ମୁଁ ସ୍ୱତନ୍ତ୍ରଭାବେ ଉଲ୍ଲେଖ କରୁଚି ଏଇଥିଲାଗି ଯେ ତା ପରି ଖଞ୍ଜ, ଦୁଃଖୀ, ଅଭାବୀ, ସ୍ୱାମୀ ପରିତ୍ୟକ୍ତା, ପରିବାରର ବିରାଗଭାଜିତ ସ୍ତ୍ରୀଟିଏକୁ ତମେ କରିଚ ତମର ଏ ଉପନ୍ୟାସର କେନ୍ଦ୍ରବିନ୍ଦୁ। ସେ ବଂଚିଛି ସ୍ୱାମୀର ଉପେକ୍ଷା ଭିତରେ ନିଜର ସ୍ୱାଭିମାନକୁ ଧରି। ପେଚିର ଏଇ ସ୍ୱାଭିମାନ, ଉପନ୍ୟାସର ସଂପଦ।

ନିଜର ବିକଳାଙ୍ଗତା ପାଇଁ ପେଚିକୁ ଯେତେବେଳେ ତାର ବିବାହିତ ସ୍ୱାମୀ ମଣିଆଁ ପରିତ୍ୟାଗ କରିଥିଲା, କଷ୍ଟ ପାଇଥିଲା ପେଚି କିନ୍ତୁ ଭାଙ୍ଗିପଡ଼ିନଥିଲା ! ସାନ ଭାଉଜର ଖଚମିଛ ଆଉ ସାନଭାଇର ହାଡ଼ଭଙ୍ଗା ମାଡ଼ ସହି ସହି ପଡ଼ି ରହିଥାଏ ସେ। ବହୁବର୍ଷର ଏଇ ଦୁର୍ଭୋଗ ପରେ ଦିନେ ଅପ୍ରତ୍ୟାଶିତ ଭେଟ ହେଇଚି ସେଇ ତାର ସ୍ୱାମୀ ମଣିଆଁ ସାଙ୍ଗରେ। କାହ୍ନୁଚରଣ, ମଣିଆଁକୁ ଯେତେବେଳେ ଅନୁତପ୍ତ ଓ ସନ୍ତାପିତ ଅବସ୍ଥାରେ ତମେ ଏତେବର୍ଷପରେ ପେଚି ପାଖକୁ ଆଣିଚ, ସେଇ ନିର୍ଜନ ସ୍ଥାନରେ ଆକୁଳହେଇ ମଣିଆଁ ଯେତେବେଳେ ପେଚିକୁ ତାର ଘରକୁ ଡାକିନେବାକୁ ଆନ୍ତରିକ ଭାବେ ତତ୍ପର, ପାଠକ ଜଣେ ମୁଁ; ଭାରି ଆଶାୟୀ ହେଇପଡ଼ିଥିଲି। ଯାହେଉ ଏଥର ପରା ପେଚିର ଦୁଃଖ ଘୁଞ୍ଚିବ ! ଏତେବର୍ଷ ପରେ ମଣିଆଁ ଯେ ଚାଲିଆସିଥିଲା ଗୋଟିଏ ସାହସରେ, ପେଚି ସାଙ୍ଗରେ ଭେଟ ହେଲାପରେ ନିଜ ଭିତରର ସବୁ ପ୍ରସ୍ତୁତି ଯେମିତି କୁଆଡ଼େ ଉଭେଇ ଯାଇଥିଲା। ବଡ଼ ସହଜ ଭାବେ ତମେ ସେ ମୁହୂର୍ତ୍ତ ସବୁ ଗଢ଼ିଚ

କାହ୍ନୁଚରଣ ! ଭାରି ଜୀବନ୍ତ କରି। ତା'ପରେ ? ଉଭୟ ପ୍ରାଣୀଙ୍କ ଆତ୍ମଦହନକୁ ଠିକ୍ ଠିକ୍ ତଉଲି ତମେ ଯେମିତି ଗଢ଼ିଚ ଏ ଶିଳ୍ପ-ସିଦ୍ଧ ମୁହୂର୍ତ୍ତ ସବୁ, 'ମଣିଆଁର ଥରିଲା ଓଠରୁ ପଦଟିଏ କଥା ବାହାରିଲା, ପେଚି- !

ସେହି ପଦଟିଏ କଥା ଯେପରି କାହିଁ କେତେ ଦୂରରୁ, ହୁଏତ ଜଡ଼ ଦୁନିଆଁରୁ ଆରପାରିରୁ ଆସି ପେଚିର କାନରେ ବାଜିଲା। ଯେପରି ସେ ସ୍ୱରଟା ଅତି ପରିଚିତ। କିନ୍ତୁ ଯେଉଁ ମଣିଷର ତୁଣ୍ଡ ଥରାଇ ସେହି ପଦଟିଏ କଥା ବାହାରି ଆସିଲା, ସେହି ମଣିଷଟା ତାଆର ଅଚିହ୍ନା, ଅଜଣା। କି ଅଧିକାର ଅଛି ଏ ଲୋକଟାର ତା ନାଆଁ ତୁଣ୍ଡରେ ଧରିବ ?

ଜଳିଉଠିଲା ପେଚିର ବାଦଲଘେରା ଚାହାଣି- ସତେକି ନିଆଁ-ବାଣ। ରାଗ, ଅଭିମାନ, ବିଦ୍ରୋହ, ଘୃଣା, ପ୍ରତିଶୋଧ, ଅବଜ୍ଞା ସମସ୍ତେ ଏକାଠି ହୋଇ ପେଚିର ଦୁଇଆଖିରେ ଜାଳିଲେ ପ୍ରଳୟର ନିଆଁ। ଛାତି ଭିତରେ ଚଉଦବର୍ଷର ଜଳିଲା ମରୁଭୂମି ଉପରେ ବହିଲା ପ୍ରଳୟ ଝାଞ୍ଜି ପବନ।

ମଣିଆଁ ଶଙ୍କିଗଲା। ପେଚିର ଆଖିଦୁଇଟାକୁ ଚାହିଁବାକୁ ସାହସ ହେଲାନାହିଁ।'

ଘଟଣାର ଏ ଅଭାବିତ ମୋଡ଼ ପରିବର୍ତ୍ତନରେ ତମର ଶିଳ୍ପସିଦ୍ଧି ରହିଥାଇପାରେ କାହ୍ନୁଚରଣ, ମୁଁ ସାଧାରଣ ପାଠକଟିଏ। ମିଳନ ମତେ ଆନନ୍ଦ ଦିଏ, ବିଚ୍ଛେଦ ଦିଏ ଦୁଃଖ। ତେବେ ତମ ନାରୀ ଚରିତ୍ରମାନେ ତ ପ୍ରଚଣ୍ଡ ସ୍ୱାଭିମାନୀ। ନିଜନାରୀ ସତ୍ତାର ଅପମାନ ଚଉଦବର୍ଷ ଧରି ଲୋକଙ୍କ ମିଛ ଉଲୁଗୁଣାର ସାମ୍ନା କରୁଥିବା ନାୟିକା, ଗୋଟିଏ ନରମ 'ପେଚି' ଡାକରେ ତ ଆଉ ନଇଁ ପଡ଼ନ୍ତା ନାଇଁ ! ତା ଆଗରେ ଚଉଦବର୍ଷର ସହସ୍ର ସହସ୍ର ଅପମାନ, ଲଜ୍ଜା, ଅପବାଦ, ଶାରୀରିକ ଆଉ ମାନସିକ ଯନ୍ତ୍ରଣା ଯେ ଛିଡ଼ା ହେଇଚନ୍ତି ! ସେସବୁକୁ ଏଡ଼ିପାରିବା ତ ସହଜ ନୁହେଁ ! କାହ୍ନୁଚରଣ, ତମେ ପୋଖତ ଲେଖାଳି, ମୁଁ ଅବୁଝା ପାଠକଟିଏ ! ତମ ନାରୀଚରିତ୍ରମାନଙ୍କ ମନଗହୀରକୁ ଯିବାର ସାମର୍ଥ୍ୟ ମୋର ବା କାହିଁ ?

ଠିକ୍ ଏମ୍ତି ଗୋଟିଏ ସ୍ଥିତି ତମେ ତିଆରି କରିଚ 'ଭୁଲିହୁଏନା' (୧୯୪୮)ରେ। ରତନୀକୁ ସଜେଇଚ ତମେ ଏକ ଉପନ୍ୟାସର ମଧ୍ୟମଣିକରି। ପେଚିପରି ସେବି କଷଣ ଓ ଯାତନାର ଶିକାର ହୋଇଛି। ସ୍ୱାମୀ ଯୋଗିଆ କାମ ପାଇଟି ଲାଗି ଯାଇଚି 'ରାଙ୍ଗାମ'। ରହିଚି କେଇଦିନ କି ନାଇଁ 'ବ୍ରହ୍ମଦେଶକୁ ଜାପାନ ଦଖଲ କଲା।' ଯୋଗିଆ ଫେରିଲାନି, କିଛି ଖବର ଆସିଲାନି। ରତନୀ ଖୁଡ଼ୀର ନିର୍ଯ୍ୟାତନା ସହିଚାଲିଲା। ଦିନେ ଡାକବଂଗଳାର ଜଣେ ବାବୁଙ୍କ ପାଖରୁ ସେ ହେଇଚି ଗର୍ଭବତୀ। ନିର୍ଯାତିତା କିଶୋରୀଟିଏକୁ ଆହୁରି କଷଣ ଦେବାକୁ ଏମିତି ଖଳବୁଦ୍ଧିବି

ରଖିଥିଲ କାହ୍ନୁଚରଣ ! ତା'ପରେ ଆଉ ତା'ର ହେଇଥାନ୍ତା କ'ଣ ? ଏକମାତ୍ର ଆଶ୍ରୟ ଦାଦାଖୁଡ଼ୀଙ୍କ ଘର ବି ଗଲା । ସେ ହେଲା ବାଟର ଭିକାରୀ, ପାଗଲୀ । ସେଇ ଚରମଦୁଃଖର ଦିନମାନଙ୍କରେ ଆସି ପହଞ୍ଚିଥିଲା ହଠାତ୍ କେଉଁଠୁ ଯୋଗିଆ । 'ଚରିତ୍ରହୀନା' ରତନୀକୁ ଆଉ ଘରକୁ ନେବ କଣ, ନିଜେ ଦୂରେଇଗଲା । ରତନୀର ଜୀବନରେ ପ୍ରତିପର୍ଯ୍ୟାୟରେ କଷଣ ଦେଇଚାଲିଚ ହେ ନିଷ୍ଠୁର ଲେଖକ । ଅସହାୟ ସେ ଝିଅ ଲକ୍ଷେ ଆଖିର ଖରାପ ଚାହାଣିକୁ ସାମନା କଲା । ଗ୍ଲାନିକର ଜୀବନଯାପନ କଲା, ପିତୃ ପରିଚୟହୀନ ପୁଅଟେ ଜନ୍ମ କଲା !

ଏତେସବୁ ନିର୍ଦ୍ଦୟ ଚିତ୍ରଣ ପରେ ତମର ବିବେକ କଣ ତମକୁ ସଦ୍‌ବୁଦ୍ଧି ଦେଲା ? ସେଇ ସଦ୍‌ବୁଦ୍ଧିରେ ତମେ କଣ ଯୋଗିଆ ମନରେ ସନ୍ତାପ ଆଣିଚ ଆଉ ରତନୀକୁ ଗ୍ରହଣ କରିବାକୁ ଉପନ୍ୟାସରେ ଆଣିଚ ? ଯୋଗିଆ ନିର୍ଜନ କେଉଁ ଉପାନ୍ତରେ ଆକୁଳ ହେଇ ମିନତି କରିଛି ତା ସହିତ ଘର ବସାଇବାକୁ । କହିଚି, ରତନୀର ପୁଅକୁ ନିଜର କରିବ । ମଣିଆଁ ସିନା 'ଏପାରି ସେପାରି'ରେ 'ପେଚି' ବୋଲି ମାତ୍ର ଗୋଟିଏ ସମ୍ବୋଧନ ବାଚକ ଶବ୍ଦ ଉଚ୍ଚାରଣ କରିଥିଲା ନିଜର କୁଣ୍ଠିତ, ଅନୁତପ୍ତ ସ୍ୱରରେ ! ସେଇ ସମାନ ସ୍ୱରରେ ଯୋଗିଆ କିନ୍ତୁ ନେହୁରା ହେଇଚି ପଚାଶଟି ଶବ୍ଦର ସାତଟିବାକ୍ୟରେ !

କାହ୍ନୁଚରଣ, ଯାପର ଧାଡ଼ିଗୁଡ଼ିକରେ ମୋର ମନେହେଲା ରତନୀ ଭିତରେ ପେଚିର ଘଟିଚି 'ପୁନର୍ଜନ୍ମ' ! 'ରତନୀ ଜଳିଲା ଜଳିଲା ଆଖି ଛଳ ଛଳ ହେଲା । ନାକପୁଡ଼ା ଥରିଉଠିଲା । ସେ କଟମଟ କରି ଚାହିଁଲା ଯୋଗିଆ ମୁହଁକୁ ।' - ଏପାରିସେପାରିରେ ପେଚିର ଥିଲା ସ୍ୱାମୀପ୍ରତି ନିଶବ୍ଦ ଧିକ୍‌କାର, ନିରବ ଉପେକ୍ଷା; 'ଭୁଲିହୁଏନା'ରେ ଘଟିଚି ରତନୀର ସବାକ୍ ପ୍ରତିବାଦ, ସଶବ୍ଦ ପ୍ରତ୍ୟାଖ୍ୟାନ । ତେବେ ଉଭୟ ଉପନ୍ୟାସରେ କାହ୍ନୁଚରଣ, କେତେ ଅଦ୍ଭୁତଭାବେ ତମ ନାୟିକାମାନଙ୍କ ଭିତରେ ତମେ ଭରିଦେଇଚ ଆତ୍ମସମ୍ମାନବୋଧ ! ଯାତନାର ଚରମ ଦିନମାନଙ୍କରେ ବି, ଅବ୍ୟବସ୍ଥିତ ଅସୁରକ୍ଷିତ ଜୀବନଯାତ୍ରା ଭିତରେ ବି, ନିଶ୍ଚିନ୍ତ ଘରକରଣାର ପ୍ରଲୋଭନକୁ କେଡ଼େ ସହଜରେ ଏଡ଼େଇ ପାରୁଚନ୍ତି ସେମାନେ !

ଏ ଦୁଇ ଚରିତ୍ର ମୂର୍ଖ, ଅଶିକ୍ଷିତ ଗ୍ରାମ୍ୟନାରୀ । 'ଅଭିନେତ୍ରୀ' (୧୯୪୮)ର ମାୟା କିନ୍ତୁ ଥିଲା ଭିନ୍ନ ମଣିଷ । ଅପ୍ରତ୍ୟାଶିତ ବୈଧବ୍ୟପରେ ଯେତେବେଳେ ତାର ପୁନଃବିବାହ ପ୍ରସ୍ତାବ ଗଗନବାବୁଙ୍କ ଠାରୁ ଆସିଚି, ସେ ଖୁସି ହେଇନି । ନିଜର ଏପରି ସୁଯୋଗକୁ ବରଣ କରିନେବା ପୂର୍ବରୁ ତଉଲିଚି କେଉଁ ପୃଷ୍ଠଭୂମିରେ ଏ ପ୍ରସ୍ତାବର ଉତ୍ପତ୍ତି ! ତା' ମୁହଁର ଭାଷାରେ, କାହ୍ନୁଚରଣ, ସେଇକଥାର ବିଶ୍ଳେଷଣ କରିଚ ତମେ,

'ଅତି ଭଲପରା ସେ ଗଗନବାବୁ, ଦିଶୁଥିଲେ କେଡ଼େ ଭଦ୍ରପରି। ଏପରି ଅନୀତି, ଅସୁନ୍ଦର, ଅପବିତ୍ର ଭାବନା କାହିଁକି ଆସିଲା ତାଙ୍କ ମନକୁ ?

ଅସନାମନ ? ବିଧବା ପ୍ରତି ଦୟା ? ସହାନୁଭୂତି ? ଗୋଟାଏ ବୀରତ୍ୱ ଦେଖାଇ ବାହାଦୁରି ନେବେ ? କେଜାଣି ଖାଲି ମୁହୂର୍ତ୍ତକର ଉତ୍ତେଜନା ?' – ମାୟା ମନର ଏ ଦ୍ୱନ୍ଦ୍ୱ, ସଂଶୟ ବଡ଼ ସ୍ୱାଭାବିକ ଭାବେ ଆଣିଚ ତମେ କାହ୍ନୁଚରଣ ! ତେବେ ସେଇ ମନୋଭାବ ମୂଳରେ ରହିଚି ତାର ଆତ୍ମସମ୍ମାନବୋଧ ! କେତେ ପରିପାଟୀରେ ତା ମୁହଁରେ ତମେ ଏତକ କୁହାଇଦେଇ, ମାୟାକୁ ସାଧାରଣ ବିଧବାଟିଏରୁ ତମର ଅନନ୍ୟ ବିଜ୍ଞାନୀ-ବିଧବାଟିଏରେ ରୂପାନ୍ତରିତ କରିଦେଇଚ କାହ୍ନୁଚରଣ ! ପ୍ରତିଭାବାନ ଲେଖକମାନେ ତ ଏଇମିତି ଭାବେ ସାମାନ୍ୟରେ ରୂପ ଗଢ଼ନ୍ତି ଅସାମାନ୍ୟର ! ! ନାରୀଟିଏ ତାର ମର୍ଯ୍ୟାଦା ଓ ସମ୍ମାନପ୍ରତି ଯଥେଷ୍ଟ ସ୍ପର୍ଶକାତର। ସେଇତାର ପରିଚୟ। ସେଇ ପରିଚୟର ଜୟଗାନ, ତମ ଉପନ୍ୟାସ ମାନଙ୍କରେ କାହ୍ନୁଚରଣ, ବାରମ୍ବାର ଆସିଚି ! ସେଇଥିଲାଗି ତମ ଭିତରର ନାରୀସତ୍ତା ତମ ଲେଖାରେ ଏତେ ଉଜ୍ଜ୍ୱଳ। ସେଇ ସତ୍ତାତ ତମପାଇଁ ଡାକି ଆଣିଚି ଜୟ ଜୟକାର ! !

॥ ୩ ॥

ସେଇ ଜୟ ଜୟକାରର ବି ଅଛି ଆଉ ଗୋଟିଏ ଦିଗ। ନାରୀର ଚିତ୍ରଣରେ ତମେ ସୃଷ୍ଟି କରିଥାଅ ଯେଉଁ ଦ୍ୱନ୍ଦ୍ୱ, ନାରୀ କୈନ୍ଦ୍ରିକ କୌଣସି ସମ୍ଭାବ୍ୟ ଘଟଣାଗତ ସ୍ଥିତିରେ ଆଣିଥାଅ ଯେଉଁ ଅପ୍ରତ୍ୟାଶିତ ପରିବର୍ତ୍ତନ, ପରସ୍ପର ବିରୋଧାତ୍ମକ ଭାବନାର ନାରୀ ଚିତ୍ରଣରେ କରିଥାଅ ଯେଉଁ ସମନ୍ୱୟ ତାହା ଅତୁଳନୀୟ। ଗାଁରେ ପେଚିର ପରିଚୟ ସେ ଡାଆଣି, ହେଲେ ତାର ଛୁଆ ରଙ୍କୁଣି ଭାବ ଦେଖାଇଚ ତମେ ବାରମ୍ବାର- ଏଇ ଦ୍ୱୈତ ବୈପରୀତ୍ୟତା (binary opposition) ଭିତରେ ତାର ମହତ୍ତ୍ୱ ପ୍ରକାଶିତ। ଯେଉଁ ବହିଃ ଓ ଅନ୍ତଃ ଦ୍ୱନ୍ଦ୍ୱର ଶିକାର ହେଇଚନ୍ତି ପେଚି କି ରତନୀ ତାହା ଅନନ୍ୟ। ଏ ସବୁ ଭିତରେ ଯେଉଁ ବିରୋଧାଭାସ – ଊନବିଂଶ ଶତାବ୍ଦୀର ନାୟିକା ପ୍ରଧାନ ଉପନ୍ୟାସ ମାନଙ୍କରେ କାହିଁ ? ତାଛଡ଼ା କିଏ କେଉଁଠି ଭାବିଥିଲା, 'ଛୋଟକୁଳରେ ତାଙ୍କର ଜନ୍ମ। ସେମାନେ ପୁଣି ଅଛୁଆଁ।' ଏମିତିକୁଳର ରତନୀକୁ ନେଇ ମନଦେଇ କଥା ଗଢ଼ିବ ତମେ, କାହ୍ନୁଚରଣ ! କହିବା ଲୋଡ଼ାନାଇଁ ପଦୀ ହଉ କି ରତନୀ-ସମାଜର ଅବହେଳିତ ମାନଙ୍କ ପାଇଁ ତମର କେତେ ଦୁର୍ବଳତା ! ସେମାନଙ୍କୁ ଚିତ୍ରଣ କରିବାକୁ ତମର କେତେ ଉତ୍ସାହ ! ! ଖାଲି ଆଉ 'ଏପାରି ସେପାରି' ପ୍ରକାଶ ପାଇଲାପରେ ତାର ରିଭ୍ୟୁରେ

'ଚତୁରଙ୍ଗ' ପରି ପତ୍ରିକା ଲେଖିଥିଲେ, '.... ଏ ଦେଶର ଔପନ୍ୟାସିକ ମାନଙ୍କ ମଧ୍ୟରୁ ଅନେକେ ଏବେ ତାଙ୍କରି ଦୃଷ୍ଟି ତଳଜୀବଙ୍କ ଆଡ଼େ ପକାଇଲେଣି। ଏହା ଆନନ୍ଦର କଥା'। (ଅଗଷ୍ଟ ୧୮, ୧୯୪୭)। 'ତଳଜୀବ' ଶବ୍ଦଟି ତମକୁ କେମିତି ଲାଗିଥିଲା ଜାଣେନା କାହ୍ନୁଚରଣ, ମୁଁ କିନ୍ତୁ ସେ ଶବ୍ଦକୁ ସହଜଭାବେ ନେଉନାହିଁ। ମଣିଷ ତ ମଣିଷ! ସଂପଦ, ଭୂମି, ଜାତିଗତ ଗୌଣତାରେ ମଣିଷଟିଏ କଣ 'ତଳଜୀବ' ହେଇଥାଏ ? ତେବେହିଁ, ଏ ରିଭ୍ୟୁ ଏକଥା ମଧ୍ୟ ଜଣାଇ ଦେଉଚି, ଓଡ଼ିଆ ଉପନ୍ୟାସରେ ନୂଆଶ୍ରେଣୀର ପ୍ରମୁଖ ଚରିତ୍ରମାନଙ୍କ ଆଗମନର ଅୟମାରମ୍ଭ ହେଇସାରିଚି ସେତେବେଳକୁ। ଆଉ ତମର ଅନ୍ୟୂନ ଷାଠିଏଟି ଉପନ୍ୟାସ ଭିତରେ ଏଇ ସମାଜ-ଶୋଷିତ ଚରିତ୍ରମାନଙ୍କୁ କ୍ରମାଗତ ଆଣି ତମେ ଏ ଧାରାର ଭଗୀରଥ ସାଜିଛ।

ସେଇ ଶ୍ରେଣୀର ନାରୀ ତମର ସମବେଦନାର ପାତ୍ରୀ। ତାଙ୍କରି ଲଜ୍ଜାକର ଦୁର୍ଦ୍ଦଶା ଚିତ୍ରଣରେ ତମେ ସର୍ବଦା ବଜ୍ରବାହୁ। 'ଏପାରି ସେପାରି'ର ପଦି ଦେହକୁ ଯୌବନ ଆସିଲାପରେ, 'କେବେକେମିତି ତାରୁଣ୍ୟ ମଥାଟେକେ ମନଗହନ ଭିତରୁ। ଆଖିଖୋଲି ଚାରିଆଡ଼କୁ ଅନାଏଁ। ମନେହୁଏ ଟୋକା, ଦରବୁଢ଼ା, ଗାଁ ହିସାବରେ 'ଭୁଲିହୁଏନା'ରେ ଅସହାୟ ଝିଅଟି ପ୍ରତି ସମାଜର ଅନୁରୂପ ଦୃଷ୍ଟି ଲଜ୍ଜାକର ଭାବେ ପୁନର୍କଥିତ। ତମରି ଭାଷାରେ, 'ରତନୀ, ଯୁବତୀ ଟୋକୀ, ରୂପ ସୁନ୍ଦର, ସ୍ୱାସ୍ଥ୍ୟ ସୁନ୍ଦର, ଯୌବନ ଉଛୁଳି ପଡୁଛି, ଦେହରେ ସାତଚିରା ମହଳ ଲୁଗା। ନିଜ ଦେହକୁ ଚାହିଁଲେ ନିଜକୁ ଲାଜ ମାଡୁଛି। ଗାଁ ଝିଅସେ, ହେଲେ ଗାଁ ମଣିଷ, ଚାଲିଗଲା ଲୋକ ତାରି ଆଡ଼କୁ କଣେଇ ଚାହାନ୍ତି, ସେଇମାନେ, ଯାହାକୁ ସେ ଦାଦି, ମଉସା, ଭାଇ ବୋଲି ଡାକେ। ସେଇମାନେ, ଯେଉଁମାନେ ତାକୁ ଗେହ୍ଲେଇ ଡାକନ୍ତି, ଆଲୋ ଝିଅ-।'

ତମର ଏ ଦୁଇ ବକ୍ତବ୍ୟରେ କାହ୍ନୁଚରଣ 'ଅଲଗାଆଖି' ଆଉ 'କଣେଇ ଚାହିଁବା' ପରି ପ୍ରୟୋଗ ଭିତରେ ଯେଉଁ 'ଲାଳସା'ର ଇଙ୍ଗିତ ରହିଛି, ପୁରୁଷ ପ୍ରଧାନ ଏ ସମାଜର ପୁରୁଷ-ଆଚରଣ ପ୍ରତି କେତେବଡ଼ ଚପୋଟାଘାତ ଇଏ! ଆଉ ସେ 'ଆଲୋ ଝିଅ' ଡାକ ଭିତରେ କେତେବଡ଼ ବ୍ୟଙ୍ଗ, କାହ୍ନୁଚରଣ, ତମେ ନ କରିଚ ଏ ପୁରୁଷ ମାନଙ୍କୁ! ନିଜ ଗାଁରେ ଝିଅଟିଏ ସ୍ୱାଧୀନତା ପ୍ରାପ୍ତିର ଏ ଦିନମାନଙ୍କରେ ସୁଦ୍ଧା, ଗାନ୍ଧିଜୀଙ୍କ ବ୍ରହ୍ମଚର୍ଯ୍ୟ, କାୟାଶୁଦ୍ଧି ପରି ଭାବନା ଭିତରେ ବି ନିଜ ଗାଁ ଦାଣ୍ଡରେ ସ୍ୱଚ୍ଛନ୍ଦରେ ଚାଲିପାରୁ ନାଇଁ ତ ରାଜନୀତିକ ସ୍ୱାଧୀନତା କେମିତି ଡାକି ଆଣିବ ରାମରାଜ୍ୟକୁ ? ତମେ ବୋଧେ ସେଇଥିଲାଗି କାହ୍ନୁଚରଣ, ସାମାଜିକ ସ୍ୱାଧୀନତାକୁ ଦଉଥିଲ ଏତେ ଗୁରୁତ୍ୱ!

ଏଇ ସ୍ୱାଧୀନତା-ବୋଧ ବେଳେବେଳେ ତମକୁ କରିଚି ଆଦର୍ଶବାଦୀ। ତମର

ବହୁ ଉପନ୍ୟାସରେ ଏଇ ତମର ଆଦର୍ଶବାଦିତା ଜଳଜଳ ଦେଖାଯାଏ। 'ଭୁଲିହୁଏନା'ର ଶେଷ ଛଅସାତ ପୃଷ୍ଠାରେ ତମର ଏଇ ଆଦର୍ଶବାଦୀ ରୂପ ଖୁବ୍ ସ୍ପଷ୍ଟ! ମୂଳକାହାଣୀର ପରିଣତିରେ ଅପ୍ରତ୍ୟାଶିତ ଯୋଗିଆ, ବୁଧିଆ ଆଉ ରତନୀ ପ୍ରସଙ୍ଗର ବିସ୍ତାରଣ ସହ ଜାତିଭେଦଗତ ଅସାରତାର ପ୍ରସଙ୍ଗ ଆଣିବା ଭିତରେ ତମର ଆଦର୍ଶବାଦ ପ୍ରତିଷ୍ଠା ପାଇଚି ସତ, ଉପନ୍ୟାସର କଳାତ୍ମକତା କିନ୍ତୁ ହଉଚି କ୍ଷୁଣ୍ଣ! ମତେ ଅନ୍ତତଃ ସେମିତି ଲାଗିଲା କାହ୍ନୁଚରଣ! ତମର ସେ ଜାତିବିରୋଧୀ ଚିତ୍ରଣ ଭିତରୁ ସମାଜର ନଗ୍ନ ବାସ୍ତବତା ମଧ୍ୟ ଫୁଟି ଉଠିଛି ଅମଳୀନ ଭାବେ, 'ଗାନ୍ଧି ମହାତ୍ମା କହିଛନ୍ତି ଛୁଆଁ ଅଛୁଆଁ ଉଠାଇଦିଅ। ଯେଉଁ ବଡ଼ବଡ଼ ନେତା ବ୍ରାହ୍ମଣ, କରଣ, ଖଣ୍ଡେଇତ ବଡ଼ବଡ଼ ବକ୍ତୃତା ଦେଇ ଗାନ୍ଧି ମହାତ୍ମାଙ୍କ ଉପଦେଶ ଶୁଣାନ୍ତି ସେମାନେ ସିନା କୂଅ ପୋଖରୀ ଛୁଆଇଁ ଦିଅନ୍ତି ନାହିଁ, ଗାଁ ଗହଳରେ ଅଶିକ୍ଷିତ ଗରିବ ଯେଉଁମାନେ ସେମାନେ ମହାତ୍ମାଙ୍କ ଉପଦେଶ ମାନନ୍ତି। ସେଇ ଅନୁସାରେ କାମକରନ୍ତି।' ବିରୋଧାଭାସର ଏ ବିଚିତ୍ର ପୃଥିବୀକୁ କେଡ଼େ ସହଜରେ ତମେ ଉନ୍ମୋଚିତ କରିଚ! ପୁରୁଣା ସମାଜର ଏ ବିରୋଧାଭାସ ଗୁଡ଼ିକ ନ ଦେଖାଇଦେଲେ ନୂଆ ସମାଜର ବୈତାଳିକ ସାଜିଥାନ୍ତ କେମିତି ?

॥ ୪ ॥

ଉପନ୍ୟାସ ରଚନା କଲାବେଳେ, ନୂଆ ସମାଜର ପ୍ରସଙ୍ଗ ଆଣିବାବେଳେ ତମର ଚିନ୍ତାଶକ୍ତିରେ ତମେ କେତେକଣ କଳ୍ପନା କରୁଚ! ଉପନ୍ୟାସର କ୍ଷେତ୍ର ତ କୁହୁକକ୍ଷେତ୍ର ନୁହେଁ, ତୁମେ ଭାବିବ ଆଉ ସବୁକିଛି ଆପଣାଛାଏଁ ଘଟିଯିବ! ଉପନ୍ୟାସରେ ତମର ଚିନ୍ତାଶକ୍ତିର ରୂପାୟନ ପାଇଁ ଲୋଡ଼ା କ୍ରିୟାଶକ୍ତି! ଯେ ଉପନ୍ୟାସର ପରିସରରେ ତମ ସ୍ୱପ୍ନକୁ ସାକାର କରିବାକୁ ନେବ ତାତ୍ପର୍ଯ୍ୟପୂର୍ଣ୍ଣ ଭୂମିକା! ସେଇ କ୍ରିୟାଶକ୍ତିର କଥା ମନେରଖି, ସାମାଜିକ-ସ୍ୱାଧୀନତା ପ୍ରତି ତମ ମନର ଗୁରୁତ୍ୱ; ତୁମ ଭିତରୁ ଆପଣାଛାଏଁ ସୃଷ୍ଟି କରିଛି କେତେକେତେ ପ୍ରତିବାଦୀ ଚରିତ୍ର। କିଏ ମୌନ ତ କିଏ ମୁଖର । ସମାଜ ଆଗରେ ଦୃଢ଼ ଛିଡ଼ା ହେଇ ତାକୁ ବଦଳେଇ ଦବାର ଆସ୍ପର୍ଦ୍ଧା ସମସ୍ତେ ସମାନଭାବେ ଦେଖାଇ ପାରନ୍ତି ନାଇଁ! ଏତକ ଠିକ୍ ଠିକ୍ ବୁଝିଥିଲ ତମେ କାହ୍ନୁଚରଣ! ତମର ପ୍ରତିବାଦୀ ଚରିତ୍ରମାନେ ତେଣୁ କର୍ମ, ଭାବନା ଆଉ ଆଚରଣରେ କେତେ ଅଲଗା ଅଲଗା! ସେମାନେ ସଂସ୍କାର କରିବାକୁ ତତ୍ପର, ସଚେତନତା ସୃଷ୍ଟିରେ ଆଗଭର, ସାମାଜିକ ମଙ୍ଗଳ ବାଞ୍ଛାରେ ଅକୁତୋଭୟ! ସେ ହେଇପାରେ ସନେଇଁ (ଶାସ୍ତି), ଗଗନ (ଅଭିନେତ୍ରୀ) କି ସୁବ୍ରତ (ବଜ୍ରବାହୁ)!

ନିଆଯାଉ ଗଗନ କଥା। ନାୟିକା ମାୟାର ବୈଧବ୍ୟ ପରେ ସେ ରହିଛି ବାପଘରେ। ତା ଭାଇ ରାଜୀବଲୋଚନର ସାଙ୍ଗ ଗଗନ, ବିଧବା ମାୟାକୁ ବାହାହେବାର ପ୍ରସ୍ତାବ ଦେଇଛି। ରାଜୀବଲୋଚନ କିନ୍ତୁ ତାର ଅନ୍ୟ ସାନଭଉଣୀ ଅନୂଢ଼ା ଛାୟାକୁ ବାହାହେବାପାଇଁ ଗଗନକୁ ପ୍ରସ୍ତାବ ଦେଇଚି। ଗଗନ ସେ ପ୍ରସ୍ତାବର ଉତ୍ତର ଫେରାଇ ଲେଖିଥିବା ଚିଠି ଭିତରେ ଅଛି ତମର ଚିନ୍ତାଶକ୍ତିର ବହିଃପ୍ରକାଶ, 'ସମାଜର ନିୟମ ପାଇଁ ପର ଆଗରେ କହିବାକୁ ସିନା ସାହସ ହେଉନାହିଁ, ତୋ ଆଗରେ କହିଲେ କ୍ଷତି ନାହିଁ ! ଛାୟାପାଇଁ ଅନେକ ପାତ୍ର ମିଳିବେ। ମାୟା ବିଧବା ଥାଉଣୁ ମୋ ବିଷୟରେ ଆଉ ଛାୟା ସମ୍ବନ୍ଧ ପକାଇବାକୁ ମୁଁ ତତେ ଅନୁମତି ଦେଇପାରିବି ନାହିଁ, ବରଂ ମାୟା ବିଷୟରେ ସମ୍ବନ୍ଧ ପକା। ମୋର ଆପତ୍ତି ନାହିଁ। ସାମାଜିକ ନିୟମ ଆମେ ଗଢ଼ିଥାଇଁ, ଯୁଗର ରୁଚି ପ୍ରକାରେ ଆମେ ବଦଳାଇବା। ଯଦି ବଦଳାଇ ନହୁଏ, ଯେଉଁ ସମାଜରେ ସେ ନିୟମ ବଦଳାଇବାକୁ ନ ପଡ଼ିବ, ମୁଁ ସେହି ସମାଜରେ ମିଶିଯିବାକୁ ଚାହେଁ।' କାହ୍ନୁଚରଣ, ତମର କ୍ରିୟାଶକ୍ତି ହେଉଛି ଗଗନ। ଗଗନ ପାଖରେ ସମାଜ ବିରୁଦ୍ଧରେ ଖୋଲାଖୋଲି ଛିଡ଼ା ହେବାର ସତ୍‌ସାହସ ନାହିଁ ମାତ୍ର ଆନ୍ତରିକ ଭାବେ ସେ ବିଧବାର ପୁନର୍ବିବାହ ଚାହେଁ। ଅନ୍ୟକୁ କହିଦେଇ ନିଜେ ଦୂରେଇ ରହେ ନାହିଁ, ନିଜେ ବିଧବା ବିବାହ ପାଇଁ ସଂକଳ୍ପବଦ୍ଧ। ଅନ୍ୟଗୋଟିଏ ଚିଠିରେ ରାଜୀବକୁ ସେ ପୁଣି ଲେଖିଚି 'ସମାଜ ଆମେ ଗଢ଼ିଛୁ ଆମେ ସୁଧାରିବା।'

ଗଗନ ଜନ୍ମନେବାର (ଅଭିନେତ୍ରୀ, ୧୯୪୭) ବର୍ଷେ ପୂର୍ବରୁ ସନେଇଁର (ଶାସ୍ତି, ୧୯୪୬) ଜନ୍ମ। ସେ ଆଜନ୍ମ ଅନୁଭବ କରୁଥିଲା, ତମରି ଚିନ୍ତାକୁ କାହ୍ନୁଚରଣ ଦୋହରାଉଥିଲା, 'ଦୁଇଟାତ ଜାତି ସ୍ତ୍ରୀ ଆଉ ପୁରୁଷ। ଗୋଟିକ ବିନା ଆରଟି ଅପୂର୍ଣ୍ଣ, ଅଜାତି ! ସୃଷ୍ଟି ଖୋଜେ ନର ଓ ନାରୀ। ମଣିଷ ଗଢ଼ା ଜାତି ଧର୍ମ କି ଦେଶ ଭେଦରେ ସୃଷ୍ଟି ଅଟକି ରହେ ନାହିଁ।' ସନେଇଁ ନଅଙ୍କ ତାପରେ ଜର୍ଜରିତ, ସାମାଜିକ ନାନା ବିଷମତାରେ କ୍ଷୁଣ୍ଣ ନାୟକଟିଏ। ତାର କୋମଳ ଆବେଗ ପ୍ରବଣ ପ୍ରେମିକ ରୂପଟି ପ୍ରାକୃତିକ ଓ ସାମାଜିକ ଦହନର ତାପ ସନ୍ତୁଳିତ ହେଇ ପାଲୋଟିଯାଇଚି ରୁକ୍ଷ, କଠୋର। ସେଇ କଠୋର ପୁରୁଷ ହିନ୍ଦୁ, ମୁସଲମାନ, ଖ୍ରୀଷ୍ଟିଆନ ସଭିଙ୍କୁ ଏକାଠି କରି ଏକାଠି ରହିବା, ଏକାଠି ଖାଇବାର ଆଦର୍ଶ ଦେଖାଇଚି। ସମାଜକୁ ଟାଣୁଆ ହେଇ ସାମ୍ନା କରିଚି।

'ମାୟା' ବିସୂଚିକାରେ ମରିଯାଇଛି ଜାଣି, ଗଗନ ବାହାହୋଇଛି ଛାୟା ଭାବି ପ୍ରକୃତ ମାୟାକୁ, ସନେଇର ଉଚ୍ଚ ଆଦର୍ଶବାଦ ସଫଳ ଓ ଅନ୍ୟକୁ ଆକୃଷ୍ଟ କରିବା ପୂର୍ବରୁ ସବୁକିଛି ଉଜାଡ଼ କରିଦେଇ ସନେଇଁ କୁଆଡ଼େ ଚାଲିଯାଇଚି। ସାମାଜିକ ମଙ୍ଗଳ

କାମନାରେ ସ୍ୱପ୍ନଦେଖୁଥିବା ବହୁ ପ୍ରତିବାଦୀ ଚରିତ୍ରଙ୍କ ସ୍ୱପ୍ନ ସଫଳ ହୋଇନାହିଁ ସତ ମାତ୍ର ସେମାନଙ୍କ ଉଦ୍ୟମ, ସେମାନଙ୍କ ଶୁଭ ଇଚ୍ଛାଶକ୍ତିର ବିନାଶ ଘଟିନାହିଁ। ନିଷ୍ଠାପର ସଂକଳ୍ପ ସହିତ କ୍ରମାଗତ ଉଦ୍ୟମ ଭିତରେ ପ୍ରତିନିୟତ କରାଯାଇଛି ସାମାଜିକ ମଙ୍ଗଳର ଆବାହନ। ସଫଳତା ସବୁବେଳେ ତ ବଡ଼କଥା ନୁହେଁ, ବଡ଼କଥା ଉଦ୍ୟମ। ଏଇ କ୍ରମାଗତ ଉଦ୍ୟମ ଭିତରେ ହିଁ ସ୍ୱପ୍ନ ଧୀରେ ଧୀରେ ହେଉଥାଏ ସାକାରୀଭୂତ। ତମେ କଣ ଏମିତି କିଛି ଭାବୁଥିଲ କାହ୍ନୁଚରଣ? ସେଇଥିଲାଗି କଣ ତମର ପ୍ରତିବାଦୀ ଚରିତ୍ରମାନେ ଗୋଟିଏ ଗୋଟିଏ ପ୍ରତିକୀ ଚରିତ୍ର ପାଲୋଟି ଯାଇଛନ୍ତି?

ତମର ଅଲଗା ଅଲଗା ତିନୋଟି ଉପନ୍ୟାସକୁ ଏକତ୍ର କରିଚନ୍ତି ବ୍ଲାକ ଇଗଲ ବୁକ୍ସ। ତମ ଉପନ୍ୟାସର ଆବେଦନ ଯେ ଚିରକାଳର, ପ୍ରକାଶକ ସତ୍ୟ ପଟ୍ଟନାୟକଙ୍କ ଏପରି ଏକ ସଂକଳନର ପ୍ରୟାସ ତାକୁ ପୁଣିଥରେ ସିଦ୍ଧ କରୁଚି। ସିଦ୍ଧ କରୁଚି, ଗାଁ ଯେତେବେଳେ ଆଜି ସ୍ମୃତିର ଅସ୍ପଷ୍ଟ ଛବି ପାଲୋଟିଚି, ନାରୀର ଚିତ୍ରଣ ଯେତେବେଳେ ଆଜି ନାରୀବାଦୀ ଫେସନି ଚିତ୍ରଣରେ ପରିଣତ ହେଉଚି, ସାମାଜିକ ପୁନର୍ଗଠନ ଓ ସଂସ୍କାର ଯେତେବେଳେ ଆଜି ରାଜନୀତିକ ମତାଦର୍ଶର ଦ୍ୱନ୍ଦ୍ୱରେ ପରିଣତ ହେଉଚି- ତମର ଏ ଉପନ୍ୟାସ ଗୁଡ଼ିକ ଏବର ପାଠକମାନଙ୍କୁ ପୁଣିଥରେ ବଉଳ କି ଶାଳଫୁଲର ବାସ୍ନାଦେବ, ଗାଁର ଧୂଳିଆ ଗୋହିରୀରେ ବାଟ ଚଲାଇବ, ନାରୀର ଉଦାର ସ୍ୱାଭିମାନୀ ସତ୍ତା ସଙ୍ଗେ ପରିଚୟ କରାଇବ!

କାହ୍ନୁଚରଣ! ସମୟର ଧୂଳି ପଡ଼ିଗଲେ ସୁନା ଆଉ କଣ ପିତ୍ତଳ ପାଲୋଟି ଯାଏ?

ଡିଅର ପାର୍କ, ଶାନ୍ତିନିକେତନ, ପଶ୍ଚିମବଙ୍ଗ-୭୩୧୨୩୫

Email- kailashpattanaik@gmail.com

ସୂଚିପତ୍ର

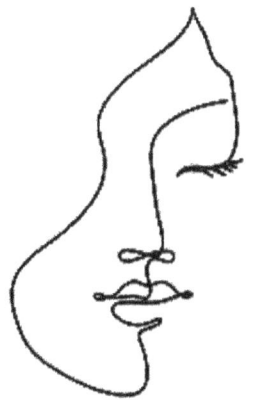

ଏପାରି ସେପାରି

ପେଟିଟି ଆଜି ରୁଷିଛି । ବେଳେବେଳେ ସେ ଏପରି ରୁଷେ । ଚଇଁଆର ହାତକ ଦି'ହାତ କରି ସୁନାକୁ ଘରକୁ ଆଣିଲା ଦିନୁ ତାଆର ଏଇ ଅବସ୍ଥା । କାହାର ଦୋଷ ଦେବ ? ମଣିଷର ଦୋଷ ସେ ଦିଏ ନାହିଁ । ଠାକୁରଙ୍କର ଦୋଷ ଦେବାକୁ ସତ ବଳେ ନାହିଁ । ଦୋଷ ଦିଏ କପାଳର । ଚଇଁଆ ତା'ର ସାନ ଭାଇ ।

ବାଡ଼ି ଖଣ୍ଡି ଧରି ଛୋଟେଇ ଛୋଟେଇ ପେଟି ଯାଏ-

ବାଲି ପାହାଡ଼ ଉପରେ ଯେଉଁ ଝଙ୍କାଳିଆ ବରଗଛଟି, ବେକଯାଏ ବାଲିରେ ପୋତି ହୋଇଛି, କେତେ ଶାଖାପ୍ରଶାଖା, ଡାଳପତ୍ର ମେଲି ଚାରିଗୁଣ୍ଠ ଜମି ମାଡ଼ି ବସିଛି, ସେ ଯାଏ ତାହାରି ତଳକୁ । ବର ମୂଳରେ ଯେଉଁ ଅନାଦି କାଳର ଅପୂଜା ଦେବତା ବାଲୁଙ୍କେଶ୍ୱର, ତାଙ୍କରି ଆଗରେ ସେ ବସେ । ହାତ ଯୋଡ଼େ । ତଳେ ମୁଣ୍ଡ ଲଗାଏ । ପରର ଅଶୁଭ ମନାସିବାକୁ ମନ ହୁଏ ନାହିଁ । ନିଜର ଶୁଭ ମନାସିବା କଥା ମନକୁ ଆଣେ ନାହିଁ । ସେ କେବଳ ମନ ଇଚ୍ଛା କାନ୍ଦେ ।

ମନର କୋହ ମନରେ ମରେ । ଆଖିର ଲୁହ ଗାଲ ଉପରେ ଶୁଖେ । ଭୋକରେ ପେଟ ଗର୍ଜି ଉଠେ । ଭୋକ ମରେ । ଦୂର ବାଲି ପାହାଡ଼ର ଧୂସର ତାଳୁ ପାଖକୁ ସୂର୍ଯ୍ୟଦେବତା ଓହ୍ଲାଇ ଆସନ୍ତି । ଛାଇ ନେଉଟେ । ଖରା ତାଉ କମେ । ଶୀତୁଳିଆ ପବନ ବହେ । ସମୁଦ୍ରର ଗର୍ଜନ ବେଶି ବେଶି ଶୁଭେ । ସେ ଗଛତଳୁ ଉଠିଆସେ ପଦାକୁ ।

ବାଡ଼ି ଭରା ଦେଇ ବାଲି ପାହାଡ଼ର ସବା ଉଚ୍ଚ ଶିଖ ଉପରକୁ ଉଠେ। ଚାରିଆଡ଼େ ଆଖି ବୁଲାଇଯାଏ। କେହି ଦିଶନ୍ତି ନାହିଁ। ଗାଁ ଆଡ଼କୁ ନିରିଖି ଚାହେଁ, ଚଇଁଆ କାଳେ ଆସୁଥିବ। ବାଲି ପାହାଡ଼ମାଳର ପଛପଟେ ଦିଇପା ବାଟରେ ତ୍ରିଲୋଚନପୁର ଗାଆଁର ଗଛଗହଳି ଅନ୍ଧାରିଆ ଦିଶେ। ସେଇ ତାଆର ଗାଁ, ଜନ୍ମମାଟି। ସେଇଠି ତାଆର ସାତପୁରୁଷର କୁଡ଼ିଆ। ଆଉ, ସେଇ ଭଙ୍ଗାରୁଜା ବାଉଁଶ ଖଡ଼ର କୁଡ଼ିଆ ଭିତରେ ବସିଥିବ ସୁନା! କୋଳରେ ଧରିଥିବ ସାତ ମାସର ପୁଅ ଭରଥିଆକୁ।

ଚଇଁଆ ପାଖରେ ବସି ଭରଥିଆର ନାଲି ଟୁକୁ ଟୁକୁ ଓଠରେ ଗେଲ କରୁଥିବ, ଶୁଣୁଥିବ ସୁନାର ଖଚମିଛ କଥା- ହେଇଟି, ତମ ଭଉଣୀ ପେଚି, ନିହିମାକେ ହାଣ୍ଡିରୁ ପଖାଳ ଛାଣି ଖାଇଲା, ଧାନ ମାଣେ ଚୋରି କରି ଗୁଡ଼ିଆ ଘରୁ ମୁଢ଼ି ଆଣି ଖାଇଲା। ଏମିତି କେତେ ମିଛ କଥା। ଚଇଁଆ ରକ୍ତଚାଉଳ ଚୋବାଉଥିବ। କହୁଥିବ, ହଉ ହଉ, ସେ ଆଜି ଆସୁ କି-

କେମିତି ସେ ଫେରିବ ଘରକୁ? ଯେଉଁ ଚଇଁଆକୁ କେଳରେ କାଖରେ କରି ସେ ମଣିଷ କରିଛି, ନିଜେ ନ ଖାଇ ତା' ତୁଣ୍ଡରେ ଆଧାର ଦେଇ ବଞ୍ଚାଇଛି, ଯାହାକୁ ଦଣ୍ଡେ ନ ଦେଖିଲେ ପେଚି ବାଇଆଣୀ ହେଉଥିଲା, ସେଇ ଫେର୍ ଓଲଟି ପଡ଼ିଲା! ସତ ମିଛ ନ ବୁଝି ସୁନା କଥାରେ ପରତେ ଯାଇ ସବୁଦିନେ ବିଧା ଗୋଇଠା ମାଡ଼ରେ ତାଆର ପିଠି ଭାଙ୍ଗିଲା! ତିନିଦିନ ତଳର ମାଡ଼, ଗୋରୁ ଗାଈ ହେଲେ ସହିବେ ନାହିଁ, ମଣିଷ ହୋଇ ପେଚି ସହିଲା। ପିଠିର ଦରଜ ଭଲ ହୋଇ ନାହିଁ। ଅଣ୍ଟା ସଳଖି ପାରୁ ନାହିଁ।

କେତେ ଆଉ ସହିବ? ଏତେ ଲୋକ ନିତି ମରୁଛନ୍ତି, ଯମ ତାକୁ ହିଁ ପାସୋରିଛି।

ପେଚି ଚାହିଁ ରହିଲା, ଆଖି ଯେତେଦୂର ପାଇବ। ଦୁନିଆଟା କେଡ଼େ ବଡ଼ ସତେ! ଏଇ ପୂର୍ବଦିଗ, ସମୁଦ୍ରର ଲହଡ଼ିପରି ମାଳ ମାଳ ବାଲିବନ୍ତ। କେଡ଼େ ରୁକ୍ଷ ଧୂସର ବାଲି ପାହାଡ଼ଗୁଡ଼ିକର ଫାଙ୍କେ ଫାଙ୍କେ, ପୁଣି ଉପତ୍ୟକାରେ ସବୁଜ କିଆ, ସପୁରିବଣ। ପାଚିଲା ଦରପାଚିଲା ଲମ୍ବ ଲମ୍ବ ଫଳ ନାଲି ହଳଦୀ ହୋଇ କେଡ଼େ ସୁନ୍ଦର ଦିଶୁଛି। ପାହାଡ଼ର ତଳେ ତଳେ ସନ୍ତସନ୍ତିଆ ଭୂଇଁ ଉପରେ ଘାସ, ଲଟା, ହେନ୍ତାଳବଣ। ଠାଏ ଠାଏ ପାନ ବରଜ। ପାଖେ ପାଖେ କେତେ ଗାଈ ଗୋରୁ, ଛେଳି, ମେଣ୍ଢା, ମଇଁଷି ଚରୁଛନ୍ତି। ପବେଇ ପବନରେ କେତେ ଟିପାକାଠି ବାଉଁଶଘଣ୍ଟିର ଠଣ୍ ଠଣ୍ ଶବ୍ଦ ଭାସି ଆସୁଛି। କେଉଁ ପାହାଡ଼ର ଆରପାଖେ ଗାଈଆଳ ପିଲା ବଇଁଶୀ ବଜାଉଛି । ସ୍ୱର ଶୁଭୁଛି, ଲୋକ ଦିଶୁନାହିଁ।

ପାହାଡ଼ମାଳର ଆରପାଖେ, ଆହୁରି ଖଣ୍ଡେ ଦୂର ପୂର୍ବକୁ ସମତଳ ବେଳା ଭୂଇଁ, ତାକେ ବାଟ ହେବ ନାହିଁ। ଗଡ଼ାଣିଆ ହୋଇ ସମୁଦ୍ର କୂଳକୁ ପଡ଼ିଛି। ସେଇ ବେଳା ଭୁଇଁକୁ ଦି' ଭାଗ କରି ଛୋଟ ନଈଟିଏ ସମୁଦ୍ରରୁ କେଉଁଠୁ ବାହାରି ସମୁଦ୍ର କୂଳକୁ ଖଣ୍ଡେ ଦୂର ଛାଡ଼ି ସମାନ୍ତରାଳ ଭାବରେ କେତେଦୂର ଯାଇ ପୁଣି ମିଶିଛି ସମୁଦ୍ରରେ। ନଈ ସେପାରି ସମତଳ ବେଳାଭୂଇଁ। ଲହଡ଼ି ପରେ ଲହଡ଼ି କେତେ ଉଚ୍ଚକୁ ଉଠି ସେଇ ଧୂସର ବେଳାଭୂଇଁର ଗୋଡ଼ ତଳେ ମୁଣ୍ଡ ନୋଉଁଛନ୍ତି। ଲମ୍ବି ଯାଇଛି ନେଳିଆ ସମୁଦ୍ର। ଆଖି ପାଉ ନାହିଁ। ମିଶିଯାଇଛି କାହିଁ କେତେ ଦୂରରେ ଆକାଶ ଦେହରେ। ମେଘ ଖଣ୍ଡେ ଆସୁଛି ସମୁଦ୍ର ଭିତରୁ, ଡେଉଁପଡୁଛି ଆକାଶ କୋଳକୁ। କଳା ଘୁମର।

ପେଚିର ମନେ ପଡୁଛି କେବକାଳର କେତେ କଥା। ତିରିଶିଟି ବୈଶାଖ ମୁଣ୍ଡ ଉପରେ ବହିଗଲାଣି, ଫୁରୁ ଫୁରୁ କଟାଳିଆ ମୁଣ୍ଡରେ କେତେ କେରା ବାଳ ଦରପାଚିଲା ହେଲାଣି, ତଥାପି, ପେଚିର ସବୁ ମନେ ଅଛି। ଦଶ ବରଷର ଭାଇ ଚଇଁଆ, ଖାଉନ୍ଦଘର ଗାଇଗୋରୁ ନେଇ ଚରାଇବାକୁ ଆସେ ଏଇ ନିର୍ଜନ ଅପନ୍ତରାକୁ। ଛୋଟି ପେଚି ଚାହିଁ ରହିଥାଏ, କେତେବେଳେ ଚଇଁ ଫେରିବ। ଛାଇ ନେଉଟିଲେ ମନ ତାଆର ଛକପକ ହୁଏ। କଂସାରୀ ନଟା କିଆବଣ ଭିତରେ ତମ୍ପସାପ ସାଲୁବାଲୁ। ମନ ପାପ ଛୁଏଁ।

ଆକାଶରେ ମେଘ ଘୋଟେ। ସାଇଁ ସାଇଁ ପବନ ବହେ। ପେଚି ଆଉ ସମ୍ଭାଳି ହୋଇ ରହେ ନାହିଁ। ସେ ଜାଣେ, ସମୁଦ୍ର କୂଳିଆ ପବନର ତୋଡ଼। ବାଲି ଉଡ଼ାଇ ଆଣି ଦେହରେ ଯେପରି ବାଜେ ତୀର ମାରିଲା ପରି। ଆହା, ପିଲା ବକଟେ ଚଇଁଟି, ଜନମର ଦିଇ ବରଷ ନ ପୂରୁଣୁ ମାଆକୁ ଖାଇଛି। କଅଣ କରିବ ପିଲାଟା ?

ବାଡ଼ିଖଣ୍ଡି ଧରି ଛୋଟେଇ ଛୋଟେଇ ଘରୁ ବାହାରେ। ଚଇଁଆର ନାମ ଧରି ଡାକି ଡାକି ବାଲିବନ୍ତର ସନ୍ଧିରେ ସନ୍ଧିରେ ଧାଏଁ। ବର୍ଷା ମାଡ଼ିଆସେ। ଚଇଁଆକୁ କେଉଁ କିଆବଣର କନ୍ଦିରେ ଦେଖେ। ଖୁସିରେ କୁଣ୍ଢାଇ ଧରେ, ମୋ ଚଇଁରେ, ମୋ ଭାଇରେ ! ବୋବ ଦିଏ। ପବନ କମେ। ବର୍ଷା ଊଣା ହୁଏ। ଭାଇର ହାତଧରି ପୁଣି ଗାଈଗୋରୁ ଅଡ଼େଇ ତ୍ରିଲୋଚନପୁର ଫେରେ।

ବାଲି ପାହାଡ଼, ନଈ, ସମୁଦ୍ର, ମେଘ, କିଆବଣ, ପବନ, ଚଇଁଆ, ସମସ୍ତେ ସେମିତି ଅଛନ୍ତି। ଖାଲି, ଚଇଁଆର ମନ ବଦଳିଛି। ନିଜ ହାତରେ ସେ ମାରୁଛି ମାଡ଼। ଯେଉଁ ପିଠିରେ ନାଉ ହୋଇ ସେ ହେଲା ମଣିଷ, ସେ ପିଠି ଆଜି ଆଉ ତାଆର ଲୋଡ଼ା ନାହିଁ। ସେ ପିଠିକୁ ବିଧା ମାରି ସେ ଭାଙ୍ଗିବାକୁ ଚାହେଁ।

ପେଚି ଅଣ୍ଟା ସଳଖି ଠିଆ ହେଲା।

ଫେରିଯିବ ? ଚଇଁଆ ପାଖକୁ ?

ନାଇଁ, ନାଇଁ, ସେ ଆଉ ମାଡ଼ ସହି ପାରିବ ନାହିଁ। କାଳେ ମନରୁ ଅପଶାଇପ ନିଃଶ୍ୱାସରେ ବାହାରି ଆସିବ। କାଳେ ଚଇଁଆର ଅନିଷ୍ଟ ହେବ।

ପଶ୍ଚିମ ଆଡ଼କୁ ମୁହଁ ଫେରାଇଲା। ଡାହାଣହାତି, କେତେ ବାଲିବନ୍ତ ଡେଇଁଲେ ଢିଙ୍କିଆ ଗାଁ। ସୁନା ଘର ସେଇ ଗାଆଁରେ। ସୁନ୍ଦର କୁଲୁକୁଲିଆ ନିରୀହ ପିଲାଟିଏ ଥିଲା। ରାଣ୍ଡି ମାଆର ଆଖିର ପିତୁଳା। ଟୋକେଇ ଖଣ୍ଡେ ଧରି ଗୋବର ଗୋଟାଏ। କାଠିକୁଟା ସାଉଁଟେ। ଏଇ ପାହାଡ ସେକଡ଼ ହେନ୍ତାଳ ବଣ, ପାନ ବରଜ ପାଖରେ କେତେଥର ଦେଖିଛି। ପଚାରିଲେ ଲାଜଲାଜ ହୋଇ ରହେ। ତୁଣ୍ଡରୁ ବଚନ ବାହାରେ ନାହିଁ।

ମନକୁ ସେଇ ମାନିଥିଲା। ଚଇଁଆଟାକୁ ବି ସତର ବରଷ ହେଲାଣି। ପେଚି ସୁନାବୋଉ ସଙ୍ଗେ କଥା ଥିର କଲା। ତେର ବରଷର ବଢ଼ିଲା ଝିଅ, ସୁନାଖଡ଼ିକା ସତେ। ଚଇଁଆର ହାତକ ଦି'ହାତ କରେଇ ସୁନାକୁ ଆଣିଲା ନୂଆବୋହୂ କରି।

ତିନି ବରଷ ତଳେ ରାତିରେ ସହଳ ସହଳ ନିଦ ହୋଇଯାଏ ବୋଲି ସୁନାକୁ ସେ ହାତରେ ଖୋଇ ଦିଏ। ମାଣ୍ଡିଆ ଜାଉ କି କୋଳଥ ପଇତି କି ମାଛ ସିଝାରେ ନୁଣ ପକାଇବାକୁ ଭୁଲେ ବୋଲି, ହାତ ମୁଠାକରି ଦାନ୍ତଚିପି ଚଇଁଆ ଧାଇଁ ଆସେ ମାରିବାକୁ। ସୁନାକୁ କାନି ଘୋରାଇ ପେଚି ହାଁ ହାଁ କରେ, ଭାଇଟି ପରା, ଛି ଛି, ସୁନା ପରା ପିଲାଟା। ବୁଦ୍ଧି ହୋଇ ନାହିଁ।

ଚଇଁଆ ମୁଠା ଖୋଲି ଫେରେ। ପେଚି ପୋଛିଦିଏ ଲୁହ ସୁନା ଆଖିରୁ। ମୋ ଟିକି ଭଉଣୀଟି, ତୁ ମୋତେ ଯୋଗେଇଦେ କି ମୁଁ ରାନ୍ଧିବି, ତୁ ଶିଖ୍।

ସେଇ ସୁନା! ମୁହଁକୁ ବଲବଲ କରି ଚାହିଁ ଅଜପ ମିଛ କହିବ, ପେଚି ଚୋରଣୀ, ପେଚି ଟାଉକି, ଶିକାରେ ଥୋ କହିଲେ ପାଟିରେ ଥୋଇବ। ସୁନା ରାଣ ପକେଇବ। ମୁଣ୍ଡ ଛୁଇଁବ। କେମିତି ବହପ କଥା। ଚଇଁଆ ପରତେ ନ ଯିବ କେମିତି ?

ସୁନାର ବୁଢ଼ୀମା' ବଞ୍ଚିଛି। ଯିବ କି ଥରେ, ସବୁ ସତ କଥା ଖୋଲି କହିବ ? ବୁଢ଼ୀ କଅଣ ପରତେ ଯିବ ? ନିଜେ ପେଚି ତ ବୁଝିପାରୁ ନାହିଁ, ସୁନା କାହିଁକି ଏମିତି ବଦଳିଲା ?

ନା, ସେ ଯିବ ନାହିଁ। କାହାରି ଆଗରେ ଗୁହାରି କରିବ ନାହିଁ। ପାହାଡ଼ ଉପରର ଏଇ ଏକୁଟିଆ ବରଗଛ ପରି ସବୁ ସହିବ, ତୁଣ୍ଡ ଖୋଲିବ ନାହିଁ।

ପେଚି ଚାହିଁ ରହିଲା ପଶ୍ଚିମପଟ ଗହିର ସେପାରିକୁ। ବାଲିବନ୍ତମାଳ ତଳକୁ

ଧାନ କ୍ଷେତ ଲମ୍ବିଯାଇଛି। ବେଶି ଦୂର ନୁହେଁ। ତାଆ ପାଖକୁ ଛୋଟ ନଈଟି। କାହିଁ କେଉଁଠୁ ବିଲ ମଝିରୁ ବାହାରି ବିଲ ମଝିରେ ସାପ ଗଲାପରି ବଙ୍କେଇ ବଙ୍କେଇ ଯାଇଛି। ଉତ୍ତରପୂର୍ବ କୋଣରେ ଷଣ୍ଢକୁଦ ନଈ ଦେହରେ ମିଶିଛି। ଜୁଆରିଆ ନାଳ। କେତେବେଳେ ଆଣ୍ଠୁଏ ପାଣି ତ କେତେବେଳେ କାତ ପାଇବ ନାହିଁ। କେତେବେଳେ ପଚିଶ ହାତ ଚଉଡ଼ା ତ କେତେବେଳେ ପୁଣି ଦୁଇଶ' ହାତ।

ସେହି ଲୁଣିନାଳର ଡାହାଣ ପାଖ କୂଳେ କୂଳେ ପୂର୍ବ ଆଡ଼କୁ ଗହଳି କିଆବାଡ଼। ଉଚ୍ଚ, ଝଙ୍କାଳିଆ ନାଳ ଭିତରକୁ ନଇଁ ପଡ଼ିଛି। ନାଲି, ହଳଦୀ ଫଳରେ ଗଛମୂଳ ସୁନ୍ଦର ଦିଶୁଛି। ଧଳା ଧଳା ଫୁଲ ସବୁଜପତ୍ର ଗହଳି ଫୁଟି ଉପରକୁ ମୁଣ୍ଡ ଟେକିଛି। ଆଉ, ନାଳ ସେପାରି ବନ୍ଧ, ବେକେ ଉଚ୍ଚ। ଜୁଆର ହେଲେ ଲୁଣି ପାଣି ବିଲରେ ପଶିବ ବୋଲି ଗାଁ ଲୋକ ନାଳ କୂଳେ କୂଳେ ବାଁହାତି ଏଇ ବନ୍ଧ ବାନ୍ଧିଛନ୍ତି। କୁଜଙ୍ଗ ରାଇଜରେ ଏମିତି ଘେରିବନ୍ଧ ଅସୁମାର ଅଛି। ଯେଉଁଠି ନାଳ, ସେଇଠି ତା'ରି କୂଳେ କୂଳେ ବନ୍ଧ।

ଲୋକେ କହନ୍ତି, ପୂର୍ବ କାଳରେ ସମୁଦ୍ର ଆଡ଼କୁ ଲୋକ ବସତି ନ ଥିଲା। ସନ୍ତସନ୍ତିଆ ଭୂଇଁ। ବଡ଼ ଜୁଆରରେ ଏଇ ନାଳଗୁଡ଼ିକରେ ଲୁଣି ପାଣି ଆସି ଜମି ଉପରେ ମାଡ଼େ। ଲୁଣିପାଣିରେ ଜନ୍ମିବା ଗଛ ଚାରିଆଡ଼େ ମାଡ଼ିଯାଏ।

ଚିକିଟା ଫସକା ମାଟି। ଲୁଣ ମାରିବାକୁ ଆସି ମହାଜନମାନେ ସେଇ ଜଙ୍ଗଲ ମଝିରେ ପଲ୍ଲୀ କରି ରହିଥିଲେ। ଧୀରେ ଧୀରେ ଲୋକ ବସତି ହେଲା। ଜମି ହେଲା, ନାଳ କୂଳେ କୂଳେ ପଡ଼ିଲା ଘେରି ବନ୍ଧ। ଏବେ ମଧ୍ୟ ଠାଏ ଠାଏ ଛୋଟ ପାହାଡ଼ ପରି ଲୁଣମରା ହାଣ୍ଡିର ବହଳ ଖପରା ଗଦା ହୋଇଛି।

କହନ୍ତି, କଟକ ରାଇଜର ଧାନ-ଭଣ୍ଡାର ଏଇ କୁଜଙ୍ଗ। ହେଲେ, ଲୋକଙ୍କ ଉପରେ ଆପଦ ବିପଦ ସବୁବେଳେ ଝୁଲି ରହିଥାଏ। ଝଡ଼ ତୋଫାନ ହେଲେ, ଘରଦ୍ୱାର ଉଡ଼େଇ ନିଏ। ବର୍ଷା ହେଲେ ଜମି ଉପରେ ଡଙ୍ଗା ଚାଲେ। ଗାଁଗୁଡ଼ିକ ସମୁଦ୍ର ମଝିରେ ଦ୍ୱୀପ ପରି ଦିଶନ୍ତି । ରାସ୍ତାଘାଟ ନାହିଁ। ଚାଲିକରି ଗୋଟିଏ ଗାଁଆରୁ ଆର ଗାଆଁକୁ ଯିବା କଷ୍ଟ। ବର୍ଷା ଦିନେ ଶଗଡ଼ ବଳଦ ଚାଲିବ ନାହିଁ। ଘରେ ଘରେ ହୁଲି ଡଙ୍ଗା। ସେଇ ଡଙ୍ଗା ହିଁ ଲୋକଙ୍କର ଗୋଡ଼।

ଲମ୍ବା ଲମ୍ବା ଦିଗହଜା ଗହୀର ଉପରେ ମାଳ ମାଳ ହୁଲିଡଙ୍ଗା ଚାଲେ ତୀର ବେଗରେ। ବେଳେବେଳେ ସମୁଦ୍ର କୁଳିଆ ବୟାର ଆସେ। ଡଙ୍ଗା ଓଲଟେ ନାଳ ମଝିରେ। କିଏ ବଞ୍ଚେ, କିଏ ମରେ।

କେବେ କେମିତି ପୂନେଇ ପାଖିଆ ଜୁଆର ଉଠେ, ତୋଫାନ ବର୍ଷା ମାଡ଼ି

ଆସେ। ସମୁଦ୍ର ପାଣି ପର୍ବତ ପ୍ରମାଣେ ଉଜାଣି ଉଠେ ବାଙ୍କୁଲି ନାଳରେ। କେତେ ଜାଗାରେ ଘେରିବନ୍ଧ ଡେଇଁ, ବନ୍ଧ ଭାଙ୍ଗି ଗହୀର ବିଲରେ ଅକାତକାତ ଲୁଣିପାଣି ମାଡ଼ିଯାଏ। ନୀଚ ଡିହର ଘର ମଥାନ ପାଣିରେ ଭାସେ। ଚରା ଭୂଇଁ ଗୋଚର ଉପରେ ଗାଈ, ବଳଦ, ମଇଁଷି ଉବୁଟୁବୁ ହୁଅନ୍ତି କେତେ ମରନ୍ତି, କେତେ କୁଆଡ଼େ ଭାସି ଯାଆନ୍ତି। ବିଲରେ ଧାନ ଗଛ ସଢ଼େ। ମାଟିରେ ଲୁଣି ଚରେ। ଗହିର ବିଲର ସୁନାଥାଳି ଜମି ଅକାମୀ ହୁଏ। ଥିଲା ଘର ପିଲା କଙ୍ଗାଳ ହୁଏ। ଦାଣ୍ଡରେ ହାତ ପାତି ବୁଲେ। ପାଚିଲା କିଆ ପଣସର ମିଠା ଭୁଣ୍ଡି ଚୁଚୁମି, ନାଳରେ ମାଛ କଙ୍କଡ଼ା ଦରାଣ୍ଡି କେମିତି ହେଲେ ପ୍ରାଣ ବଞ୍ଚାଏ।

ମଣିଷ ପିଲାର ଏତେ ଦୁଃଖ ଦେଖି ଦୂରରୁ ସମୁଦ୍ର ଲହଡ଼ି ଗର୍ଜି ଉଠେ।

ପେଚିର ବାପ ଗୋସାପେ ଭଲରେ ଦିନେ ଘର କରୁଥିଲେ। ନାଳ ସେପାରି ଗହୀର ବିଲରେ କେତେ ଜମି ତାଙ୍କର ଥିଲା। କେତେ ଗୋରୁଗାଈ, ପାଳଗଦା। ଗଦେଇ ସାହୁ ଚଷାଘର ପୁଅ, ଜମିରେ ସୁନା ଫଳଉଥିଲେ। ତାଙ୍କର ଅମଳ ସରିଲା। ତାଙ୍କ ପୁଅ ସଦେଇ ସାହୁ ପେଚିର ବାପ। ନିକପାଳିଆ।

ପେଚି ଜନମ ଆଗରୁ -

କାର୍ତ୍ତିକ ମାସ, ବିଲରେ ସାବୁଜା ଧାନ ଠିଆ ହୋଇଛି, ଆସିଲା ତୋଫାନ, ବର୍ଷା, ଜୁଆର। ସମୁଦ୍ରପାଣି ମାଡ଼ି ଆସିଲା। ଦେଖୁ ଦେଖୁ ନାଳ, ଷଣ୍ଢକୁଦ ନଈ ଦି'ପାଖ ଡେଇଁ ଲୁଣି ପାଣି ବିଲରେ ମାଡ଼ିଲା। ଦଶ ମାଇଲ ବାଟ ଅନନ୍ତପୁର ଯାଏ ପାଣି ଛୁଟିଲା। ଧାନ ସଢ଼ିଲା। ଗୋରୁଗାଈ ମଲେ। କେତେ ମଣିଷ ପିଲା କୁଆଡ଼େ ହଜିଲେ। ଘରଦ୍ୱାର ଭାଙ୍ଗିଲା।

ବତାସ କମିଲା, ପାଣି ଛାଡ଼ିଲା, କିନ୍ତୁ ମଣିଷ ହେଲା ଅନାଥ।

ସଦେଇ ସାହୁର ଜମିରେ ଲୁଣି ଚରିଲା। ପୁଣି, ସେହି ଜମି ଉପରେ ନାଳ ଫିଟିଲା। ଗାଈଗୋରୁ ମଲେ। ପୋଷଣାହାରୀ ବଡ଼ ପୁଅ ବଟିଆର ହୁଲି ଲେଉଟିଲା।

କୁଆଡ଼େ ସେ ହଜିଲା, କେହି ଜାଣିଲେ ନାହିଁ। ଘରର ଘରଣୀ ସେରେନ୍ତୀ, ବାଲି ମାଡ଼ରେ ମୂର୍ଚ୍ଛା ହେଲା ଏଇ ବାଲୁଙ୍କେଶ୍ୱର ମହାଦେବ ପାହାଡ଼ ତଳେ। ବୟାର ଉଡ଼ା ବାଲିଲେ ପୋତି ହୋଇ ମଲା। ତିନି ଦିନ ପରେ ଲୋକେ ଦେଖିଲେ ଲୁଗାକାନି। ଖୋଳି ବାହାର କଲେ।

କେତେ ଲୋକ କଙ୍ଗାଳ ହେଲେ। ଅଧା ବଅସରେ ସଦେଇ ମଧ୍ୟ କଙ୍ଗାଳ

ହେଲା। ଦୁନିଆଁରେ ଏକା ସେ। ମୋଅର ବୋଲି କହିବାକୁ କେହି ନାହିଁ। ମୋଅର ବୋଲି କହିବାକୁ କିଛି ନାହିଁ। ଘରଦ୍ୱାର ଛାଡ଼ି ଚାଲିଯିବ ଆସାମ, ରାଙ୍ଗାମ, କାଳିମାଟି ? ପଛରୁ କିଏ ତାଆରି ଗୋଡ଼ ଟାଣି ଧରିଲା- ଏଇ ତ୍ରିଲୋଚନପୁରର ବାଲି ପାହାଡ଼-ଆଉ, ତାଆରି କନ୍ଦିରେ, ସନ୍ତସନ୍ତିଆ ଉପତ୍ୟକା ଭୂଇଁର କିଆ, ହେନ୍ତାଳ, କଂସାରୀ ନଟା ମଝିରେ ପୂର୍ବପୁରୁଷର ଯେଉଁ ଅଶରୀର ଆତ୍ମା ସବୁ ଖେଳି ବୁଲନ୍ତି, କାନରେ ଯେପରି କହନ୍ତି, ଆମକୁ କିଏ ପାଣି ଦେବରେ ସଦେଇ ?

ତ୍ରିଲୋଚନପୁରର ଉଚ୍ଚ ବାଲିଗଦା ମାଳ ମଝିରେ ଯେଉଁ ଲହଡ଼ିଆ ଭୂଇଁ, ଯେଉଁଠି କେତେ ଅରକ୍ଷିତ ବସା ବାନ୍ଧିଲେ, ସଦେଇ ମଧ୍ୟ ସେଇଠି ତାଆର ନୂଆ କୁଡ଼ିଆ ରଚିଲା, ନୂଆଣିଆ କରି। ନାଳ କୂଳର ଡେଙ୍ଗା କିଆ ଗଣ୍ଡି ହେଲା ଘରର ଖୁଣ୍ଟ। ବାଲି ଅପନ୍ତରାର ହେନ୍ତାଳ ହେଲା ରୁଅ।

ବସା ବାନ୍ଧିଲା, ମୂଲ ଲାଗି, ମାଛ ଧରି ପେଟ ପୋଷିଲା। ବସା ବାନ୍ଧିଲା, ପୁଣି ନାଳ ସେପାରି ଲୁଣଚରା ଜମିକୁ ଚାହିଁ ଆଶା ବାନ୍ଧିଲା- ଲୁଣି ଛାଡ଼ିବ, ପୁଣି ଜମିରେ ଧାନ ଫଳେଇବ, ଘର କରିବ, ପୁଣି ସେ ଘର ଧନଧାନ୍ୟ ଗୋପଲକ୍ଷ୍ମୀରେ ପୂର୍ଣ୍ଣ ହେବ।

ସେହି ଆଶା ମଝିରେ ମୂଲିଆ ଘରର ଝିଅ ଚେମିକୁ ଆଣିଲା ଆହୁରି ଥରେ ଘରଣୀ କରି। ଅଧା ବଅସରେ, ଯେତେବେଳେ ମୁଣ୍ଡର ବାଳ ଦର ପାଚିଲା ହୋଇଥିଲା, ପାନଖିଆ ଦାନ୍ତ ଦିପାଟି ଝଡି ପଡ଼ିଥିଲା, ସେତିକିବେଳେ ଚଉଦ ବରଷର ଝିଅ ଚେମିକୁ ସେ ଘରଣୀ କଲା। ନୂଆ କରି ସଂସାର ପାତିଲା। ଆହା, ଚେମି ବି ଦିନେ ଭଲ ଘରର ଅଲିଅଳ ଝିଅ ଥିଲା ! ବିଜୁଳିକାଠି। ଚନ୍ଦ୍ରଉଦିଆ ମୁହଁ ଦେଖି ସଦେଇ କଥା ପକେଇଥିଲା ତାକୁ ଘରକୁ ବୋହୂ କରି ଆଣିବ। ଭେଣ୍ଡାପୁଅ ବଟିଆ ହାତରେ ଛନ୍ଦିବ। କେଡ଼େ ସୁନ୍ଦର ଲକ୍ଷ୍ମୀନୃସିଂହ ପରି ଦିଶିବେ।

ବଟିଆ ହଜିଲା। ଚେମି ହେଲା ଅନାଥିନୀ। ଚେମି ଆସିଲା ସଦେଇ ସାହୁ ଘରକୁ, ବୋହୂ ହୋଇ ନୁହେଁ, କନିଆଁ ହୋଇ। ଯେଉଁ ପେଟରୁ ନାତି କି ନାତୁଣୀ ଜନମିଥାନ୍ତା, ସେହି ପେଟରୁ ଜନ୍ମିଲା ଝିଅ ପେଚି, ପୁଅ ଚଇଁଆ-

ହେତୁ ପାଇଲା ଦିନୁ ବାପକୁ ସେ ଦେଖିଛି ବୁଢ଼ା ଆଉ ମା' କେଡ଼େ ସୁନ୍ଦର ! ମୂଲିଆ ଘରେ ଜନମ ! ବାପ ମା' ଦିହେଁ ମୂଲ ଲାଗନ୍ତି। ପେଚି ମା' ପଛେ ପଛେ ଲାଙ୍ଗୁଡ଼ ପରି ଲାଗିଥାଏ।

ଗହୀର ବିଲର ଲୁଣି ଛାଡ଼ିଲା । ଗାଆଁ ଲୋକେ ଆହୁରି ଉଚ୍ଚ କରି ଘେରି ବନ୍ଧ ପକାଇଲେ । ପୁଣି ଜମିରେ ଧାନ ଫଳିଲା, କିନ୍ତୁ ବୁଢ଼ା ସଦେଇର ଜମି ପଡ଼ିଲା ଘେରିବନ୍ଧ ବାହାରେ । ଜମି ମଝିରେ ନୂଆ ନାଳ ଫିଟିଛି । ଉପାୟ ନାହିଁ । ପ୍ରତିବର୍ଷ ଲୁଣିପାଣି ମାଡ଼ି ଜମିକୁ ଚିରଦିନ ପାଇଁ ଅକାମୀ କରିଛି । କେତେ ଲୋକଙ୍କର ଦୁଃଖ ଫେରିଲା, କିନ୍ତୁ ସଦେଇ ଓ ଚେମି ମୂଲିଆ ମୂଲିଆଣୀ ହୋଇ ରହିଲେ ।

ପେଚି ହେଲା ମୂଲିଆର ଝିଅ ।

ଖରାଦିନେ- ଯେତେବେଳେ ଅନ୍ୟ ଜାଗାରେ ନଈ ନାଳ ଶୁଖି ଠାଉଠାଉ ହୁଏ, କୁଜଙ୍ଗ ରାଇଜର ମଟାଳିଆ ଲୁଣିରସା-ମାଟି ପଥର ପରି ଟାଣ ହୁଏ । ତ୍ରିଲୋଚନପୁର ପୂର୍ବପଟର ବାଙ୍କବାଙ୍କିଆ ନାଳରେ ଆଣ୍ଠୁ ବୁଡ଼ ପାଣି ରହେ । ଜୁଆର ଛାଡ଼ି ଛାଡ଼ି ଆସିଲେ ଗାଁ ମାଇପେ ପାଣିରେ ପଶନ୍ତି । ମାଛ ଧରନ୍ତି । ଘଣ୍ଟା ଦୁଇଟାରେ ଟୋକେଇ ଅଧା କରି ଲୁଣିମାଛ ଘରକୁ ଆଣନ୍ତି । ଗରିବ ଗୁରୁବାଙ୍କର ଏହି ମାଛ ଶୁଖୁଆରେ ବେଳ କଟେ ।

ପେଚିକୁ ଯେତେବେଳେ ଦଶବରଷ, ଚଇଁଆଟି ବରଷକର । ସେ ଠୁକୁ ଠୁକୁ ହୋଇ ଚାଲେ । ଗୁଲୁ ଗୁଲୁ କରି କଥା କହେ ।

ଦିନ ପ୍ରାୟ ଦଶଟା ହେବ । ବୈଶାଖ ମାସ । ସଦେଇ ଯାଇଛି ପରି ଗୁଡ଼ିଆର ମୂଲ ଲାଗି । ଚଇଁଆକୁ କାଖ କରି ପେଚି ତା'ର ମା'ର ପଛେ ପଛେ ନାଳ କୂଳକୁ ଆସିଲା । ଚେମି ଆଉ ଗାଁ ମାଇପଙ୍କ ସାଥିରେ ନାଳରେ ପଶି ଖୁଅ ଦେଇ ମାଛ ଧରିଲା । ଅଧ ଟୋକେଇଏ ମାଛ ହେଲା ଠେଇଁ ବି ମନ ଛାଡ଼ିଲା ନାହିଁ । କଙ୍କଡ଼ା ଗାତରେ ହାତ ପୂରେଇ ଦି' ଚାରିଟା କଙ୍କଡ଼ା ନ ହେଲେ ନ ହୁଏ । ଚେମିର କଙ୍କଡ଼ା ଠେଇଁ ଶରଧା ।

ହାତରେ ଗୋଟାଏ କଅଣ କାମୁଡ଼ି ଦେଲା । ଜୀଅନ୍ତା ଚମରେ ପାଚିଲା ଲୁହାକଣ୍ଟା ଫୋଡ଼ିଲା ପରି ଚେମି ମଣିଲା । ବିନ୍ଧା ଛିଟିକା ସହି ନ ପାରି ଘରକୁ ଫେରିଲା । ସେଇ ହେଲା ନିଦାନ ।

ଯେଉଁମାନେ ବୁଢ଼ା ସଦେଇ ପାଖରେ ଟୋକୀ ଚେମିକୁ ଦେଖି ଚୁଚୁ କରନ୍ତି, ସେହିମାନେ ପୁଣି ଶେଷକୁ କହିଲେ, ଧନ୍ୟ ଲୋ ଅଇଅରାଣୀ !

ଚେମି ଅଇଅରାଣୀ ହେଲା । ଔଷଧ ମଉଷଧି କି ଗୁଣିଆର ମନ୍ତ୍ର କାଟୁ କଲା ନାହିଁ ।

ଦଶବର୍ଷ ବୟସରେ ଚଇଁଆକୁ ପାଳି ମଣିଷ କରିବାର ଦାୟିତ୍ୱ ପଡ଼ିଲା ପେଚି ଉପରେ। ଗାଁ ଲୋକେ ପରିହାସ କରି ସଦେଇକୁ କହିଲେ, ଆରେ ସଦା, ଦାନ୍ତ ପୁଣି ଉଠିବ ଯେ। ଚନ୍ଦା ମୁଣ୍ଡରେ ବିଛୁଆତି ଗୁଳି ଘସ, ବାଳ କଅଁଳିବ। ଆଉ ଥରେ ତୃତୀୟ ପକ୍ଷଟିଏ ହେଉ।

ସଦେଇର ମୁଣ୍ଡ ନଇଁ ଆସେ। ଜବାବ ଦିଏ ନାହିଁ। ଲୋକେ ତ କହିବେ।

ଦୁଇ ବରଷ କଟିଗଲା। ପେଚି ଦିଶିଲା ଛନଛନିଆ। ଅବିକଳ ମାଆ ପରି, ସୁନ୍ଦରଟିଏ। ନ ଚାହିଁବା ଲୋକ ମୁହଁକୁ ଚାହିଁଲେ। ନ କହିବା ଲୋକ ଉପରେ ପଡ଼ି ପଦେ ପଚାରିଲେ, କିଲୋ ପେଚି, କୁଆଡ଼େ ଯାଉଛୁ? ଶୁଉଣୁ ବା-

ସଦେଇ ବୁଝିଲା! ବୁଢ଼ା ହେଲେ ବି ଅଧା ବଅସରେ ତ ପୁଣି ଜୀବନଟାକୁ ନୂଆ କରି ଉଝାଳି ନେଇଥିଲା। ପାଶୋର ଯାଇନାହିଁ।

ତାଆରି ପରି ମୂଳିଆମୁଣ୍ଡ ଜଣେ, କୁଜଙ୍ଗଗଡ଼ରେ ଘର, ସିଧା ସଳଖ ବାଟ କୋଶେ ହେବ ନ ହେବ, ତାହାରି ପୁଅ ପଣିଆ ହାତରେ ପେଚିକୁ ଛନ୍ଦି ଦେଲା ସଦେଇ ସାହୁ। ଶାଶୁଘର ମଥାନ ତଳେ ମାସ ଦୁଇଟା ରହି ପିଲା ଝିଅ ପେଚି ଫେରି ଆସିଲା ବାପ ଘରକୁ। ମା' ଛେଉଣ୍ଡ ଚଇଁଆ ପେଚିର ମନେ ପଡ଼ିଲା, କିଏ ତାକୁ ଖୋଇଦେବ? କିଏ ତାକୁ କୋଳରେ ପୂରାଇ ଧୁଓ ବାଇଆ କରିବ? ଆହା, ଛେଉଣ୍ଡ ପିଲା, ଅପାକୁ କେଡ଼େ ଭଲ ପାଏ, ଦଣ୍ଡେ ନ ଦେଖିଲେ ବଣା ହୋଇଯାଏ।

ଦିନେ ଦୁଇ ପହରେ ତିନି ବରଷର ପୁଅ ଚଇଁଆ ବାଡ଼ି ଖଣ୍ଡେ ଧରି କୁଡ଼ିଆ ଘରୁ ଗାଁ ଦାଣ୍ଡକୁ ବାହାରି ପଡ଼ିଲା। ଗାଁ ଚଉକିଆଙ୍କର କୁହାଟ ଶୁଭିଲା, ଅର୍ ଗିର୍ ଗିର୍ ଗିର୍ ଗିର୍।

ଷଣ୍ଢ ଲଢ଼େଇ। ପେଚି ଚାରିଆଡ଼କୁ ଚାହିଁଲା। ଚଇଁଆ ନାହିଁ। ଅଧା କାମ ଛାଡ଼ି ସେ ଧାଇଁଲା ଗାଁ ଦାଣ୍ଡକୁ। ଆଖି ଖୋସି ଦେଲା। ବାଲି ଦାଣ୍ଡ ଉପରେ ଷଣ୍ଢ ଦୁଇଟା ମୁଣ୍ଡକୁ ମୁଣ୍ଡ ଲଗାଇ ଠେଲା ଠେଲି ହେଉଛନ୍ତି। ଚଇଁଆ ତଳେ ବାଡ଼ି ପିଟି ପାଖକୁ ପାଖ ଲାଗି ଯାଉଛି। ଦୂରେଇ କରି ଗାଁ ପିଲାଏ ଠିଆ ହୋଇ ତାଳି ମାରି ପାଟି କରୁଛନ୍ତି।

ପେଚି ହାଁ ହାଁ କରି ପାଖକୁ ଧାଇଁ ଗଲା। ଚଇଁଆର ଡେଣା ଧରି ଆଣୁଥିଲା, ଷଣ୍ଢ ଦିହେଁ ଫିଟିଗଲେ। ମାରଣା ଷଣ୍ଢ ପେଚି ପଛରେ ଗୋଡ଼ାଇ ପଛ ଆଡୁ ଖଣ୍ଡେ ଦୂର ଛିରିକି ଆସିଲା। ଲୋକେ ତାକୁ ଧରି ନେଲେ। ବାଡ଼ି ଧରି ଷଣ୍ଢ ପାଖକୁ ଲୋକେ ଧାଇଁ ଗଲେ, କିନ୍ତୁ ଷଣ୍ଢ ପେଚିକୁ ଦୁଇ ତିନି ଭୁଷା ଦେଇଥିଲା। ବାଁ ନଳୀଗୋଡ଼ ଉପରେ ଷଣ୍ଢର ଖୁରା ପଡ଼ିଲା। ପାଦ ଉପରେ ମଧ। ସବୁ ଘଟଣା ମୁହୂର୍ତ୍ତକରେ ଘଟିଲା।

ପେଚି ଚାରିମାସ କାଳ ବିଛଣାରେ ପଡ଼ି ମରଣ ସଙ୍ଗେ ଯୁଝି କେତେ କଷ୍ଟରେ ବଞ୍ଚିଲା ସିନା, ବାଁ ଗୋଡ଼ଟି ଅକାମୀ ହେଲା। ପାଦ ହେଲା ବଙ୍କା। ନଳୀ ଗୋଡ଼ ବାଉଁଶ ପରି ସରୁ। ଗୋଡ଼ ଆଉ ତଳେ ଲାଗିଲା ନାହିଁ। ବେଁଶିରା ହାଡ଼ ଅଖଞ୍ଜା ହୋଇ ରହିଲା। ପେଚି ହେଲା ଅକାମୀ। ବାଡ଼ି ଧରି ଚାଲେ। କାମ କରି ପାରେ ନାହିଁ। ବସିଲା କାମ ଘୋସାରି ହୋଇ କରେ।

ତଥାପି, ପେଚି, ଚଇଁଆକୁ କୋଡ଼ରେ ଧରେ, ଚଇଁଆର ଯତ୍ନ ନିଏ। ସଦେଇ ଚାହେଁ ଝିଅ ମୁହଁକୁ। ପେଟ ଭିତରୁ କାନ୍ଦର କୋହ ଉଠେ। କିଛି କହେ ନାହିଁ। ଦିନ ରାତି ଖଟେ। ଯାହା ଆଣେ ପେଚି ଆଗରେ ଥୋଇ ଦିଏ। ପେଚି ସେମିତି ଘୁଷୁରି ହୋଇ କାମ କରେ।

ଅଜାଣତରେ କେବେ ଦିନେ ଯୌବନ ଆସି ପେଚିର ଦେହରେ ହାତ ବୁଲେଇ ଦେଲା। ପୁନେଇ ଜହ୍ନର ତୋରା ମୁହଁ ପରି ପେଚିର ମୁହଁ ଉଜଳି ଉଠିଲା।

ପୂରି ପୂରି ଉଠିଲା ଦେହ ହାତ। ମନରେ ଲାଗିଲା ମଳୟ। ଆଖିରେ ସପନ ପୁରୀର କୁହୁକ। ନାଲି ନାଲି ଓଠ ଦି' ଫାଳିରେ ଖେଳିଲା ବିଜୁଳି।

ସଦା ବୁଝିଲା।

ଦିନେ ଗଡ଼ କୁଜଙ୍ଗ ଗଲା।

ଛୋଟୀ, ଅକାମୀ ପିଲାକୁ ବୋହୂ କରି ଘରକୁ ନେବାକୁ ମଣିଆଁର ବୁଢ଼ା ବାପ ମଙ୍ଗିଲା ନାହିଁ। ସଦେଇ ତାଆରି ଗୋଡ଼ ଧରିଲା। ଉତ୍ତର ପାଇଲା, କେମିତି କଥା କହୁଛ ହେ। ଆରେ, ଆମେ ତ ମୂଲିଆ ମୁଣ୍ଡ। ବୁଢ଼ା ବୁଢ଼ୀ ଦିହେଁ ଅପାରଗ। ଏକା ମଣିଆଁର ମୂଲରେ ଓଳିଏ ଖାଇଲେ ଦି'ଓଳି ଓପାସ ରହୁଛୁ। ଛୋଟୀ ନପାରିଲା ମାଇପିଟାକୁ ଆଣି ପୋଷିବାକୁ ଆମ କାଢ଼ କାହିଁ?

ସଦେଇ ଗୁହାରି କଲା ଗ୍ରାମବାସୀଙ୍କ ଆଗରେ।

ସମସ୍ତେ ସହାନୁଭୂତି ଦେଖାଇଲେ। ମଣିଆଁ ବାପାକୁ ବୁଝାଇ କହିଲେ। ବୁଢ଼ାର ଏକା ନାହିଁ। ହାତଯୋଡ଼ି କହିଲା, ଜମିବାଡ଼ି ତ ଗୁଣ୍ଠେ ନାହିଁ। ଗ୍ରାମବାସୀଏ ତେମେ ତିନିଅଣା ମୂଲରୁ ତେର ପଇସା ଦେବ କି? ବୋହୂ ସୁନ୍ଦର, ସଖୀ କଣ୍ଢେଇ। ମୋର ସଖୀ କଣ୍ଢେଇ କ'ଣ ହେବ ହେ? ନାଟ କରିବି? ଯେଉଁମାନେ ଭୋଗ ଭାଗ୍ୟରେ ଅଛନ୍ତି, ସେମାନେ ସିନା ଫୁଲ ଚନ୍ଦନ ଦେଇ ରୂପ ଥିଲା ବୋହୂକୁ ପୂଜା କରିବେ! କହତ ଭଲା, ପେଚି କଅଣ ପୋଖରୀ କୂଅରୁ ପାଣି ଆଣିବ? ଢିଙ୍କି ମୁଣ୍ଡାରେ ଗୋଡ଼

ଦେବ ? ଦାଆ ଧରି ଧାନ କାଟିବ ? ମୁଣ୍ଡରେ ବୋଝ ବୋହିବ ? ପିଲା ଛୁଆ ହେଲେ ତାଙ୍କର ସେବା କରିବ କିଏ ? କାହିଁକି, ଅସୁନ୍ଦର ହେଉ ପଛେ, ଟାଣୁଆଁ ଦେଖି ବୋହୂଟିଏ ଆଣିବି ନାହିଁ ? ମୂଲ ଲାଗିଲେ ଦଶ ପଇସା ଘରକୁ ଆଣିବ ତ !

ସଦା ହତାଶ ହୋଇ ଫେରିଲା ।

ଯେଉଁ ଦିନ ଖବର ପାଇଲା, ମଣିଆଁର ବାହାଘର ଆଉଠାଏ ଠିକଣା ହେଉଛି, ପୋପରଡ଼ା ଗାଁରେ, ସଦା ପୁଣି ବାଇଆ କୁକୁର ପରି ଏଣେ ତେଣେ ଧାଇଁଲା । ଝିଅ କଥା ସମସ୍ତଙ୍କୁ କହିଲା । କେହି ସାହା ଭରସା ନାହିଁ । ମନରେ ଦମ୍ଭ ଆଣିଲା ଭଳି ପଦେ କଥା କହିଲେ ନାହିଁ । କାଉଳିବାଉଳି ହୋଇ ସଦା ଗଲା ପୋପରଡ଼ା ।

ଫଳ ହେଲା ବିପରୀତ । ପଞ୍ଚାୟତ ଆଗରେ ମଣିଆଁର ବାପ ନିଧାର୍ଯ୍ୟ ଜବାବ ଦେଲା, ସେ ଆଉ ପେଚିକୁ ଘରେ ଥାନ ଦେବ ନାହିଁ । ଜବାବ ପାଇ, ମଣିଆଁ ବାପର ହାତରେ ତମ୍ବାତୁଳସୀ ଦେଖି ପୋପରଡ଼ାବାଲା ମଙ୍ଗିଲେ । ବାହାଘର ହେଲା । ନୂଆବୋହୂ ମଣିଆଁର ଘରକୁ ଅଇଲା ।

ଏତେ ଦିନ ଯାଏ ପେଚି ସଂସାରର ଭଲ ମନ୍ଦ କଥା ଭାବି ନଥିଲା । ନଡ଼ିଆର କେଉଁ ସିଅରେ ପାଣି ପଶେ ଜାଣି ନଥିଲା । ଏବେ ବୁଝିଲା, ସଂସାର ତାଆର ସରିଛି । ଜୀବନ ଯୌବନ ତାଆରି ବୃଥା । ନିରୋଳାରେ ଆଖିରୁ ଗଡ଼ିଲା ଲୁହ । ଛାତି ହାଡ଼ ଥରାଇ ନିଃଶ୍ୱାସ ଛୁଟିଲା । ରୂପ ମଉଳି ଆସିଲା । ଆଖିର ଜ୍ୟୋତି ହେଲା ନିଷ୍ପ୍ରଭ । ଓଠରୁ ନିଭିଲା ହସ । ସେ ଭାବିଲା, ଖାଲି ଭାବିଲା-

ବର୍ଷେ ନ ପୂରୁଣୁ ମଣିଆଁର ବାପ ମା' ଡକାଡକି ହେଲା ପରି ଚାଲିଗଲେ । ସଦା ପୁଣି ବାନ୍ଧିଲା ସାହାସ । ହଁ, ସଉକି ମଣିଷ, ଗୋଟାଏ କାହିଁକି ତିନିଟା ବାହା ହେଉଛନ୍ତି । ମଣିଆଁ ମରଦ ପୁଅ, ଆଉ ଗୋଟାଏ ବାହା ହେଲା ତ କଅଣ ହୋଇଗଲା ।

ପେଚିର ମଉଳା ସରାଗ ସଜାଗ ହେଲା ନାହିଁ । ଭାବେ, ହେଉ, ବୁଢ଼ାଦିନେ ବାପ ମନବୋଧ କରୁଥାଉ ।

ଚଇଁଆ ସଙ୍ଗେ ହସି ଖେଳି ପେଚି ବେଳ କଟାଏ ।

ଦିନେ ବାପ ତାକୁ ପାଖକୁ ଡାକି କହିଲା, ଜୀବନ ସଉଦା କଥା । ଏଥକୁ ମାନ ଅଭିମାନ କଅଣ ? ଚାଲ ପେଚି, ମଣିଆଁ ଘରକୁ ଯିବା । କେହି ଦେଖିବେ ନାହିଁ,

କେହି ଜାଣିବେ ନାହିଁ, କେତେ ଦିନ ଆଉ ବଞ୍ଚିବି ? ତତେ ଦେଖିଲେ କେଜାଣି ତାଆର ମନ ବଦଳିବ। ହାତ ଧରି ତ ପୁଣି ବାହା ହୋଇଥିଲା।

ପେଚିର ଆଖିରେ ଅବଜ୍ଞାର ଭାବ।

ସଦା ବୁଝିଲା। କହିଲା, ନାହିଁ କରନା ମା'। ଉପରେ ଭଗବାନ ଅଛନ୍ତି। ମଣିଆଁ ଭଲ ପିଲା। ସବୁ କଥା ବୁଝେ।

ପେଚି ମୁହଁ ଖୋଲିଲା, ତେମେ ଏକା ଯାଅ।

ସଦା ବଳେଇଲା ନାହିଁ।

କେଡ଼େ ଆଗ୍ରହରେ ସେଦିନ ଯାଇଥିଲା। ରାତି ଅଧଯାଏ ଛଟପଟ ହୋଇ ପେଚି କେତେ କଥା ଭାବୁଥାଏ। କେତେ ଠାକୁରଙ୍କ ପାଖରେ ମାନସିକ କରୁଥାଏ। ରାତି ଅଧରେ ବାପ ଫେରିଲା। କିଛି କହିଲା ନାହିଁ।

ଦିନ ପରେ ଦିନ ଗଡିଗଲା। ସଦାର ତୁଣ୍ଡରୁ ମଣିଆଁର ନାମ ଶୁଣାଗଲା ନାହିଁ। ପେଚି ସବୁ କଥା ବୁଝିପାରିଲା। ଚଇଁଆକୁ ଗେଲ କରି ଶାନ୍ତି ପାଇଲା। ଏଇ ଟିକି ଭାଇଟି ତାଆର ସବୁ। ସେଇଆକୁ ମଣିଷ କରିବାକୁ ସେ ବଞ୍ଚିବ। ସବୁ କଥା ଭୁଲିବ।

ସଦା ଅକାମି ହେଲା। ଦିନ କେଇଟା ଜରରେ ପଡ଼ି ସେ ମଧ୍ୟ ଆଖି ବୁଜିଲା। ତିନି ବର୍ଷର ପିଲା ଭାଇକୁ କୋଳରେ ଧରି ପେଚି ଚାହିଁଲା ଆକାଶକୁ। ତାଆର ଅଲୋଡ଼ା ଜୀବନ ଯାଉ ପଛେ, ପିଲାଟା କେମିତି ହେଲେ ବଞ୍ଚୁ।

ପେଚି ପର ଘରେ ପାଇଟି କଲା। ଘର ଲିପା, ଗୁହାଳ ପୋଛା। ଦାଆ ଧରି ନିଜେ ଧାନ କାଟି ଯାଏ। ନାଳରେ ପଶି ମାଛ କଙ୍କଡ଼ା ଧରେ। ଗାଈ, ଗୋରୁ, ଛେଳି, ମେଣ୍ଢା ଜଗେ। ଗୋବର ଗୋଟେଇ ଘସି ପାରେ, ବିକେ। ନିଜ ଶକ୍ତିକୁ ଚାହିଁ ସେ ପରିଶ୍ରମ କରେ ରାତି ଅଧଯାଏ। ନିଜେ ପାଣି ତୋରାଣି ପିଇ ଚଇଁଆକୁ ଭାତ ଖୋଇଦିଏ ।

ପେଚି ଗରିବ, ନିପାରିଲା, ତଥାପି ପର ଚିଜକୁ ଆଡ଼ଆଖିରେ ଚାହେଁ ନାହିଁ। ସୁଧାର ପୋଷା ବିଲେଇ ଯେପରି ଭାତ ଥାଳି ପାଖରେ ଜଗି ବସିଥାଏ, ହାତ ଟେକି ତଳେ ନ ଦେଲେ କାହିଁରେ ମୁହଁ ମାରେ ନାହିଁ, ପେଚି ସେମିତି ସୁନାମୁଣ୍ଡାକୁ ଅନାଏଁ ନାହିଁ। ହାତ ଟେକି ନ ଦେଲେ କାହିଁରେ ହାତ ଦିଏ ନାହିଁ। ସେଥିପାଇଁ ଗାଁ ଲୋକେ ତାକୁ ଭଲ ପାଆନ୍ତି। ଗାଁ ମାଇପେ ଶ୍ରଦ୍ଧାରେ ମୁଢ଼ି ଗଣ୍ଡାଏ, ପିଠା ଖଣ୍ଡେ ଦିଅନ୍ତି। କିଏ କେମିତି କେବେ ଚିରା ଫଟା ଲୁଗା ଖଣ୍ଡେ ତା' ଉପରକୁ ପକେଇ ଦିଅନ୍ତି। ନିହତ ଭଲ ବୋଲି ସମସ୍ତେ ତାକୁ ପ୍ରଶଂସା କରନ୍ତି ।

ପେଚି ମନରେ ଗର୍ବ ଆସେ। ସେ ଭାବେ, ଲୋକେ ଧନ ସମ୍ପତ୍ତି ବଡ଼ପଣ ନେଇ ସୁଖରେ ରହନ୍ତୁ। ତା'ର ଧନ ସମ୍ପତ୍ତି ତାଆରି ନିହତ। ଜୀବନ ଯାଉ ପଛେ, ନିହତ ଥାଉ।

ବୋହୂ ଝିଏ ମନ ଗହନର ଛପିଲା କଥା, ବିଶ୍ୱାସ କଥା ତା' ଆଗରେ ନିଃସଂକୋଚରେ ତୁନି ତୁନି କହନ୍ତି। ସେ ଗମ୍ଭୀର ହୋଇ ସବୁ ଶୁଣେ, ସହାନୁଭୂତିରେ ଆଖିରୁ ପାଣି ନିଗାଡ଼େ, ଖୁସିରେ କେବେ ଓଠରେ ହସ ଖେଳାଏ। ବେଳେ ବେଳେ ଭଲ କଥା ପଦେ କହେ। ତର୍କ କରେ ନାହିଁ। ଯେଝା କଥା ଯେଝାର। ଭଲ ମନ୍ଦ ସେ ସବୁ ଜାଣେ। ଜିଭକୁ ପଥର କରେ। ସମସ୍ତେ ତ ତାଆରି, ସେ ବି ସଭିଙ୍କର, କାହା କଥା କାହା ପାଖରେ କହିବ? ନାନ୍ଦୁରୀ ପଣ ସେ ଜାଣେ ନାହିଁ।

କେବେ କେମିତି ତାରୁଣ୍ୟ ମଥା ଟେକେ ମନ ଗହନ ଭିତରୁ। ଆଖି ଖୋଲି ଚାରିଆଡ଼କୁ ଅନାଏଁ। ମନେ ହୁଏ, ଟୋକା, ଦରବୁଢ଼ା, ଗାଁ ହିସାବରେ ଭାଇ, ଦାଦି, ମଉସା ସମସ୍ତେ ଅଲଗା ଆଖିରେ ତା' ଆଡ଼କୁ ଚାହିଁଛନ୍ତି। ସେ ଛୋଟୀ, କିନ୍ତୁ ଦେହରେ ପୂରିଲା ପୂରିଲା ଆଖିରେ ଢଳ ଢଳ ଆବେଗଭରା ଚାହାଣି। ଛାତି ତଳର ତରୁଣ ଆତ୍ମା ଆଉ ମନର ମାତୃତ୍ୱ କାମନା ତ ଛୋଟୀ ନୁହେଁ!

ପେଚି ବିଚଳିତ ହୁଏ। ତାଆର ନିଃସହାୟ ଅବସ୍ଥା ଲଗାମ ହୁଗୁଳା ମନକୁ ପଛକୁ ଟାଣେ। ଦୃଷ୍ଟି ଆଗରେ ପରଳ ମାଡ଼େ, ଆଖି ବୁଜେ! ଆଖିକୋଣରୁ ଝରି ଆସେ ତତଲା ଲୁହ। ବୁଜିଲା ଆଖିର ଅନ୍ଧାର ଭିତରେ ଦୁଇଟି ରୂପ ପାଖାପାଖି ଦିଶନ୍ତି, ମଣିଆଁ ଆଉ ଚମ୍ପା। ଦେହ ଥରି ଉଠେ। ଅଭିଶାପ ଦେବାକୁ ମନ ଡାକେ। ଅଭିଶାପ ଦେଇପାରେ ନାହିଁ।

ମଣିଆଁ ତାଆରି ବର। ଅବସ୍ଥା ତାଙ୍କୁ ଅଲଗା କରିଛି। ତଥାପି ମଣିଆଁର ମନ୍ଦ ମନାସିବ ନାହିଁ। ଚମ୍ପାକୁ ଗାଳି ଦେବ ନାହିଁ। ସେ ଆଗ, ଚମ୍ପା ଗଛ। ଚମ୍ପାର କାଚ ବଜର ହେଉ। ସୁଖରେ ସେମାନେ ଘର କରନ୍ତୁ। ଦେବତାର ସବୁ ଅଭିଶାପ ତାହାରି ମୁଣ୍ଡରେ ପଡ଼ୁ। ପେଚି ସେମାନଙ୍କର ସୁଖର ସଂସାରର ଅନ୍ତରାୟ ହେବ ନାହିଁ। ସେମାନଙ୍କ ମନରେ ଧାରଣା ଆଣିବ ନାହିଁ ଯେ ତାଙ୍କର ଦୁଃଖ ବଢ଼ାଇବାକୁ ଆଉ ଜଣେ ଅଛି, ତାଙ୍କର ସୁଖ ଦେଖି ଆଉ ଜଣେ ଡହଳ ବିକଳ, ହନ୍ତସନ୍ତ, ଛଟପଟ ହେଉଛି।

ଚଇଁଆକୁ ଛାତିରେ ଧରେ। ସବୁ ଦୁଃଖ, ସବୁ ଭାବନା ଭୁଲେ।

ଗହୀର ବିଲରେ ଧାନ କାଟିଲା ବେଳେ, କି ବିରି କୋଳଥ ଓପାଡ଼ିଲା ବେଳେ କିଏ କେମିତି ରସୁଆଳ କଥା ପଦେ ଥଟ୍ଟାରେ କହିଦିଏ। ସମୁଦ୍ର ଲହଡ଼ି ଯେମିତି ମୁଣ୍ଡ ଟେକି ବାଲିବନ୍ତର ପାଦତଳେ କଚାଡ଼ି ହୋଇ ପଡ଼େ, ବାଲି ପାହାଡ଼ ଓଦା ହୁଏ ପଛେ ନଏଁ ନାହିଁ; ସେମିତି ପେଚିର ପଥୁରିଆ ମନ ଆଗରେ ଉଚ୍ଛୃଙ୍ଖଳ ମଣିଷର ରସୁଆଳ କଥା କଚାଡ଼ି ହୋଇପଡ଼େ। ଛିନ୍‌ଛତର ହୋଇ ଫେରିଯାଏ। ପେଚିର ମନ ଓଦା ହୁଏ, ଦେହ ଝିମି ଝିମି ହୁଏ। ମଣିଷକୁ ସୁମରଣା କରି ସେ ଟାଉ ଟାଉ କରି ଧାନ କାଟେ, ବିରି କୋଳଥ ଓପାଡ଼େ।

ନିରୋଳିଆ ବାଲି ପାହାଡ଼ କନ୍ଦିରେ, ଗାଈଗୋରୁ ଚରାଇଲା ବେଳେ, ଏକୁଟିଆ ଦେଖି କିଏ କେଉଁଠୁ ଆସି ତାଆର ହାତ ଧରିଲେ ପେଚି ବଲ ବଲ କରି ତା' ମୁହଁକୁ ଚାହେଁ। ଆଗ ବଳିପଡ଼ି କହେ, ଧଡ଼ିଆ ଭାଇ କିରେ, ହରିଆ ଦାଦି, ରହ ରହ, ସାଙ୍ଗ ହୋଇ ଫେରିବା, ବେଳ ବୁଲି ଆଉଚି। ଗାଈଗୋରୁ ଅଢ଼େଇ ଆଣେ।

ଛୋଟୀ ବାଡ଼ି ଧରି ହସି ହସି କିଆ ବଣ ଉହାଡ଼ରେ ଆଉ ବାଲିଗଦାର ପଛପଟେ ଲୁଚିଯାଏ। ଏକୁଟିଆ ମଣିଷର ମନକଥା ମନରେ ମରେ। ଏଣେତେଣେ ଚାହିଁ ସେ ଜଲଦି ପାହୁଣ୍ଡ ପକାଇ ଫେରେ।

ପେଚି ବାଲି ପାହାଡ଼ ପଛରେ କଚାଡ଼ି ହୋଇ ପଡ଼େ। ଗୋଟାପଣ ଥରେ। ହାଡ଼ର ମାଉଁସ ଚମ ଛିରିକି ଯିବାକୁ ବସନ୍ତି। ଅଇଲା ଲୋକଙ୍କୁ ଗାଳିଦେବାକୁ ମନ ହୁଏ। ଗାଳି ଦିଏ ନାହିଁ। ମନକୁ ବୁଝାଏ, ତାଆର କି ଦୋଷ? ଦୁନିଆଁ ତ ଏମିତି ଚାଲିଛି। ଚମ ଚହଟରେ ସଭିଙ୍କ ଆଖି। ଏଇ ଅପନ୍ତରାର କିଆବଣର କିଆ ଫୁଲ, ସମୁଦ୍ର କୂଳର ଚିତ୍ରଚିତ୍ରକା ଶାମୁକା ପରି, କାହାରି ନୁହେଁ, ପୁଣି ସଭିଙ୍କର। ଯିଏ ଆସିଲା, ଯିଏ ପାରିଲା ହାତ ବଢ଼େଇ ତୋଳି ନେଲା, ଗୋଟାଇ ନେଲା। କ୍ଷଣକ ପାଇଁ ହେଲେ କାନରେ ଖୋସିଲା, ହାତରେ ଧରିଲା। କହିଲା ମୋଓରେ, ମୋଓରେ-

ଧଡ଼ିଆ ଭାଇ, ହରିଆ ଦାଦି ପେଚିକି ମଣିଛନ୍ତି ବଣ ଗହଳିର ଅଧିକାରୀ ନଥିଲା କିଆଫୁଲ ପରି, ସମୁଦ୍ର କୂଳର ଶାମୁକା ପରି। କିନ୍ତୁ ସେ ତ ତାହା ନୁହେଁ। ମଣିଆଁ ତାଆର ବର, ତାଆର ହାତ ଧରିଛି, ତାଆରି ଠାକୁର। ବଗିଚାର ସବୁ ଫୁଲ ତ ଠାକୁର ମୁଣ୍ଡରେ ଚଢ଼େ ନାହିଁ, ସବୁ କିନ୍ତୁ ଠାକୁର ପାଇଁ। କେତେ ଫୁଲ ଫୁଟେ, ଚାହିଁ ଚାହିଁ ମଉଳି ଝଡ଼େ।

ପେଚି ମଉଳିବ, ମଣିଆଁ ପାଇଁ ଏଇ ବାଲିବନ୍ତ ତଳେ ଝରି ପଡ଼ିବ।

ଉଠେ।

ରାତି ଅଧରେ-

ଛପିଛପିକା କୋଉ ମଉସା ପେଚିର ଭଲମନ୍ଦ ବୁଝିବାକୁ ତାଆର ଭଙ୍ଗା କୁଡ଼ିଆରେ ଗୋଡ଼ ଦିଅନ୍ତି। ପେଚି ଡରେ ନାହିଁ। ବସିବାକୁ ପିଢ଼ା ଠେଲି ଦିଏ। ଜନମିଲା ଝିଅପରି ଅଳି କରେ। ଅକୁହା କଥାର ତୋଫାନ ବହେ ତାଙ୍କ ନାକ ପୁଡ଼ାରୁ।

ପୋଷାକ ପିନ୍ଧି ଯିଏ ରଜା ସାଜି ଆସନ୍ତି, ରଜାର ମନ, ମଉସାର ମନ ନେଇ ସେ ଫେରନ୍ତି। ପେଚି କହିବା ଆଗରୁ ସେ ଘରେ କହନ୍ତି, ଶୁଣିଲଣି ହେ, ଆସୁ ଆସୁ ପେଚି ଘରେ ଡାକେ ଦେଲି। ଆହା, ପିଲାଟା କେଡ଼େ କଷ୍ଟ ପାଉଛି। ରଜାଘର ପିଲା, କପାଳ ଦୋଷରୁ ମୂଲିଆ ହେଲା ସିନା, ମଣିଆଁଟା ଅମଣିଷ-।

ମାଉସୀ ସନ୍ଦେହ କରନ୍ତି ନାହିଁ। ପେଚି ସୁନାମୁଣ୍ଡା, ଏ କଥା ସେ ଜାଣନ୍ତି। ଦରଦୀ କଣ୍ଠରେ କହନ୍ତି, ସତେ ହୋ, କେଡ଼େ ଭଲଟିଏ। ମୋ କୋଳରେ ଯଦି ସେ ଜନମିଥାନ୍ତା, ଆହା-

ମଉସା କହନ୍ତି, ଜନମି ନାଇଁ, ଏ କଥା ଭାବୁଛ କାହିଁକି ?

ପରଦିନ ସକାଳେ-

ପେଚିକୁ ଡାକି ମାଉସୀ ଦିଅନ୍ତି ପିଠା, ପୁଣି ପୁରୁଣା ଲୁଗା ଖଣ୍ଡେ। କହନ୍ତି, ଆଲୋ ପେଚି, ତୋ ମଉସା ତତେ ଝିଅ କରିବେ କହୁଥିଲେ।

ପେଚିର ଆଖିରୁ ଲୁହ ଝରେ। କହେ, ମୁଁ କ'ଣ ତାଙ୍କର ଝିଅ ନୁହେଁ କି ? ଝିଅ ହୋଇଥିଲେ କଅଣ ବେଶି ଶରଧା ପାଆନ୍ତା ?

କୌଣସି କଥାକୁ ସେ ଅବିଗୁଣ ପାଏ ନାହିଁ। ଗାଆଁଟା ଯାକର ସବୁ ଲୋକ ତାଆର, ଆଉ ସେ ସଭିଙ୍କର। ସମସ୍ତଙ୍କୁ ସେ ଚିହ୍ନେ। ତାକୁ ମଧ ଚିହ୍ନନ୍ତି ସମସ୍ତେ। ବଡ଼ ବଡ଼ ଲହଡ଼ି ତାହାରି ପାଦତଳେ ମୁଣ୍ଡ ନୋଇଁ ଫେରିଲେ ମଧ ଛୋଟ ଛୋଟ ଲହଡ଼ି, ତାଆରି ଆଗରେ ଯାହାର ଜନମ, କେଡ଼େ ଚଞ୍ଚଳ ସେମାନେ ବି ଡରି ଡରି ପାଖକୁ ଆସନ୍ତି, ଲୋଭରେ ପାହାଡ଼ ଗ୍ରାସିବାକୁ ମନ କରନ୍ତି। ଚାହିଁ ଜାଣନ୍ତି ନାହିଁ, କଥା କହି ଶିଖି ନାହାନ୍ତି, ହାତ ବଢ଼ାଇବାକୁ ସାହାସ ହୁଏ ନାହିଁ, ମନ ବଢ଼ାନ୍ତି।

ପେଚି ବୁଝେ। ନିଜେ ହାତ ବଢ଼ାଏ, କୋଳ କରେ। ପିଠି ଆଉଁସେ। କହେ, ତୁ ମୋଓର ଗୋବିନ୍ଦା ଭାଇର ପୁଅଟି ? ଆରେ ତୁ ଗୋପାଳ ଦାଦିର ପୁତୁରା ନା ? କେଡ଼େଟିଏ ହେଲୁଣି ତ। ଏମିତି ଶୁଖିଲାଟା କାହିଁକି ଦିଶୁଛୁରେ ? ଖରା ତରାରେ ବୁଲୁଛୁ କି ? ଆ, ଆତ ଖାଇବୁ କିରେ ? ପିଜୁଳି ଖାଇବୁ ?

ଦିଏ।

ଛୋଟ ଲହଡ଼ି ବାଲିବନ୍ତର ଗୋଡ଼ରେ ମୁଣ୍ଡ ପଟେ ନାହିଁ, ଗୁଡ଼େଇ ହୁଏ। ନଇଁ ପଡ଼ି ପାଣିରେ ମିଶେ ଧୀରେ, ଅତି ଧୀରେ। କେହି ଜାଣନ୍ତି ନାହିଁ।

ବେଳ ଗଡ଼ି ଚାଲେ।

ଚଇଁଆ ହୁଏ ଆଠ ବରଷର। ଦାଆ ଧରେ ହାତରେ। ଗାଈଗୋରୁ ଜଗେ। ନିଜର ପେଟ ଗଣ୍ଡାକ ଭିଆଏ। ପେଚି ଖୁସି ହୁଏ। ଆଖି ଆଗରୁ ଅନ୍ତର ହେଲେ ମନ ହୁଏ ଦକ ଦକ। ପଛରେ ଧାଏଁ। ଚଇଁଆକୁ ଭଲ ବୁଦ୍ଧି ଦିଏ। ଭଲ କଥା ଶିଖାଏ।

ମଣିଆଁର ପୁଅ ହେଇଚି।

ପେଚି ଶୁଣେ, ଖୁସି ହୁଏ।

ଦୁଇ ବର୍ଷର ପୁଅ ମରେ। ପେଚି ଶୁଣେ, ତୁନି ତୁନି କାନ୍ଦେ। ମନ ହୁଏ ଯିବାକୁ। ଯାଇ ପାରେ ନାହିଁ। ପୁଣି ମଣିଆଁର ପୁଅ ହୁଏ। ସିଏ ବି ବାହୁଡ଼େ। ଏମିତି, ତିନିପୁଅ ତାଆର କୋଳକୁ ଆସିଲେ ବାହୁଡ଼ିଲେ। ଦୁଇ ପ୍ରାଣୀ କାନ୍ଦିଲେ।

ଗୁଣିଆଁ ଆସିଲା, ଜ୍ୟୋତିଷ ଆସିଲା। ସେମାନେ କହିଲେ, ଗ୍ରମବାସୀ କହିଲେ, ପେଚିର ନିଃଶ୍ୱାସ। ସେ ତ ମଣିଷ ନୁହେଁ, ମଣିଷ କଥା ତା'ଠେଇ ନାହିଁ। ସେ ପେତିନୀ, ନଇଲେ ଦେବୀ। ତାଆରି ନିଃଶ୍ୱାସ ଯେ ନାଗ ସାପର ନିଃଶ୍ୱାସ। ଯା', ଯା', ମଣିଆଁ, ତାକୁ ଘରକୁ ଆଣ। ନୋହିଲେ ତୋ ଘରେ ପିଲା ରହିବ ନାହିଁ।

ମଣିଆଁ ଭାବିଲା।

ଚମ୍ପା କହିଲା, ଆସୁ ସେ ନିଆଁ ଲାଗୀ, ଛତରୀ, ଡାଆଣୀ। ତିନି ପୁଅ ମୋର ଖାଇଲା। ତା' ଆଖିରେ ଲୁହାକଣ୍ଟା ମାରିବି, ପାଟିରେ ତତଲା ଲଙ୍ଗଳ ଲୁହା ଗେଞ୍ଜିବି, ପିଠି ଭାଙ୍ଗିବି ଛାଞ୍ଚୁଣି ମାଡ଼ରେ। ଆସୁ ଆଗ ସେ-

ମଣିଆଁ କିଛି ନ କହି ଉଠିଗଲା।

ପେଚି ସେ କଥା ଶୁଣିଲା। କଇଁ କଇଁ ହୋଇ ଲୋକଙ୍କ ଆଗରେ କାନ୍ଦିଲା। କହିଲା, ହୋଇଥିବି ମୁଁ ଡାଆଣୀ। ଚମ୍ପା ଯାହା କହିଲା, ତେମେ ସବୁ ସେଇଆ କର। ମୋ ଅଲୋଡ଼ା ଜୀବନ ନ ଥିବା ଭଲ। ଯାଉ। ମୋ ପାଇଁ କାହିଁକି କାହା ମନରେ ଅଶାନ୍ତି ହେବ ? ମୋ ପାଇଁ କାହିଁକି ପର ପିଲାର ଖରାପ ହେବ ?

ତ୍ରିଲୋଚନପୁର ଗାଁ ଲୋକେ ଡାକି ବଜାଇ କୁହାଟ ଛାଡ଼ିଲେ, ପେଚି ଆମ

ଗାଁ ଝିଅ। ମଣିଆଁ ତ ତାକୁ ଛାଡ଼ିଛି, ସେ ବି ତା' ଗାଁ। ଲୋକେ ଆମ ଗାଁଆ ଝିଅ ନାମରେ ଅପବାଦ ଦେଇ କହିଲେ। ଆମେ କାହିଁକି ସହିବା? ଏ ଗାଆଁର ମାଟିରେ ଗୋଡ଼ ଦେଉ ତ ମଣିଆଁ, ଦଇବି ଯୋଗରୁ ସିନା ପେଚିର ଗୋଟାଏ ଗୋଡ଼ ଛୋଟା ହେଲା ବୋଲି ସେ ତାକୁ ଛାଡ଼ିଲା, ମଣିଆଁର ଦିଇ ଗୋଡ଼ ଛୋଟା କରିବୁ। ଦେଖିବୁ, କୁଜଙ୍ଗ-ଗଡ଼ିଆ କଅଣ କରିବେ?

କଥାର ପ୍ରତିଧ୍ୱନି ହେଲା କୁଜଙ୍ଗ ଗଡ଼ରେ।

ଷଣ୍ଢ ରାଜା ଆଉ ନାହାନ୍ତି କି ତାଙ୍କର ପ୍ରତାପ ଆଉ ନାହିଁ। ନଈ କୂଳରେ ପୁରୁଣା ଗଡ଼ର ଭଙ୍ଗା ଡିହ ପଡ଼ିଛି। ପୁରୁଣା ଦରଭଙ୍ଗା ଜଗନ୍ନାଥ ମନ୍ଦିର ମୁହଁ ବଙ୍କା କରି କରୁଣ ଆଖିରେ ଚାହିଁଛି ଅନନ୍ତପୁର କଚେରୀ ଆଡ଼କୁ, ଯେଉଁଠି ବିଦେଶୀ ଜମିଦାରଙ୍କର ପ୍ରତିନିଧି ରାଜତ୍ୱ କରୁଛନ୍ତି, ଯେଉଁଠି ହାତଖୋଲା ନାଳ କଡ଼ରେ ପଲ ପଲ ବଗ, ମାଛରଙ୍କା କୁଜଙ୍ଗ ମୀନକୁ ଚାହିଁ ରହିଛନ୍ତି ଥଣ୍ଟ ମେଲା କରି।

କୁଜଙ୍ଗ ଗଡ଼ରେ ବାଲି-ଜାଭା ଯିବା କୈବର୍ତ୍ତର ପ୍ରେତପରି ଦରମଲା ଚଳନ୍ତି କଙ୍କାଳ ଅଛନ୍ତି। ଖଣ୍ଡାୟତର ଖଣ୍ଡା ନ ଥିଲେ ମଧ୍ୟ ରକ୍ତ ଅଛି। ମଠ ଆଗରେ ଏକଜୁଟ ହୋଇ ରହିଲେ ଗ୍ରାମବାସୀଏ, ସତେ, ତ୍ରିଲୋଚନପୁରିଅଙ୍କର ଏତେ ସାହସ? ଦେଖାଯିବ, କିଏ କାହାର ଗୋଡ଼ ଭାଙ୍ଗିବ!

ଅତି ନୁଆଣିଆଁ ଦୁବଗଛ ପାଇଁ ତୋଫାନ ବହିବ କାହିଁକି? ନିରିମାଖୀ ପେଚି ପାଇଁ ଦୁଇଟା ଗାଁରେ କନ୍ଦଳ ଲାଗିବ। ପେଚି ଭାବିଲା, କୁଜଙ୍ଗ ଗଡ଼କୁ ଚାହିଁବ ନାହିଁ। ମନର ଦେବତା ମନରେ ରହନ୍ତୁ। ଚଇଁଆଁକୁ ସୁଖରେ ରଖି ତାଆରି ସୁଖ ଦେଖି ସେ ବଞ୍ଚିବ।

ଛୁଆରଙ୍କୁଣୀ ପେଚି ଯୁଆଡ଼େ ଗଲେ, ଗାଁ ମାଇପେ ତାଆରି କୋଳକୁ ଛୁଆ ଟେକି ଦିଅନ୍ତି। ସେ ତୁଟୁକା ଜାଣେ, ପିଲା ମନ୍ତର ଜାଣେ। ତା' କୋଳରେ କାନ୍ଦିଲା ପିଲା ତୁନି ହୁଏ। ସେ ଗେଲ କଲେ ଭୁରୁଙ୍ଗା ମୁହଁ ପିଲାର ଶୁଖିଲା ଓଠରୁ ହସ ବାହାରେ। ତାଆର ହାତ ଝଡ଼ାରେ ରୋଗଣା ପିଲା ଭଲ ହୁଏ।

ଗାଁ ଯାକର ପିଲା ତା'ର ନିଜର। ବେଳ ପାଇଲେ ସମସ୍ତଙ୍କୁ ସେ ଦେଖି ଆସେ। କାହାକୁ ଦିଏ ତେଲ ହଳଦୀ, କାହାକୁ କରେ ଧୁଓ ବାଇଆ। ଅନାବଶ୍ୟକ ଉରଜ ଦୁଇଟା ଛିଣ୍ଡାଇ ଫୋପାଡ଼ି ଦେବାକୁ ମନ କରେ। ସେଥିରେ ତ ଅମୃତ ନାହିଁ। ପରପିଲା ମୁହଁ ଗୁଞ୍ଜେ, ହତାଶ ହୋଇ କାନ୍ଦେ।

ଅଯନ୍ ବଡ଼ା ମୁଣ୍ଡ ବାଳ ଖରା ପାଣି ଖାଇ କହରିଆ ହେଲା, ଠାଏ ଠାଏ ପାଚିଲା। ଗାଁ ଝିଅ ଗାଆଁରେ ହସି ଖେଳି ଦରବୁଢ଼ୀ ହୋଇ ଆସିଲା। ଚଇଁଆର ବି ବୟସ ହୋଇଆସୁଛି। ଭଲ ପିଲା ସେ, କୁହାର ବୋଲର। ପେଚିକୁ କେତେ ଭଲପାଏ, କଥାରୁ ବାହାର ହୁଏ ନାହିଁ।

ଢିଙ୍କିଆ ଗାଁଆର ସୁନାଟି ! ରାଣ୍ଡଝିଅ ହେଲେ ବି ଭଲଟିଏ।

କଥା ଠିକ୍ ହେଲା।

ଗାଁ ଲୋକଙ୍କୁ ମଗାଯଚା କରି ଘର ଭାଙ୍ଗି ଘର ତୋଳିଲା। ଦି' ବଖରା। ପୁଅ ବୋହୂ ବଡ଼ ବଖରାରେ ରହିବେ, ସେ ରହିବ ଛୋଟ ବଖରାରେ। ଚଇଁଆ ବାହା ହେବ। ସାହୁଘର ନାମ ରହିବ। ପେଚିର ଗୋଡ଼ ତଳେ ଲାଗେ ନାହିଁ। ଗାଁ ମାଇପେ, ଯାହାକୁ ଯାହା ମାଗେ ସ୍ୱଚ୍ଛ ମନରେ ହାତ ଟେକି ଦିଅନ୍ତି। ଆହା, ଗରିବ ପିଲାଟି। ବାପ ଗୋସାପେ କେଡ଼େ ଭଳି ଘର କରୁଥିଲେ। ଚଇଁଆଟା ଥାଇତି ହେଉ।

ଦିନ କେଇଟା ବାହାଘର ଅଛି। ତ୍ରିଲୋଚନପୁର ଗାଁ ମୁଣ୍ଡ ବାଲିବନ୍ତ ସେ ପାଖେ ଯେଉଁଠି ଧାନ ଗହୀର ନଈକୂଳ ଯାଏ ଲମ୍ବି ଯାଇଛି, ଦି'ଗଛିଆ ଆମ୍ବଗଛ କଡ଼ରେ ବାଲିଗଦା ଉପରେ, ପେଚି ବସି ଛେଳି ଜଗିଛି। ଛାଇ ଲେଉଟ ବେଳେ-

ଅନହୁତି କଥା।

ଷୋଳ କି ସତର ବର୍ଷ ତଳେ। ତାଆର ଭଲ କରି ମନେ ନାହିଁ। ସେତେବେଳେ ତାରୁଣ୍ୟ ଛଳ ଛଳ ହେଉଥିଲା ଦେହରେ, ମନରେ। ଦୁନିଆଁର ସବୁକଥା ଲାଗୁଥିଲା କୌତୁକ ପରି। ସବୁ କଥାରେ ଲାଜ ମାଡୁଥିଲା। ଶଶୁର ଘରେ ଦୁଇଟି ମାସ ରହିଥିଲା ସିନା, ଯାହାର ହାତ ଧରିଥିଲା ତା' ମୁହଁକୁ କେବେ ଭଲ କରି ଚାହିଁ ନ ଥିଲା। ଶଶୁର ଶାଶୁଙ୍କର କଡ଼ା ଶାସନ। ପିଲା ଝିଅ ସେ।

କେବେ କେମିତି ଏକୁଟିଆ ବେଳେ, ପିଲାଳିଆ ଖିଆଲରେ ମଣିଆଁ ତାଆର ହାତ ଧରି ଟାଣିଥିଲା। ପେଚି ଛାଟି ପିଟି ହୋଇ ପଳାଇଥିଲା। ଦିନେ ମୁହଁ ସଞ୍ଜବେଳେ, ଏକୁଟିଆ ଦେଖି ମଣିଆଁ ତାକୁ ଧିଅକୁ ଆଉଜାଇ ମୁହଁରେ ବୋକ ଦେଇଥିଲା। ପେଚି ଭୟରେ ବରଡ଼ା ପତ୍ରପରି ଥରିଥିଲା। ବୋଉର ପାଟି ଶୁଣି ମଣିଆଁ ଭଲ ଲୋକ ପରି ଚିଲ ବେଗରେ ଛୁଟି ପଳାଇଥିଲା।

ପେଚିର ବିବାହିତ ଜୀବନରେ ଏତିକି ଥିଲା ମଧୁର ସ୍ମୃତି, ଯେଉଁଥିପାଇଁ ମଣିଆଁକୁ ସେ ଭୁଲି ପାରେ ନାହିଁ। ଏହି ସ୍ମୃତି ଟିକକ ହିଁ ତାଆର ଜୀବନର ଗୋପନ ଧନ,

ସର୍ବସ୍ୱ। ସେ ଯୁବତୀ ହେଲା, ପୁଣି ହୋଇ ଆସିଲା ପ୍ରୌଢ଼ା। ଯେବେ କେବେ ମନେ ପଡ଼େ, ଥରଟିଏ ଧିଅ ଆଉଜା ଓ ଥରଟିଏ ଗେଲର କେତେ ନୂଆ ରୂପ ଦେଖେ, ନୂଆ ଅର୍ଥ ବୁଝେ। ଆଖି ଆଗରେ ଉଭା ହୁଏ ଷୋଳ ସତର ବର୍ଷର ମଣିଆଁ। ସୁନ୍ଦର, ସବଳ, ଚଞ୍ଚଳ।

ସେ ଆଜି ବୁଢ଼ୀ ହୋଇ ଆସିଚି, କିନ୍ତୁ ତାଆର ମନର ଦେବତା ଚିରଦିନ ସତର ବର୍ଷର ହସିଲା ଟୋକା, ଢଳ ଢଳ ତରଙ୍ଗ ପରି।

ଅନନ୍ଭୂତି-

ଚାରିଟା ଆଖି ମିଶିଗଲା ମୁହୂର୍ତ୍ତେ, ପୁଣି ଦୃଷ୍ଟି ଫେରିଲା। ଦୁହେଁ ଦୁହିଁଙ୍କୁ ଚାହିଁଲେ। ଆଖିରେ ବିସ୍ମୟ ଭରି ଉଠିଲା।

ଦୁହିଁଙ୍କ ମନରେ ଗୋଟିଏ ପ୍ରଶ୍ନ ଜାଗିଲା, କିଏ ସେ?

ମଣିଆଁ ଚିହ୍ନିଲା। ଏଇ ପେଚିର ହାତ ଧରି ଦିନେ ସେ ଘରଣୀ କରି ଘରକୁ ନେଇଥିଲା। ଏହାରି ପାଇଁ ତାଆର ତରୁଣ ମନରେ ଉଠିଥିଲା ଜୁଆର। ନିରୋଳାରେ ଥରଟିଏ ତାକୁ ଛାତିରେ ଧରି ଗେଲ କରିବାକୁ କେତେ ଉହଳ ବିକଳ ହୋଇଥିଲା ସେ। କେଡ଼େ ଉତ୍ତେଜନା। ଚୋର ପରି ଲୁଚି ଲୁଚି ଗଲା ବେଳେ ଛାତି ଦାଉଁ ଦାଉଁ ପଡ଼େ। ମନ ତରଙ୍ଗ ତରଙ୍ଗ ହୁଏ। ମା' ଆସିଲା କି? ବାପ ଦେଖିଲା କି? ପେଚି ଜାଣିଲା କି?

ସାଙ୍ଗ ପିଲାଏ କହନ୍ତି, ରଜା ଝିଅରେ ମଣିଆଁ, ତୋ କପାଳଟା ସଳଖ। ମଣିଆଁର ମନରେ ଗର୍ବ ଆସେ ପେଚିକୁ ଦେଖିବାକୁ ଛପି ଛପିକା ପୁଣି ଧାଇଁ ଆସେ।

ଏଇ ତ ସେ ପେଚି!

କେତେ ଯତ୍ନରେ ମା' ତାଆର ମୁଣ୍ଡ ବାନ୍ଧି ଦିଏ, ଆଖିରେ ଦିଏ କଜ୍ଜ୍ୱଳ, ମୁଣ୍ଡରେ ମଣ୍ଡେ ସିନ୍ଦୂର। ନିଜ ହାତରେ ଘସି ମାଜି ଦିଏ, ଖୁଆଇ ଦିଏ। କୋଳରେ ପୂରେଇ ଶୁଏ।

ଗାଁ ମାଇପେ ଟାପରା କରନ୍ତି, ଜନମ କରିଛୁ କିଲୋ!

ମା' କହେ, ନଅଟା ନା ଛଅଟା ବା। ଏଇ ବକଟକ ତ? ଯମ ଅଇଁଠା ମଣିଆଁ ଯେମିତି, ଯମ ଅଇଁଠା ପେଚି ମୋର ସେମିତି।

କହନ୍ତି ମାଇପେ, ଆଲୋ, ମୂଳିଆ ମୁଣ୍ଡ, ଏତେ ଗେଲବସର କଅଣ! ଟାଣ କର ଲୋ ମଣିଆଁ ମାଆ, ଟାଣ କର। ଘସି ପାରୁ, ପାଞ୍ଚଣ ନେଇ ଗୋରୁ ଗୋଠ ଜଗୁ!

ଦାଆ ଦେଇ ବିଲକୁ ପଠା ଲୋ । ଦୁଃଖ ଯିବ। ନହୁଣୀ ପିତୁଳା କଲେ ହାତ ପିଠିରେ ଲୁହ ପୋଛୁଥିବୁ।

ମଣିଆଁ ମା କହେ, ମାଆ ନ ଥିଲା ପିଲା। ଶରଧା ଜାଣେ ନାହିଁ। ଠାକୁର ଆଇଷ ଦେଉ ଲୋ, କଲ୍ୟାଣ କର। ବେକରେ ପଇଲେ ବଳେ ବଜାଇ ଶିଖିବ।

ଗୋଡ଼ ଭାଙ୍ଗି ଚାରି ମାସ ବିଛଣାରେ ପଡ଼ିଲା। ବାପ ମା' କେତେ ଥର ଧାଇଁ ଗଲେ। ସବୁ ଥର ହତାଶ ହୋଇ ଫେରନ୍ତି। ଚୁ ଚୁ କରନ୍ତି। କହନ୍ତି, କଅଣ ଆଉ ହେବ। ମୂଲିଆ ଘର ବୋହୂ ଅକାମୀ ହେଲେ ଛତର ଯୋଗ ସିନା। ବଳ ବଅସ କମି ଆଉଛି। କେତେ ଦିନକୁ ଆଉ। ମଣିଆଁ ମୁଣ୍ଡରେ ପଥର ବୋଝ ନଦି ଦେଇଗଲେ ଭଲ ହେବ ନାହିଁ। ବେଳକାଳ ଯେମିତି ମହଙ୍ଗା, ଦାମ୍ ବଢୁଛି, ମୂଲ ତ ବଢୁନାହିଁ, ଗୋଟାଏ ଅକର୍ମ୍ମଣ୍ୟ ଲୋକକୁ ପୋଷିଲେ ଯିଏ, ହାତୀ ପୋଷିଲେ ସିଏ। ପୁଣି, ପେଚି ତ ଅଚଳ, ତାକୁ ଚଳପ୍ରଚଳ ଆତଯାତ କରବାକୁ ଜଣେ ଲୋକ ନିକମା ହେବ। ବୁଢ଼ା ବୁଢ଼ୀ ଦୁଇଟା ଆଖି ବୁଜିଲେ ମଣିଆଁ ମୂଲ ଲାଗି ଯିବ କି ପେଚିର ସେବା କରିବ? ଏମିତିଆ ସଂସାର କେତେ ଦିନ ବା ଚଳିବ? ପେଟ ତାତିଲେ, ଦେହ ଫୁଙ୍ଗା ହେଲେ, ଆପେ ଆପେ ସ୍ନେହ ଶରଧା ଜଳି ପୋଡ଼ି ଯିବ। ଓହୋ, କି ଦହଗଞ୍ଜ!

ପିଲା ପିଚିକା ଅବସ୍ଥାକୁ ଚାହିଁ ବସିବେ ନାହିଁ। ଷଠୀଦୁଛେଇଁ ହଟ ଲଗାଏ। ଯେଉଁଠି ଧନ, ଯେଉଁଠି ଭୋଗଭାଗ୍ୟ, ପିଲା ବକଟେ ପାଇଁ ଆତୁରିଆ ଡାକ, ସେଇଠି ଷଠୀର ହାତ ଖୋଲେ ନାହିଁ। ସେ ନାହିଁ ନାହିଁ କରେ, ହସେ। ଯେଉଁଠି ତୁଣ୍ଡରେ ଆଧାର ଦେବାକୁ ଖୁଦ ବି ନ ଥାଏ, ଯାହା ଘର ମଣିଷ ପିଲା ଅଖୋଜା ଅଲୋଡ଼ା, ତାଆରି କୋଳକୁ ଠେଲି ଦିଏ ପିଲାପିଚିକା। ନେ, ଆହୁରି ନେ, ଆଉ ଗୋଟିଏ ନେଏମ, ନାହିଁ କରନା।

ଗୋଟିଏ ଗୋଟିଏ ଦିଏ, ପୁଣି ଛପି ଛପି ଆସି ଗୋଟି ଗୋଟି କରି ଟାଣି ନିଏ। ହସି ହସିକା କହେ, ଦେଲି ତ, ଖାଇବାକୁ ଦେଲୁ ନାହିଁ, ମୋ ପିଲା ତୋ କୋଳରେ କାନ୍ଦିବ? ନିଏ। ଡହଳ ବିକଳ ଦେଖି ପୁଣି ଦିଏ।

ସେ ହସେ, ମଣିଷ କାନ୍ଦେ।

ପେଚିର ତ ପୁଣି ପିଲାଛୁଆ ହୁଅନ୍ତେ। କିଏ ପାଳନ୍ତା? କେମିତି ତାଙ୍କୁ ବଞ୍ଚାନ୍ତା ମଣିଆଁ?

ଏଇ ଚିନ୍ତାରେ, ବାପ ମା' ପେଚିକୁ ଛାଡ଼ିଲେ, ଚମ୍ପାକୁ ଆଣିଲେ ବୋହୂ କରି।

ମଣିଆଁ ଭଲ ପିଲା। ବାପ ମାଆଙ୍କ କଥାରୁ ବାହାର ହେଲା ନାହିଁ। ଚମ୍ପା

ବଢ଼ିଲା ଝିଅ। ବୋହୂ ହୋଇ ଏକାଥରେ ଘରକୁ ଆସିଲା। ମଣିଆଁ ମଣିଥିଲା, ବାହାଘର ନୁହେଁ ତ ଖେଳଘର। ତଥାପି, ଚମ୍ପାର କଳା ମିଚି ମିଚି ବଳିଲା ବଳିଲା ଦେହକୁ ଦେଖି ତାଆର ମନ ଆଉ ଜଣକୁ ଖୋଜିଥିଲା। ମୁଣ୍ଡ ଭିତରେ, ବାର ବରଷର ଫୁଟି ଆସୁଥିଲା କଇଁଫୁଲ ପରି ତୋରା ଆଉ ସୁନ୍ଦର ପେଚିର ଢଳ ଢଳ ରୂପ ଆସି ଠିଆ ହେଲା। ମୁହଁ ଲୁଚାଇ ସେ ଆଖିରୁ ପୋଛୁଥିଲା ଲୁହ।

ସାତମଙ୍ଗଳା ବାସୀ ଚମ୍ପା କାମରେ ହାତ ଦେଲା। ମାସ ନ ପୂରୁଣୁ ଦାଆ ଧରି ବିଲକୁ ଗଲା। କେଡ଼େ ବିଚକ୍ଷଣ। ଆଖି ପିଛୁଳାକେ ସବୁ ପାଇଟି ସାରେ। ବୁଢ଼ା ବୁଢ଼ୀଙ୍କର ସେବା କରେ, ଯତ୍ନ ନିଏ। ରାତି ଅଧ ଯାଏ ଲୋଟଣୀ ପାରା ପରି କାମରେ ଲାଗେ। କେହି ନ ଉଠୁଣୁ ବିଛଣାରୁ ଉଠି ବାସୀ ପାଇଟି ଶେଷ କରେ। ଘର ଦିଶେ ଉଜ୍ଜ୍ୱଳ।

ସେଇ ଯେ ମୂଲିଆ ଘରର ଠିକଣା ବୋହୂ। ବାପ ମା' ପ୍ରଶଂସା କଲେ। ଗାଁ ମାଇପେ ଧନ୍ୟ ଧନ୍ୟ କହିଲେ। ମଣିଆଁର ମନ ଝଗଡ଼ି ଉଠିଲେ ବି ଗାଁ ଲୋକଙ୍କର ଧନ୍ୟ ଧନ୍ୟ କୁହାଟ ଭିତରେ ତାଆର ଯୌବନର ନୀରବ ଅଭିଯୋଗ, ପେଚି ପ୍ରତି ଆତ୍ମାର ଅଜଣା ମୋହ ଲୁଚି ରହିଲା।

ସୁଖରେ ବାପ ମା' ପୁଅବୋହୂଙ୍କୁ ଆଶୀର୍ବାଦ କରି ଆଖି ବୁଜିଲେ। ଚମ୍ପା ଥିଲାରୁ ମଣିଆଁର ହାତ ଗୋଡ଼ରେ କିଛି ଲାଗିଲା ନାହିଁ। ଚମ୍ପା ତ ଘରଣୀ ନୁହେଁ, ସେ ସାକ୍ଷାତ ଲକ୍ଷ୍ମୀ। ରୂପରେ ନ ହେଲେ, ଗୁଣରେ ।

ମଣିଆଁ ମୂଲ ଲାଗିବା ଛଡ଼ା ଆଉ କିଛି ଜାଣେ ନାହିଁ। ସଞ୍ଚିଲା ଧନରେ ଚମ୍ପା ଭଲ ଘର ତୋଳିଲା। ନାଳ ସେପାରି ଘେରିବନ୍ଧ କଡ଼ରେ ଜମି ମାଣେ କିଣିଲା। ଛେଳି ମେଣ୍ଢା ଚାରିଟା କିଣି ପାଳିଲା।

ଚମ୍ପାର ଡୋରରେ ମଣିଆଁ ଦିନୁଦିନ ହେଲା ବାନ୍ଧି। ତାଆର ରୂପଟା ଆଉ ଆଖିକୁ ଦିଶିଲା ନାହିଁ। ଦିଶିଲା, ତାଆର ଗୁଣଟା। ପେଚିର ଭାବନା ମନରୁ ପୋଛି ହୋଇଗଲା। ପେଚିକୁ ସେ ଭୁଲିଲା। ଦୁଇ ମାସର ଖେଳକୌତୁକ ରାତିର ସପନ ପରି ମୂଲିଆର ମୁଣ୍ଡ ଝାଳ ସଙ୍ଗେ ତତଲା ବାଲିରେ ପଡ଼ି ମିଳେଇ ଗଲା। ମଣିଆଁ ହେଲା ପକ୍କା ସଂସାରୀ।

ଚମ୍ପାର କୋଳରେ ଜନମିଲା ପିଲା। ଚମ୍ପା ମଣିଆଁର ମନ ମିଶି ଏକକାର ହେଲା। ପିଲାର ତୁଣ୍ଡରୁ ଦରୋଟି କଥା ନ ବାହାରୁଣୁ ସେ ଟଳି ପଡ଼ିଲା। ଏମିତି, ଗୋଟିକ ପରେ ଗୋଟିଏ।

ଚଉଦ ବର୍ଷର ଘରକରଣା ଭିତରେ ଚମ୍ପା ରକ୍ତ ମାଂସ ଦେଇ ତିନୋଟି ପିଲା ଗଢ଼ିଲା। ସମସ୍ତେ ବାହୁଡ଼ିଲେ। ଲୋକେ ପେଚିର ଖର ନିଃଶ୍ୱାସର ଦୋଷ ଦେଲେ। ଚମ୍ପାକୁ ପେଚିର ଭୂତ ଲାଗିଲା। ଥରେ ନୁହେଁ, ତିନି ଥର। ମଲା ମଣିଷର ଭୂତ ସିନା ଲାଗେ, ଆଚମ୍ବିତ କଥା, ଜୀଅନ୍ତା ପେଚିର ଭୂତ ଲାଗିଲା! ଲୋକେ କହିଲେ, ସେ ପିଶାଚୁଣୀଟା, ମଣିଷ ରୂପ ଧରି ଜନମିଛି। କେତେ ମିଛ ଗପ ପେଚି ନାଆଁରେ ପ୍ରଚାର ହେଲା-।

ଚମ୍ପା ଡରିଲା, ଡରିଲା ମଣିଆଁ।

ଗୁଣିଆଁ ଅଇଲେ। କେତେ କଥା କହିଲେ। ଗାଁ ଲୋକେ ମତେଇଲେ, ତାକୁ ଘରକୁ ଆଣି ଆର ଗୋଡ଼ଟା ଭାଙ୍ଗିଦେ।

ମଣିଆଁ ଡରିଲା, ଡରିଲା ଚମ୍ପା।

ଦୁଃଖ ଭାବନାରେ ଜଲ୍‌ଦି ଜଲ୍‌ଦି ବୁଢ଼ା ହୋଇ ଆସିଲା ମଣିଆଁ। ମୁଣ୍ଡରେ ବାଳ ପାଚିଲା ଅଧା ବଅସରେ। ଆଖି ପଶିଲା ତାଳୁ ଭିତରେ, ଗାଲ ପଶିଲା ପାଟି ଭିତରେ। ଦେହରେ ଗଣି ହେଲା ହାଡ଼। ହାତରେ ଗୋଡ଼ରେ ବଳି ହେଲା ଶିରା ଦଉଡ଼ି। କାମ କରିବାର ଶକ୍ତି କମି ଆସିଲା। ଯେଉଁ ଗ୍ରାମ ଲୋକେ ମଣିଆଁକୁ ମୂଲ ଲଗାଇବାକୁ ଆଗୁସାର ହୁଅନ୍ତି ସେମାନେ ପୁଣି କୁନ୍ଥୁ କୁନ୍ଥୁ ହେଲେ। ଟୋକା ବୟସରେ ମଣିଆଁ ଦିଶିଲା ଦରବୁଢ଼ା ପରି।

ପେଚି ଚାହିଁଲା-

ଏଇ ତାଆର ହାତ ଧରିଲା ବର, ମନର ମଣିଷ। ମୁଣ୍ଡରେ ବୋଝ, ହାତରେ କୁର୍‌ହାଡ଼ି। ଏଇ ତାଆର ଦେବତା, ଯାହା ପାଇଁ ସାରା ଜୀବନ ସେ ଝୁରୁଛି। ଯାହାର ସୁଖ ଆନନ୍ଦ ପାଇଁ ଦୂରରେ ଥାଇ ଠାକୁର ପାଖରେ ମୁଣ୍ଡ ନୁଆଇଁ ଜଣାଣ କରିଛି। କି ରୂପ, କି ଢଙ୍ଗ। କାହିଁ ସେ ହସିଲା ମୁହଁ, ଚଞ୍ଚଳ ଚାହାଣି, ଛନଛନିଆ ବଳିଲା ଦେହ !

ପେଚିର ଆତ୍ମା ବାହୁନି ଉଠିଲା। ଆଖି ଛଳ ଛଳ ହେଲା। ସେ ଆଖି ବୁଜିଲା। ଭାବନାକୁ ଫେରାଇ ନେଲା ଚଉଦ ବରଷ ତଳକୁ। ଆଖିର ଲୁହ ଭିତରେ ପୁଣି ଧ୍ୟାନ କଲା ତାଆର ଦେବତା ମଣିଆଁକୁ। ଯୁବକ, ସୁନ୍ଦର, ବଳିଷ୍ଠ, ଚଞ୍ଚଳ। ସେଇ ତାଆରି

ବର। ଏ ନୁହେଁ। ଏ ତାଆରି ପ୍ରେତ। ସେଇ ବରକୁ ସେ ଝୁରିବ, ଝୁରି ଝୁରି ଆଖି ବୁଜିବ! ଏ ନୁହେଁ-।

ମଣିଆଁ ଚାହିଁ ରହିଲା-

ଏଇ ସେ ପେଚି। ତାଆରି ହାତ ଧରି ଦିନେ ସେ ଘରକୁ ନେଇଥିଲା ? ବିନା ଦୋଷରେ ତାକୁ ସେ ପରିତ୍ୟାଗ କରିଥିଲା। ତାଆର ଆଖିର ଲୁହ, ତତଲା ନିଃଶ୍ୱାସରେ ତାଆରି ସୁଖର ସଂସାର ଜଳି ପୋଡ଼ି ଛାରଖାର ହୋଇଛି। ତାଆରି ଡହଳ ବିକଳ ଜୀବନ ଓ ମନ ଲତା ପରି ଲମ୍ଵି ଆସି ତାଆର ଜୀବନକୁ କଲବଲ କରିଛି, ଆଖିର ଜଳିଲା ଦୃଷ୍ଟି ମଣିଆଁ- ଚମ୍ପାଙ୍କର ରକ୍ତ, ମାଂସ, ଜୀବନ ଶୁଖାଇଛି।

ମଣିଆଁର ଇଚ୍ଛା ହେଲା, ତା'ର ହାତ ଧରିବ, ସବୁ କହିବ, ମାଗୁଣି କରିବ, ଦେ, ଦେ, ମୋର ପିଲାଗୁଡ଼ିଙ୍କୁ ଫେରାଇ ଦେ। ତୋଅର ଜୀବନ ମୁଁ ପୋଡ଼ି ଦେଇଛି। ମୋ ଜୀବନକୁ ତୁ ପୋଡ଼ି ଜାଳି ପାଉଁଶ କର। ଟିକି ଟିକି କରି କଲବଲ କରି ମାରୁଛୁ କାହିଁକି ? ଏକା ଥରେ, ଏକାଥରେ ଶୋଷି ନେ ଛଟପଟ ଆକୁଳ ବିକଳ ଜୀବନଟାକୁ।

ମଣିଆଁର ଦେହ ଥରି ଉଠିଥିଲା। ମୁଣ୍ଡରୁ ଖସି ପଡ଼ିଲା ବୋଝ। ଥରି ଥରି ହାତରୁ ଖସିଲା କୁରହାଡ଼ି। ପଶିଲା ପଶିଲା ଆଖି କୋଣରୁ ଝରି ଆସିଲା ଲୁହଧାର।

ପେଚି ଦେଖିଲା ସେ ଲୁହ।

ପଶ୍ଚିମ ବାଲିବନ୍ତ ମାଳ ପଛପଟେ ସୂର୍ଯ୍ୟ ଲୁଚି ଆସୁଥିଲେ।

ଦୋହଲା ମନ ନରମି ଆସୁଥିଲା, ମନ ଭିତରୁ କିଏ କହି ଉଠିଲା, ତାଆର କୋରଡ଼ ଆଖିରେ ତୋ ପାଇଁ ଲୁହ ଅଛି ଲୋ ପେଚି, ସେ ତତେ ଭୁଲି ନାହିଁକି ଭୁଲି ପାରିବ ନାହିଁ। ତୋଓରି ଭାବନା ତାକୁ ଏ ରୂପ କରିଛି। ବାପ ମା' ତାକୁ ବାନ୍ଧି ଦେଲେ। ସେ ଫିଟି ଆସି ପାରିଲା ନାହିଁ। ଛଟପଟ ହୋଇଛି। କାନ୍ଦି କୁହ୍ଲେଇ ମନ ମାରି ରହିଛି। ଏମିତି କାନ୍ଦିଛି ସେ- ଏମିତି, ଜୀବନ ସାରା!

ପେଚି ମୁଣ୍ଡ ଟେକି ଭଲ କରି ମଣିଆଁ ମୁହଁକୁ ଚାହିଁଲା। ମନେ ହେଲା, ସେହି ଦୁର୍ବଳ ମଣିଷର ଲୁହଝରା ଚାହାଣିରେ କେତେ କାଳର ଜମାଟବନ୍ଧା ବେଦନା, ଅନୁତାପ ଓ ମିନତି ଭରି ରହିଛି। ଯେପରି ସେଇ ଆଖି ଦିଇଟା ତାଆର ଆତ୍ମାକୁ ଓଟାରୁଛି। ଥରିଲା ଥରିଲା ଓଠ ତାଆର ସଂଯତ ମାତୃତ୍ୱ କାମନାକୁ ଚହଲାଇ ଦେବ।

ଚଇଁଆର ବାହାଘର ହେବ। ଚଇଁଆ, ଯାହାକୁ କୋଳରେ ବଢ଼ାଇ ସେ ନାରୀତ୍ୱର, ମାତୃତ୍ୱର ସବୁ ଆନନ୍ଦ ପାଇଛି। ଯେଉଁ ସ୍ୱାମୀ ତାକୁ ଅପାରଗ ବୋଲି ଗୋଡ଼ରେ ଆଡ଼େଇ ଦେଇଥିଲା, ଯିଏ ବାପ ମା' ଓ ଦୁନିଆଁ ଲୋକଙ୍କର କଥାକୁ ସାହା ଭରସା ନଥିଲା, ବାହାହେଲା ସ୍ତ୍ରୀର ଜୀବନଠାରୁ ବେଶି ମୂଲ୍ୟବାନ ମଣିଥିଲା, ଏଇ ସେ ! ତା' ଆଡ଼କୁ ଥରଟିଏ ଚାହିଁବାର ଅଧିକାର ମଧ୍ୟ ମଣିଆଁର ନାହିଁ।

ମଣିଆଁର ଥରିଲା ଓଠରୁ ପଦଟିଏ କଥା ବାହାରିଲା, ପେଚି- !

ସେହି ପଦଟିଏ କଥା ଯେପରି କାହିଁ କେତେଦୂରରୁ, ହୁଏତ ଜଡ଼ ଦୁନିଆଁର ଆର ପାରିରୁ ଆସି ପେଚିର କାନରେ ବାଜିଲା। ଯେପରି ସେ ସ୍ୱରଟା ଅତି ପରିଚିତ, କିନ୍ତୁ ଯେଉଁ ମଣିଷର ତୁଣ୍ଡ ଥରାଇ ସେହି ପଦଟିଏ କଥା ବାହାରି ଆସିଲା, ସେହି ମଣିଷଟା ତାଆର ଅଚିହ୍ନା, ଅଜଣା। କି ଅଧିକାର ଅଛି ଏ ଲୋକଟାର ତା' ନାଆଁ ତୁଣ୍ଡରେ ଧରିବ ?

ଜଳି ଉଠିଲା ପେଚିର ବାଦଲଘେରା ଚାହାଣି- ସତେକି ନିଆଁ-ବାଣ। ରାଗ, ଅଭିମାନ, ବିଦ୍ରୋହ, ଘୃଣା, ପ୍ରତିଶୋଧ, ଅବଜ୍ଞା-ସମସ୍ତେ ଏକାଠି ହୋଇ ପେଚିର ଦୁଇ ଆଖିରେ ଜାଳିଲେ ପ୍ରଳୟର ନିଆଁ। ଛାତି ଭିତରେ, ଚଉଦ ବର୍ଷର ଜଳିଲା ମରୁଭୂଇଁ ଉପରେ ବହିଲା ପ୍ରଳୟ ଝାଇଁ ପବନ।

ମଣିଆଁ ଶଙ୍କିଗଲା। ପେଚିର ଆଖି ଦୁଇଟାକୁ ଚାହିଁବାକୁ ସାହାସ ହେଲା ନାହିଁ।

ପେଚି ଉଠିଲା। ମନ କହିଲା, ନା, ନା, ନିଜର ଅନ୍ତରର ଜଳିଲା ନିଆଁରେ ନିଜେ ସେ ଜଳିପୋଡ଼ି ହୋଇ ମରୁ। ଅତୃପ୍ତ ଜୀବନର ସବୁ ଅଭିଶାପ ନିଜ ଉପରେ ପଡୁ, ସେ ଆଉ ଏଇ ନିଃସହାୟ ମଣିଷଟିର ମୁହଁକୁ ଚାହିଁବ ନାଇଁ। ତାଆର ବ୍ୟଥାଭରା ଡାକ କାନରେ ଶୁଣିବ ନାଇଁ। ଜୀବନରେ କେବେ ହେଲେ ସେ ମଣିଆଁର ଅଶୁଭ ମନାସି ନାହିଁ। ବରଂ, ସବୁବେଳେ ଦେବତା ଆଗରେ ଜଣାଣ କରିଛି, ମଣିଆଁର ଭଲ କର, ସେ ସୁଖରେ ରହୁ। ପାଖରେ ଦେଖିଲେ, ତୁଣ୍ଡରୁ କଥା ଶୁଣିଲେ କାଳେ ତାଆର ଜଳିଲା ପୋଡ଼ିଲା ମନ ଭିତରୁ ବାହାରି ଆସିବ ଅକଲ୍ୟାଣ।

ସେ ଯିବ, ମୁହୂର୍ତ୍ତେ ଆଉ ପାଖରେ ରହିବ ନାହିଁ।

ପୁଣି ମଣିଆଁର ତୁଣ୍ଡ ଖୋଲିଲା, ପେଚି, କହିବି କଥାଟିଏ ?

ପେଚି ଶୁଣିବାକୁ ରହିଲା ନାହିଁ। ବାଡ଼ି ଖଣ୍ଡି ଧରି ସେ ଯେତେ ଧଅସି ପାରେ ଛୋଟେଇ ଛୋଟେଇ ଧାଇଁବାକୁ ଲାଗିଲା।

ଗାଈ, ବଳଦ, ଛେଳିଗୁଡ଼ିକ ମୁଣ୍ଡ ଟେକି ବଲବଲ କରି ପେଚିର ଗଲା ବାଟକୁ ଚାହିଁ ରହିଲେ। କେହି କେହି ବୋବାଳି ଛାଡ଼ିଲେ। ମଣିଆଁ ମଧ୍ୟ ନିରୀହ, ନିରୂପାୟ ଛେଳି ଛୁଆଟି ପରି ବଲ ବଲ କରି ଅନାଇଁ ରହିଲା। ତାଆର ପାଟିରୁ କଥା ବାହାରିଲା ନାହିଁ। ଗୋଡ଼ ଚଳିଲା ନାହିଁ। ଆଖି ଆଗରେ ଦୁନିଆ ଖାଲି ଭ୍ରମିବାକୁ ଲାଗିଲା। ସେ ଅନୁଭବ କଲା, ଚଉଦବର୍ଷ ପରେ ପେଚି ଆଜି ତ ତାଆରି ଉପରେ ନିଷ୍ଠୁର ଭାବରେ ପ୍ରତିଶୋଧ ନେଇଛି ! ସେ ବୁଝିଲା, ଯେଉଁ ପେଚି ଦିନେ ଉଜ୍ଜ୍ୱଳ ଦରଫୁଟିଲା କଇଁ ଫୁଲ ପରି କଅଁଳ ଥିଲା; ସେ ଆଜି ପଥର ପରି କଠିଣ ହୋଇଛି, ଯିଏ ସଦ୍ୟଗୁନ୍ଥା ଫୁଲ ହାର ପରି ମନ ମୋହିଥିଲା, ସେ କାଳ ସାପ ପରି ଭୟଙ୍କର ହୋଇଛି। ଯିଏ ଦେବକନ୍ୟା ପରି ପବିତ୍ର ନିରୀହ ଥିଲା, ସିଏ ଆଜି ପିଶାଚୁଣୀ ପରି ନିର୍ମମ ନିଷ୍ଠୁର ହୋଇଛି !

ପେଚିକୁ ପଥର କରିଛି, ଭୟଙ୍କର ନିର୍ମମ, ନିଷ୍ଠୁର କରିଛି, ସେ- ମଣିଆଁ ! ପେଚିର ଅଭିଶାପ, ଖର ନିଃଶ୍ୱାସରେ ତା'ର ସୁଖ ସଂସାର କଲବଲ ହୋଇଛି। ତାଆର ସଂସାର ଜଳିପୋଡ଼ି ଯିବ, ଛାରଖାର ହେବ।

ମଣିଆଁର ଦେହ ଥରି ଉଠିଲା। ଚମ୍ପାର କରୁଣ ଦୁର୍ବଳ ରୂପ ଆସି ଆଖି ଆଗରେ ଠିଆ ହେଲା, ପେଟରେ ଆଠ ମାସର ପିଲା।

ମଣିଆଁ ବିଚଳିତ ହୋଇ ଚାହିଁଲା।

ଦୂର କିଆବଣର ଆରପାଖେ ପେଚି ଲୁଚି ଯାଇଛି !

ପେଚି ଚଇଁଆର ହାତକ ଦି' ହାତ କଲା।

ନୂଆ ସଂସାରର ଆନନ୍ଦ ଭିତରେ ସେ ବୁଡ଼ି ରହିଲା। ଉଷା ମେଘର ଚଳନ୍ତି ଛାଇ ପରି ମଣିଆଁର ସେ ଦିନର ସ୍ମୃତି ଧୀରେ ଧୀରେ ମନ ଗହନର ଅନ୍ଧାରି କୋଣରେ ଛପିଗଲା। ଅକାଳ ଘଡ଼ଘଡ଼ିର ମେଦିନୀଥରା ଗର୍ଜନ ପରି କେବେ କେମିତି ପେଚିର କାନରେ ବାଜିଯାଏ ଦୁର୍ବଳ ସେହି ମଣିଷଟିର 'ପେଚିଡ଼ାକ'। କି କଥା କହିବାକୁ ସେ ଚାହୁଁଥିଲା, ପେଚି ଭାବି ବସେ। ଚମକି ଉଠେ। ପୁଣି ନିଜ ଗଢ଼ା ନୂଆ ସଂସାରର ଜଞ୍ଜାଳ ମଝିରେ ସେ ବୁଡ଼ି ରହେ।

ପାଣି ସୁଅ ପରି ବେଳ ବୋହିଗଲା। ଚଇଁଆ ଚିହ୍ନିଲା ସୁନାକୁ, ପୁଣି ସୁନା ଚିହ୍ନିଲା ଚଇଁଆକୁ। ଦୁନିଆଁର ନୂଆ ବାଟରେ ଚାଲୁ ଚାଲୁ ଜୀବନର ମୋହ ଦୁହିଁଙ୍କୁ କଲା ଏକା। ଯେଉଁ ଚଇଁଆ ହାତ ମୁଠା କରି ସୁନାକୁ ମାଡ଼ ମାରିବାକୁ ଧାଇଁ ଆସୁଥିଲା,

ସେହି ପୁଣି ସୁନାକୁ ଘଡ଼ିଏ ନ ଦେଖିଲେ ବଣା ହେଲା। କପୋତ କପୋତୀ ପରି ଏକା ଡାଳରେ ବସି ବେଳ କାଟିବାକୁ ସବୁବେଳେ ମନ ଡାକିଲା।

ପେଚିକୁ ଖୁସି ଲାଗିଲା! ବେଶି ଦିନ ତାଆର ଆନନ୍ଦ ରହିଲା ନାହିଁ। ସୁନା ହେଲା ଘରର ଘରଣୀ। ପେଚି ରହିଲା ତା'ର ହାତ ଟେକାରେ। ମୂଲିଆର ଦୁଃଖର ସଂସାର ଅଭାବ ଅସୁବିଧାର ପେଷଣରେ ପଡ଼ିଲା। ତିନି ଓଳି ଉପାସ ରହି ଯେଉଁ ପେଚି ଚଇଁଆର ମୁହଁରେ ଭାତ ଦେଇ ଶାନ୍ତି ପାଉଥିଲା, ବେଳେ ବେଳେ ଟିକିଏ ଅଭାବ ପଡ଼ିଲେ ସେ ସୁନାକୁ ପଦେ କହିଲା। ସୁନା ସହିଲା ନାହିଁ। ଚଇଁଆର କାନରେ ପଡିଲା କଥା। ଭିତରେ ଭିତରେ କୁହୁଳି ଚଇଁଆ ତୁନି ରହିଲା।

ଦୁଃଖର ସଂସାରରେ, ଅଭାବ ଅସୁବିଧାର ଟଣା ଓଟରାରେ ତିନିହେଁ ଛଟପଟ ହେଲେ। ଅଜାଣତରେ ଈର୍ଷା ଟେକିଲା ମୁଣ୍ଡ। ଚଇଁଆ ପେଚିକି ପ୍ରଶ୍ନ ପଚାରିଲା। କ୍ରମେ କ୍ରମେ ସେ ବି ହେଲା ଦେହସହା। ଅରୁଚା ପରୁଚା, ଗାଳି ମନ୍ଦ, ଶେଷକୁ ଚଇଁଆ ହାତର ମାଡ଼ ମଧ୍ୟ ପେଚିର ଦେହସହା ହେଲା।

ଯେଉଁ ଅପା ତାକୁ କୋଳରେ କାଖରେ ବଢ଼ାଇ, ତୁଣ୍ଡରେ ଆହାର ଦେଇ ବଢ଼ାଇଲା, ଯେଉଁ ଅପା ଜୀବନର ସବୁ ସୁଖରେ ଜଳାଞ୍ଜଳି ଦେଇ ଚଇଁଆକୁ ଜୀବନ ଦେଲା, ଶେଷକୁ ସେଇ ଅପା ହେଲା ଚଇଁଆର ଅନାବଶ୍ୟକ। ଯେଉଁ ସୁନାକୁ ବାଟରୁ ଗୋଟାଇ ଆଣି ଅପା ତାହାରି ହାତରେ ସମର୍ପି ଦେଇଥିଲା, ସେଇ ପରଘର ଝିଅ ସୁନା ହେଲା ତା'ର ସର୍ବସ୍ୱ। ତାଆରି କଥାରେ ଅପାର ପିଠିରେ ମାଡ଼ ଦେବାକୁ ଚଇଁଆ ପଛେଇଲା ନାହିଁ।

ସୁନାର କୋଳକୁ ଆସିଲା ଭରଥ।

ପେଚି ତାକୁ କୋଳକୁ ନେଲା। ସବୁ ଦୁଃଖ ଭୁଲିଲା। କାଲି ଚଇଁଆ ଏମିତି ହୋଇଥିଲା। ପେଚି ସବୁ ଗାଳି ମାଡ଼ ସହିଲା। ଭରଥିଆର ଟିକି ଓଠରେ ହସ ଦେଖିଲେ ସେ ସବୁ ପାସୋରେ।

ଆଉ ତ ସହି ହେଉ ନାହିଁ। ପେଟର ଦୁଃଖ ସହି ହେବ ସିନା, ମନର କୋହ ଲୁଚାଇ ହେବ, ପିଠିର ମାଡ଼ ତ ଅସହ୍ୟ! କାହା ଆଗରେ ଗୁହାରି କରିବ? ଆଉ କିଏ ତାଆର ଅଛି?

ଲୁଚେଇ ଲୁଚେଇ ସେ କାନ୍ଦେ। ବାପ ମା'ଙ୍କୁ ମନେ ପକାଏ। ଆଖି ଆଗରେ ଗେରସ୍ତ ମଣିଆଁର ଧଡ଼ିଆ ଧେଡ଼ଙ୍ଗ ରୂପ ଆସି ଉଭା ହୁଏ- ଆଖିରେ ଢଳ ଢଳ ଲୁହ, ତୁଣ୍ଡରେ ଆକୁଳ ବିକଳ ଡାକ, ପେଚି, କଥାଟିଏ କହିବି ?

କି କଥା ?

ପେଚିର ଆଖିରେ ଲୁହ ଶୁଖେ ଭାବି ଭାବି। ଶୁଖିଲା ଆଖିକୁ ପଣତରେ ପୋଛି ଉଠେ। କଅଁଳା ପିଲାଟା। କାହିଁକି ରାହା ଧରି କାନ୍ଦୁଛି। ମନ ଛନ ଛନ ହୁଏ।

ଗାଁ ମାଇପେ ପଚାରନ୍ତି, ହଇଲୋ, ଚଇଁଆ ତତେ ମାରୁଛି ?

ନାଇଁ ତ, ଏତେ ବଡ଼ କଥା କିଏ କହିଲା ମ ?

ଏଁ, ଲୁଚଉଛୁ ?

ନାଇଁ ମ ଖୁଡ଼ୀ, ଚଇଁଆର ପୁଣି ଏଡ଼େ ସାହସ ? ଖୁଡ଼ୀ ମ, ସେ କେଡ଼େ ସୁଧାର, ତେବେ କଅଣ ଜାଣ ନାହିଁ ? ଉଠ୍ କହିଲେ ଉଠିବ, ବସ୍ କହିଲେ ବସିବ। ଆଉ ସୁନା, ସେଇଟା ତ ପିଲା, ଭାତ ଖାଇ ଆଞ୍ଚୋଇ ଜାଣେ ନାହିଁ। ପିଲାଟାଏ ସିନା ଜନମ କରିଛି, ପିଲା କଅଣ ସେ ଜାଣେ ? ପିଲା ମନ, ପିଲା ବୁଦ୍ଧି ତାଆର ଭାଙ୍ଗିଲାଣି ନା ?

କେତେଦିନ ଲୋକଙ୍କୁ ଭୁଲେଇ ପାରିବ, ଲୁଚେଇ ପାରିବ ? ଗାଁ ଲୋକେ ଚଇଁଆ ସୁନାଙ୍କର ବ୍ୟବହାର ଜାଣିଲେ ଛି ଛାକର କରିବେ, ତାଙ୍କୁ ଘୃଣା କରିବେ। ପିଲା ଆରାରେ ସୁନା ଯେ ଆଜି ଫୁଲରାଣୀ ସାଜି ବସିଛି, ସେଥିପାଇଁ ତ ଗାଁ ମାଇପେ କେତେ କଥା କହିଲେଣି, ତୋଓରି ମୁହଁବଢ଼ା ଲୋ ପେଚି, ତୋଓରି ମୁହଁବଢ଼ା। କିଲୋ, ମୂଲିଆ ଘର ବୋହୂଟି, ପିଲାକୁ କାଖରେ ଧରି ପର ଘରେ ପାଞ୍ଚ ପାଇଟି ନ କଲେ ସଂସାର ଚଳିବ କିପରି ? ଗୋଡ଼ ଲମ୍ବେଇ ବସି ରହିବା ତ ଭଲ ନୁହେଁ।

ନାଇଁ ଗୋ ଭାଉଜ, ସୁନା ସେମିତିକା ପିଲା ନୁହେଁ! ଦେଖୁନା, ପୋଖତୀ ଘରଠୁଁ ଶୁଖି ଶୁଖି ଯାଉଛି। ଛୁଆଟା କଟାଳ କରୁଛି। କଅଣ ସେ କରିବ ? ଦାଣ୍ଡକୁ ଆସି ଚାରି ପାଇଟି କରିବାକୁ ସେ ହାଇଁପାଇଁ ହୁଏ। ମୁଁ ତାଆକୁ ଆଖି ଦେଖାଇ ରାଣ ନିୟମ ଦେଇ ଘରେ ରହିବାକୁ କହେ।

ଗାଁ ମାଇପେ ହସନ୍ତି। କହନ୍ତି, ହଁ ହଁ, କଥା ଚଳେଇଲେ ସବୁ ସୁନ୍ଦର ଲୋ ପେଚି, କଥା ଛଳେଇଲେ ସିନା ପବନରେ ଗଣ୍ଠି ପଡ଼େ। କାହିଁକି, ସୁନା ତ ଗଣ୍ଠି ବୋହିଲାଣି, ଝଡ଼ିଲା କେଉଁଠି ?

ପେଚି ତୁନି ରହେ।

ଭଲରେ ସେଇ କଥା ବୁଝେଇ କହିଲା ବୋଲି ସୁନା ଅବିଗୁଣ ପାଇଲା। ମୁହଁ ମୋଡ଼ିଲା। ରାତି ଅଧରେ ଚଇଁଆ ପାଖରେ ସକେଇ ହେଲା। ପାଖରେ ଶୁଏ, କାନରେ କହେ, ତା' କଥାକି ଅନ୍ୟଥା ହୁଏ ?

ସକାଳୁ ସୁନାର ମୁହଁ ଫଣ ଫଣ! ଚଇଁଆର ଚିଡ଼ୋଳ ଢଙ୍ଗ, ଟାଉଁ ଟାଉଁ କଥା, ପିଲା ଛୁଆବାଆଲୀ, ଯିଏ ପିଲା ମୁହଁ ଦେଖି ନାହିଁ ସେ କେମିତି ଭଲ ମନ୍ଦ ବୁଝିବ ? କାହାର ଗଣ୍ଠି ମାଲ ସରୁଛି କି ?

ଛାତିରେ ଛୁରି ଚାଲିଯାଏ। ପିଲା ଛୁଆବାଆଲୀ। ପେଚି କୋଳରେ ଗାଁଯାକର ପିଲା ଦୋଳି ଝୁଲନ୍ତି, ହେଲେ କୌଣସି ପିଲା ତ ତାଆର ନୁହେଁ। ତା' ପେଟରୁ ତ କେହି ବାହାରି ନାହିଁ। ହଉ, ଭରଥିଆ କଅଣ ତାଆର ନୁହେଁ କି ? ଏକା ରକତ !

ଦେ ଲୋ ସୁନା ପୁଅକୁ, ତେଲ ହଳଦୀ ଲଗେଇ ଦିଏଁ-

ମଲାମର, ଠଣାରେ ଚାରିଟା ପଇସା ରଖିଦେଇ ବାରିଆଡ଼କୁ ଗଲି, କିଏ ତାକୁ ନେଇଗଲାଣି। ଆଖିରୁ କଜ୍ଜ୍ୱଳ ନେବେ ଲୋ ମା', ଏ ଘରେ।

ପେଚିର ପାଟି ଖଲଖଲ ହୁଏ କଅଣ ପଦେ କହି ଦେବାକୁ। ତୁନି ରହେ। ସୁନା କୋଳରୁ ଭରଥିଆକୁ ଟାଣି ଟାଣି ଗୋଡ଼ରେ ପକେଇ ହଳଦୀ ଦିଏ। ପିଲା କାନ୍ଦେ। ତମ୍ ତମ୍ ହୋଇ ଧାଇଁ ଆସେ ସୁନା। କହେ, ଭଲ ପିଲାଟା କାନ୍ଦିବ କାହିଁକି ? କିଏ ଚିମୁଟିଲା କି ?

ସୁନା ଭରଥିଆକୁ ଉଠେଇ ନିଏ। ହଳଦୀ ବଲ ବଲ। ଛାତିରେ ଜାକେ। କ୍ଷୀର ଖାଇ ପିଲା ହୁଏ ତୁନି।

କାକୁସ୍ଥ ହୋଇ ପେଚି ଚାହିଁ ରହେ। ଛାତି ତାଆର ପଥର। ମନେ ପଡ଼େ, ଚମ୍ପା କୋଳର ଦେଢ଼ ବରଷର ଅପର୍ତ୍ତିଆଣୀ ପିଲା କୋଳରେ ଧରି ତେଲ ହଳଦୀ ଦେବ। ଗେଲକରି ଛାତିରେ ଜାକିବ। ନିଜ ରକତ ନୁହେଁ ସିନା, ସଉତୁଣୀର ପିଲା ହେଲେ ତାହାରି ହାତ ଧରିଲା ଗେରସ୍ତର ରକତ ତ।

ଇଚ୍ଛା ହୁଏ ସବୁ ମାନ ଅଭିମାନ, ରାଗ ରୋଷ ଭୁଲି ଧାଇଁଯିବ।

ଯାଏ, ମଣିଆଁ ଘରକୁ ନୁହେଁ, ଗାଁ ସେମୁଣ୍ଡ ପରିଆ ଭାଇ ଘରକୁ। କହେ, ଦେଏ ମ ଭାଉଜ, କାନ୍ଦିଲା ପିଲାକୁ ମୋ କୋଳକୁ ଦେ।

ଆସିଛୁ କିଲୋ ଛୁଆରଙ୍କୁଣୀ ?

ଗାଁ ଭାଉଜ ପେଚି କୋଳକୁ ଟେକି ଦିଏ ପିଲା। ପେଚି ହାତ ବାଜି ପିଲା ହୁଏ ସୁନ୍ଦର। କୋଳରେ ଝୁଲେ, ହସେ, ଛୁଟ୍ କରି ଶୋଇପଡ଼େ।

ତୁ କଅଣ ମନ୍ତର ଜାଣୁ କି ?

ହଁ, ହଁ, ଜାଣେ। ପିଲାଟାର କଣ୍ଠା ଦୋହଲିଲାଣି ଭାଉଜ। କଅଣ ହେଉଛି କି ?

କିଛି ତା' ପେଟରେ ରହୁନାହିଁ। ଦୁଧ କଲେ ପେଟକୁ ଗଲେ ବାନ୍ତି। ଛେନା ଛିଣ୍ଡିଲା ପରି।

ଏଇ କଥା ? ଅମ୍ବୁ ଦାଦିର ପୁଅକୁ ହୋଇଥିଲା ମ, ରୁକୁଣା ହାତପୋଁଛା ପତର ରସ ଦି ବୁନ୍ଦା ମହୁ ଦେଇ ଚଟେଇ ଦେଉନୁ। ଭାଉଜ ସେଇଆ କରେ। ପିଲା ହୁଏ ଭଲ। କହି ବୁଲେ, ଧନ୍ୟ ସେ ପେଚି। କେତେ କଥା ଜାଣେ ମ, ଛୁଆରଙ୍କୁଣୀ।

ପେଚି ଜାଣେ। ବର୍ଷ ବର୍ଷ ଧରି ପରପିଲାର ସେବା ସେ କରିଛି। ଗୋଟିଏ ଗୋଟିଏ କରି କେତେ ତୁଟକା ସେ ଶିଖିଛି। ସବୁ ପରୀକ୍ଷା ଥରକୁ ଥର। ଡାକିଲେ ଜବାବ ଦେବ। ବିଫଳ ହେବ ନାହିଁ।

ଅପା, ଭରଥ କାହିଁକି ଚମକୁଛି ?

ଦେଲୁ ମୋ କୋଳକୁ ଦେଖେଁ।

ଚିମୁଟିବୁ, ନା ?

ହଇରେ ଚଇଁଆ, ମୁଁ ଚିମୁଟିବି ? ତୋ ତୁଣ୍ଡରୁ ଏମିତି କଥା ବାହାରୁଚି ?

ପଦକୁ ପଦ ଚାଲେ। ଚଇଁଆ ହାତମୁଠା କରି ଧାଇଁଆସେ। ସୁନା ଯାହା କହିଥାଏ ଆଖି ନାଲି କରି ଦାନ୍ତ ରଗଡ଼ି ସବୁ ସେ ଉଦ୍‌ଗାରେ, ଠଣାରୁ ତୁ ପଇସା ଚୋରି କରି ନେଲୁ, ସୁନାକୁ ଚୋରଣୀ କହିଲୁ।

ଏମିତି କେତେ କଥା !

ପେଚିର ଆଖିରୁ ଲୁହ ଝରେ। ପିଠି ଆଉଁସେ। ଚଇଁଆ ରାଗ ତମ ତମ ହୋଇ ଘରୁ ବାହାରିଯାଏ। ପେଚିର ତୁଣ୍ଡ ଫିଟେ ନାହିଁ। ଚୋର ମା' ସେ, ଯେବେ କାନ୍ଦିବ ତୁନି ତୁନି କାନ୍ଦିବ ସିନା। କାଳେ ଲୋକେ ଜାଣିବେ, ନିନ୍ଦା କରିବେ, ଚଇଁଆକୁ ଆକଟିବାକୁ ମୂଳ ଲଗାଇବେ ନାହିଁ।

ପେଚି ରୁଷେ। ବାଡ଼ିଖଣ୍ଡି ଧରି ଚାଣ୍ଡେ ଯାଏ ବାଲି ପାହାଡ଼ ଉପର ଝଙ୍କାଳିଆ ବରଗଛ ତଳକୁ। ବାଲୁଙ୍କେଶ୍ୱର ଆଗରେ ଆଖିରୁ ଅଜାଡ଼ି ଦିଏ ଲୁହ।

ସଞ୍ଜ ବୁଡ଼ିଆସେ। ପେଚିର ମନର କୋହ ମନରେ ମରେ। ମନ କହେ ହ, ଚଇଁଆଟା ତ କାଲିକାର ପିଲା। ବାଇଆ ବୁଦ୍ଧି ସୁଧାର ହେବ ଯେ। ସୁନାଟା ବି ତ ପିଲା। ତା' କଥାକୁ ଧରି ବସିବି ? ଚଇଁଆ କଥାକୁ ଛଳ କରିବି ?

ପେଚି ଫେରେ।

ଡାକେ, ଚଇଁ କିରେ- ?

ଚଇଁଆକୁ ଲାଜ ମାଡ଼େ। ଅପାର ପାଟି ଶୁଣି ସେ ଖସିଯାଏ କଦମ୍ବ ମୂଳକୁ, ଯେଉଁଠି ଗାଁ ଲୋକେ ତ୍ରିନାଥ ମେଳା କରୁଛନ୍ତି। ଖଞ୍ଜଣୀ ମାଡ଼ ବି ଚାଲିଛି। ଚିଲମଟା ଗୋଟାଏ ହାତରୁ ଆର ହାତକୁ ଡେଇଁ ପଡୁଛି। ଗାୟକ ବୋଲୁଚି, ଆଉରି ବେଣା ଓପାଡ଼ଇ, ଏ ଆହୁରି,- ଗଛ ସେ ପାଖେ, ଭଜିଲେ ତୋ ଦୁଃଖ, ଭଜିଲେ ତୋ ଦୁଃଖ ରହିବ ନାହ, ଭଜ ମନରେ, ଭଜମନ-

ଘରେ ଏଣେ ପେଚି କହେ, ଆଲୋ ସୁନା, ପାଗଳାଟା କୁଆଡ଼େ ଗଲାଣି। ଚୁଲିରେ କୁହୁଳା ପଡ଼ିବ ନାହିଁକି ?

ସୁନା ଜବାବ ଦିଏ ନାହିଁ।

ପେଚି ରନ୍ଧା ଘରେ ପଶେ।

ସଞ୍ଜ ହେଲା। ସୁନାଥାଳି ପରି ସୁନ୍ଦର ପୂନେଇଁ ଜହ୍ନ ସମୁଦ୍ର କୋଳରୁ ଉଠି ଆସିଲା। ପୂରୁବ ଆଡ଼କୁ ମୁହଁ ଫେରାଇ ପେଚି ଚାହିଁଲା। ସମୁଦ୍ର ଲହଡ଼ି ଉପରେ ଉଜ୍ଜ୍ୱଳ ଜୋଛନାର ଖେଳ। ଦୂର ବାଲିବନ୍ତର ଧୂସର ଉଜ୍ଜ୍ୱଳ ରୂପ।

ପେଚି ବୁଝିଲା, ଡେରି ହେଲାଣି। ଅନ୍ୟ ଦିନ ପରି ଅବାଧ ଗୋଡ଼ ଦୁଇଟା ବାପର ଡିହ, ନିଜ କମେଇଁ ମଥାନ ତଳକୁ ତାଆର ଦେହଟାକୁ ଟାଣି ନେଲା ନାହିଁ। ସେ ବସିଲା, ପୁଣି ଭାବିଲା-

ଚଇଁଆଁ ତାକୁ ଚାହେଁ ନାହିଁ। ଚଇଁଆଁ ଡିମ୍ବରୁ ଫୁଟି ଚଢ଼େଇ ହୋଇଛି, ତାଆର ଡେଣା ଲାଗିଛି, ସେ ଉଡ଼ିଛି। ଏଥର ସେ ଖୁମ୍ପିବ। ଏ ତ ଦୁନିଆ କଥା। ଯେତେ ଭାଇ ସେତେ ଘର, ଯେତେ କନିଆଁ ସେତେ ବର। ହଉ, ହଉ, ସେ ଘର କରୁ, ସୁଖରେ ରହୁ। ସେ ଯେମିତି ଚଇଁଆକୁ ମଣିଷ କଲା, ଚଇଁଆ ସେମିତି ଭରଥିଆକୁ ମଣିଷ କରୁ। ଉଡ଼େଇ ଶିଖାଉ। ଗଦେଇ ସାହୁର ନାଆଁ ରହୁ।

ଚଇଁଆର ସଂସାରରେ ପେଚି ଏବେ ଅଲୋଡ଼ା ବିଲ ହୁଡ଼ାର ହୁଙ୍କା ପରି।

ପେଚି ତ ଅନ୍ୟ ଡାଳକୁ ଉଡ଼ିଯିବ।

ସୁନା ପାଣିଧୁଆ ଜୋଛନା ଛିଞ୍ଚା ବାଲି ପାହାଡ଼ ମାଳର ଚାରିଆଡ଼େ ସେ ଆଖି ବୁଲାଇଲା। କୁଆଡ଼େ ଯିବ, କେଉଁ ଡାଳରେ ନୂଆ କରି ବସା ବାନ୍ଧିବ ?

ଉଭା ହେଲା ଆଖି ଆଗରେ ମଣିଆଁ। ସତର ଅଠର ବର୍ଷର ଯୁବକ ନୁହେଁ, ପଇଁତିରିଶ ବର୍ଷର ଦରବୁଢ଼ା। ମଣିଆଁର ପାଖରେ ଚମ୍ପା। ଦୁର୍ବଳ ଦେହ, ବିରସ ମୁହଁ। ପେଚି ଶୁଣିଥିଲା, ତିନି ବର୍ଷର ପୁଅ ହାଡ଼ିଆ, ଦିନେ ଭଲ ହେଲେ ତିନିଦିନ ରୋଗରେ ଘାଣ୍ଟି ହେଉଛି ମିଁ ମିଁ ହେଲାଣି। ଅପର୍ତ୍ତିଆଣୀ ବୋଲି କେଉଁ ଗାଁରୁ ହାଡ଼ିଆଣୀ ଡକାଇ ଜନ୍ମ ହେଉ ହେଉ ଫୁଲନାଡ଼ କରି ବିକି ଦେଇଥିଲେ। ଆଜିଯାଏ ଭଲ କରି ଠିଆ ହୋଇନାହିଁ। ତୁଣ୍ଡରୁ କଥା ବାହାରି ନାହିଁ। ହାଡିଆଣୀଠୁ ମୁକୁଳେଇ ନାହାନ୍ତି।

ପାଳ ଘର ଦେଢେଇର ନାତିକି ଖେଳଉ ଖେଳଉ ସେ ଦିନ ସକାଳେ ବୁଢ଼ୀ କହିଲେ, ଶୁଣିଲୁଣି ଲୋ ଛୁଆରଙ୍କୁଣୀ ତୋ' ଦେଠା ଯାଇଥିଲେ କୁଜଙ୍ଗ ଗଡ଼। ଛତରଖିଆ ଧନିଆଁ ବାଉରୀ କହୁଛି ହଇ ହେ ସାଆନ୍ତେ, ଆରେ କଞ୍ଚା ଡାଆଣୀ ଛୋଟୀ ପେଚିକୁ ଗାଁରେ ରଖି କେମିତି ଚଳପ୍ରଚଳ ହେଉଛ ? ତମ ଗାଁରେ କଅଣ ପିଲା ଛୁଆ ନାହାନ୍ତି କି ?

ସେ ପଚାରିଲେ, କଅଣ ହେଲା କି ?

କହିଲା, କିହେ, ଏ କଥା ଫେରେ ପଚାରୁଛନା ? ତା' ନାଆଁ ପଡ଼ିଲେ ରାତିରେ ପିଲାଏ ଚମକି ଉଠୁଛନ୍ତି। ଡଉଁରିଆ ବାନ୍ଧିଲେ ଯାଇ ରକ୍ଷା। ମଣିଆଁର ପିଲାଟାର ତ ଡଙ୍କ ମୋଡ଼ି ଦେଲାଣି। ଲୋକେ କହିଲେ, ଯାଅରେ ମଣିଆଁ, ଦୂରରେ ଥାଇ, ପଦ ପଢ଼ି, ବାଣ ମାରି ଏମିତି କଲବଲ କରି ଶୋଷି ପ୍ରାଣ ନେବ କାହିଁକି, ଯାଅରେ, ତାଆରି ପାଖରେ ପକେଇ ଦେଇ ଆସିବୁ। ଖାଉ ସେ, ଜୀଅନ୍ତା ଖାଉ। ଚମ୍ପା କୁଆଡ଼େ କହିଲା, ତିନି ପୁଅ ତ ଗଲେଣି, ହାଡ଼ିଆ ବି ଯିବ। କୁତାମଚଣ୍ଡୀ ଠାକୁରାଣୀଙ୍କ ନାମରେ ପାଣି ଛଡ଼େଇ ଦେଇଛି। ରଖିଲେ ରଖିବେ, ନେଲେ ନେବେ। ସାତ ପୁଅ ପଛେ ଯମକୁ ଦେବି, ପୁଏ ଦେବି ନାହିଁ ସଉତୁଣୀକୁ।

ପେଚି କୋଡ଼ରେ ପାଳ ଘରର ଅଢ଼େଇ ବର୍ଷରୁ ନାତି କିରି କିରି ହୋଇ ହସୁଛି। ତା'ର ଅଳରା ବାଳ ମୁଠା ମୁଠା କରି ଟାଣୁଛି। ଆଖିରେ କାନରେ ଅଙ୍ଗୁଠି ଗେଞ୍ଜୁଛି। ପେଚି ଅଇଗୁଣ ପାଇନାହିଁ। ଓଲଟି ପିଲାର ପେଟରେ ମୁଣ୍ଡ ଲଗାଇ ହଲାଉଛି। ପିଠି ସାଲୁ ସାଲୁ କରୁଛି। ନାତି ଟୋକା ପୁଣି ହସୁଛି।

ତୃପ୍ତ ଆଖିରେ ମୁହୂର୍ତ୍ତେ ଚାହିଁ ଗପୁଡ଼ି ଦେଢେଇ ବୁଢ଼ୀ ପୁଣି ତାଙ୍କର ଗପମୁଣି

ଝାଡିଲେ। ଧନିଆଁ ବାଉରୀ ଏଡ଼େ ବହପରେ କହିଗଲା। ଦେଠା ତୋଅର ତୁନି ରହନ୍ତେ କି? କହିଲେ, ଆରେ ମନ ଦୁଡୁ ଗୁଡୁ ଜୀବନ ନିଏ। ମନ କାହାର ଏପରି ହୁଏ ଜାଣୁ? ଯେ ପାପ କରେ, ଅନ୍ୟାୟ କରେ। ଯିଏ ଭଲ, ଯିଏ ହଲିଲା ପାଣିକି ଗୋଡ଼ ନ ବଢ଼ାଏ, ତାର ମନ ନିର୍ମଳ। ଠାକୁରେ ତା'ର ପଛରେ ଥାଆନ୍ତି। ତା'ର ଗୋଡ଼ରେ କଣ୍ଟା ବାଜିବ ନାହିଁ। ହେ ଧନିଆଁ, ମଣିଆଁକୁ କହି ଦେବୁରେ, ଯେଉଁ ଅନ୍ୟାୟ ସେ କରିଛି, ଆଉ ସୁଧୁରିବ ନାହିଁ। ଗୋଟାଏ ଜୀବନକୁ ବିନା ଦୋଷରେ ହନ୍ତସନ୍ତ, ତହଳ ବିକଳ କରି ସନ୍ତୁଳୁଛି। ସାତ ଜନ୍ମ ଯାଏ ତାଆର ଭଲ ଦଶା ନାହିଁ। ଏମିତି ତହଳ ବିକଳ ହେଉଥିବ। ହାତ ପିଠିରେ ଲୁହ ପୋଛୁଥିବ। ଝିଅ ଲୋ, ଧନିଆଁ ତାଟଙ୍ଗା ହୋଇ ଠିଆ ହେଲା। କହିଲା, ହଁ, ନିଃଶ୍ୱାସ ପଡ଼ିଲା ଛୋଟୀର!

ତୋ ଦେଠା କହିଲେ, ପେଚି ନିଃଶ୍ୱାସ କାହିଁକି ପଡ଼ିବରେ? ତ୍ରିଲୋଚନପୁରର ସବୁ ପିଲା ତ ତାଆରି କୋଳର ମଣିଷ। ତା' ହାତ ବାଜିଲେ ଝାଉଁଳା ଗଛ ମୁଣ୍ଡ ଟେକି ଚାହିଁବ। ମଉଳା ଫୁଲ ପୁଣି ପାଖୁଡ଼ା ମେଲିବ। ସେଇ ମଣିଆଁ ଚମ୍ପାଙ୍କର ନିଃଶ୍ୱାସ ନିଜ ପିଲାଙ୍କ ଉପରେ ପଡୁଛି। ନିଜ ଉଦ୍‌ଗାରିଲା ବିଷ ନିଜେ ପିଇ ମରୁଛନ୍ତି। କହି ଦେବୁରେ, ଯାଆନ୍ତୁ ଦୁଇ ପ୍ରାଣୀ ଯାକ। ପେଚିର ହାତ ଧରି ଘରକୁ ଆଣନ୍ତୁ। ପିଲାକୁ ତାଆରି କୋଳରେ ଦେଇ ଶରଣ ପଶନ୍ତୁ। ପେଚି ହସୁ। ତାଆରି ହସରେ ସବୁ ଉଜ୍ଜ୍ୱଳ ହେବ।

ଧନିଆଁ, କହିଲା, ସାଆନ୍ତେ ଚମ୍ପା ହେଲା କମାର ତ ମଣିଆଁ ହେଲା ଲୁହା। ଦିହେ କୋଚଟ। ଅଗ୍ନି ଦେବତା ମାଡ଼ ଖାଇବା ସାର ହେବ। ଲଙ୍ଗଳ ଲୁହା ଗଢ଼ି ହେବ ନାହିଁ। ଯାଉ, ପର କଥାରୁ କଅଣ ମିଳିବ ଆମକୁ। ଯାହା ଗୋଠରେ ଯିଏ ଧୂଆଁ ଦେବ। ଆମର ଯାଏ ଆସେ କଅଣ?

ପେଚି ରାଉଳ ଦେଠେଇ କଥା ଶୁଣିଥିଲା ସିନା, କିଛି କହି ନ ଥିଲା।

ନିରୋଳା ସଞ୍ଜର ଶୀତୁଳିଆ ଥିରି ପବନରେ ପୁଣି ସେଇ କଥାଗୁଡ଼ିକ ତାଆର କାନରେ ବାଜିଲା। ସମୁଦ୍ରର ଲହଡ଼ି ଭଙ୍ଗା ଗମ୍ଭୀର ଶବଦରେ ଛାତି ପଡ଼ିଲା ଉଠିଲା। ନିଜକୁ ସେ ବିଶ୍ୱାସ କରି ପାରିଲା ନାହିଁ। ଏତେ ଲୋକ କହୁଛନ୍ତି, ସେ କଞ୍ଚା ଡାଅଣୀ, ସେ ପିଶାଚୁଣୀ। ସତେ କଅଣ ସେ ସେଇଆ? ହୋଇଥିବ କାଳେ। ମାଆକୁ ଖାଇଛି, ବାପକୁ ଖାଇଛି, ପୁଣି ଦୂରରେ ଥାଇ ଶାଶୁ, ଶଶୁର, ସଉତୁଣୀର ତିନି ପୁଅ ଖାଇଲାଣି। ବାହା ହେଲା ବରର ରକ୍ତ ମାଂସ ଶୋଷି ଖାଇଛି।

ପେଚି ଅସ୍ଥିର ହେଲା।

କୋହ ଉଠିଲା ମନରୁ। ସେ ତେବେ ସତରେ ଡାଆଣୀ ? ବାପ ମା' ସଭିଙ୍କର ମରନ୍ତି। ଶାଶୁ ଶଶୁର ବି। ସମସ୍ତେ ତ ଡାଆଣୀ ନୁହନ୍ତି। ସଉତୁଣୀର ପିଲାଙ୍କର କେବେହେଲେ ସେ ମନ୍ଦ ମନାସି ନାହିଁ। ବରଂ, କଲ୍ୟାଣ କରିଛି। ତଥାପି, ସେ ମଲେ। ତ୍ରିଲୋଚନପୁରର ସବୁ ପିଲା ତାକୁ ସୁଖ ପାଆନ୍ତି। ମାଆ କୋଳରୁ ତା' କୋଳକୁ ଡେଇଁ ପଡ଼ନ୍ତି। ସେ ତ ମନ୍ତର ଜାଣେ ନାହିଁ। ଏଠୁଁ ସେଠୁଁ ଦେଖି ପାଞ୍ଚ ସାତୁଟା ତୁଟୁକା ଶିଖିଛି। କେତେଥର ପରଖିଛି। କାଟୁ କରେ। ପିଲାଛୁଆ ଡରିଲେ କୁତାମଚଣ୍ଡୀ ବାଲୁଙ୍କେଶ୍ୱର ମହାଦେବଙ୍କ ନାମରେ ଥରେ ଆଉଁସି ଦିଏ। ସେତିକିରେ ପିଲା ଭଲ ହୁଏ ବୋଲି ଲୋକେ କହନ୍ତି। ରାତି ଅଧରେ ପେଚିକୁ ଡକାଇ ପଠାନ୍ତି।

ତେବେ ସେ ଡାଆଣୀ କେମିତି ହେଲା ?

ନାଇଁ, ନାଇଁ, ଡାଆଣୀ ସେଇ ଛତରଖାଇ ଚମ୍ପା। ଆସୁ ଆସୁ, ଶାଶୁ ଶଶୁରଙ୍କ ଗୋଡ଼ରେ ହାତ ଦେଉଁ ଦେଉଁ, ସେମାନେ ଗଲେ। ତିନି ତିନିଟା ପିଲାଙ୍କୁ ଜନମ କରି ଖାଇଛି। ଏଡ଼େ ସୁନ୍ଦର ବରକୁ ଦରମଲା କଲାଣି। ପିଲା ବକଟେ ପୁଣି କୋଳରେ ଯେ, ସେ କୁଆଡ଼େ ମିଁ ମିଁ ହେଲାଣି। ସତକଥା, ଚମ୍ପାର ମନ ଦୁଡୁଗୁଡୁ ତାଆର ହୋଇଛି କାଳ।

ପେଚି ତାଆର ଫୁରୁ ଫୁରୁ ବାଳ ଭିତରେ ଆଙ୍ଗୁଠି ପୂରାଇ ବାଲି ଝାଡ଼ି ଦେଲା। ପିନ୍ଧିଥିବା ଲୁଗା ଖଣ୍ଡିରୁ ବାଲି ଝାଡ଼ି ଝାଡ଼ି ଖଣ୍ଡି ଧରି ବାଲି ପାହାଡ଼ର ଶିଖ ଉପରୁ ଓହ୍ଲାଇ ଆସିଲା ତଳକୁ। ବାଲୁଙ୍କେଶ୍ୱର ମହାଦେବଙ୍କ ଆଡ଼କୁ ଚାହିଁ ଦଣ୍ଡବତ ହେଲା। ହେ ମହାପୁରୁ, ତମ ସାଙ୍ଗେ ମୋର ଏତିକି ଦେଖା। ଆଉ ତମ ପାଖରେ ଦୁଃଖ ଜଣେଇବାକୁ କେବେ ଆସିବି ନାହିଁ। ମୋଓର ଆଉ ଦୁଃଖ ନାହିଁ।

ସମୁଦ୍ର କୂଳିଆ ଚଢ଼େଇଟିଏ ଚିଁ ଚିଁ ହୋଇ ତାଆରି ମୁଣ୍ଡ ଉପରେ ଉଡ଼ିଗଲା। ପେଚି ମୁଣ୍ଡ ଟେକିଲା। ଜହ୍ନ କେତେ ଉପରକୁ ଉଠିଲାଣି, ଦି' ପାହାଡ଼ର ସନ୍ଧିରୁ ଉଠି ଆସୁଛି। କେତେ ରାତି ହେଲାଣି। ଦୂର କିଆ ବଣ ଭିତରୁ ପହରିକିଆ ବିଲୁଆପଲ ବୋବାଳି ଛାଡ଼ିଲେ।

ପେଚି ଅଣ୍ଟା ସଳଖି ଠିଆ ହେଲା।

ମାନ ଅଭିମାନ କଅଣ ? ମାନ ଅଭିମାନ ସେ କେବେ କରି ନାହିଁ। ଚଇଁଆ ସିନା ତାଆରି ଗୋଡ଼ ବାନ୍ଧି ରଖିଥିଲା, ସେ ତାକୁ ମୁକାଳି ଦେଲାଣି। କହିଲାଣି, ଯା'-

ମାଇପେ କହନ୍ତି; ଭାଇ ରାଜା ହେଲେ ଭାଉଜ ରାଣୀ, ଯିଏ କହିବ ରାଜାଙ୍କ ଭଉଣୀ। ସାହୁ ଘର ଢିଅ ଉପରେ ଯେଉଁ ନୂଆଣିଆ କୁଡ଼ିଆ, ସେ କୁଡ଼ିଆର ଘରଣୀ ସୁନା ପେଚି ଚଇଁଆର ଭଉଣୀ ସିନା ଘରର ଘରଣୀ ନୁହେଁ।

ପେଚି ଯିବ, ଯେଉଁ ଚାଳତଳକୁ ମଣିଆଁ ତାକ୍ ଦିନେ ହାତ ଧରି ନେଇଥିଲା, ସେଇଠିକି। ମଣିଆଁ ତାକୁ ମାଡ଼ ମାରିବ। ମାରୁ। ଭାଇର ମାଡ଼ ଯେ ପିଠିରେ ସହିଛି, ବରର ମାଡ଼ ସେ ସହିବ ନାହିଁକି ? ମଣିଆଁର ମାଡ଼ ଖାଇ ଶଶୁର ଢିଅରେ ପଡ଼ି ପ୍ରାଣ ଗଲେ କେହି ତ କହିବ ନାହିଁ ରଜାଙ୍କ ଭଉଣୀ। ପେଚି ମରିବ ତାଆରି କରମ ଭୂଇଁରେ।

ଚମ୍ପା ଆଗରେ ଠିଆ ହୋଇ ହାତ ପାତି ମାଗିବ, ଦେ, ଦେଏ ଲୋ ରାକ୍ଷାସୁଣୀ, ତିନି, ପୁଅ ତ ଯମକୁ ଦେଲୁ, ଏଇ ଧଡ଼ିଆ ଧେଡ଼ଙ୍କ ପିଲା ବକଟକ, ଯାହାକୁ ହାଡ଼ିଆଣୀକୁ ବିକି ଦେଇଛୁ, ମୋ ହାତକୁ ଟେକି ଦେ। ପାରିବି ଯଦି ବଞ୍ଚେଇବି, ନ ପାରିଲେ ତାକୁ କୋଳରେ ଘେନି ମଶାଣିରେ ଶୋଇବି।

ଭାବିଲା, ଚମ୍ପା ତାଆର ସଉତୁଣୀ ନୁହେଁ, ଚମ୍ପା ତାଆର ସାନ ଭଉଣୀ। ମଣିଆଁ ଚମ୍ପାଙ୍କର କମେଇଁ ସେ ଖାଇବ ନାହିଁ। ନିଜେ ଭେଇବ, ଯେମିତି ଆଜିଯାଏ ଭେଇଛି। ଢିହକୁତୀ ପରି ଶଶୁରର ଚାଳ ତଳେ କାନି ପାରି ଶୋଇବ। ସବୁ ଗାଳି ମାଡ଼ ସେ ସହିବ। ପିଠି ହେଉଚି ଧୋବା ତୁଠର କାଠ ପରି। ଆଉ କି ଡର।

ତ୍ରିଲୋଚନପୁରର ଗାଁ ଭିତରରୁ ଗୋଡ଼ ବଢ଼ାଇବାକୁ ମନ ହେଲା ନାହିଁ। ସେଇ ଜନମ ଭୂମି, ଯାଆକୁ ଜନମରୁ କୋଳରେ ପାଳି ମୁଣ୍ଡବାଳ ପାକଲା କଲାଣି। ସବୁ ମଣିଷ, ସବୁ ଗଛ ବୃଛ, ଜୀବଜନ୍ତୁ, ଖାଲ ଢିପ ତାଆର। ସମସ୍ତେ ପଚାରିବେ, କୁଆଡ଼େ ଯାଉଛୁ ଲୋ ? ସମସ୍ତେ ତାଆଁର ହାତ ଧରି ଅଟକାଇବେ, ପଚାରିବେ ମାୟା ମମତା କାଟି ଯାଉଛୁ ?

ସେ ଚାଲିଲା।

ଗାଁ ବାହାରେ ବାଲିବନ୍ତର କଡ଼େ କଡ଼େ ତ୍ରିଲୋଚନପୁରକୁ ବଙ୍କେଇ ବଙ୍କେଇ ବାଟ ପଡ଼ିଛି। ଭାରି ବୁଲାଣି। ପେଚି ବେଗି ବେଗି ପାହୁଣ୍ଡ ଚାଲିଲା। ଆଜି ସେ ଶାଶୁଘର ଯାଉଛି। ତା' ପାଇଁ ବାଇଦ ବାଜୁନାହିଁ, ମହୁରୀ କାନ୍ଦୁ ନାହିଁ, ବାପା ଭାଇ ପଛରେ ଗୋଡ଼ାଇ ଯାଉନାହାନ୍ତି। ସେ ଯାଉଛି ଏକା। ଅଲୋଡ଼ା ଅଖୋଜା। ପଣ କରି ଯାଉଛି, ଆଉ ଫେରିବ ନାହିଁ। ଶଶୁର ଡିହରୁ ଯେବେ ହେଲେ ମରଣକୁ ଯିବ ସିନା,

ଯେଉଁଠି ତାଆର ଶାଶୁ ଶଶୁର ଅନେକ ବସିଥିବେ, ବାହୁଡ଼ି ଗଲା ତିନୋଟି ନାତିକୁ କୋଳରେ ଖେଳାଉଥିବେ। ସେ ଆଉ ବାହୁଡ଼ିବ ନାହିଁ ଜନମ ଭୂଇଁକି।

ଦୁଇ ଆଖିରୁ ଝରି ଆସିଲା ଲୁହ।

ସେ ଚାଲିଲା ଆଗକୁ, ପଛକୁ ଫେରି ଚାହିଁଲା ନାହିଁ କିନ୍ତୁ, କିଏ ଯେମିତି ପଛରୁ ତାଆର ଗୋଡ଼ ଅଟକାଉଥାଏ।

ରାତି ଦି' ଘଡ଼ିକୁ ତ୍ରିନାଥ ମେଳାରୁ ଚଇଆଁ ଫେରିଲା। ଗଞ୍ଜେଇ ନିଶା ଛାଡ଼ି ଆସୁଥାଏ, ଭଲ କରି ଛାଡ଼ି ନ ଥାଏ। ବେଳେ ବେଳେ ଝାଙ୍କି ଦେଉଥାଏ ମୁଣ୍ଡ। କାନରେ ବାଜି ଯାଉଥାଏ ପଦଟିଏ ଗୀତ, ଆହୁରି ବେଣା ଓପାଡ଼ଇ-

ଭରଥିଆ ଅଝଟ ହୋଇଛି। ରାହା ଧରି କାନ୍ଦୁଛି। କୋଳରେ କାଖରେ ରହୁନାହିଁ। ସୁନା ତାକୁ ଯେତେ ବୁଝେଇଲେ ସେ ବୁଝୁ ନାହିଁ।

ଅପା କୁଆଡ଼େ ଗଲା କି? ଚଇଆଁ ପଚାରିଲା ରାଗ ତମ ତମ ହୋଇ।

କେଏ ଜାଣେ ତମର ଅପା। ଦିନ ଦିଇ ଘଡ଼ି ଥାଉଣୁଁ ହାଣ୍ଡିରୁ ପଖାଳ ତକ ଛାଣି ଖାଇ କୁଆଡ଼େ ଯାଇଛନ୍ତି ଯେ ଏତେ ବେଳଯାଏ ଦେଖା ଦର୍ଶନ ନାହିଁ।

ତେମେ କୁଆଡ଼େ ଯାଇଥିଲ?

ନଇକି। ସେଣୁ ଫେରି ଦେଖିଲି ପିଲା କାନ୍ଦୁଛି। ମତେ ଦେଖି ତରତର ହୋଇ ଅପା ଚାଲିଗଲେ। ପିଲାକୁ ତୁନି କଲି। ଘଡ଼ିଏ ହେଲା ପୁଣି ରାହା ଧରିଛି।

ଚଇଆଁ ଭରଥିଆକୁ କୋଳକୁ ନେଲା। ପିଲା ତୁନି ହେଲା ନାହିଁ। ବିରକ୍ତ ହୋଇ ସୁନା କୋଳକୁ ଦେଇ ଦାନ୍ତ ରଗଡ଼ି କହିଲା, କାହା ଘରେ ଯାଇଁ ପୁଅ ଖେଳାଉଥିବ। ଆସୁ ସେ ଆଜି, ଗୋଟାଏ ଗୋଡ଼ରେ ଗାଁଟାକୁ ତିନି ଖେପା କରୁଛି। ସେଇ ଗୋଡ଼ଟା ଭାଙ୍ଗି ନ ଦେଲେ ସେ ସାଧ ହେବ ନାହିଁ।

ସୁନାର ମନ ଉଲୁସି ଉଠିଲା।

ଭରଥିଆ ତୁନି ହେଲା ନାହିଁ।

ବାହାରୁ କିଏ ଡାକ ଛାଡ଼ିଲା, ପେଚି ଅଛୁ କି ଲୋ?

ଶବଦ ବାରି ଚଇଁଆ ଜବାବ ଦେଲା, କିଏ ବାଉରିଆ ଦାଦି?

ହଁରେ ପୁଅ।

ଚଇଁଆ ପଦାକୁ ଆସିଲା। ପଚାରିଲା, କଅଣ?

ଆରେ ପୁଅ, ମୋ ଝିଅ ଗେହ୍ଲି ଆଜି ଶାଶୁ ଘରୁ ଆଇଚି। କୋଳରେ ଆଠମାସର ପୁଅ। ବାଟରେ କୋଉଁଠି କାହାର ଦୃଷ୍ଟି ପଡ଼ିଲା। ଖାଲି ଚମକୁଛି। ତୋ ଖୁଡ଼ୀ ବଟେଇଲେ। ପେଚି ଟିକେ ଝାଡ଼ି ଦେଲେ ଦୃଷ୍ଟି ଭାଙ୍ଗିବ। ଗେହ୍ଲା ପିଲାକୁ କୋଳରେ ଧରି କାନ୍ଦୁଛି। ପେଚି କାହିଁ ବାପ।

ଚଇଁଆ କହିଲା, ଖରା ଥାଉଣୁ ସେ ଯାଇଛି। ଏତେ ବେଳ ଯାଏ ଫେରି ନାହିଁ। କାହା ଘରେ ବସିଥିବ।

କେଉଁଠି ଆଉ ଥିବ? ଗାଁ ଯାକ ଘର ଘର କରି ଖୋଜି ଅଇଲି, ବାଟରେ ପଚାରି ବୁଝିଲି। କୋଉଠି ତ ନାହିଁ ସେ। ହଉ; ସେ ଅଇଲେ ଝଅଟ ଟିକେ ବଟେଇ ଦବୁ ପୁଅ। ଯେତେ ରାତି ହେଉ ପଛେ।

ବାଉରିବନ୍ଧୁ ଚାଲିଗଲେ।

ଚଇଁଆ ଭାବିଲା, ବଡ଼ ଆଚମ୍ବିତ କଥା। ଗାଁ ଯାକ ବାଉରିଆ ଦାଦି ଖୋଜି ଆଇଲା, ଅପାକୁ କେଉଁଠି ପାଇଲା ନାହିଁ, ଏତେ ଡେରିଯାଏ ଅପା କେବେ କେଉଁଠି ରହେ ନାହିଁ। ଗଲା କୁଆଡ଼େ?

ଘର ଭିତରକୁ ଆସିଲା।

ସୁନା ଭରଥିଆକୁ ଖଟିଆରେ ଶୋଇ ଦେଇ ଡିବିରି ଧରି ରୋଷ ଘରକୁ ଯାଉଛି। ମୁହଁ ଫେରାଇ କହିଲା, ତେମେ ପୁଅ ପାଖରେ ଟିକେ ବସ କି ଘଡ଼ି କରେ ମୁଁ ଭାତ ଗଣ୍ଡାଏ ଫୁଟେଇ ଦେବି।

ରୋଷେଇ ହେଇନାହିଁ?

ମୁଁ କଅଣ ଦି'ଫଡ଼ା ହଅନ୍ତି କି? ପୁଅକୁ ଧରି ତ ଏତେବେଳ ଯାଏ ବସିଥିଲି।

ସୁନା ରୋଷ ଘରେ ପଶିଲା।

ଭୋକରେ ଚଇଁଆର ପେଟ ଗଜ ଉଠୁଛି। ମୁଣ୍ଡକୁ ତା'ର ପିତ୍ତ ଚଢ଼ିଲା। ଠେଙ୍ଗାଟା ହାତରେ ଧରି କହିଲା, ଥାଉ ତମ ରୋଷେଇ। ପିଲା ପାଖକୁ ଆସ। ଦେଖେ, ସେ କୁଆଡ଼େ ଗଲା।

ମାଠିଆରେ ହାତ ମାରି ସୁନା କହିଲା, ମଲା ମୋର, ପାଣି ତ ବୁନ୍ଦାଏ ନାହିଁ, ରୋଷେଇ କାହିଁରେ ହେବ?

ପାଣି ନାହିଁ?

ପିଲାଟାକୁ ଧରି ବସିଲି। ଦାସ ଘରୁ କୂଅରୁ ମାଠିଆଏ ପାଣି ଆଣି ଦେବ କି ?

ଚଇଁଆ ଦାନ୍ତ ରଗଡ଼ିଲା। କିଛି ନ କହି ପଦାକୁ ବାହାରି ଆସିଲା। ଖର ନିଃଶ୍ୱାସ ଛାଡ଼ି ମନକୁ ମନ କହିଲା, ଦେଖିବି ଆଜି; ସେ କେଉଁଠି ପଶିଛି। ଆଉ ଗୋଡ଼ଟା ଛୋଟା ନ କଲେ ସେ ସାଧ ହେବ ନାହିଁ। କିଏ ତା' ପିଠିରେ ପଡ଼ିବ ଦେଖିବି।

ଭୋକରେ କାଉଳି ବାଉଳି ହେଇ ଗଞ୍ଜେଇ ନିଶାରେ ଟଳି ଟଳିକା ଚଇଁଆ ବଡ଼ ପାଟିକରି ଡାକ ଛାଡ଼ିଲା, ଆଲୋ ଓ...., ହେ, ଅପା -, ଅପା ଲୋ-,

ତାଆର କିଳିକିଳା ରଡ଼ିରେ ରାତି ଆକାଶ ଥରି ଉଠିଲା। ବାଲି ପାହାଡ଼ମାଳ, କିଆ ହେନ୍ତାଳ ବଣଆଡୁ ଥଙ୍ଗାଳିଆ ସ୍ୱରରେ ଜବାବ ଦେଲା ପ୍ରତିଧ୍ୱନି, ପା-ଆ-ଆ, ପା-ଆ-ଆ-

ଶୋଇଲା ପିଲା ଚମକି ଉଠିଲେ।

ଚଇଁଆ ପୁଣି ଆଗକୁ ଚାଲିଲା।

ରାତି ପହରେ କି ଛଅ ଘଡ଼ି ହେବ।

ମଣିଆଁ ଘରେ ଆଜି ଗହଳ ଚହଳ। ଯିଏ ଯାହା ବତଉଛି ଚମ୍ପା କରୁଛି। ତଥାପି ହାଡ଼ିଆର ଆଖି ଫିଟୁନାହିଁ। ଦେହରେ ତାତି ଯେ ଖଇ ଫୁଟିବ। ଚମ୍ପା କୋଡ଼ରେ ଧରି ବସିଛି। ପିଲାଟା ଚମକି ଉଠୁଛି, ହାତ ମୁଠାମୁଠା କରୁଛି। ଚମ୍ପା କାଠ ପାଲଟିଲାଣି। ଏମିତି ତିନି ପୁଅ ସେ ଯମକୁ ଦେଲା। ଏ ବି ଯିବ। ଏଥର ଆଉ ସେ ସହି ପାରିବ ନାହିଁ। କୂଅ ପୋଖରୀକୁ ଡେଇଁପଡ଼ିବ।

ମଣିଆଁ ତାଟଙ୍ଗା ହୋଇ ଚାହିଁ ରହିଛି। ଯାହା ହେବାର ହେବ, କାହାର ହାତର କଥା ତ ନୁହେଁ। ତାଆର ମନ ବି ପଥର ହେଲାଣି। ଦୁଃଖ ହତାଶ ସେ ମନ ଭିତରେ ପଶି ପାରୁନାହିଁ।

ଗୁଣିଆଁ ଆସିଲା। ମନ୍ତ୍ର ପଢ଼ି ପିଲାକୁ ଝାଡ଼ିଲା। ନିଜେ ଚାପୁଡ଼ ମାରିହେଲା। ଝୁଣା ଧୂଆଁରେ ଘର କଲା ପବିତର। କହିଲା, ଯାହା ଥିବ କପାଳେ। ପେଚି ତ ବାଣ ପେଶୁଛି, ସେ ଟାଣ ପଦ ଜାଣେ, ମୋ ଅନ୍ତର କାଟ କରୁ ନାହିଁ। ତେବେ, ମୁଁ ଘରଟା କିଳି ଦିଏଁ।

ଗୁଣିଆଁ ଜାତିରେ ଚମାର ପିଲା। ଖଣ୍ଡମଣ୍ଡଳରେ ତାଆପରି ଜାଣିଲା ଗୁଣିଆଁ ନାହିଁ ନ ଥିବେ। ଯେତେ ଯେଉଁଠି ଭୂତ ପ୍ରେତ ସଇତାନ, ଡାଆଣୀ ଲାଗେ ଏକା ସେ ଛଡ଼ାଏ। କାନିରେ ବାନ୍ଧି ନେଇ ଦୂର ମଶାଣିରେ ଛାଡ଼େ। କେଡ଼େ କେଡ଼େ ଦୁଷ୍ଟ

ସଇତାନକୁ ସେ ବନ୍ଧନ କରି ଗଛ ପଥରରେ କିଳି ରଖିଛି। ଆ କହିଲେ ଆସିବେ, ଯା' କହିଲେ ଯିବେ। ସେଇଟା- ଅଇଅରାଣୀ, କଞ୍ଚା ଡାଆଣୀ, ମଶାଣିପଦାକୁ ଯାଏ। ହାତରେ ଚାଲି ଗୋଡ଼କୁ ମେଲି ସାଣୁ ସାଣୁ କରି ଖାଏ। ଅଦ୍‌ଭୁତ ନଙ୍ଗଳା, ଗୁଣୁଗୁଣୁ ହୋଇ ମନ୍ତର ପଢ଼େ। ମନକୁ କାନ୍ଦେ, କିଳିକିଳା ରଡି ଛାଡ଼େ। ଏଇଠି, ଏଇ ପେଚି ପାଖରେ ପଦ କାଟୁ କରୁନାହିଁ।

ଗୁଣିଆଁ ଆଶା ଛାଡ଼ି ନାହିଁ। ଏରୁଣ୍ଡି ଉପରେ ଲୁହାକଣ୍ଟା ମାରିଲା। ଚାଳରେ ଖୋସିଲା ମନ୍ତୁରା ପୁଡ଼ା। କହିଲା, ଦେଖ, ଆଜି ରାତିଟା ଭଲ କରି ଜଗ। ରାତି ପାହିଲେ ଆଉ ଡର ନାହିଁ। ମା' କୋଳରୁ ପିଲାକୁ ଦଣ୍ଡେ ଓହ୍ଲାଇବ ନାହିଁ। ଜଗି ବସିଥିବ।

ଗୁଣିଆଁ ଗଲା। ତା' ପଛେ ପଛେ ଗାଁ ଲୋକେ ଯେଝା ଘରକୁ ଫେରିଲେ। ରାତି ବଳଉଛି।

ବାହାର ହେଲା ଶୂନ୍‌ଶାନ। ଚମ୍ପା ଆଖିରେ ଖାଲି ଗୁଣିଆ ବର୍ଣ୍ଣିଲା ପେଚିର ରୂପ ଠିଆ ହୋଇ ଯାଉଥାଏ।

କେଡ଼େ ଭୟଙ୍କର!

ମଣିଆଁ ବସିଲା ଚମ୍ପା ଆଗରେ। ରୋଗଣା ପିଲାର କପାଳରେ ହାତ ମାରିଲା। ସେମିତି ତାତି ଭରତି ହୋଇ ରହିଛି।

ଘର ପଛଆଡୁ ଅଣ୍ଡିରା ବିଲୁଆ ଭୟଙ୍କର ସ୍ୱରରେ ରଡ଼ି ଛାଡ଼ିଲା। ପିଲା ଚମକିଲା। ହାତ ମୁଠା ମୁଠା କଲା। ଚମକି ଉଠିଲେ ମଣିଆଁ ଆଉ ଚମ୍ପା। ଭୟରେ ଚମ୍ପା ଚାହିଁଲା ବାହାରକୁ। ଆଖିରୁ ଝରି ପଡ଼ିଲା ଲୁହ। ମଣିଆଁ କବାଟ ଆଉଜାଇଲା।

ଚମ୍ପା ବୁଝିଲା, ଆଉ ଆଶା ନାହିଁ। ସବୁ ଥର ଅଣ୍ଡିରା ବିଲୁଆ ଏମିତି ବୋବାଳି ଛାଡ଼େ। ନଈକୂଳ ବରଗଛରୁ ହୁଁ ହୁଁ କା ଚଢ଼େଇର ଡାକ। ସକାଳକୁ ଘରେ ପଡ଼େ କାନ୍ଦ ବୋବାଳି।

ଚମ୍ପା କହିଲା, ତମରି ସବୁ ଦୋଷ। ଜଣକର ହାତ ଧରିଥିଲ ତ ପୁଣି କାହିଁକି ମୋତେ ଆଣିଲ? ତାଆର ନିଃଶ୍ୱାସ ପଡୁଛି! ମୁଁ ଜଳି ପୋଡ଼ି ହୋଇ ମରୁଛି। ସେ ପୁଣି ଡାଆଣୀ କଳାରେ ଜନମ।

ମଣିଆଁ ପ୍ରତିବାଦ କଲା ନାହିଁ। ସତରେ ଏକା ତାଆରି ଦୋଷ। ବାପ ମା' ସିନା ଏ ହିନିମାନ କରିଗଲେ, ଦୁଃଖ ଦହଗଞ୍ଜ ଦେଖିବାକୁ ତ ରହିଲେ ନାହିଁ। କାହା ଆଗରେ ଗୁହାରି କରିବ?

ମଣିଆଁ ଭରସି କରି କହିଲା, କଥାଟିଏ କହିବି ଚମ୍ପା ? ଚମ୍ପା କରୁଣ ଦୃଷ୍ଟିରେ ଚାହିଁଲା ।

ଅଇଗୁଣ ପାଇବୁ ନାହିଁ ତ ?

କହୁ ନା,-

ହାଡ଼ିଆକୁ ତ ଦେଖୁଛୁ, ସତେ କଣ ଉସୁନା ଧାନ ଗଜା ହେବ ? ଚମ୍ପା ଲୋ, ପେଚି ଡାଆଣୀ ଚିରୁଗୁଣୀ ନୁହଁ । ଲୋକେ ଦେଖି ନ ପାରି ସେମିତି କହୁଛନ୍ତି । ତ୍ରିଲୋଚନପୁର ଗାଆଁରେ କେତେ ତ ପୁଣି ପିଲା ଅଛନ୍ତି, କାହାରି ଖରାପ ହେଉ ନାହିଁ । ଓଲଟି ଛୁଆରଙ୍କୁଣୀ ବୋଲି ତା' ନାଆଁରେ ଧନ୍ୟ ଧନ୍ୟ ପ୍ରଶଂସା ହେଉଛି । ପିଲାଙ୍କୁ ସେ କୋଳରେ ଧଇଲେ ଯେଡ଼େ ରୋଗ ହେଲେ ଭଲ ହୁଏ ।

ଚମ୍ପା ଆଁ କରି ଚାହିଁ ରହିଲା ।

ମଣିଆଁ କହିଲା, ଆମ କପାଳ ସିନା ଫଟା, କାହା ଦୋଷ ଆମେ ଦେବା କାହିଁକି ? ଚମ୍ପା, ରୋଗଣା ପିଲାକୁ ଛାତିରେ ଧଅର, କାଲି ସକାଳେ ମଶାଣିକି ନେବୁ କାହିଁକି, ଆଜି ରାତିରେ ପେଚି ପାଖକୁ ଚାଲ । ତାଆରି ଗୋଡ଼ତଳେ ଥୋଇ ଦେଇ ଆସିବା । ସେ ଯଦି କୋଳରେ ଧରେ ହାଡ଼ିଆ ଆଖି ଖୋଲିବ ।

ଚମ୍ପା ଭାବିଲା ।

ମଣିଆଁ ହତାଶ ହେଲା । କହିଲା, ତୋଓରି ମଇଲା ଅସନା ମନ ଯୋଗୁଁ ତିନି ପିଲା ମୋଅର ମଲେ । ଯମକୁ ଦେଲୁ । ପେଚିକି ଗୋଟିଏ ପୁଅ ଦେ ଚମ୍ପା, ନେହୁରା ହୋଇ କହୁଛି । ମୋତେ ତୁ ବାନ୍ଧି ରଖିଲୁ ସିନା, ସେ ତ ମତେ ଚାହିଁ ରହିଛି । ତାଆର ଦୀର୍ଘଶ୍ୱାସ ମୋ ପିଲାଙ୍କ ଉପରେ ପଡୁଛି । ଚମ୍ପା, ମତେ ତୁ ଦେଇ ପାରିବୁ ଏଇ ଦରମଲା ପିଲା ବକଟକୁ ? ତା' କୋଳରେ ଦେଇ ଆସିବି । ତାଆର ମନ ଶାନ୍ତି ହେଉ ।

ମଣିଆଁର ଆଖିରେ ଲୁହ ଛଳ ଛଳ ହେଲା । ଆଉ ସେ କହି ପାରିଲା ନାହିଁ ।

ଚମ୍ପା ପୁଣି ଭାବିଲା ।

ଘର ପଛରେ ଅଣ୍ଡିରା ବିଲୁଆ ପୁଣି ଛାଡ଼ିଲା ରଡ଼ି । ବରଗଛ ଉପରୁ ଶବ୍ଦ ଆସିଲା, ହୁଁ -ହୁଁ -ହୁଁ - ।

ଚମ୍ପା ଚମକି ଉଠିଲା । ତା' କୋଳରେ ପିଲା ଗୋଡ଼ହାତ ନାଠି ପୁଣି ହାତ ମୁଠା ମୁଠା କଲା । ଖଇଫୁଟା ତାତି । ଗୋଟାଛାଏଁ ଥରୁଛି ।

ଚମ୍ପା ବଡ଼ ପାଟି କରି କହି ଉଠିଲା, ଚାଲ ମୁଁ ଯିବି । ପେଚି ଭଲ ହେଉ କି ଡାଆଣୀ ହେଉ, ତାଆରି କୋଳରେ ପିଲାକୁ ଦେଇ ଆସିବି । ପିଲା ମୋର ବଞ୍ଚୁ, ମୁଁ ସେତିକି ଚାହେଁ । ଚାଲ- ଚାଲ-

ମଣିଆଁ ଖୁସି ହୋଇ ତରତର କରି କବାଟ ଖୋଲିଲା।

ଛାତିରୁ ନିଆଁ ଖସି ପଡ଼ିଲା। ଦୁଆରବନ୍ଧ ସେପାଖେ ଠିଆ ହୋଇଚି ପେଚି। ଡିବିରି ଆଲୁଅ ସିଧା ପଡ଼ିଛି ତା' ମୁହଁରେ। ଆଖି କୋଣରେ ଲୁହ ଦି' ବୁନ୍ଦା ଝଲସି ଉଠୁଛି।

ଥରିଲା ସ୍ୱରରେ କହିଲା ମଣିଆଁ, ପେଚି!

ପେଚି ଘର ଭିତରକୁ ପଶି ଆସିଲା।

ଚମ୍ପା ମୁହଁ ଟେକି ଚାହିଁଲା। ଭୂତ ଦେଖିଲା ପରି ସେ ଚମକି ଉଠିଲା। କଞ୍ଚା ଡାଆଣୀ ତ ଏ ନୁହେଁ। କେଡ଼େ ଶୋଭାକାର ରୂପ। ଦର ପାଚିଲା ବାଳ। ହସିଲା ମୁହଁ। ଦୁଇ ଆଖିରୁ ଦି'ଧାର ଲୁହ ଝରି ପଡୁଛି। ଦୀର୍ଘଶ୍ୱାସ ଛାଡୁଛି। କେମିତି ଜାଣିଲା ପରି ଏତେ ରାତିରେ ସେ ଏଠିକି ଆଇଲା?

ତୁଣ୍ଡ ଖୋଲିବା ଆଗରୁ ପେଚି ନଇଁପଡ଼ି ହାଡ଼ିଆର କପାଳରେ ହାତ ରଖିଲା। ଆତୁର ହୋଇ ପିଲାଟିକୁ ନିଜ କୋଳକୁ ଉଠାଇ ନେଲା। ଘରର ଏଣେ ତେଣେ ନଜର ପକାଇଲା। କାନ୍ଥ କଡ଼ରେ ରଖା ହୋଇଛି ନୋଟାଏ ପାଣି।

ପେଚି ପାଣି ନୋଟାକ ଉଠାଇ ଆଣି ପଦାକୁ ଆସିଲା। ଯତ୍ନ କରି ଧରି ହାଡ଼ିଆର ମୁଣ୍ଡରେ ପାଣି ଅଜାଡ଼ିଲା। ଘର ଭିତରକୁ ଆସି ପଣତରେ ଭଲ କରି ପୋଛି ଦେଲା ତାଆର ମୁଣ୍ଡ ଓ ଦେହ। ହାଡ଼ିଆ ଆଖି ଖୋଲିଲା। ଜୁଲୁ ଜୁଲୁ କରି ଚାରିଆଡ଼କୁ ଚାହିଲା। କ୍ଷୀଣ ସ୍ୱରରେ ଡାକିଲା, ବୋଉ-।

ପେଚିର ଛାତିରେ ମୁହଁ ଗୁଞ୍ଜିଲା।

ଲୁହଝରା ଆଖିରେ ହାଡ଼ିଆକୁ ଚମ୍ପା କୋଳକୁ ଦେଇ କହିଲା, ଦେଏଲୋ ତା' ପାଟିରେ କ୍ଷୀର-

ଡରି ଡରି ଚମ୍ପା ପୁଅକୁ ନେଲା କୋଳକୁ। ପାଟିରେ ଦେଲା କ୍ଷୀର।

ପେଚି କେତେ କୁହୁକ ଜାଣେ? ପିଲାକୁ ଜୀବନ ଦେଲା। ସେ ତେବେ ଡାଆଣୀ ନୁହଁ? ଚମ୍ପା ଭାବିଲା। ମଣିଆଁ ଜାଣିଲା।

ଉତ୍କଣ୍ଠା, ଉଦ୍‌ବେଗ ଓ ଆନୁଗତ୍ୟରେ ଚମ୍ପାର କଣ୍ଠ ରୁଦ୍ଧ ହୋଇ ଆସିଲା। ପେଚିର ସୁନ୍ଦର ମୁହଁକୁ ଚାହୁଁ ଚାହୁଁ, ହାଡ଼ିଆ ଉପରେ ମୁଣ୍ଡ ଝୁଲାଇଲା। କହିଲା,

ଅପା, ହାଡ଼ଡିଆ ମୋଓର ନୁହେଁ, ସେ ତୋଅର। ତାକୁ ତୁ ବଞ୍ଚା, ତୁ ଡାଆଣୀ ନୁହଁ ଅପା, ମୁଇଁ ଡାଆଣୀ, ମୁଇଁ ପିଚାଶୁଣୀ। ମୋରି ଈରିଷା ତୋ'ର ତିନି ପିଲାଙ୍କୁ ଖାଇଛି। ତୋ ପିଲାଙ୍କୁ ତୁ ନେଏ ଲୋ ଅପା, ତୋ'ର ଗୋଡ଼ ତଳେ ସିନା ମୋ'ର ଥାନ।

ଆଖିରୁ ଲୁହ ଝରିଲା। ଛାତିର କୋହରେ ତୁଣ୍ଡରୁ ଆଉ କଥା ବାହାରିଲା ନାହିଁ।

ଚମ୍ପାର ପିଠିରେ ହାତ ବୁଲାଇ ପେଚି କହିଲା, ତୁନି ହ ମୋଅର ସାନ ଭଉଣୀଟି, ମୁଇଁ ଡାଆଣୀଲୋ, ମୁଇଁ ଡାଆଣୀ। ତିନି ପିଲା ମୁଇଁ ଖାଇଛି। ମୋଓରି ଅଭିମାନ, ମୋଓରି ଅଣହେଳା ପାଇଁ ଏମିତି ହେଲା। ହଉଲୋ, ଏଥକୁ ଦୁଃଖ କର ନା। ଗଢ଼ା ଭଙ୍ଗା ତ ଠାକୁରଙ୍କ ନୀତି। ପୁଣି ସାତ ପିଲା ତୋଅର କୋଳକୁ ଆସିବେ ଲୋ। ତାଙ୍କୁ ମୋ' କୋଳକୁ ଟେକି ଦେବୁ। ତାଙ୍କର ସେବା ଯତନ କରି ତାଙ୍କୁ ମୁଁ ମଣିଷ କରିବି। ଆଉ ତୁଟା ତ କାଲିକା ପିଲା। ଶାଶୁ, ନଣନ୍ଦ କି ଯାଆଙ୍କ ସ୍ନେହ ତ ଜାଣିଲୁ ନାହିଁ। ଭଲ କରି ମୁଠିଏ ଖାଇଲୁ ନାହିଁ କି ମନ ସରାଗରେ ଖେଳିଲୁ ନାଇଁ, ହସିଲୁ ନାହିଁ। ଏଥର ତ ସବୁ କର। ଚମ୍ପାଲୋ, ତୋ' ସଉତୁଣୀ ହେବାକୁ ମୋ ମନକୁ ମୁଁ ରାତି ଅଧରେ ଏ ଘରକୁ ଆସି ନାହିଁ ମ, ସେତିକି ଛଡ଼ା ମୁଁ ତୋ'ର ଆଉ ସବୁ ହେବି।

ହାଡ଼ିଆକୁ କୋଳକୁ ନେଇ କହିଲା, ମହୁପାଣି ଟିକେ ପେଇ ଦେ ଆଗ। ରାତି ପାହିଲେ ସିନା ଓଷଦ ଦେବି। ହାଡ଼ିଆ ମୋ'ର ବିଶାଶହେ ବରଷ ବଞ୍ଚିବ।

ମଣିଆଁ ମହୁ ବୋତଲ ଆଣିବାକୁ ଆର ଘରକୁ ଗଲା।

ଚମ୍ପା ପେଚିର ମୁହଁକୁ ଚାହୁଁ ଚାହୁଁ ତାଆର ଗୋଡ଼ ଧରି କହିଲା, ହାଡ଼ିଆକୁ ଛାଡ଼ି ଚାଲି ଯିବୁ ନାହିଁ ଅପା, ଏ ଘର ତ ଆଗ ତୋଓର। ହାଡ଼ିଆ ସିନା ତୋ ପେଟରୁ ଜନମି ଥାଆନ୍ତା।

ଚମ୍ପାର ପିଠି ଆଉଁସି ଲୁହ ଢଳ ଢଳ ଆଖିରେ ପେଚି କହିଲା, ମତେ ହାଡ଼ି ବୋଉ ବୋଲି ଡାକିବୁ ଏକା।

କେତେ ଦୂରରୁ ନଈ ସେପାରିରୁ ଅଧ ରାତିର ଆକାଶ ଫଟାଇ କାହାର ଆକୁଳିଆ ଡାକ ଶୁଭିଲା, ଅପାଲୋ, ଭରଥିଆ, ରାହା ଧରିଛି ହେ ଅପା – ଆ–

ପେଟିର ଧିଅ ଶିରି ଶିରେଇ ଉଠିଲା। ରାତି ଅଧରେ ଚଇଁଆ ଡାକ ଛାଡ଼ିଛି। ମୁଣ୍ଡକୁ ଯେତେବେଳେ ସୁନା ବିଗାଡ଼ି ଦିଏ ସେ ସିନା ଅନ୍ଧ ହୁଏ ନୋହିଲେ, ଚଇଁଆ ତାକୁ କେଡ଼େ ଭଲ ପାଏ। ଘଡ଼ିଏ ନ ଦେଖିଲେ ବଣା ହୁଏ। ଅପାକୁ ଘରେ ନ ଦେଖି ରାତି ଅଧରେ ଖୋଜିବାକୁ ବାହାରିଛି।

ଭରଥିଆ ରାହା ଧରି ନାହିଁ, ରାହା ଧରିଛି ଚଇଁଆ।

ଏକା ନାହିଁ ଦି'ଖଣ୍ଡ ସିନା, ଦିହେଁ ଆଜି ଦି' ପାରିରେ- ଛିଣ୍ଡିଲା ନାହିରୁ ରକତ ଧାର ବହିଛି, ଦିଇଟା ମନ, ଦିଇଟା ସଂସାର ମଝିରେ ଛୁଟିଛି ରକତର ସୁଅ। ଛିଣ୍ଡା ନାହି ଆଉ ଯୋଡ଼ି ହୋଇ ଏକା ହେବ ନାହିଁ। ଛୁଟିଲା ରକତ ଧାର ଆଉ ଶୁଖିବ ନାହିଁ।

ଅପାଲୋ, ହେ ଅପା- ଆ-

ପ୍ରତିଧ୍ୱନି ଉତ୍ତର ଦେଉଛି - ପ୍‌ପାଆ- ଆ-

ପେଟିର ଛାତି ଉଯନ୍ତି ହେଲା।

ମଣିଆଁ ମହୁ ବୋତଲ ଆଣିଲା।

ପେଟି କହିଲା, କବାଟ ବନ୍ଦ କରି ଦିଅ ତ, ଥଣ୍ଡା ପବନ ପଶି ଆଉଛି।

ମଣିଆଁ କଥା ମାନିଲା।

ରାୟଗଡ଼
କୋରାପୁଟ
୧୭-୪-୧୯୪୫

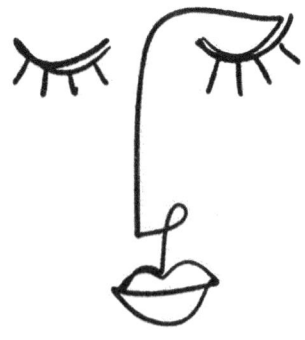

ଅଭିନେତ୍ରୀ

ଛତ୍ରପୁର

ତା୬-୯-୪୬

ମୋଟେ ତିନିଘଣ୍ଟା ପାଇଁ ଯେଉଁ ଝିଅଟି ମୋର କୋଳକୁ ଆସିଥିଲା, କୁଆଁ କୁଆଁ ଡାକି ଜୁଲୁ ଜୁଲୁ ଚାହିଁ ଯିଏ ପୁଣି ଧରିତ୍ରୀ ମାଆର କୋଳକୁ ବାହୁଡ଼ିଗଲା, ଆଜି ତା'ର ଏକୋଇଶା।

ତାହାରି ଉଦ୍ଦେଶ୍ୟରେ-

କାହ୍ନୁଚରଣ

ଏକ

ଭୁବନେଶ୍ୱର।

କେଦାରଗୌରୀ ପୀଠ।

ଗୌରୀ କୁଣ୍ଡରେ ସ୍ନାନ ସାରି ଓଦା ସରସର ହୋଇ ଦୀପ୍ତି ଧୀରେ ଧୀରେ ଉପରକୁ ଉଠି ଆସିଲା। ତା'ର ଦୃଷ୍ଟି ପଡିଲା ମନ୍ଦିର ଆଗରେ ଠିଆ ହୋଇଥିବା ଜଣେ ଯୁବତୀଙ୍କ ଉପରେ। ଚାରି ଆଖିର ଥରଟିଏ ମିଳନ।

ଦୀପ୍ତି ଆଉ ଚାହିଁ ପାରିଲା ନାହିଁ। ଗୋଡ଼ରୁ ମୁଣ୍ଡଯାଏ ଭୟରେ ଥରି ଉଠିଲା। ମନେ ହେଲା, ସତେକି ତା'ର ମୂର୍ଚ୍ଛା ହୋଇଯିବ। ମୁଣ୍ଡ ଭିତର କ'ଣ ହୋଇଗଲା। ଆଖି ଆଗରେ ବିଶ୍ୱ ବ୍ରହ୍ମାଣ୍ଡ ବୁଲିଲା ପରି ଲାଗିଲା।

ମୁହୂର୍ତ୍ତେ ଅପେକ୍ଷା କରି ସେ ଆଖି ଟେକି ଆହୁରି ଥରେ କଣେଇଁ ଚାହିଁଲା। ଅଚଳ ପଥର ମୂର୍ତ୍ତି ପରି ଆଗନ୍ତୁକା ନାରୀ ଠିଆ ହୋଇଛନ୍ତି । ଆଖିରେ ତାଙ୍କର ବିସ୍ମୟ ଓ ଆଗ୍ରହ। ପାଖରେ ପାଞ୍ଚ ବର୍ଷର ପିଲାଟିଏ ଠିଆ ହୋଇଛି।

ମନ୍ଦିର କଡ଼ରେ ଜଣେ ଭଦ୍ରଲୋକ ଠିଆ ହୋଇଛନ୍ତି। ଚିହ୍ନା ଚିହ୍ନା ପରି ଲାଗୁଛନ୍ତି।

ପିଲାଟି ତା' ମାଆର କାନି ଧରିଲା।

ଭଦ୍ରଲୋକ କଅଁଳେଇ ଡାକିଲେ, ରମୁ, ଏଣେ ଆ।

ଲୁଗା ପାଲଟୁଣୁ ଦୀପ୍ତିର ହାତ ଥରି ଉଠିଲା। ରମୁ! ଏ

ତ ତା'ର ମନର ଡାକ। ବିଜୁଳି ବେଗରେ ମନ ଛୁଟିଗଲା ଅଲିଭା ଅତୀତକୁ। ହାତ ଅଟକି ରହିଲା, ମୁହୂର୍ତ୍ତେ। ମନ ଫେରିଆସିଲା ବର୍ତ୍ତମାନକୁ।

ପିଲାଟି ଧାଇଁଗଲା ସେହି ଭଦ୍ରଲୋକଙ୍କ ପାଖକୁ।

ସେ ଡାକି କହିଲେ, ଶୀଘ୍ର ଗାଧୋଇ ଆସ। ନୋହିଲେ ଖଣ୍ଡଗିରି ଯିବାକୁ ଉଛୁର ହେବ।

ପିଲାର ହାତଧରି ଭଦ୍ରଲୋକଟି ମନ୍ଦିର ପାଖ ଗଛ ଆଡ଼କୁ ଚାଲିଗଲେ।

ଆଗନ୍ତୁକା ଦୀପ୍ତି ଆଡ଼କୁ ତୀକ୍ଷ୍ଣ ଦୃଷ୍ଟିରେ ଚାହିଁ ତାଆରି ଆଡ଼କୁ ଚାଲିଲେ। ଓଠ ଥରି ଉଠିଲା। କ'ଣ ଯେପରି ପଚାରିବାକୁ ହେଲେ। ଫେରି ଚାହିଁଲେ ଗୌରୀ ମନ୍ଦିର ପାଖରେ ଜଣେ ଯୁବକ ଠିଆ ହୋଇ ଦୀପ୍ତି ଆଡ଼କୁ ଚାହିଁ ରହିଛନ୍ତି। ସୁନ୍ଦର ମୁହଁ। ଦୁର୍ବଳ ଦେହ। ଜଳିଲା ପରି ଆଖି ଦିଓଟି। ପିନ୍ଧିଛନ୍ତି ପାତଳା ଧଳା ପଞ୍ଜାବି। ସେ ଦୀପ୍ତିକୁ ଅପେକ୍ଷା କରି ଠିଆ ହୋଇଛନ୍ତି ପରା!

ଆଗନ୍ତୁକା ପଚାରିଲେ, ତମ ଘର କେଉଁଠି ଭଉଣୀ?

ଦୀପ୍ତି ଓଦା ଲୁଗା ଚିପୁଡ଼ି ଉତ୍ତର ଦେଲା, ସୋରଡ଼ା।

ସୋରଡ଼ା କେଉଁଠି?

ଚାଲି ଯାଉଁ ଯାଉଁ ଦୀପ୍ତି କହିଲା, ଗଞ୍ଜାମ ଜିଲ୍ଲାରେ।

ଶାଶୁ ଘର କି ବାପଘର?

ଦୀପ୍ତି ଶୁଣିଲା। ନ ଶୁଣିଲା ପରି ଆଗକୁ ଚାଲିଲା। ଅଡୁଆ ପ୍ରଶ୍ନ। ଉତ୍ତର ଦେବା ଠିକ୍ ନୁହଁ। ଉତ୍ତର ଦେଲା ନାହିଁ।

ଚାରିପାଦ ଆଗକୁ ଯାଇଛି, ଦେଖିଲା, ଭଦ୍ରଲୋକଟି ପିଲାର ହାତ ଧରି ଗୌରୀମନ୍ଦିର ଆଡ଼କୁ ଆସିଲେ।

ଦୀପ୍ତି ଚାକର ହାତକୁ ଓଦାଲୁଗା ବଢ଼ାଇ ଲୁଗା ସଜାଡ଼ିଲା। ଓଦାମୁଣ୍ଡ ଉପରକୁ ପଣତ ଟାଣିଲା। ପିଠିପାଖେ କେରା କେରା ଓଦାବାଳ ଆଣ୍ଠୁଯାଏ ଓହଳିଛି।

ଗୌରୀମନ୍ଦିର ପାଖରେ ଯେଉଁ ଯୁବକଟି ଠିଆ ହୋଇଥିଲେ, ଦୀପ୍ତିର ସେ ସ୍ୱାମୀ। ପ୍ରଫେସର୍ ଗଗନବିହାରୀ ପଟ୍ଟନାୟକ। ଆଉ, ଆଗନ୍ତୁକ ଭଦ୍ରଲୋକ ହେଉଛନ୍ତି ଆଡ଼୍‌ଭୋକେଟ୍ ଚନ୍ଦ୍ରଭୂଷଣ ବହିଦାର।

ଗଗନବାବୁ ହାତଯୋଡ଼ି ପ୍ରଣାମ କଲେ।

ଚନ୍ଦ୍ରବାବୁ ପ୍ରତିନମସ୍କାର କଲେ।

ଚିହ୍ନି ପାରୁଛନ୍ତି? ଗଗନବାବୁ ପଚାରିଲେ।

ଚନ୍ଦ୍ରବାବୁ ଦୋ ଦୋ ଚିହ୍ନା ହୋଇ ଗଗନବାବୁଙ୍କ ମୁହଁକୁ ଚାହିଁ ରହିଲେ।

ଗଗନବାବୁ ନିଜର ପରିଚୟ ଦେଲେ। ପୁଣି କହିଲେ, ବିଧୁର ବାହାଘର ପରେ ରାଜୀବ ସାଙ୍ଗରେ ମୁଁ ଆପଣଙ୍କ ଘରକୁ ଯାଇଥିଲି। ଦୁଇ ଦିନ ରହି ଆସିଥିଲି। ଆପଣଙ୍କର ସ୍ନେହ ଆଉ, ନୂଆ ବୋହୂଙ୍କର ଆଦର ଯତ୍ନ ମୁଁ ଆଜିଯାଏ ଭୁଲି ପାରିନାହିଁ।

ବିଧୁଭୂଷଣ ଚନ୍ଦ୍ରଭୂଷଣଙ୍କ ସାନ ଭାଇ। ବିଧୁଭୂଷଣ ଓକିଲାତି ପଢୁଥିବା ବେଳେ ତାଙ୍କର ସହପାଠୀ ରାଜୀବଲୋଚନ ମହାପାତ୍ରଙ୍କର ସାନ ଭଉଣୀ, ମାୟାଦେବୀଙ୍କୁ ସେ ବିବାହ କରିଥିଲେ । ଗଗନବାବୁ ସେତେବେଳେ ପାଟନାରେ ଇତିହାସରେ ଏମ୍.ଏ ପଢୁଥାନ୍ତି।

ଚନ୍ଦ୍ରବାବୁ ଦୁଃଖମିଶା ସ୍ୱରରେ କହିଲେ, ବିଧୁ କଟକରେ ମଲା।

ଗଗନବାବୁ କହିଲେ, ରହିମ୍‌ବାବୁ, ରାଜୀବବାବୁ ଆଉ ମୁଁ, ତାକୁ ବଞ୍ଚାଇବାକୁ ପ୍ରାଣପଣେ ଚେଷ୍ଟା କରିଥିଲୁ। ତାକୁ ତ ସେରିବ୍ରାଲ୍ ମେଲେରିଆ ହେଲା। ଯେତେ ଚେଷ୍ଟା କଲୁ ବଞ୍ଚାଇ ପାରିଲୁ ନାହିଁ।

ଚନ୍ଦ୍ରବାବୁ କହିଲେ, ସବୁ ମୁଁ ଶୁଣିଛି। ଭାଗ୍ୟ। ସେ ମଲାଦିନରୁ ଦୁନିଆଁ ପ୍ରତି ମୋର ମମତା ତୁଟିଛି। କ'ଣ କହିବି ଗଗନବାବୁ, ଆଜିଯାଏ ତା' ମରଣର ଦୁଃଖ ମୋର ଛାତି ଭିତରେ ନିଆଁ ଜାଳୁଛି। ଦେଖୁ ଦେଖୁ ପାଞ୍ଚ ବର୍ଷ କଟିଗଲା, ଠିକ୍ କାଲି ପରି ଲାଗୁଛି। ସବୁବେଳେ କାମକାର୍ଯ୍ୟର ବୋଝ ତଳେ ନିଜକୁ ଲୁଚେଇ ରଖିବାକୁ ଚେଷ୍ଟା କରେ। ଟିକିଏ ଫାଙ୍କ ପାଇଲେ ତାର ହସ ହସ ମୁହଁ ବଳିଷ୍ଠ ଦେହ ମୋର ମନ ଆଗରେ ଆସି ଠିଆହୁଏ।

ଚନ୍ଦ୍ରବାବୁଙ୍କର ଆଖି ଛଳ ଛଳ ହେଲା।

ଦୀପ୍ତିର ଆଖିରୁ ଲୁହ ଝରିଲା। ଅବାଧ ଲୁହକୁ ଅଟକାଇ ରଖିବାକୁ ଯେତେ ଚେଷ୍ଟା କଲା, ପାରିଲା ନାହିଁ। ମନର କୋହ ଉଜାଣି ଉଠିଲା।

ଆଖି ଛଳଛଳ କରି ଚନ୍ଦ୍ରବାବୁ କହିଲେ, ଚଉଦ ପନ୍ଦର ବର୍ଷର ଦେବୀ ପ୍ରତିମା ପରି ମାୟାଦେବୀ। ଭାଇ ତ ମଲା, ତା'ପରେ ମାୟାଦେବୀଙ୍କର ଦୁଃଖ, କେମିତି ସହନ୍ତି ଗଗନବାବୁ ? ରାଜୀବବାବୁ ତାକୁ ନେଇଗଲେ। ସତୀଲକ୍ଷ୍ମୀ ସେ, ମାସ କେଇଟା ପରେ ପୁରୀରେ ତାଙ୍କ ବାପ ଘରେ ହଠାତ୍ କଲେରାରେ ତାଙ୍କର ମୃତ୍ୟୁ ହେଲା। ଦୁହିଁଙ୍କର ମରଣ କେବଳ ମୋର ନୁହେଁ, ମୋ ସ୍ତ୍ରୀଙ୍କର ମଧ୍ୟ ଛାତିରେ ଦିଓଟି କରି ଗହିରା ଗାର ଟାଣିଦେଇଛି।

ଗଗନବାବୁ କହିଲେ, ସବୁ ମୁଁ ଶୁଣିଛି।

ଦୀପ୍ତି ଆଡ଼କୁ ମୁହଁ ବୁଲାଇ କହିଲେ, ଏଁ! ତମେ କାନ୍ଦୁଛ ? ଚନ୍ଦ୍ରବାବୁଙ୍କୁ ନମସ୍କାର କରିନା ଯେ!

ଦୀପ୍ତି ମୁଣ୍ଡ ଉପରର ଓଢ଼ଣା ଟାଣି ନମସ୍କାର କଲା।

ଚନ୍ଦ୍ରବାବୁ ପ୍ରତିନମସ୍କାର କଲେ।

ଗଗନବାବୁ କହିଲେ, ଇଏ ମାୟାଦେବୀଙ୍କର ସାନ ଭଉଣୀ। ୟାଙ୍କର ନାମ ଛାୟା। ମୁଁ ବିଲାତରୁ ଫେରିଲା ପରେ ରାଜୀବବାବୁ ସମ୍ବନ୍ଧ ପକାଇଲେ। ବାପା ମଙ୍ଗିଲେ।

ଦୁଃଖ ଭିତରେ ଚନ୍ଦ୍ରବାବୁଙ୍କ ଓଠରେ ହସ ବିକଶିଲା। କହିଲେ, ଆପଣ ଭାଗ୍ୟବାନ। ଛାୟାଦେବୀ ସୁଖୀ। ଆଶୀର୍ବାଦ କରୁଛି, ଭଗବାନ ଆପଣ ଦୁହିଁଙ୍କୁ ସୁଖୀ କରନ୍ତୁ, ଯଶସ୍ୱୀ କରନ୍ତୁ ଓ ଦୀର୍ଘାୟୁ କରନ୍ତୁ।

ଗଗନବାବୁ କହିଲେ, ଛାୟା ନାମଟା ବାପାଙ୍କ ମନକୁ ପାଇଲା ନାହିଁ। ବୋହୂର ନାମ ଦେଲେ ସେ ଦୀପ୍ତି। ତେଣୁ ଛାୟାଦେବୀ ଦୀପ୍ତି ହେଲେ।

ଚନ୍ଦ୍ରବାବୁ ହସିଲେ।

ଦୀପ୍ତି ରମୁର ହାତ ଧରି ପାଖକୁ ନେଲା। ଟିକିଏ ଦୂରକୁ ଘୁଞ୍ଚିଯାଇ ରମୁକୁ କାଖ କଲା। ରମୁ କୋଳରୁ ଓହ୍ଲାଇବାକୁ ଅସ୍ଥିର ହେଉଥାଏ।

ପ୍ରୀତି ସ୍ନାନ ସାରି ପାଖକୁ ଆସିଲେ। ତାଙ୍କର ବିସ୍ମୟର ସୀମା ରହିଲା ନାହିଁ। ଏକ ସଙ୍ଗେ ଗଗନ ଓ ଦୀପ୍ତି ତାଙ୍କୁ ପ୍ରଣାମ କଲେ।

ଚନ୍ଦ୍ରବାବୁ ପଚାରିଲେ, ଚିହ୍ନୁଛ ?

ପ୍ରୀତି ଆଶ୍ଚର୍ଯ୍ୟ ହୋଇ ଦୁହିଁଙ୍କୁ ଚାହିଁଲେ।

ଚନ୍ଦ୍ରବାବୁ ଚିହ୍ନାଇ ଦେଲେ।

ପ୍ରୀତି ଢଳ ଢଳ ଆଖିରେ ଦୀପ୍ତିର ଥରିଲା ହାତ ଧରିଲେ। ଗୋଟିଏ କଥା ମନ ଭିତରେ ଦୁହାଇ ହେଲା, ଏକା ଛାଞ୍ଚରେ ଷଠୀ ଦୁଇଟି କଣ୍ଢେଇ ଗଢ଼ିଥିଲା, ମାୟା ଓ ଛାୟା ! ମନ ଗହନରୁ ଉଠିଲା କୋହ, ପୁଣି କଲ୍ୟାଣ, କାଚ ତୋର ବଜର ହେଉ ଦୀପ୍ତି !

ସେଦିନ ଆଉ ଖଣ୍ଡଗିରି ଯାଇ ହେଲା ନାହିଁ।

ଦୁଃଖ ଓ ଆନନ୍ଦର ଗୋଳିଆ ମିଶା ମୂର୍ଚ୍ଛନାରେ ପ୍ରୀତି ଓ ଚନ୍ଦ୍ରବାବୁଙ୍କର ମନ କେଉଁଠି ଲାଗିଲା ନାହିଁ। ଏ ମନ୍ଦିରରୁ ସେ ମନ୍ଦିର ବୁଲି ଦି' ପହର କଟିଗଲା।

ସଞ୍ଜବୁଡ଼େ ଗଗନବାବୁଙ୍କର ବସା ଘରକୁ ଯାଇ ଦେଖିଲେ, ଘର ବନ୍ଦ ଅଛି। ତାଲା ପଡ଼ିଛି। ପଚାରି ବୁଝିଲେ, ସେମାନେ କାହା ଘରକୁ ବୁଲି ଯାଇଛନ୍ତି। ହତାଶ ହୋଇ ଫେରିଲେ।

ଚନ୍ଦ୍ରବାବୁ ତାଙ୍କର ଜଣେ ବନ୍ଧୁଙ୍କର ଘରେ ଅତିଥି ହୋଇଛନ୍ତି। ଷ୍ଟେସନ୍‌ରୁ ମନ୍ଦିର ଆଡ଼କୁ ଯେଉଁ ରାସ୍ତା ପଡ଼ିଛି ତାଆରି କଡ଼ରେ, କୋଚିଲା ବଣ ଭିତରେ, ତାଙ୍କର ନିଛାଟିଆ ବସାଘର।

ଦୁଇ

ସମସ୍ତେ ନିଘୋଡ଼ ନିଦରେ ଅଚେତନ। ପ୍ରୀତିଙ୍କର ଆଖିକୁ ନିଦ ନାହିଁ। ତୁହାଇ ତୁହାଇ କେତେ ଭାବନା ମନ ଭିତରେ ଓଲଟ ପାଲଟ ହେଉଥାଏ। ସ୍ୱପ୍ନ ନୁହେଁ, ସତ କଥା। ଅଙ୍ଗେ ଲିଭେଇଲା କଥା। ମାୟାପୁରୀର କାଉଁରୀକାଠି ଛୁଆଁ ରାଜକନ୍ୟା ସେ ନୁହଁ। ରକ୍ତମାଂସର ଦେହ ଧରି ସେ ଉଭା ହୋଇଥିଲା। ଦେହର ପରଶ ସେ ନିଜେ ଅନୁଭବ କରିଛନ୍ତି।

ମାୟା ନୁହେଁ, ମାୟାର ଭଉଣୀ ଛାୟା !

ସବୁ ଏକା ପରି। ରୂପ, ଗଠଣ, ଚାଲିଚଳଣ, କଥାଭଷା। ସବୁ ତୁଳନା କରି ବସିଲେ କିଛି ମନେ ପଡ଼େ ନାହିଁ। ଚିହ୍ନି ହୁଏ।

ମାୟା ନୁହେଁ ଛାୟା ! ଏକାପରି, ଏକା ଛାଞ୍ଚରେ ଗଢ଼ା। ଏକା ନାହି ଦି' ଖଣ୍ଡ। ଏକା ରକ୍ତ ମାଂସ। ତଫାତ୍ କେବଳ ଦେହ ଭିତରର ଆତ୍ମାରେ। ନା, ତା' ବି ନୁହେଁ, ଆତ୍ମାର ବିକାଶରେ।

ମାୟା ଓ ଛାୟା।

ଦିଓଟି କାୟା ଅଭିନ୍ନ !

ପ୍ରୀତି ଆଲୁଅ ତେଜିଲେ। ଏଇ, ସେ ଖଟରେ ସ୍ୱାମୀ ଶୋଇଛନ୍ତି। ଏ ଖଟରେ ରମ୍ମୁ। ଏଇ ଗଛର ଫଳ ତ, ତଥାପି କେଡ଼େ ଭିନ୍ନ। ତାଙ୍କରି ପେଟର ପିଲା। କେତେ ତଫାତ୍। କଥାରେ ଅଛି, ଷଠୀ ଦୁଇଟା ରୂପ ଏକା ପରି ଗଢ଼େନାହିଁ। ସେ ଚାହେଁ ପ୍ରକାର। ଏକାପରି ଖେଳଣା ଧରି ସେ ଖୋଜିବାକୁ ଭଲପାଏ ନାହିଁ। ସେଇଥିପାଇଁ କେଉଁଠି ହେଲେ ଟିକିଏ ଚିହ୍ନ ରଖିଦିଏ। କିନ୍ତୁ-

ଝରକା ବାଟେ ସୁଲୁସୁଲିଆ ପବନ ପଶି ଆସିଲା। ପଦାକୁ ଚାହିଁଲେ। କିଟି କିଟି ଅନ୍ଧାର। ପାଖର କୋଚିଲା ବଣ, ଆଉ ବଣ ମଝିରେ ଥିବା ଓଡ଼ିଆ ପୁଅର ହାତଯଶ କାରୁକାର୍ଯ୍ୟପୂର୍ଣ୍ଣ ମନ୍ଦିର ସବୁ ସେହି ଅନ୍ଧାରରେ ମିଶି ଏକାକାର ଦିଶୁଛି କିଛି ବାରି ହେଉ ନାହିଁ।

ସବୁ ସରିଗଲେ ଅନ୍ଧାର ହୁଏ। ସର୍ବହରା ଅନ୍ଧାରର କାୟା ଅନନ୍ତ, ମନ ଉଦାର। ସମସ୍ତେ ପଶନ୍ତି ତାଆରି ଅନନ୍ତ ଗର୍ଭରେ। ଦୁନିଆଁ ତାଙ୍କୁ ଭୁଲେ। ସେମାନେ ମଧ୍ୟ ଦୁନିଆଁକୁ ଭୁଲନ୍ତି। ନିଜକୁ ଭୁଲନ୍ତି। ଅନ୍ଧାର ସର୍ବସହଣୀ, ଉଦାର, ପୁଣି ମହାନ୍।

ଅନ୍ଧାର ଭିତରୁ ଉଙ୍କିମାରେ ଅତୀତର ପ୍ରେତ, ଭବିଷ୍ୟତର ଭୁତ। ଆଲୁଅ ମନ

ଚମକି ପଡ଼େ, ଚିହିଁକି ଉଠେ। ଭୂତ ପ୍ରେତ ଦେଖେ। ଡରେ। ଆଲୁଅ କ୍ଷୁଦ୍ର। ଅନ୍ଧାର ଭିତରେ ହଜେ ତାର ସତ୍ତା।

ଅତୀତର ଅନ୍ଧାର ଭିତରେ, ଦିନେ ଯେଉଁଠି ବର୍ତ୍ତମାନର ଆଖି ଝଲ୍‌ସା ଆଲୁଅ ଲହଡ଼ି ଭାଙ୍ଗୁଥିଲା–

ଶୀତଳଷଷ୍ଠୀ ପର୍ବ।

ସମ୍ବଲପୁରର ବଡ଼ ପର୍ବ ଏ ଶୀତଳଷଷ୍ଠୀ। କେତେ ରାଜ୍ୟରୁ ଲୋକେ ଆସନ୍ତି। ସମ୍ବଲପୁରର ଦାଣ୍ଡ ପଡ଼େ ଉଠେ। କେଡ଼େ ଚହଳ। କେଡ଼େ ଗହଳ। ପଞ୍ଝା ପଞ୍ଝା ଗୋଟିପିଲା ନାଚ। ବାଜା ରୋଷଣୀ। ଉନ୍ମାଦନା। ଶିବ ପାର୍ବତୀ ବିଭା।

ଦି' ପହର ଗଡ଼ିଗଲାଣି।

ପ୍ରୀତି ଧୀରେ ଧୀରେ ବିଧୁଭୂଷଣଙ୍କର ଘରେ ପଶିଲେ। ବିଧୁଭୂଷଣ ଖରାଛୁଟିରେ ଘରକୁ ଆସିଥାନ୍ତି। କଟକ କଲେଜର ତୃତୀୟ ବର୍ଷର ଛାତ୍ର। ଚଉକି ଉପରେ ବସି ଟେବୁଲ ଉପରେ ହାମୁଡ଼େଇ ପଡ଼ିଥାନ୍ତି। ଆଗ ଝରକା ଖୋଲା। ଝରକା ବାଟେ ଦିଶେ ମହାନଦୀର ଶୁଖିଲା ଖଇଫୁଟା ବାଲି। ମାଳ ମାଳ ପଥର। ପାଣି ଧାର। ସେପାଖ ଅତଡ଼ାର ଗଛଗହଳି। ଗରମ ପବନ ଧୀରେ ଧୀରେ ବହି ଆସୁଥାଏ।

ତାଙ୍କର କୋଠାଟି ମହାନଦୀ ଖଣ୍ଡି ଉପରେ। ଦୋତାଲା। ବାରି କବାଟ ଖୋଲିଲେ ନଈଧାରକୁ ବାଟ। ପାଣି ବେଶି ଦୂରରେ ନୁହେଁ। ରାତି ନ ପାହୁଣୁ ଏଇ ବାଟେ ଝିଅବୋହୂ ନଈକୁ ଗାଧୋଇ ଯାଆନ୍ତି। ସୂର୍ଯ୍ୟ ନ ଉଠୁଣୁ ମୁଣ୍ଡରେ, ଅଣ୍ଟାରେ, ହାତରେ ନିତି ଗରା ପାଣି ଧରି ପଥୁରିଆ ବାଟରେ ଉଠନ୍ତି ଖଣ୍ଡି ଆଡ଼କୁ। ସଞ୍ଜବୁଡ଼େ ବି ସେହି ଦୃଶ୍ୟ।

ବିଧୁଭୂଷଣଙ୍କ ଦୋତାଲା କୋଠରିରୁ ସବୁ ଦେଖାଯାଏ। ମନୋରମ। ସତେ କି ଗୋପବାଳାମାନେ ସୁନାକଳସୀ ଧରି ଯମୁନାରୁ ଫେରୁଛନ୍ତି ! କିନ୍ତୁ ଦି'ପହର, ବିଧୁ ତନ୍ମୟ ହୋଇ କଅଣ ଏତେ ଦେଖୁଛନ୍ତି ?

ଗୋଡ଼ ଚିପି ଚିପି ପ୍ରୀତି ପଛରୁ ଗଲେ।

ଖଣ୍ଡିଏ ଫଟୋ। ଗୋଟିଏ ଝିଅର !

କୌତୁହଳରେ ପ୍ରୀତି ବିଧୁଭଷଣଙ୍କର ବାହୁ ଧରି ହଲାଇ ଦେଲେ। ବିଧୁ ଚମକି ଉଠି ଫଟୋଟିକୁ ଓଲଟାଇ ଦେଲେ। ପଛକୁ ଚାହିଁଲେ। ନୂଆବୋଉ। ଉଠି ଠିଆ ହେଲେ। ଦୁଧ ପରି ଗୋରା ତକ ତକ ପୂରିଲା ମୁହଁରେ ଲାଜରେ ଗୋଲାପ ଫୁଟିଲା। ପଦଟିଏ କଥା ଅଜାଣତରେ ଖସିଗଲା ମୁହଁରୁ, ଆରେ– !

ତିନି

ଚାରିବର୍ଷ ହେଲା ପ୍ରୀତି ଆସିଲେ ଖାନ୍‌ଦାନ୍ ବହିଦାର ଘରର କୁଳ ଲକ୍ଷ୍ମୀ ହୋଇ। ଶାଶୁର ସ୍ନେହ କ'ଣ ଜାଣନ୍ତି ନାହିଁ। ଦୁଇ ବର୍ଷ ଆଗରୁ ସେ ଚାଲି ଯାଇଥିଲେ, କିନ୍ତୁ ଯାହାଙ୍କୁ କୁଳର ବୋହୂ କରିବେ ବୋଲି ସେ ସୋନପୁରର ସୁବର୍ଣ୍ଣମେରୁ ମହାଦେବଙ୍କ ଆଗରେ ପ୍ରତିଜ୍ଞା କରିଥିଲେ, ସେହି ପ୍ରୀତି ବୋହୂ ହୋଇ ଘରକୁ ଆସିଲେ। ଶାଶୁଙ୍କର ସ୍ନେହ ପାଇଲେ ନାହିଁ।

ଚନ୍ଦ୍ରଭୂଷଣ ଓ ବିଧୁଭୂଷଣଙ୍କର ବାପା ଅଧା ବୟସରେ ଓକିଲାତି ଛାଡି ଗଡ଼ଜାତରେ ଦେୱାନୀ କରିବାକୁ ଗଲେ। ତାଙ୍କର ସ୍ୱାଧୀନ ପ୍ରକୃତି, ଦରିଦ୍ର ଅତ୍ୟାଚାରିତଙ୍କ ପ୍ରତି ସହାନୁଭୂତି, ନିର୍ଭୀକ ସ୍ୱଭାବ ଓ ମୁହେଁ ମୁହେଁ ଉତ୍ତର ଦେବାର ପ୍ରକୃତି ପାଇଁ କୌଣସି ସ୍ଥାନରେ ସେ ଅଧିକ ଦିନ ରହି ପାରି ନଥିଲେ। ଗୋଟିଏ ସ୍ଥାନରେ ଦୁଇ ତିନି ବର୍ଷ ରହିଲା ପରେ କୌଣସି କାରଣରୁ ମନର ଅମେଳ ହେଲେ ଚାକିରି ଛାଡ଼ି ଚାଲି ଆସୁଥିଲେ। କିନ୍ତୁ ଜଗନ୍ନାଥ ବହିଦାରଙ୍କ କାର୍ଯ୍ୟଦକ୍ଷତାକୁ ପ୍ରଶଂସା ନ କରେ କିଏ ? ଘରେ ଗୋଡ଼ ନ ଦେଉଣୁ ପୁଣି ଆଉ ଗଡ଼ଜାତରୁ ଡାକରା ଆସେ। ଯାଆନ୍ତି।

ଶେଷକୁ ସୋନପୁରର ଦେୱାନ୍ ହେଲେ ଜଗନ୍ନାଥବାବୁ। ସପରିବାର ସୋନପୁର ଗଡ଼ରେ ରହିଲେ। ରାଜକାର୍ଯ୍ୟ ଛାଡ଼ିଦେଲେ ବାହାରେ ଲୋକଙ୍କ ସଙ୍ଗେ ଯେତିକି ମିଶନ୍ତି, ସେତିକି ଲୋକପ୍ରିୟ ହୁଅନ୍ତି। ସୋନପୁରର ଗଣ୍ୟମାନ୍ୟ ଲୋକେ ସମସ୍ତେ ତାଙ୍କର ଆପଣାର। ବିଶେଷତଃ ସୋମନାଥ ବିଦ୍ୟାଧର।

ଧନ, ମାନ, ପ୍ରତିପତ୍ତି ଓ ପାଣ୍ଡିତ୍ୟରେ ବିଦ୍ୟାଧର ବଂଶ ପୁରୁଷାନୁକ୍ରମେ ରାଜସଭାରେ ସମ୍ମାନ ପାଇ ଆସିଛନ୍ତି। ସୋମନାଥ ବିଦ୍ୟାଧର ସେହି ବଂଶର ସୁଯୋଗ୍ୟ ସନ୍ତାନ। ତାଙ୍କର ପାଣ୍ଡିତ୍ୟରେ ଜଗନ୍ନାଥବାବୁ ମୁଗ୍ଧ ହୋଇଥିଲେ। ତେଣୁ ତାଙ୍କୁ ସେ ସାନଭାଇ ପରି ଦେଖୁଥିଲେ। ତାଙ୍କର ଗୋଟିଏ ବୋଲି ଝିଅ, ଲାବଣ୍ୟପିତୁଳା। ଚମ୍ପାଫୁଲ ପରି ରଙ୍ଗ। ସୁନ୍ଦରୀ। ସ୍ଥାନୀୟ ବାଳିକା ସ୍କୁଲରୁ ପାଠ ଶେଷ କରି ବାପାଙ୍କ ପାଖରୁ ସଂସ୍କୃତ ଶିଖିଛି। ପାଣ୍ଡିତ୍ୟ ଯେମିତି, ସବୁ କାର୍ଯ୍ୟରେ ବିଚକ୍ଷଣତା, ନିପୁଣତା ସେମିତି। ସେହି ସେ ପ୍ରୀତି।

ଜଗନ୍ନାଥବାବୁ ତାଙ୍କୁ ଦେଖିଲେ ଝିଅ ପରି ଭଲ ପାଉଥିଲେ। ତାଙ୍କର ସ୍ତ୍ରୀ ପ୍ରୀତିଙ୍କୁ ଦେଖିଲେ କୋଳ କରୁଥିଲେ। କହୁଥିଲେ, ଏଇ ଝିଅଟି ଯଦି ବୋହୂ ହୋଇ ମୋର କୋଳକୁ ଆସନ୍ତା।

ପ୍ରୀତି ତାଙ୍କ ଘରକୁ ଆସିଲେ ସିନା, କୋଳକୁ ଆସିଲେ ନାହିଁ। ବିବାହର

ଦୁଇବର୍ଷ ଆଗରୁ ଚନ୍ଦ୍ରଭୂଷଣଙ୍କର ମାତା ସେହି ସୋନପୁରରେ ମାଟି ଘେନିଲେ। ଚନ୍ଦ୍ରଭୂଷଣ ଓକିଲାତି ପଢୁଥାଆନ୍ତି। ଓକିଲାତି ପାଶ୍ କଲା ପରେ ବିଭାଘର ହେଲା। ଚନ୍ଦ୍ରଭୂଷଣ ସମ୍ବଲପୁରରେ ଓକିଲାତି ଆରମ୍ଭ କଲେ। ଜଗନ୍ନାଥବାବୁ ଭଲରେ ଭଲରେ ନୌକରୀ ଛାଡ଼ି ପ୍ରୀତିକୁ ନେଇ ଘରକୁ ଫେରିଲେ।

ବେଶି ଦିନ ଶଶୁରଙ୍କର ସେବା ସେ କରିପାରିଲେ ନାହିଁ। ମୋଟେ ଦୁଇଟି ବର୍ଷ ପରେ ସଂସାରର ସବୁ ଦାୟିତ୍ୱ ବୋହୂଙ୍କ ହାତକୁ ଟେକିଦେଇ ଜଗନ୍ନାଥବାବୁ ଆଖି ବୁଜିଲେ। ସେଇଦିନରୁ ସେ ଘରର କର୍ତ୍ତା। ଚନ୍ଦ୍ରଭୂଷଣ ଓକିଲାତି ଛଡ଼ା ଘରର କୌଣସି ଖବର ବୁଝନ୍ତି ନାହିଁ। କୌଣସି ବିଷୟରେ ଲୋଡ଼ା ହେଲେ ପ୍ରୀତି ଦେବୀଙ୍କ ପାଖରେ ନିଜେ ସେ ଅଳି କରନ୍ତି।

ଆଉ ବିଧୂଭୂଷଣ, ସମବୟସ୍କ ହେଲେ ମଧ ଭାଉଜଙ୍କ ଆଗରେ ସଳଖ ହୋଇ ଠିଆ ହୁଅନ୍ତି ନାହିଁ। ପ୍ରୀତି ଦେବୀ ମାଆ ପରି ବିଧୁର ଯତ୍ନ ନିଅନ୍ତି, ଭଉଣୀ ପରି ସଙ୍ଗରେ ଖେଳନ୍ତି, ପୁଣି ଶିକ୍ଷକ ପରି ଶାସନ କରନ୍ତି ଗାମ୍ଭୀର୍ଯ୍ୟରେ, ଆଖିର ଦୃଷ୍ଟିଭଙ୍ଗୀରେ।

କଅଣ ସେ ଖଣ୍ଡି ବଧୂ ?

ଉତ୍ତରକୁ ଅପେକ୍ଷା ନ କରି ପ୍ରୀତି ଟେବୁଲ ଉପରୁ ଫଟୋଟିକୁ ଉଠାଇ ନେଲେ। ବିଧୁଭୂଷଣ ଛଡ଼ାଇ ନେବାକୁ ହାତ ବଢ଼ାଉଣୁ ହାତ ଫେରାଇ ଆଣି ନିଃସହାୟ ଆଖିରେ ଭାଉଜଙ୍କ ମୁହଁକୁ ଚାହିଁଲେ। କେଡ଼େ କରୁଣ ତାଙ୍କର ଅବସ୍ଥା ! ଝିଅଟିର ଫଟୋ, ଟୋକା ହାତରେ। କ'ଣ ସେ ଭାବିବେ ? ହୁଏତ କ'ଣ ପଚାରିବେ। କି ଉତ୍ତର ଦେବ ?

କାହାର ? କେଉଁଠୁ ଆଣିଲ ? କାହିଁକି ଆଣିଛ ? କାହିଁକି ରଖିଛ ? କ'ଣ କରିବ ? ଇତ୍ୟାଦି, କେତେ କଥା ସେ ନିଶ୍ଚୟ ପଚାରିବେ। ବିଧୁଭୂଷଣ ମନେ ମନେ ଉତ୍ତର ଉଣ୍ଡିଲେ। ମୁହଁରେ ବୁନ୍ଦା ବୁନ୍ଦା ଝାଳ।

ପ୍ରୀତି ଦେବୀ ତନ୍ମୟ ହୋଇ ଫଟୋଟିକୁ ଚାହିଁ ରହିଲେ। ଓଠରେ ଚହଟି ଉଠିଲା ହସ।

ବିଧୁ, ଦେବ କି ଏ ଫଟୋଟି ମତେ ?

ବିଧୁଭୂଷଣ ଦୀର୍ଘଶ୍ୱାସ ଛାଡ଼ିଲେ। କଣେଇଁ ଚାହିଁଲେ ନୂଆବୋହୂଙ୍କୁ। ଦରହସିଲା ମୁହଁ। ଆଖିରେ ଆଗ୍ରହ।

କ'ଣ କରିବ ନୂଆଉ ?

ତମେ ଯାହା କରୁଥିଲ।

ବିଧୁଭୂଷଣ ତୁନି ହେଲେ।

ଦେବେ ନାହିଁ ?

ନିଅ ।

ପ୍ରୀତି ଫଟୋ ଖଣ୍ଡ ନେଇ ଚାଲିଗଲେ ।

ବିଧୁଭୂଷଣ ଲାଜରା ହୋଇ ଘରୁ ବାହାରି ଆସିଲେ । ଚାରିପାଞ୍ଚ ଦିନ ଯାଏ ଭାଉଜଙ୍କ ପାଖରୁ କରଛଡ଼ା ଦେଇ ରଖିଲେ । ପ୍ରୀତି ଡାକିଲେ ସେ ନ ଶୁଣିଲା ପରି ଅନ୍ୟ ଆଡ଼େ ଚାଲିଯାଆନ୍ତି । ହାବୁଡ଼େ ପଡ଼ିଲେ ତାଙ୍କ ମୁହଁକୁ ସେ ଚାହିଁପାରନ୍ତି ନାହିଁ । କଣେଇଁ ଚାହିଁଲେ ଦେଖନ୍ତି, ବିନା କାରଣରେ ସେ ହସୁଛନ୍ତି ।

କ'ଣ ପଚାରିବେ କି ?

ପ୍ରୀତି କିଛି ପଚାରନ୍ତି ନାହିଁ ।

ଚାରି

ସଞ୍ଜବେଳେ ପଡ଼ାର ଅନ୍ୟାନ୍ୟ ସ୍ତ୍ରୀଲୋକଙ୍କ ଗହଣରେ ପ୍ରୀତି ସମଲେଶ୍ୱରୀ ଦେବୀଙ୍କୁ ଦର୍ଶନ କରିବାକୁ ଯାଇଥିଲେ । ଫେରିଆସି ଦେଖିଲେ, ତାଙ୍କର ଶୋଇଲା ଘରେ ବିଧୁଭୂଷଣ ପଶି କଅଣ ଖୋଜୁଛନ୍ତି । କିଛି ନ କହି, ବିଧୁଭୂଷଣଙ୍କୁ ନ ଜଣାଇ, ସେ ଫେରି ଆସିଲେ । ବିଧୁଭୂଷଣଙ୍କ ପଢ଼ା ଘରେ ପଶି ସେ କଅଣ ମଧ୍ୟ ଖୋଜିବାକୁ ଲାଗିଲେ ।

ମିଳିଲା କୋଟ ପକେଟରୁ ।

ଖୋଲି ପଢ଼ିଲେ–

ବିଧୁବାବୁ,

ଛାୟା କହୁଥିଲା, ଆପଣ କୁଆଡ଼େ ଭାଇଙ୍କ ଟେବୁଲ ଉପରୁ ମୋ ଫଟୋ ଖଣ୍ଡିକ ନେଇଯାଇଛନ୍ତି । ସେ ନିଜେ ଜାଣେ, ଅଥଚ ସମସ୍ତଙ୍କ ଆଗରେ କହୁଛି, ମୁଁ କୁଆଡ଼େ ଆପଣଙ୍କୁ ଯାଚିକରି ମୋ ଫଟୋ ଦେଇଛି । କେଡ଼େ ମିଛ । ଭାଇଙ୍କ ସଙ୍ଗେ ଆପଣ ଆସି ଆମ ଘରେ ଦୁଇ ଦିନ ରହିଗଲେ । କହନ୍ତୁ ଭଲା, ମୁଁ ଆପଣଙ୍କ ଆଗକୁ ଯାଇଛି ? ବରଂ ଛାୟା ଆପଣଙ୍କ ସଙ୍ଗେ କଜିଆ କରୁଥିଲା । ମୋ ଫଟୋ ନିଶ୍ଚୟ ଫେରାଇଦେବେ, ନୋହିଲେ–, ଛାୟା ବଡ଼ ଦୁଷ୍ଟ । ଇତି ।

ମାୟା

ତଳେ ଠିକଣା ଲେଖା ଥିଲା ।

କେଡ଼େ ସୁନ୍ଦର ହସ୍ତାକ୍ଷର ! ସରଳ ନିର୍ବୋଧ ଝିଅଟି । ଡରି ଡରି ଲେଖିଛି । ଭଲ ନାଆଁଟିଏ ତ, ମାୟା । ଛାୟା ହେବ ସାନ ଭଉଣୀ ପରା !

ଚିଠିଖଣ୍ଡି ପକେଟରେ ରଖି ତରତର ହୋଇ ସେ ଘରୁ ବାହାରି ଆସିଲେ। ମନକୁ ମନ ହସି ନିଜ ଶୋଇଲା ଘର ଭିତରେ ପଶିଲେ ।

ପଚାରିଲେ, କ'ଣ ଖୋଜୁଛ ବିଧୁ?

ବିଧୁଭୁଷଣ ଅପ୍ରସ୍ତୁତ ହୋଇ ଥରିଲା ସ୍ୱରରେ କହିଲେ, ଅମୃତମଞ୍ଜନ!

ଗମ୍ଭୀର ହୋଇ ପ୍ରୀତି କହିଲେ- ଓ, ମୁଣ୍ଡବଥା, କେବେଠୁଁ? ଉହୁଁ, କେତେବେଳୁ? ଏଇତ ଅମୃତମଞ୍ଜନ ଡବା ଡ୍ରେସିଂ ଟେବୁଲ ଉପରେ। ଦିଶୁନାହିଁ?

ପାଇଲି।

ବେଶ୍ କଲ, ଆସ ମୁଁ ତମ ମୁଣ୍ଡରେ ଘଷିଦେବି।

ବିଧୁଭୂଷଣଙ୍କର ଅନ୍ୟ ଗତି ନ ଥିଲା।

ନିଜ ଫଟୋ ପାଖରେ ମାୟାର ଫଟୋ ଟାଙ୍ଗିଦେଲେ। ନିଜ ହାତରେ ଗୋଲ ଗୋଲ ଅକ୍ଷରରେ ଫଟୋ ତଳେ ଲେଖିଲେ-ମାୟା ଦେବୀ।

ବିଧୁଭୂଷଣ ଦେଖିଲେ। ପଚାରିଲେ, କିଏ?

ଚିହ୍ନ ନାହିଁ? ମୋର ସାନ ଭଉଣୀ।

ଦେଖି ନାହିଁ ତ?

ଦେଖିବ, ରହ।

ବିଧୁଭୂଷଣ ଦେଖିଲେ। ଆଶ୍ଚର୍ଯ୍ୟ କଥା, ନୂଆଉ ଜାଣିଲେ କିପରି ତା'ର ନାଆଁ! ଯେଉଁଦିନ ଚିଠି ପାଇଲେ ସେଇ ରାତିରେ ଉତ୍ତର ଲେଖି ଦେଇଥିଲେ-

ମାୟା ଦେବୀ,

ଭୁଲରେ ତମର ଛବିଟି ମୋ ଜିନିଷ ପତ୍ର ସଙ୍ଗେ ମିଶି ଚାଲି ଆସିଥିଲା। ହୁଏତ ଛାୟା ମୋର ବିଛଣା ତଳେ ଗୁଞ୍ଜି ଦେଇଥିଲା। ପରେ ଦେଖିଲି। ଛବିଟି ହଜିଛି। ଖୋଜୁଛି ମିଳିଲେ ପଠାଇ ଦେବି। ନୋହିଲେ କଟକରେ ତମ ଭାଇଙ୍କୁ ଦେଇଦେବି। ସତେ, ଛାୟା ବଡ଼ ଦୁଷ୍ଟ। ମୋ ଫଟୋଟା ବୋଧହୁଏ ସେଇ କେଉଁଠି ହଜେଇ ଦେଇଛି। ଇତି।

ବିଧୁଭୂଷଣ

ତା'ପରେ ମାୟାର ଚିଠି ଖଣ୍ଡି ସେ ଚିରି ପକାଇଥିଲେ। ପରଦିନ ବୁଢ଼ାରଜା ପାହାଡ଼ ଆଡ଼େ ବୁଲି ଗଲାବେଳେ ବାଟରେ ଟିକି ଟିକି କାଗଜଗୁଡ଼ା ପକାଇ ଦେଇଥିଲେ।

ନୂଆଉ ତା'ର ନାମ କେମିତି ଜାଣିଲେ?

ପଚାରିବାକୁ ସାହାସ ହେଲା ନାହିଁ।

ପାଞ୍ଚ

ବିଧୁ ଚିଠି ଖୋଲି ପଢ଼ିଲେ,-

ବିଧୁବାବୁ,

କାହାର ଫଟୋ ଆପଣ ପଠାଇଛନ୍ତି ? ବଦଳ ଦେଲେ କି ? ମୋ ଫଟୋ ଯଦି ହଜିଗଲା ତ ଗଲା। ମୁଁ ତ ଆପଣଙ୍କୁ ବଦଳ ମାଗି ନ ଥିଲି ? ଧାରୁଆ ହୋଇ-ରହିବେ ନାହିଁ ? ମୋତେ ତେବେ ଧାରୁଆ କଲେ କାହିଁକି ? ଯାହାଙ୍କର ଫଟୋ ଆପଣ ବଦଳ ଦେଇଛନ୍ତି, ତାଙ୍କର କେଉଁ ଗୁଣକୁ ମୁଁ ସରି ? ସେ କ'ଣ ମଣିଷ ? ଭଲ କଲେ। ଫୁଲ ଚନ୍ଦନ ଦେଇ ପୂଜା କରିବାର ପଦାର୍ଥ ସେ, ପୂଜା କରୁଛି। ଫେରାଇ ଦେବି ନାହିଁ। କ୍ଷମା କରିବେ। ପ୍ରଣାମ ନେବେ ଓ ଯାହାଙ୍କର ଫଟୋ ପଠାଇଛନ୍ତି, ତାଙ୍କୁ ପ୍ରଣାମ ଦେବେ।

ହଁ, ଛାୟା କହୁଛି, ଏ ଆପଣଙ୍କର ଚିଠି ନୁହେଁ। କୁଆଡ଼େ ହସ୍ତାକ୍ଷର ଅଲଗା। ଆପଣଙ୍କର ଆଉ ଚିଠି ଚିରି ପକାଇଛି। ଭାଇ କଟକ ଗଲେଣି। ନୋହିଲେ ତାଙ୍କୁ ଦେଖାଇଥାନ୍ତି। ଇତି।

ମାୟା

ବିଧୁଭୂଷଣ ବାରମ୍ବାର ଚିଠି ଖଣ୍ଡି ପଢ଼ିଲେ। ଆଲୁଅ ତେଜିଲେ। ଭାବିଲେ, ପୁଣି ଥରେ ଭଲ କରି ପଢ଼ିଲେ। ଯାହାଙ୍କ ଉପରେ ସନ୍ଦେହ ହେଉଥିଲା, ସେଇ ପଛରୁ ଆସି ହଲାଇ ଦେଇ କହିଲେ, ଖାଇବ ନାହିଁକି ? ପୂଝାରୀ କେତେ ଥର ଡାକି ଗଲାଣି। ତମ ଭାଇ ଚାହିଁ ବସିଛନ୍ତି।

ବିଧୁ ଅପ୍ରସ୍ତୁତ ହୋଇ ଉଠିଲେ।

ପ୍ରୀତି କଣେଇଁ କରି ଚିଠି ଖଣ୍ଡି ଉପରେ ଆଖି ପକାଇ ଆଗ ଘରୁ ବାହାରି ଗଲେ।

ବିଧୁଭୂଷଣଙ୍କର ଧୈର୍ଯ୍ୟ ଭାଙ୍ଗିଲା। ପରଦିନ ଦୁଇ ପହରେ କେଡ଼େ ସାହାସରେ ପ୍ରୀତିଙ୍କୁ ପଚାରିଲେ, ତମେ କେମିତି ତାଙ୍କର ନାଁ ଜାଣିଲ।

ପ୍ରୀତି ହସିଲେ। ସବୁ କଥା ଖୋଲି କହିଲେ।

ବିଧୁଭୂଷଣ ଲାଜରା ହେଲେ। କହିଲେ, ତମେ ତିଳକୁ ତାଳ କରୁଛ।

ପ୍ରୀତି କହିଲେ, ଭଲ ହେଲା। ମୁଁ ତାକୁ ହିଁ ଚାହେଁ। ମଙ୍ଗିବେ ନାହିଁ ତାଙ୍କ ବାପ ମା' ? ମୁଁ ନିଜେ ଯାଇ କଥା ଠିକ୍ କରି ଆସିବି। ମତେ ଆଉ ଏକୁଟିଆ ଭଲ ଲାଗୁନାହିଁ।

ତମେ ଭୁଲ ବୁଝିଛ।

ମୁଁ ଠିକ୍ ବୁଝିଛି। ତମ ମନକୁ ତମେ ଚିହ୍ନିପାରି ନାହଁ। କହ, ମୋର ଅବାଧ ହେବ ?

କିନ୍ତୁ-

ବିଧୁଭୂଷଣ କ'ଣ କହିବାକୁ ବସିଥିଲେ କହିପାରିଲେ ନାହିଁ। ପ୍ରୀତିଙ୍କର ଆଖି ଛଳଛଳ ହୋଇଥିଲା। ତାଙ୍କର ଥରିଲା ଓଠରୁ ଖସି ପଡ଼ିଥିଲା ଗୋଟିଏ ପଦ,- ଏଁ!

ନୂଆବୋଉଙ୍କର କୌଣସି କଥାକୁ କେବେ ସେ ତଳେ ପକାଇ ନାହାନ୍ତି। ତାଙ୍କର ସ୍ନେହର ପାରାବାରରେ କେବେ ସେ କିନ୍ତୁର ସ୍ୱରୂପ ଦେଖିନାହାନ୍ତି। ସେ ଅନୁଭବ କରିଛନ୍ତି, ଛାତି ତଳର ଛପିଲା କଥା ନୂଆବୋଉଙ୍କ ଆଖି ଆଗରେ ଉଭା ହୁଏ। ତୁଣ୍ଡ ନ ଫିଟୁଣୁ ସେ ମନକଥା ପୂରଣ କରନ୍ତି।

ତମ ଫାଉଣ୍ଟେନ୍ କଲମଟା ହଜିଗଲା ପରା! ଦେଖିଲ ବିଧୁ, ଏଇଟା ଭଲ କଲମ ନୁହେଁ? କୋଉଁଠୁ ଆଣିଲି କହିଲ ?

କୋଣାର୍କ ଯିବ ପରା ବିଧୁ, ମତେ ନେବ ନାହିଁ ସାଥିରେ ? ଆଚ୍ଛା, ତମେ ଥରେ ଦେଖି ଆସ ଯା'। ଏତିକି ଟଙ୍କା ହବ ନାଁ ?

ଛି, କେଡ଼େ ମଇଳା କାମିଜ ! ଦେଖିଲ, ଏ ବରଗଡ଼ର ସିଲ୍କ। ଭଲ ପଞ୍ଜାବୀ ହେବ ନା ?

ମୁହଁ କାହିଁକି ଶୁଖିଛି ବିଧୁ, ଭୋକ କଲାଣି ? ଆସ ଖାଇବ। ଚାଖିଲ, ସନ୍ଦେଶ ଭଲ ହୋଇଛି ? ମ, ଆଉ ଦି'ଟା ଖାଇ ପାରୁନା ?

ଦେହ କାହିଁକି ତାତିଛି ? ଓଃ, ଜର। ମନା ନ ମାନି ନଈରେ ବୁଡୁଛ। ଶୋଇପଡ଼। ମୁଁ ପାଖରେ ବସିଛି। ଆଜି ଖାଇବାକୁ ଦେବି ନାହିଁ।

ସେ ବି ରହନ୍ତି ଉପାସ।

ସ୍ନେହମୟୀ ନୂଆବୋଉ ସେ, ତାଙ୍କର ଆଖିରେ ଛଳ ଛଳ ଲୁହ ! ବିଧୁଭୂଷଣଙ୍କ ଛାତି ଥରି ଉଠିଲା। କି ଦାରୁଣ ଆଘାତ ଦେଇଛନ୍ତି ତାଙ୍କ ମନରେ।

ପ୍ରୀତିଙ୍କର ଗୋଡ଼ରେ ହାତ ଦେଇ କରୁଣ ସ୍ୱରରେ କହିଲେ, କ୍ଷମା କର ନୂଆଉ !

ଝଟକି ଉଠିଲା ଓଠରେ ହସ। ଝଲସି ଉଠିଲା ଆଖିରେ ଆଗ୍ରହ। ମୁଣ୍ଡରେ ହାତ ବୁଲାଇ ପ୍ରୀତି କହିଲେ, ଦୋଷ ତ ମୋର ବିଧୁ, ତମ ମନକଥା ଜାଣିପାରିଲି ନାହିଁ। ମୁଁ ଭୁଲ ବୁଝିଥିଲି। କିନ୍ତୁ ସେ ଯେ ତମକୁ ଭଲପାଏ ବିଧୁ, ସେଇଥିପାଇଁ, ମୁଁ ବି ତାକୁ ଭଲ ପାଇଲି।

ବିଧୁଭୂଷଣ ମୌନ ରହିଲେ।

ସୁନା କଣ୍ଢେଇ ମାୟା ଆସିଲା ଘରକୁ, ସେଇ ବର୍ଷ। ପନ୍ଦର ବର୍ଷର ଝିଅ। ବୋହୂ ଦେଖି ପଡ଼ାର ମାଇପେ ଧନ୍ୟ ଧନ୍ୟ କହିଲେ। ବିଭୂତି ପୂଝାରୀଙ୍କ ସ୍ତ୍ରୀ ସୌଦାମିନୀ, ରୂପର ଗର୍ବ ଥିଲା ଯାହାଙ୍କର, ସେ ବି ଦେଖି ମନମାରି ରହିଲେ। ସତେ ତ ଲକ୍ଷ୍ମୀପ୍ରତିମା ଝିଅଟି ମାୟା।

ପ୍ରୀତିଙ୍କର ଗୋଡ଼ ତଳେ ଲାଗେ ନାହିଁ। କେତେ ଦିନର ଆଶା, କେତେ ଦିନର ଅଭାବ ପୂରଣ ହୋଇଛି। ଏଇ ତାଙ୍କ ସାନ ଭଉଣୀ। ଏକା ଘରେ ଗୋଟିଏ ସଂସାରରେ ସାରା ଜୀବନ କଟାଇବେ।

ବାହାଘରର କେତେ ଦିନ ପରେ, ମାୟାର ବଡ଼ ଭାଇ ରାଜୀବଲୋଚନ ଓ ତାଙ୍କର ସହପାଠୀ ଗଗନବିହାରୀ ସମ୍ବଲପୁର ଆସିଥିଲେ। ଦୁଇ ତିନିଦିନ ରହିଥିଲେ। ବିଧୁ ଅଳି କଲେ ନୂଆବୋଉଙ୍କ ପାଖରେ, ଗଗନ ମୋର ବନ୍ଧୁ, ମାୟା ତାଙ୍କୁ କଥା କହିଲେ ଭଲ ହୁଅନ୍ତା ନାହିଁ?

ଦିଅରର ଅନୁରୋଧ ପ୍ରୀତି ଭାଙ୍ଗି ପାରିଲେ ନାହିଁ। ମାୟାକୁ ପାଖରେ ବସାଇ ସେ ନିଜେ କଥା କହିଥିଲେ। ମାୟା ଲାଜରେ ସଢ଼ି ଯାଉଥାଏ। ଗଗନବିହାରୀ, ବିଧୁର ସାଙ୍ଗ, ମୁହଁ ଟେକି ଚାହିଁ ନ ଥିଲେ। ବିଧୁର ସାଙ୍ଗ! ବିଧୁ ଯିଏ, ସେ ବି ସିଏ। ସେତିକି ସ୍ନେହ ଆଦରର ପାତ୍ର ସେ। ପ୍ରୀତି ଲାଜ କରନ୍ତେ କାହିଁକି?

ବୋହୂ ଦେଖିଲ ଗଗନ, ମନକୁ ଆସିଲା?

ଗଗନବିହାରୀ ଅଳପ ହସିଲେ। ତଳକୁ ଅନାଇଁ କହିଲେ, ଆପଣ ବାଛି ବାଛି ଲକ୍ଷ୍ମୀପ୍ରତିମା ଆଣିଛନ୍ତି।

ପ୍ରୀତି ଦେବୀଙ୍କର ପିଠି ପଛରେ ମାୟା ମୁହଁ ଲୁଚାଇଲା।

ପ୍ରୀତି କହିଲେ, ମୋର ଏଇ ଲକ୍ଷ୍ମୀଟିର ସାନ ଭଉଣୀଟିଏ ଅଛି, ସରସ୍ୱତୀ ପରି।

ଗଗନବାବୁ ତୁନି ରହିଲେ।

ରାଜୀବବାବୁ ଆସିଲେ। କହିଲେ, ତୁମା ଯିବ ପରା ଗଗନ? ବିଧୁ ଅପେକ୍ଷା କରି ବସିଛି।

ପ୍ରୀତି ଓଢ଼ଣା ଟାଣିଲେ। କହିଲେ, ଖାଇସାରି ଯିବ। ସେଠି କିଛି ମିଳେ ନାହିଁ।

ରାଜୀବ କହିଲେ, ବିଧୁ କହୁଛି, ମହାନଦୀ କୂଳରେ ବଙ୍କା ଶିବମନ୍ଦିର, ପୁଣି ମନ୍ଦିର ତଳ ମହାନଦୀ ଗଣ୍ଡରେ ବଡ଼ ବଡ଼ କୁଡ୍ଡୁ ମାଛ, ନଈ ଆଉ ନଈ ମଝିରେ ପଥର ପାହାଡ଼ ଦେଖିଲେ କୁଆଡ଼େ ପେଟ ପୂରିଯିବ!

ପ୍ରୀତି ଉତ୍ତର ଦେଲେ, ତାଙ୍କରି ପେଟ ପୂରୁ। ତମେ ଆଉ ଗଗନ ଖାଇସାରି ଯିବ। ରୋଷେଇ ସରିବଣି। ଆ ମାୟା। ଭାଇ ତରତର ହେଲେଣି।

ମାୟାର ହାତ ଧରି ପ୍ରୀତି ଉଠିଲେ।

ଦୁଇ ତିନି ଦିନ ରହି ତିନିବନ୍ଧୁ- ବିଧୁ, ରାଜୀବ ଓ ଗଗନ କଟକ ଫେରିଲେ।

ମାଇପେ କହିଲେ, ଫୁଲେଇଟା।

ପ୍ରୀତି କାହାରି ସମାଲୋଚନାରେ କାନ ଦିଅନ୍ତି ନାହିଁ। ଯାଆ ନୁହେଁ ତ ସାନ ଭଉଣୀ। ନାଇଁ, ତା'ଠୁ ଅଧିକ। ସାନ ଭଉଣୀ ପାଖରେ ଯାହା ଅଛପା ରହେ, ଯାଆ ପାଖରେ ତାହା ଖୋଲି ହୋଇଯାଏ। ଭଉଣୀ, ଏକା ପେଟରୁ ଜନମ ସିନା, ଗୋଟିଏ ଶାଳରେ ଗଢ଼ା, ଯାଆ ପରି ଗୋଟିଏ ନାବରେ ବସି ଝଡ଼ତୋଫାନ ସହେ ନାହିଁ, ସୁଖଦୁଃଖର ସାଥୀ ହୁଏ ନାହିଁ।

ବିଧୁଭୂଷଣ ପଢ଼ିବାକୁ କଟକ ଚାଲିଗଲେ। ଚନ୍ଦ୍ରଭୂଷଣ ତାଙ୍କରି କୋଠରିରେ ରହିଲେ। ପ୍ରୀତି ମାୟାକୁ ପାଖକୁ ନେଲେ। ମାୟାର ଯତ୍ନ! ସେ ଜନ୍ମକଲା ମା'କୁ ଭୁଲି ଯାଇଥିଲା। ହାତରେ ଖୋଇ ଦିଅନ୍ତି, ଯତ୍ନକରି ମୁଣ୍ଡ ବାନ୍ଧିଦିଅନ୍ତି। ବେକାଏ ବାଳ। ଆଣ୍ଠୁଯାଏ ଲମ୍ବି ଆସେ। ନଈକୁ ଗଲେ ନିଜ ହାତରେ ମାୟାର ଦେହହାତ ଘଷିମାଜି ଗାଧୋଇ ଦିଅନ୍ତି।

ନ ସହିଲା ମାଇପେ କ'ଣ ଚାରିପଦ କହନ୍ତି ନାହିଁ? ପ୍ରୀତି ହସନ୍ତି, ମାୟାକୁ ଆହୁରି ପାଖକୁ ଟାଣି ନିଅନ୍ତି। ନିଠେଇ ନିଠେଇ ମୁହଁ ସଫା କରନ୍ତି। କହନ୍ତି, ଦେଖ ଗୋ ପୂର୍ଣ୍ଣମାସୀ, ନାଆଁ ସିନା ପାଇଛ, ମୁହଁ ତ ପାଇନାହଁ।

ପୂର୍ଣ୍ଣମାସୀ ତାଙ୍କର ନଣନ୍ଦ ଲେଖା ହେବେ।

କହିଲେ, ଦି'ଟା ମୁହଁ ତମର ଯୋଡ଼ିଲ ଦେଖିବା। କେବେ ଦେଖିଛ? ଦେଖିଲେ, ତା' ମୁହଁକୁ ଲୁଚାଇ ଦିଅନ୍ତ।

ଏଡ଼େ ବଡ଼ କଥା କହ ନା ଗୋ ପୂର୍ଣ୍ଣମା, ଲୋକେ କହିବେ ସୁନ୍ଦରପଣ ବୁଝିବାକୁ ତମର ଆଖି ନାହିଁ।

ଏଇ ଶାଢ଼ି ତତେ ମାନିବ। ଆ, ପିନ୍ଧେଇ ଦିଏ। ପିନ୍ଧେଇ ଦିଅନ୍ତି ମାୟାକୁ।

ଆଇଲୁ, ତୋ ବେକରେ ଏଇ ହାରଟା ନାଇ ଦିଏଁ। ଉହୁଁ, ଭଲ ଦିଶୁ ନାହିଁ। ଓକିଲ ସିନା ହୋଇଛନ୍ତି, ତୋ ଦେଢ଼ଶୁରଙ୍କର ପସନ୍ଦ ମୋଟେ ନାହିଁ।

ମାୟା କହେ, କେଡ଼େ ସୁନ୍ଦର ହାର।

ତୋ ମନକୁ ଆସୁଛି? ହଉ ନାଇ ଥା'।

ଅପା, ମୁଁ ତମ ମୁଣ୍ଡ ବାନ୍ଧିଦେବି।

ପ୍ରୀତି ବାଧା ଦିଅନ୍ତି ନାହିଁ।

ତମେ କାଇଁକି ଏ ଶାଢ଼ି ପିନ୍ଧିଛ, ଏଇଟା ପିନ୍ଧ।

ପ୍ରୀତି ପିନ୍ଧନ୍ତି। ମାୟା ମୁହଁରେ ବୋକ ଦିଅନ୍ତି। ପିଠି ଆଉଁସନ୍ତି। କହନ୍ତି, ତୁ ମୋର ସାନଭଉଣୀ ମାୟା! ଏ ଘରକୁ ଆସି, କେନେ ମାୟା ଲଗେଇଦେଲୁ। ନେ, ମୁଁ ଆଉ ପାରିବି ନାହିଁ। ତୁଏ ଏ ଚାବି ରଖ, ଘରକରଣା ଶିଖ।

ଅପା- !

ଆରେ, କାନ୍ଦୁଛୁ କାହିଁକି? ପାରିବୁ ନାହିଁ? ହଉ, ଖେଳିବା ବୟସ ତୋର ଯାଇ ନାହିଁ ଖେଳ।

ମାୟାକୁ ଗେଲ କରନ୍ତି।

ରାତିରେ, ଦି' ଯାଆଙ୍କର ଗପ।

ଏହି ମହାନଦୀ କୂଳରେ ଆମର ଘର ଲୋ ମାୟା, ସୋନପୁର, ସୁନାରାଇଜ। ରଜା ଯେ ପୁଅ ପରି ପରଜା ପାଳନ୍ତି। ସୁବର୍ଣ୍ଣମେରୁ ମହାଦେବ ଅଛନ୍ତି। ଯେଉଁଠି ରାତି ଅଧରେ ଦେବଦେବୀ ଆତଯାତ ହୁଅନ୍ତି। ତେଲନଦୀ କୂଳରେ। ନଈସେପାରି ବଉଦ ରାଇଜ। ଆମ ରାଇଜର ଜମିରେ କୁଆଡ଼େ ସୁନାପରି ଫସଲ ଫଳେ। କେବ କାଳର କଥା କେଜାଣି, ସୁବର୍ଣ୍ଣମେରୁ ଆବିର୍ଭାବ ହେଲା ବେଳେ ସୁନା ବୃଷ୍ଟି ହୋଇଥିଲା। ଏବେ ବି ଲୋକେ ପାଆନ୍ତି।

ତୋ ଦେଢ଼ଶୁର କ'ଣ କହନ୍ତି ଜାଣୁ ମାୟା?

ମାୟା ଆଗ୍ରହରେ ଚାହେଁ। ସେ କହନ୍ତି, ଆମ ରାଇଜ ସୁନା ହେଲେ ତାଙ୍କ ରାଇଜ, ଏଇ ସମ୍ବଲପୁର, କୁଆଡ଼େ ହୀରା ରାଇଜ! ସତେ ଲୋ, ବାଟ ଚାରିକୋଶ ହେବ ନାହିଁ ଏଠିକି, ଏଇ ମହାନଦୀ ମଝିରେ, ହୀରାକୁର ଦ୍ୱୀପ ଅଛି। ସେଠୁ ଅନେକ ଲୋକ ହୀରା ପାଇଛନ୍ତି। ଦୁନିଆଁର ସବୁଠୁ ବଡ଼ ହୀରାଖଣ୍ଡ କୁଆଡ଼େ ଏଇ ହୀରାକୁଦରୁ ମିଳିଥିଲା। ହୋଇଥିବ। ଦିନେ ହୀରାକୁଦ ବୁଲିଯିବା।

ଯିବା ଅପା, ଭାଇଙ୍କି କହ।

ତୋ ନାଆଁରେ ଖବର ପଠେଇବି। ତମ ଗାଆଁ କଥା କହିଲୁ ନାହିଁ ମାୟା?

ଖରସୁଆଁ ନଈକୂଳରୁ ଦି' କୋଶ ବାଟ ହେବ ଆମ ଗାଁ, ସୁନ୍ଦରପୁର। ଚାରିଆଡ଼େ ଗହୀର। ମଝିରେ ଆମର ବଡ଼ ଗାଁ। ଧୋଇ ମରୁଡ଼ି ଦେଶ- ଯାଜପୁର। ହଇଜା, ବସନ୍ତ, ଜର। ଲୋକେ ଘର ଛାଡ଼ି କଲିକତା ପଳାନ୍ତି, ପେଟ ବିକଳରେ। ଅପା ଲୋ, ଶୁଣିବୁ ବର୍ଷକର କଥା? କାଲି ପରି ଲାଗୁଛି। ପିଲାଟିଏ ହୋଇଥାଏଁ। ରାତି ଅଧରେ ସୁ

ସୁ ଶୁଭିଲା। କୁମାର ପୂନେଇଁ ପାଖ। ଗାଁ ଲୋକଙ୍କର ପାଟି। ଘରେ ପୁଣି ବାପା ନ ଥାନ୍ତି।

ବୋଉ ଆମ ଭାଇଭଉଣୀ ତିନ୍ହିଙ୍କି କୋଳରେ ପୂରେଇ ରାତିଯାକ ବସିଲା। ସକାଳକୁ, –ଯୁଆଡ଼େ ଚାହିଁଲେ ପାଣି। ଗହୀର ବିଲରେ ନାଆ ଚାଲିଥାଏ। ଆମ ଦାଣ୍ଡରେ ସୁଅ ପଡ଼ିଥାଏ ଯେ ନାଗମୁଣ୍ଡ ଦି' ଖଣ୍ଡ ହେବ। ଅପା ଲୋ, କ'ଣ କହିବି ସେ କଥା। ସୁନ୍ଦରପୁର, କେଡ଼େ ବଡ଼ ଗାଁ, ପାଆଁଶ ଘର ବସ୍ତି। ଅଧେ ଘର ଭାଙ୍ଗିଗଲା। ଲୋକ ବେଶି ମରିନାହାନ୍ତି। ଗାଈଗୋରୁ ଜୀବଜନ୍ତୁ ଉବୁଟୁବୁ ହୋଇ ମଲେ। ଜମିରେ ବାଲି ଚଢ଼ିଲା। ଖରସୁଆଁ ନଈ ବନ୍ଧ ଭାଙ୍ଗିଲେ ଏମିତି ହୁଏ।

ସତେ ଲୋ ମାୟା, ଆହା କେଡ଼େ ଦୁଃଖ ପାଇଥିବେ ଲୋକେ। ଏମିତିକା ରାଇଜରେ କାହିଁକି ଲୋକେ ରହନ୍ତି ?

କ'ଣ କରିବେ? ଲୋକେ ଛିନଛତର ହେଲେ। ଦଶ ଖଣ୍ଡି ଗାଁର ଲୋକ ଘରଦ୍ୱାର ପିଲାକୁଟୁମ୍ବ ଛାଡ଼ି ବିଦେଶ ପଳେଇଲେ। ବାପା ମୋର ପୁଲିସ୍ ସବ୍-ଇନିସ୍‌ପେକ୍ଟର କାମ କରୁଥିଲେ, ନିମାପଡ଼ାରେ। ଆମକୁ ସବୁ ତାଙ୍କ ପାଖକୁ ନେଇଗଲେ। ଖରସୁଆଁ ନଈବନ୍ଧ ପଡ଼ିଲା। ଦି' ତିନି ବର୍ଷ ପରେ, ବାପା ରାଞ୍ଚି ବଦଳି ହେଲାରୁ ଆମ୍ଭକୁ ପୁଣି ଘରେ ଛାଡ଼ିଲେ। ହେଲେ, ବର୍ଷା ଦିନ ଆସିଲେ ସଦାବେଳେ ଛାତି ଦୁଡ୍‌ଗୁଡୁ। ନଈରେ ପାଣି ପଇଲା, ବନ୍ଧ ଯଦି ଭାଙ୍ଗେ ?

ପ୍ରୀତି ଦୀର୍ଘ ଶ୍ୱାସ ଛାଡ଼ିଲେ। କହିଲେ, ମଣିଷର ଦୁଃଖର କଳନା ନାହିଁ ଲୋ ଭଉଣୀ। ରାତି କେତେ ହେଲାଣି ଦେଖିଲୁ! ଶୋଇପଡ଼।

କାନ୍ଥ ଘଣ୍ଟା ବାଜେ- ଟଂ ଟଂ। ଦି'ଟା। ପ୍ରୀତି ନଳଟଣେ ଲିଭାନ୍ତି।

ଯାଆ ଦିଓଟି ଗୋଟିଏ ଖଟରେ ଶୋଇ ପଡ଼ନ୍ତି।

ରାତି ପାଉଣୁ ପ୍ରୀତିଙ୍କର ନିଦ ଭାଙ୍ଗେ। ମାୟା କଡ଼େଇ ଶୋଇଛି। ମୁହଁଟି ସତେ କି ସଜଫୁଟା ମଲ୍ଲୀ ଫୁଲ। କି ସୁନ୍ଦର ଚିତ୍ର କଲାପରି ଭ୍ରୁଲତା ଆଉ ପୂରିଲା ପୂରିଲା ମୁଦିଲା ଆଖି। ସରୁ ସରୁ ରଙ୍ଗିଲା ଓଠ ଦି' ଫାଳି। ପୂରିଲା ଗାଲ। ହସିଲା ବେଳେ ମଝିରୁ ଟିକିଏ ଦବି ଯାଏ। ଚିକ୍‌କଣ ଧାର ନାକ। ଚିବୁକ ଉପରେ ଖସା ଚିହ୍ନ। ସତେ କି ଧୋବ ଫରଫର ପଲଙ୍କ ଉପରେ, ଆହୁରି ଧୋବଲା ମଲ୍ଲୀଫୁଲ ମାଳ।

ପ୍ରୀତିଙ୍କର ପେଟ ପୂରି ଉଠେ। ଏଇ ତାଙ୍କର ଯାଆ ପୁଣି, ଭଉଣୀ। କେଡ଼େ ସୁନ୍ଦର, ପୁଣି କେଡ଼େ ନିରୀହ ସରଳ। ଲବଣୀ ପିତୁଳା। ଖାଇ ଜାଣେ ନାହିଁ। ଲୁଗା

ପିନ୍ଧି ଶିଖି ନାହିଁ। ମନକୁ ମନ ପ୍ରୀତି କହନ୍ତି, ତା'ର ପିଲା ମନ, ପିଲା ବୁଦ୍ଧି। ସବୁ ଶିଖିବ। ସବୁ ଶିଖେଇବି।

ଲୁଗାପଟା ସଜାଡ଼ି ଦିଅନ୍ତି। ପିଠି ଆଉଁସନ୍ତି। ବାଆଁ କାନ୍ଧ ତଳେ ପିଠି ଉପରେ କଳାଜାଇ ମନ୍ଦା।

ଧୀରେ ଧୀରେ ପଦାକୁ ଉଠିଯାଆନ୍ତି।

ମାୟାର ନିଦ ଭାଙ୍ଗେ। ବଲ ବଲ କରି ଚାରିଆଡ଼କୁ ଚାହେଁ। ଲାଜରା ହୁଏ। ଅପା କେତେବେଳଠୁ ଉଠିଗଲେଣି। ମାୟା ଉଠେ। ଚୋର ପରି ଏଣିକି ତେଣିକି ଚାହିଁ, ତଳକୁ ଓହ୍ଲାଏ। ମନକୁ ମନ କହେ, ରହ, କାଲି ଦେଖିବି।

ପରଦିନ, ରାତି ନ ପାଉଣୁ ପ୍ରୀତିଙ୍କର ନିଦ ଭାଙ୍ଗେ।

ମାୟା ଗୋଡ଼ ଆଉଁସୁଛି !

ଛି, ମାୟା !

କାହିଁକି ? ତମ ପାଦରେ ହାତ ଦେବାକୁ କ'ଣ ମୋର ଅଧିକାର ନାହିଁ ? ତମେ ଶୁଅ ଅପା।

ପ୍ରୀତି ଉଠନ୍ତି। ମାୟାକୁ ଘୋସାରି ନିଅନ୍ତି କୋଳକୁ।

କହନ୍ତି, ତୋ ଥାନ ଏଇଠି, ମୋ କୋଳରେ। ସେଠି ନୁହଁ। ଶୁଅ। କେତେ ରାତି ଅଛି ଦେଖିଲୁ।

ଛଅ

ପ୍ରୀତିଙ୍କର ଦେହ ଦିନୁ ଦିନ ବଳାଇଲାଣି। ଆତଯାତ ହେବାକୁ କଷ୍ଟ ଲାଗୁଛି। ମାଟି ମାଟି ଲାଗୁଛି। ଦିନରାତି ମାୟା ତାଙ୍କର ସେବା କରୁଛି। ଅଳସ ନାହିଁ। ବିଜୁଳିଲତା। ସଦାବେଳେ ହସ ହସ।

ପୁନେଇଁ ପାଖ। ସଞ୍ଜ ଗଡ଼ିଗଲାଣି। ବାରଣ୍ଡାରେ ଦିଓଟି ଚଉକି ପାଖାପାଖି ପକାଇ ବସିଛନ୍ତି ପ୍ରୀତି ଓ ମାୟା। ଜହ୍ନିଫୁଲିଆ ଜୋସ୍ନା କ୍ରୀଡ଼ା ଲଗାଇଛି ମହାନଦୀର ଚଳନ୍ତି କୁଳୁକୁଳୁ ପାଣି ଉପରେ। ଧୀରେ ଧୀରେ ପବନ ବହୁଛି।

ମାୟାର ଶୀତୁଳିଆ ହାତ ପାପୁଲି ମୁଠାଇ ଧରି କ୍ଲାନ୍ତ ସ୍ୱରରେ ପ୍ରୀତି କହିଲେ, ବଞ୍ଚିବି ନାଇଁ ଲୋ ମାୟା, ମତେ କେମିତି ତିନିପୁର ଅନ୍ଧାର ଦିଶୁଛି। ଦେଖୁନୁ ପୂର୍ଣ୍ଣମାସୀଙ୍କର ଅବସ୍ଥା। ଆହା, ଦିନ ଦିଓଟି କଷ୍ଟ ପାଇ ଶେଷକୁ ସେ ମତେ ସିନା ! ପାଞ୍ଚଟି ପିଲାର ମାଆ ସେ ପୂର୍ଣ୍ଣମାସୀ, ହର ପୂଝାରୀଙ୍କ ସ୍ତ୍ରୀ। କେଉଁ ଏବେ ଧନସମ୍ପତ୍ତି

ଉଣା। ସମ୍ବଲପୁରରେ ସବୁ ଡାକ୍ତର ଆସିଥିଲେ ତ! କିଏ ରଖି ପାରିଲା? ଇଃ, କି କଲବଲ ମରଣ! ଯମଘରୁ ବାହୁଡ଼ି ଆସିବା କ'ଣ ସହଜ କଥା?

ମାୟାର ଛାତି ଭିତର ଥରି ଉଠିଲା। ଆଖିରୁ ଲୁହ ଝରିଲା। କେତେ ଆଡ଼ର କେତେ କଥା ମନେପଡ଼ିଲା। ପୁଣି, ପୁଲକି ଉଠିଲା ମନ। କହିଲା, ତମେ କାଇଁକି ଡରୁଛ ଅପା, ମୋର ଜେଠା ଝିଅ ଆଶା ଅପା, ଆମ ଗାଁକୁ ଆସିଥାଏ। ରାତି ଅଧଯାଏ ଆମ ସଙ୍ଗେ ବସି ତାଆସ ଖେଳିଲା। ରଜ। ଆମେ ଶୋଇଲୁ। ସେ ଗଲା ତାଙ୍କ ଘରକୁ। ଆର ଖଞ୍ଜା। ସକାଳୁ ଛାୟା ମତେ ହଲେଇ ଉଠେଇଲା। ଭାରି ଚିଡ଼ି ମାଡୁଥାଏ। ଛାୟା ଯେ ଭାରି ନ ବଜିଆ। ମୋ ଆଗରେ ଅବଲୟ କରି କହିଲା, ଅପା, କୁଆଁ କୁଆଁ।

ପଚାରିଲି, କିଲୋ କଅଣ?

କହିଲା, କୁଆଁ କୁଆଁ, ଆଶା ଅପା ମ!

ଛାୟା ପଳେଇଲା। ମୁଁ ଧଡ଼ପଡ଼ ଉଠି ଆଖି ମଳି ମଳି ଧାଇଁଲି। ଆଶା ଅପାର ପୁଅ ହୋଇଛି, ଚିନା କଣ୍ଢେଇ ପରି, କଇଁଫୁଲ ପରି। ଏଡ଼େ ଟିକେ ମୁଣ୍ଡ। କଳା ମିଚି ମିଚି ବାଳ। ଜୁଳୁ ଜୁଳୁ ଚାହିଁଛି।

ପଚାରିଲି, କେଉଁଠୁ ଅଇଁଲୁ?

ଆଶା ଅପା ହସିଲା। କହିଲା, କେଜାଣି, ପାହାନ୍ତା ପହରକୁ କିଏ ଆଣି ମୋ କୋଳରେ ଥୋଇ ଦେଇ ଗଲା।

ଛାୟା କହିଲା, କିଲୋ ଆଜି ପରା ରଜ।

ଜିଭ କାମୁଡ଼ି ପକେଇଲି। ମୋର ମନେ ନଥିଲା। ଗୁଆଖୋଳପା ଜୋତା ଛାଡ଼ି ତଳେ ଚାଲିଆସିଛି। କିଏ କାଲେ ଦେଖିବ ବୋଲି ପଳେଇ ଆସିଲି।

ପ୍ରୀତି ଖର ନିଃଶ୍ୱାସ ଛାଡ଼ିଲେ।

ମାୟା କହିଲା, ସେମିତି ହେବ। ଅପା ମ, ପୁଅ ନାମ ମୁଁ କେବଠୁଁ ବାଛିଚି। ତା' ନାମ ଦେବା ରମାକାନ୍ତ!

ପ୍ରୀତି କଥା ବୁଲାଇ କହିଲେ, ଛାୟା ଚିଠି ଲେଖିଥିଲା ପନ୍ଦର ଦିନ ହେବ, ତାକୁ ମୁଁ ଉତ୍ତର ଦେଇନାହିଁ। କାଲି ଲେଖିବି। ବିଧୁ ଲେଖିଛନ୍ତି, ଛାୟାର ବାହାଘର ପ୍ରସ୍ତାବ ଗଗନବାବୁଙ୍କ ସଙ୍ଗେ ପଡ଼ିଛି। ଭାରି ଭଲ ହେବ। ଗଗନଟି କେଡ଼େ ଭଲ ପିଲା। ଯେମିତି ଭଦ୍ର, ସେମିତି ସ୍ନେହୀ। ରୂପଟି ବି ସୁନ୍ଦର। ଧୀର କଥା।

ମାୟା କହିଲା, ସତେ? ବାପା କହୁଛନ୍ତି, ଯାଉ ଆଉ ଦି' ତିନି ବର୍ଷ। ଛାୟା ତ ପିଲା, ଗଗନବାବୁ ପାଟନାରୁ ଭାଇଙ୍କ ପାଖକୁ ଲେଖିଛନ୍ତି, ସେ ବିଲାତ ଯିବେ। ସେଠୁ ନ ଫେରିବା ଯାଏ ହଁ କି ନାହିଁ କହିବେ ନାହିଁ।

ଛାୟାଟି କେମିତି ଲୋ ? ତୋଓରି ପରି ନା ?

ନାଇଁ ମ ଅପା, ସେ ଆଉ ଜାତିକା। ସମସ୍ତେ କହନ୍ତି, ସେ ମୋଠୁଁ କୁଆଡ଼େ ବେଶି ସୁନ୍ଦରୀ। ଚମ୍ପାଫୁଲ ପରି ତା' ରଙ୍ଗ। ମତେ ଶଙ୍ଖୀ ବିଲେଇ କହି ଚିଡ଼ାଏ। ଭାରି ଦୁଷ୍ଟ। ଫୁଲେଇଟା। ସଦାବେଳେ ସଜ ହେଉଥାଏ। ପାନ ଖାଏ। ବୋଉ ସିନା ଉପରେ ଚିଡ଼େ, ନୋହିଲେ ତାକୁ ସେ ବେଶି ଭଲପାଏ। ସେ ଯେତେ ଦୋଷ କଲେ ତା' ଦୋଷକୁ କ୍ଷମା କରେ। ମାସକୁ ତ ଦି' ପୁଞ୍ଜା କାଚ ଗିଲାସ ଭାଙ୍ଗେ ସେ ଅଥରପୀ।

ପ୍ରୀତି ହସିଲେ। କହିଲେ, ସତେ ? ଥରେ ତାକୁ ଦେଖିବାକୁ ମୋ ମନ ହେଉଛି, ଛାତିରେ ଧରି ଗେଲ କରନ୍ତି। ଦେଖନ୍ତି, ମୋ ମନର ମାୟା ବେଶି ସୁନ୍ଦର କି ସେଇ କୁଟୁକୁଟୀ ଛାୟା ବେଶି ସୁନ୍ଦର।

ମାୟା କହିଲା, ମୋର ପ୍ରୀତି ଅପାର ମୁହଁକୁ ଦେଖିଲେ, ଝରସରୀ ଗେଲବସରୀ ଛାୟାର ଫୁଲେଇପଣ ଭାଙ୍ଗି ଯାଆନ୍ତା ଯେ।

ଦୁଇ ଦିନ କଷ୍ଟ ପାଇଲେ ପ୍ରୀତି। ମାୟା ନିଜକୁ ଭୁଲି କାହାରି କୁହା ନ ମାନି ପାଖେ ପାଖେ ଥାଏ। କାନ୍ଦେ। ଠାକୁରଙ୍କୁ ଡାକେ। ମାନସିକ କରେ।

ପ୍ରୀତି ଆକୁଳ ବିକଳ ହୋଇ କହନ୍ତି, ବଞ୍ଚିବି ନାହିଁ ମାୟା, ବିଧୁକୁ ଥରେ ଦେଖିଲି ନାହିଁ। ମନ ହେଉଛି ତାକୁ ଥରେ ଦେଖି ଆଖି ବୁଜନ୍ତି। ତାକୁ ଡକେଇ ପଠାଲୋ, ଟେଲିଗ୍ରାମ୍ କରିବାକୁ କହ।

ଆଖିରୁ ଲୁହ ପୋଛି ମାୟା କହେ, ବ୍ୟସ୍ତ ହୁଅନା ଅପା, ଡାକ୍ତରାଣୀ କହୁଛନ୍ତି କିଛି ଭୟ ନାହିଁ।

ଡାକ୍ତରାଣୀ ଘରେ ପଶନ୍ତି। ମାୟା ପଦାକୁ ବାହାରିଯାଏ।

ପୁଅ ହେଲା। କେନେ ସୁନ୍ଦର !

ଉଠିଆରି ଗଲା।

ପ୍ରୀତିଙ୍କର ପାଖେ ପାଖେ ମାୟା। ଗୋଡ଼ରେ ହାତରେ ପାଣି ଲଗାଇ ଦିଏ ନାହିଁ। ନିଜ ହାତରେ ପଥି ରାନ୍ଧି ଖୁଆଏ। ପାଣି ହାଣ୍ଡି ପିଲାକୁ କୋଳରେ ପୂରାଏ। ଚାହିଁ ବସିଥାଏ। ନ ଜାଣିଲା ମାଇପେ ପିଲା ଦେଖି ଆସିଲେ, ଆଗ ଭାବନ୍ତି, କିଏ ମା'। ପଚାରନ୍ତି। ଆଗ ବଳିପଡ଼ି ପ୍ରୀତି କହନ୍ତି, ଯାହା ପିଲା ତା' କୋଳରେ। ମାୟା ପିଲାର ଭୁଲତା ଆଉଁସେ। ମୁରୁକି ହସେ।

ଏକୋଇଶା ଦି' ଦିନ ଥିଲା ବିଧୁଭୂଷଣ କଟକରୁ ଆସିଲେ। ଟିକି ପୁଅକୁ ଦେଖି କେଡ଼େ ଖୁସି ହେଲେ। କେତେ ଧୂମ୍‌ଧାମ୍ ଲାଗିଲା ଏକୋଇଶାକୁ। ବହିଦାର

ଘର, ବଡ଼ ଘର, ବଡ଼ କଥା। ଦିଆ ନିଆ। ନିମନ୍ତ୍ରଣ। ଭୋଜି। ନୂଆଘରଣୀ ମାୟା। ଦି' ହାତ ଖୋଲା। ଅଘୋରଦୁଆରୀ ସଭିଙ୍କର ଧନ୍ୟ ଧନ୍ୟ ପ୍ରଶଂସା।

ପିଲାଟିର ନାମ ଦିଆଗଲା ରମାକାନ୍ତ।

ସାତ

ଯାଉନୁ ମାୟା ସେ ଘରକୁ, କାଲି ଛାଡ଼ି ପହରି ଦିନ ବିଧୁ କଟକ ଚାଲିଯିବେ, ରାତି ଅଧ ହେଲାଣି ଯେ!

ମାୟା ଶୁଣିଲା ନାହିଁ।

ରମୁ ତ ଶୋଇଛି, ଯାଉନୁ, ଫୁଲେଇଟା।

ଆରେ- !

ଯିବୁ ନାଇଁ? ତତେ ମୁଁ କଥା କହିବି ନାହିଁ।

ମୁଁ ଏଇଠି ମୋ ରମୁ ପାଖରେ ଶୋଇବି।

ହଉ, ଚାରିପଦ କଥାଭାଷା ହେଇ ଆ।

କ'ଣ କଥାଭାଷା ହେବି?

ତୋ ମୁଣ୍ଡ। ଲାଜ? ଆହା-ହା-। ଚାଲ୍।

ପ୍ରୀତି ମାୟାର ହାତ ଧରି ଟାଣିଲେ। କହିଲେ, ସୁନା ଭଉଣୀଟା, ଆ। ବିଧୁକୁ କଟକ କଥା ପଚାରିବୁ। ରାଜୀବ ଭାଇଙ୍କ ଖବର; ଗଗନର ଛାୟାକୁ ବାହା ହେବା ବିଷୟ ପଚାରି ବୁଝିବୁ। କାଲି ସକାଳେ ସବୁ ମତେ କହିବୁ।

ହାତ ଟାଣି ଆଣି କହିଲା, ତମେ ପଚାରୁ ନା!

ରାଗିଯାଇ ପ୍ରୀତି ପଚାରିଲେ, ଯିବୁ ନାହିଁ?

ନା।

ଏଡ଼େ ଅବାଧ?

ହେଲେ ହେଲା ପଛେ।

ପ୍ରୀତି ତୁନି ରହିଲେ। ପୁଣି ମାୟାର ହାତ ଧରି କହିଲେ, ତତେ ମୋ ରାଣ, ଆ। ଚାରିପଦ କଥାଭାଷା ହେଇ ପଳେଇ ଆସିବୁ।

ବିଧୁଭୂଷଣ ଆଲୁଅ ଜାଳି କଅଣ ପଢୁଛନ୍ତି। ମାୟାକୁ ଦ୍ୱାର ବନ୍ଧ ପାଖରେ ଛାଡ଼ି ପ୍ରୀତି ଫେରି ଆସିଲେ। ନିଜ ଘର ଭିତରୁ କବାଟ କିଳିଲେ।

କିଛି କ୍ଷଣ ପରେ-

କବାଟରେ ହାତ ମାରି ମାୟା ଡାକିଲା, ଅପା, ଅପା ! ପ୍ରୀତି ଗାଲି ପାରିଲେ।

ବିଧୁଭୂଷଣଙ୍କର ଫୁସ୍‌ଫୁସ୍ କଥା, ଆସୁ ନା, ନୂଆଉ ଶୋଇଲେଣି। ତାଙ୍କୁ ଡାକି ଉଠାଇଲେ ରମୁର ନିଦ ଭାଙ୍ଗିବ। ସେ ରାହାଧରି କାନ୍ଦିବ। ନୂଆଉଙ୍କ ନିଦ ଭାଙ୍ଗିଲେ ତାଙ୍କ ଦେହ ବିଗିଡ଼ିବ।

ମୁଁ ଯିବି ନାଇଁ, ତମେ ଭାରି ଚଗଲା।

ଅପା, ଅପା।

ଜବାବ ନାହିଁ।

ଆରେ-

ଆସ, ନୂଆଉ ଶୋଇଲେଣି। ପିଲା ଉଠିବ।

ହସି ହସି ପ୍ରୀତିଙ୍କର ପେଟ ପରାଶ ହେଲା। କବାଟ ଖୋଲିଲେ ନାହିଁ। ଛଟାଗାଳି ଶୋଇଲେ !

ବଡ଼ି ସକାଳେ-

ଉଠିବୁ ନାହିଁ କି ?

ହାତର ପରଶ ପାଇ ମାୟା ଆଖି ଖୋଲିଲା। ବଲ ବଲ କରି ଚାରିଆଡ଼କୁ ଚାହିଁଲା।

ହସିଲା ମୁହଁରେ ପ୍ରୀତି କହିଲେ, ମୁଁ ମ, ବିଧୁ ନୁହେଁ। ରମୁ ତତେ ଖୋଜୁଛି ଯେ। ଏମିତି ଶୁଅନ୍ତି ନା !

ଧଡ଼ପଡ଼ ହୋଇ ମାୟା ଉଠିଲା। ସରମରେ ସଢ଼ିଗଲା। ପ୍ରୀତିଙ୍କୁ ଚାହିଁ ପାରିଲା ନାହିଁ। ହସି ଦେଇ ପ୍ରୀତି ଘରୁ ବାହାରି ଆସିଲେ।

ଦିନେ ନୁହଁ ତ, ରହୁ ରହୁ ବିଧୁଭୂଷଣ ସାତ ଦିନ ରହିଗଲେ। ରମୁର ମାୟା ତାଙ୍କୁ ଅଟକାଇ ରଖିଥିଲା।

ମୁହଁ କାହିଁକି ଶୁଖେଇଛୁ ମାୟା ? ଛାଇ ନେଉଟିଲା, ଆ, ତୋ ମୁଣ୍ଡ ବାନ୍ଧି ଦେବି।

ଶୁଖିଲା ମୁହଁରେ ହସ ଫୁଟାଇ ମାୟା କହିଲା, କାହିଁ, ନାହିଁ ତ ! ଅପା, ଆଜି ମୁଁ ତମ ମୁଣ୍ଡ ବାନ୍ଧି ଦେବି। ଶୈଳ, ପାନିଆଟା ଆଣିଲ।

ଚନ୍ଦ୍ରଭୂଷଣଙ୍କର ଦୂରସମ୍ପର୍କୀୟା ଭଉଣୀ ହେବ ଶୈଳ। ପିଉସୀଙ୍କ ଝିଅ, ଦଶ ବର। ତାଙ୍କ ବାପ ଗାଁରେ ଅଛନ୍ତି। ମା' ନାହାନ୍ତି। ଏକୋଇଶାକୁ ଆସିଥିଲା, ମାୟା ଅଟକାଇ ରଖିଛି।

ଟେଲିଗ୍ରାମ୍ ନୁହେଁ ତ, ବଜ୍ର !

ଚନ୍ଦ୍ରଭୂଷଣଙ୍କ ମୁହଁରୁ ବିଧୁଭୂଷଣଙ୍କର ଜର କଥା ଶୁଣି ପ୍ରୀତି ପଥର ପାଲଟି ଗଲେ। ରାଜୀବବାବୁ ତା'ର କରିଛନ୍ତି, ଶୀଘ୍ର ଆସନ୍ତୁ। ରାତି ଆଠଟା।

ଚନ୍ଦ୍ରଭୂଷଣ କହିଲେ, ଭୟ କରନାହିଁ। ଆମର ସମଲେଶ୍ୱରୀ ଅଛନ୍ତି। ବିଧୁ ମୋର ଭଲ ହୋଇଯିବ।

ପ୍ରୀତି ଡରି ଡରି କହିଲେ, ତମେ କାଲି କଟକ ଯାଅ।

ସକାଳ ବସ୍‌ରେ ଚନ୍ଦ୍ରଭୂଷଣ କଟକ ଚାଲିଗଲେ।

ଅପା, କଥାଟିଏ ପଚାରିବି ?

ପ୍ରୀତିଙ୍କ ମୁହଁ ଶୁଖିଗଲା। ପଚାରିଲେ, କଅଣ ?

ଏମିତି ତର ତର ହୋଇ ଭାଇ କଟକ ଗଲେ କାହିଁକି ? ଆଗରୁ ତ ଯିବା କଥା ନ ଥିଲା।

କଅଣ ଜରୁରୀ କାମ ଥିବ। ଓକିଲ ଲୋକ ତ ! ହସିବାକୁ ଚେଷ୍ଟା କଲେ। ମଲା ଜହ୍ନ ପରି ସରାଗହୀନ ସେ ହସ।

ରମୁକୁ ଶୈଳ ଖେଳାଉଛି, ବେଳ ଦଶଟା ହେଲାଣି। ମାୟା କହିଲା, ଆସ ଖାଇବ ଅପା।

ପ୍ରୀତି ମାୟା ସଙ୍ଗେ ରୋଷ ଘରକୁ ଗଲେ।

ମାୟା କିଛି ବୁଝିପାରିଲା ନାଇଁ। ଅପାଙ୍କ ମନରେ ସରାଗ ନାହିଁ କାହିଁକି ? ଦୃଷ୍ଟି ଯେପରି କରୁଣ ହୋଇଛି। କାନ୍ଦ କାନ୍ଦର ଭାବ ଫୁଟି ଉଠୁଛି ମୁହଁରେ। ଯୁଆଡ଼କୁ ଚାହିଁଲେ ଚାହିଁଛନ୍ତି। ଦୁଇ ଥର ପଚାରିଲେ ଜବାବ ମିଳୁ ନାହିଁ। ଅସ୍ଥିର। ରମୁର କଥା ବି ତୁଣ୍ଡରେ ଧରୁ ନାହାନ୍ତି। କଅଣ ହୋଇଛି ? ଭାଇ କାହିଁକି କଟକ ଗଲେ ?

ପ୍ରୀତି କୌଣସି କଥା କେବେ ଲୁଚାଇ ନାହାନ୍ତି। ମନର କଥା ସବୁ ଖୋଲି କହନ୍ତି ମାୟା ଆଗରେ। ଆଜି କାହିଁକି ଲୁଚାଉଛନ୍ତି।

ମାୟାର ମନ କେଉଁଠି ଲାଗିଲା ନାହିଁ।

ପ୍ରୀତି ମାୟା ପାଖରୁ କରଛଡ଼ା ଦେଇ ରହୁଥାନ୍ତି। ମିଛ କାମ ବାହାନାରେ ତଳୁ ଉପର, ଉପରକୁ ତଳ ଯା' ଆସ କରୁଥାନ୍ତି। ଏଥିରେ ସେଥିରେ ହାତ ମାରି କଅଣ ଯେପରି ଖୋଜିବାର ଛଳନା କରୁଥାନ୍ତି। ସଜାଡ଼ି ରଖୁଥାନ୍ତି। ମାୟା ସବୁ ଲକ୍ଷ୍ୟ କରେ। ଭରସି କରି ପଚାରିପାରେ ନାହିଁ।

ଦୁଇ ପହରେ, ମାୟା ମନର କୋହ ଆଉ ସହି ପାରିଲା ନାହିଁ। ପ୍ରୀତି ପୁଣି ଲୁଗାପଟା ସଜାଇ ରଖିବାକୁ ଏଣେ ତେଣେ ହାତ ମାରୁଥାନ୍ତି। ମାୟା ତାଙ୍କର ହାତ ଧରିଲା। ଡରି ଡରି ପଚାରିଲା, କଅଣ ହୋଇଛି ମତେ କହ ଅପା !

ପ୍ରୀତି କହିଲେ, କାହାର ? ଏଁ, କିଛି ନାହିଁ ତ !

ମାୟାର ଆଖିରେ ଛଳ ଛଳ ଲୁହ।

ଅପା ତମର ଗୋଡ଼ ଧରୁଛି, କହ, ମତେ କିଛି ଲୁଚାଅ ନାହିଁ। ଆଜି କାହିଁକି ମୋ ଡାହାଣ ଆଖିପତା ଡେଉଁଛି। ଛାତି ଥରୁଛି।

ମାୟା ଗୋଡ଼ ଧରିବାକୁ ନଇଁପଡ଼ିଲା। ଲୁହ ଢଳ ଢଳ ଆଖିରେ ପ୍ରୀତି ତାକୁ ଛାତିକୁ ଆଉଜାଇଲେ। କହିଲେ, ତୁ କାହିଁକି ବ୍ୟସ୍ତ ହେଉଛୁ ? ସାମାନ୍ୟ ଟିକିଏ ଜର ହୋଇଛି ତ, ଆଉ କଅଣ ?

ମାୟାକୁ ଟାଣି ନେଇ ପାଖରେ ବସାଇଲେ, ପଲଙ୍କ ଉପରେ। ପାଖରେ ଥିଲେ, ଆଖିରେ ଦେଖିଲେ, ହାତରେ ସେବା କଲେ, ଯେତେ ବଡ଼ ରୋଗ ବଇରାଗ ହେଲେ ବି ମନରେ ଏତେ ଦୁଃଖ ହୁଏ ନାହିଁ। ବିଦେଶରୁ ଦେହ ଭଲ ନ ଥିବା ଖବର ପାଇଲେ ହଲକ ଶୁଖେ।

ମାୟା ବୁଝିଲା, ଅଳପ ଟିକିଏ ଜର ପାଇଁ ଭାଇ ଟେଲିଗ୍ରାମ୍ କରନ୍ତେ ନାହିଁ, ପୁଣି, ଦେଢ଼ଶୁର ଆକୁଳବିକଳ ହୋଇ ଧାଇଁ ଯାଆନ୍ତେ ନାହିଁ। ନିଶ୍ଚୟ ତାଙ୍କର ଦେହ ବିଶେଷ ଖରାପ ହୋଇଛି। କଅଣ ହୋଇଛି, କିପରି ସେ ଅଛନ୍ତି, କେମିତି ଜାଣିବି ?

ଯେତେ ଅଟକାଇବାକୁ ବସିଲେ ମଧ୍ୟ ଅବାଧ ଲୋତକ ଅଟକି ରହିଲା ନାହିଁ। ଆଖିରୁ ଲୁହ ପୋଛି ପ୍ରୀତି କହିଲେ, ଛୋପରୀଟା, ଆଖିରୁ ଲୁହ ଗଡ଼ାଇବା ଭଲ ନୁହେଁ। କଅଣ ଏମିତି ହୋଇଛି କି ! ଯା', ରମୁ ସଙ୍ଗେ ଖେଳିବୁ। ତୋ ଦେଢ଼ଶୁର କଟକରେ ପହଞ୍ଚି ଟେଲିଗ୍ରାମ୍ କରିବେ ଯେ।

ଯାଆ ଦିହେଁ ଛଟପଟ ହୋଇ ରାତି କଟାଇଲେ। କାହାରି ମନରେ ସରାଗ ନାହିଁ। ଦଶଟା ବେଳକୁ ତା'ର ଖବର ଆସିଲା, ଜର ଭଲ ଅଛି। ଯାଆ ଦୁହିଁଙ୍କର ପିଣ୍ଡରେ ପ୍ରାଣ ପଶିଲା। ସଞ୍ଜକୁ ପୁଣି ଆସିଲା ତା'ର ଖବର, ଅବସ୍ଥା ସୁଧୁରୁଛି। ଯାଆ ଦିହେଁ କେତେ ଦେବଦେବୀ ମନାସିଲେ। ପରଦିନ ଦି' ପହରେ ପୁଣି ତାର ଆସିଲା, ଅବସ୍ଥା ଭଲ ଅଛି। ପୁଣି ତା' ଆରଦିନ, ଭୟର କାରଣ ନାହିଁ।

ଦୁଇ ଦିନ ଖବର ମିଳିଲା ନାହିଁ। ମନ ମଝିରେ ହତାଶର ହା-ହୁତାଶ ଜଳୁଥାଏ। ବାହାର ମନ କହୁଥାଏ, ଅବସ୍ଥା ଭଲ, ଭୟର କାରଣ ନାହିଁ। ଛାତି ଭିତର ଥରି ଉଠେ, ଖବର ପଠାଇଲେ ନାହିଁ କାହିଁକି ? ମନ ପାପ ଛୁଏଁ। ଥରିଲା ଆଶା ତାକୁ

ଅଟକାଇ ରଖେ, ସତେ କି ବଡ଼ ପାଟିକରି କହେ, ଭୟର କାରଣ ନାହିଁ, ଭୟର କାରଣ ନାହିଁ।

ଚିନ୍ତାର ଗୋଳଘାଣ୍ଟ। ଆତ୍ମା ଛୁଟେ ଅଚିନ୍ତ୍ୟ ଆଡ଼କୁ, ରକ୍ଷା କର, ରକ୍ଷାକର!

ପରଦିନ ସଞ୍ଜ ଆଗରୁ ଚନ୍ଦ୍ରଭୂଷଣ ଫେରିଲେ। ସଙ୍ଗରେ ରାଜୀବଲୋଚନ। ଶୈଳଠାରୁ ଖବର ପାଇ ପ୍ରୀତି ଓ ମାୟା ଛୁଟିଲେ ତଳକୁ।

ଦାଣ୍ଡ ଘରେ।

ଆଗରେ ଚନ୍ଦ୍ରଭୂଷଣ, ଗୋଟାଛାଏ କଳା ଦିଶୁଛନ୍ତି। ପଛରେ ରାଜୀବଲୋଚନ, ସତେ କି ଦେହରେ ପ୍ରାଣ ନାହିଁ!

ଥରିଲା ସ୍ୱରରେ ପ୍ରୀତି ପଚାରିଲେ, ବିଧୁ- ?

ଚନ୍ଦ୍ରଭୂଷଣ ଦେଖିଲେ, ଆଗରେ ମାୟା, ଭାଇବୋହୂ। ଦୁଇ ଆଖିରୁ ଝରିପଡ଼ିଲା ଲୁହ। ପାଟିରୁ କଥା ବାହାରିଲା ନାହିଁ। ମୁହଁ ବୁଲାଇଲେ। ସତେ କି ସବୁ ଅପରାଧ ତାଙ୍କର।

ଥରିଲା ପାଦରେ ରାଜୀବଲୋଚନ ଆଗେଇ ଆସିଲେ ମାୟା ପାଖକୁ।

ଆକାଶ ଛିଡ଼ିପଡ଼ିଲା।

ନଅ

ପନ୍ଦର ଦିନ କଟିଲା।

ରାଜୀବଲୋଚନଙ୍କ ସଙ୍ଗରେ ମାୟା କଟକ ଯିବ। ପ୍ରୀତି ବିଛଣାରୁ ଉଠି ଥରଟିଏ ତା' ଆଡ଼କୁ ଚାହିଁଲେ। ତା'ର ରୂପ ଦେଖି ମୁହଁ ବୁଲାଇଲେ।

ଅଲକ୍ଷ୍ମୀ!

ସ୍ୱପ୍ନ ପରି କଟିଗଲା ଏ କେଇଟି ଦିନ।

ମାୟା ପାଖରେ ଠିଆ ହେଲା। ଅନୁମତି ଲୋଡୁଥିଲା ପରା।

ଅପା!

ପ୍ରୀତି କଇଁ କଇଁ ହୋଇ କାନ୍ଦିଲେ। ମୁହଁ ଘୋଡ଼ାଇ କଇଁ କଇଁ ହୋଇ କହିଲେ, ତୁ ଯା', ତୁ ଯା', ଅଲକ୍ଷଣୀ-, ତୋ ମୁହଁ ଚାହିଁବି ନାହିଁ, ତୁଇ ମୋର ପୁଅଠୁ ବଳି ସୁନା କଣ୍ଢେଇ ବିଧୁକୁ- ।

ପଥରମୂର୍ତ୍ତି ପରି ମାୟା ଠିଆ ହୋଇ ରହିଲା। ପ୍ରୀତିଙ୍କର ଅକୁହା କଥା ପଦକ ଯେପରି ସହସା ବିରୁଡ଼ି ହୋଇ ତା'ର ଦେହ ଓ ମନକୁ ବିନ୍ଧିଲା।

ରାଜୀବଲୋଚନ ତା'ର ହାତ ଧରିଲେ। ଆଖିରୁ ଝରି ପଡୁଥାଏ ଲୁହ। କହିଲେ,

ଆ ମାୟା ! ପ୍ରୀତି ମୁହଁ ଟେକି ଚାହିଁଲେ। ରାଜୀବଲୋଚନଙ୍କର ପଛେ ପଛେ ମାୟା ଘର ଭିତରୁ ଧୀରେ ଧୀରେ ଥରିଲା ପାଦରେ ବାହାରି ଯାଉଛି। ସେ ଅସ୍ତବ୍ୟସ୍ତ ହୋଇ ଉଠିଲେ। ମନ କଲେ ଧାଇଁଯିବେ। ମାୟାକୁ କୋଳକୁ ଟାଣିନେବେ। ଯତ୍ନକରି ବାନ୍ଧିଦେବେ ତା'ର ମୁଣ୍ଡ, ସର୍ବାଙ୍ଗରେ ନାଇ ଦେବେ ଗହଣା। ଆଖିରେ କଜ୍ଜ୍ୱଳ, ଗୋଡ଼ରେ ଅଳତା, ମୁଣ୍ଡରେ ସିନ୍ଦୂର ଦେବେ। ଯତ୍ନକରି ଶାଢ଼ି ପିନ୍ଧାଇବେ। ପୁଣି ମାୟାକୁ ଲକ୍ଷ୍ମୀ କରି ସଜାଇବେ।

କାହା ପାଇଁ? କାହା ପାଇଁ ଏସବୁ କରିବେ?

କାନ୍ଥ ମଝିରେ ବିଧୁଭୂଷଣଙ୍କର ଏନ୍‌ଲାର୍ଜଡ୍ ଫଟୋ ଉପହାସ କରି ଉଠିଲା।

ପ୍ରୀତି ଢଳି ପଡ଼ିଲେ ପଲଙ୍କ ଉପରେ।

ଦଶ

ଛଅ ମାସ କଟିଯାଇଛି।

ଦୁନିଆର ଜଞ୍ଜାଳ ମନର କୋହ ଉପରେ ସ୍ତରକୁ ସ୍ତର ସର ପକାଇଛି। କାନ୍ଥ ମଝିରେ ବିଧୁଭୂଷଣର ଫଟୋ। କେବେ ହସିଛି, କେବେ କାନ୍ଦିଛି, ପୁଣି କେବେ ଗମ୍ଭୀର ହୋଇ ଚାହିଁରହିଛି। ଏ ପାଖ କାନ୍ଥରେ ମାୟାର ଛୋଟ ଫଟୋଟି। ହସିଲା ମୁହଁ ସବୁବେଳେ କାନ୍ଦିଲା ପରି ଦିଶେ।

ଫଟୋ ଦୁଇଟିକୁ କେବେ ସେ ସ୍ପର୍ଶ କରି ନାହାନ୍ତି। ହାତ ବଢ଼ାଇଲେ ସାରା ଶରୀର ଥରିଉଠେ। ଦୁହିଁଙ୍କୁ ସେ ଭଲ ପାଉଥିଲେ। ଜଣେ ନାହିଁ। ଆରକ ଥାଇ ମଧ୍ୟ ନ ଥିଲା ପରି। ଆହା, ହତଭାଗିନୀ, ଦୁଃଖିନୀ।

ପ୍ରୀତିଙ୍କର ଆଖିରେ ଲୁହ ଢଳ ଢଳ ହୁଏ। ସେ ମୁହଁ ବୁଲାନ୍ତି।

ଚନ୍ଦ୍ରଭୂଷଣ ସବୁବେଳେ କାର୍ଯ୍ୟବ୍ୟସ୍ତ। ଦୁଃଖ କରିବାକୁ ବେଳ ନାହିଁ। ଦିନୁଦିନ ସୁଖ୍ୟାତ ବଢ଼ିଛି। ଭଲ ଓକିଲ, ବେଶି ଟଙ୍କା, ଧୈର୍ଯ୍ୟବାନ୍ ପୁରୁଷ।

ବେଳେ ବେଳେ ପ୍ରୀତି ଭାବନ୍ତି, ଛଅ ମାସ କଟିଲା। ମାୟା କି ଛାୟା କି ରାଜୀବ ଚିଠି ଖଣ୍ଡେ ଦେଲେ ନାହିଁ। କେମିତି ସେ ଅଛି ? ନିଜେ ଚିଠି ଲେଖି ବସନ୍ତି। କାହାକୁ ଲେଖିବେ ? ଛାତି ଥରି ଉଠେ। ମାୟାକୁ ସେ ତଡ଼ି ଦେଇଛନ୍ତି। କେଡ଼େ କଠୋର କଥା ସେ କହିଛନ୍ତି। ରାଜୀବ ସବୁ ଶୁଣିଛନ୍ତି। କେମିତି ଚିଠି ଦେବେ, କାହାକୁ ଦେବେ ? ଦୁଃଖର ରିହରେ କେଡ଼େ ନିଷ୍ଠୁର ସେ ହୋଇଥିଲେ ସତେ !

କଲମ ଥରି ଉଠେ। ନିଜ ପାଖରେ ନିଜେ ସେ ଅପରାଧୀ ହୁଅନ୍ତି। ନିଜକୁ

ନିଜେ ଅଭିଯୁକ୍ତ କରନ୍ତି। ଦୋଷୀ, ଅପରାଧୀ! ତାଙ୍କ ଦୋଷର, ତାଙ୍କ ଅପରାଧର ଯେପରି କ୍ଷମା ନାହିଁ। ଆଖି ଆଗରେ ଉଭା ହୁଏ ମାୟା। ଲମ୍ବ କଜ୍ଜ୍ୱଳ କଳା କେଶ ଛିଣ୍ଡିଛି, କହରା ଦିଶୁଛି। ଦେହର ହାଡ଼ ଉପରେ ଖାଲି ପାଉଁଶିଆ ଚମ। କୋରଡ଼ିଆ ଆଖି। ବାଇଆଣୀ ପରି ଢଙ୍ଗ। କହୁଛି, ଅପା, ଦେଖ ଏ ଅଲକ୍ଷଣୀକୁ। ଏଇ ଖାଇଥିଲା ତମର ଅତି ଗେଲବସର ନୟନର ପିତୁଳା ଦିଅରକୁ। ଏବେ ନିଜକୁ ସେ ଶୋଷି ଖାଉଛି। ତଥାପି ପ୍ରାଣ ଯାଉ ନାହିଁ ଅପା, ଦିଅ, କି ଶାସ୍ତି ଦେଉଛ ଦିଅ। ଅପା-

କଲମ ଥରି ଉଠେ। ଆଖିରେ ଲୁହ ଭରେ। ଚିଠି ଲେଖି ପାରନ୍ତି ନାହିଁ। ଭାବନ୍ତି, ଆଉ ଦିନେ ଲେଖିବେ।

ଆହୁରି ଦୁଇ ମାସ କଟିଗଲା।

ଆଜି ପ୍ରୀତି ପ୍ରତିଜ୍ଞା କରିଛନ୍ତି, ମାୟା ପାଖକୁ ଚିଠି ଲେଖିବେ। ସବୁ ଦୋଷ ମାଗିନେବେ। ଯଦି ସେ ଉତ୍ତର ନ ଦିଏ. ନିଜେ ଯିବେ।

ଚିଠି ଲେଖିଲେ।

ମାୟା,

ଛାତିର କୋହ ସହି ନ ପାରି କଅଣ ଦି' ପଦ କହି ଦେଇଥିଲି, ସେଇଆକୁ ଗଣ୍ଠି କରି ବସିଛୁ? ଯାହା ତତେ କହିଥିଲି, ସେଥିପାଇଁ ଦିନରାତି ଦୁଃଖ ଓ ଅନୁତାପରେ ମୁଁ ସନ୍ତୁଳି ହୋଇ ମରୁଛି। ମୋଓରି କଥା ମୋଓରି ଅସ୍ଥିର ମନରେ ସାପ ପରି ଗୁଡ଼େଇ ହୋଇ ନିତି ମତେ ଦଂଶୁଛି। ମାୟା ଲୋ, ମୁଁ ତୋର ଅପାଟି, ଦୋଷ କଲି, ତୁ କ୍ଷମା ଦେବୁ ନାହିଁ? ଚିଠି ଲେଖିବି ଲେଖିବି ହୋଇ ଦୁଃଖରେ, ଲାଜରେ ଲେଖିପାରିନାହିଁ। ତୁ ଆ, ତୋର ଘର ତୁ ସମ୍ଭାଳ। ଆଉ, ତୋର ଏଇ ଟିକି ପିଲାଟି ରମୁ, ତାକୁ ତୁ କୋଳକୁ ନେ। ତୁ ଗଲା ପରେ ମୁଁ ସବୁ ଦୋଷ ତୋର ଦେଢ଼ଶୁରଙ୍କ ପାଖେ ମାଗି ନେଇଛି। ଜାଣେ, ତୁ ପୁଣି ମୋ ପାଖକୁ ନ ଆସିଲେ, ତାଙ୍କ ଆଖିରୁ ଲୁହ ଶୁଖିବ ନାହିଁ। ତୁ ଗଲା ଦିନୁ ସେ ରମୁକୁ ଅନେଇଁ ନାହାନ୍ତି। ମାୟା, ତୋ ହାତର ଧାଡ଼ିଟିଏ ଲେଖା ଦେଖିଲେ ମୋର ଜଳିଲା ପୋଡ଼ିଲା ପ୍ରାଣରେ ଟିକିଏ ଶାନ୍ତି ଆସିବ। ତୋ ଉତ୍ତର ପାଇଲେ ମୁଁ ଯିବି ତୋ ପାଖକୁ, ତତେ ନିଜେ ମୁଁ କାଖ କରି ଆଣିବି। ଟିକି ଭଉଣୀଟି ହୋଇ ଥରେ ତୁ ଆସିଥିଲୁ ମୋ ପାଖକୁ, ତତେ ମୁଁ କୋଳରେ ଧରିଥିଲି। ବିଧୁ ମୋର ଚାଲିଯାଇଛି। ଯାଉ ସେ, ସେ ପୁରରେ ସୁଖରେ ଥାଉ। ମୁଁ ନିଜେ ଯାଇ ତୋତେ ଆଣିବି ଲୋ ମାୟା, ମୋର ଟିକି ଝିଅ ହୋଇ ମୋ ଛାତିରେ ତୁ ଥାନ ପାଇବୁ। ହାଲ ଠିକଣା ଲେଖି ଜଣାଇବୁ।

। ଇତି ।

ପ୍ରୀତି

ଚିଠି ଉପରେ ଗାଁ ଠିକଣା ଲେଖି ପୋଷ୍ଟ ଅଫିସ୍‌କୁ ପଠାଇ ଦେଲେ। କିଛି ସମୟ ପରେ ଅବେଳରେ ଚନ୍ଦ୍ରଭୂଷଣ କଚେରୀରୁ ଫେରିଆସିଲେ। ପ୍ରୀତିଙ୍କ ହାତକୁ ଖଣ୍ଡେ ଲଫାପା ବଢ଼ାଇ କହିଲେ, ରାଜୀବବାବୁ ଲେଖିଛନ୍ତି।

ମୁହୂର୍ତ୍ତେ ରହିଲେ ନାହିଁ। କଚେରୀ ଘରକୁ ଫେରିଗଲେ।

ଡରି ଡରି ଲଫାପା ଭିତରୁ ଛୋଟ ଚିଠି ଖଣ୍ଡି କାଢ଼ି ପ୍ରୀତି ପଢ଼ିଲେ।

ମହାଶୟ,

ଯାହାକୁ ଅଲକ୍ଷଣୀ ବୋଲି ଘରୁ ତଡ଼ି ଦେଇଥିଲେ, ସେଇ ମାୟା କାଲି ରାତିରେ ଆମକୁ କନ୍ଦାଇ ସେପୁରକୁ ଚାଲିଯାଇଛି। ମୋଟେ ଦୁଇ ଦିନ ହଇଜା ରୋଗରେ ଆକ୍ରାନ୍ତ ହେଲା। ଆପଣମାନେ ଏଥର ନିଶ୍ଚିନ୍ତ ହେଲେ। ଏ ଜୀବନରେ ଅଲକ୍ଷଣୀ ମାୟାର ମୁହଁ ଆଉ ଚାହିଁବେ ନାହିଁ।

। ଇତି ।

ରାଜୀବ

ଚିଠି ପୁରୀରୁ ଆସିଥିଲା। କ୍ରମାଗତ କେତେ ଦିନ ହେଲା ଖବରକାଗଜରେ ବାହାରୁଥିଲା, ପୁରୀରେ ଭୀଷଣ ହଇଜା। ପ୍ରତିଦିନ କେତେ ଲୋକ ମରୁଛନ୍ତି।

ପ୍ରୀତି ନିର୍ବାକ ହୋଇ ଶୂନ୍ୟକୁ ଚାହିଁ ରହିଲେ। ଅଜାଣତରେ ଦୁଇ ଆଖିରୁ ଦୁଇ ଧାର ତତଲା ଲୁହ ଝରି ପଡ଼ିଲା। ଆହା ଆହାର କୋହ ଛାତି ଥରାଇଦେଲା। ମନ କହିଲା, ସତୀଲକ୍ଷ୍ମୀ ସେ। ମୋର ଅତି ଗେଲବସର ସାନଭଉଣୀଟି। ବିଧୁକୁ ହରାଇ ସେ ରହନ୍ତା କିପରି! ଝୁରି ଝୁରି ସେ ନିଜେ ଚାଲିଗଲା।

ସବୁ ସମ୍ପର୍କ ତୁଟି ଯାଇଥିଲା। କାନ୍ଥ ମଝିରେ ପାଖାପାଖି ଦୁଇଟି ଫଟୋ। ସେଇ ନିର୍ଜୀବ ଛବି ଦିଓଟି ବେଳେ ମନେ ପକାଉଥିଲା, ଦିନେ ବିଧୁଭୂଷଣ ଥିଲେ ଆଉ ଥିଲା ମାୟା। ଏଇଠି ତାଙ୍କର ହସ ଖେଳ, ପୁଣି ସବୁ ଶେଷ। ଫଟୋ ଦୁଇଟିରେ ବେଳେ ବେଳେ ଫୁଲମାଳ ଟଙ୍ଗା ହୁଏ । ଫଲ ମଉଳେ। ଶୁଖେ। ପୁଣି କେବେ ଆଖିରେ ପଡ଼େ। ପୁଣି ନୂଆ ଫୁଲମାଳ ଝୁଲା ହୁଏ। ସେ ବି ଶୁଖେ। ବୁଢ଼ିଆଣୀ ଜାଲ ବୁଣେ।

ପ୍ରୀତିଙ୍କର କାଖରୁ ରମୁ ଆଙ୍ଗୁଠି ବଢ଼ାଏ, କହେ,- ଦାଦା, ଖୁଲୀ!

ପ୍ରୀତି ଖୁସି ହୁଅନ୍ତି। ପୁଅକୁ ଗେଲ କରନ୍ତି।

ସେଇ ଘରେ, ପ୍ରୀତିଙ୍କର ରଙ୍ଗିଲା ମୁହଁରେ ଚନ୍ଦ୍ରଭୂଷଣଙ୍କର ପ୍ରେମାକୁଳ ଓଠ ଲାଗେ। ନିର୍ଜୀବ ଫଟୋ ଦିଓଟି ଟଙ୍ଗା ହୋଇଥାଏ କାନ୍ଥରେ, ପାଖାପାଖି। ଦିଓଟି

ଫଟୋରେ ଦିଓଟି ଶୁଖିଲା ଫୁଲର ମାଳ। ଦିଓଟି ମାଳକୁ ଏକାଠି କରେ ବୁଢ଼ିଆଣୀ, ପୁଣି ଦିଓଟି ଫଟୋକୁ ଏକାଠି ବାନ୍ଧେ ଗୋଟିଏ ଡୋରରେ।

ଏଗାର

ତିନି ବର୍ଷ କଟିଗଲା।

ଦିଓଟି ସନ୍ତାନ ପ୍ରୀତିଙ୍କର ପେଟକୁ ଆସି ତଳକୁ ଓହ୍ଲାଇ ପୁଣି ବାହୁଡ଼ିଲେ। ପ୍ରୀତିଙ୍କର ଭାଳେଣି ପଡ଼ିଲା। ଘରେ ହୋମ ହେଲା। ଫଟୋ ଦିଓଟି ଏ ଘରୁ ଯାଇ ସେ ଘରେ ଟଙ୍ଗା ହେଲା। ଲୋକେ କହିଲେ, ଭୁବନେଶ୍ୱର ଯାଇ ଲିଙ୍ଗରାଜ ଦର୍ଶନ କର, କେଦାରଗୌରୀ କୁଣ୍ଡରେ ସ୍ନାନ କର, ସବୁ ଦୋଷ କଟିଯିବ। ଆସିଲା ପିଲା ବାହୁଡ଼ିବେ ନାହିଁ।

ଆହୁରି ବର୍ଷେ କଟିଗଲା।

ଭୁବନେଶ୍ୱର-, କେଦାରଗୌରୀ-।

ମାୟା ନୁହେଁ, ତା'ର ସାନଭଉଣୀ ଛାୟା!

ଅନ୍ଧାର ଭିତରେ ଉଙ୍କିମାରେ ଅତୀତର ପ୍ରେତ।

ପ୍ରୀତି ଅସ୍ଥିର ହୋଇ ଉଠିଲେ। ମାୟା ଓ ଛାୟା, ଦିହେଁ ଏକା ପରି ନୁହନ୍ତି। ମାୟାର ମୁହଁରୁ ନିଜେ ସେ ଏହା ଶୁଣିଥିଲେ। କିନ୍ତୁ ଦେଖିଲେ କଅଣ? ପ୍ରଫେସର ଗଗନବାବୁଙ୍କ ସ୍ତ୍ରୀ ଛାୟା ଅବିକଳ ମାୟା ପରି।

ମୁଣ୍ଡ ଘୂରିଗଲା। ଭାବନା ଅଟକିଗଲା। ଝରକା ପାଖରୁ ଫେରିଆସିଲେ। ଆଲୁଅ କମାଇଲେ। ଧୀରେ ଧୀରେ ଯାଇ ରମୁ ପାଖରେ ଶୋଇଲେ। ନିଦ ହେଲା ନାହିଁ। ତୁହାଇ ତୁହାଇ ଚିନ୍ତା ମନକୁ ଆଲୋଡ଼ନ କଲା। କ୍ଲାନ୍ତ ଆଖିପତା ମୁଦି ହୋଇ ଆସିଲା।

ନୂଆଉ,- ଆଗରେ ଠିଆ ହେଲେ ବିଧୁଭୂଷଣ। ଉଭେଇ ଗଲେ।

ଅପା,- ଛାତିରେ ମୁଣ୍ଡ ଗୁଞ୍ଜିଲା ମାୟା। ପ୍ରୀତି ତାକୁ କୋଳ ଆଡ଼କୁ ଟାଣି ଆଣିଲେ।

ଆଖିପତା ଖୋଲି ହୋଇଗଲା। ମାୟା ନୁହେଁ, ରମୁ!

ଛାତି ଥରି ଉଠିଲା। ଛାତି ଝିମ୍ ଝିମ୍ ହେଲା। ଝରକା ବାଟେ ପଶି ଆସିଲା ଶୀତୁଳିଆ ବାଆ। ତାଆରି ସାଥିରେ ଅନ୍ଧାର। ଅନ୍ଧାର ଭିତରେ ପ୍ରେତ। ପବନ ଭିତରେ ପ୍ରେତର ଡାକ,- ନୂଆଉ- ଅପା!

ଦିନେ ଯେଉଁମାନେ ଏତେ ପ୍ରିୟ ଥିଲେ, ସେହିମାନଙ୍କର ପ୍ରେତାତ୍ମା! ଭୟରେ

ଛାତି ଥରି ଉଠିଲା। ଉଠିବାକୁ ମନ ହେଲା, ଉଠି ନାହିଁ। ଦେହ ହାତରୁ ସତେ କି ପ୍ରାଣ ଛାଡ଼ି ଆସିଲା, ସବୁ ଶକ୍ତି ଉଭେଇଗଲା। ଆଖି ମୁଦି ହେଲା। ଡାକିବାକୁ ଇଚ୍ଛା ହେଲା। ପାଟି ଖୋଲିଲା ନାହିଁ। ସତେ କି କାନରେ ବାଜିଲା ଅଶରୀରୀ ବାଣୀ-

ଅପା, ମୁହଁ ଚାହିଁବ ନାହିଁ ? ହେଇ, ମୁଁ ଆସିଛି। ଅନାଅ, ମୁଁ ମାୟା !

ନୂଆଉ-, ମୁଁ ବିଧୁ-

ପ୍ରୀତ ଅସ୍ଥିର ହେଲେ।

ଆର ପଲଙ୍କରୁ କଡ଼ ଲେଉଟା ଶବ୍ଦ।

ମନରେ ସାହସ ବାନ୍ଧିଲେ। ପ୍ରୀତି ଉଠିଲେ।

ପିଲାଟା ଶୋଇଛି। ଶୋଇଥାଉ। ଝରକା ବନ୍ଦ କରିବେ। ନା, ଖୋଲାଥାଉ। ଝରକା ପାଖକୁ ଯିବାକୁ ସାହସ ହେଉନାହିଁ।

ଚନ୍ଦ୍ରଭୂଷଣଙ୍କର ପାଖରେ ଶୋଇଲେ।

ପ୍ରୀତି !

ପିଣ୍ଡରେ ପ୍ରାଣ ପଶିଲା। ଉତ୍ତର ଦେଲେ, ଏଁ।

ଚନ୍ଦ୍ରଭୂଷଣ ପ୍ରୀତିଙ୍କୁ ପାଖକୁ ନେଲେ, ଛାତି ପାଖକୁ। ପ୍ରୀତିଙ୍କର ଆଖି ଆଗରୁ ସବୁ ଭୂତ, ପ୍ରେତ ଅପସରି ଗଲେ। ଯେଉଁ ଛାତିଟି ପ୍ରୀତିଙ୍କର ଆନନ୍ଦର ଅମୂଲ୍ୟ ଆବେଶ, ସେଥିରେ ମୁଣ୍ଡ ଗୁଞ୍ଜିଲେ। ସବୁ ଦୁଃଖ, ଭୟ, ଭାବନା ଦୂରେଇ ଗଲା। ପ୍ରୀତି ଆଖି ବୁଜିଲେ।

ବାର

ଗଗନବିହାରୀ ଦେଖିଲେ ଦୀପ୍ତିର ମନରେ ସରାଗ ନାହିଁ। ପ୍ରୀତିଦେବୀ ଓ ଚନ୍ଦ୍ରଭୂଷଣଙ୍କ ସଙ୍ଗେ କେଦାରଗୌରୀ ପାଖରେ ଦେଖାହେଲା ବେଳରୁ ଦୀପ୍ତିର ମନ ମଉଳିଛି। ବସାକୁ ଫେରି ତା'ର ମୁଣ୍ଡ ଆଉଁସି ଗେହ୍ଲେଇ କହିଲେ, ମାୟାଦେବୀ ମନେ ପଡୁଛନ୍ତି କି ?

ଦୀପ୍ତି ଆଖିର ଲୁହରେ ଉତ୍ତର ଦେଲା।

ଗଗନ ବୁଝାଇ କହିଲେ, ଯେତେ କାନ୍ଦିଲେ ସେ ଆଉ ଫେରି ଆସିବେ ନାହିଁ। ମରଣ ତାଙ୍କ ପକ୍ଷରେ ଭଲ ହୋଇଛି। ଆମ ସମାଜରେ ଯେଉଁ ନିୟମ, ବଞ୍ଚି ରହିଥିଲେ କେତେ ଦୁଃଖ ସେ ପାଉଥାନ୍ତେ ଅନୁମାନ କରିପାରୁଛ ?

ଦୀପ୍ତି ନିରୁତ୍ତର।

ଦିନ ସାରା ଦୀପ୍ତିଙ୍କୁ ସଙ୍ଗରେ ଧରି କେତେ ଆଡ଼ ବୁଲି ବୁଲି ସଞ୍ଜ ପରେ ଘରକୁ ଫେରିଲେ। ଚାକର କହିଲା, କିଏ ଜଣେ ବାବୁ ସ୍ତ୍ରୀ ଓ ପୁଅଟିକୁ ଧରି ଆସି ଖୋଜୁଥିଲେ।

ଦିହେଁ ବୁଝିଲେ, ଚନ୍ଦ୍ରଭୂଷଣବାବୁ ପ୍ରୀତି ଓ ରମୁକୁ ନେଇ ସେମାନଙ୍କୁ ଦେଖିବାକୁ ଆସିଥିଲେ।

ରାତି ହେଲା। ଅନ୍ଧାର। ଦେହ ଓ ମନ କ୍ଲାନ୍ତ। ତାଙ୍କ ବସା ବି ପାଖରେ ନୁହଁ। ନିଛାଟିଆ ବାଟ। ଆଜି ଆଉ ଯାଇ ହେବ ନାହିଁ। ଦୀପ୍ତି ପୁଣି ଅସଜ ମଣିଷ।

ଗଗନ କହିଲେ, ସେମାନଙ୍କୁ ଦେଖିବାକୁ କାଲି ଯିବା ଦୀପ୍ତି। ଚନ୍ଦ୍ରବାବୁ ଓ ପ୍ରୀତିଦେବୀଙ୍କୁ ତମେ ଜାଣ ନାହିଁ। ସେମାନେ ଅତି ସ୍ନେହୀ।

ସ୍ୱାମୀର କୋଳରେ ସ୍ୱାଧ୍ୱୀ ସ୍ତ୍ରୀ !

ବାହୁ ବନ୍ଧନରୁ ମୁକ୍ତିଲାଭ କରିପାରୁନାହିଁ। ତିନୋଟି ବର୍ଷ ଏଇ କୋଳରେ ଏଇ ବାହୁବନ୍ଧନ ମଝିରେ ସେ କଟାଇଛି। ସୁଖୀ କରିଛି। ନିଜେ ସୁଖୀ ହୋଇପାରିନାହିଁ। ଏଇ ପ୍ରଫେସର ଗଗନବିହାରୀ। କୋଳରେ ସତୀଲକ୍ଷ୍ମୀ ସୁନ୍ଦରୀ ସ୍ତ୍ରୀ, ପ୍ରାଣରୁ ବଳି ସେ ସେ ଭଲ ପାଆନ୍ତି। କେଡ଼େ ଶାନ୍ତିରେ ଶୋଇଛନ୍ତି। ଆଉ, ତାଙ୍କରି କୋଳରେ ଦୀପ୍ତି, ଜୀବନରେ ଦିନେ ହେଲେ ଶାନ୍ତି ପାଇନାହିଁ। ସୁଅରେ ଭାସିଗଲା ପରି ଜୀବନକୁ ସେ ଭସାଇ ଦେଇଛି, ଲକ୍ଷ୍ୟହୀନ। ଭଲ ମନ୍ଦ, ପାପ ପୁଣ୍ୟ ବିଚାରି ନାହିଁ। ଅତୀତ ସ୍ମୃତି ମନ ଭିତରୁ ପୋଛି ପାରିନାହିଁ। ଅତୀତକୁ ଝୁରୁଛି। ବର୍ତ୍ତମାନକୁ ଉପେକ୍ଷା କରିପାରୁନାହିଁ।

ସେ ଦୀପ୍ତି, ଛାୟାର ପ୍ରେତ, ମାୟା। ଦୁନିଆକୁ ସେ ଠକିଛି। ନିଜକୁ ସେ ଠକି ପାରିନାହିଁ। ଦୀପ୍ତି ଗୋଟିଏ ନୁହଁ, ଦିଓଟି ମଣିଷ। ଗୋଟିଏ ଆତ୍ମା, ଗୋଟିଏ ଦେହ, ଦିଓଟି ଜୀବନ, ଦିଓଟି ମନ! ଦୁହିଁଙ୍କୁ ଧରି ସେ ଆଗେଇ ଚାଲିଛି। ଜଣକ ପଛରେ ଆଉ ଜଣେ, ମାୟା ଓ ଛାୟା !

ଛାୟା ନାମ ଧରି ଗଗନବିହାରୀଙ୍କର କୋଡ଼ରେ ପଶିଛି, ଦେହରେ ଲଟେଇଛି, ଗଗନକୁ ମନ୍ତ୍ରମୁଗ୍ଧ କରିଛି। ଦେହର କାଉଁରି ପରଶରେ ମନରେ ଶାନ୍ତି ଆଣିଛି, ଆଖିରେ ନିଦ, ନିଦରେ ସପନ, ସପନ ଭିତରେ ଭବିଷ୍ୟତ। ପୁଣି, ମାୟା ହୋଇ ଫେରିଯାଇଛି ଅତୀତକୁ, ଭ୍ରମିଛି ଚନ୍ଦ୍ରଭୂଷଣଙ୍କ ଭବନରେ।

ଦିଶିଯାଏ ସବଳ ସୁନ୍ଦର ହସ ହସ ମୁହଁଟି। ମନେପଡ଼େ ସବୁ ସ୍ନେହ, ଅଭିମାନ, ଗେଲବସର କଥା, ଅଳି- ଆସୁନା, ନୂଆଉ ଶୋଇଲେଣି।

ଅପା, ଅପା-

ଉଠିବୁ ନାଇଁ କି ? ମୁଁ ମ, ବିଧୁ ନୁହେଁ-, ରମୁ ଖୋଜୁଛି-।

ରାତି। ଦୀପ ଲିଭିଛି। ଯେଉଁ ବାହୁଟି ତାକୁ ନିବିଡ଼ ଭାବରେ ଆଲିଙ୍ଗି ଧରିଛି, ତା'ର ଛାୟା ତଳେ ସେ ନିଜକୁ ନିରାପଦ ମଣିଛି। ତାଙ୍କରି ଦେହ ଭିତରେ ଅନୁଭବ କରୁଛି ଅତୀତକୁ।

ତୁ ଯା'-, ତୁ ଯାଆ-, ଅଲକ୍ଷଣୀ-

ଏଇ ତା'ର ଅପା ପ୍ରୀତି ! ଦୟାର ଯିଏ ଅବତାର, ଯାହାର ମନରେ ସବୁବେଳେ ସ୍ନେହ, ସହାନୁଭୂତି, ତୁଣ୍ଡରେ ଆହା ପଦ। ଏଇ ତା'ର ଯାଆ ପ୍ରୀତି ?

ସୁଖର ସାଥୀ।

ଦରମଲା ହତଶିରୀ ଦେହ, ଜଳିଲା ମନ, ଛଟପଟ ଆତ୍ମା। ଆହା, ନିରିମାଖୀ ! ଗତି କାହିଁ ? ସୁଖର ସଂସାର ଛାରଖାର। ଆଖି ଆଗରେ ପରଳ। ସବୁ ଅନ୍ଧାର। ଅନିଶ୍ଚିତ। କୁଆଡ଼େ ଚାଲିଛି ? ଆଗରେ ଭାଇ, ପଛରେ ମାୟା।

କଟକ ବାସ୍ ଚାଲିଛି।

ତୁନି ହ ମାୟା।

ଲୁହ ଅଟକୁ ନାହିଁ। ସଂସାର ତା'ର ସରିଛି। ସମସ୍ତେ ତା' ଆଡ଼କୁ ଚାହୁଁଛନ୍ତି। ମନରେ ଆହାଭାବ। ଆଖିରେ ସହାନୁଭୂତି। ମାୟା ପାଖରେ ସବୁ ଅର୍ଥହୀନ। ନିଜକୁ ସେ ପାତକୀ ମଣିଛି। ଅପରାଧୀ, ଅଲକ୍ଷଣୀ। ପ୍ରୀତିଙ୍କର ପାଟି କାନରେ ବାଜୁଛି, ଅନ୍ତର ଥରାଉଛି, ତୁ ଯା'- !

ରେଳ ଗାଡ଼ିରେ-

ଭାଇ !

ରାଜୀବ ତା' ଆଖିରୁ ଲୁହ ପୋଛିଲେ। ଦୃଢ଼କଣ୍ଠରେ କହିଲେ, ତୁନି ହ ମାୟା। କ'ଣ ତୋର ହୋଇଛି କି ? ଓଃ ଭାରି ତ ସଂସାର, ଗୋଟିଏ ରାତିର ସ୍ୱପ୍ନ ପରି। ସିନେମା ଛବି ପରି। ଦେଖୁ ଦେଖୁ ମଣିଷ କାନ୍ଦେ, ପୁଣି ହସେ, ପୁଣି କାନ୍ଦେ। ଘଣ୍ଟା ବାଜେ। ଖେଳ ଭାଙ୍ଗେ। ମଣିଷ ପଦାକୁ ଆସି ବଲବଲ କରି ଚାହେଁ। ଆରେ, ଛବି ଖେଳ। ସତ ନୁହେଁ ତ ! ସେମିତି ଲୋ ମାୟା, ତୋ ଜୀବନର ଛବିଖେଳ ଇଏ। ହସ ପୁଣି କାନ୍ଦ। ସିନେମା ଘରୁ ପଦାକୁ ବାହାରିଛୁ। ତୋ ଭାଇ ପାଖକୁ ଆସିଛୁ। ତୁ ମୋର ଭଉଣୀ ଥିଲୁ, ଭାଇ ହୋଇଛୁ, ତୁନି ହ।

କଟକ ବସାରେ-

ରାତି। ବାପ ମା' ଗ୍ରାମରେ ଅଛନ୍ତି, ସୁନ୍ଦରପୁରରେ।

ଭାଇ, କେଉଁଠି ତାଙ୍କୁ ରଖିଲ ? ଦେଖାଇବ ନାହିଁ ? ସେଇଠିକି ମୁଁ ଯିବି

ଭାଇ। ମତେ ତମେ ଘରକୁ ନିଅ ନା। କାହାକୁ ମୋର ପୋଡ଼ା ମୁହଁ ଦେଖାଇବି? ପଚାରିଲେ କ'ଣ କହିବି?

ରାଜୀବ ଲୋଚନ ସାନ୍ତ୍ୱନା ଦେଇ ପାରିଲେ ନାହିଁ।

ଦିହେଁ କାନ୍ଦିଲେ।

ସୁନ୍ଦରପୁର।

ଘରେ ବାପ ମା', ଭାଇଭଉଣୀ, ଆତ୍ମୀୟ ସ୍ୱଜନ, ସମସ୍ତଙ୍କ ମଝିରେ ହତଭାଗିନୀ ମାୟା। ସମସ୍ତେ କାନ୍ଦିଲେ। ମାୟା ଅସ୍ଥିର ହୋଇ କାନ୍ଦିଲା। ଜନମ ମାଟି କି ଆତ୍ମୀୟସ୍ୱଜନ ତାକୁ ସାନ୍ତ୍ୱନା ଦେଇ ପାରିଲେ ନାହିଁ।

ମାସେ ଛୁଟି ଘରେ କଟାଇ ମାୟାର ବାପା ସୋମନାଥବାବୁ ଭଦ୍ରଖ ବାହାରି ଗଲେ। ସେଇଠି ସେ ପୋଲିସ୍ ଇନିସ୍‌ପେକ୍ଟର। ରାଜୀବଲୋଚନ କଟକ ଚାଲିଗଲେ। ଘରେ ରହିଲେ ମାୟା, ଛାୟା ଓ ତାଙ୍କର ମା'।

ଝିଅର ଦୁଃଖରେ ରଜନୀ ଦିନୁ ଦିନ ଭାଙ୍ଗି ପଡ଼ିଲେ। ଏଡ଼େ ସୁନ୍ଦର ଦେହ କଳା କାଠ ପଡ଼ିଲା। ହସ ହସ ମୁହଁରୁ ହସ ଲିଭିଲା। ମାୟା କି ଛାୟାଙ୍କ ଆଗରେ ସିନା ମୁହଁ ଭଡ଼ଙ୍ଗ କାଢ଼ନ୍ତି, ନିରୋଳାରେ ଆଖିର ଲୁହ ଅଟକେ ନାହିଁ। ଖଣ୍ଡି ଖଣ୍ଡି କରି ଦେହରୁ ସବୁ ଗହଣା ଉତାରି ରଖିଲେ। ହାତରେ ଖାଲି ଦି' ଦି' ପଟି କାଚ। ହଁ, ଏ ଗୁରାକ ଆଜିକାଲି କିଏ ନାଉଚି? ଯେତିକି ସୁଲଭ ସେତିକି ହେଲେ ହେଲା। ଏତିକି ତାଙ୍କର ଛଳଣା।

ମାୟା ଦେଖେ। ସବୁ ବୁଝେ। ଛାତି କରତି ହୁଏ। କିନ୍ତୁ ଛାୟା ସବୁବେଳେ ସଜ ହେଉଥାଏ। ତାକୁ ସଜାଇବାରେ ହିଁ ମାୟାର ଆନନ୍ଦ। ନିଜକୁ ସତେ କି ସେ ଛାୟା ଭିତରେ ଅନୁଭବ କରେ। ଏକା ନାହି ଦି' ଖଣ୍ଡି ତ। ଛାୟାଟି ଭଲ ଘର ଭଲ ବର ପାଉ। ସୁଖରେ ସଂସାର କରୁ। କାଚ ବଜର ହେଉ। ସାତ ପୁଅର ମା' ହେଉ ସେ। ଗୋଟିକୁ ହାତ ପାତି ସେ ମାଗିନେବ।

ଆଖିରୁ ଲୁହ ଝରେ।

କାନ୍ଦୁଛୁ ଅପା?

ମାୟା ଆଖି ପୋଛେ। ମନରେ କୋହ। ତୁଣ୍ଡରୁ ଭାଷା ବାହାରେ ନାହିଁ। ଆଖି ଘୂରିଯାଏ ଚାରିଆଡ଼େ। ଆଖିରେ ପଡ଼େ ଆଗ ଘରର ଖୋଲା ଝରକା। ନ ଜାଣିଲା ପରି ଆଗ୍ରହୀ ଆଖି ଦିଓଟି ସେଇ ଝରକା ବାଟେ ଚାହିଁ ରହିଛି, ତାଙ୍କରି-। ଭାଇଙ୍କର ସେ ବନ୍ଧୁ, ସହପାଠୀ, ସେ ବିଧୁବାବୁ।

ଫେରିଗଲେ ତ।

ସମ୍ବଲପୁର!

ତେର

ଚାରି ମାସ ଗଡ଼ିଗଲା। ସବୁ ଦିନେ ସବୁ କଥା ସମାନ ନ ଥାଏ। ଛାତିରେ ଲଦା ହୋଇଥିବା ପଥର ପୁଣି ଦେହସହା ହୁଏ। ମୁହଁରେ ନିଜ ଭୁଲା ହସ ନାଚେ।

କୁଆଁର ପୁନେଇଁ ପାଖେଇ ଆସୁଛି। ସଞ୍ଜବେଳ। ଛାୟା ଧାଇଁ ଆସି ମାୟାର ପିଠିରେ ପଇଲା। ହସି ହସି କହିଲା, କିଲୋ ଅପା, ତୁନିତାନି ବସିଛୁ କାହିଁକି ? ଚାଲ ତାଙ୍କ ସାହିକି ବୁଲିଯିବା।

ତୁ ଯା'।

ତୁ ଯିବୁ ନାଇଁ ?

ନାଇଁ।

ଛାୟା ଯାଇ ପାରିଲା ନାହିଁ। ମାୟା ପାଖରେ ତୁନି ହୋଇ ବସିଲା। ପଚାରିଲା, ଏକୁଟିଆ ବସି କ'ଣ ଏତେ ଭାବୁଛୁ ଅପା, କହିବୁ ନାହିଁ ?

ମାୟା ଉତ୍ତର ଦେଲା ନାହିଁ। ଘର ଭିତରକୁ ଉଠି ଆସିଲା। ଛାୟା ତା'ର ସାଥିରେ ଆସିଲା। ମାୟା ଖଣ୍ଡେ ଚିଠି କାଢ଼ି ଛାୟାକୁ ଦେଲା। କହିଲା, ପଢ଼, ମନେ ମନେ ପଢ଼।

ଛାୟା ପଢ଼ିଲା- ଅପା, କ'ଣ ଦୋଷ ମୁଁ ତମର କରିଥିଲି ଯେ ମୋତେ ଏମିତି ପାଖରୁ ତଡ଼ିଦେଲ ? ପୋଡ଼ା ମୁହଁ ମୋର ଦେଖିବ ନାଇଁ ? ଦଇବ ମୋର ମୁହଁ ପୋଡ଼ିଲା, ମୋର ତ ଦୋଷ ନାହିଁ। ତମେ ସିନା ଦିନେ କାନ୍ଦିବ, ମୁଁ ତ ଚିରଦିନ କାନ୍ଦିବି। ତମକୁ ମୁହଁ ଦେଖେଇ ତମର ଚକ୍ଷୁଶୂଳ ହେବାକୁ ମୁଁ ଅଳି କରୁନାହିଁ। ରମୁକୁ ଥରେ ଦେଖିବାକୁ ମନ ହେଉଛି। ଯଦି-

ଚିଠି ଅଧା ଲେଖା ହୋଇଛି।

ଶେଷ କରି ପାରିଲି ନାହିଁ ଲୋ ଛାୟା, ଆଉ କ'ଣ ଲେଖିବି ମତେ ଆସିଲା ନାହିଁ। ପ୍ରୀତି ଅପା ମତେ ଭାରି ଭଲ ପାଉଥିଲେ। ଯାହାଙ୍କ ପାଇଁ ସେ ଏତେ ସ୍ନେହ କରୁଥିଲେ, ସେ ତ ଛାଡ଼ି ଚାଲିଗଲେ, ମୋତେ ବା ସେ ପାଖରେ ରଖନ୍ତେ କାହିଁକି ? ମୋର ଯଦି ମରଣ ହୁଅନ୍ତା ଲୋ ଛାୟା, ସମସ୍ତେ ନିଶ୍ଚିନ୍ତ ହୁଅନ୍ତେ। ଖାଲି ରମୁକୁ ଥରେ ଦେଖିବାକୁ ମନ ବିକଳ ହେଉଛି। କ'ଣ ଲେଖିବି ଆଉ ?

ମାୟାର ମନ ସିନା କାନ୍ଦୁଛି, ଆଖିରେ ତ ଲୋତକ ନାହିଁ।

ଛାୟା କହିଲା, ଆସୁ ନାହିଁ ଲେଖି ? ତୋ ଚିଠି ମୁଁ ଶେଷ କରି ଦେବି। କହୁ କହୁ ଅଧା ଚିଠି ଖଣ୍ଡ ମାୟା ହାତରୁ ନେଇ ଟିକି ଟିକି କରି ଚିରି ପକାଇଲା। ହସି ହସି

କହିଲା, ଚିଠି ଶେଷ ହେଲା ତ? କିଲୋ, ତାଙ୍କ ସଙ୍ଗେ ଆଉ ତୋର କି ସମ୍ପର୍କ? ତୋଠେଇଁ ତାଙ୍କର ଆଉ କି ପ୍ରୟୋଜନ ଅଛି? ଆସିଲୁଣି ତ ଏତେ ମାସ ହେଲା, କେହି ସେମାନେ ତୋ ମଲା ହଜିଲା କଥା ପଦେ ପଚାରିଲେ କି? ସଂସାରଟା ଏମିତି ଆପଣାସାର୍ଥିକା ଲୋ, ଅପା।

ସତେ ଲୋ ଛାୟା, କିନ୍ତୁ ପ୍ରୀତି ଅପା ଏପରି ନିଷ୍ଠୁର ହେବେ, ଏ କଥା ମୁଁ ସପନରେ ସୁଦ୍ଧା ଭାବି ପାରି ନାହିଁ।

ଗୋଟିଏ ଗୁପ୍ତ କଥା କହିବି ଅପା?

ମନ ହେଲେ କହ, ନୋହିଲେ ନାହିଁ।

ଉତ୍ତର ନ ଦେଇ ଛାୟା ଘରୁ ବାହାରି ଗଲା। କିଛି ସମୟ ପରେ ଫେରିଆସି ଘର କବାଟ ବନ୍ଦ କଲା। ମାୟା ହାତକୁ ଦୁଇ ଖଣ୍ଡ ଚିଠି ବଢ଼ାଇ ଦେଇ କହିଲା, ଭାଇଙ୍କଠାରୁ ଚିଠି ଆସିଥିଲା। ବୋଉ ତାକୁ ପଢ଼ିଲା, ପୁଣି ଲୁଚେଇ ଦେଲା। ମୁଁ ପଢ଼ିଲି। ଖୁସି ଖବର। ଚୋରି କରି ଆଣିଛି। ବୋଉ ଆସି ଖୋଜିବ। ଗଗନବାବୁ ମ, ଭାଇଙ୍କ ସାଙ୍ଗ, ସେଇ ଚିଠି ଲେଖିଛନ୍ତି। ଜଲଦି ପଢ଼ିପକା।

ଖୁସି ଖବରଟି ଜାଣିବାକୁ ନୁହେଁ, ସାନ ଭଉଣୀର ଆଗ୍ରହ ଓ ଆନନ୍ଦକୁ ସଜାଗ ରଖିବାକୁ ହସ ହସ ମୁହଁରେ ମାୟା ଚିଠି ଦି' ଖଣ୍ଡି ଛାୟା ହାତରୁ ନେଲା।

ଆଲୁଅ ତେଜି ମାୟା ପଢ଼ିଲା-

XXX ସେଥିକି ଚିନ୍ତା କଣରେ ରାଜୀବ? ବିଧୁ ପାଇଁ ଦୁଃଖ ହେବା ସ୍ୱାଭାବିକ। ସେ ଆମର ବନ୍ଧୁ ଥିଲା। ପ୍ରାଣରୁ ବଳି ତାକୁ ଭଲ ପାଉଥିଲୁଁ। ସେ ଚାଲିଗଲା, ଆମେ ତ ତା' ସଙ୍ଗେ ଗୋଡ଼ାଇ ଯିବା ନାହିଁ। ମାୟା ବିଧବା, ସେଥିପାଇଁ ମୋ ମନରେ ଆଜି ତିଳେ ହେଲେ ଦୁଃଖ ନାହିଁ। ବିଧୁ ସଙ୍ଗେ ମାୟାର ବନ୍ଧୁତା ଅତି ଅଳ୍ପ ଦିନର। ହୁଏ ତ ଦୁହେଁ ଦୁହିଁଙ୍କୁ ଚିହ୍ନି ନ ଥିବେ। କିନ୍ତୁ ବନ୍ଧୁ ହିସାବରେ ବିଧୁ ଆମର ଅତି ପ୍ରିୟ। ସେ ଚାଲିଗଲା ବୋଲି ଆମେ ଦୁହେଁ ତ ଚିରକୁମାର ରହିବା ନାହିଁ। ଆମ ସଙ୍ଗେ ତା'ର ବନ୍ଧନ ଥିଲା ମନର, ଆତ୍ମାର। ମାୟା ସଙ୍ଗେ ତା'ର ବନ୍ଧନ ଥିଲା ବାହାରର। ମନର ମେଳ କି ଆତ୍ମାର ମେଳ ହେବାକୁ ବହୁତ ଡେରି ଥିଲା। ମାୟା କାହିଁକି ଗୋଟାଏ ଅଚିହ୍ନା ମନକୁ ଝୁରି ଛଟପଟ ହୋଇ ଜୀବନ କାଟିବ?

XXX ଥିଲା ବିଧୁର ଆଦର୍ଶ। ସେଥିରେ ଆମେ ଏକମତ। ମାୟା ସଙ୍ଗେ ତା'ର ପରିଚୟ ଓ ବିବାହ ଆକସ୍ମିକ। ସେ କହେ, ଏଥିପାଇଁ ଦାୟୀ ପ୍ରୀତିଦେବୀ। ନୋହିଲେ ସେ ବିଧବା ବିବାହ କରିଥାନ୍ତା, ପୁଣି ଅନ୍ୟ ଜାତିର। ଯାହାର ଆଦର୍ଶ ଏତେ ବଡ଼,

ଅବଶ୍ୟ ତୁ ଏକମତ ହୋଇ ନଥିଲୁ, ତା'ର ବିଧବା ସ୍ତ୍ରୀର କର୍ତ୍ତବ୍ୟ ନୁହେଁ କି ସେଇ ଆଦର୍ଶ ରଖିବା ? ତା'ର ବନ୍ଧୁର କ'ଣ ସେଇ ଆଦର୍ଶ ପୂରା କରିବା କର୍ତ୍ତବ୍ୟ ନୁହେଁ ?

ମାୟା ସଙ୍ଗରେ ସମ୍ବଲପୁରରେ ସେଇ ଥରଟିଏ ମୋର ଦେଖା। ଭଲ କରି ତା'ର ମୁହଁକୁ ମୁଁ ଅନାଇଁ ପାରିନାହିଁ। ସେ ଥିଲା ବନ୍ଧୁ ପତ୍ନୀ, ଲାଜ ଲାଜ। ବିଧୁ କଥା ଭାବିଲେ ମାୟା ମୋର ଆଖି ଆଗରେ ଠିଆ ହୁଏ। ତୁ ଯେଉଁ ସମ୍ବନ୍ଧ ପାତିବାକୁ ବସିଛୁ, ସେଥିରେ ମୋର ଏତିକି ଆପତ୍ତି,- ଛାୟା କାହିଁକି ? ସମାଜର ନିୟମ ପାଇଁ ପର ଆଗରେ କହିବାକୁ ସିନା ସାହସ ହେଉ ନାହିଁ, ତୋ ଆଗରେ କହିଲେ କ୍ଷତି ନାହିଁ। ଛାୟା ପାଇଁ ଅନେକ ପାତ୍ର ମିଳିବେ। ମାୟା ବିଧବା ଥାଉଣୁ ମୋ ବିଷୟରେ ଆଉ ଛାୟା ସମ୍ବନ୍ଧ ପକାଇବାକୁ ମୁଁ ତତେ ଅନୁମତି ଦେଇପାରିବି ନାହିଁ, ବରଂ ମାୟା ବିଷୟରେ ସମ୍ବନ୍ଧ ପକା।

ମୋର ଆପତ୍ତି ନାହିଁ। ସାମାଜିକ ନିୟମ ଆମେ ଗଢ଼ିଥାଇଁ, ଯୁଗର ରୁଚି ପ୍ରକାରେ ଆମେ ବଦଳାଇବା। ଯଦି ବଦଳାଇ ନ ହୁଏ, ଯେଉଁ ସମାଜରେ ସେ ନିୟମ ବଦଳାଇବାକୁ ନ ପଡ଼ିବ, ମୁଁ ସେହି ସମାଜରେ ମିଶି ଯିବାକୁ ଚାହେଁ।

ମାୟା ପ୍ରସ୍ତୁତ ତ ? ଜାଣି ଜାଣି ସେ ଯଦି ଆତ୍ମହତ୍ୟା କରିବାକୁ ଚାହେଁ, ମୁଁ ସେଥିକି ନାଚାର। ମୋର ପ୍ରସ୍ତାବରେ ତମେ ଯଦି ଅମଙ୍ଗ ହୁଅ, ଛାୟା ସମ୍ବନ୍ଧରେ ଆଉ ପ୍ରସ୍ତାବ ପକାଇବ ନାହିଁ।

ମୁଁ ଏଇ ବର୍ଷ ବିଲାତ ଯାଉଛି। ଦୁଇ ବର୍ଷ ପରେ ଫେରିବି। ଭାବି ସ୍ଥିର କରିବାକୁ ଦୁଇ ବର୍ଷ ସମୟ ଦେଲି। ବାପାଙ୍କୁ ତୁ ଭଲ କରି ଜାଣୁ। ସେ ଆମଠାରୁ ଆହୁରି ଆଧୁନିକ। ମୋ କଥାରେ ସେ ଆପତ୍ତି କରିବେ ନାହିଁ। ବରଂ ଖୁସି ହେବେ xxx।

ଆଖିରେ ପୂର୍ଣ୍ଣ ହୋଇଥିଲା ଲୁହ। ମାୟା ଆଉ ପଢ଼ିପାରିଲା ନାହିଁ। ଚିଠି ଖଣ୍ଡି ତଳେ ରଖି ଛାୟାର ମୁହଁକୁ ଅର୍ଥହୀନ ଆଖିରେ ଚାହିଁଲା।

କାନ୍ଦୁଛୁ କାହିଁକି ଅପା ? ଭାଇ ଯେଉଁ ଉତ୍ତର ଲେଖି ବୋଉକୁ ଦେଖିବାକୁ ଦେଇଛନ୍ତି, ସେଇଟି ପଢ଼ିଲୁ ନାଇଁ ଯେ !

ମାୟାର ଆଖିରୁ ଛାୟା ଲୁହ ପୋଛିଲା।

ପଢ଼ିବୁ ନାହିଁ ?

ତୁ ଯାଆ ଛାୟା, ଆଜି କୁମାର ପୁନେଇଁ, ଯା' ତୁ। ମୋତେ ଆଉ ଅଧିକ କଷ୍ଟ ଦେ ନା। ନେଇ ଯା' ଏ ଚିଠି ଦି' ଖଣ୍ଡି।

ମାୟା କଇଁ କଇଁ ହୋଇ କାନ୍ଦିଲା।

ଅପରାଧୀ ପିଲାଟି ପରି ଛାୟା ଚିଠି ଦି' ଖଣ୍ଡି ଧରି ଧୀରେ ଧୀରେ ଘରୁ ବାହାରି ଆସିଲା ।

ଆଖିରୁ ଲୁହ ପୋଛି, କୋହକୁ ଚାପିରଖି ମାୟା କବାଟ କିଳିଲା । ଆଲୁଅର ଧାପ ସେ ସହି ପାରିଲା ନାହିଁ । ଆଲୁଅ କମାଇ ପଲଙ୍କ ଉପରେ ମୁହଁମାଡ଼ି ଶୋଇଲା । ନିଜ ମନର ଡାକ ପଦାକୁ ବାହାରି ସତେ କି ତା'ର କାନରେ ବାଜିଲା- ଛି ଛି, ଏ କି ବିଡ଼ମ୍ବନା କଥା ! ଅତି ଭଲ ପରା ସେ ଗଗନବାବୁ, ଦିଶୁଥିଲେ କେଡ଼େ ଭଦ୍ର ପରି । ଏପରି ଅନୀତି, ଅସୁନ୍ଦର, ଅପବିତ୍ର ଭାବନା କାହିଁକି ଆସିଲା ତାଙ୍କ ମନକୁ ?

ଅସନା ମନ ? ବିଧବା ପ୍ରତି ଦୟା ? ସହାନୁଭୂତି ? ଗୋଟାଏ ବୀରତ୍ୱ ଦେଖାଇ ବାହାଦୂରୀ ନେବେ ? କେଜାଣି, ଖାଲି ମୁହୂର୍ତ୍ତକର ଉତ୍ତେଜନା ?

ସେତିକି ଥାଉ । ମାୟାର ଦୁଃଖରେ ମାୟା ରହୁ । ସୁଖ ଓ ଦୁଃଖର ସ୍ମୃତି ନେଇ କଟିଯାଉ ତା'ର ଜୀବନ । ଯେଉଁ ଅମୂଲ୍ୟ ଉଜ୍ଜ୍ୱଳ ରତ୍ନ ସେ ବିନା ଦୋଷରେ ହରାଇଛି, ସେ ରତ୍ନ ଆଉ ସେ ପାଇବ ନାହିଁ । ଚିକିଚିକିଆ ରଙ୍ଗିନ ଝଟକିଲା କାଚ କି ପଥର ମାୟାର ଆଉ ଲୋଡ଼ା ନାହିଁ ଗଗନବାବୁ, ସେ ତା'ର ହଜିଲା ଧନକୁ ଝୁରି ଝୁରି ସମୟ କାଟିବ । ତାଆର ଛଟପଟ କଙ୍ଗାଳିଆ ଜୀବନରେ ସବୁ ଦୁଃଖ, ସବୁ ଜଞ୍ଜାଳ ମଝିରେ ସେହି ହଜିଲା ଉଜ୍ଜ୍ୱଳ ରତ୍ନକୁ ସୁମରି ସେ ଶାନ୍ତି ପାଇବ । କିପରି ତୁମେ ବୁଝିବ କି ଅନୁଭବ କରିବ ଗଗନବାବୁ, ମାୟାର ମନ ଓ ଦେହର ପ୍ରତି ଅଣୁରେ ସେଇ ଅମୂଲ୍ୟ ନିଧିର ପରାଣ ହିଲ୍ଲୋଳ ସବୁବେଳେ ଜୀବିତ ଅଛି । ତୁମର ଆଦର୍ଶ ମାୟା ପାଖରେ ଅର୍ଥହୀନ ।

ଲୋଡ଼ା ନାହିଁ ତମର ଦୟା, ଗଗନବାବୁ- !

ବାପା, ବୋଉ ଭାଇ କି ଉତ୍ତର ଦେବେ ? ଥରେ ପଚାରିବେ ନାହିଁ ?

କୁଆଁର ପୁନେଇ ଗୀତ କାନରେ ବାଜିଲା । ମାୟା ମୁଣ୍ଡ ଟେକିଲା, କାନ ପାରିଲା ।

ସମୟ ବହି ଚାଲିଲା । ମାୟାର ମନର ଉତ୍ତେଜନା ଉପରେ ସମୟ ତା'ର ଶୀତଳ କୋମଳ ତରଙ୍ଗ ଖେଳାଇ ଚାଲିଲା ।

ଅଜାଣତରେ ମାୟାର ମନ ଚହଲିଲା । ଖଣ୍ଡିଏ ଚିଠି, ତା'ର ମନ ଭିତରେ ଗୋଳଘାଣ୍ଟ ଲଗାଇଥିଲା, ଛାତି ଥରାଇଥିଲା । ଚିଠି କଥା ମନେ ପଡ଼ିଲେ ଆଖି ଆଗରେ ଉଭା ହୁଏ ଗୋଟିଏ ଝାପ୍‌ସା ରୂପ, ଗଗନବାବୁ ! ଯେପରି ସେ ପଚାରୁଛନ୍ତି, କ'ଣ ଠିକ୍ କଲ ?

ମନ କହେ, ଛି, ଛି-, ନା, ନା- । ମୋର ଦେହ ଓ ମନ ଯେଉଁ ଦେବତାଙ୍କର

ଅସରନ୍ତି ପ୍ରସାଦ ସେ ସେମିତି ରହିବ। ଅତି ଗୋପନ, ଅତି ପବିତ୍ର। କେହି ତାକୁ ଦେଖିବେ ନାହିଁ, ଛୁଇଁବେ ନାହିଁ, ଚାଖିବେ ନାହିଁ। ମୋର ସ୍ୱର୍ଗତ ଦେବତାର ସେ ନୈବେଦ୍ୟ।

ମାୟା ଟ୍ରଙ୍କ ଖୋଲେ। ଛୋଟ ଫଟୋ ଖଣ୍ଡି କାଢ଼ି ନିରିଖି ଚାହେଁ। ଏହି ତା'ର ସ୍ୱାମୀ, ଦିନେ ସେ ଥିଲେ, ଆଜି ନାହାନ୍ତି। ଦିନେ ଯାହା ବାସ୍ତବ ଥିଲା, ଆଜି ତାହା ସ୍ୱପ୍ନ। ଛୋଟ ଫଟୋ ଖଣ୍ଡି, କେତେ ସ୍ମୃତି ଲାଖି ରହିଛି ସେଥିରେ। ଗୋଟି ଗୋଟି ହୋଇ ସବୁ କଥା ମନେପଡ଼େ।

ଫଟୋ ଚେଇଁ ଉଠେ, ଜୀବନ୍ତ ହୁଏ, ହସେ, କଥା କହେ- ସତେ ଗଗନ, ମାୟାକୁ ବିବାହ କରିବୁ ?

ଗଗନବିହାରୀଙ୍କର ଛାୟା ଦୂରେଇ ଯାଏ।

କାନରେ ବାଜେ ସ୍ୱାମୀଙ୍କର ଅଶରୀରୀ ବାଣୀ, ବନ୍ଧୁର ଆଦର୍ଶ ! ଆତ୍ମହତ୍ୟା କରିବ ମାୟା ? କ'ଣ ଠିକ୍ କଲ ? ପ୍ରସ୍ତୁତ ?

ମାୟା ଆହୁରି ନିରେଖି ଚାହେଁ ସ୍ୱାମୀଙ୍କର ଫଟୋଟିକୁ। ଆଖିରେ ଲୁହ ଆସେ। ଫଟୋଟିକୁ ଟେକେ। ଚୁମ୍ବନ ଦିଏ। ଯୌବନ ଉଚ୍ଛଳ ଦେହଟି ପୁଲକି ଉଠେ। ଲୋମ ଟାଙ୍କୋରି ଉଠେ। ଚୁମ୍ବନ ଦିଏ। ରକ୍ତରେ ଛୁଟେ ବିଜୁଳି, ଦୋହଲି ଉଠେ ସ୍ନାୟୁ। ଦୀର୍ଘଶ୍ୱାସ ଛୁଟେ। ବିଚଳିତ ହୋଇ ଚାରିଆଡ଼କୁ ପକାଏ ଆକୁଳ ବିକଳ ଦୃଷ୍ଟି। କେହି ନାହିଁ ତ ! ଚୁମ୍ବନ କରେ, ନିରେଖି ଚାହେଁ। ଛାତିରେ ଜାକିଧରେ ସେଇ ନିର୍ଜୀବ ଫଟୋଟି। ଦେହ ଥରିଉଠେ। ଆଖି ମୁଦି ହୋଇଯାଏ।

ତୁମେ ହିଁ ତ ଦେହ ଓ ମନରେ ଜଳାଇଥିଲ ଏଇ ଅସରନ୍ତି ମୂର୍ଚ୍ଛାଳିଆ ତେଜିଲା ନିଆଁ। ଲିଭି ନାହିଁ। ତୁମେ ନାହଁ, ତୁମେ ଆସିବ ନାହିଁ, ଚିରଦିନ ପାଇଁ ତୁମେ ବିଦେଶୀ।

ମାୟା ଫଟୋଟି ପୁଣି ଟ୍ରଙ୍କରେ ରଖେ।

ଦୁଇ ଭଉଣୀ ଏକାଠି ଶୁଅନ୍ତି।

ରାତି ଅଧଯାଏ କେତେ ଆଡ଼ର ଗପ ପଡ଼ିଲା। ହସ କଥା, କେଉଁଠୁ ଆରମ୍ଭ ହୁଏ ପୁଣି କେଉଁଠି ସରେ। ଡାଳ ପତ୍ର ମେଲିଯାଏ। ଅଚ୍ଛିଣ୍ଡା। ହସି ହସି ନୟାନ୍ତ ହୁଅନ୍ତି ଭଉଣୀ ଦିହେଁ। ଅତୀତ ଫେରିଆସେ। ଦୁଇଟି ଫୁଲ ଗୋଟିଏ ଡାଳରେ। କାଲି ଯେମିତି, ଆଜି ବି ସେମିତି।

ସ୍ୱାମୀର ଫଟୋ ଟ୍ରଙ୍କ ଭିତରେ ବନ୍ଦ ହୋଇ ରହିଥାଏ। ଖୋଲି ଦେଖିବାକୁ, ଦେଖି ମନେ ପକାଇବାକୁ, ଦୁଃଖ କରିବାକୁ ମାୟା ଭୁଲିଯାଏ। ହସେ, ଖେଳେ, ଉପନ୍ୟାସ ପଢ଼େ, ସ୍ୱପ୍ନ ଦେଖେ।

ସମସ୍ତେ ଏହି ପରିବର୍ତ୍ତନ ଦେଖନ୍ତି। ଜାଣିପାରନ୍ତି ନାହିଁ, କାହିଁକି। ଦୁନିଆ ଏମିତି ଚାଲିଛି।

ପଢ଼ିବ ଅପା ଭାଇଙ୍କ ଚିଠି ? ଛାୟା ପଚାରିଲା।

ମାୟା କହିଲା, ଥାଉ।

ଚଉଦ

ସୁନ୍ଦରପୁରଠୁଁ କଲ୍ୟାଣପୁର ବେଶି ଦୂର ନୁହେଁ। ଗୋବିନ୍ଦବାବୁଙ୍କର ଗୋଟିଏ ଝିଅ, ତା' ନାମ ସଖୀ। ସତେ ସଖୀ କଣ୍ଢେଇଟିଏ। ମାୟାଠୁଁ ସାନ, ଛାୟାଠୁ ବଡ଼। ଦୁଇ କୁଟୁମ୍ବର ଘନିଷ୍ଠତା ଥିଲା। ଗୋବିନ୍ଦବାବୁ ସୋମନାଥବାବୁଙ୍କୁ ଡାକୁଥିଲେ ସମୁଦି। ପିଲାଦିନୁ। ସମୁଦି ହେବାର ବେଳ ଆସିଲା। ଗୋବିନ୍ଦବାବୁ ସମ୍ବନ୍ଧ ପକାଇଲେ।

ରାଜୀବ ଆଉ ସଖୀ କେଡ଼େ ସୁନ୍ଦର ଦିଶିବେ। ରାଜଯୋଟକ। ଦବା ଦବା କଥା ପଡ଼ିବ କାହିଁକି ? ଦୁଇଟା ଘର ଗୋଟାଏ ହେବ ! ସମସ୍ତେ ରାଜି। ଖାଲି ରାଜୀବକୁ ଥରେ ପଚାରିବାର ଥିଲା। ଗୋପାଳ ନନା ରାଜୀବର ଗାଁ ସାଙ୍ଗ। ତାଆରି ହାତରେ ଚିଠି ଲେଖେଇଥିଲେ। ସେହି ଚିଠିର ଉତ୍ତର ଆସିଛି।

ଛାୟା କହିଲା, ସଖୀକି ବାହା ହେବାକୁ ଭାଇ ମନା କରିଛନ୍ତି। ସେଇ ଚିଠି।

ମାୟା ଆଶ୍ଚର୍ଯ୍ୟ ହୋଇ ପଚାରିଲା, କାହିଁକି ଲୋ ? ସଖୀ ତ ଭାରି ଭଲ, କେଡ଼େ ସୁନ୍ଦର। ପିଲାଦିନୁ ସେ ଆମ ନୂଆବୋହୂ। ଭାଇ ମଙ୍ଗ ନାହାନ୍ତି କାହିଁକି ? ମୁଁ ତାଙ୍କୁ ଲେଖିବି।

ଆଗ ଚିଠି ପଢ଼।

ମାୟା ଛାୟା ହାତରୁ ଚିଠି ନେଲା। ଛାୟା ପାଣି ପିଇବା ବାହାନାରେ ଘରୁ ବାହାରିଗଲା।

ମାୟା ଚିଠି ପଢ଼ିଲା-

XXX ଦେଖ ଗୋପାଳ, ମୁଁ ଏହା ସହି ପାରିବି ନାହିଁ। ଆମ୍ବତୋଟାରେ ତୁ କ'ଣ କହୁଥିଲୁ, ମନେ ପକାଇ ଦେଉଛି। ତୋଓରି ଭଉଣୀ ତାରା, ବ୍ରାହ୍ମଣ ଘର, ପିଲାଦିନୁ ବାହା କରେଇ ଦେଇଥିଲ। ତୋର ସ୍ତ୍ରୀ ଘରକୁ ଆସିଲା, ତାରା ହେଲା ବିଧବା। ଏ ଘରେ ହସି ହସି ସ୍ତ୍ରୀକୁ ତୁ ଗେଲ କଲାବେଳେ ସେ ଘରେ ତୋରି ସାନଭଉଣୀ, ସ୍ୱାମୀ କ'ଣ ନ ଜାଣି ମଧ୍ୟ ଆଖି ଲୁହରେ ଘର ଭସାଇ ଥିଲା। ସହିପାରିଲୁ କି ? ସମାଜର ବିରୁଦ୍ଧରେ ଠିଆ ହୋଇ ତାରାକୁ ପୁଣି ବାହା କରେଇଲୁ ତ ! ତାରାର

ପୁଅ ହେଇଛି ଶୁଣି ଖୁସି ହେଲି। ଗାଁଆକୁ ଆସିଛି ? ଗାଁକୁ ଗଲେ ଆଗ ତା' ପୁଅକୁ ଗେଲ କରିବି।

XXX ଆରେ ଗୋପାଳ ମାୟା ମୋର ସାନଭଉଣୀ ! କେମିତି ସହିବି ତା'ର ଦୁଃଖ ? ପିଲାଟି ଦିନୁ କୋଳରେ କାଖରେ ବଢ଼ାଇ ଆଣିଛି। ଗେଲ କରିଛି। ମାୟାର ମୁଣ୍ଡରେ ପୁଣି ସିନ୍ଦୂର ନ ଲାଗିବାଯାଏ କୌଣସି ଅପ୍‌ସରାର ମୁହଁକୁ ଚାହିଁ ମୁଁ ହସି ପାରିବି ନାହିଁ। ପ୍ରେମ, ସେଇଟା ତ ଦୂରର କଥା। ବୋଉକୁ କହିବୁ, ଗୋବିନ୍ଦବାବୁଙ୍କୁ ଅନ୍ୟ ପାତ୍ର ଦେଖିବାକୁ ଖବର ପଠାଇବ।

XXX ଗଗନର ଚିଠି ଖଣ୍ଡି ପଢ଼ି ବୋଉକୁ ଦେବୁ। ମୋର ଆଗ ଚିଠିର ଜବାବ ସେ ଦେଇନାହାନ୍ତି। ବାପା ବୋଉ ସମାଜକୁ ଡରି ତୁନି ରହିଛନ୍ତି। କେତେ ଦିନ ତୁନି ରହିବେ ଦେଖିବି XXX

ଚିଠି ବନ୍ଦ କରି ମାୟା ଏଣେ ତେଣେ ଚାହିଁଲା। ଭାଇର ଚିଠି, ଭାଇର ସ୍ନେହ, ପୁଣି ଅବୁଝା କଥା। ସମାଜ କଥା ସେ ଲେଖିଲେ। ମାୟାର କଥା ସେ ଲେଖିଲେ ନାହିଁ। ସମାଜ ମଙ୍ଗିଲେ ମାୟା ଯେପରି ମଙ୍ଗିବ। ସତେ କି ସେ କାଲିକାର ପିଲା, କେବଳ କଥା ମାନିବା ହିଁ ତା'ର କର୍ତ୍ତବ୍ୟ। ଆଉ ତାର କିଛି କହିବାର ନାହିଁ।

ଭାଇର ସ୍ନେହ, ଭାଇର ଅଧିକାର, ଭାଇର ଆଦେଶ ପୁଣି ଆଦର୍ଶ ! ଭାଇ- !

ଆଖି ଛଳ ଛଳ ହେଲା।

ଛାୟା ଧାଇଁ ଧାଇଁ ଆସିଲା।

ପଢ଼ିଲୁ ଅପା ?

ମାୟା ତୁନି ରହିଲା।

ଛାୟା ଚିଠି ଖଣ୍ଡି ମାୟା ହାତରୁ ନେଲା। ଆଉ ଖଣ୍ଡେ ଚିଠି ବଢ଼ାଇ ଦେଇ କହିଲା, ପଢ଼।

ମାୟା ପଢ଼ିଲା-

XXX ତର୍କ ନୁହେଁ, ସତ କଥା। ଯାହା ମୁଁ ଠିକ୍ ମନେ କଲି ଲେଖିଲି। ଯଦି ତୁ ଏକମତ, ଛାୟାର ପ୍ରସ୍ତାବ କାହିଁକି, ମାୟାର ପ୍ରସ୍ତାବ ପକା, ମୋରି ପାଖରେ। ଲେଖିଛୁ, ବାପା ବୋଉଙ୍କ ପାଖରୁ ଉତ୍ତର ପାଇନୁ, ବୋଧହୁଏ ସେ ଅମତ। ସମାଜକୁ ଡରୁଛନ୍ତି। କେଉଁଟା ଠିକ୍? ଯଦି ସେମାନେ ଅମତ, ତେବେ ମୋର କିଛି କହିବାର ନାହିଁ। ଯେଉଁ ନିର୍ଦ୍ଦୟ ବାପମା' ଜାଣି ଜାଣି ପେଟର ପିଲାକୁ କଲବଲ କରି ମାରିବାକୁ ଚାହାଁନ୍ତି, ତାଙ୍କ ସମ୍ବନ୍ଧରେ ମୋର ମନ୍ତବ୍ୟ ଦେବାର କିଛି ନାହିଁ। ଯଦି ସମାଜକୁ ଡରୁଥାନ୍ତି, ତେବେ ମୋର କହିବାର ଅଛି। ସମାଜ ଆମେ ଗଢ଼ିଛୁ, ଆମେ ସୁଧାରିବା। ମାୟାର ମତାମତ କଥା ଲେଖିଥିଲୁ,

ସେଇଟା ଅବଶ୍ୟ ବଡ଼ କଥା। ସେଥିରେ କାହାର କିଛି କହିବାର ନାହିଁ। ମତାମତ ଯେଉଁମାନଙ୍କର ବୁଝିବାର ଦାୟିତ୍ୱ, ସେମାନେ ସବୁ ତାଙ୍କୁ ବୁଝାଇ ଦିଅନ୍ତୁ-

XXX ସତୀ! ଦ୍ୱିତୀୟ ସ୍ୱାମୀକୁ ସ୍ନେହ, ଭକ୍ତି କରି ସଂସାର ସୁନ୍ଦର କଲେ ସତୀତ୍ୱର ହାନି ହେବ ନାହିଁ। ଅନୁରକ୍ତିରେ ଆଞ୍ଚ ଆସିବ ନାହିଁ। ପ୍ରଥମ ସ୍ୱାମୀଙ୍କର ସ୍ମୃତି ମନରୁ ପୋଛି ଦେବା ସତୀତ୍ୱର ଲକ୍ଷଣ ନୁହେଁ। କିଏ ବା ପୋଛିଦେଇ ପାରିବ? ଦୁନିଆଁ ଆଗରେ ଦ୍ୱିତୀୟ ସ୍ୱାମୀ ଆଗରେ, ପ୍ରଥମ ସ୍ୱାମୀର ସ୍ମୃତିକୁ ପୂଜା କରିବା ନିର୍ମଳ ମନ, ସାହସ ଓ ସତୀତ୍ୱର ପରିଚୟ ଦେବ। ସେଥିରେ ଦ୍ୱିତୀୟ ସ୍ୱାମୀର ଗର୍ବ କରିବାର କାରଣ ରହିବ! XXX

ଛାୟା ତା'ର ଅପା ହାତରୁ ଚିଠି ଖଣ୍ଡି ଟାଣିନେଇ ହସିଲା।

ହସିଲୁ କାହିଁକି?

ଭାରି ଈର୍ଷା ହେଉଛି ଅପା!

କାହିଁକି ଲୋ?

ଗଗନବାବୁ ତତେ ଭଲ ପାଆନ୍ତି।

ଚୁପ୍!

ମାୟା ଛାୟାର ଗାଲରେ ଧୀର ଚାପୁଡ଼ା ମାରିଲା।

ନିରୋଳା ବେଳରେ ମାୟା ଭାବିଲା, ଗଗନବାବୁ ଯାହା ଲେଖିଛନ୍ତି, ତାହା କ'ଣ ତାଙ୍କ ମନର କଥା? ସତେ ଯଦି ହୋଇଥାଏ, କେଡ଼େ ଉଦାର ସେ, କେଡ଼େ ମହାନ୍! ମନରେ ଘୃଣାଭାବ ନାହିଁ, ଦ୍ୱିଧା ନାହିଁ। ତାଙ୍କୁ ପାତ୍ରର ଅଭାବ ନାହିଁ। ସୁନ୍ଦର, ସ୍ୱାସ୍ଥ୍ୟବାନ, ହସ ହସ, ମିଷ୍ଟଭାଷୀ, ବିଦ୍ୱାନ। କେଡ଼େ ଭଦ୍ର, କେଡ଼େ ସ୍ନେହୀ। ଥରଟିଏ ସେ ତାଙ୍କୁ ଦେଖିଛି। ଭୁଲି ହେଉନାହିଁ। ସେ ବି ତ ମାୟାକୁ ଦେଖିଛନ୍ତି ଥରଟିଏ। ତାଙ୍କ ଆଖିରେ କ'ଣ ମାୟା ସୁନ୍ଦର? ଭୁଲିପାରି ନାହାନ୍ତି?

ମାୟା ଟେବୁଲ ଉପରେ ରଖା ହୋଇଥିବା ଆଇନା ଧରି ନିଜକୁ ନିଜେ ଦେଖିଲା। ହଁ, ଭାଗ୍ୟ ସିନା ପୋଡ଼ିଛି, ରୂପ ତ ପୋଡ଼ିଜଳି ଯାଇନାହିଁ। ଆଗପରି ଝଟକୁଛି। ସେଇ ରୂପଟା ପାଇଁକି? ଛି-ଛି।

ପନ୍ଦର

ସୋମନାଥବାବୁଙ୍କର ପୁରୀ ବଦଳିହେଲା। ଗାଁକୁ ଆସି ମୋଟେ ଦୁଇ ଦିନ ରହିଲେ।

ରଜନୀ ଦେବୀ ନିରୋଳାରେ କହିଲେ, ଦେଖୁଛ ରାଜୀବର ଢଙ୍ଗ। ଗଗନର ଚିଠି ତ ପଢ଼ିଛ। ଆଜିକାଲିକା ପିଲାଙ୍କର ସ୍ୱଭାବ କଅଣ ହେଲା ସତେ! ଯାହା ବୁଝିଥିବେ ସେଇଆ। କୁହାର ବୋଲର ନୁହନ୍ତି। ଅକଥାକୁ କଥା କରିବାକୁ ତାଙ୍କର ମନ।

ସୋମନାଥବାବୁ କହିଲେ, ତାଙ୍କରି ତ ଯୁଗ, ଯାହା ସେମାନେ କହିବେ ସେଇଆ କରିବେ। ଯାହା କରିବେ ସେଇୟା ହେବ। ଆମକୁ ତାଙ୍କରି କଥା ମାନି ଚଳିବାକୁ ପଡ଼ିବ। ନାକରା କଥା ତ କହୁନାହାନ୍ତି। ଆମ ମନ ଯାହା ଚାହୁଁଛି, ସେଇ କଥା ସେମାନେ କହୁଛନ୍ତି। ଲୋକନିନ୍ଦାକୁ ଆମେ ଡରୁଛୁ। ସେମାନେ ଡରୁ ନାହାନ୍ତି। ଏତିକି ପ୍ରଭେଦ।

କ'ଣ କରିବା ?

ଅପେକ୍ଷା କର, ଭାବ, ମାୟାର ମନକଥା ବୁଝ।

ବୁଝିବାକୁ ମୁଁ କେବେ ଚେଷ୍ଟା କରି ନାହିଁ। ଦରକାର ମଣି ନାହିଁ। ଘରେ ଝିଅଟାଏ ସେ କାରବାର ହେଉଛି, କେହି ତା'ର ଛାଇ ଦେଖୁନାହିଁ। ସେଇ କ'ଣ ଘରେ ସେ ଥାଏ। ଡାକିଲେ ଆମେ। ପଚାରିଲେ, ପଦେ ଅଧେ କହିଦେଇ ଚାଲିଯାଏ। ତା' ପାଖକୁ ଗଲେ ସେମିତି ସେ ତୁନି ରହେ। ମୁହଁ ଟେକି କଥା କହେ ନାହିଁ। କୁଆଡ଼କୁ ବୁଲି ଯିବାକୁ କହିଲେ ମନା କରେ। ସେଇ ଝିଅ, କାଲି ଥିଲା କ'ଣ, ଆଜି ହୋଇଛି କ'ଣ ?

ରଜନୀଦେବୀଙ୍କର ଆଖି ଲୁହ ଢଳ ଢଳ ହେଲା।

ସୋମନାଥବାବୁ କହିଲେ, ମୁଁ ବି ସେଇଆ ଦେଖୁଛି।

ଛାୟା ଆସି ପାଖରେ ଠିଆ ହେଲା।

ବାପ ମା' ଦୁହେଁ ଚମକି ଉଠିଲେ। ଛାୟାର ହାତରେ କାଚ ନାହିଁ, ବେକରେ ହାର ନାହିଁ, କାନରେ ଫୁଲ ନାହିଁ।

ଏ କ'ଣ ଛାୟା ?

ଛାୟା ହସୁଛି।

ହସୁଛୁ କାହିଁକି ?

ଅପାକୁ ନାଇ ଦେଇଛି।

ଏଁ- !

ହଁ ଲୋ, ଦି' ପହରଟା, ସେ କୁମ୍ଭକର୍ଣ୍ଣ ପରି ଶୋଇଛି। ସବୁ ଗହଣା ପିନ୍ଧେଇ ଦେଲି, ତଥାପି ତା' ନିଦ ଭାଙ୍ଗିଲା ନାହିଁ।

ଛି, କେମିତି ଦିଶୁଛୁ ତୁ?

ଅପା ଏମିତି ଦିଶୁଥିଲା ବୋଉ, ସେଥିପାଇଁ ସେ ଘରୁ ପଦାକୁ ଗୋଡ଼ କାଢ଼େ ନାହିଁ। ବାପା,-

ସୋମନାଥବାବୁ ତା' ମୁହଁକୁ ଚାହିଁଲେ।

ମୋ ପାଇଁ ନୂଆ କାଚ, ନୂଆ ହାର ଆଣିଦେବ। ମୁଁ ସେ ପୁରୁଣା ଚିଜ ପିନ୍ଧିବି ନାହିଁ।

ହଉ, କିଣିଦେବି।

ବାକ୍ସ ଖୋଲି କାଚ ଚାରିପଟ ଓ ହାରଟିଏ ଆଣି ରଜନୀଦେବୀ ଛାୟାକୁ ନାଇଦେଲେ। କହିଲେ, ବାପା ନୂଆ ଗହଣା ଆଣିବା ଯାଏ ଏଇଆକୁ ନାଇଥା'। ଏଡ଼େ ବଡ଼ ଝିଅ ହେଲୁଣି, ତୋର ଟିକିଏ ବୁଦ୍ଧିସୁଦ୍ଧି ହେଲା ନାହିଁ, ହାତ ଲଙ୍ଗଳା କରିଛୁ? ଦେଖିବୁ ଆ ବୋଉ, ଅପା କେଡ଼େ ସୁନ୍ଦର ଦିଶୁଛି।

ଛାୟା ରଜନୀଦେବୀଙ୍କର ହାତ ଟାଣିଲା।

ମାୟାର ନିଦ ଭାଙ୍ଗିଲା। ଅଡୁଆ ଲାଗିବାରୁ ସେ ଉଠି ବସିଲା। କାନ୍ଥ ମଝିରେ ଟଙ୍ଗା ହୋଇଥିବା ଆଇନାରେ ନଜର ପଡ଼ିଲା। ଚମକି ଉଠିଲା। ବୁଝିଲା, ଏସବୁ ଛାୟାର କାଣ୍ଡ। ପଲଙ୍କରୁ ଉଠି ତଳେ ଠିଆ ହେଲା। ଅଇନାରେ ନିଜକୁ ଚାହିଁ ଆଚମ୍ବିତ ହେଲା। ନିଜର ପ୍ରତିବିମ୍ବ ତାକୁ ଉପହାସ କରୁଛି। ସେ ଅସ୍ଥିର ହେଲା। ଦୁନିଆଁର ଲୋକେ ସତେ କି ତା'ରି ଆଡ଼କୁ ଆଙ୍ଗୁଠି ଦେଖାଇ ହସୁଛନ୍ତି। ସବୁ ବିଘଟଣ, ସବୁ ବିଡ଼ମ୍ବନା! ନା, ନା, ଏସବୁ ତା'ର ଲୋଡ଼ା ନାହିଁ। ସେ ବିଧବା!

କାଚ କାଢ଼ିବାକୁ ହାତ ଚଳିଲା ନାହିଁ। ମନ ଥରି ଉଠିଲା। କେତେ କଥା ମନେପଡ଼ିଲା। ଆଖି ଆଗରେ ଠିଆ ହେଲା ଦୁଇଟି ରୂପ- ବିଧୁଭୂଷଣ, ପୁଣି ଗଗନବିହାରୀ। ଦିହେଁ ହସ ହସ।

କାନରେ ଯେପରି କିଏ କହିଲା, - ଆସୁ ନା, ନୂଆଉ ଶୋଇଲେଣି। ପୁଣି ଯେପରି କିଏ ବଡ଼ ପାଟି କରି କହି ଉଠିଲା,- ବନ୍ଧୁର ଆଦର୍ଶ, ଛାୟା ବିଷୟରେ କାହିଁକି, ମାୟା ବିଷୟରେ ସମ୍ବନ୍ଧ ପକା। ସବୁରି ପଛରେ ପ୍ରୀତି, କାନ୍ଦି କାନ୍ଦି ଆଖି ଫୁଲିଛି। ନାକ ଫୁଲେଇ କହୁଛନ୍ତି, ଅଲକ୍ଷଣୀ!

ଭାବନାର ତୀବ୍ରତା ସହିପାରିଲା ନାହିଁ। ନା, ଏ ସବୁ ତା'ର ଲୋଡ଼ା ନାହିଁ? ବନ୍ଧନ, ବୋଝ, ଉପହାସ। ଯାଉ, ଲୋଡ଼ା ନାହିଁ।

ଗୋଟାଏ ହାତରେ ଆର ହାତରୁ କାଚ ଉତାରିବାକୁ ଲାଗିଲା। ଦୁଇ ଆଖିରେ ଢଳ ଢଳ ଲୁହ। ହାତ ଥରି ଉଠୁଛି। ମନଗହଳରେ ଠିଆ ହୋଇ ଗଗନ ଅନୁରୋଧ

କରୁଛନ୍ତି, ଥାଉ ଥାଉ କେଡ଼େ ସୁନ୍ଦର ଦିଶୁଛ। ତାଙ୍କ ପଛରେ ଠିଆ ହୋଇଛନ୍ତି ତା'ର ସ୍ୱାମୀ ଦେବତା, ହସ ହସ ମୁହଁ। ସତେ କି ସେ ବି କହି ଉଠୁଛନ୍ତି, ଥାଉ, ଉତାର ନାହିଁ, ବସନ ପରି ଭୂଷଣ ବି ଦେହର ଆଭରଣ। ମନକୁ ତ ମତେ ସମର୍ପି ଦେଇଛ, ଦେହଟା ଦୁନିଆରେ ଆତଯାତ ହେଉଛି, ତାକୁ ଅବହେଳା କରୁଛ କାହିଁକି ? ପଛରୁ ଡାକ ଛାଡ଼ିଛନ୍ତି ପ୍ରୀତି, ଉତାର ସେ ଗହଣା, ତୁ ବିଧବା ତୁ ଅଲକ୍ଷଣୀ-

ଅପା !

ଚମକି ଉଠିଲା ମାୟା। ତା'ର ଦୁଇ ହାତ ଧରି ହସି ହସି ଛାୟା କହିଲା, ଦେଖିଲୁ ବୋଉ, ଅପା ମୋର ଲକ୍ଷ୍ମୀ ପରି ଦିଶୁ ନାହିଁ କି ?

ରଜନୀଦେବୀଙ୍କ ଓଠରେ ହସ, ଆଖିରେ ଲୁହ !

ମାୟା ତଳକୁ ଚାହିଁଲା।

ରଜନୀଦେବୀ ଦୁଇ ଝିଅଙ୍କୁ ଛାତିକୁ ଆଉଜାଇ ନେଲେ। ମନ କହିଲା, ମାୟା ମୋର ଲକ୍ଷ୍ମୀ, ଆଉ ଛାୟା ଯେ ସରସ୍ୱତୀ !

ସେଇଦିନ ପାହାନ୍ତାରେ ସୋମନାଥବାବୁ ପିଲାକୁଟୁମ୍ବ ସଙ୍ଗରେ ଘେନି ପୁରୀ ଚାଲିଗଲେ।

ପୁରୀରେ-

ଭଉଣୀ ଦିଓଟି କେଡେ ଆନନ୍ଦରେ ଥାଆନ୍ତି। ରାଜୀବଲୋଚନ କଟକରୁ କେବେ କେମିତି ଗଲେ ମାୟା ଓ ଛାୟା ଦିହେଁ ଆସି ଅଳି କରନ୍ତି। ଭାଇ ମୁହଁରୁ କେତେ ଆଡ଼ର କେତେ ଗପ ଶୁଣନ୍ତି। ସମସ୍ତେ ଭୁଲିଯାଆନ୍ତି ଯେ ମାୟାର ଜୀବନରେ ଦିନେ ଗୋଟିଏ ପରିବର୍ତ୍ତନ ଆସିଥିଲା। ସପନ ପରି ଲାଗେ। ସପନ କଥା କେହି କେବେ କାହାରିକୁ କହନ୍ତି ନାହିଁ।

ରାଜୀବ କହନ୍ତି, ମାୟାଟା ଗୋଟାଏ ହୁଣ୍ଡୀ, ଏଇଟା କ'ଣ ଗଗନକୁ ବାହାହେବ ? ଗଗନ ବିଲାତ ଯିବ। ସାହାବ ହୋଇ ଆସିବ। ମାୟା ତ କିଛି ପଢ଼ିଲା ନାହିଁ।

ଛାୟା କହେ, ତମେ ଜାଣ ନାହିଁ ଭାଇ, ଅପା ଲୁଚେଇ ଲୁଚେଇ ଫାଷ୍ଟ୍‌ବୁକ୍ ପଢୁଛି।

ମାୟା ଆକଟି କହେ, ଚୋପ୍ ଦୁଷ୍ଟ !

ଚୋପ୍ କ'ଣ ? ପଢୁନୁ ? ହଁ ଭାଇ, ଘୋଡ଼ା ଲେସନ୍ ଯାଏ ପଢ଼ିଲାଣି। ଆଚ୍ଛା ଭାଇ ଅପା ତ ଗାଉନ୍ ପିନ୍ଧି ଶିଖିଲା ନାହିଁ ? ଗମ୍ଭୀର ହୋଇ ରାଜୀବଲୋଚନ କହିଲେ, ସତେ ତ, ତାକୁ ଶିଖିବାକୁ ପଡ଼ିବ।

ମାୟା ଉଠିଯିବାକୁ ବସିଲା।

ରାଜୀବ କହିଲେ, ଯାଉଛୁ କୁଆଡ଼େ? ବସ!

ଛାୟା କହିଲା, ସେ ଫାଷ୍ଟବୁକ୍ ଆଣିବାକୁ ଯାଉଛି।

ମାୟା କହିଲା, ମରୁନୁ ତୁ!

ମାୟା ମୁରୁକେଇ ହସି ଛାୟାର ପିଠିରେ କଅଁଳ ଚାପୁଡ଼ା ମାରିଲା।

ଛାୟା କହିଲା, ମାରୁ ଥା', ସବୁ ଲେଖି ରଖୁଛି। ସାହାବ ହେଇ ଆସନ୍ତୁ ପଛେ ତୋ ଗଗନବିହାରୀ, ବନ୍ଦାପନା ବେଳେ ତାଙ୍କରି ପିଠିରେ ସବୁ ସୁଝେଇବି ରହ, ସୁଧ ମୂଳ ସବୁ।

ତୁ ଭାରି ଦୁଷ୍ଟ ଛାୟା!

ମୁଁ ନା ତୁ?

ରାଜୀବଲୋଚନ ବାପ ମାଆଙ୍କ ଆଗରେ କହିଲେ, ଗଗନ ଲେଖିଥିଲା, ତା'ର ବାପାଙ୍କର ଆପତ୍ତି ନାହିଁ। କେବଳ ଲୋକନିନ୍ଦାକୁ ଡରୁଛନ୍ତି। ଗଗନ ବିଲାତ ଯିବ। ସେ ଫେରୁ। ସେ ତ ଖୁସି। ବାପା ଯେତେବେଳେ ମଙ୍ଗିଛନ୍ତି ଲୋକନିନ୍ଦାକୁ ପଚାରେ କିଏ? ସେ ମାନିବ ନାହିଁ।

ସୋମନାଥବାବୁ କହିଲେ, ଚନ୍ଦ୍ରଭୂଷଣବାବୁଙ୍କର ଅନୁମତି ଲୋଡ଼ିଲେ ଭଲ ହୁଅନ୍ତା। ସେ ଏ ଯୁଗର ପିଲା। ମୁଁ ଭାବୁଛି, ସେ ରାଜି ହେବେ।

ତାଙ୍କର ଅନୁମତି ଲୋଡ଼ିବା କାହିଁକି? ବିଧୁ ଚାଲିଗଲା ଦିନୁ ତାଙ୍କ ଘରୁ ଆମର ସମ୍ପର୍କ ତୁଟିଛି। ବାପା, ଯେଉଁଦିନ ମାୟାକୁ ମୁଁ ତାଙ୍କ ଘରୁ ଆଣିଲି ପ୍ରୀତିଦେବୀ ଯାହା କହିଲେ, ବଞ୍ଚିଥିବା ଯାଏ ମୁଁ ଭୁଲିପାରିବି ନାହିଁ। ଏଡ଼େ ନିଷ୍ଠୁର ସେ। ସେଇଦିନ ସେ ମାୟାଠାରୁ ସବୁ ସମ୍ବନ୍ଧ ଛିଣ୍ଡାଇଦେଲେ। ଥରଟିଏ ସେ ଭାବିଲେ ନାହିଁ, ବିଧୁ ତାଙ୍କର ଦିଅର ସିନା, ବିଧୁ ହତଭାଗିନୀ ମାୟାର ସ୍ୱାମୀ। ଦୁଃଖଟା କାହାର ଅଧିକ?

ଦୁଃଖ ଦୁର୍ଦ୍ଦଶା ସହସା ଆସିଲେ, ଅବା ମଣିଷ କୌଣସି କାରଣରୁ ହଠାତ୍ ଉତ୍ତେଜିତ ହୋଇ ପଡ଼ିଲେ, ତା'ର ତୁଣ୍ଡରୁ ଯେଉଁ ଭାଷା ବାହାରେ, ସେ ଭାଷା ତା'ର ମନର ଭାଷା ନୁହେଁରେ ବାପ, ପ୍ରୀତି ଏବଯାଏ ଅନୁତାପ କରୁଥିବ।

ରାଜୀବ କହିଲା, ତା' ହୋଇଥିଲେ ପ୍ରୀତିଦେବୀ କି ଚନ୍ଦ୍ରବାବୁ ଆଜିଯାଏ ତୁନି ରହିଥାନ୍ତେ କାହିଁକି? ଭଲ ମନ୍ଦ ପଚାରି କେହି ଖଣ୍ଡେ ପତ୍ର ବି ଲେଖିନାହାନ୍ତି। ସେମାନଙ୍କ ଲେଖାରେ ବିଧୁ ସଙ୍ଗେ ସଙ୍ଗେ ମାୟାର ବି ମରଣ ହୋଇଛି। ସେଇଆ ସେମାନେ ଚାହାନ୍ତି ବାପା, ନୋହିଲେ ମାୟା। ପୈତୃକ ସମ୍ପତ୍ତିରୁ ଭାଗ ପାଇବ ଯେ!

ଯେତେ ଯାହା ହେଲେ ମାୟା ତାଙ୍କର କୁଳବଧୂ।

ସେମାନେ ଏ କଥା ଭୁଲିଛନ୍ତି। ଆମର ମନେ ପକାଇଦେବା ଲୋଡ଼ା ନାହିଁ। ମାୟା ମୋର ଅଭିଆଡ଼ୀ ଭଉଣୀ। ତା'ର ବାହାଘର ହେବ।

ଷୋହଳ

ଟେଲିଗ୍ରାମ୍ ପାଇ ରାଜୀବଲୋଚନ କଟକରୁ ପୁରୀ ଆସିଲେ। ଛାୟାକୁ ହଇଜା ଧରିଛି। ବାହୁଡ଼ା ରଥ ବଡ଼ଦାଣ୍ଡରେ ଚାଲିଛି। ଯେତେ ଚେଷ୍ଟା କଲେ ହେଲା ନାହିଁ। ଛାୟା ସମସ୍ତଙ୍କୁ କନ୍ଦାଇ ସେପୁରକୁ ଚାଲିଗଲା। ମୋଟେ ଦୁଇଟି ଦିନ ସେ ଭୋଗିଛି।

ବିପଦି ଧୈର୍ଯ୍ୟ! ଯେ ଯାଏ, ସେ ଆଉ ବାହୁଡ଼େ ନାହିଁ। ଅତି ପୁରୁଣା କଥା, ସମସ୍ତେ ଜାଣନ୍ତି। ବ୍ୟତିକ୍ରମ ହେଲା ଏଇଠି। ଛାୟାର ନାମଟି ଡେଇଁ ଆସିଲା ମାୟାର ଦେହକୁ। ମାୟାର ନାମଟା ଛାୟାର ଦେହ ସଙ୍ଗେ ଶୂନ୍ୟରେ ମିଶିଲା।

ଦୁଃଖ ଓ କାନ୍ଦର କୋହ ନ ଯାଉଣୁ, ରାଜୀବଲୋଚନ କଲମ ଧରିଲେ। ଆଖିରୁ ଲୁହ ଧାର ଛୁଟିଥାଏ, ଚନ୍ଦ୍ରଭୂଷଣଙ୍କୁ ପତ୍ର ଦେଇ ଜଣାଇ ଦେଲେ- ସମସ୍ତଙ୍କୁ କନ୍ଦାଇ ମାୟା ସେପୁରକୁ ଚାଲିଗଲା। ମୋଟେ ଦୁଇ ଦିନ ସେ ହଇଜାରେ ଘାଣ୍ଟି ହୋଇଥିଲା-

ଦୁନିଆଁ ଜାଣିଲା, ମାୟାର ମରଣ ହୋଇଛି। ଦୁନିଆ କହିଲା, ମଲା ନାହିଁ ସେ ତରିଗଲା। ଗାଁ ଲୋକେ ବିଚାରିଲେ, ଧର୍ମ କ'ଣ ବୁଡ଼ିଯିବ? ବିଧବା ହୋଇ ଗହଣା ନାଇଲା, ସମସ୍ତଙ୍କୁ ସିନା ଠକି ହେବ, ଧର୍ମ ଯେ ଯମ ତା'କୁ ଠକିବ କିଏ?

ମାୟା ମରଣର ସମ୍ବାଦ ପାଇ ଗଗନ ଲେଖିଲେ ଲମ୍ବା ଚିଠି। ଚିଠି ନୁହେଁ ତ ବାହୁନା, କେବଳ ଆହା ଆହାରେ ପୂର୍ଣ୍ଣ।

ମାୟା ବୁଝିଲା, ସେ ମରିଛି। ଛାୟାର ନାମ ଧରି ସେ ଏଥର ଦୁନିଆଁରେ କାରବାର ହେବ। ବାପ ମା' ବିଛଣାରୁ ଉଠି ନାହାନ୍ତି। ଭାଇଙ୍କର ଆଖିରୁ ଲୁହର ଝର ବନ୍ଦ ହୋଇନାହିଁ। ଛାୟାର ରୂପ ନାଚି ଯାଉଛି ତା' ଆଖି ଆଗରେ। ତା'ର ଗେହ୍ଲାଳିଆ ଅପା ଡାକ, କାନରେ ବାଜିଯାଉଛି। ଖେଳ କୌତୁକ ମନେ ପଡୁଛି।

ସେ ଦୁଃଖ ବି ଦିନେ ତା'ର ମନରୁ ପୋଛି ହୋଇଗଲା।

ନୂଆ ପ୍ରସ୍ତାବ ପଡ଼ିଲା। ଏଥର ଆଉ କାହାର ଆପତ୍ତି ନାହିଁ। ଗଗନବିହାରୀଙ୍କର ପିତାମାତା ଛାୟା ବୋହୂ କରିବାକୁ ରାଜି ହେଲେ। ଗଗନବାବୁ ଅସମ୍ମତ ହେଲେ ନାହିଁ। ବିଲାତ ଯିବା ଆଗରୁ ରାଜୀବ ସଙ୍ଗରେ ପୁରୀ ଆସିଥିବେ। ମନ୍ଦିର ଭିତରେ

ଦେଖା। ବୋଉଙ୍କର କଡ଼ରେ ମାୟା ଠିଆ ହୋଇଥାଏ। ଗଗନ କଣେଇଁ ଚାହିଁଲେ ମାୟାର ଦେହ ଓ ଛାୟାର ନାମ ବହିଥିବା ମୂର୍ତ୍ତିଟିର ସାରା ଶରୀର ଥରି ଉଠିଥିଲା।

ବେଳ ଗଡ଼ି ଚାଲିଲା। ସୋମନାଥବାବୁ ପୁରୀରୁ ବଦଳି ହୋଇ କେତେ ଆଡ଼ ବୁଲି ବ୍ରହ୍ମପୁରକୁ ଆସିଲେ।

ପ୍ରସ୍ତାବ ପୁଣି ପକ୍କା ହେଲା। ଗଗନବାବୁଙ୍କର ବାପ ମା' ଦିହେଁ ଆସି ବୋହୂକୁ ଦେଖିଗଲେ। କେଡ଼େ ଖୁସି ହେଲେ। କାଖକରି ଘରକୁ ନେଇଯିବାକୁ ଗଗନବାବୁଙ୍କ ବୋଉ ରଜନୀଦେବୀଙ୍କୁ କହିଲେ ରଜନୀ ହସିଲେ। ଉତ୍ତର ଦେଲେ, ତମରି ବୋହୂକୁ ତମେ ଆଜି ନେବାକୁ କହୁଛ, ମୁଁ ମନା କରିବି କାହିଁକି ? ନେଇ ଯାଅ-

ଯେଉଁ ସୁନାର ପଥରବସା ହାରଟି ସେ ବେକରେ ଝୁଲାଇ ଦେଇଥିଲେ ସେଇଟି ଏବଯାଏ ଛାତି ଉପରେ ଦୋହଲୁଛି। ଦୁଇ ହାତରେ ମୁହଁଟି ଟେକି ହସି ହସି କପାଳରେ ବୋକ ଦେଲା ବେଳେ ସେ ଆଖି ବୁଜିଥିଲା। ଦୁଇ ଧାର ଲୁହ ଛାଏଁ ଛାଏଁ ଗଡ଼ି ଆସିଲା ଗାଲ ଉପରକୁ। କହିଲେ, ଆରେ, କାନ୍ଦୁଛୁ ମା' ? ତୋର ଶାଶୁ ହେବି ନାହିଁ ମ, ମା' ହେବି ଯେ।

ଗଗନ ବିଲାତରୁ ଫେରିଲେ। ପାରଳାଖେମଣ୍ଡି କଲେଜରେ ଇତିହାସର ସେ ହେଲେ ଲେକ୍‌ଚରର୍। ବ୍ରହ୍ମପୁରରେ ବାହାଘର ହେଲା। ସୋମନାଥବାବୁ ଯାହା କହନ୍ତି ଝିଅ ପାଇଁ ସୁନାର ଖୋଳ କରି ଦେଇଥିଲେ।

ବେଦି ଉପରେ,- ପୁରୋହିତେ ଦୁଇଟି ହାତକୁ ଏକାଠି କରି ବନ୍ଧନ କଲେ। ମନ୍ତ୍ର ଉଚ୍ଚାରିଲେ, ଗଗନ ବାହା ହେଉଛନ୍ତି ଛାୟାକୁ। କାହିଁ ସେ ?

ଆଗରେ ଜଳୁଛି ପବିତ୍ର ହୋମାନଳ। ସୂକ୍ଷ୍ମ ଓଢ଼ଣା ତଳୁ ଚାହିଁରହିଛି ଅଶ୍ରୁଝରା ଆଖି ଦିଓଟି। ଦେଖୁଛି, ରାତ୍ରିର ଅନ୍ଧାର ଦୂରୀଭୂତ କରି ହୋମ ଶିଖା ପ୍ରଜ୍ଜ୍ୱଳିତ ହେଉଛି। ଅଲୋକ ମଝିରେ ଦିଶିଯାଉଛି ଗୋଟିଏ ମୁହଁ, ହସ ହସ, ଆଖିର ଇଶାରାରେ ନିର୍ଦ୍ଦେଶ ଦେଉଛି, ଏଠିକି ଆସ, ତମେ ମୋର, ଚିରଦିନ ମୋର ତମର ସ୍ଥାନ ଏଇଠି ସେଠି ନୁହେଁ।

ମାୟାର ହାତ ଥରି ଉଠୁଛି। ନୂଆ ହାତର ପରଶରେ ସାରା ଶରୀରରେ ଅନଳ ଲାଗିଛି। ହାତଟି ଅଟକି ରହୁଛି। ଆଖି ବୁଜୁଛି। ମନ କହୁଛି, ମୁଁ ମାୟା ନୁହେଁ, ମୁଁ ଛାୟା। ତମକୁ ମୁଁ ଚିହ୍ନେ ନାହିଁ।

ଆଖି ଖୋଲୁଛି। ହୋମ ଶିଖା ଭିତରେ ସେ ନାହାନ୍ତି। ଠିଆ ହୋଇଛି ଛାୟା। କହି ଉଠୁଛି, ଠିକ୍ ହେଲା, ଗୋଟାଏ ଉପାଦାନରେ ଗଢ଼ା ହୋଇଥିଲୁ ତୁ ଓ ମୁଁ। ନାମଟା ଓଲଟି ଯାଉ। ଆଜିଠୁଁ ମୁଁ ହେଲି ମାୟା। ସେ ହେବେ ମୋର।

ଛାୟାର ନାମ ଆଉ ମାୟାର ଦେହ ଧରି ଯିଏ ଗଗନଙ୍କର ହାତ ଧରି ସୋରଡ଼ା ଗଲା, ଅତି ସ୍ନେହରେ ଶଶୁର ତା'ର ନାମ ଦେଲେ ଦୀପ୍ତି! ଏଇ ନାମଟି ଭଲ। ଗଗନର ଭଉଣୀ ଥିଲେ ତା' ନାମ ସେ ଏଇଆ ରଖିଥାନ୍ତେ। ଆଶାଟି ଅପୂରଣ ରହିବ ନାହିଁ। ଦୀପ୍ତି ତାଙ୍କର କନ୍ୟାଠୁଁ ବଳି। ସବୁ ସ୍ନେହର ସେ ହେବ ଅଧିକାରିଣୀ!

ସେ ମାୟା ନୁହେଁ କି ଛାୟା ନୁହେଁ। ସେ ଦୀପ୍ତି। କିନ୍ତୁ, ଦେହ, ଅଭିଜ୍ଞତା ଓ ମନ ତ ବଦଳିଲା ନାହିଁ। ନ ବଦଳୁ, ସଭ୍ୟ ଦୁନିଆ ଚାହେଁ ବାହାରର ଆଭରଣ। ଯିଏ ନିଜକୁ ଯେତେ ଘୋଡ଼ାଇ ରଖିପାରେ, ଲୁଚାଇ ଛପାଇ ଅଲଗା ରୂପରେ ଦେଖାଇପାରେ, ସେ ସେତିକି ସଭ୍ୟ!

ଦୀପ୍ତି ସଭ୍ୟ ସମାଜର ପିଲା। ସେ ଗୋପନ ଅଥଚ, ଦୀପ୍ତ! ସେ ନୂଆ ଅବତାର ଲଭିଛି। ନୂଆ ଦୋସରଙ୍କର ଅସରନ୍ତି ପ୍ରେମର ପାରାବାରରେ ସ୍ନାନ କରି ଦେହ ଓ ମନର ତପତ ଉତ୍ତେଜନାକୁ ସେ ଶୀତଳ କରିଛି। ଦୁଃସ୍ୱପ୍ନ ପରି ହଜିଲା ଅତୀତକୁ ସେ ମନର କେଉଁ ଅନ୍ଧାରୀ କୋଣକୁ ଆଡ଼େଇ ଦେଇଛି।

ଶାଶୁ ଶଶୁରଙ୍କ ସ୍ନେହ ଓ ସ୍ୱାମୀଙ୍କର ଆଦର ପ୍ରେମ ପାଇ ଦୀପ୍ତିର ତିନୋଟି ବର୍ଷ କଟିଛି। ବାପ, ମା', ଭାଇ ପୁଣି ଶଶୁର ଘରର ସମସ୍ତେ ଦୀପ୍ତି ପାଇଁ ସୁଖୀ। କେବଳ ସେ ନିଜେ ସୁଖୀ କି ଦୁଃଖୀ ବୁଝିପାରେ ନାହିଁ। ସ୍ୱାମୀଙ୍କ ପାଖକୁ ପାରଳାଖେମଣ୍ଡି ଯାଇ ସ୍ୱାମୀଙ୍କର ସୁଖ ଆନନ୍ଦର ଭାଗୀ ହୋଇ ମଧ୍ୟ ମନରେ ଦ୍ୱନ୍ଦ୍ୱ ଜାଗେ। ଅନ୍ୟ ପାଖରେ ନିଜକୁ ସେ ଗୋପନ କରି ରଖିଛି, କିନ୍ତୁ ନିଜ ପାଖରେ ନିଜକୁ ସେ ଲୁଚାଇ ପାରୁନାହିଁ। ଯେଉଁ ମୃତସ୍ୱାମୀଙ୍କର ସ୍ମୃତିକୁ ମନରୁ ପୋଛିବାକୁ ଚେଷ୍ଟା କରୁଛି, ତାଙ୍କରି ରୂପ ବେଳେ ବେଳେ ଆସି ଆଖି ଆଗରେ ଠିଆହୁଏ। କାନ୍ଦ କାନ୍ଦ ହୋଇ ପଚାରେ, ଭୁଲିଗଲ?

ଦୀପ୍ତି ଭୁଲିପାରେ ନାହିଁ। ବାକ୍ସ ଭିତରୁ ବିଧୁଭୂଷଣଙ୍କର ଫଟୋଟି କାଢ଼େ। ଗଗନବିହାରୀ କଲେଜର ଛାତ୍ରମାନଙ୍କ ସଙ୍ଗେ ଆଳାପ କଲାବେଳେ ଦୀପ୍ତି ଆଳାପ କରେ ଫଟୋଟି ସଙ୍ଗରେ। ଆଦ୍ୟ ଯୌବନର ପ୍ରଥମ ସାଥୀ, ଯାହାଙ୍କୁ ପାଇ ସେ ନାରୀତ୍ୱ କ'ଣ ଅନୁଭବ କରିଥିଲା।

ହାତ ଥରି ଉଠେ। ଭାବେ ସେ ଅପରାଧିନୀ। ନିର୍ଜୀବ ଫଟୋଟି ଆଗରେ କୈଫିୟତ୍ ଦିଏ, ମୋର ଦୋଷ ନାହିଁ, ଯେଉଁମାନେ ମତେ ଭଲ ପାଆନ୍ତି, ସେଇମାନେ ମତେ ଏଠିକି ଠେଲି ଦେଇଛନ୍ତି। ଏଇ ଗଗନବାବୁ, ସେଇ ଏକା ଦାୟୀ।

ଅଶରୀରୀ ପ୍ରଶ୍ନ ପଚାରେ, ସେ କିପରି ଦାୟୀ ହେଲେ?

ମାୟାର ମନ କହେ, ତୁମେ ତ ଥିଲେ, ତାଙ୍କରି ଆଡ଼କୁ ଥରେ ହେଲେ ମୁଁ ଚାହିଁ ନ ଥିଲି। ପ୍ରୀତି ଅପା କହିଲେ, ବିଧୁର ବନ୍ଧୁ ଲୋ ସେ ମାୟା, ଭାରି ଭଲ ପିଲା।

ବିଧୁ ଲଗେଇଛନ୍ତି ତୁ ତାଙ୍କୁ କଥା କହିବୁ। କିଛି କ୍ଷତି ନାହିଁ, ଗଗନ ତୋର ଭାଇ ସମାନ।

ମତେ ଲାଜ ମାଡୁଛି, ଅପା।

ଲାଜ କ'ଣ ଲୋ, ଆଉ ଦିନେ କ'ଣ ଗଗନ ଆମ ଘରକୁ ଆସିବ? ତା' ମନରେ ଦୁଃଖ ଦେବା କାହିଁକି? ବିଧୁର ଅତି ଅନ୍ତରଙ୍ଗ ବନ୍ଧୁ ସେ। ଦେଖୁନୁ, କେଡେ ସରାଗରେ ସେ ଆସିଛି।

ଅପାଙ୍କ ପଛରେ ମୁଁ ତୁନି ହୋଇ ବସିଥିଲି। ଅପା ନିଜେ ମୋର ଓଢ଼ଣା ଟେକି ଦେଇଥିଲେ। ଲାଜସରମରେ ସଙ୍କୁଚିତ ହୋଇ ଅଧାପ୍ରାଣ ହୋଇ, ମୁଁ ତଳକୁ ଚାହିଁ ବସିରହିଲି।

ତମେ ତ ସବୁ ଦେଖିଛ। ରାତି ଅଧରେ ଗେଲ କରି, ଅଜଣା ସରଗର ଅମୃତ ଆନନ୍ଦରେ ମୋର ମନପ୍ରାଣ ବୁଡ଼ାଇ, ଟିକିଏ ଅଭିମାନ କରି କହିଥିଲ, ଗଗନକୁ କଥା କହିଲ ନାହିଁ କାହିଁକି? କାଳେ ତା'ର ମନରେ ଦୁଃଖ ହୋଇଥିବ? ମୋ ରାଣ, କାଲି କହିବ।

କ'ଣ କହିବି?

ନୂଆଉଙ୍କୁ ପଚାରିବ।

ପରଦିନ ସେ ସୁଯୋଗ ମିଳିଲା ନାହିଁ। ଗଗନବାବୁ ବାହୁଡ଼ି ଗଲେ।

ଗଗନବାବୁ ସେଇଠି ମତେ ଦେଖିଥିଲେ। ତମେ ମଲା ପରେ ସେଇ ଆଗ ତମରି ଆଦର୍ଶର ଦ୍ୱାହି ଦେଇ ପ୍ରସ୍ତାବ ପକାଇଲେ। ସଭିଙ୍କ ମନରେ ଆଶା, ଆଗ୍ରହ, ଉତ୍ତେଜନା ଜଗାଇଲେ। ନିଜ ଭିତରେ ମୁଁ ପ୍ରତିବାଦ କରିଥିଲି। କାହାରିକୁ କିଛି କହିବାର ସାହସ ମୋର ନ ଥିଲା। ଛାୟା ମଲାରୁ ସେଇ ଘଟଣାର ସୁଯୋଗ ତ ନେଲେ ସେମାନେ। କେମିତି ମୁଁ ପ୍ରତିବାଦ କରନ୍ତି?

ସେମାନେ ନିଶ୍ଚିନ୍ତ ହେଲେ। ମୁଇଁ ଏକା ଛଟପଟ ହେଉଛି। କ୍ଷମାକର ମତେ। ତମରି ଛଡ଼ାଫୁଲଟା, ପରିତ୍ୟକ୍ତ ଦେହଟା, ତମରି ବନ୍ଧୁଙ୍କ ହାତକୁ ଟେକି ଦେଇଛନ୍ତି। ମାଟିର ଦେହଟା ତ। ଦିନେ ଜଳି ପୋଡ଼ି ପାଉଁଶ ହେବ। ଆତ୍ମାଟା ତୁମକୁ ତ ସମର୍ପି ଦେଇଛି। ତମେ ହିଁ ମୋର ଆଗ। ତମର ବନ୍ଧୁ ଗଗନବାବୁ ପଛ। ସେ କେବଳ କର୍ତ୍ତବ୍ୟର ସଙ୍ଗୀ।

ପଦାରୁ କିଏ ଡାକିଲା। ତର ତର ହୋଇ ଫଟୋଟିକୁ ବାକ୍ସରେ ରଖି ଥରିଲା ପାଦରେ ଦୀପ୍ତି କବାଟ ଖୋଲିଲା। ପଞ୍ଚାଏ ମାଇପେ ଘରେ ପଶିଲେ।

ପ୍ରଫେସର କାମେଶ୍ୱର ରାଓଙ୍କର ସ୍ତ୍ରୀ ଲକ୍ଷ୍ମୀ ଦୀପ୍ତିକୁ କୁଣ୍ଡାଇ ଧରିଲେ। ଅଭିମାନ

କରି କହିଲେ, ତମେ ଏଡ଼େ କପଟୀ ନା ? ଯିବ ବୋଲି କହି ଗଲ ନାହିଁ। ନ ଯାଅ, ମୁଁ ଆସିବି। ତମକୁ ଶୁଆଇ ଦେବି ନାହିଁ।

ପୋଲିସ୍ ମୁନ୍‌ସି ଜିତେନ୍ ଘୋଷଙ୍କର ସ୍ତ୍ରୀ ବିନ୍ଦୁ ପରିହାସ କରି କହିଲେ, ଅନିଦ୍ରା ଦୋଷ ଥିବ, ନାଇ ଭଉଣୀ ? ଆସ ଲକ୍ଷ୍ମୀ ଯିବା, ଦୀପ୍ତି ଟିକେ ଶୋଇପଡୁ।

ଦୀପ୍ତି ହସିହସିକା ବିନ୍ଦୁର ପୁଟ୍‌କା ଗାଲରେ ଅଙ୍ଗୁଠି ମରିଲା। ମୁହଁ ଶୁଖାଇ ବିନ୍ଦୁ କୃତ୍ରିମ ଅଭିମାନ କରି କହିଲା, ଆରେ ଦାଗ ବସିବ ଯେ।

ବସୁ।

ଘୋଷବାବୁ ଭାରି ସନ୍ଦେହୀ।

ମାରିବେ ?

ପୁଲିସ୍ ଲୋକ, ଦାଗ ଦେଖି ଶୁଣି ଧରନ୍ତି, ଚୋର ପକଡ଼ନ୍ତି। ହାକିମ ଆଗରେ ଠିଆ କରାନ୍ତି।

ଦୀପ୍ତି ସତରଞ୍ଜି ପାରିଲା। ସମସ୍ତେ ବସିଲେ। ଲକ୍ଷ୍ମୀ କହିଲେ, ହାକିମଙ୍କ ଘରଣୀ ତ ଏଇଠି, ମକଦ୍ଦମା ପଡୁ।

ଦୀପ୍ତି ସମସ୍ତଙ୍କୁ ଚାହିଁଲା।

ଗୋପପୁରରୁ ଖଣ୍ଡେ ଛିରିକି ପଡ଼ିଲା ପରି ଲାଗେ। ସମସ୍ତେ ସୁନ୍ଦରୀ, ଯୁବତୀ, ହାସ୍ୟମୟୀ।

ବିନ୍ଦୁ କହିଲେ, ଚିହ୍ନି ପାରୁନା, ଏଇପରା ହାକିମିଆଣୀ, ଜିବୁନ୍ନିସା ବିବି।

ଜିବୁନ୍ନିସାଙ୍କର ହାତ ଧରିଲେ। କହିଲେ, ଆମ ନୂଆ ମାଜିଷ୍ଟ୍ରେଟ୍ ବଶିର୍‌ବାବୁଙ୍କ ତରଫ ଇଏ। ତାଙ୍କର ଅଡୁଆ ନାମଟା ମୋର ପାଟିରେ ପଇଟେ ନାହିଁ। ତେଣୁ ମୁଁ ତାଙ୍କୁ ପାର୍ବତୀ ବୋଲି ଡାକେ।

ଦୀପ୍ତି ପଚାରିଲା, ସତେ କ'ଣ ପାର୍ବତୀ ଏଡ଼େ ସୁନ୍ଦର ଥିଲେ ?

ଲକ୍ଷ୍ମୀ କହିଲେ, ମୋର ସନ୍ଦେହ ହେଉଛି।

ଜିବୁନ୍ନିସା ହସିଲେ। କହିଲେ, ଆଗୋ, ବିନ୍ଦୁ, ୟାଙ୍କରି ନାମ ପାର୍ବତୀ ଦେଲେ ଚଳିବ। ମୋର ତ ତୃତୀୟ ପକ୍ଷ।

ଦୀପ୍ତିକୁ ଛାଡ଼ି ସମସ୍ତେ ହସି ଉଠିଲେ।

ଦୀପ୍ତି ପଚାରିଲା ଆଖିରେ ଚାହିଁ ରହିଲା।

ଜିବୁନ୍ନିସା କହିଲେ, ମୋର ମାମୁ ପୁଅ ଭାଇ ଓକିଲ ଥିଲେ। ଆଗ ତାଙ୍କୁ ମୁଁ ବାହା ହେଲି। କେଡ଼େ ଖୁସିରେ ଗୋଟିଏ ବର୍ଷ ସଂସାର କଲି। ପୁରୁଣା ହେଲେ ମାୟା କମେ। ମୋ ବରଙ୍କ ଆଖିରେ ମୁଁ ଦିଶିଲି ମଇଳା, ଅସନା। ଭିତରେ ଭିତରେ ତାଙ୍କ

ଦାଦି ଝିଅ ଭଉଣୀ ସଙ୍ଗେ କଥା କଲେ। ମୋତେ ପୁଣି ମାଡ଼ ମାରିଲେ। ତାଙ୍କ ଦାଦି ଝିଅକୁ ପୁଣି ନିକା ହେଲେ। ରାଗି କରି ବାପଘରକୁ ପଳାଇ ଆସିଲି। ମାଡ଼ ମାରିଲେ ବୋଲି ଛାଡ଼ପତ୍ର ଦେଲି। ବଶିର ଭାଇ ସେତେବେଳେ ଏମ୍.ଏ. ପଢୁଥାଏ। ସେଇ ମୋ ବାପାଙ୍କ ସଙ୍ଗେ ଲଗେଇଲା, ତା'ର ସାଙ୍ଗ ରହିମ୍‌କୁ ବାହା କରେଇବାକୁ। ରହିମ୍‌ଙ୍କୁ ପୁଣି ବାହା ହେଲି। ସତେ ଗୋ, ରହିମ୍‌ବାବୁ ଅତି ଭଲ ମଣିଷ। ରୂପ, ଢଙ୍ଗ, ସ୍ନେହ କାହିଁରେ ତାଙ୍କୁ କିଏ ବାଛି ପାରିବ? ତାଙ୍କର ଆଖିର ଦୃଷ୍ଟିରେ ସତେ କି ମୋହିନୀ ଶକ୍ତି ଥାଏ। ଥିରି ଥିରି କଥା। ରାଗ ରୋଷ, ଛଳ ଅଭିମାନ, କୂଟ କପଟ ଜାଣନ୍ତି ନାହିଁ। ସବୁବେଳେ ହସ ଖୁସି। ପରର ଦୁଃଖ ସହିପାରନ୍ତି ନାହିଁ, ଆଖି ଛଳ ଛଳ ହୁଏ। ପର ମାଇପକୁ ଆଡ଼ ଆଖିରେ ଅନେଇବେ ନାହିଁ। ପର ପାଇଁ ଜୀବନ ଦେବେ। ଦେଲେ ବି ଶେଷକୁ। ତାଙ୍କର ଜଣେ ବନ୍ଧୁ ଥିଲେ ବିଧୁବାବୁ-

ଜିବୁନ୍ନିସାଙ୍କ ଆଖି ଛଳଛଳ ହେଲା।

ଦୀପ୍ତି ଚମକି ଉଠିଲା।

ବିଧୁବାବୁ- ସମ୍ବଲପୁର ତାଙ୍କର ଘର। ବେମାର ପଡ଼ିଲେ। ରହିମ୍‌ବାବୁ ଦିନରାତି ତାଙ୍କରି ସେବା କଲେ। ବିଧୁବାବୁ ମଲେ। ରହିମ୍ କାନ୍ଦି କାନ୍ଦି ଘରକୁ ଫେରିଲେ। ଦେଖିଛ, ଜଣେ ବନ୍ଧୁ ପାଇଁ ଆଉ ଜଣେ ବନ୍ଧୁ କିପରି ଝରେ, ଆକୁଳ ବିକଳ ହୁଏ। ଦେଖି ନାହିଁ ମୁଁ ସେ ବିଧୁବାବୁଙ୍କୁ। ଶୁଣିଛି ତାଙ୍କରି ମୁହଁରୁ, ସେ କୁଆଡ଼େ ଦେବତା ଥିଲେ। ପର ପାଇଁ ପ୍ରାଣ ଦେବାକୁ ପଣ କରିଥିଲେ। ରହିମ୍‌ବାବୁ ବେମାର ପଡ଼ିଲେ ଗୋ ଦୀପ୍ତି, ଆହାର, ନିଦ୍ରା ଭୁଲି, ସେବା କଲି। ବଞ୍ଚାଇ ପାରିଲି ନାହିଁ। ସେପରି ଲୋକ ସଂସାରକୁ ଅଳପ ଦିନ ପାଇଁ ଆସନ୍ତି ଗୋ, ସମସ୍ତଙ୍କୁ କନ୍ଦାଇ, ଦଗାଦେଇ ନିଜେ ହସି ହସି ଚାଲିଯାଆନ୍ତି। ଖୋଦାଙ୍କର ଅତି ପ୍ରିୟ ସନ୍ତାନ ସେମାନେ, ତାଙ୍କୁ ଅଧିକ ଦିନ ଏ ସଂସାରରେ ଖୋଦା ରଖାଇ ଦିଅନ୍ତି ନାହିଁ। ଭୁଲିପାରୁନାହିଁ, ବଞ୍ଚିଥିବା ଯାଏ ଭୁଲିପାରିବି ନାହିଁ। ଏବ ଯାଏ ବଶିର୍ ଭାଇ ତାଙ୍କ କଥା କହିଲେ, ନିଜେ ତ କାନ୍ଦି ପକାନ୍ତି, ମୁଁ ତ ଥିଲି ତାଙ୍କର ଘରଣୀ, କିପରି ଭୁଲିପାରିବି?

ଜିବୁନ୍ନିସାଙ୍କର ଆଖିରେ ଲୁହ।

ଦୀପ୍ତିର ଆଖି ଢଳ ଢଳ।

ତାଙ୍କରି ମୁହଁରୁ ଶୁଣିଥିଲି ଗଗନବାବୁଙ୍କ କଥା। ଶୁଣ ଭଉଣୀ, ଦୁଇ ବର୍ଷ କାଳ କାନ୍ଦିଲି ବୋବେଇଲି। ଜୀବନ ହାରିଦେବାକୁ ତିନି ଥର ବସିଲି। ଧରାପଡ଼ିଲି। ବଶିର ଭାଇ ହାକିମ ହେଲା। ସେ ମୋର ଚଚ୍ଚାଙ୍କ ପୁଅ। ଦୁଇ ଭାଇରେ ଗୋଟିଏ ପୁଅ, ମୁଁ ବି ଗୋଟିଏ ଝିଅ। ମତେ କେତେ ବୁଝେଇଲା। ଚଚ୍ଚା କହିଲା, ଆରେ ବଶିର, ତୁଇ ଯଦି

ବାହା ହେବୁ ତ କହ, ନଇରେ ଜିବୁନ୍ନିସା ଜୀବନ ହାରିଦେବ। ମୋ ବାପ, ମା' ଓ ଖୁଡ଼ୀ ବି ସେଇଆ କହିଲେ। ସତେ ଯେମିତି ବଶିର୍‌କୁ ନିକା ହେବାକୁ ମୁଁ କାନ୍ଦୁଛି! ବଶିର୍ ଭାଇ ମତେ ପଚାରିଲା। ମୁଁ ମୁହେଁ ମୁହେଁ ନାହିଁ କରିଦେଲି। ପଚାରିଲା, ତେବେ କ'ଣ ତୁ ମରିବୁ ଜିବୁନ୍ନିସା? ମୁଁ କହିଲି, ହଁ।

ବଶିର୍ ଭାଇ ମୋର ପିଲାଦିନର ସାଙ୍ଗ, ପୁଣି ଚଚ୍ଚାର ପୁଅ, ମୋଠୁଁ ମୋଟେ ଚାରି ବର୍ଷ ବଡ଼। ଏକା ସଙ୍ଗେ ଖେଳିଛୁ। ମୋତେ ସେ ଅତି ସ୍ନେହ କରନ୍ତି। ମୋର ହାତ ଧରି କହିଲେ, ମରିବୁ କାହିଁକି? ରହିମ୍ ତ ମୋର ବହୁ ଦିନର ବନ୍ଧୁ, ସେ ମଲା, ମୁଁ ତ ମରିନାହିଁ। ନା ଜିବୁ, ତୁ ମରିବୁ ନାହିଁ ମତେ ବାହାହେବୁ। ନଇଲେ ମୁଁ ବି ଅଭିଆଡ଼ା ରହିବି।

ଆମ କୁଳରେ ଏମିତି ବାହାଘର ଚଳେ। ଗୋଟିଏ ମାଆର କ୍ଷୀର ଖାଇ ନ ଥିଲେ ହେଲା।

ସତେ ଗୋ, ମଲି ନାହିଁ ତ। ବଶିର୍ ଭାଇର ହାତ ଧରି ନୂଆ ସଂସାର କରିବାକୁ ଆସିଲି। ରହିମ୍‌ବାବୁଙ୍କର ଫଟୋଟି କାନ୍ଥରେ ଟଙ୍ଗା ହୋଇଛି। ଆମେ ଦିହେଁ ସେଥିରେ ଫୁଲମାଳ ଟାଙ୍ଗୁ। ଖୋଦାଙ୍କ ପାଖରେ ତା' ପାଇଁ ପ୍ରାର୍ଥନା କରୁ।

ଜିବୁନ୍ନିସା ଆଖିରୁ ଲୁହ ପୋଛିଲେ।

ଲକ୍ଷ୍ମୀ କହିଲେ, ସତେ ଲୋ ଭଉଣୀ, ନଈକେ ବାଙ୍କ ଦେଶରେ ଫାଙ୍କ। ମୁସଲମାନ୍ କୁଳରେ ଏକା ମାଆର କ୍ଷୀର ଖାଇ ନ ଥିବା ଭାଇ ଭଉଣୀଙ୍କର ବାହାଘର ବି ହୋଇପାରେ। ଆମ କୁଳରେ କ'ଣ ହୁଏ ଜାଣ କି? ମୋ ମା' ମୋ ବାପାଙ୍କର ମାମୁ ଝିଅ ଭଉଣୀ। କାମେଶ୍ୱରବାବୁ ହେଉଛନ୍ତି ମୋର ସବା ସାନ ମାମୁ। ସାନ ଭାଇ, ଗେହ୍ଲା ଭାଇଟାକୁ ଜୋଇଁ କରିବ ବୋଲି ମୋ ମା' ତ ଜିଦି ଧରିଲା। ଆମ କୁଳରେ ଏପରି ଚଳେ।

ବିନ୍ଦୁ କହିଲେ, ଏ ନିୟମ ଆମ କୁଳରେ ନାହିଁ। ଜିତେନବାବୁଙ୍କ ବଡ଼ଭଉଣୀ ଯେ ମୋର ବଡ଼ ଭାଉଜ। ଜିତେନ୍‌ବାବୁ ଆମ ଘରକୁ ତ ଆସନ୍ତି। ସୁନ୍ଦର ଗୀତ ବୋଲନ୍ତି। ମୋତେ ଗୀତ ଶିଖାନ୍ତି। ସେଇଠୁ ଯାହା ହେଲା ତ ଦେଖୁଛ। ପତି ପରମ ଗୁରୁ!

ସମସ୍ତେ ହସିଲେ।

ଘନିଷ୍ଠତା ବଢ଼ିଲା।

ଦୁଇ ବନ୍ଧୁ ଗଗନ ଓ ବଶିର୍ ବାହାର ଘରେ ଗପ କରନ୍ତି। ହସନ୍ତି, ବଡ଼ ପାଟି କରି ତର୍କ କରନ୍ତି। ଖଞ୍ଜା ଭିତରେ ଗୋଟିଏ ଘରେ ଦୀପ୍ତି ଓ ଜିବୁନ୍ନିସା ବସି ସୁଖଦୁଃଖ ହୁଅନ୍ତି। ଜିବୁନ୍ନିସା କାନ୍ଥରେ ଟଙ୍ଗା ହୋଇଥିବା ଫଟୋଗୁଡ଼ିକରୁ ଗୋଟିକ ଆଡ଼କୁ ଆଙ୍ଗୁଠି ଦେଖାଇ କହନ୍ତି, ଏଇ ସେ ରହିମ୍‌ବାବୁ।

ଦୀପ୍ତି ନିରିଖି ଚାହେଁ।

ଜିବୁନ୍ନିସା କାନ୍ଥରୁ କାଢ଼ି ଫଟୋ କେଇଖଣ୍ଡି ତଳକୁ ଆଣିଲେ। କହିଲେ, ଦେଖ ଦୀପ୍ତି, ଏଇ ରହିମ୍। କି ସୁନ୍ଦର ରୂପ, କେଡ଼େ ଭଲ ସ୍ୱାସ୍ଥ୍ୟ। ମନ ବି ସେମିତି।

ଦୀପ୍ତି ରହି ରହି ପଚାରିଲା, ତମେ ତାଙ୍କୁ ଝୁରି ହେଉଛ, ବଶିର୍‌ବାବୁଙ୍କ ମନରେ ଦୁଃଖ ହେବ ନାହିଁ?

କାହିଁକି? ତାଙ୍କ ପ୍ରତି କ'ଣ ମୋର କର୍ତ୍ତବ୍ୟରେ କେବେ ମୁଁ ହେଳା କରୁଛି କି? ରହିମବାବୁ କ'ଣ ତାଙ୍କ ସଙ୍ଗେ ବାଦ କରିବାକୁ ଫେରି ଆସୁଛନ୍ତି କି? ଦୀପ୍ତି, ଯିଏ ଯାହାକୁ ଭଲ ପାଇଥାଏ, ତାକୁ କ'ଣ ସେ ଭୁଲିପାରେ? କିଏ ମନ ଭିତରେ ଝୁରେ, ଦୁଃଖ କୁହୁଳୁ ଥାଏ। ଆଉ କିଏ ତା'ର ଦୁଃଖ ଖୋଲି କହେ, ଶାନ୍ତି ପାଏ। ବଶିର୍ ଭାଇ ନିଜେ କେତେ ଦୁଃଖ କରେ। ଆମେ ଦିହେଁ ଜାଣୁ, ରହିମବାବୁ ଆଉ ଫେରି ଆସିବେ ନାହିଁ। ତାଙ୍କ କଥା ଭାବି ତାଙ୍କ ପାଇଁ ଦୁଃଖ କଲେ ମନ ହାଲୁକା ଲାଗେ। ଆମ ଦୁଃଖ କ'ଣ ସେ ବୁଝିବେ ନା ଆମ କାନ୍ଦଣା ଶୁଣିବେ?

ଦୀପ୍ତି ଭାବେ।

ଦେଖ ଦୀପ୍ତି, ଏଇ ଗ୍ରୁପ୍ ଫଟୋଟି।

ଦୀପ୍ତି ଦେଖେ।

ଜିବୁନ୍ନିସା କହେ, ଚିହ୍ନିଛ ଯାଙ୍କୁ?

ତମେ ଚିହ୍ନ?

ବଶିର୍ ଭାଇ କେତେ ଥର ମତେ ଚିହ୍ନାଇ ଦେଇଛି। ଫଟୋ ଦେଖି ଦେଖି ସମସ୍ତଙ୍କୁ ଚିହ୍ନିଛି। ଯେତେବେଳେ ସେମାନେ କଲେଜରେ ପାଠ ପଢୁଥିଲେ, ଏକା ସଙ୍ଗେ ଫଟୋ ଉଠାଇଥିଲେ। ଚିହ୍ନିଲ ତମ ଗଗନବାବୁଙ୍କୁ? ତାଙ୍କ କାନ୍ଧରେ ହାତ ପକାଇ ଠିଆ ହୋଇଛି ବଶିର୍ ଭାଇ। ବଶିର୍ ଭାଇ କାନ୍ଧରେ ହାତ ପକାଇ ଠିଆ ହୋଇଛନ୍ତି ରାଜୀବବାବୁ।

ଭାଇ-

ଏଁ-

ସେ ମୋର ଭାଇ।

ଦୀପ୍ତିର ହାତ ମୁଠାଇ ଧରି ଜିବୁନ୍ନିସା କହିଲେ, ସତେ ତ ! ଦୁଇଟା ମୁହଁ ଏକା ପରି ଦିଶୁଛି। ତମ ଭାଇଙ୍କ ପାଖରେ କିଏ ଠିଆ ହୋଇଛି ଦେଖିଲ ?

ରହିମ୍‌ବାବୁ।

ଠିକ୍ ଚିହ୍ନିଲ। ତାଙ୍କ ପାଖରେ ?

ସେ ମୋର-।

ତୁନି ରହିଲ ଯେ, ଚିହ୍ନ ତାଙ୍କୁ, ବିଧୁବାବୁଙ୍କୁ ? ରହିମ୍‌ବାବୁଙ୍କର ଅତି ଆପଣାର ବନ୍ଧୁ ସେ ଥିଲେ। କଥା କଥାକେ ତାଙ୍କର ଉପଲକ୍ଷ୍ୟ ସେ ଦିଅନ୍ତି। ଦୁଇ ବନ୍ଧୁ ଡକାଡକି ହୋଇ ଚାଲିଗଲେ।

ଦୀପ୍ତି କାନ୍ଦୁଛି।

କାନ୍ଦୁଛ କାହିଁକି ଦୀପ୍ତି ? ସେ ତମର କଅଣ ?

ଦୀପ୍ତିର ଓଠ ଦି' ଫାଳ ଥରିଉଠିଲା। ଆତ୍ମା ଯେପରି କହି ଉଠିଲା, ସେ ମୋର ଜୀବନର ସର୍ବସ୍ୱ ଥିଲେ। ଥରିଲା ଓଠରୁ ଗଳି ପଡ଼ିଲା ଗୋଟିଏ ପଦ କଥା, ଭିଣୋଇଁ-
।

ଆଉ, ତମର ଭଉଣୀ ?

ସେ ବି ସେପୁରକୁ ଚାଲିଯାଇଛଇ।

ଦୂରରୁ ଘଣ୍ଟା ବାଜିଲା- ଠଂ, ଠଂ-। ରାତି ନଅଟା ହେଲା।

ଗଗନବିହାରୀଙ୍କ ସଙ୍ଗେ ଦୀପ୍ତି ନିଜ ବସାକୁ ଫେରିଆସିଲା। ମନ କାହିଁ ଲାଗୁ ନ ଥାଏ। ସେ କେବଳ ଭାବୁଥାଏ, ସତେ ତ, ରହିମ୍‌ବାବୁ ବଶିର୍‌ବାବୁଙ୍କ ସଙ୍ଗେ ବାଦ କରିବାକୁ ଫେରିବେ ନାହିଁ। ସେମିତି ବିଧୁବାବୁ ବି ଫେରିବେ ନାହିଁ। ଜିବୁନ୍ନିସା ନିର୍ଭୟରେ ନିଃସଙ୍କୋଚରେ ମଲା ହଜିଲା ଆପଣାର ମଣିଷଟି ପାଇଁ ଦୁଃଖ କରୁଛନ୍ତି। ତାଙ୍କର ଅଶରୀରୀ ଆତ୍ମାକୁ ସମ୍ମାନ ଦେଖାଉଛନ୍ତି। ମନରେ ସାନ୍ତ୍ୱନା ଆସୁଛି, ଆଉ ସେ, କେବଳ ଭିତରେ ଭିତରେ ଝୁରିହେଉଛି। ନିଜ ସଙ୍ଗେ, ଗଗନବାବୁଙ୍କ ସଙ୍ଗେ, ପୁଣି ଦୁନିଆଁ ଲୋକଙ୍କ ସଙ୍ଗେ, ଲୁଚକାଳି ଖେଳୁଛି।

ପାରଳାଖେମୁଣ୍ଡିରେ-

ଦୀପ୍ତିର ମୁହଁକୁ ଟେକି ଧରି ଗଗନବିହାରୀ ପଚାରିଲେ, କ'ଣ ଏତେ ଭାବୁଛ ତମେ ? ମୁହଁଟି ଶୁଖିଲା ଦିଶୁଛି। କହ ଦୀପ୍ତି-।

ଦୀପ୍ତି କହିଲା, ଏତେ ରାତିରେ ଲେଖି ବସିଲେ ଦେହ ଖରାପ ହେବ। ଆସ ଖାଇବ।

ତମକୁ ଭୋକ ହେଲାଣି ପରା ? ଯେତେ କହିଲେ କଥା ମାନ ନାହିଁ। ମୋ ପାଇଁ ଭାତ ରଖି ତମେ ଖାଇ ନେଉ ନା କାହିଁକି ? ମୁଁ ଗୋଟିଏ ପ୍ରବନ୍ଧ ଅଧା କରିଛି, ଶେଷ କରିଦିଏଁ।

ଦୀପ୍ତି ଚଉକି କଡ଼କୁ ଆଉଜି ଗଗନବାବୁଙ୍କ ମୁଣ୍ଡରେ ଆଙ୍ଗୁଠି ଚଳାଇ କହିଲା, ଭାତ ଗଣ୍ଡିକ ଶୁଖି ଚଣାଚାଉଳ ହେବ। ଖାଇକରି ଲେଖିଲେ ହେବ ନାହିଁ ?

କାଗଜ ଉପରେ କଲମ ରଖି ଗଗନବିହାରୀ କହିଲେ, ଖାଇ ସାରିଲେ ନିଦ ଘୋଟି ଆସିବ, ଲେଖି ଦେବ ନାହିଁ। ହଉ ଚାଲ।

ଖାଇ ବସିଲା ବେଳେ,-

କବି ଗୋପାଳକୃଷ୍ଣଙ୍କର ପ୍ରତିମୂର୍ତ୍ତି ଦେଖିଲ ତ ଦୀପ୍ତି ? କାଠରେ ତିଆରି, ଧନ୍ୟ ସେ ଶିଳ୍ପୀ ! ସେ କବିଙ୍କର ବନ୍ଧୁ ଥିଲେ। କବି ମରିବାର ଅନେକ ବର୍ଷ ପରେ ଶିଳ୍ପୀ ବୃନ୍ଦାବନ ପଟ୍ଟନାୟକ କାଠରେ ଗଢ଼ିଲେ ପ୍ରତିମୂର୍ତ୍ତି। କବିଙ୍କର ଫଟୋ ନ ଥିଲା। ତାଙ୍କର ଫଟୋ ଶିଳ୍ପୀ-ବନ୍ଧୁଙ୍କର ମନ ଭିତରେ ଅଙ୍କା ହୋଇଥିଲା।

ଦୀପ୍ତି ପଚାରିଲା, କବି ଗୋପାଳକୃଷ୍ଣ ସେଇ ମୂର୍ତ୍ତିଟି ପରି ଥିଲେ ଏହାର ପ୍ରମାଣ କ'ଣ ?

ଗଗନ କହିଲେ, ଯେଉଁମାନେ କବିଙ୍କୁ ଦେଖିଥିଲେ, ସେମାନେ ମୂର୍ତ୍ତିକୁ ଦେଖି ଭ୍ରମରେ ପଡ଼ିଲେ ଯେ କବି ସେପୁରରୁ ଫେରି ଆସିଛନ୍ତି। ଆଶ୍ଚର୍ଯ୍ୟ ହୋଇଥିଲେ। ଏଇ ପାରଳା ଥିଲା କବିଙ୍କର ଜନ୍ମସ୍ଥାନ। ସେ ତାଙ୍କର ଅମୃତ କବିତା ରଚନା କରିଥିଲେ। କବି ଅମର, ଆଉ, ତାଙ୍କର ବନ୍ଧୁ-ଶିଳ୍ପୀ, ଯେ ମନ ଭିତର ଛବିକୁ କାଠ ଦେହରେ ଜୀବନ୍ତ କରି ଫୁଟାଇ ପାରିଥିଲେ ସେ ମଧ ଅମର ! ଧନ୍ୟ ସେ !

ନିଦ କୋଳରେ ତରୁଣ-ତରୁଣୀ ବାହୁ ଫାଶରେ ଆବଦ୍ଧ। ସପନ ଛପି ଛପି ଆସେ, ହସି ହସି ଆସେ। ଦୁଇ ହାତରେ ଅଚେତନ ଦୁଇଟି ମନକୁ ଠେଲିଦିଏ

କେତେ ଦୂରକୁ। ତରୁଣ ଶୁଣେ ଗୋପାଳକୃଷ୍ଣଙ୍କର ପଦ୍ୟାବଳୀ। ତରୁଣୀ ଦେଖେ ମନ ଭିତରର ଛପିଲା ଛବି।

ଦୀପ୍ତି, ଦୀପ୍ତି- !

ଉଁ-।

ସ୍ୱପ୍ନ ଦେଖିଲି ? ବିଳିବିଳଉଛ ଯେ-, ଦୀପ୍ତି, ଦୀପ୍ତି-

ଉଁ-।

ଦୀପ୍ତି ମୁଣ୍ଡ ଟେକେ। ଝାପ୍‌ସା ଆଲୁଅରେ ଗଗନବିହାରୀଙ୍କର ନିଦୁଆ ଆଖିକୁ ଚାହେଁ। ଆହୁରି ପାଖକୁ ଲାଗି ଆସେ। ଆଖି ବୁଜି ଶୋଇପଡ଼େ। ସପନ ପଛଘୁଞ୍ଚା ଦିଏ।

ଉଣେଇଶି

କାହାର ଫଟୋ ସେ ?

ଛାତିରୁ ନିଆଁ ଖସି ପଡ଼ିଲା। ଥରିଲା ହାତରୁ ସତେ କି ଫଟୋ ଖଣ୍ଡି ଖସି ପଡ଼ିବ। ମାୟା ମଣିଲା, ଏତେ ଦିନ ପରେ ଆଜି ସେ ଧରା ପଡ଼ିବ। ଦାଣ୍ଡ କବାଟ କିପରି ଖୋଲାଥିଲା, ବନ୍ଦ କରିବାକୁ ମନେ ନାହିଁ। ଆଜି ଶନିବାର। କଲେଜ ସହଳ ଛୁଟି ହୋଇଛି।

କାହାର ଫଟୋ ?

ଗଗନବିହାରୀ ଆଗକୁ ଆସିଲେ। ଏଁ, ତମେ କାନ୍ଦୁଛ ?

ନଇଁପଡ଼ି ମାୟା ହାତରୁ ଫଟୋଟି ନେଲେ। ବିସ୍ମୟ ଓ ଆଗ୍ରହରେ ଆଖିପତା ଖୋଲି ହୋଇଗଲା। କହିଲେ, ବିଧୁର ଫଟୋ ? କେଉଁଠୁ ଆଣିଲ ?

ଦୀପ୍ତି ଖୋଲା ଟ୍ରଙ୍କ ଆଡ଼କୁ ହାତ ଦେଖାଇ ଠିଆ ହେଲା। ଗଗନବିହାରୀ ଫଟୋ ଖଣ୍ଡିକୁ ଆହୁରି ଥରେ ନିରେଖି କହିଲେ, କାନ୍ଦନା ଦୀପ୍ତି, ଆଜି ଗୋଟିଏ ଶୁଭଦିନ। ବିଧୁର ସ୍ମୃତି ଫେରି ଆସିଛି। ତା' ସଙ୍ଗେ ସଙ୍ଗେ ମାୟାଦେବୀଙ୍କର ସ୍ମୃତି। ଆସ-।

ଦୀପ୍ତିର ହାତ ଧରି ଗଗନ ଆର ଘରକୁ ନେଲେ। କାନ୍ଥ ମଝିରେ ଫଟୋ ଖଣ୍ଡି ଟାଙ୍ଗି କହିଲେ, ଏଇଠି ଏ ଫଟୋ ଟଙ୍ଗା ହୋଇ ରହିବ। ସବୁବେଳେ ଆଖିରେ ପଡୁଥିବ।

ପାଖ ଚଉକିରେ ଦୀପ୍ତି ବସିଲା।

ମାୟାଦେବୀଙ୍କର ଫଟୋ ନାହିଁ ଦୀପ୍ତି ?

ଦୀପ୍ତି ମୁହଁ ନ ଖୋଲି ମୁଣ୍ଡ ହଲାଇଲା।

ସମ୍ବଲପୁରରେ ଥରଟିଏ ତାଙ୍କୁ ମୁଁ ଦେଖିଥିଲି। ଚେହେରାଟି ମନେ ନାହିଁ। ମନେ ହେଉଛି, ତମଠାରୁ ସେ ଅଧିକ ସୁନ୍ଦର ଥିଲେ। ସେ ଯଦି ବଞ୍ଚିଥାନ୍ତେ-

ତମେ କ'ଣ ତାଙ୍କୁ ବାହା ହୋଇଥାନ୍ତ ? ଦୀପ୍ତି ମୁହଁ ଖୋଲିଲା।

ସେ ଯଦି ପ୍ରତିବାଦ ନ କରିଥାନ୍ତେ, ମୁଁ ତାଙ୍କୁ ହିଁ ବିବାହ କରିଥାନ୍ତି। ତମର ବାପା ଓ ଭାଇ ସମ୍ମତ ହୋଇଥିଲେ। ମୋର ବାପା ଓ ମାଆଙ୍କର ଆପତ୍ତି ନ ଥିଲା।

ତା'ଠାରୁ ଆହୁରି ସୁନ୍ଦର ଝିଅଟିଏ ଯଦି କେଉଁଠି ଆଖିରେ ତମର ପଡ଼ିଥାନ୍ତା ତ ତମେ ହୁଏତ ମତ ବଦଳାଇଥାନ୍ତ। ବିଧବାଟାକୁ ବିବାହ କରିଥାନ୍ତ କାହିଁକି ?

ତମେ ଏପରି କାହିଁକି ଭାବୁଛ ଦୀପ୍ତି ?

ମୋର ଧାରଣା, ମରଦଗୁଡ଼ା ଖାଲି ରୂପ ରୂପ ହୋଇ ବାଇଆ ହୁଅନ୍ତି।

ସମସ୍ତଙ୍କୁ ଏକାପରି ମଣ ନାହିଁ। ମାୟାଦେବୀ ସୁନ୍ଦର ହୋଇ ନଥିଲେ ମଧ୍ୟ ତାଙ୍କୁ ମୁଁ ବିବାହ କରିବାକୁ ରାଜି ହୋଇଥାନ୍ତି। ସେ ଥିଲେ ମୋର ବନ୍ଧୁ ବିଧୁର ବିଧବା। ତାଙ୍କର ଦୁଃଖ ଦୂର କରିବାକୁ ମୁଁ ଏହା କରିଥାନ୍ତି।

ସେଥିପାଇଁ ତେବେ ସେ-

ସେ ମରିଗଲେ ? ନାହିଁ ଦୀପ୍ତି ବଞ୍ଚିବା ମରିବା ଭିତରେ ତଫାତ୍ ନାହିଁ। ଯଦି ପୁନର୍ଜନ୍ମ ବିଶ୍ୱାସ କରାଯାଏ, ତେବେ ମରଣ ଗୋଟିଏ ଘଟ ପରିବର୍ତ୍ତନ। ଯଦି ବିଶ୍ୱାସ କରା ନ ଯାଏ, ଆଉ କୁହାଯାଏ ଯେ ଜନ୍ମ ହୋଇ ବଢ଼ିବା ଓ ମରିବା ପବନର ପ୍ରବାହ ପରି ଆସେ, ପୁଣି ଚାଲିଯାଏ, ସବୁ ନିଶ୍ଚଳ ହୁଏ, ତେବେ ଜୀବନ ମରଣ ଦୁଇ କଥା ସମାନ।

ବିଧୁ ଆଜି ନାହିଁ, ମାୟାଦେବୀ ନାହାନ୍ତି। ହୁଏତ ଦୁହେଁ ଘଟ ବଦଳାଇଛନ୍ତି, ନୋହିଲେ ଦୁଇଟା ଜୀବନର ଆକସ୍ମିକ ପ୍ରବାହ ନିଶ୍ଚଳ ହୋଇଛି। ଜୀବନର ପ୍ରବାହ ଛୁଟିଛି, ଛୁଟିବ। ସେଇ ଦୁଇଟା ଜୀବନକୁ କେହି ଖୋଜି ପାଇବେ ନାହିଁ। ହୁଏତ ସେ ଆଉ ନାହିଁ। ଲହଡ଼ି ପରି ଉଠି ପୁଣି ପାଣିରେ ମିଶିଯାଇଛି। କେତେ ଲହଡ଼ି ପୁଣି ଉଠିବ, ପାଣିରେ ମିଶିବ, କିନ୍ତୁ ଯେଉଁ ଦୁଇଟା ଲହଡ଼ି ଉଠିଥିଲା, ପୁଣି ମଥା ନୋଇଁଥିଲା, ସେ ଆଉ ଉଠିବ ନାହିଁ।

ଦୁଃଖ କାହିଁକି ଦୀପ୍ତି ? ଯେଉଁମାନେ ଥିଲେ ତାଙ୍କ କଥା ଭାବି ଖୁସି ହେବା ସିନା, ଦୁଃଖ କରିବା ନାହିଁ, କାନ୍ଦିବା ନାହିଁ।

କାନ୍ଥ ମଝିରେ ଟଙ୍ଗା ହୋଇଥିବା ଫଟୋ ଆଡ଼କୁ ଚାହିଁ ରହିଥିବା ଦୀପ୍ତିର ଲୁହଧୁଆ ଗାଲ ଉପରେ ଗଗନବିହାରୀ ଆଦରରେ ସ୍ନେହର ଚୁମ୍ବନ ଆଙ୍କିଲେ।

ଦୀପ୍ତି ଶିହରି ଉଠିଲା। ମନରେ ଗର୍ବ ଆସିଲା। ଯାହାର ଗଳାରେ ସେ ବାହୁ ବେଷ୍ଟନୀ କରିଛି, ଯାହାର ଅମୃତ ଆଲିଙ୍ଗନ ପାଇଁ ତା'ର ସାରା ଶରୀର ଓ ମନ ଉଚ୍ଛନ୍ନ ହୋଇ ଉଠିଛି, ସେ ତ ସାଧାରଣ ମଣିଷ ନୁହନ୍ତି, ସେ ଦେବତାଠୁଁ ବଳି ଉଦାର ଓ ପବିତ୍ର। ସବୁ ଦୋଷ କ୍ଷମା କରିବାକୁ ସେ କୁଣ୍ଠିତ ହେବେ ନାହିଁ। ବିଧୁବାବୁଙ୍କ ସ୍ମୃତିକୁ ସେ ସମ୍ମାନ ଦେଖାଇବ, ପୂଜା କରିବ; କିନ୍ତୁ ନ ଥିଲା ମଣିଷଟି ପାଇଁ ସେ ଆଉ ଦୁଃଖ କରିବ ନାହିଁ, ଝୁରି ହେବ ନାହିଁ। ଦିନେ ସେ ଥିଲେ ସ୍ୱାମୀ, ଆଜି ତ ନାହାନ୍ତି। ଆଜି ଯେ ତା'ର ସ୍ୱାମୀ ଓ ଦେବତା, ଯାହାକୁ ଜୀବନ ସର୍ବସ୍ୱ କରି ସାରା ଜୀବନ ସେ କଟାଇବ, କାୟା, ମନ ଓ ବାକ୍ୟରେ ତାଙ୍କରି ସେବା ସେ କରିବ। ତାଙ୍କରି ସୁଖ ଆନନ୍ଦ ପାଇଁ ସେ ପ୍ରାଣପାତ କରିବ।

ଦୀପ୍ତି ନିଜକୁ ଭୁଲି ଗଗନବିହାରୀଙ୍କର ଚିବୁକରେ ଓଠ ଲଗାଇଲା। ଭାବିଲା, ତାଙ୍କ ପାଖରେ ସେ କିଛି ଗୋପନ ରଖିବ ନାହିଁ। ଯାହା ସବୁ ଘଟିଯାଇଛି, ସବୁ ସେ ପ୍ରକାଶ କରିବ। ପରିଣାମ ଯାହା ହେଉ ପଛେ।

ସମୟ କଟିଗଲା, ତଥାପି ସେ ମନର କଥା ପ୍ରକାଶ କରି ପାରିଲା ନାହିଁ। ଜିଭରେ ଅଟକେ। ଛାତି ଦାଉଁ ଦାଉଁ ଥରେ। ଇଚ୍ଛା ବିରୁଦ୍ଧରେ ସେ ଅଭିନୟ କରେ।

ଅଭିନୟ ସେ କରିଛି, କିନ୍ତୁ ସେ ଯାହା ପାଖରେ ନିଜକୁ ଛପାଇ ଅଭିନୟର ବେଶ ବାନ୍ଧି ଠିଆ ହୁଏ, ସେ ମଣନ୍ତି ସବୁ ସତ। ଗଗନବିହାରୀ କାହାକୁ ଅବିଶ୍ୱାସ କରନ୍ତି ନାହିଁ। ସମସ୍ତେ ତାଙ୍କର ଆପଣାର। ଯାହାର ହାତ ଧରି ଘରକୁ ଘରଣୀ କରି ଆଣିଛନ୍ତି, ତାଆରି ପାଖରେ ସେ ନିଜକୁ ସମର୍ପି ଦେଇଛନ୍ତି। ତା' ପାଖରେ ସେ ନିଜେ ଯେପରି ଶିଶୁ!

ଦୀପ୍ତିର ମନରେ ସବୁଠାରୁ ବେଶି ଆଘାତ ଦିଏ ଗୋଟିଏ କଥା, କାହା ପାଖରେ ଏତେ ଲୁଚାଛପା? ସତ କଥା ଖୋଲି କହିଲେ ସେ କେବେ ଅନ୍ୟଥା ଭାବିବେ ନାହିଁ, ବରଂ ଖୁସି ହେବେ। କିନ୍ତୁ ସତ କଥା ସେ ଖୋଲି କହିବ କିପରି? ଆଜିଯାଏ ଯାହା ଗୋପନ ରଖିଛି, କିପରି ସେ କଥା ପ୍ରକାଶ କରିବ? ମନ ହେଲେ ମଧ୍ୟ ତୁଣ୍ଡ ଖୋଲେ ନାହିଁ।

ବାପା ଚିଠି ଲେଖିଛନ୍ତି,- କାହିଁକି ଚିଠି ଦେଉନୁ ମା'? ତମ ଦୁହିଁଙ୍କର ଦେହପା' ଖବର ଶୀଘ୍ର ଲେଖିବୁ। ବୋଉ ଲେଖୁଛନ୍ତି,-ଗୋବିନ୍ଦବାବୁଙ୍କ ଝିଅ ସଖୀ ସଙ୍ଗରେ

ରାଜୀବର ବାହାଘର ଠିକ୍ ହେଲା। ଦିନ ଥିର ହେଲେ ଲେଖିବି। ତମେ ଦିହେଁ ନିଶ୍ଚେ ଆସିବ।

ବାପା ମା' ଦୁହିଁଙ୍କୁ ଉତ୍ତର ଦେଲା, ଭାଇଙ୍କ ବାହାଘରକୁ ଯିବାକୁ ମୁଁ ଗୋଡ଼ ଟେକି ବସିଛି।

ଚିଠି ଗଲା ପରେ ଭାବିଲା, କେମିତି ଯିବ? ଆଉ କେହି ନ ଚିହ୍ନୁ, ସଖୀ ତ ଚିହ୍ନିବ!

ମନ କେମିତି ହେଲା।

ସଞ୍ଜବେଳେ-

ତୁନି ହୋଇ ବସି କ'ଣ ଏତେ ଭାବୁଛ ଦୀପ୍ତି?

ନାହିଁ ତ!

ଗଗନବିହାରୀଙ୍କୁ ଦେଖି ଦୀପ୍ତି ଉଠି ଠିଆ ହେଲା। ହସିଲା ଓଠରେ ଜାମାରୁ ବୋତାମ ଖୋଲିଲା। କହିବ ନାହିଁ, ଏତେବେଳ ଯାଏ କେଉଁଠି ଥିଲ ଆଗ ଶୁଣେ।

ବଶିର୍ ଘରେ ବସିଗଲି। ତୁମକୁ ସଙ୍ଗରେ ନେଇଯିବାକୁ ଜିବୁନ୍ନିସାଙ୍କର ଆଦେଶ। ଯିବା ଚାଲ।

ଆଉ ଦିନେ ଯିବା।

ଆଜି ଚାଲ।

ମୁଣ୍ଡ ବୁଲାଉଛି।

ଦୀପ୍ତି ଗଗନବିହାରୀଙ୍କ ଜାମାର ବୋତାମ ଖୋଲିବାକୁ ଲାଗିଲା। କାନ୍ଥ ମଝିରୁ ପଚାରିଲା ଆଖିରେ ସତେ କି ଚାହିଁରହିଲା ବିଧୁଭୂଷଣର ଫଟୋ। ଯେଉଁ ଫୁଲମାଳଟି ଅତି ଯତ୍ନରେ ଗୁନ୍ଥି ଫଟୋଟିରେ ଝୁଲାଇ ଦେବାକୁ ଗଗନବାବୁଙ୍କ ହାତକୁ ସେ ବଢ଼ାଇ ଦେଇଥିଲା, ସେ ମାଳଟି କେବଠୁଁ ଶୁଖି ଗଲାଣି। ସେଥିରେ ବୁଢ଼ିଆଣୀ ଜାଲ ବୁଣିଲାଣି। ମନ ପଥର ହୋଇଛି। କ୍ୟାଲେଣ୍ଡରର ଛବି ପରି କି, ବଜାରରୁ କିଣା ହୋଇ ଫ୍ରେମବନ୍ଧା ଆଉ ଦଶଟା ଛବି ପରି, ବିଧୁଭୂଷଣଙ୍କର ଛବି ଖଣ୍ଡି ଆଖିରେ ପଡୁନାହିଁ। ଦେହଘଷା ହେଲେ ଯାହା ହୁଏ।

ଗଗନବିହାରୀଙ୍କର ଦୃଷ୍ଟିରେ ପଡ଼ିଲା। କଅଁଳେଇ କହିଲେ, ଦେଖ ଦୀପ୍ତି, ଏ ଫଟୋ ଖଣ୍ଡିକୁ। ବୁଢିଆଣୀ ଜାଲ ତଳେ ବିଧୁର ମୁହଁଟି ଲୁଚି ଯାଇଛି। ଆଉ ଖଣ୍ଡେ ଫୁଲମାଳ ଟାଙ୍ଗି ଦେଲେ ଭଲ ହୁଅନ୍ତା।

ଦୀପ୍ତି କଣେଇଁ ଚାହିଁଲା। ଭ୍ରୂଲତା ନଚାଇ ଅଳପ ହସି ସେ ଉତ୍ତର ଦେଲା, ଭଲ ହୁଅନ୍ତା ଯେ ଫୁଲ ମିଳୁନାହିଁ। ମିଳିଲେ ବି ମାଳା ଗୁନ୍ଥି ବାକୁ ମୋର ବେଳ

ନାହିଁ। ତମ ପାଇଁ ଯେଉଁ ଉଲର ସ୍ୱେଟରଟି ବୁଣୁଛି ସେଇଟି ସରିଲେ ଯାଇ ଯାହା ହେବ।

ଅସୁନ୍ଦର ଦିଶୁଛି।

ତେବେ କାଗଜ ଫୁଲର ମାଳଟିଏ କିଣି ଆଣ ଯେ ସେ ମଉଳିବ ନାହିଁ। ଭାରି ସୁନ୍ଦର ଦିଶିବ। ତମେ ଏକା ବେଳେବେଳେ ଅଳନ୍ଧୁ ଝାଡ଼ିବ।

ତମେ ପାରିବ ନାହିଁ ଦୀପ୍ତି ?

ବେଶି ଉଚ୍ଚରେ ଟାଙ୍ଗିଛ। ମୋର ହାତ ପାଉ ନାହିଁ। ଟେବୁଲ କି ଚଉକି ଉପରେ ଚଢ଼ିଲେ ମୋ ମୁଣ୍ଡ ବୁଲେଇ ଦେଉଛି।

ଅନ୍ୟ ଉପାୟ ନାହିଁ ?

ଅଛି। ଫୁଲ ଛାଞ୍ଚୁଣି, ତମେ ପସନ୍ଦ କରିବ ନାହିଁ।

ବରଂ ସେଇଆ କର, ମଇଳା ଝାଡ଼।

କୋଡ଼ିଏ

ଦୀପ୍ତି, ମୁଁ ଖଣ୍ଡଗିରି ଯିବି। ଗୁମ୍ଫାଗୁଡ଼ିକ ଆଉ ଥରେ ଭଲ କରି ନ ଦେଖିଲେ ବହିଟା ଶେଷ କରିପାରୁନାହିଁ। ଭୁବନେଶ୍ୱର ଦେଖିବାକୁ କହୁଥିଲ ପରା ? ଚାଲ ଯିବା।

ଆଗ୍ରହରେ ଦୀପ୍ତି ପଚାରିଲା, କେବେ ?

କଲେଜ ଛୁଟି ହେଉ।

ଭୁବନେଶ୍ୱର,-

ଅନ୍ଧାର ରାତି। ସ୍ୱାମୀ କୋଳରେ ଦୀପ୍ତିର ନିଶ୍ଚଳ ଦେହ। ଦେହ ଭିତରେ ଛଟପଟ ଆତ୍ମା। ଅମାନିଆଁ ମନ, ଦେହ ଓ ଆତ୍ମାକୁ ଏକ କରି ବାନ୍ଧି ରଖିଛି, ବଢ଼ାଇ ଦେଇଛି ତା'ର ଅନନ୍ତ ବାହୁ ଦିଓଟି, ଅତୀତ ଓ ଭବିଷ୍ୟତକୁ।

ଆଉ ତ ନିଜକୁ ସେ ଲୁଚାଇ ପାରିବ ନାହିଁ ? ପ୍ରୀତି ଅପା ତାକୁ ଚିହ୍ନି ପାରିଛନ୍ତି।

ପେଟରେ ଚାରି ମାସର ପିଲା ଛଟପଟ ହେଉଛି। ଯାହାଙ୍କୁ ସେ ପ୍ରତାରଣା କରିଛି, ତାଙ୍କରି ଆତ୍ମାର କଣିକାଏ ଅବତାର ଲଭୁଛି ତାଆରି ଭିତରେ।

କ୍ଷମା କ'ଣ ସେ କରିବେ ? କହି ଦେବ ସତ କଥାଟା ?

ଦୀପ୍ତି ବାହାରକୁ ଚାହିଁଲା। କେଡ଼େ ଅନ୍ଧାର। ଝିମ୍ ଝିମ୍ ଦୂର ଆକାଶରେ ମିଟିମିଟି ତରା। ଅଗଣନ। ନିସ୍ତବ୍ଧ। ଭୟଙ୍କର ରାତି ! ଡର ମାଡୁଛି।

ସ୍ୱାମୀଙ୍କୁ ହଲାଇଲା,- ଶୁଣୁଚ- ହେ, ହେ-

ଉଁ- ।

ଶୁଣ ମ- ।

କଅଣ ?

ଦୀପ୍ତି ଉତ୍ତର ଦେଇ ପାରିଲା ନାହିଁ । ଯାହା କହିବାକୁ ସେ ମନ କରିଥିଲା, ତଣ୍ଟିରେ ଅଟକିଗଲା । ମନରେ ପ୍ରଶ୍ନ, ସତେ କ'ଣ ପ୍ରୀତିଅପା ଚିହ୍ନି ପାରିଛନ୍ତି । ଏକା ମା' ପେଟର ଦୁଇଟି ଭାଇ କି ଭଉଣୀ ତ ବେଳେ ବେଳେ ଏପରି ଏକା ପରି ହୁଅନ୍ତି ଯେ ଜାଆଁଳା ହୋଇଥିଲେ ପାଟି ନ ଶୁଣିବା ଯାଏ ବାପ ଦାଦି ବି ଭ୍ରମରେ ପଡ଼ନ୍ତି ।

ଆଖିରେ ତାଙ୍କର ସନ୍ଦେହ ଭରି ଯାଇଥିଲା । ତୀକ୍ଷ୍ଣ ଦୃଷ୍ଟିରେ ଚାହିଁ ରହିଥିଲେ ଚିବୁକ୍ ଉପରକୁ, ସେଇ ଖସ ଚିହ୍ନଟିକୁ । ବୋହୂ ଦେଖା ବେଳେ ଯିଏ ବାଛିଲେ ପ୍ରୀତି ଅପା କହନ୍ତି, ମୋ ମାୟାର ଚନ୍ଦ୍ର ମୁହଁରେ ସେଇ ଟିକକ ଶଶାଙ୍କ । କେଡ଼େ ସୁନ୍ଦର ଦିଶୁଛି କହ ତ । ଅପା ଭୁଲିପାରି ନାହାନ୍ତି । ସବୁ ସେ ପ୍ରକାଶ କରିବେ । ତା' ଆଗରୁ ସ୍ୱାମୀଙ୍କ ପାଖରେ ସେ ସତ୍ୟ ପ୍ରକାଶ କରିବ । ଯେଉଁ ଦଣ୍ଡ ସେ ଦେବେ, ମୁଣ୍ଡ ପାତି ଗ୍ରହଣ କରିବ ।

ନିଦୁଆ ସ୍ୱରରେ ଗଗନ ପଚାରିଲେ, କ'ଣ କହ ।

ଡର ମାଡୁଛି ।

ଡର ? ସ୍ୱପ୍ନ ଦେଖିଲ ? ଘୁଞ୍ଚି ଆସ ।

ସେଇ ଅନ୍ଧାରର ସର୍ବସହଣୀ କୋଳରେ ଗଗନବିହାରୀ ଦୀପ୍ତିକୁ ଆହୁରି ପାଖକୁ ଟାଣିନେଲେ । ହାତଟି ତା'ର ପିଠି ଉପରେ ରଖି ଧୀରେ ଧୀରେ ଆଉଁସିବାକୁ ଲାଗିଲେ ।

ଅବଶ ହାତ ସ୍ଥିର ହେଲା । ଦୀର୍ଘ ଶ୍ୱାସ ଛୁଟିଲା । ସେ ଶୋଇ ପଡ଼ିଲେଣି । ଏମିତି ସେ ଛୁଟ୍ କରି ଶୋଇ ପଡ଼ନ୍ତି । ନିର୍ମଳ ମନ । ନିରହଙ୍କାର ସ୍ୱଭାବ । ସମସ୍ତଙ୍କୁ ସେ ବିଶ୍ୱାସ କରନ୍ତି । ଶାଗ ପାଣି ଲୁଣିଆ ଅଲଣା ଯାହା ଦେଲେ ସେ ଶାନ୍ତି ସନ୍ତୋଷରେ ଖାଆନ୍ତି । ପୁଣି ପ୍ରଶଂସା କରନ୍ତି । ସପନ ସେ ଦେଖନ୍ତି ନାହିଁ । ନିଶ୍ଚିନ୍ତ ନିଦ । ଶୋଇ ପଡ଼ନ୍ତି ।

ପରଦିନ ସକାଳେ, ଖଣ୍ଡଗିରି ଯିବାକୁ ସଜ ହେଉଛନ୍ତି, ଚନ୍ଦ୍ରଭୂଷଣ ପହଞ୍ଚିଲେ । ସଙ୍ଗରେ ପ୍ରୀତି ଓ ରମୁ ।

ଦୀପ୍ତି ଚମକି ଉଠିଲା । ମୁହଁ କଳା କାଠ ହେଲା । ସେ ବୁଝିଲା, ପ୍ରୀତି ଅପା ମଧ୍ୟ ରାତିରେ ଶୋଇ ନାହାନ୍ତି । ହୁଏତ ଆଗରୁ କେଉଁଠୁ ସେ ଉଡ଼ା ଖବର ପାଇଥିବେ । ଆଉ ଥରେ ଦେଖିଲେ ତାଙ୍କର ସନ୍ଦେହ ତୁଟିବ । ସେ ସତ କଥା ପ୍ରକାଶ କରିବେ । ପ୍ରାଣଦଣ୍ଡ ଆଦେଶ ଶୁଣାଇଁ ଦେବେ ।

ଦୀପ୍ତିର ଛାତି ଥର ଥର ହୋଇ କମ୍ପିଲା।

ଗଗନବିହାରୀ କହିଲେ, ସମସ୍ତେ ଖଣ୍ଡଗିରି ଯିବା। ମୁଁ ଆଉ ଖଣ୍ଡେ ଗାଡ଼ି ଯୋଗାଡ଼ କରେଁ।

ଚନ୍ଦ୍ରଭୂଷଣ କହିଲେ, ନାଇଁ ଗଗନ, ବେଳ ହେବ ନାହିଁ। ସକାଳୁ ଉଠି ତମର ନୂଆଉ ଜିଗର ଧରିଛନ୍ତି ଯେ ଏଗାରଟା ଗାଡ଼ିରେ ଭୁବନେଶ୍ୱର ଛାଡ଼ିବେ। ଯେତେ ବୁଝେଇଲି ଆଉ ଦିନଟିଏ ରହି ଯିବାକୁ, ସେ ମଙ୍ଗୁ ନାହାନ୍ତି। ଏକା ଯିଦ୍ ଧରିଛନ୍ତି। ଜିନିଷ ପତର ସବୁ ବନ୍ଧାବନ୍ଧି କରି ରଖି ଆସିଛନ୍ତି। ଛାୟାଦେବୀଙ୍କୁ ଥରେ ଦେଖିଯିବାକୁ ଆସିଲେ।

ଚନ୍ଦ୍ରଭୂଷଣ ହାତଘଣ୍ଟାକୁ ଚାହିଁଲେ।

ନଅଟା।

ନୂଆଉଙ୍କୁ ମୁଁ ଥରେ କହେଁ।

ଚେଷ୍ଟା କରି ଦେଖ।

ଗଗନବାବୁ ଭିତରକୁ ଗଲେ।

ଏକୋଇଶି

ଆଗରେ ଦେବୀପ୍ରତିମା ମାୟା। ବିଧୁଭୂଷଣର ହାତ ଧରି ଯେଉଁଦିନ ସମ୍ବଲପୁରରେ ଗୋଡ଼ ଦେଇଥିଲା, ରୂପର ତେଜରେ ଏମିତି ସେ ଦାଉଦାଉ ଜଳୁଥିଲା। ଆଖିରେ ଏମିତି ଢଳଢଳ ହେଉଥିଲା ଲୁହ!

ପ୍ରୀତି ପାଖକୁ ଗଲେ। ଦୀପ୍ତିର ହାତ ଧରିଲେ। ଦୁଇ ଆଖିରେ ଛଳ ଛଳ ଲୁହ।

କାହାରି ମୁହଁରୁ କଥା ବାହାରିଲା ନାହିଁ। ଦୁହେଁ ଦୁହିଁଙ୍କୁ ଚାହିଁ ରହିଲେ। ପ୍ରୀତି ନିଜ ବେକରୁ ମୂଲ୍ୟବାନ ସୁନାର ହାର ଖୋଲିଲେ। ଦୀପ୍ତିଉ ଗଳାରେ ପିନ୍ଧାଇ ଦେଲେ। ଡରିଲା ଥରିଲା ମୁହଁଟିକୁ ଛାତି ଉପରକୁ ଆଣି ଚୁମ୍ବନ କଲେ।

ଦୀପ୍ତି ଢଳି ପଡ଼ିଲା ଅତି ପ୍ରିୟ ତା'ର ପ୍ରୀତିଅପାଙ୍କର କାନ୍ଧ ଉପରେ। ତୁଣ୍ଡରୁ ଥରିଲା କଥା ବାହାରିଲା, ଅପା, ହତଭାଗିନୀ ମୁଁ।

ଆଉ ଅଧିକ କହିପାରିଲା ନାହିଁ। ତୁଣ୍ଡରେ କଥା ଅଟକିଲା। କୋହ ଉଠିଲା। ପ୍ରୀତିଙ୍କର ଦେହକୁ ଢଳି ପଡ଼ିଥିବା ପେଟ ଭିତରେ ପିଲା ଓଲଟିଲା।

ପ୍ରୀତି ଦୀପ୍ତିର ପିଠି ଆଉଁସିଲେ, ଅତି ପରିଚିତ, ଅତି ଆପଣାର କଅଁଳ ଦେହଟି! ସବୁ ସେ ବୁଝିଲେ। ମନର ସନ୍ଦେହ ଦୂରୀଭୂତ ହେଲା। ହଁ, ଏଇ ଝିଅଟି ତ ସେ।

ଲାବଣ୍ୟ ପ୍ରତିମା, ନବନୀତ ପରି କୋମଳ ଦେହ। ଲକ୍ଷ୍ମୀଠାକୁରାଣୀ ପରି ଆଗରେ ଉଭା ହୁଏ। ଛାତିରେ ଧରିଲେ ସବୁ ଦୁଃଖ ମନରୁ ପାସୋରି ଯାଏ। ଏଇ ତ ସେ ମନର ସବୁ ସରାଗ ଦେଇ ଯାହାକୁ ସେ ଭଲ ପାଇଥିଲେ। ସାନଭଉଣୀ କରି କୋଳକୁ ନେଇଥିଲେ।

ଓଠରେ ହସ ଖେଳିଲା। ଗେହ୍ଲେଇ କହିଲେ, ମୁଁ ତୋର ଅପା ଟି। କାନ୍ଦୁଛୁ କାହିଁକି ? ମୋ ରାଣ, ତୁନି ହ।

ଗଗନବିହାରୀ ସେମାନଙ୍କ ପାଖକୁ ଗଲେ। ଡାକିଲେ, ନୂଆଉ !

ପ୍ରୀତିଙ୍କର ଓଠରେ ତୃପ୍ତିର ହସ ! ବିଧୁଭୂଷଣ ଏମିତି ଡାକନ୍ତି। ପ୍ରାଣ ପୁଲକି ଉଠେ।

ଦୀପ୍ତି ମୁଣ୍ଡ ଟେକି ଠିଆ ହେଲା। କାହାରି ମୁହଁକୁ ଚାହିଁ ପାରିଲା ନାହିଁ।

ଗଗନ ଅନୁରୋଧ କଲେ, ଖଣ୍ଡଗିରି ଯିବ ନାହିଁ ନୂଆଉ ?

ପ୍ରୀତି ତୁନି ରହିଲେ। କେତେ ଦିନ ପରେ ଆଜି ନୂଆଉ ଡାକ ତାଙ୍କ କାନରେ ବାଜିଲା। ସତେକି ସମୟର ସୁଅ ପଛୁଆଣି ବହିଲା। ଆଗରେ ମାୟା, ପଛରେ ବିଧୁଭୂଷଣ।

ଗଗନ ପୁଣି କହିଲେ, ଚାଲ ନୂଆଉ, ଦିନଟିଏ ଡେରି ହୋଇଗଲେ କିଛି କ୍ଷତି ହେବ ନାହିଁ।

ଦୀପ୍ତି ପ୍ରୀତିଙ୍କର ହାତ ଧରିଲା। ଥରିଲା ଓଠରୁ ପଦଟିଏ କଥା ବାହାରିଲା, ଅପା- !

ପ୍ରୀତି ଢଳ ଢଳ ଆଖିରେ ଫେରି ଚାହିଁଲେ ଗଗନକୁ। ଲାଜ ଲାଜ ହୋଇ କହିଲେ, ମୋର ଗୋଟିଏ ଅନୁରୋଧ ଅଛି ଗଗନ, ରଖିପାରିବ ?

ପାରିବି ନୂଆଉ !

ପାଖକୁ ଆସ।

ଗଗନବିହାରୀ ପାଖକୁ ଗଲେ।

ଦୀପ୍ତି ଓଢ଼ଣା ଟାଣି ଅପସରି ଯାଉଥିଲା, ପ୍ରୀତି ତା'ର ହାତ ଧରି ଅଟକାଇ ରଖିଲେ। କହିଲେ, ଆସ, ମୋର ଆହୁରି ପାଖକୁ ଘୁଞ୍ଚିଆସ। ଆସ ଗଗନ।

ଲାଜ ଲାଜ ହୋଇ ଗଗନ ପଚାରିଲେ, କହୁନା ନୂଆଉ, ତମର ଅନୁରୋଧଟା କଅଣ ?

ଗଗନବାବୁଙ୍କର ଗୋଟିଏ ହାତ ଧରି ଦୀପ୍ତି ପାଖରେ ଠିଆ କଲେ। ଆଖିରେ ଲୁହ, ଓଠରେ ହସ। ଛାତି ତଳେ ଛପିଲା କୋହ। ମନରେ ଆନନ୍ଦ। ଆତ୍ମାରେ ଉଲ୍ଲାସ।

ମନ କହିଉଠିଲା, ହଜିଲା ଧନ ଫେରି ପାଇଛି। ସପନ କଥା ସତ ହୋଇଛି। ଜୀବନ ପାଖେ ମରଣ ନୋଇଁଛି ମଥା। ଗଲା ଆତ୍ମା, ନ ଥିଲା ପିଣ୍ଡ ପୁଣି ଫେରିଆସେ। ବିରାଟ, ମହାନ୍, ଅମର ମନ ଭିତରେ ସମସ୍ତେ ଅଛନ୍ତି। କେବଳ ମଣିଷର ଅହଂ ଖୋଜି ପାରିଲେ, ଚିହ୍ନିପାରିଲେ ହେଲା।

ଆଗରେ ମାୟା, ଆଗରେ ବିଧୁଭୂଷଣ! ସେଇ ମନ ଉଲୁସା ଡାକ, ନୂଆଉ। ସେ ପେଟପୂରା ଡାକ, ଅପା-।

ଗଗନବାବୁ ପଚାରିଲେ, କହ ନୂଆଉ!

ତୃପ୍ତିର ଆଲୋକରେ ଉଜଳି ଉଠିଲା ପ୍ରୀତିଙ୍କର ଛଳଛଳ ଆଖି। କହିଲେ, ମୋର ଅନୁରୋଧ, ଦୀପ୍ତି ପାଖରେ ତମୁକୁ ଠିଆ କରାଇଛି। ଆଖି ପୂରାଇ ଦୁହିଁଙ୍କୁ ଦେଖୁଛି। ଅନୁଭବ କରୁଛି, ମୋର ବିଧୁଭୂଷଣ, ମୋର ମାୟା ଫେରିଆସିଛନ୍ତି। ମନ ଭିତରେ ଯେଉଁ ସ୍ଥାନ ଶୂନ୍ୟ ଥିଲା ବୋଲି ମଣିଥିଲି, ସେ ସ୍ଥାନ ଶୂନ୍ୟ ନୁହେଁ। ତମେ ଦିହେଁ ଅଛ। ତମ ଦୁହିଁଙ୍କୁ ଖୋଜି ପାଇଛି। ଭୁବନେଶ୍ୱର ମୋର ଆସିବା ସାର୍ଥକ ହୋଇଛି ବାବୁ, ମନକାମନା ମୋର ପୂର୍ଣ୍ଣ ହୋଇଛି। ଆଶୀର୍ବାଦ କରୁଛି, ଲିଙ୍ଗରାଜ ମହାପ୍ରଭୁ ତମ ଦୁହିଁଙ୍କୁ ଦୀର୍ଘାୟୁ କରନ୍ତୁ, ମା' ସମଲେଶ୍ୱରୀ ତମ ଦୁହିଁଙ୍କୁ ସୁଖୀ କରନ୍ତୁ, ଯଶସ୍ୱୀ କରନ୍ତୁ।

ହସି ହସି ଗଗନ କହିଲେ, ଖଣ୍ଡଗିରି ଗଲେ-

ସପନ ମୋର ସାର୍ଥକ ହେବ ବାବୁ, ମୁଁ ନିଶ୍ଚୟ ଯିବି। ତୁମେ ମୋର ବିଧୁଭୂଷଣ। ତମର ଆଗ୍ରହ ମୁଁ ଭାଙ୍ଗି ପାରିବି ନାହିଁ। ତମର ପ୍ରସ୍ତାବକୁ ମୁଁ ନାହିଁ କରିପାରିବି ନାହିଁ। ମୁଁ ତୁମର ନୂଆଉଟି! ତମ ଦୁହିଁଙ୍କର ଦୁଇ ହାତ ଧରି ଅତୀତ ଓ ବର୍ତ୍ତମାନର ମିଳନ ସ୍ଥାନ ସେହି ଖଣ୍ଡଗିରି ପାହାଡ଼ରେ ବୁଲିବି। ଦିନଟିଏ ନୁହେଁ, ଯୁଗଟିଏ। ତମ ଦୁହିଁଙ୍କର ଦୁଇହାତ ଧରି ବୁଲିବାକୁ ମୋର ମନ ହେଉଛି। ଚାଲ-।

ରମୁ ଆସି ଡାକିଲା, ମା'-।

ପ୍ରୀତି କହିଲେ, ପାଖକୁ ଆ ବାପ! ଦେଖ୍, ଏଇ ତୋର ଖୁଡ଼ୀରେ ରମୁ, ଆଉ ଇଏ ତୋର ଦାଦି!

ଦୀପ୍ତି ରମୁକୁ କାଖ କଲା। ମୁହଁଟିକୁ ନୁଆଁଇ ନେଇ କପାଳରେ କେତେ କାଳର ସଞ୍ଚିତ ଚୋକ ଉପହାର ଦେଲା। ତଥାପି ମନ ସନ୍ତୁଷ୍ଟ ହେଲା ନାହିଁ। ଛାତିରେ ଜାକି ମୁଣ୍ଡଟିକୁ କାନ୍ଧ ଉପରକୁ ଢଳାଇ କଅଁଳେଇ କହିଲା, ରମୁ, ବାବା-

ଛତ୍ରପୁର

ତା୬।୯।୪୬

ଭୁଲି ହୁଏନା

ସେମାନେ ଗରିବ, ସେମାନେ ନିଃସହାୟ। ଛୋଟ କୂଳରେ ତାଙ୍କର ଜନ୍ମ। ସେମାନେ ପୁଣି ଅଛୁଆଁ। କିଏ ତାଙ୍କୁ ଗରିବ ନିଃସହାୟ, ଛୋଟ, ପୁଣି ଅଛୁଆଁ କଲା ଜାଣନ୍ତି ନାହିଁ। ସେମାନେ ଜାଣିଛନ୍ତି, ଯେଉଁ ଦିନ ମାଆ ପେଟରୁ ତାଙ୍କର ଜନ୍ମ, ସେମାନେ ଏଇଆ। କାହାରି ବିରୁଦ୍ଧରେ ତାଙ୍କର ଅଭିଯୋଗ କରି କହିବାର କିଛି ନାହିଁ। ପୂର୍ବଜନ୍ମ କି ପରଜନ୍ମର କଥା ମଧ୍ୟ ସେମାନେ କେବେ ଭାବନ୍ତି ନାହିଁ।

ତାଙ୍କରି ଦେହରୁ ଯେଉଁ ଝାଳ ନିଗିଡ଼େ ସେଇଥିରେ ଅନ୍ୟର ଅମାରରେ ଧାନ, ମୁଗ ପୂର୍ଣ୍ଣ ହୁଏ, ଅନ୍ୟର ବ୍ୟାଙ୍କ ଏକାଉଣ୍ଟ୍‌ର ଅଙ୍କ ପରେ ଅଙ୍କ ଯୋଖି ହୋଇଯାଏ। ତାଙ୍କରି ରକତ ପାଣି ଫାଟିଲେ କଳ କାରଖାନା ଗଢ଼ା ହୁଏ। ଯାହା ସେମାନେ କରନ୍ତି ସବୁ ପର ପାଇଁ, କିନ୍ତୁ ଏକଥା ସେମାନେ ବୁଝନ୍ତି ନାହିଁ। ସେମାନେ ବୁଝନ୍ତି, ଯାହା ସେମାନେ କରନ୍ତି ସବୁ ନିଜ ପାଇଁ, ନିଜର ପିଲା କୁଟୁମ୍ବଙ୍କ ପାଇଁ, ଗଣ୍ଡିଏ ଖାଇ ଖଣ୍ଡିଏ ପିନ୍ଧି ବଞ୍ଚି ରହିବାକୁ।

ବଞ୍ଚି ରହିବା ହିଁ ସେମାନଙ୍କର ଏକମାତ୍ର କାମନା, ଉଚ୍ଚାଶା ଓ ଦୁନିଆ ପାଖରେ ଅତି ବିନୀତ ଆଖି ଛଳଛଳ ମାଗୁଣି।

ଗାଁର ଶେଷରେ ସେମାନଙ୍କର କୁଡ଼ିଆମାନ ନାଲି ସଡ଼କର ଦୁଇ ପାଖରେ। ଛୋଟ ଛୋଟ ନୁଆଣିଆଁ ଚାଳଘର। କାହାର ଛପର ଉଡ଼ିଯାଇଛି, ମୁକୁଳା ବାଉଁଶ ରୁଆ ଦାନ୍ତ

ଦେଖେଇଛି ରାସ୍ତା ଆଡ଼କୁ। କେଉଁଠି ଖଣ୍ଡିଆ କାନ୍ଥ ଉପରେ ଛେଳିଛୁଆ ଗଡ଼ି ମନଖୁସିରେ ଡିଆଁ ମାରୁଛି ମୁକୁଳା ଦୁଆର ଆଗରେ ଘରକୁ ଲାଗି ଖତକୁଢ଼ ଗଦା। ତା'ରି ଉପରେ କୁକୁଡ଼ାଟିଏ ତିନିପୁଞ୍ଜା ଛୁଆ ଖେଳାଉଛି। ଖତକୁଢ଼ର ଖତକୁ ଗୋଡ଼ରେ ଆଡ଼େଇ ଚରା ଖୁମ୍ପୁଛି।

ସେ ପାଖକୁ ଛାଇତଳେ ଶୋଇଛି କୁକୁରଟିଏ, ଚାରିଟା ଦରମଲା ଛୁଆ, ଧଡ଼ିଆ ଧେଡ଼ଙ୍ଗା, ମାଆର କ୍ଷୀର ଚୁଚୁମୁଛନ୍ତି। ତା'ରି ପାଖରେ ଦୁଇଚାରିଟା ହାଣ୍ଡି ମାଠିଆ ଆଁ କରି ଚାହିଁ ରହିଛନ୍ତି। ସେ ଘର ପିଣ୍ଡାରେ ଦିଓଟି ପିଲା ଖେଳୁଛନ୍ତି। ସାତ ଆଠ ବର୍ଷ ହେବ ଦୁହିଁଙ୍କୁ। ନଙ୍ଗଳା। ଜଣକର କଣ୍ଢା ଦୋହଲୁଛି। ହାଣ୍ଡି ପରି ବାହାରିଛି ପେଟ। ଆରଟିର ଦିହରେ ବସନ୍ତ ଚିହ୍ନ। ଗୋଟିଏ ଆଖି ତା'ର ନାହିଁ।

ସେ ପିଣ୍ଡାକୁ ଅନା, ଟୋକୀକୁ ବାତ। ଆଣ୍ଠୁ ଗଣ୍ଠି ଜଳଜଳ ଦିଶୁଛି। ଗୋଡ଼ ଲମ୍ବେଇ ବସିଛି। ଉଠିବାର ଶକ୍ତି ନାହିଁ। ଫୁରୁଫୁରୁ ବାଳ। ତା' ପାଖ ଘର ପିଣ୍ଡାରେ ସେ ଯେଉଁ ବୁଢ଼ାଟି ବସିଛି, ତାକୁ ଖୋଡ଼। ଆଙ୍ଗୁଠିଗୁଡ଼ିକ ଛିଣ୍ଡିବା ଉପରେ। ଭଣ ଭଣ ମାଛି ହୁରୁଡ଼ାଉଛି।

ଟିକିଏ ଛାଡ଼ି ସାନ ଘରଟିଏ। କବାଟ ମୁକୁଳା। ପାଟି ଶୁଭୁଛି, କିଲୋ ଯାଉନୁ ଛତରଖାଇ, ବଙ୍ଗଳା କୂଅରୁ ପାଣି ମାଠିଆଏ ଆଣିବୁ। ଏଡ଼େ ଗେଲବସର କାହିଁକି ହୋଇଛୁ ବା। ଘରେ ପାଣି ଟୋପାଏ ନାହିଁ। ତୋ ଦାଦି ଖଣ୍ଡିଆ, କୋଉଠି ବସି ଗୁଲି ଖାଉଥିବ। ଫେରିବ ତ କହିବି ଦେ ଖାଇବାକୁ। ଘରେ ଟୋପାଏ ପାଣି ନାହିଁ।

ଚଉଦ ପନ୍ଦର ବର୍ଷର ଝିଅଟିଏ ରତନ। ଉଠି ଠିଆ ହେଲା। ଆଖିରୁ ଲୁହ ଝରିପଡୁଛି। ଖୁଡ଼ୀର ଗୋଇଠା ମାଡ଼ରେ ପିଠି ନଇଁ ଯାଇଛି, ତଥାପି ସେ ତୁଣ୍ଡ ଖୋଲି ନାହିଁ। ରତନୀ, ଯୁବତୀ ଟୋକୀ, ରୂପ ସୁନ୍ଦର, ସ୍ୱାସ୍ଥ୍ୟ ସୁନ୍ଦର, ଯୌବନ ଉଛୁଳି ପଡୁଛି; ହେଲେ ମୁଣ୍ଡ ନୁଖୁରା। ଦେହରେ ସାତଚିରା ମହଳ ଲୁଗା। ନିଜ ଦେହକୁ ଚାହିଁଲେ ନିଜକୁ ଲାଜ ମାଡୁଛି।

ଗାଁ ଝିଅ ସେ, ହେଲେ ଗାଁ ମଣିଷ, ଚାଲିଗଲା ଲୋକ ତା'ରି ଆଡ଼କୁ କଣେଇ ଚାହାନ୍ତି ସେଇମାନେ; ଯାହାକୁ ସେ ଦାଦି, ମଉସା, ଭାଇ ବୋଲି ଡାକେ। ସେଇମାନେ, ଯେଉଁମାନେ ତାକୁ ଗେହ୍ଲେଇ ଡାକନ୍ତି, ଆଲୋ ଝିଅ-

ରତନୀ ରାସ୍ତା କଡ଼ରେ ଆଡ଼େଇ ଆଡ଼େଇ ତଳକୁ ମୁହଁ ପୋତି ଚାଲିଯାଏ। ତାରୁଣ୍ୟର ରୂପ ଯୌବନ ଛିଣ୍ଡା ମହଳ ଲୁଗା ତଳେ ଲୁଚୁକାଳି ଖେଳୁଥାଏ।

ଗାଁ ଲୋକଙ୍କୁ ତା'ର ଲାଜ ସରମ ନାହିଁ। ସମସ୍ତଙ୍କୁ ସେ ଚିହ୍ନେ, ସମସ୍ତେ ତାକୁ ଚିହ୍ନନ୍ତି; କିନ୍ତୁ ଆଜି ତା'ର ଗୋଡ଼ ଚଳୁନାହିଁ। ସକାଳୁ କିଏ ଜଣେ ବାବୁ ଆସି ଡାକବଙ୍ଗଳାରେ ରହିଛନ୍ତି। ଲୋକବାକ ସଙ୍ଗରେ ବେଶି ନାହାନ୍ତି, ଅଛି କେବଳ ଜଣେ ବୁଢ଼ା ଚାକର।

ବାବୁଟି ଟୋକା। ବଙ୍ଗଳାର ପଛପାଖ ବାରଣ୍ଡାରେ ଚଉକି ପକେଇ ବସି ସକାଳେ ସେ କ'ଣ ଲେଖୁଥିଲେ। ବଙ୍ଗଳାର ପଛପାଖେ, ରୋଷଘରକୁ ତିରିଶି ହାତ ଛାଡ଼ି ପୁଲି-ଲଗା କୂଅ। ସକାଳେ ପାଣି ଆଣିଲାବେଳେ ସେ କାହିଁକି କଣେଇ କଣେଇ ଅନାଉଁଥିଲେ।

ଆଖିରେ ଲାଖି ରହିଛି ଲୁହ। ଡରି ଡରି ରତନୀ କହିଲା, ଲୁଗାଖଣ୍ଡ ବଦଳି ଦେ ଖୁଡ଼ୀ, ସେଇଆକୁ ପିନ୍ଧି ପାଣି ପାଇଁ ଯିବି। ଦେଖିଲୁ, ଯୋଉଖଣ୍ଡି ପିନ୍ଧିଚି ସେଥିରେ କ'ଣ ଅଛି ? ଦାଣ୍ଡକୁ ବାହାରିବି କିମିତି ?

ହଇଲୋ ଚୁଲିପଶୀ। ତୋ ଲୁଗା କୁଆଡ଼େ ଗଲା ?

ଖଣ୍ଡିଏ ତ ଦଢ଼ଲୁଗା, କୋଚଟ ହୋଇଥିଲା ବୋଲି ଖାର ଦେଇ କାଚି ଶୁଖେଇଥିଲି। ଦରଶୁଖିଲା ଲୁଗାଟାକୁ ପିନ୍ଧି ଦାଦି ମୂଲକୁ ଯାଇଛି। ତା' ପିନ୍ଧା ଗାମୁଛାକୁ ମୁଣ୍ଡରେ ବାନ୍ଧି ଗଲା।

ତୁ ପୋଡ଼ାମୁହୀଁ ଯେମିତି, ସେ ଯୋଗିନୀଖିଆ ସେମିତି। କିଲୋ, ମୁଁ କ'ଣ ନଙ୍ଗଳା ହୋଇ ତତେ ଲୁଗା ଦେବି ? ଯାଉନୁ ସେମିତି। ଖରାବେଳଟା ତ, କିଏ ତତେ ଅନେଇ ବସିଛି ବା। ଅଳସୁଆ ଘୋଡ଼ାକୁ ମେଘ ଆଶ୍ରା। ଧାଇଁ ଯାଇ ପାଣି ମାଠିଆଏ ତ ଆଣିବୁ।

ରତନୀ ଜବାବ ଦେଲା ନାହିଁ। ଛିଣ୍ଡାନେଙ୍କୁଡ଼ି କନାକୁ ଦେହରେ ଗୁଡ଼େଇ ଦେଇ ଦିଓଟି ମାଠିଆ ଧରି ସେ ବାହାରିଲା। ଡାକବଙ୍ଗଳା ତ ପାଖରେ ନୁହେଁ, ଅନେଇଲେ ସିନା ଦେଖଯାଉଛି, ତିନି ଫର୍ଲଙ୍ଗ ଦୂର।

ଭଲଲୋକଙ୍କ ସାହିରେ ସବୁରି ଘରେ କୂଅ। ବାଟ ଦି'ଖୋଜ ହେବ ତ ଦାସଙ୍କ ଘର କୂଅ। ଦାସେ ଖଦଡ଼ ପିନ୍ଧନ୍ତି, ମୁଣ୍ଡରେ ଗାନ୍ଧିଟୋପି ଦିଅନ୍ତି, ହାତରେ ମୁଣା ଝୁଲାନ୍ତି। ଗାଁ ଲୋକଙ୍କୁ ବୁଝେଇ କହନ୍ତି, ଶୁଣ, ସାକ୍ଷାତ୍ ଭଗବାନଙ୍କର ଅବତାର ଯେ ଗାନ୍ଧି ମାହାତ୍ମା, ସେ କହିଛନ୍ତି, ଅସ୍ପୃଶ୍ୟତା ନିବାରଣ କର। ସମାଜରେ କେହି ଆଉ ଅଛୁଆଁ ରହିବେ ନାହିଁ। ସମସ୍ତେ ଭଗବାନଙ୍କର ସନ୍ତାନ। ସମସ୍ତେ ସମାନ। ଅଛୁଆଁକୁ

ହରିଜନ କୁହାଯାଏ। ସେମାନଙ୍କୁ ଛୁଆଁ ମନ୍ଦିରରେ ପୂରାଅ। ସେମାନଙ୍କ ସଙ୍ଗେ ଏକାଠି ବସି ଖାଅ। ଘୃଣା କର ନାହିଁ। ଗାନ୍ଧି ମହାତ୍ମାଙ୍କ ଆଜ୍ଞା।

ହେଲେ, ଦାସେ ସିନା କହନ୍ତି, ତାଙ୍କର ସ୍ତ୍ରୀ କାହାରିକୁ କୂଅ ପୋଖରୀ ଛୁଆଁଇ ଦିଅନ୍ତି ନାହିଁ। ତାଙ୍କର ବଡ଼ ଭାଇନା, ଯେ କି ଠାକୁର ମନ୍ଦିରର ପୂଜାରୀ, ସେ ହରିଙ୍କୁ ପୂଜା କରନ୍ତି ସିନା, ହରିଜନଙ୍କର ଛାଇ ମାଡ଼ନ୍ତି ନାହିଁ।

ରତନୀ, ଦାସଙ୍କର କୂଅ ଆଡ଼କୁ ଥରଟିଏ ଆକୁଳ ଆଖିରେ ଅନେଇଁ ମାଠିଆ ଧରି ବାହାରି ପଡ଼ିଲା ରାସ୍ତା ଉପରକୁ। ଜ୍ୟେଷ୍ଠମାସର ଖରା। ନିଆଁ ଝରୁଛି ଆକାଶରୁ। ରାସ୍ତା ନିଆଁ ପରି ତାତିଛି। ଗୋଡ଼ ତଳିପା ପୋଡ଼ି ଉଠୁଛି। ତଥାପି, ରତନୀ ଚାଲିଲା। ଅନ୍ୟ ଉପାୟ ନାହିଁ। ନିରାଟ ଖରାରେ ପୋଖରୀ ସବୁ ଫାଟି ଯାଇଛି।

ରତନୀ ଚାଲିଲା, ସକାଳୁ ଆଜି ସେ ଉପାସ।

ରତନୀର ଜୀବନର ଇତିହାସ ବଡ଼ ନୁହେଁ। ପିଲାଦିନରୁ ବାପକୁ ଖାଇଥିଲା। ହେତୁ ଅଛି, ଦାସଘରେ ସେ କୋଠିଆ କାମ କରୁଥିଲା। ବିଲରେ ଧାନ କାଟୁ କାଟୁ ହିଡ଼କଡ଼ ଗାତରୁ ବାହାରି ହାତରେ ନାଗ ସାପ ଚୋଟ ହାଣିଲା। ସେଇଠି, ସେଇ ବିଲ ଉପରେ, ପାଚିଲା ଧାନର ସୁନେଲି କ୍ଷେତ ଉପରେ ସେ ଢଳିପଡ଼ିଲା। ଗୁଣିଆଁ ଡକେଇବାକୁ ବେଳ ମିଳିଲା ନାହିଁ।

ମାଆକୁ ଖାଇଲା ବାଘ, ମୁହଁସଞ୍ଜ ବେଳେ, ବଙ୍ଗଳା ପାଖ ବୁଦିବୁଦିକା ଜଙ୍ଗଲ ମଝିରେ। ଜାଳ ପାଇଁ ପତର ଗୋଟେଇବାକୁ ସେ ଯାଇଥିଲା। ଫେରିଲା ନାହିଁ। ରତନୀର ଦାୟିତ୍ୱ ପଡ଼ିଲା ତା' ଦାଦି ଖୁଡ଼ୀଙ୍କ ଉପରେ।

ଖୁଡ଼ୀର ଗୋଟି ଗୋଟି ହୋଇ କେତେ ପିଲା ଜନମ ହେଲେ, ତିନି ଚାରିବର୍ଷ ନ ପୂରୁଣୁ ସେମାନେ ପୁଣି ବାହୁଡ଼ିଗଲେ। କିଏ ମଲା ବସନ୍ତରେ, କିଏ ବା ହଇଜାରେ। ସବା ସାନ ପୁଅ ଗନ୍ଧିଆକୁ ତେର ବରଷ। କୋଉ ପୁଅରେ ସେ ଲେଖା ? ହାଉଡ଼ାଟାଏ ତ, ସବୁବେଳେ ବୁଲୁଥାଏ।

ଛେଉଣ୍ଡପିଲା ହେଲେ ବି ବାଟ ଦି' କୋଶ ଆର ଗାଁର ଭେଣ୍ଡିଆ ଟୋକା ଯୋଗିଆ, ପଚିଶ ବର୍ଷର ଯୁଆନ। ଗୋଟାଏ ମାଇପ ସେ ଖାଇଥିଲା, ସେଇ ଯୋଗିଆକୁ ତେର ବରଷର ଝିଅ ରତନୀକୁ ବାହା କରେଇ ଦେଲା ତା'ର ଦାଦି। ପିଲା ଝିଅ, ଯୋଗିଆ ଘରକୁ ଯାଇ ପୁଣି ଫେରିଆସିଲା ଦାଦି ପାଖକୁ।

ସେଇବର୍ଷ ଘରପୋଡ଼ିରେ ଯୋଗିଆର ଘର ପାଉଁଶ ହେଲା। ଟଙ୍କା ଅଜବାକୁ ଯୋଗିଆ ଚାଲିଲା ରାଙ୍ଗାମ।

ଟଙ୍କା ଅର୍ଜିଲା। ରାଙ୍ଗାମରେ ଥାଇ ମାସକୁ ଦଶ ଟଙ୍କା କରି ରତନୀ ନାମରେ ପଠାଏ। ରତନୀ ଟଙ୍କା ପାଇ ଖୁଡ଼ୀ ହାତକୁ ବଢ଼େଇଦିଏ।

ମାସ ଚାରିଟା ନ ପୂରୁଣୁ ଖବର ମିଳିଲା ବ୍ରହ୍ମଦେଶକୁ ଜାପାନ ଦଖଲ କଲା। ବ୍ରହ୍ମଦେଶ କିଏ, ଆଉ ଜାପାନ କିଏ, ରତନୀ ବୁଝିଲା ନାହିଁ। କେତେ ଲୋକ ପ୍ରାଣବିକଳରେ କେତେ କଷ୍ଟ ସହି ଦେଶକୁ ଫେରିଲେ, ଯୋଗିଆ ଫେରିଲା ନାହିଁ। ଯେଉଁମାନେ ଫେରିଲେ, ସେମାନେ ତା'ର ଖବର ଦେଇପାରିଲେ ନାହିଁ।

ଆଶା ଅଛି ଦିନେ ସେ ଫେରିବ।

ଅନଉଁ ଅନଉଁ ଦି' ବର୍ଷ କଟିଗଲା, ଯୋଗିଆ ଫେରିଲା ନାହିଁ। ହେଲେ, ତା' ସାଙ୍ଗରେ ଯେଉଁମାନେ ଯାଇଥିଲେ କିଏ କେବେ ଫେରିଲେ। ସେମାନଙ୍କର ତ ପୁଣି ଫେରିବାର ଆଶା ନ ଥିଲା।

ଖୁଡ଼ୀ କହିଲା, ଆଉ ଗୋଟାଏ ପାତ୍ର କୋଉଁଠୁ ଦେଖି ରତନୀକୁ ଦୁତିଆ କରିଦେ।

ଦାଦି କହିଲେ, ହଁ ସେଇଆ କରିବା।

ରତନୀ କହିଲା, କାହିଁକି ଖୁଡ଼ୀ, ଭଲମନ୍ଦ ଜଣାଶୁଣା ନାହିଁ, ମୁଁ କାହିଁକି ଆଉ କାହା ଘରକୁ ଯିବି ?

ସେଦିନ ତାଙ୍କ ଘରେ ଝଟାପଟା କଜିଆ। ଖୁଡ଼ୀର ଇଚ୍ଛା ରତନୀ କୁଆଡ଼େ ଯାଉ। ଦାଦିର ଇଚ୍ଛା ରତନୀ କିଛିଦିନ ଘରେ ରହୁ। ଦାଦି ମନକଥା ତା' ମନରେ ଥାଏ। ଖୁଡ଼ୀ ଯାହା କହେ, ଦାଦି ମୁଣ୍ଡ ଟୁଙ୍ଗାରେ। ଖୁଡ଼ୀଟା ରାହାବାଳୀ। ରତନୀକୁ କେତେ କଥା କହି ଝିଙ୍ଗାସିଲା। ଛାଞ୍ଚୁଣୀ ଧରି ମାଡ଼ ମାରିଲା। କହିଲା, ସବାଖାଇ, ବାପ ରଖିଯାଇଛି କି ଗିଳିବୁ ? ଘଇତା ପଠେଇଲା ଟଙ୍କା କେଇଟା ଯେ କେବଠୁଁ ସେତକ ତୋ ପେଟରେ ପଡ଼ି ଭସ୍ମ ହେଲାଣି।

ରତନୀ ଜବାବ ଦେଲା ନାହିଁ। ଗାଳିମାଡ଼ ସହିଲା। କାନ୍ଦିଲା ନାହିଁ। ହାଉଡ଼ା ଭାଇଟା ପାଖରେ ଠିଆ ହୋଇ ବଲ ବଲ କରି ଚାହିଁ ରହିଥାଏ।

ରତନୀ ବି ମୂଲ ଲାଗିଲା। ପରଘରେ ପାଇଟି, କ୍ଷେତ କାମ। ଯାହା ଆଣେ ଖୁଡ଼ୀକି ଦିଏ, ତେବେ ବି ଖୁଡ଼ୀ ସନ୍ତୋଷ ହୁଏ ନାହିଁ। କୁକୁରକୁ ଅଇଁଠା ଭାତ ଦେଲା ପରି ରତନୀ ଆଗରେ ଭାତ ମୁଠାଏ କୁଢ଼େଇଦିଏ। କେବେ କେମିତି ଭାତ ନ ଦେଇ ପାଣି ତୋରାଣୀ ମନ୍ଦାଏ ଦିଏ। ପେଟକୁ ଦେହକୁ ଦୁଃଖ ଦେଇ ସେ ପଇସା ସଞ୍ଚି ରଖେ।

ରତନୀ କିଛି କହେ ନାହିଁ। କେବେ ଯୋଗିଆ ଫେରିବ ସେଇ କଥା ଭାବୁଥାଏ।

ତା' ବର ଯୋଗିଆ ତାକୁ କେଡ଼େ ଭଲ ପାଏ। ପେଟ ପାଇଁ କାହିଁ କେଉଁ ଦୂର ରାଇଜକୁ ଯାଇଛି। ଭେଣ୍ଟିଆ, ଟଙ୍କା ଗଛ, କେଉଁଠି ଅଟକିଥିବ, ଯୁଦ୍ଧବେଳ, ପ୍ରାଣବିକଳରେ କେତେ ଲୋକ କେଉଁଠି ଲୁଚି ଛପି ରହିଯାଇଛନ୍ତି। ଜଣ ଜଣ ହୋଇ ହୋଇ ଫେରୁଛନ୍ତି। କେତେ କଥା କହୁଛନ୍ତି।

ରତନୀ ଆଶା କରିଚି, ତା'ର ଯୋଗିଆ ଅବଶ୍ୟ ଫେରିବ। ସେ ଠାକୁରଙ୍କୁ ଡାକେ। ଦେବାଦେବୀ ପାଖରେ ମାନସିକ କରିଚି। ମନକଥା ମନରେ ଥାଏ।

ଗାଁ ମୁଣ୍ଡରେ ଛୋଟ ଡାକବଙ୍ଗଳା। ଦି' ବଖରା ଘର। ବଙ୍ଗଳା ପଛକୁ ରୋଷଘର ବଖରାଟିଏ, ପଦାଘର ବଖରାଏ। ରୋଷଘର କଡ଼କୁ ଟିକିଏ ଦୂରରେ ପକ୍କା କୂଅ।

ବଡ଼ ହତା, ରାସ୍ତାକୁ ବୋଲି ଲାଗିଛି। ହତା ଭିତରେ କେତେ ଜାତି ବଣୁଆ ଗଛ। ବଙ୍ଗଳା ପଛରେ ବୁଦିବୁଦିକା ଜଙ୍ଗଲ। ସେଇ ଜଙ୍ଗଲଟା ଦୂରକୁ ଘଞ୍ଚ ହୋଇ ମାଳ ରାଇଜରେ ମିଶିଯାଇଛି।

ପଛପାଖ ବାରଣ୍ଡାରେ ବସି ଦୂରକୁ ଚାହିଁଲେ ଢେଉଢେଉକା ପାହାଡ଼ମାଳ କେଡ଼େ ସୁନ୍ଦର ଦିଶେ। ଖରାଦିନେ ପାହାଡ଼ମାନଙ୍କରେ ନିଆଁ ଲାଗିଲେ ଅନ୍ଧାର ରାତିରେ ଦୂରକୁ ଦିଶେ ମନୋରମ, ସତେ କି ରୋଷନୀ ଜଳୁଛି।

ବଙ୍ଗଳା ଆଗ ରାସ୍ତା ଉପରେ ନିତି ଛୁଟେ ବସ୍, ସକାଳ ଆଠଟାରେ ପୁଣି ଦୁଇ ପ୍ରହର ଦୁଇଟାରେ। ବସ୍ ଦୁଇଟା ଫେରେ ସକାଳ ଏଗାରଟା ପୁଣି ସଞ୍ଜ ପାଞ୍ଚଟାରେ। ବସ୍ ପହଞ୍ଚିଲେ ରାସ୍ତା ଉପରେ ଦଶ ପନ୍ଦ ମିନିଟ୍ ଯାଏ ଗହଳଚଳହ ହୁଏ। ତା'ପରେ ସବୁ ଶୂନ୍‌ଶାନ୍।

କେବେ କେମିତି କେହି କେହି ବଙ୍ଗଳାରେ ରହିବାକୁ ଯାଆନ୍ତି। ବଙ୍ଗଳା ଆଗରେ ପୋତା ହୋଇଥିବା ବାଉଁଶ ଅଗରେ ତ୍ରିରଙ୍ଗା ପତାକା ଫରଫର ଉଡୁଥାଏ।

ରେଢ଼ିକା ଘରର ପୁଅ ବୁଧିଆ, ତା'ର ମା' କି ଗାଁ ନାଁ କେହି ଜାଣନ୍ତି ନାହିଁ।

ପାଞ୍ଚବର୍ଷ ତଳେ ଚଉଦବର୍ଷର ଅନାଥପିଲା ବୁଧିଆ, ଦେହରେ ନେକୁଡ଼ି ଗୁଡ଼େଇ ହୋଇ ମାଗି ଖାଇବାକୁ ଏ ଗାଁକୁ ଆସିଥିଲା। କେଉଁଠି କ'ଣ ଖାଏ, ରାତିରେ ବଙ୍ଗଳା ପିଣ୍ଡାରେ ଶୁଏ। ବାଘ ସାପ କି ଡାଆଣୀ ତା'ର ଡର ନ ଥାଏ।

ମଟର ବସ୍‌ରୁ ଯେଉଁମାନେ ବଙ୍ଗଳା ଆଗରେ ଓହ୍ଲାନ୍ତି, ତାଙ୍କର ବୋଝ ମୁଣ୍ଡେଇ ଠିକଣା ଜାଗାକୁ ନେଇଯାଏ। ଯିଏ ଯାହା ଦିଏ ପୁଣି ଖୁସି ହୋଇ ଅଣ୍ଟାରେ ଖୋସେ। ଓଜର ଆପତ୍ତି କରେ ନାହିଁ।

ଯେଉଁ ବାବୁମାନେ ବଙ୍ଗଳାରେ ରହନ୍ତି, ତାଙ୍କର ବାସନ ମାଜେ, ଘର ଓଳାଏ, ବୋଲହାକ କରେ। ଉପରେ ପଡ଼ି ଗୋଡ଼ ଘଷିଦିଏ। ବଙ୍ଗଳାରେ ବାବୁ ଥିବାଯାଏ ମାହାଲିଆ ଗଣ୍ଡେ ଖାଇବାକୁ ମିଳେ। ବାବୁ ବଙ୍ଗଳା ଛାଡ଼ିଗଲାବେଳେ ମନ ଖୁସିରେ ଦିଅଣା ଚାରଣା ଦେଇଯାଆନ୍ତି। ବୁଧିଆ ଖୁସିରେ ନିଏ, ସଞ୍ଚୟ କରି ରଖେ।

କଳା ମିଚିମିଚି ଟୋକା ସେ ବୁଧିଆ, ବେଳ ପାଇଲେ ଗାଁ ଲୋକଙ୍କର ପାଇଟି କରେ। ଯିଏ ଯାହା ଦିଏ, ସେ ଆପତ୍ତି କରେ ନାହିଁ। ଅଣ୍ଟା ଗାଞ୍ଜିଆ ଭିତରେ ଗଳେଇ ଦିଏ। ବୁଧିଆକୁ ଗାଁ ଲୋକେ ପିଲା ମାଇପେ ସମସ୍ତେ ଜାଣନ୍ତି। ସମସ୍ତଙ୍କର ଧାରଣା, ସେ ନିହତ ଜଗି ଚଳେ।

ଡାକବଙ୍ଗଳା ଚାଳରେ ଯେମିତି ଘରଚଟିଆ ବସା ବାନ୍ଧି ରହେ, ମଟର ଘର ଭିତରେ ଯେମିତି ରହେ ବଙ୍ଗଳାର କୁତୀ, ସେମିତି ବୁଧିଆ ବି ରହେ ପିଣ୍ଡାରେ। ସର୍ବସାଧାରଣ ଘର ଏ ଡାକବଙ୍ଗଳା, ସଭିଙ୍କର ଅଧିକାର, କେହି ବାରଣ କରେ ନାହିଁ।

ବେଳେବେଳେ ହାକିମହୁକୁମା ଆସି ଦିନେ ଅଧେ ଡାକବଙ୍ଗଳାରେ ରହିଯାଆନ୍ତି। କେବେ କେମିତି କେତେ ରାଇଜକୁ ଆସନ୍ତି ଯାତ୍ରୀ, ପିଲାଛୁଆ ସଙ୍ଗରେ ଧରି।

ବଙ୍ଗଳା ପାଖରୁ ଦୁଇମାଇଲ ଦୂରରେ ଛୋଟ ଝରଣା, ବାରମାସ ପାଣି ରହେ। ଖରାଦିନେ ମଧ୍ୟ ଝିରିଝିରି ଝରୁଥାଏ। ପାଖ ପାହାଡ଼ ମଝିଖୋଲରୁ ବାହାରି ତଳକୁ ଗଡ଼ି ଆସିଛି। ଗୋଟିଏ ଥାନରେ ପାଞ୍ଚହାତ ଉଚ୍ଚର ଜଳପ୍ରପାତ। ସେଇ ପାଖରୁ ପଚାଶହାତ ଦୂରରେ କେବକାଳର ପୁରୁଣା ଛୋଟ ମନ୍ଦିରଟିଏ। ମନ୍ଦିର ଭିତରେ ଶିବଲିଙ୍ଗ।

ପ୍ରତ୍ୟକ୍ଷ ଦେବତା। ଡାକିଲେ ଜବାବ ଦେବେ। ମାଗିଲେ ଧନରତ୍ନ କି ପିଲାଝିଲା ସେ ଦିଅନ୍ତି ନାହିଁ। ଯାହାକୁ ଧବଳ କୁଷ୍ଠ, ସେ ଯଦି ଝରଣାରେ ଗାଧୋଇ ଝରଣାକୁ ପାଣି ଆଣି ଲିଙ୍ଗ ଉପରେ ଢାଳି ଗୁହାରି କରେ, ମହାଦେବଙ୍କର ଦୟା ହେଲେ ତା'ର ରୋଗ ବରଷକ ଭିତରେ ଭଲ ହୋଇଯାଏ। ଯେଉଁ ପିଲାର ତୁଣ୍ଡ ନ ଫିଟେ, ଯେ ଚାଲି ନ ପାରେ, ତା'ର ମା' ପିଲାକୁ ଝରଣା ପାଣିରେ ଗାଧୋଇ ଦେଇ ଲିଙ୍ଗ ଉପରେ ପାଣି ଢାଳିଲେ ବର୍ଷକ ଭିତରେ ପିଲା କଥା କହେ, ଚାଲେ।

ଶିବଙ୍କ ପାଖରେ ଜାତିଭେଦ କି ଧର୍ମଭେଦ ନଥାଏ। ପଣ୍ଡା ପୂଜାରୀ ଦରକାର ପଡ଼ନ୍ତି ନାହିଁ। ସେ ସମସ୍ତଙ୍କର ପୂଜା ଗ୍ରହଣ କରନ୍ତି। ଖୁସିହୋଇ ବର ଦିଅନ୍ତି।

ମନ୍ଦିର ପାଖରୁ ଚାରିଶ ହାତ ଦୂରରେ ପାହାଡ଼ ଦେହରେ ଖୋଳା ହୋଇଛି ଗୁମ୍ଫା, ଅବିକଳ ଖଣ୍ଡଗିରି ଗୁମ୍ଫା ପରି। ସେଇ ଗୁମ୍ଫାର ଗୋଟିଏ କାନ୍ଥରେ ପାଲି ଭାଷାରେ କେତେ ଧାଡ଼ି କଅଣ ଲେଖା ହୋଇଛି।

ହାକିମହୁକୁମା କି ଜିଲ୍ଲାବୋର୍ଡ଼ ମେମ୍ବରଙ୍କୁ ଛାଡ଼ି ଯେଉଁମାନେ ବଙ୍ଗଳାରେ ଦିନେ ଦୁଇଦିନ ରହନ୍ତି, ସେମାନଙ୍କ ଭିତରୁ ଅଧିକାଂଶ ଆସିଥାନ୍ତି ମହାଦେବ ଦର୍ଶନ ପାଇଁ। କେବେ କେମିତି ଜଣେ ଜଣେ ସେ ଗୁମ୍ଫା ଲିପି ଦେଖିବାକୁ ଆସନ୍ତି।

ବୁଧିଆକୁ ଯିଏ ଡାକେ ସେ ତାଙ୍କ ସଙ୍ଗରେ ଯାଏ।

ଦୁଇବର୍ଷ ତଳେ ଜଣେ ହାକିମ ବୁଧିଆ ଉପରେ ଖୁସି ହୋଇଥିଲେ, ଆଉ ତାଙ୍କରି ସୁପାରିଶ୍‌ରେ ବୁଢ଼ା ଚଉକିଆ ଜାଗାରେ ବୁଧିଆ ହେଲା ବଙ୍ଗଳାର ଚଉକିଆ। ଯେଉଁ ବଙ୍ଗଳାର ପିଣ୍ଡାରେ ତିନିବର୍ଷ କାଳ ସେ କଟାଇଥିଲା, ଶେଷରେ ପୁଣି ସେଇ ବଙ୍ଗଳାର ସେ ହେଲା ସର୍ବେସର୍ବା।

ବୁଧିଆ ମାସକୁ ମାସ ଆଠଟଙ୍କା ଦରମା ପାଇଲା। ହେଲେ ବି ମୁଣ୍ଡରେ ବୋଝ ବୋହିବା ପାଇଟି କି ବାବୁଭାୟାଙ୍କର ଗୋଡ଼ ଘଷିବା, ବାସନକୁସନ ମାଜିବା କାମ ସେ ଛାଡ଼ିଲା ନାହିଁ।

ଆହୁରି ଦୁଇବର୍ଷ ବି କଟିଗଲା।

ଜୀବନବାବୁ କଟକ କଲେଜର ଇତିହାସର ଲେକ୍‌ଚରର। ଧନୀ ଘରର ପୁଅ। ଇତିହାସ ଗବେଷଣା ଜୀବନର ବ୍ରତ କରିଛନ୍ତି। ଭଲ ଛାତ୍ର ସେ ଥିଲେ। ଦୁଇ ବର୍ଷ ତଳେ ବନାରସ ହିନ୍ଦୁ ବିଶ୍ୱବିଦ୍ୟାଳୟରୁ ପ୍ରଥମ ସ୍ଥାନ ଅଧିକାର କରି ସେ ଉତ୍ତୀର୍ଣ୍ଣ ହୋଇଥିଲେ। ସେଥିପାଇଁ ସଙ୍ଗେ ସଙ୍ଗେ ସେ କଟକ କଲେଜରେ ଶିକ୍ଷକ ନିଯୁକ୍ତ ହୋଇଥିଲେ। ଭଲ ଶିକ୍ଷକ ବୋଲି ଛାତ୍ରସମାଜରେ ତାଙ୍କର ନାମ ଥିଲା।

ଜୀବନବାବୁ ସୁନ୍ଦର, ବଳିଷ୍ଠ, ଶାନ୍ତଶିଷ୍ଟ ଅଳ୍ପଭାଷୀ। ବୃଥାରେ ସମୟ ନଷ୍ଟ କରିବାକୁ ଘୃଣା କରନ୍ତି। ସେଥିପାଇଁ ସବୁବେଳେ ପଢ଼ାରେ ମନ ଢାଳି ଦେଇଥାନ୍ତି। କଲେଜ ପତ୍ରିକାରେ କେତେ ଗବେଷଣାପୂର୍ଣ୍ଣ ପ୍ରବନ୍ଧ ପ୍ରକାଶ କଲେଣି, ତଥାପି ରିସର୍ଚ୍ଚ ଚାଲିଛି। ଅକ୍ଳାନ୍ତ ପରିଶ୍ରମୀ।

ଏ ଭିତରେ ତାଙ୍କର ମନ ଟିକିଏ ଚଞ୍ଚଳ ହୋଇଉଠିଛି। ହାତକ ଦି'ହାତ କରିଦେବାକୁ ତାଙ୍କର ବୃଦ୍ଧ ପିତା ଜିଗର୍ ଧରିଲେଣି। ବିବାହ କଥା ସେ ଆଜିଯାଏ ଭାବି ନ ଥିଲେ। ଲେଖାପଢ଼ାର ଭାବନା ଭିତରେ ମନର ଉଦ୍ଦାମ ସୋହାଗ ଆତ୍ମଗୋପନ କରିଥିଲା। ଛାତ୍ରଜୀବନରେ, ଆଉ ଏ ଶିକ୍ଷକ ଜୀବନରେ, କେତେ ଝିଅଙ୍କର ସେ ସମ୍ପର୍କରେ ଆସିଛନ୍ତି; କିନ୍ତୁ କାହାରି କଥା ସେ କେବେ ମନରେ ସ୍ଥାନ ଦେଇ ନାହାନ୍ତି।

ବାପାଙ୍କର ଅନୁରୋଧ, ତା'ପରେ କେତେ ବନ୍ଧୁଙ୍କର ଚିଠି, ଚିଠି ସଙ୍ଗରେ

ଫଟୋ, ହସ୍ତାକ୍ଷର ନମୁନା; ଏସବୁ ତାଙ୍କର ମନକୁ ଟଳମଳ କରିଥିଲା। ବିବାହ ତ କରିବାକୁ ହେବ, ନିଜର ଇଚ୍ଛା ନ ଥିଲେ ମଧ୍ୟ ବାପାଙ୍କୁ ସନ୍ତୁଷ୍ଟ କରିବାକୁ, କିନ୍ତୁ କାହାକୁ? ମନ ଓ ଆଖି ଦିହେଁ ଖୋଜନ୍ତି। ପାଟଣା କି ବନାରସରେ ଯେଉଁମାନେ ସଙ୍ଗରେ ପଢୁଥିଲେ, କଲେଜରେ ଯେଉଁମାନେ ପଢୁଛନ୍ତି, ସମସ୍ତେ ଆଖି ଆଗକୁ ଆସନ୍ତି।

ସମସ୍ତେ ଦିଶନ୍ତି ସୁନ୍ଦର, ସମସ୍ତେ ଭଲ। ଯେଉଁ ଝିଅଟି ବାସନ ମାଜି ଯାଏ, ଯିଏ ମୁଣ୍ଡରେ ମାଟି ବୋଝ ଧରି ଚାଲିଯାଏ, ସମସ୍ତେ ସୁନ୍ଦର। ସମସ୍ତେ ଭଲ। ବାପାଙ୍କୁ ମତାମତ କଅଣ ଲେଖିବେ ଜୀବନ ବାବୁ? ଚାରିମାସକାଳ ଭାବି ଭାବି ଶେଷକୁ ଉତ୍ତର ଦେଲେ, ମତେ କ'ଣ ପଚାରିଛନ୍ତି, ଲୋକ ଚିହ୍ନିବାର ଶକ୍ତି ମୋର ନାହିଁ; ଆପଣଙ୍କର ଯେଉଁଠି ଇଚ୍ଛା ଜବାବ ଦିଅନ୍ତୁ। ମୁଁ ଅବାଧ ନୁହେଁ।

କୁମାର ପୁନେଇଁ ଚାରିଦିନ ଥାଏ-

ଅଶୋକଙ୍କର ଶିଳାଲିପି ପଢ଼ିବାକୁ ବୁଢ଼ା ଚାକର ମଦନାକୁ ସଙ୍ଗରେ ଧରି ଜୀବନବାବୁ ବୁଧିଆର ବଙ୍ଗଳାରେ ପହଞ୍ଚିଥିଲେ। କେଡ଼େ ଆଗ୍ରହରେ ବୁଧିଆ ତାଙ୍କର ଜିନିଷପତ୍ର ମୁଣ୍ଡରେ ନେଇ ବଙ୍ଗଳାର ଗୋଟିଏ କୋଠରିରେ ସଜାଡ଼ି ରଖିଲା। ତିନି ସପ୍ତାହ ପରେ ବଙ୍ଗଳାରେ ରହିବାକୁ ଜଣେ ଭଲ ବାବୁ ଆସିଛନ୍ତି; ଆନନ୍ଦର କଥା। ବୁଧିଆର ଗୋଡ଼ ତଳେ ଲାଗୁନାହିଁ। ତୁଣ୍ଡରୁ କଥା ନ ବାହାରୁଣୁ ସେ ପାଇଟି କରୁଛି।

ସଙ୍ଗରେ ବୁଧିଆକୁ ଧରି ଜୀବନବାବୁ ସକାଳୁ ବାହାରି ପଡ଼ିଥିଲେ, ଶିବ ମନ୍ଦିର, ଶିଳାଲିପି ଓ ପୁରୁଣା ଗୁମ୍ଫା ଦେଖିବେ। ହାତରେ କ୍ୟାମେରା ଥିଲା। ବଙ୍ଗଳାକୁ ଫେରିଲାବେଳକୁ ସମୟ ପ୍ରାୟ ଦଶଟା। ବାରଣ୍ଡାରେ ଚଉକି ପକାଇ ଟେବୁଲ ଉପରେ କାଗଜପତ୍ର ଘାଣ୍ଟି କ'ଣ ସବୁ ଲେଖିବାକୁ ଆରମ୍ଭ କରିଥିଲେ।

ଅଛୁଁଆ ଘରର ଝିଅବୋହୂ କେଇଜଣ ତାଙ୍କରି କଡ଼ରେ କୂଅ ପାଖକୁ ଗଲେ। ଜୀବନ ମୁହଁ ଟେକି ଥରଟିଏ ଚାହିଁଥିଲେ। ପୁଣି ମନଦେଲେ ଲେଖାପଢ଼ିରେ। କୂଅ ଆଡୁ ହସ ଶୁଭିଲା। କଡ଼େଇ ଚାହିଁଲେ ସାନ ସାନ ଝିଅ ଦିଓଟି ମୁଣ୍ଡରେ ମାଠିଆ, କାଖରେ ମାଠିଆ। ସେ ତଳକୁ ମୁହଁ ପୋତିଲେ।

ଛବିଟି ମନ ଭିତରେ ଛଟପଟ ହେଲା ସୁନ୍ଦର। କେଡ଼େ ଭଲ ସ୍ୱାସ୍ଥ୍ୟ। ଗୋରା ତକ୍‌ତକ୍। ପୂରିଲା ପୂରିଲା ମୁହଁ। ଆଖି ଦିଓଟି ଆଉ ଭୂଲତା ଦିଓଟି ତୁଳିରେ ଆଙ୍କିଲା

ପରି। କଳା ମାଠିଆର ପେଟରେ ଗୁଡ଼େଇ ହୋଇଛି ବାହୁଲତାଟି, ଧୋବ ଫରଫର। ଦୋହଲା ଚାଲି। ସରୁ ସରୁ ରଙ୍ଗିଲା ଓଠକୁ ସତେ କି ହସ ଝରିପଡ଼ୁଛି।

ଜୀବନବାବୁଙ୍କର ଡାଆଣା ମନ ପର ଝିଅର ରୂପସମ୍ଭାର ଦେଖି ଡହଳ ବିକଳ ହେଲା। ଆଖି ଛଟପଟ ହେଲା ଆହୁରି ଥରେ ଚାହିଁବାକୁ। ପାପପୁଣ୍ୟର ଜଗୁଆଳି ପୁରୁଣା ସଂସ୍କୃତି ଦେଖାଇଲା ନାଲି ଆଖି। ପାଖରେ କେହି ନାହିଁ ଧାରଣା ତରୁଣର ସରାଗକୁ ଉତ୍ତେଜିତ କଲା। ଜୀବନ ମୁଣ୍ଡ ଟେକି କିଛି ନ ଜାଣିଲା ପରି କଣେଇ ଚାହିଁଲେ।

ପିଲା ଝିଅ ଦିଓଟି ଚାଲିଛନ୍ତି ଆଗେ ଆଗେ। ପଛରେ ଯୁବତୀ ଝିଅ। ପାଖରେ ଚାଲି ଯାଉଛି; ମଇଳା ସାତଚିରା ଲୁଗା ଜଳିଲା ଯୌବନଶ୍ରୀମଣ୍ଡିତ ଦେହକୁ ଘୋଡ଼ାଇ ପାରୁନାହିଁ। ଚମର ଚହଟ ତାରୁଣ୍ୟକୁ ଛଟପଟ କରୁଛି। ସୁନ୍ଦର ସତେ ! ଝିଅଟି କଣେଇ ଚାହିଁଲା। ଲାଜ ଓ ଭୟରେ ପୁଣି ଆଖି ଫେରାଇଲା। ଦୃଷ୍ଟି ଆବୋରି ରହିଲା ସେଇ ଚଳନ୍ତି ପ୍ରତିମାର ରୂପ-ପସରାକୁ। ଦୃଷ୍ଟିରେ ଲାଳସା, ଆତ୍ମାରେ ହତାଶା।

ବଙ୍ଗଳାର କାନ୍ଥ କଡ଼ରେ ରୂପର ଢେଉ ଛପିଗଲା।

ରୂପର ଢେଉ ଲହଡ଼ି ଭାଙ୍ଗିଲା ଜୀବନବାବୁଙ୍କର ଛାତି ତଳେ। କିଛି ନ ଜାଣିଲା ପରି ସଭ୍ୟ ଶିକ୍ଷିତ ଧନୀର ପୁଅ କଲେଜର ଅଧ୍ୟାପକ ଜୀବନ କିଶୋର; କେହି ନାହିଁ ପାଖରେ ଛଳନା କରି ବାଆଁରେଇ ହୋଇ ଉଠିଲେ, କୋଠା କଡ଼ରେ ଠିଆ ହୋଇ ଚାହିଁଲେ। ଆଗ ଝିଅ ଦୁଇଟି ରାସ୍ତା ଉପରକୁ ଉଠିଲେଣି ଯୁବତୀଟି ଠିଆ ହୋଇ ବଙ୍ଗଳାର ଚଉକିଦାର ଟୋକା ସଙ୍ଗେ କଣ କଥାଭାଷା ହେଉଛି। ଚଉକିଦାରର ନିଘା ପଡ଼ିଲା କି କ'ଣ, ଝିଅଟିକୁ କ'ଣ କହିଲା ପରା, ମୁଣ୍ଡ ବୁଲାଇ ସେ ପଛକୁ ଚାହିଁଲା। ମୁହୂର୍ତ୍ତେ ଚାହିଁ ଦୃଷ୍ଟି ଫେରାଇ ସେ ଆଗକୁ ଚାଲିଲା, ରାସ୍ତା ଉପରକୁ।

ଟେବୁଲ ପାଖକୁ ଜୀବନ ଫେରିଆସିଲେ।

ଜୀବନ ଆଶ୍ଚର୍ଯ୍ୟ ହେଲେ। ଛାତ୍ର ଜୀବନରେ ଅନେକ ସହପାଠୀ ବନ୍ଧୁଙ୍କ ସଂସର୍ଗରେ ସେ ଆସିଛନ୍ତି। ସମସ୍ତେ ଶିକ୍ଷିତା, ଆଧୁନିକା। ସମସ୍ତଙ୍କ ସଙ୍ଗେ ଭାବର ଆଦାନ ପ୍ରଦାନ, ହସଖୁସି, ପାଖାପାଖି। ଆଉ, ଅଧ୍ୟାପକ ଜୀବନରେ କେତେ ଛାତ୍ରୀଙ୍କୁ ସେ ଦେଖିଛନ୍ତି, ଦେଖୁଛନ୍ତି। ଆହୁରି ମଧ୍ୟ କେତେ ବନ୍ଧୁବାନ୍ଧବଙ୍କ ସଙ୍ଗେ ମିଶିଛନ୍ତି। ଯେତେ ଝିଅଙ୍କୁ ସେ ଚିହ୍ନନ୍ତି, ସେମାନଙ୍କ ଭିତରୁ ହୁଏତ ଅନେକେ ଏହି ଅପରିଚିତ

ଝିଅଟି ଅପେକ୍ଷା ବେଶି ସୁନ୍ଦର; ତଥାପି ସେ ତ କେବେ ଉତ୍ତେଜିତ ହୋଇ ନ ଥିଲେ, ତାଙ୍କର ମନର ସରାଗ ଏପରି ଚହଲି ଉଠି ନ ଥିଲା !

କାହିଁକି ଏପର ହେଲା ? ନିର୍ଜନତା, ନିଃସହାୟତା, ଦାରିଦ୍ର୍ୟ, ନଗ୍ନତା ? କାହିଁକି ? ଅନୁତାପ କରିବାକୁ ଇଚ୍ଛା ହେଲା । ସଭ୍ୟତା ଓ ସଂସ୍କୃତି ଦୁଇ କାନରେ ରଡ଼ି ଛାଡ଼ିଲେ, ଅନ୍ୟାୟ, ଅନୀତି ! ଯାଉ, ଭସାମେଘ ପରି ଚହଲା ମନରେ ଗୋଟାଏ ଅଦିନିଆଁ ଧାରଣା ଭାସିଯାଉ ।

କଲମ ଟେକି ଲେଖିବାକୁ ଆରମ୍ଭ କଲେ ।

ଚଉକିଆ ଆସି କାନ୍ଥକୁ ଆଉଜି ଠିଆ ହେଲା ।

ଜୀବନ ପଚାରିଲେ, କଅଣରେ ବୁଧିଆ ।

ସକାଳେ ବୁଧିଆ ସାଙ୍ଗରେ ମନ୍ଦିରକୁ ଗଲାବେଳେ ଉପରେ ପଡ଼ି ସେ ତା' ଜୀବନର ସବୁ ଘଟଣା ତାଙ୍କୁ କହିଥିଲା । ଜୀବନ ତାକୁ ମିଠା କଥା ଦୁଇଚାରି ପଦରେ ସହାନୁଭୂତି ଦେଖାଇଥିଲେ ।

ବୁଧିଆ କହିଲା, ଆପଣ କହୁଥିଲେ, ଆଜି ଫେରିଯିବେ ପରା ? ଦୁଇଟାବେଳେ ଗାଡ଼ି ଆସିବ । ସେଇଆ କହିବାକୁ ଆସିଛି ।

ଦୁଇଟାବେଳେ, ଓଃ ଅନେକ ଡେରି ଅଛି ତ ।

ଆଜ୍ଞା ହଁ ।

କେତେ କଅଣ ପଚାରିବାକୁ ଇଚ୍ଛା ହେଉଥିଲା, କଥାଗୁଡ଼ାକ ସତେ କି ତଣ୍ଟିରେ ଅଟକିଗଲା । ବୁଧିଆ ପିଣ୍ଡା ଉପରୁ ତଳକୁ ଓହ୍ଲେଇଲା ।

ଜୀବନ ଡାକିଲେ, ବୁଧିଆ–

ଆଜ୍ଞା–

ବୁଧିଆ ତଳେ ଠିଆ ହୋଇ ରହିଲା ।

ତୁ ବଡ଼ ଗରିବ, ନାଇଁରେ ?

ହଁ ଆଜ୍ଞା । ମୋର ଘର ନାହିଁ, ଜମିବାଡ଼ି ନାହିଁ, ମୋର କେହି ନାହାନ୍ତି । ଆପଣମାନଙ୍କ ସେବା କରି ଅଇଁଠା ଖାଇ ବେଳ କଟିଯାଉଛି । ଏଇଆ ମୋର ଭଲ ।

ନାଇଁରେ, କେଉଁଠୁ ଗୋଟିଏ ଭଲ ଝିଅ ଦେଖି ବାହା ହୋଇପଡ଼ । ତୋର ବୟସ ତ ହେଲାଣି, ଚାକିରି କରୁଛୁ, ପଇସା କମଉଛୁ । ସୁଖରେ ରହିବୁ ।

ବୁଧିଆର କଳା ମିଚିମିଚି ମୁହଁରେ ଧୋବ ଫରଫର ଦାନ୍ତ ଝଟକି ଉଠିଲା । ତା' ଭଲମନ୍ଦ କଥା ଆଉ କେଉଁ ଗଲା ଆଇଲା ବାବୁ ପଚାରି ନ ଥିଲେ । ଆଉ ବାବୁମାନେ ମିଛରେ ରଗରଗ ହୁଅନ୍ତି, ହାକିମାତି ଦେଖାନ୍ତି । ଏ ବାବୁଟି ଭଲ ।

ତୁନି ରହିଲୁ ଯେ-

ଦାନ୍ତ ନିକୁଟି ବୁଧିଆ କହିଲା, ମୁଁ ଗରିବ ପିଲାଟା ଆଜ୍ଞା- ।

ସେଇଥିପାଇଁ କହୁଛି ଗରିବ ଘରର ଝିଅଟିକୁ ବାହା ହୋଇପଡ଼ । ଭଲ ହେବ । ସେ ଯେଉଁ ଝିଅଟି ସଙ୍ଗରେ କଥା କହୁଥିଲୁ, ଭଲ ଝିଅଟିଏ ତ ସେ, ଗରିବ ପିଲା ପରି ଦିଶୁଛି ।

ବୁଧିଆ କହିଲା, ଖଦାଳଘର ଝିଅ ସେ ଆଜ୍ଞା ! କେଉଁ ଗାଁରେ ବାହା ହୋଇଛି ଯେ ତା' ବର କେତେ ବରଷ ହେଲାଣି ରଙ୍ଗୁନ ଯାଇଛି । କିଏ କହୁଛି ମଲାଣି, କିଏ କହୁଛି ବଞ୍ଚିଛି । ରତନୀ ତାକୁ ଅନେଇଁ ବସିଛି । ଉପାସଭୋକ ପୁଣି ଖୁଡ଼ୀର ଗାଳିମାଡ଼ ସହି ଖାଲି ଠାକୁରଙ୍କୁ, କେବେ ତା' ବର ଯୋଗିଆ ଫେରିବ ।

ବଞ୍ଚିଛି ଯେ ଫେରିବ !

ଜୀବନ ପଚାରିଲେ, ବାପ ମା' ନାହାନ୍ତି କି ?

ନାଇଁ, ରତନୀ ମତେ କହୁଥିଲା, କାଲି ରାତିରୁ ସେ ଖାଇ ନାହିଁ । ସକାଳୁ ତା' ଖୁଡ଼ୀ ତାକୁ ପିଟିଛି, ଖଦିପଟା ଦେଇନାହିଁ । ଦିନ ଦି'ପହର ଖରାରେ ପଠେଇ ଦଉଛି କାମକୁ । କହିଲା, ଦବୁକିରେ ବୁଧିଆ ଭାଇ ଗଣ୍ଡେ ଭାତ ? ମୁଁ କହିଲି, ଯାଉନୁ ବାବୁଙ୍କୁ ମାଗିବୁ । ହାତେ ଜିଭ କାମୁଡ଼ି ପକେଇଲା ଆଜ୍ଞା । କହିଲା, କୋଉ ଗାଁର କୋଉ ବାବୁ, ମୁଁ କାଇଁକି ତାଙ୍କୁ ମାଗିବି ବା ? ପଛକୁ ଚାହିଁଦେଇ ଛୁ କଲା ।

ଜୀବନ ବୁଧିଆ ମୁହଁକୁ ନିରେଖିଲେ । କ'ଣ ଭାବି ପଚାରିଲେ, ରତନୀକୁ ତୁ ଭାରି ଭଲପାଉ, ନାଇଁରେ ବୁଧିଆ ?

ଜୀବନ ହସିଲେ ।

ଗମ୍ଭୀର ମୁହଁରେ ବୁଧିଆ କହିଲା, ଭଲ କ'ଣ ମନ୍ଦ କ'ଣ ସାଆନ୍ତେ । ତାକୁ ଯିଏ ଦେଖିଲେ ଦୟା ପାଏ । ଯେତେବେଳେ ତା' ଖୁଡ଼ୀ ତା' ପିଠିରେ ବିଧା ଗୋଇଠା ଅଜାଡ଼ିଦିଏ, ଗୋରୁ ଚରିଯିବ ସାଆନ୍ତେ, ଦେଖିଲା ଲୋକର ଆଖି ବୁଜିହୋଇ ପଡ଼ିବ । ପଦେ କିଏ ମୁହଁ ଖୋଲିବ ନା ? ରାହାବାଳୀ ଖୁଡ଼ୀ ତା'ର ସପ୍ତପୁରୁଷ ଉଝାଳି ଦେବ ନାହିଁ ? ଯିଏ ଦେଖେ, ଆହା ଆହା କହି ବାଟେ ବାଟେ ଯାଏ । ଯେଉଁଦିନ ଆପଣଙ୍କ ପରି ବାବୁ କେହି ଆସି ଏ ବଙ୍ଗଳାରେ ରହନ୍ତି, ରତନୀ ଡାହାଣୀଙ୍କ ପରି ମତେ ଗଣ୍ଡେ ଭାତ ମାଗେ । କେବେ କେମିତି ମୁଠାଏ ଖାଏ । କାମ କରେ ଆଜ୍ଞା, ବାସନକୁସନ ମାଜେ, ବଳିଲା ଭାତପୁଞ୍ଜିଏ ଖାଏ ।

ଜୀବନ ସହାନୁଭୂତି ଦେଖାଇ କହିଲେ, ମଦନ ବୁଢ଼ାକୁ କହ, ଭାତ ଗଣ୍ଡେ ଯଦି ବଳିଥିବ ବିଚାରୀ ରତନୀକୁ ଦେବ ।

ବୁଧିଆ କହିଲା, ବୁଢ଼ା ଚାକର ଢୁଲଉଛି। ଭାତ ଗଣ୍ଡିଏ ହାଣ୍ଡିରେ ଥୋଇଦେଇଥିଲା। ଅଧେ ମୁଁ ଖାଇଲି, ଆଉ ଅଧେ ରତନୀ ଲାଗି ରଖି ଦେଇଛି ଘୋଡ଼େଇ କରି। ସେ ଖାଇବ, ହାଣ୍ଡି ମାଜି ରଖିଦେଇ ଯିବ।

ଜୀବନ କହିଲେ, ତୋ ନାମଟି ବୁଧିଆ, ତୁ ସତରେ ଏକା ବୁଦ୍ଧିଆ।

ଗରିବ ପିଲାଟେ ଆଜ୍ଞା।

ଗରିବ ହ ପଛେ, ଭଲ ପିଲାଟେ ତୁ।

ବୁଧିଆର ମନ କୁଣ୍ଢେମୋଟ ହେଲା। କେତେ ବାବୁ ଆସନ୍ତି ଯାଆନ୍ତି, ଏମିତି ପରର ସୁଖ ଦୁଃଖ କଥା କେହି ପଚାରନ୍ତି ନାହିଁ। ସାହସ ପାଇ ବୁଧିଆ କହିଲା, ଆପଣଙ୍କ ଚାକର ବୁଢ଼ା କହୁଛି, ଚାଲ ବୁଧିଆ ମହାଦେବ ଦେଖିଆସିବା। ମୁଁ କହିଲି, ତୁମେ ତ ବୁଢ଼ା ଲୋକ, ଚାଲିପାରିବ ନାହିଁ। ଫେରୁଫେରୁ ଡେରି ହେଲେ ମଟର ଫିଟିଯିବ। ସତେ କ'ଣ ତମେ ଆଜି ପଳେଇବ ବାବୁ? ଚାଲି ଚାଲି ଏତେ ବାଟ ଗଲ ଆଇଲ, ଥକି ଯାଇଥିବ, ତମେ ଆଜି ଥାଅ, କାଲି ଯିବ। ବୁଢ଼ା ଠାକୁର ଦେଖିବାକୁ ମନ କରିଛି। ଦେଖି ଆସୁ। ପ୍ରତ୍ୟକ୍ଷ ଦେବତା, ଭକ୍ତିରେ ପାଣି ମନ୍ଦିଏ ମୁଣ୍ଡରେ ଢାଳିଲେ ରୋଗଣା ମଣିଷ ହୁଏ, ନ ଚଳିଲା ପିଲା ଚାଲବୁଲ କରେ, ବୋକା କଥା କହେ।

ଜୀବନ କହି ଆସୁଥିଲେ, ନାଇଁ ରହିବେ ନାହିଁ, ମନର କଥା ଜିଭ ଆଗରେ ଅଟକିଲା। ବଙ୍ଗଳାର କାନ୍ଥ କଡ଼ରୁ ବାହାରିପଡ଼ିଲା ରତନୀ, କାଖରେ ମାଠିଆ। ଜୀବନଙ୍କର ଦୃଷ୍ଟିରେ ମିଶିଲା ରତନୀର କଣୁଆଁ ଦୃଷ୍ଟି। ଦୃଷ୍ଟି ଫେରିଲା। ପୁଣି ଥରେ ଯେତେବେଳେ ଜୀବନ ଚାହିଁଲେ, ଦେଖିଲେ, କିଛି ନ ଦେଖିଲା ପରି କିଛି ନ ଜାଣିଲା ପରି ରତନୀ ଆଡ଼େଇ ହୋଇ କୂଅ ମୂଳକୁ ଚାଲି ଯାଉଛି। ଅଷ୍ଟଚିରା ଦରମଇଲା ଲୁଗାକୁ ଟାଣି ଓଟାରି ସାରା ଦେହକୁ ଘୋଡ଼ାଇବାକୁ ଚେଷ୍ଟା କରୁଣୁ ଠାଏ ଠାଏ ଫୁଙ୍ଗୁଳା ହେଉଛି। ଧୋବ ଫରଫର୍ ହାତ ଗୋଡ଼ ଓ ପିଠିରୁ ଫାଳେ ଖରା ତେଜରେ ଉକୁଟି ଉଠୁଛି।

ବୁଧିଆ କହିଲା, ଏଇ ତ ରତନୀ, କେତେଦିନ ବଞ୍ଚିବୁ ଲୋ ଟୋକୀ?

ରତନୀ କଣେଇ ଚାହିଁଲା ବୁଧିଆକୁ। ଓଠରେ ଖେଳିଲା ହସ। ପଛୁଆଣି ଖରାରେ ମୁଣ୍ଡ ଉପରର ଫୁରଫୁର୍ ବା ଚିକ୍‌ଚିକ୍ ଦିଶୁଛି।

ଜୀବନ କହିଲେ, ଡାକ୍ ତାକୁ ବୁଧିଆ।

ବୁଧିଆ ଡାକିଲା, ହେ ରତନୀ, ଶୁଣ।

ରତନୀ କୂଅ ମୂଳରେ ମାଠିଆ ରଖିଲା। ଚିରାଲୁଗାରେ ଦେହ ଘୋଡ଼ା ଚାରିଆଡ଼କୁ ଅନେଇଲା। କହିଲା, କ'ଣରେ ବୁଧିଆ ?

ଆଲୋ, ଶୁଣି ଯା'।

କାହିଁକି ବା ?

ବାବୁ ତତେ ଡାକୁଛନ୍ତି।

ଜୀବନଙ୍କର ଦେହରୁ ଗୋଟାଏ ନିଆଁ ଖସିପଡ଼ିଲା। ବୁଧିଆ ପାଖରେ ମଧ୍ୟ ନିଜେ ଲାଜରା ହୋଇ ଟେବୁଲ ଉପରେ କାଗଜ ଓଲଟେଇବାର ଛଳନା କଲେ।

କଣ କହୁନୁ ରେ।

ମଲା, ତତେ କିଏ ମାରୁଛି କି ? ଆସୁନୁ ଏଠିକି।

ରତନୀ ଯେପରି କ'ଣ ଭାବିଲା। କୂଅ ଚାନ୍ଦିନୀ ଉପରୁ ତଳକୁ ଓହ୍ଲାଇ ବୁଧିଆ ଆଡ଼କୁ ଆସୁଆସୁ କହିଲା, କ'ଣ କହ, ମୋର ଉଛୁର ହେବ।

ଜୀବନ ଏକ ଆଖିରେ ଚାହିଁ ରହିଲେ।

ବୁଧିଆ କହିଲା, ସେ ଘରେ ପିତଳ ହାଣ୍ଡିରେ ଭାତ ତିଅଣ ଅଛି, ଖାଇବୁ।

ବାସନକୁସନ ସଫାକରି ମାଜି ଦେଇ ଯିବୁ। ମୁଁ ଯାଉଛି ମହାଦେବ ପାଖକୁ।

ଜୀବନଙ୍କର ଜଳିଲା ଜଳିଲା ଲୋଭିଲା ଆଖିକୁ ଚାହିଁ ରତନୀ ଦୃଷ୍ଟି ଫେରାଇ କହିଲା, ହଉ।

ଅଟକି ରହିଲା।

କ'ଣ ପଚାରିବେ ସେହି କଥା ଜୀବନ ବିଚାର କରୁଛନ୍ତି, ଅନଭ୍ୟସ୍ତ ତୁଣ୍ଡକୁ କଥା ଆସୁନାହିଁ। ଛାତି ଭିତରେ ଚମକ ଲାଗୁଛି, କିନ୍ତୁ ମନରେ ଆଗ୍ରହ, ପ୍ରାଣରେ ଉନ୍ମାଦନା, ରକ୍ତରେ ନିଆଁ, ଆଖିରେ ଶୋଷ।

ରତନୀ କୂଅ ମୂଳକୁ ଫେରିଗଲା। ଜୀବନ କିଛି ପଚାରି ପାରିଲେ ନାହିଁ। ବୁଢ଼ା ମଦନ ସେ ଘରୁ ବାହାରି ଆସିଲା। ପଚାରିଲା, ବିଛଣାପତ୍ର ବନ୍ଧାବନ୍ଧି କରିବି ବାବୁ ? କେତେବେଳେ ଗାଡ଼ି ଆସିବ ?

ଜୀବନ ତୁଣ୍ଡ ଖୋଲିଲେ, ଚାଲିଚାଲି କ୍ଳାନ୍ତ ଲାଗୁଛିରେ ମଦନ, ଆଜି ଦିନଟା ଏଠାରେ ରହିଯିବା। କାଲି ସକାଳୁ ବାହାରି ପଡ଼ିବା। ବୁଧିଆ କହୁଛି, ଶିବ ମନ୍ଦିରକୁ ଯିବାକୁ ତୁ ତାକୁ କହୁଥିଲୁ। ଯା' ଘେରାଟାଏ ବୁଲିଆ। ବୁଧିଆକୁ ସଙ୍ଗରେ ନେଇଯା'। ସଞ୍ଜ ଆଗରୁ ଫେରି ଆସିବ, ଜଙ୍ଗଲ ଜାଗା ବିପଦ ଆପଦ।

ବୁଢ଼ା ମଦନ ଖୁସି ହେଲା। କହିଲା, ତମେ ଟିକିଏ ଶୋଇପଡ଼, ସବୁବେଳେ କାଗଜ ଓଲଟେଇଲେ ଦେହ ଭଲ ରହିବ ନାହିଁ। ମୁଁ ବିଛଣା ପାରିଦେଇଛି।

ବାଘ ଶିଶୁଟି ପରି ଜୀବନ ଉଠିଲେ।

ଦେହର କ୍ଳାନ୍ତି ବୁଡ଼ିଗଲା ମନର ଉତ୍ତେଜନାରେ। ଏକୁଟିଆ ଜାଗାରେ ବଙ୍ଗଳା, ବଙ୍ଗଳା ଭିତରେ ଏକା ସେ, ଜୀବନ। ଉଚ୍ଚଶିକ୍ଷିତ, ଅତି ଆଧୁନିକ, ସଭ୍ୟ। ଦୁନିଆଁରେ ସେ ବଡ଼ ମଣିଷ ହେବେ, ନାମ କରିବେ, କେତେ ନୂଆ ତଥ୍ୟ ବାହାର କରି ଲୋକସମାଜରେ ଆଦୃତ ହେବେ। ଗଣ୍ୟମାନ୍ୟ ଲୋକ ବୋଲି ସମ୍ମାନ ପାଇବେ। ଏଡ଼େ ଉଚ୍ଚ ଆଦର୍ଶ ଧରି ଯେ କାର୍ଯ୍ୟରେ ବ୍ରତୀ ହୋଇଥିଲେ, ସେ ଆଜି ପଲଙ୍କ ଉପରେ ଛଟପଟ ହେଉଛନ୍ତି କାହିଁକି,- ସେ ଜୀବନ! ଖଟରୁ ଉଠି ପଦାକୁ ଆସୁଛନ୍ତି, କୂଅ ପାଖ କଅଁଳ ସବୁଜ ଘାସ ଉପରେ ବାସନ ମାଜୁଛି ଯେଉଁ ଅଛୁଆଁ ଅସନା ଖଦାଳ ଝିଅଟି, ତା'ରି ଆଡ଼କୁ ଚାହିଁ ଦୀର୍ଘଶ୍ୱାସ ଛାଡୁଛନ୍ତି।

ମନର ସବୁ ବିତର୍କକୁ ପଛକୁ ପକାଇ ଇଛା କରୁଛନ୍ତି, ଯିବେ ପାଖକୁ, ପଚାରିବେ କେତେ କଥା? ଚମକି ଉଠୁଛି ଛାତି, ଥରିଉଠୁଛି ପାଦ। ମନେ ହେଉଛି, କିଏ ଯେପରି ପଛରୁ ଚାହିଁଛି, ହସୁଛି, ପଚାରୁଛି କ'ଣ କରୁଛ?

ଜୀବନ ଫେରି ଆସୁଛନ୍ତି ଘର ଭିତରକୁ। ଖଟ ଉପରେ ଶୋଇ ଭାବୁଛନ୍ତି, ଛି, ଛି, ନା, ସେ ରତନୀ କଥା ଭାବିବେ ନାହିଁ। ଅନୀତି। ଅପକୀର୍ତ୍ତି। ସେ ସଭ୍ୟ, ସେ ଶିକ୍ଷିତ, ଭଦ୍ର। ସେ ବିବେକୀ।

ଖବରକାଗଜ ଆଣି ପଢ଼ି ବସୁଛନ୍ତି। ପ୍ରତି ଧାଡ଼ିରେ ରତନୀର ଫୁଙ୍ଗୁଳା ଦେହ, ଉଜ୍ଜ୍ୱଳ ଆଖି, ତୁଳିଲେ ଅଙ୍କା ଭୂଲତା; ତା'ର ସ୍ୱାସ୍ଥ୍ୟ, ରୂପ, ଭଙ୍ଗୀ, ପଚାରିଲା ପଚାରିଲା ଭାବ! ପ୍ରତି ଶବ୍ଦରେ, ତା'ର କଥା କେଇ ପଦ, ପୁଣି ବାସନମଜା ଝଣଝଣ। ଆହା, ରତନୀ ଯଦି ଭଲ କୁଳରେ ଜନ୍ମିଥାନ୍ତା! ଯଦି ଅଳ୍ପ ଟିକିଏ ପଢ଼ିଥାନ୍ତା, ହେଉପଛେ ସେ ଗରିବ, ନିରାଶ୍ରୟା, ହେଉ ପଛେ ସେ ବାପମା' ଛେଉଣ୍ଡ!

ଉପାୟ ନାହିଁ। ଜୀବନଙ୍କର ସହକର୍ମିଣୀ ବା ସହଧର୍ମିଣୀ ହେବାର ଉପଯୁକ୍ତ ସେ ନୁହେଁ।

ବାହାରେ ଖରା। ବେଶି ଗରମ ହେଉନାହିଁ। ଜୀବନ ଝରକା କବାଟ ବନ୍ଦ କଲେ। ଘର ଅନ୍ଧାର କଲେ। ଏଥର ସେ ଶୋଇବେ। କାହିଁକି ମଦନକୁ ଯିବାକୁ କହିଲେ? ଯେଉଁଥିପାଇଁ ସେ ଆସିଥିଲେ, ସେତକ ସେ ଶେଷ କରିଛନ୍ତି। ଗୁମ୍ଫା ଓ ପାଲିଭାଷାରେ ଲେଖା ହୋଇଥିବା ଲିପିର ଫଟୋ ଉଠାଇଛନ୍ତି। ଡେରି କରି ଲାଭ କ'ଣ? ଦିନଟିଏ ରହିବାର କି ଦରକାର ଥିଲା?

ଘର ବାହାରେ ମଧ୍ୟାହ୍ନର ଆଲୋକ। ଘରଭିତରେ ଅନ୍ଧାର ନିର୍ଜନତା। ଅନ୍ଧାର ଭିତରେ ସଭ୍ୟତା ଓ ସଂସ୍କୃତି ଲୋପ ହୁଅନ୍ତି। ମଣିଷର ଆଦିମ ପ୍ରକୃତି ମୁଣ୍ଡ ଟେକେ। ନିରୋଳା, ନିର୍ଜନ ପରିସ୍ଥିତିରେ ମନର ପଶୁ ବଳିଷ୍ଠ ହୁଏ, ବୋବାଳି ଛାଡ଼େ। ସଭ୍ୟତାର ଆଭରଣ ସମାଜ ପାଇଁ। ସଂସ୍କୃତିର ବନ୍ଧନ ସମାଜ ପାଇଁ। ପାପ ଓ ପୁଣ୍ୟର ଭେଦ ସମାଜ ପାଇଁ। ଯେଉଁଠି ସମାଜ ନାହିଁ, ସମାଜର ମଣିଷ ଯେଉଁଠି ଦୂରରେ, ଦୃଷ୍ଟିର ବାହାରେ, ସେଇଠି ମଣିଷ ଆଦିମ, ଜଙ୍ଗଲର ଜୀବ।

କବାଟର ଫାଙ୍କବାଟେ ଆଲୁଅ କାନ୍ଥରେ ପଡୁଛି। ରୋଷଘରର ଓଲଟ ଛାଇ କାନ୍ଥ ଉପରେ ଦିଶୁଛି। ତାଆରି ଛାଇ ଆଗରେ ମଣିଷର ଚଳନ୍ତି ଛାଇ, ଗୋଡ଼ ଉପରକୁ ମୁଣ୍ଡ ତଳକୁ କରି ଚାଲି ଯାଉଁଯାଉଁ ଅଟକିଗଲା। ଜୀବନ ଉଠି ବସିଲେ, ମୁହୂର୍ତ୍ତକ ଭିତରେ କେତେ ଭାବନା ମୁଣ୍ଡ ଭିତରୁ କୁଆଡ଼େ ଉଭେଇଗଲା। ସେ କବାଟ ଖୋଲିଲେ।

ପିଣ୍ଡାତଳ ଛାଇରେ ରତନୀ ଠିଆ ହୋଇଛି।

ଜୀବନ ପଦାକୁ ଗଲେ। ପଚାରିଲେ, କ'ଣ ଲୋ ?

ରତନୀ ଦୃଷ୍ଟି ନୁଆଇଁ କହିଲା, ବାସନ କେଉଁଠି ରଖିବି ? କେହି ତ ନାହିଁ, ସେ ଘରେ ରଖିଯିବି କେମିତି ? କିଏ ଚୋରେଇ ନେବ-

ଜୀବନ କହିଲେ, ଏଇ ଘରେ ରଖି ଦେଇ ଯା'।

ରତନୀ ବାସନ ଆଣିବାକୁ କୂଅମୂଳକୁ ଗଲା। ଜୀବନ ଘର ଭିତରକୁ ଆସି ଅପେକ୍ଷା କରି ରହିଲେ।

ରତନୀ ବାସନ ଥୋଇଲା କାନ୍ଥ କଡ଼ରେ।

ଜୀବନ ପଚାରିଲେ, ଖଦାଳଘର ଝିଅ ତୁ ରତନୀ ?

ରତନୀ କହିଲା, ହଁ।

ବୁଧିଆ ତୋ କଥା ମତେ କହୁଥିଲା। ଆହା, ଏତେ ଦୁଃଖରେ ତୁ ଅଛୁ ? ତୋର ଖୁଡ଼ୀ ତତେ ଏତେ ଦୁଃଖକଷ୍ଟ ଦେଉଛି ? ସବୁ ଟଙ୍କା ତୋର ନେଲା, ତତେ ମୁଠାଏ ଖାଇବାକୁ ଦେଉନାହିଁ କି ପିନ୍ଧିବାକୁ ଦେଉନାହିଁ ?

ରତନୀ ତୁନିହୋଇ ଶୁଣିଲା, ଉତ୍ତର ଦେଲା ନାହିଁ।

ଜୀବନ କହିଲେ, ସେ ଆଜି ତତେ ମାରିଛି ?

ରତନୀ କହିଲା, ସେ ସବୁଦିନେ ମତେ ମାରେ।

ଜୀବନ ଆଉ କିଛି କହିବା ଆଗରୁ ରତନୀ ଘରଭିତରୁ ପଦାକୁ ବାହାରିଗଲା। ସନ୍ଦେହଭରା ଚାହାଣିରେ ଜୀବନଙ୍କୁ ଅନେଇ ସେ ପିଣ୍ଡାରୁ ଓହ୍ଲେଇଲା ତଳକୁ। ଜୀବନ ଟଙ୍କାବ୍ୟାଗରୁ ଗୋଟିଏ ଟଙ୍କା କାଢ଼ି କହିଲେ, ନେଇଯା'-।

ନେବ କି ନ ନେବ ରତନୀ ମୋଟେ ଭାବିଲା ନାହିଁ। ପୁଣି ଘର ଭିତରକୁ ଆସି ଜୀବନଙ୍କ ପାଖରେ ହାତ ପାତିଲା। ଜୀବନ ରତନୀର ଗୋଟିଏ ହାତ ଧରି ଆର ହାତରେ ଗୋଟିଏ ଟଙ୍କା ଦେଲେ।

ପଚାରିଲ, ଆଉ ନେବୁ ?

ରତନୀର ହାତ ଥରିବାକୁ ଲାଗିଲା। କହିଲା, ଦିଅ ବାବୁ ମୁଁ ଖଣ୍ଡେ ଜାମା କିଣିବି।

ଜୀବନ ଆହୁରି ଗୋଟିଏ ଟଙ୍କା ତା' ହାତରେ ଦେଲେ। ତାଙ୍କର ସାରା ଶରୀର ଥରିବାକୁ ଲାଗିଲା। ମୁଣ୍ଡ ଭ୍ରମିବାକୁ ଲାଗିଲା। ଲାଳସାଜର୍ଜର ମନରେ ଜଣେ ତରୁଣୀକୁ ଅତି ପାଖରେ ଧରି ଅଟକାଇ ରଖିବାର ଆଜି ତାଙ୍କର ପ୍ରଥମ ଅଭିଜ୍ଞତା। ଥରିଲା ସ୍ୱରରେ ପଚାରିଲେ, ଆଉ ?

ରତନୀ ଉତ୍ତର ଦେଲା, ଦିଅ ବାବୁ, ମୁଁ ଗରିବଟା, ଖଣ୍ଡେ ଲୁଗା କିଣିବି।

ଜୀବନ ବ୍ୟାଗଟି ତା' ହାତରେ ଅଜାଡ଼ିଦେଲେ। ଦଶଟଙ୍କା !

ରତନୀ କାବା ହୋଇ ଚାହିଁ ରହିଲା ଟଙ୍କାକୁ।

ଜୀବନ ତା'ର ହାତ ଛାଡ଼ିଦେଇ କହିଲେ, ଏଥର ତୁ ଯା'।

ରତନୀ ଡରି ଡରି ପଚାରିଲା, ଏତେ ଟଙ୍କା କାହିଁକି ଦେଉଛ ?

ଜୀବନଙ୍କର ବିବେକ ଓ ଭୟ ତାଙ୍କର ଅରଣା ଉତ୍ତେଜନାକୁ ଅଟକାଇ ରଖିଲା। ମୁଣ୍ଡ ସ୍ଥିର ହେଲା। ସେ ଧୀରେ ଧୀରେ କହିଲେ, ତୁ ଗରିବ ବୋଲି ଦେଉଛି। ନେ-

ଏତେ ଟଙ୍କା କ'ଣ କରିବି ବାବୁ ?

ଜୀବନ ଦୀର୍ଘଶ୍ୱାସ ଛାଡ଼ି ହସି ହସି ରତନୀର ପିଠି ଆଉଁସି, ତା'ର ବାହୁ ଧରି ଖଟ ପାଖକୁ ଘୁଞ୍ଚାଇ ଆଣିଲେ। ତାଙ୍କର ଉହଲ ବିକଳ ଓଲେଇ ପ୍ରକୃତିକୁ ନାଲି ଆଖି ଦେଖାଇ ଶିକ୍ଷକପଣର ବିବେକ ଓ ଧନଦଉଲତର ବଡ଼ପଣିଆ ଶାସନ କଲା। କେତେ ଛାତ୍ରୀ ସେ ଦେଖିଛନ୍ତି, ରତନୀ ପିଲାଟିଏ ତ ସେଇଥିରୁ ଜଣେ। ପୁଣି ସେ ଅତି ଗରିବ, ଅନାଥ, ସ୍ନେହ ସହାନୁଭୂତି ପାଇବାକୁ ସେ ହକ୍‌ଦାର କହିଲେ, ଲୁଗା କିଣିବୁ, ଯାହା ବଳିବ ପାଖରେ ରଖିବୁ।

ରତନୀର ଆଖିରେ କୃତଜ୍ଞତାର ଲୋତକ ଭରିଲା। ପଣନ୍ତରେ ଟଙ୍କାତକ ବାନ୍ଧି ଗଣ୍ଠି ପକେଇ ସେ ନାହି ମୁଣ୍ଡାରେ ଖୋସିଲା। କୃତଜ୍ଞତା ପୂର୍ଣ୍ଣ ଆଖିରେ ଜୀବନଙ୍କୁ ଚାହିଁଲା, ବିଦାୟ ନେବାକୁ ମାଗୁଣି କଲା।

ଜୀବନ ତା'ର ଲୁହଭରା ଆଖିକୁ ଚାହିଁଲେ। ଅରଣା ମନରୁ ତାଙ୍କର ଭୟ ବିବେକର ଫାଶ ହୁଗୁଳି ଆସିଲା। ରକତରେ ନିଆଁର ପ୍ରବାହ ଛୁଟିଲା। ପଶୁ ଦେହର

ଭୋକ ଗରଜି ଉଠିଲା । ସେ ପୁଣି ରତନୀର ଥରିଲା ହାତ ଧରିଲେ । ଧୀରେ, ଅତି ଧୀରେ, ସେ ତାକୁ ପାଖକୁ ପାଖକୁ ଘୁଞ୍ଚାଇନେଲେ ।

ରତନୀ କାବା ହୋଇ ଚାହିଁ ରହିଲା ଜୀବନଙ୍କର ମୁହଁକୁ । ସେ ବୁଝିପାରିଲା ନାହିଁ, ଅଜଣା ଅଶୁଣା ଦିନିକିଆ ବାବୁଟିର ହାତର ପରଶରେ ତାର ଦେହ ଥରିଉଠିଲା କାହିଁକି ? ଲୋମମୂଳ ଟାଙ୍କୋରି ଉଠିଲା କାହିଁକି ? ରକ୍ତ କାହିଁକି ଗରମ ହୋଇ ଉଠିଲା ? ସେ ତାକୁ ଅତି ପାଖକୁ ଘୁଞ୍ଚାଇ ନେଉଣ୍ଟୁ, କାହିଁକି ତା'ର ଥରିଲା ଥରିଲା ଝାଳୁଆ ମୁଣ୍ଡଟି ତାଙ୍କରି ଛାତି ଉପରକୁ ଆଉଜିପଡ଼ିଲା ? ଦଶ ଦିଗ ଅନ୍ଧାର ଦିଶିଲା ? ଆପେଆପେ ଆଖି ଦିଓଟି ନିମୀଳିତ ହେଲା ।

ମଦନ ଓ ବୁଧିଆ ଫେରିଲେ ସହଳ ସହଳ । ସାଙ୍ଗେ ସାଙ୍ଗେ ବସ୍ ଆସି ପହଞ୍ଚିଲା ।

ଜୀବନ କହିଲେ ମଦନକୁ, ଏଇ ଗାଡ଼ିରେ ଚାଲିଯିବା । ବିଛଣାପତ୍ର ମୁଁ ବାନ୍ଧି ରଖିଛି । ଗାଡ଼ି ପାଖକୁ ବୋହିନିଅ ।

ନିଜକୁ ସେ ଅପରାଧୀ ମଣିଛନ୍ତି । ମୁହୂର୍ତ୍ତେ ଏହି ବଙ୍ଗଳାରେ ରହିବାକୁ ଆଉ ତାଙ୍କର ମନ ହେଉନାହିଁ । ମନେ ହେଉଛି, ଦୁନିଆର ସମସ୍ତେ ଯେପରି ଆଖି ରଙ୍ଗ କରି, ଗାଳି ଦେଲା ପରି, ତାଙ୍କ ମୁହଁକୁ କଟମଟ କରି ଅନେଇଁଛନ୍ତି । ଏଇ ଯେଉଁ ଗଛବୃକ୍ଷ, ସେଇ ଯେଉଁ ଦୂରର ପାହାଡ଼, ଶିବମନ୍ଦିର, ଶିଳାଲିପି ସମସ୍ତେ । ବଙ୍ଗଳା ଚାଳରେ ଯେଉଁ ଘରଚଟିଆ ବସାକରି ରହୁଛନ୍ତି, ସେମାନେ ବି ମୁହଁକୁ ଚାହିଁ ବୋବାଳି ଛାଡ଼ିଛନ୍ତି । ରୋଷଇଘର ଛାଇତଳେ ଯେଉଁ ବୁଲା କୁକୁର କେଇଟି ଶୋଇ ଧକଉଛନ୍ତି, ସେମାନେ ବି ଚାହିଁଛନ୍ତି କଟମଟ କରି ।

ଦଶଟି ଟଙ୍କା, କେଡ଼େ ଆନନ୍ଦରେ ସେଇ ଖଦାଳ ଝିଅଟି କାନିରେ ବାନ୍ଧିଲା !

ବସ୍ ଚାଲିଲା ।

ଜୀବନ ଦୀର୍ଘଶ୍ୱାସ ଛାଡ଼ି ମୁଣ୍ଡ ବଙ୍କେଇ ପଛକୁ ଅନେଇଲେ । ବଙ୍ଗଳା ହତା ଭିତରକୁ ଝିଅଟିଏ କାଖରେ ମାଠିଆ ଧରି ପଶିଯାଉଁଣ୍ଟୁ ବୁଧିଆକୁ କ'ଣ କହିଲା ।

ବୁଧିଆ ହାତ ବଢ଼େଇ ଚଳନ୍ତି ମଟର ଗାଡ଼ିକୁ ଦେଖାଇଦେଲା । ଝିଅଟି ମୁହଁ ବୁଲେଇ ଚାହିଁଲା । ରତନୀ ! ଜୀବନଙ୍କ ଛାତିରେ ଛନକା ପଶିଲା । ମଟର ଭିତରକୁ ମୁହଁ ଟାଣିନେଲେ । ଆଉ ପଦାକୁ ଚାହିଁବାକୁ ସାହସ ହେଲା ନାହିଁ ।

ବସ୍ ଛୁଟିଲା ।

ସବୁ ଅଦୃଶ୍ୟ ହେଲା।

କାହିଁ କେତେ ଦୂରରେ, ନିରୋଳା ଗୋଟିଏ ଡାକବଙ୍ଗଳାର ପ୍ରକୋଷ୍ଠରେ, ତରୁଣର ତାରୁଣ୍ୟ କେବେ ଉଛୁଳି ପଡ଼ିଥିଲା, ମଣିଷ ଭିତରର ରାକ୍ଷସ କେବେ ଦେବତା ବେଶରେ ନିର୍ମଳ ଚନ୍ଦ୍ରକୁ ଗ୍ରାସ କରିଥିଲା, ସଭ୍ୟତା ସଂସ୍କୃତି କେବେ ଅତି ହୀନ, ନଗଣ୍ୟ ହରିଜନ ବାଳିକାର ରୂର ଅନଳରେ ଝାସ ଦେଇଥିଲା, ସେ କଥା ସ୍ୱପ୍ନ ପରି ଜୀବନଙ୍କର ମନେ ଅଛି। ତାଙ୍କର ମନରେ କେବେ ଅନୁତାପ ଆସିନାହିଁ। ନିଜ ପାଖରେ ନିଜେ ସେ ଜବାବ ଦେଇଛନ୍ତି, ସେ କାହାରି ଧାରୁଆ ହୋଇ ରହିନାହାନ୍ତି।

ଜୀବନଙ୍କର ବିଭାଘର ସ୍ଥିର ହୋଇଛି। ଶିକ୍ଷିତା, ସୁନ୍ଦରୀ, ବଡ଼ ଘରର ଝିଅ। ଆଧୁନିକା। ତା'ର ନାମ ସୁକୃତୀ। କେତେ ଫଟୋ ଦେଖି ସେ ନିଜେ ବାଛିଛନ୍ତି। ସୁକୃତୀ ତାଙ୍କରି ଛାତ୍ରୀ ଥିଲା। ଆଇ.ଏ. କ୍ଲାସରେ ପଢୁଥିଲା। ବୁଦ୍ଧିମତୀ, ଶାନ୍ତ ଶିଷ୍ଟ !

ବିଭାଘର ସରିଲା, ବନ୍ଧୁବାନ୍ଧବ ସମସ୍ତେ ସନ୍ତୁଷ୍ଟ।

ବାସର ଘରେ-

ଯେତେବେଳେ ସୁକୃତୀର ଗୋଲାପୀ ଓଠରେ ଜୀବନ ଅଧର ଲଗାଇଲେ, ମୁଠୁଣିଏଁ ବହଳର ଶେଯ ଉପରେ, ବିଜୁଳି ପଙ୍ଖାର ପବନ ତଳେ, କେତେ ଜାତି ଫୁଲ, କେତେ ଜାତି ଅତରର ମହକରେ ସୁକୃତୀ ସରଗ-ସରାଗ ଚୁମ୍ବନର ନିଶାରେ ଆଖି ବୁଜିଲା, ଜୀବନଙ୍କର ଆଖି ଆଗରେ ଉଭା ହୋଇଥିଲା ଛଅମାସ ତଳର ଗୋଟିଏ ଗରିବ ଖଦାଳ ଝିଅର ଛବି !

ଦଶଟଙ୍କା ଦେଇଥିଲେ, ସେ ଧାରୁଆ ନୁହନ୍ତି !

ଦଶଟଙ୍କା ସେ ନେଇଥିଲା। ମୁହୂର୍ତ୍ତେ ହେଉ ପଛେ କେଉଁ ବଡ଼ ଲୋକ ସେ, କେଉଁ ରାଇଜର କେଜାଣି, ରତନୀକୁ ଆଦର କରିଥିଲେ। ତାଙ୍କରି ଛାତି ଉପରେ ମୁଣ୍ଡ ରଖି ସବୁ ଦୁଃଖ ଜଞ୍ଜାଳ ଭୁଲି ସରଗ-ସୁଖ ପାଇଲା ପରି ସେ ଆଖି ବୁଜିଥିଲା।

ଜାଣି ନଥିଲା ତ, ଅପରିଚିତର ଆଦର ସ୍ନେହ ମନଭୁଲାଣିଆଁ ସୁଆଗରେ ଏତେ ଜଞ୍ଜାଳ ଥିଲା ବୋଲି।

ସେଇ ନିରୋଳା ବଙ୍ଗଳାକୁ କେତେ ବାବୁ ଆସିଲେ ଗଲେ। ରତନୀ ପାଣି ପାଇଁ ଯାଏ, ବାସନ ମାଜେ। ଅଇଁଠା ଭାତ ମୁଠିଏ ଖାଏ। ହସି ହସିକା ଏଣେତେଣେ ଚାହେଁ। କେହି କେବେ ତା' ଉପରେ କଟାକ୍ଷ ପକାନ୍ତି ନାହିଁ, ପଦଟିଏ ମିଠା କଥା ବି କହନ୍ତି ନାହିଁ। ରତନୀ ମନମାରି ଫେରେ। ଝୁରିହୁଏ ସେଇ ଅଜଣା ବାବୁଟିକୁ !

ଦିନେ ପଚାରିଲା, ବୁଧିଆ ଭାଇ, ସେ ଯେଉଁ ବାବୁଟି ଆସିଥିଲେ, ସେ ଆଉ କେବେ ଆସିବେ ରେ ?

କୋଉ ବାବୁ ଲୋ, କେତେ ବାବୁ ତ ଆଉଛନ୍ତି ଯାଉଛନ୍ତି ?

ଯାହା ସଙ୍ଗରେ ତୁ ମନ୍ଦିରକୁ ଯାଇଥିଲୁ ମାଁ।

ସମସ୍ତଙ୍କ ସଙ୍ଗେ ତ ମୁଁ ମନ୍ଦିରକୁ ଯାଏ।

ରତନୀ ତୁନି ହେଲା।

ବେଶିଦିନ ତୁନି ରହିପାରିଲା ନାହିଁ। ଦିନେ ତା'ର ରାହାବାଲୀ ଖୁଡ଼ୀ କେତେ ଶରଧାରେ ତାକୁ ପାଖକୁ ଡାକି ପଚାରିଲା, ହଇଲୋ ପୋଡ଼ାମୁହାଁ ଟୋକି, କିଏ ତତେ ଏ ଦଶା ଦେଲା ବା ?

ରତନୀ କାବା କାବା ହୋଇ ଚାହିଁଲା।

ତା' ଗାଲରେ ମୁଥା ମାରି ଖୁଡ଼ୀ କହିଲା, ମରଣ ନାହିଁ ଲୋ ତତେ। ଆହା, ମଉନମୁହାଁ କିଛି ଜାଣେ ନାହିଁ। ଘଇତାସୁଆଗୀ ହୋଇ ଚାହିଁ ବସିଥିଲୁ, ଘଇତା ତ ମଲା କି ହଜିଲା ଜଣା ନାହିଁ, କାହାର ପିଲା ପେଟରେ ପୂରେଇ ବସିଛୁ ବା ? ଏତେ ହଟହଟା ! ଗାଁରେ ସମସ୍ତେ ଜାଣିଲେଣି। କିଲୋ କହୁନୁ ?

ରତନୀ ଆଖିରୁ ଲୁହ ଝରିପଡ଼ିଲା। କ'ଣ ସେ କହିବ ? ସେ ତ ଚିହ୍ନେ ନାହିଁ, ଜାଣେ ନାହିଁ, ତୁନି ରହିଲା।

କଥା ଛପିଲା ନାହିଁ। ସମସ୍ତେ ଜାଣିଲେ, ରତନୀର ପିଲା ହେବ। ଜାତିଭାଇ ତା' ଦାଦିକୁ ଜାତିରୁ ଅଟକ କଲେ। ଦିନରାତି ଖୁଡ଼ୀର ପୁଣି ଗୋଗଛ ବାଡ଼ିଆ। ଘରେ ପୂରେଇ ଦିଏ ନାହିଁ। ଖାଇବାକୁ ଦିଏ ନାହିଁ। ଶେଷକୁ ଘରୁ ତଡ଼ିଦେଲା। ରତନୀ ଆସି ବାଟରେ ଠିଆହେଲା। ବିଚାରିଲା ଏତ ହୀନିମାନ କାହିଁକି ? ଜୀବନ ହାରିଦେବ।

ପେଟ ଭିତରେ କ'ଣ ଗୋଟିଏ ବୁଲେ। କୂଅ ପୋଖରୀ କୂଳକୁ ଯାଇ ମଧ୍ୟ ଜୀବନ ହାରେ ନାହିଁ। ମରିବାକୁ ମନ ହୁଏ ନାହିଁ। ବିଚାରେ, କାହିଁକି ସେ ମରିବ ? ତା'ର କି ଦୋଷ ? ସେ କ'ଣ ଜାଣିଥିଲା ଯେ ଏତେ ସରି ହେବ ?

ଗାଁ ମାଇପେ ଟାହିଟାପରା କରନ୍ତି।

ବଞ୍ଚି ରହିବାକୁ ବାର ଦୁଆରେ ହାତ ପାତେ। ଭିକ ମାଗେ। କେହି କିଛି ନ ଦେଲେ ବଙ୍ଗଳାକୁ ଯାଏ। ଅଇଁଠା ଭାତ ଗଣ୍ଡିଏ କେବେ କେମିତି ମାଗି ଖାଏ।

କେହି ନ ଥିଲେ ବୁଧିଆକୁ ମାଗେ।

କହେ, ତୁଇ, ଛତରଖିଆ ମତେ ଏତେ ସରି କଲୁ।

ବୁଧିଆ ତାକୁ ପଇସା ଦିଏ। ତୁନି ତୁନି କହେ, ପଳା ଯା' ଏଠୁ, ପଳା କହୁଛି।

ରତନୀର ଆଖିରୁ ଲୁହ ଝରେ। ସେ ଫେରିଯାଏ।

ରତନୀର ବର ଯୋଗିଆ ଫେରିଲା। ଚାରିଆଡ଼େ ଚହଳ ପଡ଼ିଗଲା। ସବୁକଥା ସେ ଶୁଣିଲା। ମୁହଁ ଚାହିଁଲା ନାହିଁ, ଫେରିଗଲା।

ରତନୀର ପେଟରେ ଜୀବନଙ୍କର ଆତ୍ମାରୁ କଣିକାଏ ଧୀରେ ଧୀରେ ଅବତାର ଲଭିଲା।

ଜୀବନ ଜାଣିଲେ ନାହିଁ।

ରତନୀ ଜାଣିଲା।

ଜୀବନ ଓ ସୁକୃତୀ, ସଭ୍ୟ ସମାଜ ଭିତରେ ଚାରୋଟି ବର୍ଷ ସଂସାର କଲେଣି। ଅଭାବର ତାଡ଼ନା କେବେ ସହିନାହାନ୍ତି। ସୁଖରେ ରହନ୍ତି। ଦିହେଁ ଦିହିଁଙ୍କର କାୟା ପୁଣି ଛାୟା। ଦୁହିଁଙ୍କର ମନ ନିର୍ମଳ। କେହି କେବେ କାହାରିକୁ ସ୍ୱପ୍ନରେ ହେଲେ ସନ୍ଦେହ କରିନାହାନ୍ତି। ସନ୍ଦେହ କରିବାର ବା ଅଛି କ'ଣ? ଜଣକର ଶୁଖିଲା ମୁହଁ ଦେଖିଲେ ଅନ୍ୟର ପ୍ରାଣରେ ଆଘାତ ଲାଗେ। ଲୋକେ କହନ୍ତି, ଆଦର୍ଶ ତାଙ୍କର ଦାମ୍ପତ୍ୟ ଜୀବନ!

ଆନନ୍ଦ ଭିତରେ ଅଳକାର ଜନ୍ମ। ସ୍ୱର୍ଗର କୁସୁମ ପରି ସୁକୃତୀର କୋଳରେ ସେ ଶୋଭା ପାଇଲା। ସମସ୍ତଙ୍କର ଆନନ୍ଦ। ବାପ ମାଆଙ୍କର ଗର୍ବର ଧନ। କୁଲୁକୁଲିଆ ମୁହଁଟି, ହସିଲାବେଳେ କେଡ଼େ ଶୋଭା ଦିଶେ। ସେଇ ଶିଶୁର ହସ ଭିତରେ ହଜିଯାଏ ସୁକୃତୀର ଆତ୍ମା। ଶିଶୁକୁ ଗେଲ କରେ, ଛାତିରେ ଯାକେ, ସ୍ୱର୍ଗସୁଖ ଅନୁଭବ କରେ। ମାତୃତ୍ୱର ଗର୍ବରେ ଫୁଲିଉଠେ ଛାତି।

ଜୀବନ, ଥରଟିଏ ଅଳକାର ମୁହଁକୁ ଚାହିଁଲେ ସବୁ କାମ ଭୁଲନ୍ତି। ଅଳକା ତାଙ୍କରି ଖେଳନା। ସେ ତାକୁ ସଂସାରକୁ ଆଣିଛନ୍ତି। ତାକୁ ମଣିଷ କରିବେ। ଅଳକା ବଡ଼ ହେବ, ପାଠ ପଢ଼ିବ। ଦେଶନେତ୍ରୀ ହେବ ଠିକ୍ ସରୋଜିନୀ ନାଇଡୁଙ୍କ ପରି, କିମ୍ବା ବିଜୟଲକ୍ଷ୍ମୀ ପଣ୍ଡିତଙ୍କ ପରି। ଦେଶ ବିଦେଶରେ ନାମ କରିବ।

ଅଳକାର ସୁନ୍ଦର ମୁହଁ, ଟିକିଟିକି ଉଜ୍ଜ୍ୱଳ ଆଖିକୁ ଚାହାନ୍ତି ଜୀବନ। ଶ୍ରୀମତୀ ରମାଦେବୀ, କୁନ୍ତଳାକୁମାରୀ, ମେରୀ କରୋଲି, ମାଡାମ୍ କ୍ୟୁରି, ପାର୍ଲବକ୍- ସମସ୍ତେ ଏମିତି ଟିକି ପିଲା ହୋଇଥିଲେ। ଏମିତି ଜୁଳୁଜୁଳୁ ଚାହିଁଥିଲେ। କିଏ ଜାଣିଥିଲା, କାହା ଭିତରେ କେଉଁ ପ୍ରତିଭା ଗୋପନ କରି ଭଗବାନ ରଖିଥିଲେ! ଏଇ ଛୋଟ

ପିଲାଟି ଅଳକା, କେଡ଼େ ବଡ଼ ସେ ହେବ କିଏ କହିବ? ଜୀବନ ତାକୁ କୋଳକୁ ନିଅନ୍ତି, ଗେଲ କରନ୍ତି। ସୁକୃତୀ ଦେଖେ, ତା'ର ପ୍ରାଣ ପୁଲକି ଉଠେ, ସେ ହସେ।

ଦୁଇବର୍ଷ କଟିଲା, ଅଳକା କଥା କହିଲା ନାହିଁ, ଚାଲିଲା ନାହିଁ। ଅଣ୍ଟା ତା'ର ଦମ୍ଭ ନୁହେଁ। ବସେଇଦେଲେ ଢଳିପଡ଼େ। ଅଜା, ଆଈ, ବାପମା', ସମସ୍ତେ ଆତଙ୍କରେ ପଡ଼ିଲେ। ଆରମ୍ଭ ହେଲା ଚିକିତ୍ସା। କେତେ ଡାକ୍ତର କବିରାଜ ଆସିଲେ, ଔଷଧର ବ୍ୟବସ୍ଥା କଲେ। ଅନେକ ଟଙ୍କା ଖରଚ ହେଲା, ଅଳକା ଭଲ ହେଲା ନାହିଁ। ସ୍ୱାସ୍ଥ୍ୟ ସୁନ୍ଦର। ଜୁଳୁଜୁଳୁ କରି ଚାହେଁ। କଥା କହିଲେ ଶୁଣିପାରେ ନାହିଁ। ଚାଲିପାରେ ନାହିଁ। ଅଣ୍ଟା ପାଖରୁ ଟଳମଳ। ମନକୁ ହସେ। ଭୋକ କଲେ କାନ୍ଦେ।

ଯିଏ ଥିଲା ଜୀବନଙ୍କର ଅନନ୍ଦ, ସେଇ ପୁଣି ଦେଲା ଏତେ ଦୁଃଖ! ସୁକୃତୀର ମୁହଁରୁ ହସ ଲିଭାଇଲା, ଆଖିରେ ଲୁହ ଭରିଲା। ସୁକୃତୀ ଭଗବାନଙ୍କୁ ଡାକି ଜଣାଣ କଲା, ପିଲାଟିଏ ଦେଲ ଯଦି ଏତେ ଦହଗଞ୍ଜ କଲ କାହିଁକି? ଜୀବନ କାହାରି ଦୋଷ ଦିଅନ୍ତି ନାହିଁ। ଡାକ୍ତରମାନେ ଆଶା ଦେଉଛନ୍ତି, ଏମିତି କାହାରି କାହାରି ହୁଏ, ଭଲ ହୋଇଯିବ, ଧୈର୍ଯ୍ୟ ଧର। ଆହୁରି ଗୋଟିଏ ବର୍ଷ କଟିଲା। କୌଣସି ଉନ୍ନତି ଦେଖାଗଲା ନାହିଁ, ବରଂ ପିଲାଟା ଦିନୁଦିନ ଦୁର୍ବଳ ହେବାକୁ ଲାଗିଲା। ଛାତି ହାଡ଼ ଗଣିହେଲା, ଆଖି କୋରଡ଼ ହେଲା, ପେଟ ବାହାରିପଡ଼ିଲା।

ଜୀବନ ଦୁଃଖିତ ହେଲେ। ସୁକୃତୀ ଘାଣ୍ଟି ହୋଇ କାନ୍ଦିଲା। ଡାକ୍ତରମାନେ ତଥାପି ଆଶା ଦେଉଥାନ୍ତି। ଜ୍ୟୋତିଷ କହନ୍ତି, ଗ୍ରହ ଦୋଷ, ଆହୁରି ବର୍ଷେ।

ଦିନେ ସୁକୃତୀ ପଚାରିଲା, ପିଲାଟା କ'ଣ ମରିଯିବ?

ଆଖିରୁ ତା'ର ଠକ୍ ଠକ୍ ଝରିପଡ଼ିଲା ଲୁହ।

ଜୀବନ କଲମକୁ କାଗଜ ଉପରେ ରଖି ସୁକୃତୀର ମୁହଁକୁ ଚାହିଁଲେ। ମୁହଁ ଗମ୍ଭୀର କରି କହିଲେ, ଚେଷ୍ଟାର ଅଭାବ ନାହିଁ। ଯାହା ତା'ର ଭାଗ୍ୟରେ ଥିବ, କାନ୍ଦୁଛ କାହିଁକି?

ଆଖିରୁ ଲୁହ ପୋଛି ସୁକୃତୀ କହିଲା, କାହିଁକି ଭଗବାନ ଏ ଦଣ୍ଡ ଦେଲେ? ମୁଁ ତ କେବେ କାହାରି ଅନିଷ୍ଟ କରିନାହିଁ!

ଜୀବନ କହିଲେ, କେତେବେଳେ କ'ଣ କାହିଁକି ହୁଏ, କିଏ କହିପାରିବ? ଯାହା ଘଟୁଛି ଧୈର୍ଯ୍ୟ ଧରି ସହିଯିବା ଭଲ।

ସୁକୃତୀ ଉତ୍ତର ନ ଦେଇ ଚାଲିଗଲା।

ଜୀବନ ଲେଖିବାକୁ କଲମ ଟେକିଲେ। ଲେଖି ହେଲା ନାହିଁ। ସୁକୃତୀର କଥା କେଇପଦ ମନରେ ଓଲଟ ପାଲଟ ହେଉଥାଏ। ସେ କଲମ ରଖି ଆର ଘରକୁ ଗଲେ।

ଦେଖିଲେ, ପଲଙ୍କ ଉପରେ ପିଲାଟି ଶୋଇ ଜୁଳୁଜୁଳୁ କରି ବିଜୁଳି ଆଲୁଅକୁ ଚାହିଁ ରହିଛି। ସୁକୃତୀ ମୁଣ୍ଡରେ ହାତ ଦେଇ ତୁନି ହୋଇ ବସି ଅଳକାର ମୁହଁକୁ ଅନାଇଁ ରହିଛି।

ଜୀବନ ପିଲାଟିକୁ ମୁହୂର୍ତ୍ତେ ଦେଖିଲେ। ବିଜୁଳି ପରି ଖେଳିଗଲା ମନରେ ଭାବନା- ଗାଁ ମୁଣ୍ଡରେ ଡାକବଙ୍ଗଳା, ଡାକବଙ୍ଗଳା ପାଖରୁ ମାଇଲିଏ ବାଟ ଜଙ୍ଗଲ ମଝିରେ ଶିବ ମନ୍ଦିର ଝରଣା କୂଳରେ, ଝରଣାରେ ପିଲାଟିକୁ ଗାଧୋଇ ଦେଇ ଶିବଙ୍କ ଉପରେ ପାଣି ଢାଳିବେ, ପିଲା କଥା କହିବ, ଚାଲିବ, ପ୍ରତ୍ୟକ୍ଷ ଦେବତା!

ଛଟପଟ ହେଲା ବିବେକ। ସପନ ପରି ଲାଗୁଛି, ମନେ ନାହିଁ ସେ ଝିଅଟିର ନାମ। ଗରିବ, ନିଃସହାୟ। ଆଭରଣହୀନ ଜଳନ୍ତା ଅଗ୍ନିଶିଖା, ପତଙ୍ଗ ପରି ଯହିଁରେ ତାଙ୍କର ତାରୁଣ୍ୟ କ୍ଷଣକ ପାଇଁ ଝାସ ଦେଇଥିଲା। ଭାବିଲେ ମନେ ପଡୁନାହିଁ ତା'ର ରୂପ, କେବଳ ମନେ ଅଛି ଘଟଣା, ମନେ ଅଛି କିପରି ସେ ନିଜକୁ ହରାଇ ଚୋର ପରି ଛୁଟି ପଳେଇ ଆସିଥିଲେ-

ଅତୀତର ଅତି ଗୋପନ ଘଟଣା! ମନେ ପଡ଼ିଲେ ଛାତି ଥରିଉଠେ। କେମିତି ପୁଣି ସେ ଯିବେ ସେଠିକି?

ଅଳକାର ଆଖି ଦିଓଟିକୁ ଚାହାନ୍ତି। ମନ କହେ, ଯିବେ ଥରେ। ସୁକୃତୀ ଯିବ, ଅଳକା ଯିବ। ମଦନ ବୁଢ଼ାକୁ ସଙ୍ଗରେ ନେବେ ନାହିଁ। ଛୋଟ ଚାକର ପିଲା ଗୋବିନ୍ଦାକୁ ସଙ୍ଗରେ ନେବେ। ଚାରିବର୍ଷ ପରେ କିଏ କାହାକୁ ଚିହ୍ନୁଛି? ସେ ହୁଏତ ନ ଥିବ।

ଯିବେ ଥରେ।

ସୁକୃତୀକୁ ହଲାଇ ଜୀବନ କହିଲେ, ଶେଷ ଚେଷ୍ଟା କରିବା?

ସୁକୃତୀ ଆଖି ଛଳଛଳ କରି ପଚାରିଲା, କ'ଣ?

ଜୀବନ କହିଲେ, ଆମେ ପିଲାଟିକୁ ନେଇ ଥରେ ବୁଗୁଡ଼ା ଯିବା। ସେଠି ଶିବଙ୍କ ପାଖରେ ଝରଣା ଅଛି। ଲୋକେ କହନ୍ତି, ସେଇ ଝରଣାରେ ଗାଧୋଇଦେଲେ ଏପରି ପିଲା ଭଲ ହୁଅନ୍ତି।

ଚାରିବର୍ଷ ପରେ-

ବଙ୍ଗଳା ଆଗରେ ମଟର ବସ୍ ରହିଲା, ସବୁଦିନେ ଯେପରି ରହେ। ବୁଧିଆ ଧାଇଁ ଆସିଲା ପାଖକୁ। ବସ୍‌ରୁ ଜଣେ ବାବୁ ଓହ୍ଲେଇଲେ। ତାଙ୍କ ପଛରେ ଜଣେ ସ୍ତ୍ରୀ, କୋଳରେ ତିନିବର୍ଷର ଝିଅ। ସଙ୍ଗରେ ଚାକର ଟୋକା, ଅନେକ ଜିନିଷପତ୍ର। ସେ ଜଣେ ବଡ଼ ବାବୁ!

ତୋ ନାମଟି କ'ଣ ରେ?

ମୋ ନାଁ ତ ବୁଧିଆ। ମୁଁ ବଙ୍ଗଳାର ଚଉକିଦାର।

ଶିବ ମନ୍ଦିର କେତେ ବାଟ ହେବ ?

ପାଖଟା ଆଜ୍ଞା।

କାଲି ସକାଳେ ଯିବା ?

ମା' ଯିବେ କି ?

ଯିବେ।

ହଉ ଆଜ୍ଞା।

ଶିବ ମନ୍ଦିରରୁ ଫେରୁ ଫେରୁ ଡେରି ହେଲା। ଅଳକାକୁ କାଖରେ ଜାକି ସୁକୃତୀ କେଡ଼େ ଆଶାରେ ଶିବଙ୍କ ପାଖକୁ ଯାଇଥିଲା, ପୁଣି କେତେ ଆଶା ମନରେ ଧରି ଫେରିଥିଲା। ଠାକୁରଙ୍କ ନାମରେ ମାନସିକ କରିଥିଲା। ପିଲାଟି ଯଦି ଭଲ ହୋଇଯାଏ, ପୁଣି ବର୍ଷକ ପରେ ପିଲାକୁ ନେଇ ଦର୍ଶନ କରିବାକୁ ଆସିବ ବୋଲି ମନେମନେ ଠାକୁରଙ୍କ ଆଗରେ ଜଣାଣ କରିଥିଲ।

ଦି' ପହର, ଶୀତଦିନ–

ପିଲାକୁ କୋଳରେ ପୂରାଇ ସୁକୃତୀ ଡାକବଙ୍ଗଳାର ଗୋଟିଏ କୋଠରିରେ ଶୋଇ ପଡ଼ିଲା। କ୍ଳାନ୍ତ ହୋଇଥିଲେ ମଧ୍ୟ ଜୀବନଙ୍କର ଆଖିକୁ ନିଦ ନାହିଁ। ଯାହାକୁ ସେ ମନେମନେ ଖୋଜୁଥିଲେ, ହୁଏତ ମନେମନେ ଭୟ କରୁଥିଲେ, ସେ କୁଆଡ଼େ ଚାଲିଗଲାଣି କି କ'ଣ। ବୁଧିଆକୁ ପଚାରିବାକୁ ମନ ହେଉଥିଲେ ମଧ୍ୟ ସାହସ ହେଉ ନାହିଁ।

ଆର କୋଠରରେ ବସି ଜୀବନ ଖବରକାଗଜରେ ମନଦେଲେ।

କେତେବେଳୁ ବୁଧିଆ ଆସି କବାଟ ପାଖରେ ଠିଆ ହେଲାଣି। ଦୃଷ୍ଟି ଆକର୍ଷଣ କରିବାକୁ ଦୀର୍ଘଶ୍ୱାସ ଛାଡ଼ିଲା। ଜୀବନ ଆଖି ଫେରାଇଲେ ତା' ଆଡ଼କୁ। ପଚାରିଲେ, କ'ଣ ରେ।

ଆପଣ କଣ ଆଜି ଚାଲିଯିବେ ?

ନା, କାଲି ସକାଳେ।

ସକାଳେ ଫେରିଯିବାକୁ ଗାଡ଼ି ନାହିଁ, ପୁଣି ଯାଇ ଦଶଟାକୁ।

ତେବେ, ସେତିକିବେଳେ। କାହିଁକି ?

ଦୁଇ ବେଳା ରୋଷେଇ ପାଇଁ ଗାଁରୁ କାଠ ଆଣିବାକୁ ହେବ।

ଓ, ପଇସା ଦରକାର ? ଆଚ୍ଛା–

ଜୀବନ ବ୍ୟାଗ୍ ଖୋଲି ବୁଧିଆକୁ ଗୋଟିଏ ଟଙ୍କା ଦେଲେ। ବୁଧିଆ ଚାଲିଗଲା।

ଗୋଟିଏ କଥା ପଚାରିବେ ପଚାରିବେ ହୋଇ ଜୀବନ ପଚାରି ପାରିଲେ ନାହିଁ। ପଦାକୁ ଚାହିଁ ଦେଖିଲେ, ରୋଷେଇଘର କଡ଼ରେ ଖଣ୍ଡେ ପତର ପକେଇ ଭିକାରୁଣୀ ସ୍ତ୍ରୀଟିଏ ଖାଇ ବସିଛି। ସଙ୍ଗରେ ଖାଉଛି ତିନିବର୍ଷର ଗୋଟିଏ ପିଲା। ଗୋବିନ୍ଦ କଡ଼େଇରେ ଆଣି ସେଇ ପତରରେ କ'ଣ ଅଜାଡ଼ି ଦେଉଛି।

ଭିକାରୁଣୀଟିଏ ତ! ଦୁର୍ବଳ ଦରମଲା ଦେହ, ଫୁର୍‌ଫୁର୍ ମୁଣ୍ଡ ବାଳ। ମଇଳା ଛିଣ୍ଡାଲୁଗାଟା ଦେହକୁ ଘୋଡ଼ାଇ ପାରି ନାହିଁ। ମୁହଁରେ ଅଳପ ବସନ୍ତି ଚିହ୍ନ। ପଶିଲା ପଶିଲା ଆଖି। ବିଶେଷତ୍ୱ କିଛି ନାହିଁ। କିନ୍ତୁ ପିଲାଟି! ନଙ୍ଗଳା ହେଲେ ବି କେଡ଼େ ସୁନ୍ଦରଟିଏ। ଗୋଲଗାଲ ଚେହେରା। ଫୁର୍ତ୍ତି। ମା' ସଙ୍ଗରେ ଖାଇ ବସିଛି। ଗୋଟାଏ ହାତରେ ବାଡ଼ି ଖଣ୍ଡେ ଧରି ପାଖରେ ନାକେଇଥିବା କୁକୁରଗୁଡ଼ାଙ୍କୁ ତଡ଼ୁଛି।

ଜୀବନ କହିଲେ, ଦେଖୁଛ ସେ ଭିକାରୁଣୀ ଆଉ ତା'ର ପିଲାକୁ? ତାହା କୋଳରେ ଠାକୁର କେମିତି ପିଲା ଦିଅନ୍ତି ଦେଖ। ଭଲ ଘରେ ଯଦି ଜନ୍ମ ହୋଇଥାଆନ୍ତା, କେଡ଼େ ବଡ଼ ମଣିଷ ସେ ହୋଇପାରନ୍ତା!

ସୁକୃତୀ ଉତ୍ତର ଦେବା ଆଗରୁ ଥରେ ନିରିଖି ଚାହିଁଲା। ପିଲାଟି ମା' ପାଖରୁ ଉଠିଆସ ବାଡ଼ି ଧରି ଗୋଟାଏ କୁକୁର ପଛରେ ଦଉଡ଼ିଗଲା। ଆଉ ଗୋଟାଏ କୁକୁର ସ୍ତ୍ରୀ ଲୋକଟିର କଡ଼ପଟୁ ବୁଲିଆସି ପତରରୁ ଗାଙ୍ଫୁଆଏ ଭାତ ନେଇ ପଛକୁ ହଟିଗଲା। ଭିକାରୁଣୀଟି ହାତ ଟେକି କୁକୁରକୁ ଘଉଡ଼ି ଦେଇ ପାଟି କରି ଉଠିଲା, ମଲାମର, ଏଗୁଡ଼ାଙ୍କୁ ମରଣ ନାହିଁ। ମୋ ସଙ୍ଗେ ବାଦ କରିବାକୁ ଘେରି ଯାଉଛନ୍ତି। ନିଆଁନଗା ପିଲାଟି ଯାଇଁ ସେଠି ଉଠିଲାଣି।

ଅଭିମାନ କରି କୁକୁରକୁ କହିଲା, ଖା, ଖା, ମୋରି ଅଇଁଠା ଖା, ମୋରି ସଙ୍ଗରେ ଦାଉ ସାଧିବୁ, ଖା–

ଉଠି ଆସିଲା।

ଦୁଇ ତିନିଟା କୁକୁର ଭାଉଁ ଭାଉଁ ହୋଇ ପତର ଉପରେ ପଡ଼ିଲେ। ଭିକାରୁଣୀ ପିଲା ପାଖକୁ ଯାଇ ଅଇଁଠା ହାତରେ ପିଠିରେ ଦୁଲଦୁଲ କରି ଦୁଇଚାରି ବିଧା ବସେଇ ଦେଲା। ପାଟିକରି କହିଲା, ଅଲପେଇସାକୁ ଦଇବ ଛାଡ଼ିଲାଣି। ବୋପାମାନେ ତ ଭାତ ଛଡ଼େଇ ଖାଇଲେ, ତୁ ଅଲପେଇସା ବାଡ଼ି ଧରି ଜଗିଛୁ କାହାକୁ।

ଆହୁରି ଦୁଇ ବିଧା! ପିଲାଟାର ପାଟିରୁ ବଚନ ବାହାରୁ ନାହିଁ। ସୁକୃତୀ ସହି ପାରିଲା ନାହିଁ। ପଦାକୁ ଉଠି ଆସି ପାଟିକଲା, ହଇଲୋ ହେ, ପିଲାଟିକୁ ମାରି ପକେଇବୁ କି?

ତାକୁ ମରଣ କେଉଁଠି ହେଉଛି? ମତେ ଦହଗଞ୍ଜ କରିବାକୁ ତ ସେ ଜନମ

ହୋଇଛି ସାନ୍ତାଣୀ, ମରିଗଲେ ତ ତରିଯାଆନ୍ତା। ମୁଁ ବି କାହିଁକି ଦହଗଞ୍ଜ ହୁଅନ୍ତି? କୋଉ କୂଅ ପୋଖରୀକୁ ଡେଇଁ ପଡ଼ିଲେ ମୋ ଦିନ ସରିଯାଆନ୍ତା।

ସୁକୃତୀର କଅଁଳ ପ୍ରାଣରେ ଭିକାରୁଣୀ କଥାଗୁଡ଼ା ଲାଗିଲା। ସେ କଅଁଳେଇ କହିଲା, ଛି, ଜନମ କରିଛୁ, ଠାକୁରେ ତାକୁ ମଣିଷ କଲେ ତୋ ଦୁଃଖ ଯିବ। ଲୋକେ ବାରବ୍ରତ କରି ପିଲା ବକଟେର ମୁହଁ ଦେଖୁ ନାହାନ୍ତି, ତୁ ତାର ମନ୍ଦ ମନାସୁଛୁ? ଶୁଣ୍-

ଭିଖାରୁଣୀ ଶୁଣିଲା ନାହିଁ।

ପିଲାଟାକୁ କାଖକରି ଚାଲିଗଲା।

ସଞ୍ଜ ହୋଇଆସୁଥାଏ-

ଜୀବନ ଏକୁଟିଆ ଗାଁ ଆଡ଼େ ବୁଲିବାକୁ ଚାଲିଗଲେ। ସଙ୍ଗରେ ନେଲେ ବୁଧିଆକୁ।

ବାଟରେ ପଚାରିଲେ, କିଏରେ ସେ ଭିକାରୁଣୀଟା?

ବୁଧିଆ ଥଙ୍ଗେଇ ଥଙ୍ଗେଇ ହେଲା।

କି ଘର ପିଲା ସେ?

ଖଦାଳ।

ତା'ର କେହି ନାହାନ୍ତି କି?

ନାହିଁ। ଦାଦା ଖୁଡ଼ୀ ଦିହେଁ ଥିଲେ ଯେ, ସେମାନେ ତାକୁ ଘରୁ ବାହାର କରିଦେଲେ। ତା'ର ବର ରଙ୍ଗାମ ଯାଇଥିଲା। ରଙ୍ଗାମରୁ ଫେରି ରତନୀ କି ଆଉ ନେଲାନାହିଁ। ସେ କାହିଁକି ନିଅନ୍ତା? ଦାଦି ଖୁଡ଼ୀ ତ ବାହାର କରିଦେଲେ, ସେ ଅଜାତି ହେଲା। ଗାଁ ଲୋକେ ବି ଦୁଆର ମଡ଼େଇ ଦେଲେ ନାହିଁ। ତା' ବରର କି ଦୋଷ? ସେ ତା'ର ଅନ୍ୟ ସଂସାର କଲା।

ହେଲେ ପିଲାଟାକୁ ତ ନେଇଥାଆନ୍ତା।

ପିଲା ତ ଜନମ ହେଲା ମଟର ଘରେ। ସେଇ ଦିନ ସେ ମରି ଯାଇଥାନ୍ତା। ପିଲାର ପାଟି ଶୁଣି ରତନୀର କଷ୍ଟ ଦେଖି ମୁଁ ଟିକିଏ ସାହାଯ୍ୟ କରି ଓଷଦ ପାଣି ଆଣି ଦେଲି ବୋଲି ଗାଁ ଲୋକେ ଆଜିଯାଏ ମୋର ନିନ୍ଦା କରୁଛନ୍ତି। କରନ୍ତୁ, ଧର୍ମ ଅଛି। ରତନୀ କଣ କମ୍ କି? କୋଉଠୁ କିଛି ଖାଇବାକୁ ନ ପାଇଲେ ଆସି ମୋରି ଉପରେ ତା'ରି ରାଗ ସୁଝେଇବ। ମୋରି ଆଗରେ ତା'ର ସେ ପିଲାକୁ ଦରମରା କରିବ। କ'ଣ କରିବି? ପାଖରେ ଯାହା ଥାଏ ଦିଏ।

ଜୀବନ ଆଉ କିଛି ପଚାରିବାକୁ ସାହସ କଲେ ନାହିଁ।

ବୁଧିଆ କହିବାକୁ ଲାଗିଲା, ଭଲ ମନ୍ଦ ମୁଁ କି ଜାଣେ ଆଜ୍ଞା? ଚାରି ବରଷ

ତଳେ, କୁଆଡ଼ର କେଜାଣି ବାବୁ ଜଣେ ଆସିଥିଲେ। ଭାରି ଭଲ ଲୋକ। ରତନୀକୁ ଦେଖି ତାଙ୍କର ଦୟା ହେଲା। ସେ କହିଲାରୁ ରତନୀକୁ ତାଙ୍କ ପାଖକୁ ଡାକିଦେଲି। ମୋର କି ଦୋଷ ହେଲା ଆଜ୍ଞା ?

ଜୀବନଙ୍କର ଛାତି ଥରି ଉଠିଲା। ଗାଁ ସେ ପାଖ ମୁଣ୍ଡିଆ ପାହାଡ଼ ତଳେ ରାସ୍ତା ଛିଣ୍ଡିଛି। ଛୋଟ ପାହାଡ଼। ବଡ଼ ବଡ଼ ପଥର। ପାହାଡ଼ ମଝିରେ ଛୋଟ ମନ୍ଦିର। ମନ୍ଦିର ଉପରେ ପତାକା ଉଡୁଛି।

ମନ୍ଦିର ଆଡ଼କୁ ହାତ ବଢ଼ାଇ ବୁଧିଆ କହିଲା, ଏଇ ପତିତପାବନ ସାକ୍ଷୀ। ଭଲ ମନ୍ଦ ମୁଁ କି ଜାଣେ ? ପାପ ପୁଣ୍ୟ କଥା ମୁଁ କି ବୁଝେ ? ସେଇ ରତନୀ, ମତେ କାଟୁଛି ସମୁଛି। ମୁଁ କୁଆଡ଼େ ସେଇ ବାବୁ ସଙ୍ଗରେ ସଲା ହୋଇ ରତନୀକୁ ତାଙ୍କ ପାଖକୁ ପଠେଇଲି। ମୋର କି ଗରଜ ? ଦୟା ପାଇ ବାବୁ ତାକୁ ଦଶଟଙ୍କା ଦେଲା। ବାବୁ ଗଲାରୁ ରତନୀ ମତେ କହିଲା। ଭାଗ ଦେଲା କି ମତେ ? ସବୁ ଟଙ୍କା ତା' ଖୁଡ଼ୀ ନେଇଯିବ ବୋଲି ମତେ ଦେଇ କହିଲା, ରଖିଥା'। ଦୟା ପାଇ ଦଶ ଟଙ୍କା ରଖିଲି।

ଚାରି ବରଷ ହେଲାଣି। କେତେ ଟଙ୍କା ମୋଠୁଁ ସେ ନେଲାଣି। ତେବେ ବି କହୁଛି, ଆଉ ଦଶ ଟଙ୍କା ଅଛି। କଳିକାଳରେ କାହାରିକୁ ବିଶ୍ୱାସ ନାହିଁ ଆଜ୍ଞା।

ମୁହଁ ସଞ୍ଜ-

ଦିହେଁ ଫେରିଲେ। ଜୀବନଙ୍କର ଗୋଡ଼ ଅବାଟରେ ପଡୁଥାଏ। ବୁଧିଆ କ'ଣ ତାଙ୍କୁ ଚିହ୍ନି ପାରିଲା ? କିଛି ନ ପଚାରୁଣୁ ଆଗତୁରା ଏତେ କଥା କହୁଛି କାହିଁଛି ?

ଜୀବନ ପଛକୁ ଚାହିଁଲେ। ବୁଧିଆ ତାଙ୍କର ପଛେ ପଛେ ଚାଲିଛି, କହୁଛି, ନଉ, କିଏ ମୋର ଅଛି ? ଗରିବ ଖଦାଳ ଝିଅ ବୋଲି କ'ଣ ତାକୁ ମୁଁ ଦେଉଛି ? ନାଇଁ ଆଜ୍ଞା। ସେଇ ଯେଉଁ ପିଲାଟି ତା'ର ଅଛି, ତାଆରି ପାଇଁ। କାଳେ ମରିଯିବ।

ବଡ଼ ହେଲେ ମୂଳପାତି ଲାଗି ବଞ୍ଚିଯିବ ତ କେଡ଼େ ବଡ଼ ଲୋକର ପିଲା ସେ, କେହି ନ ଜାଣୁ, ଧର୍ମ ଜାଣେ ତ !

ଜୀବନଙ୍କର ବିବେକକୁ ଆଘାତ ଦେଲା ସେଇ କଥା କେଇପଦ। କହିଲେ, ପରର ଦୁଃଖ କଥା ପକାନା ବୁଧିଆ, ଯେ ଯାହା କରେ ସେ ତା'ର ଫଳ ପାଏ। ତୋ ନିଜ କଥା କହ।

ନିଜ କଥା କ'ଣ କହିବି ଆଜ୍ଞା ? ଆପଣମାନଙ୍କ ସେବା କରି ମୁଠିଏ ଖାଉଛି, ଖଣ୍ଡେ ପିନ୍ଧୁଛି। ଭଲରେ ଅଛି।

ବାହା ହେଉ ନୁ ?

ଚମକି ଉଠିଲା ବୁଧିଆ।

ଚାରିବର୍ଷ ତଳେ ସେ ଅଜଣା ଅଶୁଣା ବାବୁଟି ଥରେ ଏଇକଥା ପଚାରିଥିଲେ। ବୁଧିଆ ବାହା ହେବା କଥା କେବେ ମନକୁ ଆଣି ନାହିଁ। ରେଡ଼ିକା ଘରେ ଜନ୍ମ ହେଲେ ବି ସେ ଛତରା ତଳେ ଗଣ୍ୟ। କେହି ତାକୁ ଝିଅ ଦେବେ ନାହିଁ। ବର୍ଷକ ତଳେ ମାଲୁଆ ଜରରେ ଯେତେବେଳେ ସେ ଛଟପଟ ହେଉଥିଲା, କେହି ତା' କଥା ପଚାରି ନ ଥିଲା। ରାତି ଦି ଘଡ଼ିକୁ ରତନୀ ତା' ପିଲାକୁ କାଖେଇ ବଙ୍ଗଳାକୁ ଆସିଲା। ବୁଧିଆ ବଙ୍ଗଳା ପିଣ୍ଡାରେ ଛଟପଟ ହେଉଥାଏ।

ଦବୁକିରେ ବୁଧିଆ ଭାଇ ଗଣ୍ଡାଏ ଭାତ? କାଲିଠୁଁ ଖାଇନାହିଁ। ପିଲାଟା ମତେ ରେକେଟି ରେକେଟି ମୋ ରକତ ଶୋଷୁଛି।

ବୁଧିଆ ମୁଣ୍ଡ ଟେକି ଚାହିଁଲା। ଜହ୍ନରାତି। ପିଣ୍ଡାତଳେ ରତନୀ। କହିଲା, ଜରରେ ଛଟପଟ ହେଉଛି ଲୋ ରତନୀ! ରାନ୍ଧିନାହିଁ। ଶୋଷରେ ହଂସା ଉଡ଼ିଯାଉଛି।

ରତନୀ ସେମିତି ଠିଆ ହୋଇ ଚାହିଁ ରହିଲା।

କେତେବେଳେ ବୁଧିଆ କହିଲା, ନେ ଏ ପଇସା ଦିଅଣା।

ରତନୀ ନେଲା ନାହିଁ। କହିଲା, ପାଣି ମନ୍ଦାଏ ଦେବି କିରେ?

ବୁଧିଆ କହିଲା, ନାଇଁ ନାଇଁ। ନେ, ଏ ପଇସା ନେ, ଯା'।

ଦିଅଣା ପଇସା ପକେଇଦେଲା ତା' ପାଖକୁ।

ରତନୀ ପଇସା ନେଲା ନାହିଁ। ତୁନି ହୋଇ ଚାଲିଗଲା।

ରାତି ଅଧରେ-

ଜର ବଢ଼ିଲା। ବାପଲୋ ମାଆଲୋ ହୋଇ ଛଟପଟ ହେଲା ବୁଧିଆ।

ଦୁନିଆଁରେ ସେ ଏକା, ସାହା ଭରସା କେହି ନାହିଁ। ଏଇଥର ସେ ମରିବ। ସେ ମଲେ କେହି ଦୁଃଖ କରିବେ ନାହିଁ, କାନ୍ଦିବେ ନାହିଁ, ପଚାରିବେ ନାହିଁ। ସରକାରୀ ବଙ୍ଗଳାରୁ ମଡ଼ା କେମିତି ଉଠିବ, ସେଇଆ ହେବ ଲୋକଙ୍କ ଭାବନା। ସେତିକି ସେମାନଙ୍କର ଦାୟିତ୍ୱ।

ଦେହରେ ତାତି। ତଣ୍ଟି ଅଠା ଅଠା। ଗୋଡ଼ହାତ ବିନ୍ଧୁଛି।

ବୁଧିଆ ଭାଇ!

ଉଁ-

ନେ, ଏ ପାଣିମନ୍ଦାକ ପିଇଦେ।

ରତନୀ ତୁଣ୍ଡପାଖେ ପାଣି ତାଟିଆ ଧରିଲା। ପ୍ରାଣବିକଳରେ ଢକଢକ କରି ପିଇଦେଲା ବୁଧିଆ। ପିଣ୍ଡରେ ପ୍ରାଣ ପଶିଲା। ଥରିଲା ଗଳାରେ ପଚାରିଲା, କିଲୋ, ତୁ ଏଠି ଅଛୁ? ତତେ ପରା ମନା କରିଥିଲି ବଙ୍ଗଳାକୁ ଆସିବାକୁ ସଞ୍ଜ ପରେ।

ମୁଁ ତତେ ଦେଖିବାକୁ ଆସିଥିଲି। ପିଲାଟାକୁ ଇସ୍କୁଲ ଘର ପିଣ୍ଡାରେ ଶୋଇ ଦେଇ ଆସିଛି।

ବୁଧିଆ ରାଗିଲା। କହିଲା, ଯାଉଛୁ ନା ଫେର ଦେଖିବୁ!

ରାଗୁଛୁ କାହିଁକି? ମୁଁ ନ ଆସିଥିଲେ ତୁ ମରିଥାନ୍ତୁ।

ତୋର କ'ଣ ଗଲା? ତୁ, ଯିବୁଟି।

ଗୋଡ଼ ଘଷିଦେବି କିରେ?

ବଦମାସ୍!

କାହାକୁ ତୋର ଡର? ଲୋକଙ୍କୁ? ଯମ ମୁହଁରୁ ତତେ ସେମାନେ ବଞ୍ଚେଇବେ? ମତେ ଡରୁଛୁ କିରେ? ଛତରୀଟା ହେଲେ ବି ମୁଁ ଖରାପ ନୁହେଁରେ, କେତେ ଲୋକ ତ ଅନେଇଁଥିଲେ ମୋ ଆଡ଼କୁ କେହି କେବେ ତୁଣ୍ଡ ଖୋଲିବାକୁ ଭରସିଥିଲେ କି? ସେଇ ଯେଉଁ ବାବୁଟା, ଯାହା ସଙ୍ଗେ ତୁ ଚିହ୍ନା କରିଦେଲୁ, କେତେ ଆଦର ସ୍ନେହ କଲା। ନ ଜାଣିଲା ଲୋକ ମୁଁ, ଅମୃତ ବୋଲି ସିନା ଜହର ଖାଇଲି। ଆଉ ହୀନିମାନ ଲୋଡୁନାହିଁ। ଗୋଡ଼ ଘଷିଦିଏଁ।

ଜୀବନ ଥଙ୍ଗେଇ ଥଙ୍ଗେଇ କହିଲେ, ତମ ଜାତିର ଦୁର୍ଗୁଣ, ପରକଥା ଚର୍ଚ୍ଚା କରି ଆନନ୍ଦ ପାଅ। ଦିନକ ପାଇଁ ଆମେ ଆସିଥାଉ। କାଲି ଏତେବେଳେ ଥିଲ କେଉଁଠି, ପୁଣି କାଲି ଏତେବେଳେ ଥିବ କେଉଁଠି? ପରକଥା ପକାଇ ଲାଭ କ'ଣ?

ସୁକୃତୀ ଉତ୍ତର ଦେଲା, ପର କଥା ଚର୍ଚ୍ଚା କରି ଆମେ ଆନନ୍ଦ ପାଉଁ; କିନ୍ତୁ ସେ କଥା ଚର୍ଚ୍ଚା କରିବାକୁ ତମେ ପୁରୁଷମାନେ ହିଁ ଆମକୁ ମାଲମସଲା ଯୋଗାଅ। ସେ ଯେଉଁ ସ୍ତ୍ରୀ ଲୋକଟି, ତା' ନାମ ରତନୀ। ସେ ନିଜେ ଆସି ସବୁ କଥା ତା' ମନକୁ କହିଲା। ମୁଁ ତାକୁ ପଚାରି ନାହିଁ। ବିଚିତ୍ର ତା'ର ଜୀବନର ଗୋପନ କଥା। ସତ ମିଛ ଏକା ତାକୁ ହିଁ ଜଣା। ଶୁଣିବ? କହିବି? ଧୈର୍ଯ୍ୟ ଧରି ଶୁଣିପାରିବ?

ଶୁଣେ।

ସୁକୃତୀ କହିଲା। କହୁ କହୁ ଦୁଃଖରେ ଆଖିରୁ ବାରମ୍ବାର ଲୁହ ପୋଛିଲା। କେବେ କେବେ ଉତ୍ତେଜିତ ହୋଇପଡୁଥାଏ। ନିଜର କଳଙ୍କିତ ଇତିହାସ ସ୍ତ୍ରୀ ମୁହଁରୁ ଶୁଣୁଥାନ୍ତି ଜୀବନ, ତୁଣ୍ଡରେ ଭାଷା ନାହିଁ। ପଥର ମୂର୍ତ୍ତି ପରି ନିଶ୍ଚଳ।

ସୁକୃତୀ କହିଲା, ଶୁଣିଲ? ରତନୀକୁ ଯିଏ ଏତେସରି କଲା, ସେ ହୁଏତ ଜାଣେ ନାହିଁ। କ୍ଷଣକର ମୋହ, କ୍ଷଣକର ଉତ୍ତେଜନା ପାଇଁ ସେ ଦିଓଟି ପ୍ରାଣୀଙ୍କର ଜୀବନ ନଷ୍ଟ କରିଛି। ଗରିବ ଝିଅଟିକୁ ଦଶଟି ଟଙ୍କା ଦେଇ ସେ ହୁଏତ ଭାବିଥିବ ଯେ

ସେ ଦୟାର ଅବତାର, ସେ ତା'ର କର୍ତ୍ତବ୍ୟ ଶେଷ କରିଛି। ମୋତେ ଦଶଟି ଟଙ୍କା ଦେଇ ନିଃସହାୟ ସରଳ ଝିଅଟିର ସର୍ବସ୍ୱ ସେ ହରଣ କରିନେଲା।

ଜୀବନ କହିଲେ, ସେଇ ଭଦ୍ରଲୋକଟି ଯେ ସରଳ ନିରୀହ ନୁହେଁ, ଏହା କିପରି ଆମେ କହିପାରିବା ? ପୁରୁଷ ପିଲା ଟିକିଏ ଉଚ୍ଛୃଙ୍ଖଳ ଏଥିରେ ସନ୍ଦେହ ନାହିଁ, କାରଣ ଭଲମନ୍ଦ ତାଆର ମୁଣ୍ଡ ଉପରେ ଯାଏ ନାହିଁ। ରତନୀ ଝିଅ। ନିଜର ଦାୟିତ୍ୱ ତା'ର ବୁଝିବାର କର୍ତ୍ତବ୍ୟ ବେଶି। ପୁରୁଷ ପିଲା ପାଖରୁ ଦୂରେଇ ରହିବାର ଥିଲା। ଦୁଇଟା ସୃଜନ-କାମୀ ଆତ୍ମା ପାଖକୁ ପାଖ ଠିଆହେଲେ ତମେ ଆଉ କଅଣ ଆଶା କରିପାରିବ ?

ସୃଜନକାମୀ ଆତ୍ମା। ଭାରି କହିଲାବାଲା ଏକା। ସମାଜ ତେବେ ଗଢ଼ାହେଲା କାହିଁକି ? ଶିକ୍ଷା, ସଭ୍ୟତା, ସଂସ୍କୃତି- ଏ ସବୁ କ'ଣ ବୃଥା ? ସୃଷ୍ଟିର ପ୍ରେରଣା ସଭିଙ୍କଠାରେ ଅଛି। ଦୁନିଆଁରେ କ'ଣ ପାଖକୁ ପାଖ ଯୁବକ ଯୁବତୀ ଠିଆ ହେବେ ନାହିଁ। ଭାଇବନ୍ଧୁ କୁଟୁମ୍ବ ଧରି ଲୋକେ ଘର କରିବେ ନାହିଁ ? ସମସ୍ତେ କେବଳ ସମସ୍ତଙ୍କୁ ଲୋଭିଲା ଆଖିରେ ଚାହୁଁଥିବେ ? ସୃଷ୍ଟି ରହିବ ତ ?

ଜୀବନ ତୁନି ରହିଲେ।

ସୁକୃତୀ ବଖାଣିଲା, ଅଜାଣତରେ କେହି କିଛି କରେ, ଏହା ମୁଁ ବିଶ୍ୱାସ କରିପାରିବି ନାହିଁ। ସଭ୍ୟ ମଣିଷ ଯାହା କରେ, ଜାଣି ଜାଣି କରେ। ତମେ କାଲି ମୋତେ ଓ ମୋଓରି ପରି ଅନେକ ଝିଅଙ୍କୁ ପାଠ ପଢ଼ାଉଥିଲ। ଅନେକଙ୍କର ସଂସର୍ଗରେ ଆସିଛ। କାହା ଉପରେ କେବେ ଲାଳସା-ଜଡ଼ିତ ଚାହାଣି ପକେଇଥିଲ ?

ଜୀବନ ଉତ୍ତର ଦେଲେ, ଏ ପ୍ରଶ୍ନର ଉତ୍ତର ମୁଁ ଦେଇପାରିବି ନାହିଁ। ଏପରି ପ୍ରଶ୍ନର ଉତ୍ତର ମୁଁ ତମ ମୁହଁରୁ କେବେ ଆଶା କରିନାହିଁ। ଏ ସବୁ ନିଜର କଥା, ଅତି ଗୋପନ !

ସୁକୃତୀ ନୀରବ ହେଲା। ମନେ ପଡ଼ିଲା କେତେ ଦିନ ତଳର ଘଟଣା। ସେତେବେଳେ ସେ ଅବିବାହିତା, କଲେଜ ଛାତ୍ରୀ। ପାଖ ଘରେ ଯେଉଁ ବିଦେଶୀ ଭଦ୍ରଲୋକ ଥାଆନ୍ତି, ତାଙ୍କରି ପୁଅ ଅରୁଣ, କଲେଜ ଛାତ୍ର। ସୁକୃତୀର ମାଆଙ୍କୁ ସେ ମାଉସୀ ବୋଲି ଡାକେ। ସୁକୃତୀକୁ ପାଠ ବତାଏ। ଘନିଷ୍ଠତା ବଢ଼ିଥିଲା। ମାଆ ଯଦି ଠିକ୍ ବେଳରେ ସାବଧାନ କରି ନ ଥାନ୍ତେ, କେତେ ଦୂର ସେମାନେ ଆଗେଇ ଥାନ୍ତେ କିଏ କହିବ ?

ମାଆଙ୍କର ଉପଦେଶ କାନରେ ବାଜିଯାଉଛି, ଆଲୋ ସୁକି ! ତିନୋଟି କଥା ମନେ ରଖିବୁ ମା', ତିନୋଟି କଥା। ପରପୁଅ ଯେତେ ଆପଣାର ହୋଇ ଭାଇ ଦାଦି

ମାମୁ ସମ୍ପର୍କ ପାତିଲେ ବି ତରକି ରହିବୁ ମା', ଦୂରେଇ ରହିବୁ। ଅଭଦ୍ର ହେବୁ ନାହିଁ, ଦୂରେଇ ରହିବୁ, କଡ଼େଇ ରହିବୁ। ନରମାୟା ନାରାୟଣଙ୍କୁ ଆଗୋଚର। ଗଢ଼ାସମ୍ପର୍କ ଭିତରେ ଛପିଛପି ସଇତାନ ଆସେ। ସମସ୍ତଙ୍କ ମନରେ ସଇତାନ ବସା ବାନ୍ଧିଥାଏ ଲୋ ମା', ସୁବିଧା ଦେଖିଲେ, ସୁଯୋଗ ପାଇଲେ, ପ୍ରଶ୍ରୟ ମିଳିଲେ ସେ ନିଜ ରୂପ କାଢ଼େ।

ଅନ୍ଧାର ରାତିରେ ସବୁ ଗଛ ଭୂତ ପାଲଟେ ଲୋ ମା'!

ମାଇକିନିଆ ଝିଅର ବିପଦ ବେଶି, ଦାହିତ୍ୱ ବେଶି। ବୁଝି ହୁସିଆର୍! ଏମିତି ଯେଉଁ ଲେଖାଯୋଖା ସମ୍ପର୍କ, ସେ ସମ୍ପର୍କକୁ ସମ୍ମାନ ଦେଖାଇବା ମହତ ପଣିଆ; କିନ୍ତୁ ସେଇ ସମ୍ପର୍କକୁ ସତ ମଣି ଭାସିଯିବା ଭଲ ନହେଁ।

ଶୁଣ୍ ମା' ଆଉ ଗୋଟିଏ କଥା, ଟୋକାଟୋକୀ ବୟସରେ, ସେ ଦାୟିତ୍ୱ ବୁଝିଲେ ବି ଦାୟିତ୍ୱ ଉପଲବ୍ଧି କରିବା ସହଜ ନୁହେଁ। ବିନା କାରଣରେ କାହାରି ପାଖେ ଏକୁଟିଆ ରହିବା ଉଚିତ ନୁହେଁ। ପାଖରେ ବିଲେଇ ଛୁଆଟିଏ ରଖିବା ଭଲ। ନିରୋଳା ବେଳରେ ଅଳସ ବେଳରେ ମନ ଭୂତ ମୁଣ୍ଡ ଟେକେ ଲୋ ମା'!

ଯିଏ ରୂପ ଗୁଣକୁ ପ୍ରଶଂସା କରେ ତାକୁ ସାବଧାନ!

ଏଣୁ ତେଣୁ ଗୁଡ଼ାଏ ବହି ତୁ ପଢୁଛୁ। କେଉଁ ବହିରେ ବିଷ ତ କେଉଁ ବହିରେ ଅମୃତ। ଅଜାଣତରେ ବିଷ ବି ପିଏ ନ ଜାଣିଲା ପିଲା। ଦିହରେ ମନରେ ବିଷ ଚହଟେ। ନ ବୁଝି ନ ସମଝି ଏଣୁ ତେଣୁ ବହି ପଢ଼ିବୁ ନାହିଁ। ତର୍କ କରିବୁ ନାହିଁ-

ଏମିତି କେତେ କଥା ମା ତାକୁ ବୁଝେଇଥିଲେ। ସବୁ ତାର ମନେ ଅଛି। ସବୁ ତାର ନିଜସ୍ୱ। ସମସ୍ତଙ୍କ ମନରେ ସଇତାନ ବସା ବାନ୍ଧିଥାଏ, ନିରୋଳା ବେଳରେ ନିଜ ରୂପ ଦେଖାଏ!

ସୁକତୀ ପଚାରିଲା, ତମେ କଣ କହୁଛ ଯେ ସେ ଭଦ୍ରଲୋକର କିଛି ଦୋଷ ନାହିଁ? ସେ ସାଧୁ ପୁରୁଷ? ଯେଉଁ ଝିଅଟି ପେଟ ବିକଳରେ ପ୍ରାଣ ବଞ୍ଚେଇବାକୁ, ସଭ୍ୟତାର ସମ୍ମାନ ରକ୍ଷା ପାଇଁ, ନିଜର ଦରନଙ୍ଗଳା ଦେହ ଘୋଡ଼େଇବାକୁ, ଅଜଣା ଅଶୁଣା ଅପରିଚିତ ବାବୁଟିର ସହାନୁଭୂତି ପାଇ ହାତ ପତେଇଥିଲା, ଆଉ ତାର ଲାଳସା ନିଆଁରେ ଝାସ ଦେଇଥିଲା, ସବୁ ଦୋଷ ତାଆରି, ସେହି ନିରିମାଖୀ ନିଃସହାୟାର? ଯେଉଁ ସଇତାନ ନରପିଶାଚ ରତନୀକୁ ଏତେ ଦୁଃଖ ଦେଲା, ସେ ନିର୍ଦ୍ଦୋଷ?

ସୁକୃତୀର ଦୁଇ ଆଖିରେ ଜଳିଉଠିଲା ପ୍ରଳୟ ନିଆଁ। ଦେଖୁ ଦେଖୁ ସେହି ଜଳିଲା ଜଳିଲା ଆଖି ଦୁଇଟାରୁ ଝରିପଡ଼ିଲା ଧାର ଧାର ଲୁହ।

ଆରାମ ଚଉକି ଉପରେ ବସି ଜୀବନ ଆଖି ବୁଜିଲେ। ମୁଣ୍ଡରେ ହାତ

ଦେଲେ। ଅତି କୋମଳ ଫୁଲଟିଏ ସୁକୃତୀ, ତାର ଆଜି ଏ ବିଶ୍ୱ ନାଶିନୀ ଭୟଙ୍କର ଦୁର୍ଗା ମୂର୍ତ୍ତି। ଜୀବନଙ୍କର ମୁଣ୍ଡ ଭିତରେ ତତଲା ଲୁହାର ସ୍ରୋତ ପ୍ରବାହିତ ହେଲା।

ଅପରାଧୀ ଜୀବନ, ନିଃସହାୟ ଜୀବନ କହିଲେ, ପରର କଥା ଭାବି ତମେ ଏତେ ଅଧୀର ହେଉଛ କାହିଁକି ? ଉଠ, ଭୋକ କଲାଣି, ରାତି ବେଶୀ ହେଉଛି।

ସୁକୃତୀ ମୁଣ୍ଡ ଉଠାଇ ଅତି ପାଖରୁ ସ୍ୱାମୀଙ୍କର ଶୁଖିଲା ମୁହଁକୁ ଚାହିଁ ଚମକି ଉଠିଲା, ସତେ ତ, ଖାଇନାହାନ୍ତି !

ରାତିରେ ଜୀବନଙ୍କୁ ନିଦ ହେଲାନାହିଁ। ପାଖ ଖଟରେ ରୋଗିଣା ପିଲା ଅଳକାକୁ କୋଳରେ ପୁରାଇ ନିଶ୍ଚିନ୍ତରେ ସୁକୃତୀ ଶୋଇଛି। ଆର ଖଟରେ ଜୀବନ ଛଟପଟ ହେଉଛନ୍ତି। ସାମାନ୍ୟ ଟିକିଏ ଉତ୍ତେଜନା, ମନର ମୋହରେ ଧୈର୍ଯ୍ୟ ଚହଲି ଉଠିଥିଲା। ମନର ପଶୁକୁ ଲଗାମ ଦେଇ ଅଟକାଇ ପାରିନଥିଲେ। ଫଳ ଯେ ଏପରି ବିଷମୟ ହେବ, ଏ କଥା ସେ ଜାଣନ୍ତେ କିପରି ? କିନ୍ତୁ ଯାହା ହୋଇଛି, କେହି ଜାଣୁ ବା ନ ଜାଣୁ ସେ ତ ଜାଣନ୍ତି, ସେଥିପାଇଁ ସେ ଦାୟୀ।

କ୍ଷଣେ ହେଉ ପଛେ ସେ ରତନୀକୁ ଭଲ ପାଇଥିଲେ। ମୁହୂର୍ତ୍ତେ ହେଉ ପଛେ ତାଙ୍କର ଦେହ ମନ ଜୀବନ ଆତ୍ମା ଏକ ହୋଇ ରତନୀକୁ ଚାହିଁଥିଲା। ଚାହିଁବା ସଙ୍ଗେ ସଙ୍ଗେ ସେ ତାକୁ ପାଇଥିଲେ। ରତନୀ ନିଜକୁ ସମର୍ପି ଦେଇଥିଲା, ତାଙ୍କର ଜ୍ୱଳନ୍ତ କାମନା, ଆକୁଳ ନୀରବ ନିବେଦନ ପାଖରେ। ଦୁଇଟି ମନର କାମନା ଏକାକାର ହୋଇ ଆନନ୍ଦର ଅମରାବତୀ ସୃଷ୍ଟି କରିଥିଲା। ସେହି ଅମରାବତୀର ସୁନ୍ଦର ପବିତ୍ର କୁସୁମ ଏଇ ଶିଶୁଟି !

ରତନୀ ଯଦି ଖଦାଳ ଘରେ ଜନ୍ମି ନଥାନ୍ତା, ଦରିଦ୍ରର ସନ୍ତାନ ହୋଇ ଶିକ୍ଷା ପାଖରୁ ଦୂରରେ ରହି ନଥାନ୍ତା, ହୁଏ ତ ସେ ଆଜି ହୋଇଥାନ୍ତା ତାଙ୍କ ଜୀବନର ସଙ୍ଗିନୀ। ରତନୀକୁ ସେ ଭଲ ପାଇଥିଲେ; କିନ୍ତୁ ଯେଉଁ ସୁକୃତୀକୁ ସେ ବିବାହ କରିଛନ୍ତି ତାକୁ ସେ ଆଗରୁ ଭଲ କି ଅସାର ପାଇନଥିଲେ। ରତନୀର କୋଳର ଶିଶୁ ତାଙ୍କର ସନ୍ତାନ, ଯାହାର ନାଆଁ ମଧ୍ୟ ସେ ଜାଣନ୍ତି ନାହିଁ। ସେଇ ଅଶିକ୍ଷିତ ପିଲାଟି ଆଉ ଅଳକା, ଏ ଦୁହିଁଙ୍କ ଭିତରେ ପ୍ରଭେଦ କଣ ? ତାଙ୍କରୁ ଆତ୍ମାର ଦୁଇଟି କଣିକା !

କର୍ତ୍ତବ୍ୟ କଣ ?

ସାହସ କରି ଦୁନିଆଁ ଲୋକଙ୍କ ଆଗରେ ସେ ପ୍ରକାଶ କରିବେ କି ରତନୀ ତାଙ୍କରି ସ୍ତ୍ରୀ ଓ ଏହି ଅଶିକ୍ଷିତ ଶିଶୁଟି ତାଙ୍କରି ସନ୍ତାନ। ଦୁନିଆଁ କଣ କହିବ ? ସମାଜ କି ଦଣ୍ଡ ନିହିତ କରିବ ? ବାପ ମା, ଆତ୍ମୀୟ ସ୍ୱଜନ କଣ କହିବେ ? ଅନାଥିନୀ ନିରାଶ୍ରୟା ବୋଲି ଯେଉଁ ରତନୀକୁ ଦେଖି ସୁକୃତୀର କୁସୁମ-କୋମଳ ମନରେ ଏଡ଼େ ଆଘାତ

ଲାଗିଛି, ଯାହାର ଜୀବନର କରୁଣ କାହାଣୀ ଶୁଣି ସୁକୃତୀର ଆଖିରୁ ଝରିଛି ଲୁହ, ଅବିଶ୍ୱାସୀ ସ୍ୱାମୀର କର୍ମ ଜାଣି ସେ ଧୈର୍ଯ୍ୟ ଧରିବ କିପରି ? କେମିତି ସେ ଚାହିଁବେ ସୁକୃତୀର ମୁହଁ।

ଦୁନିଆଁ ଜାଣେ, ଜୀବନକିଶୋର ଭଲ ମଣିଷ, ସେ ଶିକ୍ଷିତ, ସଭ୍ୟ। ଜାଣି ଜାଣି ନିଜକୁ ସେ ସମସ୍ତଙ୍କ ଆଖିରେ ଘୃଣ୍ୟ କରିବେ ? କାହିଁକି ସେ ନିଜକୁ ଛୋଟଣ କରି ମୁଣ୍ଡ ନୋଇଁ ଚାଲିବେ ? ବରଂ ନିଜର ଗୋପନ କଥା ମନ ଭିତରେ ଚିରଦିନ ଛପେଇ ରଖିବେ। ଦୁନିଆଁ ଲୋକଙ୍କ ଆଗରେ ଅପରାଧୀ ହୋଇ ଠିଆ ହୋଇ ନିଜ ପାଖରେ ଅପରାଧୀ ହୋଇ ରହିବେ। ଅନୁତାପ କରିବେ।

କିନ୍ତୁ, ସେଇ ଶିଶୁଟି କରିବ କଣ ? ଦାଣ୍ଡରେ ହାତ ପୋତି ଭିକ ମାଗିବ। ଖାଇବା ବିନା ଉପାସ ଭୋକରେ ଗଛମୂଳେ ପଡ଼ି ପ୍ରାଣ ହାରିବ। ବଞ୍ଚିଲେ ମଧ୍ୟ ପରର ମୂଲ ଲାଗିବ, ନୋହିଲେ ଚୋରି ଡକାୟତି କରି ଜେଲ ଭୋଗିବ। କେହି ତ ଜାଣିବେ ନାହିଁ ସେ କିଏ।

ଶିଶୁଟିକୁ ସଂସାରକୁ ଆଣିବା ପାଇଁ ରତନୀ ଘରୁ ବାହାରିଲା, ଭିକ ମାଗିଲା, ବିବାହିତ ସ୍ୱାମୀକୁ ଛାଡ଼ିଲା। ସଂସାରକୁ ଆଣି ମଧ୍ୟ ସେ ତାକୁ ବଞ୍ଚାଇ ରଖିବାକୁ ପ୍ରାଣପଣ ଚେଷ୍ଟା କଲା। ଆଜି ସେ ଦରନଙ୍ଗୁଳୀ ପାଗଳିନୀ। ସନ୍ତାନ ପାଇଁ ସବୁ ଦୁଃଖ ଅପବାଦ ଅପମାନ ମୁଣ୍ଡ ପାତି ନେଇଛି। ଧନ୍ୟ ସେ! ବାପ ହୋଇ ସେ ତାଙ୍କର କର୍ତ୍ତବ୍ୟ କରିବାକୁ ଆଗଭର ହେବେ ନାହିଁ ?

ଜୀବନ ସ୍ଥିର କରିପାରିଲେ ନାହିଁ।

ଚାରିବର୍ଷ ତଳର ସୁନ୍ଦରୀ ଷୋଡ଼ଶୀ ସରଳା ଝିଅଟି ରତନୀ ଆଗରେ ଠିଆ ହେଲା। ହାତରେ ଦଶଟି ଟଙ୍କା। କୃତଜ୍ଞତାରେ ନଇଁଲା ମୁଣ୍ଡ, ସରମରେ ରଙ୍ଗିଲା ମୁହଁ, ଉତ୍ତେଜନାରେ ଥରିଉଠୁଛି ଦେହ। ଚାରିବର୍ଷ ପରେ- କବିତାମୟ ତା'ର ଯୌବନର ଛବି ଅସନା ହୋଇଛି। ଝଡ଼ି ପଡ଼ିଥିବା ଆତ୍ମସମ୍ମାନ ଦୁନିଆଁ ଆଖିକୁ ଭଲ ଦିଶୁନାହିଁ। ସେ ରୁଗ୍ଣା, ସେ ଦରପାଗଳୀ। ତଥାପି, ସେ ମା'। ସନ୍ତାନ ପାଇଁ ସବୁ ଦୁଃଖ ସେ ସହିଛି, ସବୁ ତ୍ୟାଗ ସେ କରିଛି।

କର୍ତ୍ତବ୍ୟ କ'ଣ ? ଚହଲା ଚଞ୍ଚଳ ମନ ସ୍ଥିର କରି ପାରିଲା ନାହିଁ। ରାତି ଅଧ ହେଲା।

ଆର ଖଟରୁ ସୁକୃତୀ ଡାକିଲା, ନିଦ ହେଉନାହିଁକି ?

ଜୀବନଙ୍କୁ ଆଶ୍ରା ମିଳିଲା। କହିଲେ, ନାଇଁ।

ମୋର ବି। ଅଳକାଟି ଆଜି କେଡ଼େ ସୁନ୍ଦର ଶୋଇଛି। ଧନ୍ୟ ମହାପ୍ରଭୁଙ୍କ

ମହିମା ! ତାଙ୍କର ଦୟା ହେଲେ, ଅଳକା ମୋର ମାସ ଦୁଇଟାରେ ଭଲ ହେବ, ଚାଲିବ, କଥା କହିବି।

ଜୀବନ ନିରୁତ୍ତର।

ସୁକୃତୀ ପୁଣି କହିଲା, ମତେ ବି ନିଦ ହେଉନାହିଁ। ସେଇ ଭିକାରୁଣୀ ରତନୀ କଥା ମୋର ମନରୁ ଯାଉନାହିଁ। ସବୁ କଥା ଖୋଲିକରି ଟିକିନିଖି କରି ସେ କହିଲା ମୋ ଆଗରେ। ଦରିଦ୍ର ଯେଉଁଠି ଟିକିଏ ସହାନୁଭୂତି ପାଏ, ମନ ଖୋଲି ସବୁ ଦୁଃଖ ସେ ଅଜାଡ଼ିଦିଏ। ଆହା ବିଚାରୀ, ତାକୁ ମୁଁ ଘର ଭିତରକୁ ଡାକିଲି। ସେ ଆଖି ରଙ୍ଗ କରି କହିଲା, ନାଇଁ ନାଇଁ, ସେ ଘରେ, ସେଇ ଖଟରେ ବସି ଅଜଣା ବାବୁଟି ମୋର ହାତ ଧରି ଟଙ୍କା ଦେଇଥିଲା, ମତେ ଆଦର ସୁଆଗ କରି ମୋ ପିଠ ଆଉଁସିଥିଲା, ଦଶଟଙ୍କା ଦେଇ ମୋର ସର୍ବସ୍ୱ ନେଇ ମୁଣ୍ଡରେ ଏଇ ଅରକ୍ଷିତର ବୋଝ ନଦି ଦେଇଗଲା।

ଜୀବନଙ୍କର କଟା ଘାଆରେ ସତେ ଯେପରି କିଏ ଲୁଣଛିଟା ମାରିଲା। ବିରକ୍ତି ବ୍ୟଞ୍ଜକ ସ୍ୱରରେ ସେ କହିଲେ, ଶୋଇପଡ଼। କାଲି ଦଶଟା ବେଳେ ମଟର ଚଢ଼ି ଘରକୁ ଫେରିବ। ଆଜି ନ ଶୋଇଲେ ମୁଣ୍ଡ ବିନ୍ଧିବ। ଦୁନିଆଁରେ ଏମିତି କେତେ ଦୁଃଖୀରଙ୍କୀ ଅଛନ୍ତି। ସମସ୍ତଙ୍କ କଥା ଶୁଣିଲେ, ଆଉ ସେ ସମ୍ବନ୍ଧରେ ଭାବି ଦୋଷଗୁଣ ଜାଣିବାକୁ ଚେଷ୍ଟା କଲେ, ଜୀବନରେ ଶାନ୍ତି ପାଇବ ନାହିଁ। ବିଚିତ୍ର ଆମର ଦୁନିଆଁ। ଦୁନିଆଁର ସବୁ ଲୋକ ବିଚିତ୍ର। କାହା କଥା ବୁଝିବାକୁ ଚେଷ୍ଟା କରିବ ? ଶୋଇପଡ଼-

ସୁକୃତୀ କହିଲା, ମନରୁ ଯାଉନାହିଁ ତା'ର କଥା। ସେ ସିନା ନିର୍ବିକାର ହୋଇ ଗପିଗଲା, ଅଙ୍ଗେ ନିଭେଇଛି, ଦେହ ମନ ତା'ର କାଠ ପାଲଟିଛି, ଆଖିରେ ଲୁହ ନାହିଁ, ମୁହଁରେ ହସ ନାହିଁ, କେବଳ ଘୃଣା ଓ ବିରକ୍ତି, ମୁଁ ତ ସହିପାରିଲି ନାହିଁ। ମୋ ଆଖିରୁ ଲୁହ ଝରିଲା।

କାହିଁକି ?

ପଚାରୁଛ ଫେର, କାହିଁକି ? ରତନୀ କ'ଣ ସୁନ୍ଦରୀ ନୁହେଁ ? ତା'ର ସେଇ ପାଗଳିନୀ ବେଶ ଦେଖ ତ ଥରେ। ଆମର ସଭ୍ୟ ଶିକ୍ଷିତ ସମାଜରେ ତା' ପରି ସୁନ୍ଦରୀ କେତେଜଣ ବାହାରିବେ ? ଯେଉଁ ରୂପ ନାରୀର ଗର୍ବ, ଯାହାରି ବଡ଼େଇରେ ମୁହଁରେ ପାଉଡ଼ର ଘସି, ଓଠରେ ରଙ୍ଗ ବୋଳି, ଆଖିରେ ଚଷମା ପିନ୍ଧି କେତେ ଶିକ୍ଷିତ ସଭ୍ୟଙ୍କୁ ଆମ ସମାଜର ଷୋଡ଼ଶୀ ଦଶହାତ ଦୂରରେ ରଖି କୁକୁର ପରି ପଛରେ ଗୋଡ଼ାଇବାକୁ ପ୍ରେରଣା ଦେବ, ସେଇ ରୂପର ପସରା ଧରି ରତନୀ ଅବହେଳିତ, ରତନୀ ବାଟର କୁକୁର, ଅଇଁଠାପତ୍ର ଖୋଜାଳୀ-

ତମେ କ'ଣ ପାଗଳ ହୋଇଛ ସୁକୃତୀ ?

ପାଗଳ ହୋଇନାହିଁ ଯେ ପାଗଳ ହେବାକୁ ମନ ହେଉଛି। ମୁଁ ନିଜକୁ ରତନୀ ଥାନରେ ଥୋଇ ଭାବୁଛି, କ'ଣ କରିବି ? କୂଳକିନାରା ପାଉନାହିଁ। କହିଲ, ମୁଁ କ'ଣ କରନ୍ତି ?

ଭାବିପାରୁନାହିଁ ତ !

ଏଇଥିରୁ ବୁଝ। ତମେ ପ୍ରଫେସର, କେଡ଼େ ବୁଦ୍ଧିମାନ୍, ତମେ ଭାବିପାରୁନା, ମୁଁ କେମିତି ଭାବି ସ୍ଥିର କରିବି ? ଯଦି ମୋର ସେଇ ପ୍ରେମିକକୁ ଥରେ ଭେଟନ୍ତି, ତା'ର ରକ୍ତରେ ମୁଁ ହାତ ଧୁଅନ୍ତି।

ଜୀବନ ଥଙ୍ଗାକରି କହିଲେ, ବୀରତ୍ୱ ବେଶ୍ ଜଣାପଡ଼ିଲା। ପ୍ରେମିକକୁ ପାଇବ ନାହିଁ। ରକ୍ତରେ ହାତ ଧୋଇପାରିବ ନାହିଁ। କ'ଣ କରିବ ?

ସେଇ କଥା ଭାବୁଚି। ସ୍ଥିର କରି ପାରୁ ନାହିଁ।

ଏଥିରେ ଭାବିବାର କ'ଣ ଅଛି ? ରତନୀ ଯାହା କରୁଛି-।

ପରର ଦୁଃଖ ଦେଖି ଉପହାସ କରୁଛ ?

ନାଇଁ, ତମର ଦୁଃଖ ଦେଖି ?

ତମେ ଅତି ନିଷ୍ଠୁର।

ମୁଁ ନୁହେଁ, ତମେ। ରାତି ଅଧରେ ଶୋଇଦେଉ ନାହିଁ।

ସୁକୃତୀ ତୁନି ହେଲା। ଶୋଇବାକୁ ଚେଷ୍ଟା କଲା।

ଜୀବନ ଅନ୍ଧାର ଭିତରେ ଆଖି ଖୋଲିଲେ। ଭାବିଲେ,-ଭାବିଲେ,- ପାହାନ୍ତାବେଳକୁ କେତେବେଳେ ଆଖିପତା ମୁଦି ହୋଇଗଲା।

ପରଦିନ ସକାଳେ ଜୀବନ ଡେରିରେ ଉଠିଲେ। ମଶାରି ଟେକି ପଦାକୁ ଚାହିଁଲେ,- କବାଟ ମେଲା। ବାହାରେ ଖରା ପଡ଼ିଲାଣି। ବାରଣ୍ଡାରେ ଗୋଡ଼ ଲମ୍ବେଇ ଚାକର ଟୋକାଟି ଅଳକାକୁ କୋଳରେ ଧରି ବସିଛି। ଟିକିଏ ଦୂରେଇ କରି ବସିଛି ସେଇ ଅରକ୍ଷିତ ପିଲାଟି, ପିନ୍ଧିଛି ଖଣ୍ଡେ ଫୁଲପକା ଫ୍ରକ୍, ଅଳକାର। ଦୁଇ ଚାରିଟି ଦିଆସିଲି ଖୋଳ ଧରି ଖେଳୁଛି।

ଜୀବନ ଚାହିଁ ରହିଲେ, ଏଇ ତାଙ୍କର ପୁଅ ! ଏତେ ଦୁଃଖରେ ଥାଇ ମଧ୍ୟ ସୁନ୍ଦର ସ୍ୱାସ୍ଥ୍ୟ। କେଡ଼େ ସୁନ୍ଦର ମୁହଁ। ଇଚ୍ଛା ହେଲା, ଧାଇଁଯାଇ କୋଳକରି ଆଣିବେ।

ଜୀବନ ଉଠିଲେ। ମଶାରି ଟେକି ଖଟ ପାଖରେ ମୁହୂର୍ତ୍ତେ ଠିଆହେଲେ। ପୁଣି ଚାହିଁଲେ ସେଇ ପିଲାଟିକୁ, କେଡ଼େ ଖୁସିରେ ମନକୁ ମନ ଖେଳୁଛି। କି ଜାଣେ ସେ ନିରୀହ ଅଜ୍ଞାନ ବାଳୁତ ତା'ର ଭବିଷ୍ୟତ କଥା ? ବଞ୍ଚିରହିଲେ କାଲି ସେ ବଡ଼ ହେବ।

ଦୁନିଆଁର ଲୋକେ ତାକୁ ଉପହାସ କରିବେ, ଘୃଣା କରିବେ। ଦୁନିଆଁ କହିବ, ସେ ଅପବିତ୍ର ପିଲା। ସାରା ଜୀବନ ସେ ମୁଣ୍ଡ ନୋଇଁ ବାଟ ଚାଲିବ।

ଜୀବନ ବାରଣ୍ଡାକୁ ଆସିଲେ। ପିଲାଟି ଡରି ତା'ର ଖେଳଣା ଧରି ପିଣ୍ଡା ତଳକୁ ଓହ୍ଲାଇଲା।

ଜୀବନ କୂଅ ମୂଳକୁ ଚାହିଁଲେ। ସୁକୃତୀ ପାଣି ଢାଳେ ହାତରେ ଧରି ଠିଆ ହୋଇଛି। କୂଅ ଚାନ୍ଦିନୀ ତଳେ ଖଣ୍ଡେ ପଥର ଉପରେ ବସି ଆଉ ଜଣେ ସ୍ତ୍ରୀ ଲୋକ ବାସନ ମାଜୁଛି। ସୁକୃତୀ ତାଆରି ସଙ୍ଗରେ କ'ଣ ଗପ କରୁଛି।

ଦୃଷ୍ଟି ଫେରାଇ ଜୀବନ କଅଁଳେଇ ଡାକିଲେ, ହେ ଟୋକା, ଶୁଣ୍, ତୋ ନାଁଟି କ'ଣରେ ପିଲା ?

ପିଲାଟି ଉତ୍ତର ଦେଲାନାହିଁ। ଡରି ଡରିବା ଛୁଟିଲା କୂଅମୂଳକୁ। ବାସନ ମାଜୁଛି ଯେଉଁ ସ୍ତ୍ରୀଲୋକଟି, ତାଆରି ପିଠିରେ ନାଉ ହୋଇପଡ଼ିଲା।

ପିଣ୍ଡା କଡ଼ରେ ନୋଟାଏ ପାଣି ଓ ଦାନ୍ତକାଠି ରଖା ହୋଇଥିଲା। ଜୀବନ ଅଳକାର ଜୁଳୁଜୁଳୁ ଆଖିକୁ ଚାହିଁ ତା'ର କପାଳରେ ହାତ ବୁଲାଇ ପାଣି ନୋଟା ପାଖରେ ବସି ଦାନ୍ତ ଘସିଲେ। ମନରେ ଗୋଟିଏ ପ୍ରଶ୍ନ ଜାଗିଲା। ଅଳକାକୁ ତାଙ୍କରି କୋଳରେ ଜନ୍ମ ଦେଇ ଭଗବାନ ଯେ ତାଙ୍କୁ ହନ୍ତସନ୍ତ କରୁଛନ୍ତି ସେ କ'ଣ କେବଳ ନିଜକୃତ ପାପର ପ୍ରାୟଶ୍ଚିତ୍ତ ପାଇଁ ? ଯେତେଦିନ ଯାଏ ସେ ତାଙ୍କର ଭୁଲ ନ ସୁଧାରିଛନ୍ତି, ଯେତେ ଦିନଯାଏ ରତନୀର ଅଜ୍ଞାନ ବାଳୁତ ଦୁଃଖକଷ୍ଟରେ ସଢୁଥିବ, ହୁଏତ ସେତେଦିନ ଯାଏ ଜୀବନରେ ସେ ଶାନ୍ତି ପାଇବେ ନାହିଁ।

ଛାତି ଥରି ଉଠିଲା। ଅଜାଣତରେ ସେ ଚାହିଁଲେ ଆକାଶକୁ। ଦୂର ପାହାଡ଼ମାଳର ମଥା ଉପରେ କେତେ ଉପରକୁ ସୂର୍ଯ୍ୟ ଉଠିଲେଣି। ଉଜ୍ଜ୍ୱଳ ସୂର୍ଯ୍ୟ, ପ୍ରଖର ସୂର୍ଯ୍ୟ, ସୌରଜଗତର ସୃଷ୍ଟିକାରକ, ସୌରଜଗତର ଜୀବନ। ସବୁ ସେ ଦେଖୁଛନ୍ତି। କାହାକୁ ଜୀବନ ଛପେଇବେ ? ସୂର୍ଯ୍ୟ ଚାରିପାଖେ ଭଙ୍ଗା ବଉଦ।

ଜୀବନଙ୍କର ମନରେ ଭାବନା !

କୂଅମୂଳେ-

ମୁହଁରେ ହସ ଫୁଟେଇ ଦେବୀପ୍ରତିମା ସୁକୃତୀ କହିଲା, ପିଲାଟାକୁ ମାରିବୁ ନାହିଁ ରତନୀ, ଯିଏ ପଛେ ତା'ର ବାପ ହେଉ ତୁ ତା' ମାଆ। ଅନ୍ତ ଫାଡ଼ି ଜନମ କରିଛୁ, ଏତେ ଦୁଃଖ ତ ସହିଲୁଣି, ଠାକୁରେ ମନକଲେ ସେଇ ପିଲା ତୋର ମଣିଷ ହେବ। ତୋର ଦୁଃଖ ଯିବ।

ବାସନ ମଜା ଛାଡ଼ି ରତନୀ ସୁକୃତୀର ମୁହଁକୁ ଚାହିଁଲା। ଆଗରେ ସତେକି

ମୂର୍ତ୍ତିମତୀ ଦୟା। ରତନୀର ଆଖିରେ ଛଳଛଳ ହେଲା ଲୁହ। ତୁଣ୍ଡରୁ ବଚନ ବାହାରିଲା ନାହିଁ।

ସୁକୃତୀ କହିଲା, କାହାକୁ ମିଳେ ଲୋ ଏପରି ଧନ? ଏଇ ଅରକ୍ଷିତ ତୋ ପିଠିରେ ନାଉ ହେଇଛି। କେଡ଼େ ଶୋଭାକର ଦିଶୁଛି। ଭଗବାନ ତାକୁ ଆଇସ ଦେଅନ୍ତୁ, ସେ ମଣିଷ ହେଉ।

ରତନୀର ଆଖିରୁ ଧାର ଧାର ଲୁହ ଝରିଲା। ସୁକୃତୀ ତା'ର ସୁନ୍ଦର ମୁହଁକୁ ଚାହିଁ ରହିଲା। ଖଦାଳ ଘରର ଝିଅ। ମୁହଁରେ ଲିଭି ଆସୁଥିବା ବସନ୍ତ ଦାଗ। ଏତେ ଦୁଃଖ କଷ୍ଟ ସହି ଜୀବନ ବିତେଇଛି। ଭିକ ମାଗି ପେଟ ପୋଷୁଛି, ତଥାପି ତା'ର ରୂପର ଝାସ ଲିଭିନାହିଁ। ଦିନେ ଯେ ତା'ର ଜଳିଲା ରୂପର ନିଆଁରେ କେଉଁ ଅଦୂରଦର୍ଶୀ ଉତ୍ତେଜିତ ଯୁବକ ଝାସ ଦେଇଥିଲା, ସେଥିରେ ଆଶ୍ଚର୍ଯ୍ୟ ହେବାର କ'ଣ ଅଛି?

ବିବାହ ପ୍ରଥା ଯଦି ଦୁନିଆରେ ନ ଥାନ୍ତା, ନାରୀ ଯଦି ହୋଇଥାନ୍ତା ସ୍ୱାଧୀନ, ପୁରୁଷର ରାଜତ୍ୱ ଯଦି ଲୋପ ହୁଅନ୍ତା, ରତନୀ ଆଜି ପତିତା ହୋଇ ନିର୍ଯାତିତା ହୋଇ ଜୀବନକୁ ତୁଚ୍ଛ ମଣନ୍ତା କାହିଁକି? ଯେଉଁଥିପାଇଁ ନାରୀର ଜନ୍ମ ସେଥିପାଇଁ ସେ ଆଜି ଦୁଃଖ କଷ୍ଟ ସହନ୍ତା ବା କାହିଁକି? ପେଟ ପାଇଁ ନୀତିର ବାଡ଼ ସେ ଡେଇଁଥିଲା। ଯେଉଁ ସମାଜ ନୀତି ଓ ଅନୀତି ଦୁଇଟା ଗଢ଼ିଛି ଦରିଦ୍ର ନିଃସହାୟର ପେଟ ପାଇଁ, ସେ ସମାଜ କି ବ୍ୟବସ୍ଥା କରିଛି?

ରତନୀ କହିଲା, ହଁ ସାଆନ୍ତାଣୀ, ସୁଖଶାନ୍ତିରେ ଯେଉଁମାନେ ରହନ୍ତି, ସେମାନେ ଏମିତି ଉପଦେଶ ଦେଇ କହନ୍ତି। ଭିକ ମାଗିଲେ ବି ଯାହାର ତିନି ଓଳିରେ ପେଟରେ ଦାନା ପଡ଼େ ନାହିଁ, ସେ କ'ଣ କାହାର ଉପଦେଶ ଶୁଣିବ? ଏଇ ଅରକ୍ଷିତ, ଯିଏ ମୋର ପୁଅ, ସେଇତ ମୋର କଳଙ୍କ ପସରା। ସେ ମରିଗଲେ ଦାଣ୍ଡରେ ମୂଲ ଲାଗି ହେଲେ ପେଟ ପୋଷନ୍ତି। ଦେହର ବୋଝକରି ମୂଲ ବି ଲାଗି ପାରୁନାହିଁ।

ସୁକୃତୀ ଭାବିଲା। କହିଲା, ପିଲାଟିକୁ ଦେବୁ କି ମତେ?

ରତନୀ ଚମକି ଉଠିଲା। ତରତର କରି ବାସନତକ ଧୋଇ ପକେଇ କହିଲା, ସତରେ ତମେ ନବ, ଖଦାଳ ଘର ଛତରା ପିଲାକୁ?

ନେବି ଲୋ ରତନୀ, ନିଜ ପିଲା ପରି ବଢ଼େଇବି। ହାତୀ ବନସ୍ତରେ ବଢ଼ିଲେ ରଜାର। ଅରକ୍ଷିତ ମୋ ପାଖରେ ବଢ଼ିଲେ ବି ସେ ତୋଓରି ପୁଅ। ତାକୁ ମଣିଷ କରିବି। ସଂସାର ଲୋକେ ଦେଖିବେ-

ରତନୀର ଶୁଖିଲା ମୁହଁ ଉଜଳି ଉଠିଲା। ସେ ଠିଆହୋଇ କହିଲା, ସତେ ତମେ ନେବ, ଏଇ ଅରକ୍ଷିତକୁ?

ରତନୀ ବୁଲି ଠିଆ ହେଲା । ଅରକ୍ଷିତର ମୁହଁକୁ ଚାହିଁଲା ।

ସୁକୃତୀ କହିଲା, ଜାତି ଅଜାତି ମୁଁ ମାନେ ନାହିଁ । ମୋ ଆଖିରେ ସବୁ ମଣିଷ ଏକ ଜାତି । ଅରକ୍ଷିତକୁ ନେଲେ ପୁଅ ପରି ମୁଁ ତାକୁ ପାଳିବି ରତନୀ, ଧର୍ମ ସାକ୍ଷୀ କରି କହୁଛି ।

ତମର ଗେରସ୍ତ – ?

ମୋ କଥାରୁ କେହି ବାହାର ହେବେ ନାହିଁ ।

ରତନୀ ମୁହୂର୍ତ୍ତେ ଚାହିଁଲା ସୁକୃତୀକୁ । ଆଖି ଫେରାଇ ଅରକ୍ଷିତକୁ କଟମଟ କରି ଅନେଇଁଲା । ହଠାତ୍ କହି ଉଠିଲା, ନାଇଁ ନାଇଁ, ସେ କଥା ହେବ ନାହିଁ । ତମକୁ ଦେବାକୁ କ'ଣ ଏତେ କଷ୍ଟ ପାଇ ତାକୁ ଜନମ କରିଛି ? ଦେହର ରକ୍ତମାଂସ ଖୋଇ ତାକୁ ମୁଁ ବଞ୍ଚେଇଛି ? କଳଙ୍କର ପସରା ମୁଣ୍ଡରେ ବୋହି ଦ୍ୱାର ଦ୍ୱାର ବୁଲି ଭିକ ମାଗୁଛି ? ନାଇଁ ସାଆନ୍ତାଣୀ, ଅରକ୍ଷିତକୁ ମୁଁ ଦେଇ ପାରିବି ନାହିଁ । ଖାଇବା ବିନା ଯଦି ସେ ମରେ ମୋରି ଆଖି ଆଗରେ, ମଶାଣି ଭୂଇଁରେ ମାଟି ଗଣ୍ଡାଏ ଘୋଡ଼େଇ ଦେବି ସାଆନ୍ତାଣୀ, ଅରକ୍ଷିତକୁ ମୁଁ ଦେଇ ପାରିବି ନାହିଁ- ।

ରତନୀ ଅସ୍ଥିର ହୋଇ ଦୁଇହାତରେ ପିଲାଟିକୁ ଟେକି ନେଇ ଛାତିରେ ଜାକି ଧରିଲା ।

ସୁକୃତୀ କହିଲା, ବ୍ୟସ୍ତ ହେଉଛୁ କାହିଁକି ? ତୁ ବି ଚାଲ ମୋ ସାଥିରେ ରତନୀ, ତୋ ଛାତିରୁ ତୋ କଲିଜା ଛିଣ୍ଡେଇ ନେବାକୁ ମୁଁ ଚାହୁନାହିଁ । ରୋଗଣା ହେଉ ପଛେ ଠାକୁରେ ମୋ କୋଳରେ ବି ବକଟେ ପିଲା ଦେଇଛନ୍ତି । ମା' ମନ କ'ଣ ମୁଁ ଜାଣେ । ତୁ ଚାଲ ମୋ ସଙ୍ଗରେ । ଭିକ ମାଗିବୁ କାହିଁକି ? କେତେ ଲୋକ ଆମ ଘରେ ଅଛନ୍ତି, ତୁ ବି ରହିବୁ, ତୋ ପିଲାକୁ ପାଳିବୁ । ଆଉ ତା' ସାଥିରେ ମୋର ଏଇ ରୋଗଣା ପିଲାକୁ ବି ତୁ ସମ୍ଭାଳିବୁ ।

କୃତଜ୍ଞତାରେ ରତନୀର ମନ ପୂର୍ଣ୍ଣ ହେଲା । ସେ କଣେଇ ଚାହିଁଲା ଜୀବନ ଆଡ଼କୁ । ସୁକୃତୀ ତା'ର ମନର କଥା ବୁଝିଲା । କହିଲା, ମୋ କଥାରେ ବିଶ୍ୱାସ ହେଉନାହିଁ ? ମୁଁ ସତରେ ତତେ ଡ଼ାକୁଛି । ମୋର ସ୍ୱାମୀ- ପରର ଦୁଃଖ ସେ ସହିପାରନ୍ତି ନାହିଁ । ମୋ କଥାରୁ ସେ ବାହାର ହେବେ ନାହିଁ । ପଚାଶ ପ୍ରାଣୀ କୁଟୁମ୍ବ ପୋଷିବାକୁ ଠାକୁରେ ମୋର ଶାଶୁ ଶ୍ୱଶୁରଙ୍କୁ ଧନସମ୍ପଦ ଦେଇଛନ୍ତି । ବିଶ୍ୱାସ ହେଉନାହିଁ ? ଆ, ଦେଖିବୁ-

ସୁକୃତୀ ଭିକାରୁଣୀ ରତନୀର ହାତ ଧରି ଟାଣିଲା ।

ଖୁସି ହେବ କି ଦୁଃଖ କରିବ, ରତନୀ ବୁଝିପାରିଲା ନାହିଁ । ବଙ୍ଗଳାର ହତା

ଭିତରୁ ରାସ୍ତା ଉପରକୁ ଉଠି, ଅରକ୍ଷିତକୁ କାଖରୁ ଓହ୍ଲାଇଲା। ଚାରିଆଡ଼କୁ ଥରେ ଚାହିଁଲା। ମଣିଷ ଦିଶୁନାହାନ୍ତି। ମଣିଷ ଛଡ଼ା ଆଉ ସମସ୍ତେ ଯେପରି ତା'ରି ଆଡ଼କୁ ଅନେଇଁ ପଚାରୁଛନ୍ତି, ଯିବୁ, ଯିବୁ ରତନୀ ସତରେ ?

ରତନୀର କାନରେ ବାଜିଯାଉଛି,- ରତନୀ ଯିବ ମୋ ସଙ୍ଗରେ, ତା' ପୁଅ ଅରକ୍ଷିତ ବି ଯିବ, ଏତେ ଲୋକ ତମ ଘରେ ଅଛନ୍ତି, ଦି'ଟା ପ୍ରାଣୀ ଅକ୍ଲେଶରେ ପୋଷି ହୋଇ ପାରିବେ। ରତନୀ ଯିବ-।

ବାବୁଟି ରତନୀ ଆଡ଼କୁ ଅନେଇଥିଲେ। ଭଲକରି ଚାହିଁଲେ। ହସ ହସ ହୋଇ ବାବୁଆଣୀଙ୍କର ହାତଧରି ବଙ୍ଗଳା ଘର ଭିତରକୁ ନେଉଣୁ କହିଲେ, ହଉ ଯିବ ତ, ମତେ ଆଗ ଚା' ଦିଅ।

ରତନୀ ଅପେକ୍ଷା କରି ରହିଲା ନାହିଁ। ମନଖୁସିରେ ଧାଇଁଲା।

ଗଛମୂଳେ ଯେଉଁ ବୁଲା କୁକୁର ଦି'ଟା ଶୋଇଛନ୍ତି, ରତନୀ ତା' ମନକଥା ଆଗ ସେଇଆଙ୍କୁ କହିଲା, ଅଇଁଠା ଭାତ ଏଥର ତମର ରେ, ତମ ସଙ୍ଗେ ବାଦ କରିବାକୁ ଆଉ ରହୁନାହିଁ ଯେ ମୋଠୁଁ ଛଡ଼େଇ ଖାଇବ। ଶୋଇ ଥା'-

ଅରକ୍ଷିତକୁ କାଖକରି ଦାଣ୍ଡେ ଦାଣ୍ଡେ ଚାଲିଲା। ଆଗରେ ଯେ ଯେଉଁ ମହୁଲ ଗଛ, ତାଆରି ତଳେ ଗୁଣୁ ଗୁଣୁ ହେଲା, ରହ ଦେଖିବୁ ଯେ, କିଏ ଏଥର ତୋର ମୂଳ ଓଳେଇବ। ଅରମା ହେବ, ସାପ ରହିବେ ଯେ ଏଥର, ତୋ ମୂଳକୁ କେହି ଆସିବେ ନାହିଁ।

ଗାଁର ମାରଣା ଷଣ୍ଢଟା ଆଗରେ ଠିଆ ହୋଇଛି। ବୁଢ଼ା ହେଲାଣି, ତଥାପି ମୁଣ୍ଡହଲା ଛାଡ଼ିନାହିଁ। ଦିନେ ଅରକ୍ଷିତକୁ ମାରିବାକୁ ଖେଦି ଆସୁଥିଲା। ରତନୀ ସେଇ ଷଣ୍ଢକୁ କହିଲା, ଗରିବ ପିଲା ବୋଲି ସିନା ମାରିବାକୁ ସାହସ କଲୁ ରେ, ନୋହିଲେ ଲୋକେ ତୋ ଶିଙ୍ଗ ଭାଙ୍ଗି ଥାଆନ୍ତେ। ପାଇବୁ ଯେ ଏଥର।

ରତନୀ ଆଗକୁ ଚାଲିଲା, ଗାଁ ଭିତରେ ପଶିଲା। କେହି ତାକୁ କିଛି ପଚାରିଲେ ନାହିଁ। ସେ ବି ମୁହଁ ଖୋଲି କାହାକୁ କିଛି କହିଲା ନାହିଁ। ମନ ଖାଲି ପରିହାସ କଲା, କାଲି, ନୋହିଲେ ତା' ଆରଦିନ, କି ତା' ଆରଦିନ ବଳେ ପଚରାପଚରି ହେବ ଯେ, ଛତରଖାଇ ରତନୀ ପିଲାଟାକୁ ନେଇ କୁଆଡ଼େ ପଳେଇଲା ବା ? କେହି କହିପାରିବେ ନାହିଁ। ଭଲରେ ନ ହେଲେ ମନ୍ଦରେ ହେଲେ ତ ମନେ ପକେଇବ, ଯିବ କୁଆଡ଼େ ? ରହ-।

ଗାଁ ମୁଣ୍ଡର ପାହାଡ଼। ପତିତପାବନଙ୍କ ମନ୍ଦିର। ରତନୀ ଚାହିଁଲା ତାଆରି ଆଡ଼େ। ମନ ତା'ର କହିଲା, ଉଚ୍ଚ ଥାନରେ ବସିଛ ତମେ ଠାକୁର, ବଡ଼ ମଣିଷଙ୍କ ଗୁହାରି

ଶୁଣ, ଗରିବ ନିଆଶ୍ରାଙ୍କୁ ଗଡ଼େଇ ମାର। ବସି ଚାହୁଁଥା' ଯଦି ତମର ଆଖି ଅଛି। ମୁଁ ରତନୀ ଚାଲିଲି,-ଚାଲିଲି,- ବସିଥା' ତମେ-

ରତନୀର ଆଜି ସମସ୍ତଙ୍କ ଉପରେ ଅଭିମାନ। ଏଇ ଗାଁର ଝିଅ ସେ, ଅଛବ ଗରିବ ଖଦାଳ ଘର ଝିଅ ହେଲେ ବି ଏଇ ଗାଁର ପାଣି ପବନ, ଆଲୁଅ, ଆକାଶ, ସଭିଁଙ୍କ ଉପରେ ତା'ର ସମାନ ଅଧିକାର। ସମସ୍ତଙ୍କୁ ସେ ଚିହ୍ନେ। ସମସ୍ତଙ୍କୁ ସେ ଭଲପାଏ। ଅଜାଣତରେ କ'ଣ ଟିକିଏ ଭୁଲ୍ କଲା ବୋଲି ସମସ୍ତେ ତାକୁ ହତାଦର କଲେ, ଟାହିଟାପରା କଲେ। ପେଟ ପାଇଁ, ପୁଣି ପେଟର ଛୁଆ ପାଇଁ ସେ କେତେ ଦୁଃଖ ସହିଲା, ହୀନିମାନ ହେଲା, ଦହଗଞ୍ଜ ହେଲା। ଭିକ ମାଗି ପେଟ ପୋଷିବାକୁ ବସିଲେ ବି ସବୁଦିନେ ଅଇଁଠା ସଙ୍ଖୁଡ଼ି ପାଣି ତୋରାଣି ମନ୍ଦେ ପାଇଲା ନାହିଁ।

ସେ ଗାଁ ଛାଡ଼ି ଭଲ ମଣିଷ ସଙ୍ଗରେ ନ ଜାଣିଲା ଥାନକୁ ଯାଉଛି, ଗାଁ ଲୋକଙ୍କର କାହା ସଙ୍ଗେ ତା'ର ଆଉ କି ସମ୍ପର୍କ ଅଛି? କାହିଁକି କାହା ଘରକୁ ସେ ଯିବ, ମନ କଥା ଖୋଲି କହିବ? ନା, ସେ ଫେରିଯିବ ବଙ୍ଗଳାକୁ। ଯିଏ ତାକୁ ଆଶ୍ରା ଦେବେ, ତାଙ୍କରି ପାଖରେ ରହିବ।

ରତନୀ ଏକମୁହାଁ ହୋଇ ଫେରିଲା। ପଛକୁ ଚାହିଁଲା ନାହିଁ। ଗାଁ ମୁଣ୍ଡରେ ନଜର ପଡ଼ିଲା, ଦାଦି ଖୁଡ଼ୀଙ୍କ ଖଣ୍ଡିଆ ଅରମା ଡିହ ଉପରେ। କେତେ ବଡ଼ ବଡ଼ ଜଙ୍ଗଲି ଗଛଲଟା ହୋଇଛି! ଡିହ ଖଣ୍ଡିକୁ ଦାସଘର ଦଖଲ ନେଇଛନ୍ତି। ତା'ର ଦାଦିପୁଅ ଭାଇ, ହାଉଡ଼ାଟା, ଦାସଘର ଗୁହାଳ ପୋଛେ, ଛେଳି ମେଣ୍ଢା ଜଗେ। ନିତି ଖାଏ ନିସ୍ତୁକ ଛେଚା। ପେଟକୁ ଖାଇ ପଡ଼ିଥା',। ହାଉଡ଼ାକୁ ଥରେ ଦେଖିବ ବୋଲି ରତନୀର ଆଗ୍ରହ ହେଲା। ଯେତେହେଲେ ରକ୍ତର ଭାଇଟା ତ।

ଦାସଘର ଆଡ଼େ ମୋହିଁଲା।

ଦାସଘର ପୁଆଣି-ଝିଅ କୂଅରୁ ପାଣି କାଢୁଥିଲା। ତା'ର ପିଲାପିଲି ହବ। କହିଲା, ଆଜି କ'ଣ ସଜବାଜ ହୋଇଛୁ, କୁଆଡ଼େ ଯିବୁକିଲୋ?

ରତନୀ କହିଲା, ହଁ ଗୋ ଦାମିନୀନାନୀ, ଶାଶୁଘରକୁ ଯାଉଛି ଯେ-

ଏ, ଶାଶୁଘର? ଯୋଗିଆ ପୁଣି ନେବାକୁ ଆଇଚି କି?

ମଲାମର ପୋଡ଼ା ପାଉଁଶ ଯୋଗିଆ। ତା' ମୁହଁ ଦିଶେ ମତେ ନବାକୁ ଆସିବ? ତା' ରାଣ୍ଡ ମାଇପ କ'ଣ ମଲା କି? ନାଇଁ ଗୋ ଦାମିନୀନାନୀ, ତମ ସେନେହ ଶରଧା ତମକୁ ଫେରେଇଦେଇ ଏ ଗାଁ ଛାଡ଼ି ମୁଁ ଯାଉଛି, ଆଜି ଯାଉଛି-

କୁଆଡ଼େ ଲୋ, କାହା ସଙ୍ଗେ?

ଯିଏ ମତେ ଆଦର କଲା, ତା' ବା ମୋ ଶଶୁର, ମୋ ମା' ତା' ଶାଶୁ-

ବଙ୍ଗଳାରେ ସେ ଅଛି କି ଆସି ?

ଜଣେ ଅଛି, ତା' ମାଇପ ବି ଅଛି। ଯାଉଛି ଲୋ-

ରତନୀ ହାଉଡ଼ା ଭାଇଟା କଥା ଭୁଲିଗଲା କଥା ନହସରେ। ତରତର ହୋଇ ବଙ୍ଗଳା ଆଡ଼କୁ ଆସୁ ଆସୁ ରାସ୍ତାକଡ଼ ତେନ୍ତୁଳି ମୂଳରେ ପଡ଼ିଲା ଭୂତ ହାବୁଡ଼େ। ଚମକି ପଡ଼ି ପିଲାଟାକୁ ତଳେ ଠିଆ କରିଦେଇ ସେ କଟମଟ କରି ଚାହିଁଲା ଯୋଗିଆ ମୁହଁକୁ।

ଯୋଗିଆ ଡାକିଲା, ରତନୀ, ଶୁଣ-।

ରତନୀ କାବା ହୋଇ ଚାହିଁ ରହିଲା। ରାଗ, ଭୟ, ଘୃଣା, ପ୍ରତିହିଂସାରେ ଭିକାରୁଣୀ ରତନୀର ସର୍ବାଙ୍ଗ ଥରିଉଠିଲା।

ଅରକ୍ଷିତ ରତନୀର ପଣନ୍ତ ଧରି ଅଳି କଲା, ବୋଉ, ଭୋକ କରୁଛି-।

ପିଲାଟାକୁ କାଖ କରିବ ବୋଲି ଯୋଗିଆ ଆଗେଇ ଆସିଲା। ରତନୀ କଡ଼େଇ ଯାଇ ପାଟିକରି କହିଲା, ବୁଝି ହୁସିଆର୍, ପିଲାକୁ ଛୁଉଁନା କହୁଛି-

ଯୋଗିଆ ଅଟକି ରହିଲା।

ଯୋଗିଆ ବଲବଲ କରି ଅନେଇ ରହିଲା ରତନୀ ମୁହଁକୁ, ପୁଣି ତା'ର ବାଳୁତ ପିଲା ଅରକ୍ଷିତକୁ। କେତେ କଥା ତା' ପେଟ ଭିତରେ ଛଟପଟ ହେଉଥାଏ, ତୁଣ୍ଡ ଖୋଲିଲା ନାହିଁ। ଯାହା ସେ କହିବାକୁ ଆସିଛି, କେମିତି କହିବ ? ସାହସ ହେଉନାହିଁ। ରତନୀ ତ ଆଉ ତେର ବରଷର କିଛି ନ ଜାଣିଲା ପିଲା ନୁହେଁ! ପୁଣି ରତନୀ ତ ଆଉ ଆଜି ତା'ର ନୁହେଁ, ରତନୀ ସାତପରଠୁଁ ବଳି ପର।

ଏଇ ରତନୀ ଦିନେ ଯେ ତାଅରି ଘର କରିବାକୁ ଯାଇଥିଲା। କେଡ଼େ ଭଲ ପିଲା, କେଡ଼େ ସୁନ୍ଦର। ଖାଦାଳସାହିଠାରେ ଲକ୍ଷ୍ମୀଠାକୁରାଣୀ ବିଜେ ହେଲାପରି ଦିଶୁଥାଏ। ଗାଁ ଲୋକେ ବି ସେଇଆ କହିଲେ, ଦେଖ ଯୋଗିଆର କପାଳ, କାହିଁ ତା'ର ଆଗ ଭାରିଯା' ମଙ୍ଗୁଳୀ, ଆଉ କାହିଁ ରତନୀ! ମଙ୍ଗୁଳୀକୁ ଦିନ ଦି'ପହରେ ଦେଖିଲେ ଭେଟଣା ହୋଇଯିବ। କି ଅପରଛନ ରୂପ! ହାଣ୍ଡିକଳାଠୁଁ ବଳି ରଙ୍ଗ, ଢିମାଢିମା ଆଖି, ଚେପଟା ନାକ। ଏଡ଼େ ଏଡ଼େ ହଳଦିଆ ଦାନ୍ତ ଖଡ଼ିକା ପରି ସରୁ। ବାପାଲୋ, କି ଅବରଜିଆ! ମଙ୍ଗୁଳୀକୁ ଧରି ତିନି ବରଷ ସଂସାର କରିଥିଲା ଫେର୍ ଯୋଗିଆ! ଭେଟଣା ହେଲା ମଙ୍ଗୁଳୀ। ଦିଇଟା ଝାଡ଼ାବାନ୍ତିରେ ମଙ୍ଗୁଳୀ ମଲା। ଲୋକେ କହିଲେ, ମଙ୍ଗୁଳୀ ନିଜ ରୂପ ଦେଖିଲା ପରା!

ଦିନ ଦଶଟା ରତନୀ ଯୋଗିଆ ଘରେ ରହିଥିଲା। ଭଲ ଘରର ଝିଅବୋହୂମାନେ ଖଦାଳ ଘର ପିଲାଟାକୁ ଦେଖିବାକୁ ଆଇଥିଲେ। କେତେ ପ୍ରଶଂସା କରିଥିଲେ। ଯୋଗିଆର

ମନ କୁଣ୍ଢେ ମୋଟ। ରତନୀକୁ ଭଲ କରି ନ ଚିହ୍ନୁଣୁ ଦିନେ ତା' ଦାଦି ଯାଇ ତାକୁ ନେଇ ଆଇଲା। କହିଲା, ପିଲା ଝିଅଟା, ତା' ଖୁଡ଼ୀ କାନ୍ଦୁଛି, ସାହିଲୋକେ ଜାବତା କରୁଛନ୍ତି।

ଯୋଗିଆ ବାଧା ଦେଇ ନ ଥିଲା। ତା'ରି ସ୍ତ୍ରୀ, ଜ୍ଞାନ ପାଇଲେ ବେଳ ନିଜ ଘର ସମ୍ଭାଳିବାକୁ ଆସିବ ଯେ। ଯୋଗିଆ କାମରେ ମନ ଦେଲା। ବେଶି ବେଶି ଖଟିଲା। ପଇସା କଉଡ଼ି ସଞ୍ଚି ରଖିଲା ରତନୀ ପାଇଁ କି, ସେ ଆସିବ ତ ଦିନେ।

କାହୁଁ ଆସିଲା ସେ ପ୍ରଳୟ ନିଆଁ! ସତେ କି ଖାଣ୍ଡବ ବନ ଦହନ, କି ଅବା ଲଙ୍କାପୋଡ଼ି! ଦିନ ଦି'ପହରେ ତ, ନିରାଟ ଖରା, ତାତି ତାତି ସବୁ ରହିଛି! ସେ ଖଦାଳ ସାହିରୁ ଆଗ ଉଠିଲା। କୁଆଡ଼େ ଥିଲା ଧାଇଁ ଆସିଲା ପବନ। ନିଆଁ ପବନ ସାଙ୍ଗ ହୋଇ ଚାରିସାହିର ସବୁ ଘର ଚାଟିଦେଲେ। ଧନୀ, ନିର୍ଦ୍ଧନ କି ଛୁଆଁ, ଅଛୁଆଁ ମାନିଲେ ନାହିଁ। ଏଇଟା ଧାନଘର କି ସେଇଟା ଠାକୁରଘର, ଲକ୍ଷ୍ମୀନୃସିଂହ ବିଜେ ହୋଇଛନ୍ତି, ଏ କଥା ବି ନିଆଁ ପବନ ଭାବିଲେ ନାହିଁ। ପୋଡ଼ି ଜଳି ସବୁ ପାଉଁଶ ହେଲା।

ସାତଥର ପଛେ ଚୋରକୁ ଦେବ, ଥରେ ଦେବନାହିଁ ନିଆଁକୁ। ନିଆଁ ଯେତେବେଳେ ଖାଇଲା, ଦୋଷ ହେବ କାହାର? ଯୋଗିଆର ସର୍ବସ୍ୱ ଗଲା। ସେ ହେଲା କାଙ୍ଗାଳ। ରତନୀ ତା'ର ମନେ ପଡ଼ିଲା। ଯାହା ହେବାର ତ ହୋଇଛି, ବିଦେଶକୁ ଯାଇ କିଛି ଟଙ୍କା ରୋଜଗାର ନ କଲେ ଘର କରିବ କିପରି? ଘର ନ କଲେ ରତନୀକୁ ଆଣିବ କେମିତି?

ଗାଁ ଛାଡ଼ି ମୂଲ ଲାଗିବାକୁ ଗାଁ ଲୋକଙ୍କ ସଙ୍ଗେ ସଙ୍ଗେ ରେଙ୍ଗୁନ ଗଲା। ଗଲାବେଳକୁ ଥରେ ରତନୀକୁ ଦେଖାକରି ଗଲା ନାହିଁ। ହାତରେ କିଛି ଟଙ୍କା ହେଲେ ବଳେ ସେ ଫେରିଆସିବ ଯେ।

ରେଙ୍ଗୁନ ଗଲା! ଯୁଦ୍ଧ ବେଳ। କେତେ ନୂଆ କାମ ଲାଗିଛି। ଚାକିରି ଖୋଜିବାକୁ ଅଧିକ ଦିନ ଲାଗିଲା ନାହିଁ। ଚାକିରି କଲା। ମାସକୁ ମାସ ଦଶଟଙ୍କା କରି ପଠେଇଲା ରତନୀ ନାଆଁରେ। ଚାରିଟା ମାସ ତ ପୂରିନାହିଁ, ଜାପାନୀମାନେ ମାଡ଼ି ଆସିଲେ। ବୋମା ପକେଇ ରେଙ୍ଗୁନ ସହରରେ ଖଣ୍ଡ ପ୍ରଳୟ କଲେ। କେତେ ଲୋକ ମଲେ, ତା'ର କଳନା ନାହିଁ। ପ୍ରାଣବିକଳରେ କେତେ ଲୋକ ଚାଲି ଚାଲି ଚଟ୍ଟଗ୍ରାମ ବାଟେ ଫେରିଲେ।

ଯୋଗିଆ ବି ଫେରିଲା। ଚୋରିକରି ସାମାନ୍ୟ କେଇ ଖଣ୍ଡି ସୁନା ଗହଣା ଓ କେଇଟି ଟଙ୍କା ସେ ଅରଜି ଥିଲା। ସାତ ପରସ୍ତ କରି କାନିରେ ବାନ୍ଧି ଉପାସ ଭୋକରେ

ଶହ ଶହ ଲୋକଙ୍କ ସଙ୍ଗରେ ଜଙ୍ଗଲ ବାଟରେ ସେ ଫେରିଲା। ବାଟରେ ପୁଣି ଚୋର ଡକେଇତ। ଯେତକ ସେ ଆଣିଥିଲା ସେତକ ବି ଡକେଇତମାନେ ଛଡ଼େଇନେଲେ, ପ୍ରାଣଟା ଛାଡ଼ିଦେଇ ଗଲେ, କପାଳ ଭଲ।

କଲିକତାରେ ପହଞ୍ଚି ଯୋଗିଆ ନି!ଶ୍ୱାସ ମାରିଲା। ରାସ୍ତା କାମ କରିବାକୁ ଆସାମକୁ କୁଲି ଯାଉଥିଲେ। ସେ ବି ଚାଲିଲା। ଘରକୁ ଫେରି କ'ଣ ବା କରନ୍ତା ?

ମୂଳ ଲାଗିଲେ ପେଟକୁ ନିଅଣ୍ଟ। ଘର ଖଣ୍ଡ ଉଠେଇବ କେମିତି ? ରତନୀକୁ ଆଣିବ କେମିତି ?

ଯୋଗିଆ ମାଟିକାମ କଲା। ଦିନରାତି ପରିଶ୍ରମ। ଯାହା ଭେଇଲା, ପେଟ ପୋଷି ବଳକା ଧନ ସଞ୍ଚି ରଖିଲା ପାଖରେ। ଦେଖୁ ଦେଖୁ ଧନ ବଢ଼ିଲା। ଶହେ ପୂରିଲା, ଦି'ଶହ ପୂରିଲା, ତିନିଶହକୁ ଧକା ଦେଲା। ସବୁ ତ କାଗଜ, ରତନୀ ପାଖକୁ ପଠେଇବାକୁ ସାହସ ହେଲା ନାହିଁ। ପାଖରେ ରଖିବାକୁ ଡର ମାଡ଼ିଲା। କେତେବେଳେ କୋଉ କଥା। ଦିନରାତି ସେ କାମ କରିଛି, ପଇସା ଭେଇଛି, କେତେଦିନ କି କେତେ ମାସ ବର୍ଷ ହେଲା ସେ ଗାଁ ଛାଡ଼ିଛି, ଜାଣେ ନାହିଁ।

ଯୋଗିଆ ଫେରିଲା। ଭଲ ଲୁଗା ଖଣ୍ଡେ ପିନ୍ଧିଛି। ଦେହରେ ଜାମା। ମୁଣ୍ଡରେ ଟେରି। ଅଣ୍ଟାରେ ଟଙ୍କା। ସିଧାସିଧା ଯୋଗିଆ ଫେରିଲା ରତନୀ ଗାଁକୁ। ରତନୀକୁ ଦେଖିଲା ନାହିଁ। ରତନୀର ରାହାବଳୀ ଖୁଡ଼ୀ ପଦପଦ କରି ସବୁ ଗପିଲା। ଲାଜ, ଦୁଃଖ, ଅପମାନରେ ଯୋଗିଆ ମୁଣ୍ଡ ନୁଆଁଇ ଏକମୁହାଁ ହୋଇ ଫେରିଆସିଲା ଗାଁକୁ। ସେଠି ବି ସେଇ ରତନୀର ଦୁର୍ନୀତି କଥା। ଚାରିଆଡ଼େ ତ ରାଷ୍ଟ୍ର ହୋଇଛି। ଯୋଗିଆ ରାଗିଲା ନାହିଁ। ଭାବିଲା, କ'ଣ କରିବ ?

ବୁଢ଼ା ବୁଢ଼ା ଲୋକେ ଉପଦେଶ ଦେଲେ, ଆରେ ପୁଅ, ଦୋଚାରୁଣୀର ମୁହଁ ଚାହିଁ କରି ନାହିଁରେ, ଦେହ ଝଟକରୁ କ'ଣ ମିଳିବ, ମନ ତ ପୋଡ଼ା ଅଙ୍ଗାର। ଘର କର। ବାହାଚୋରା ହୋଇ ସଂସାର କର। ଜମି ଦି'ମାଣ ବାପ ତୋର ତଇଲା ତାଡ଼ିକରି ଯାଇଥିଲା। ପଡ଼ିଆ ପଡ଼ିଲା। ଜଙ୍ଗଲ ହୋଇଛି। ତା' ପିଛା ଲାଗ। କାନ୍ଦିଲେ ବୋବେଇଲେ ଲାଭ କ'ଣ ?

ଯୋଗିଆ ସେମାନଙ୍କ କଥା ମାନିଲା।

ଘର ଦି'ବଖରା ତୋଳିଲା ତା'ର ପୁରୁଣା ଢିଅ ଉପରେ। ହଳ ବଳଦ କିଣିଲା। ଆଉ ଦି'ମାଣ ଜମି ଭାଗ ବଖରା ଧରି କାମରେ ମନଦେଲା। ହୁଣ୍ଡା ସାଧୁଆ, ଲେଖାରେ ତା'ର ଭାଇ ହେବ, ଘର ଆଗରେ ତା'ର ବଖୁରିକିଆ ଛୋଟ ଚାଳ। ସେ ଆଉ ତା'ର ଭାରିଯା' ଚାବୁରୀ, ମୂଳ ଲାଗି ପେଟ ପୋଷନ୍ତି। ପାଞ୍ଚ ବରଷର ପୁଅ ଗଣିଆଁ।

ଯୋଗିଆ ସାଧୁଆକୁ ସାଙ୍ଗ କଲା। ପରିଶ୍ରମ କରି ଧାନ ରୋଇଲେ। ଚାବୁରୀ ବି ଲାଗିଲା ଯୋଗିଆର କାମରେ।

ଗାଁଲୋକେ କହିଲେ, ଡେରି କାହିଁକି ? କେଉଁଠୁ ଦେଖି କାମିକା ଝିଅଟିଏ ଘରକୁ ଆଣ। ଛତରାଙ୍କ ପରି ଚଳିବୁ କାହିଁକି ?

ମନେ ପଡ଼ିଲା ରତନୀ। ଶୁଣିଛି, ରତନୀର ପୁଅ ହେଇଛି ଗଛମୂଳେ। ରତନୀ ଭିକ ମାଗି ଚଳୁଛି। ଯୋଗିଆ ଭାବେ, ରତନୀକୁ ଥରେ ପଚାରିବ କି ?

କ'ଣ ପଚାରିବ ?

ଦିନେ ପଚାରିଲା ଚାବୁରୀକୁ। ଚାବୁରୀ କହିଲା, ଆରେ, ମାଇପି ଜନମ କେଡ଼େ ହୀନିମାନ। ମରଦ ପୁଅ ତମେ ଜାଣିବ ନାହିଁରେ, ଜାଣିବ ନାହିଁ। ସୁନାଖଡ଼ିକା ପରି ରତନୀ, ବାପ ମା' ତ ନାହାନ୍ତି, ଖୁଡ଼ୀ ତାକୁ ବାର ଅବସ୍ଥା ଦେଲା। ଯେତେ ଟଙ୍କା ତୁ ପଠେଇଲୁ, ସବୁ ତା'ର ରାହାବାଳୀ ଖୁଡ଼ୀ ନେଲା। ପେଟକୁ ଦାନା ଦେଲା ନାହିଁ, ଦେହକୁ କନା ଦେଲା ନାହିଁ। ଦିନରାତି ପିଠିରେ ମାଡ଼ ବସେଇଲା। କହିଲା, ଯୋଗିଆ ମଲାଣି, ଆଉ କାହା ଆଶ୍ରା ଧର। ଏତେ ସହି ରତନୀ କ'ଣ କୁଆଡ଼େ ଗଲା ?

ଯୋଗିଆ କାବା ହୋଇ ଚାବୁରୀର କଥା ଶୁଣିଲା।

ଚାବୁରୀ କହିଲା, କେତେଥର ସେଇ ରତନୀ ସଙ୍ଗରେ ମୋର ଦେଖା ହୋଇଛି। କାନ୍ଦିକାନ୍ଦି ସବୁ ଦୁଃଖ ସେ ମୋ ଆଗରେ କହେ। ଖୁଡ଼ୀକି ସେ କିଛି କହେ ନାହିଁ। ଆଉମାନଙ୍କୁ କହେ, ହାତ ଧରି ଯିଏ ମତେ ବାହା ହୋଇଛି, ତା' ପାଇଁ ବାର ବରଷ ଅନେଇବି, ସେଉଠୁ ଯାହା କରିବି।

ଆରେ ଯୋଗିଆ, ପିଲା ମଣିଷ, ଭଲମନ୍ଦ ସେ କି ଜାଣେ ? ଲୋକେ କହିଲାରୁ ଖୁଡ଼ୀ ଘରୁ ତଡ଼ିଲାରୁ ତା'ର ଜ୍ଞାନ ହେଲା, ପେଟରେ ପିଲା ଅଛି ! କାହାର ? ସେ କ'ଣ ଜାଣେ ? ବାବୁ ନା ଗାବୁ ! ବଡ଼ ଲୋକ। ସମସ୍ତଙ୍କୁ ସେ ସତକଥା କହିଲା। କେହି ତା'ର ସାହା ଭରସା ହେଲେ ନାହିଁ।

ଚାବୁରୀ ଆଖିରେ ଲୁହ।

ଯୋଗିଆ ପଚାରିଲା, କ'ଣ କରିବି ?

ଅପେକ୍ଷା କର। ଫସଲଟା ଉଠିଯାଉ। ଜାତିଲୋକଙ୍କୁ ଜାତିଆ ଭୋଜିଭାତ ଦେଇଦେବୁ। ରତନୀ ତୋର ମାଇପ। ତାକୁ ଆଣି ଘରେ ରଖିବୁ। ସୁଖରେ ସଂସାର କରିବୁରେ ଯୋଗିଆ ! ଖଦାଳ ଆମେ, ଛୋଟ ଜାତି। ପିଲାଟା ଯାହାର ହେଉ, ବଡ଼ ଜାତିର ହୋଇଥିବ। ଖଦାଳ ଘରେ ଖଦାଳ ହେଇ ରହିବ। ପୁଅ ପିଲା କାହାକୁ

ଗନ୍ଧାଏରେ ? ନ ରଖିବୁ ଯଦି, ମତେ ଦେବୁରେ ଯୋଗିଆ, ମୁଁ ପାଳିବି। ଗଣିଆ ସାଙ୍ଗକୁ ସେ ବି ହେବ ମୋର ପୁଅ।

ଚାବୁରୀର କଥା ଯୋଗିଆର ମନକୁ ପାଇଲା।

ମନ କଥା ମନରେ ରହିଲା। ମଣିଷ ଯାହା ମନରେ ପାଞ୍ଚେ କାମରେ ହୁଏ କେଉଁଠ ? ବେଶିଦିନ ଯାଇନାହିଁ। ହୁଣ୍ଡା ସାଧୁଆ ଯୋଗିଆର ଧାନକ୍ଷେତ ଜଗିବାକୁ ଯାଇଥିଲା। ଜଙ୍ଗଲ କଡ଼କୁ ଲାଗି ତା'ର କ୍ଷେତ। ଧାନ ପାଚିଛି। ମିରିଗପଲ କ୍ଷେତରେ ପଶି ଫସଲ ଉଜାଡ଼ି ଦେଉଛନ୍ତି। ଛୋଟ ମଞ୍ଚା ଉପରେ ରାତିରେ ବସି କ୍ଷେତ ଜଗନ୍ତି ଗାଁଲୋକେ। ଯୋଗିଆ ନିଜ କ୍ଷେତ ଜଗେ। କେବେ କେବେ ସାଧୁଆକୁ ବରଗେ।

ଦିନକର, ଅନହୁତି କଥା। ରାତି ଅଧରେ ସାଧୁଅର ମନ ହେଲା ଘରକୁ ଆସିବ। ବାଟ ପାଏ ତ ହେବ। କେଡ଼େ ସୁନ୍ଦର ଜହ୍ନ ପଡ଼ିଛି। ସାଧୁଆ ଆସିଲା। ପଥୁରିଆ ନଣ୍ଡା ପାହାଡ଼ କଡ଼ରେ ସାଧୁଆ ଭାଲୁ ହାବୁଡ଼େ ପଡ଼ିଲା। ଦୁର୍ଯ୍ୟୋଗ କଥା।

ସାଧୁଆର ଖଣ୍ଡିଆ ଖାବୁଡ଼ା ଦେହ ସକାଳୁ ମିଳିଲା ପାହାଡ଼ ତଳ ରାସ୍ତା କଡ଼ରେ ! ନହୁନୁହାଣ ଦେହ। ମୁହଁ ଦେହ ଆଞ୍ଚୁଡ଼ା। ଚିହ୍ନି ହେଉନାହିଁ। ଜ୍ଞାନ ହାରିଛି। ପିଣ୍ଡରେ ପ୍ରାଣ ଅଛି। ଗାଁକୁ ବୋହି ଆଣିଲେ। ଡାକ୍ତରଖାନାକୁ ନେବା ଦରକାର ପଡ଼ିଲା ନାହିଁ, ମଶାଣିକୁ ନେଲେ।

ଚାବୁରୀର ଦୁଃଖ କହିଲେ ନ ସରେ। ଗଣିଆଁକୁ ଧରି ଚାବୁରୀ ଦିନରାତି ବାହୁନିଲା। କାନ୍ଦଣା ଶୁଣିଲେ ପଥର ତରଳିବ। ଯୋଗିଆ ପ୍ରାଣପଣେ ସାହାଯ୍ୟ କଲା। ହେଲେ, ସାଧୁଆକୁ ଫେରେଇଦେବ କିଏ ? ଯୋଗିଆର କ୍ଷେତ ଜଗିବାକୁ ଯାଇ ସିନା ତା'ର ପ୍ରାଣ ଗଲା, ଗଣିଆଁ ହେଲା ଅନାଥ।

ଗାଁ ଲୋକେ ବିଚାର କଲେ। ଖଦାଳସାହିଆ ଏକମତ ଦେଲେ। ବୁଢ଼ା ବୁଢ଼ାମାନେ ଯୋଗିଆକୁ ସମଝେଇ କହିଲେ। ଯୋଗିଆ ଭାବିଲା, ଭାବିଲା, ଶେଷକୁ ଚାବୁରୀର ଦୁଃଖଦୁର୍ଦ୍ଦଶା ଦେଖି ତା'ର ନିଃସହାୟ ଅବସ୍ଥା, ଆଖିର ଲୁହ, ପୁଣି ଗଣିଆଁର ଶୁଖିଲା ମୁହଁ ଦେଖି, ଲୋକଙ୍କର ପ୍ରସ୍ତାବରେ ସେ ହଁ ଭରିଲା।

ଚାବୁରୀ ହେଲା ଯୋଗିଆର ସ୍ତ୍ରୀ।

ରତନୀର ସ୍ମୃତି ଏକାଥରେ ସେ ମନରୁ ପୋଛିଦେଲା। ଲୋକେ ଭୋଜିଭାତ ଖାଇଲେ। ଯୋଗିଆର ବୁଦ୍ଧିକୁ ପ୍ରଶଂସା କଲେ।

ଯୋଗିଆ ସୁଖରେ ସଂସାର କଲା। ଚାବୁରୀ ପରି କାମିକା ସ୍ତ୍ରୀ ଓ ଗଣିଆଁ ପରି

କୁହାର ବୋଲର ସୁଧାର ପୁଅ ସେ ପାଇଛି। ନ ଜାଣିଲା ଲୋକେ କେବେହେଲେ ଭାବିବେ ନାହିଁ ଯେ ୟାଙ୍କର ଗୋଟାଏ ଥାଇତା ସଂସାର। କେବେ କେମିତି ନିରୋଳା ବେଳରେ ରତନୀର କଥା ମନରେ ପଡ଼େ। ଚାବୁରୀକୁ ଆଗରେ ଦେଖିଲେ ରତନୀ କଥା ପାସୋର ଯାଏ।

ଦୁଇବର୍ଷ କଟିଲା।

ଚାବୁରୀ କୋଳରେ ଯୋଗିଆର ପୁଅ ! ଗଣିଆଁ ସାଙ୍ଗକୁ ମଣିଆଁ। ଏକୋଇଶା ସିନା ଗଲା, ଚାବୁରୀର ସୂତିକା ଦୋଷ, ଗ୍ରହଣୀ। କେତେ ଔଷଧ ସରିଲା, ଭଲ ହେଲା ନାହିଁ। ଦିନୁ ଦିନ ଦୁର୍ବଳ ହେଲା। କହିଲା ଦିନେ ଯୋଗିଆକୁ, ବଞ୍ଚିବି ନାହିଁରେ, ରତନୀ ତେଣେ ଭିକ ମାଗୁଛି। ପିଲାଟାକୁ ଧରି ବାର ହଇରାଣ ହରକତ ହେଉଛି। ଆହା ବିଚାରୀ! ତାଆରି ନିଃଶ୍ୱାସ ମୋ ଉପରେ ପଡ଼ିବ। ଗଣିଆ, ମଣିଆଁ ତମୁକୁ ଲାଗିଲେ। ମୁଁ ସିନା ଉଡ଼ା ଚଢେଇ, ରତନୀ ଯେ ତମର ସ୍ତ୍ରୀ, ତାକୁ ଯାଇ ଆଣିବ। ନୋହିଲେ ଧର୍ମ ସହିବ ନାହିଁ। ତା' ପିଲାର ଭଲମନ୍ଦ ହେଲେ ଏ ପିଲା ଦିଓଟିଙ୍କୁ ଠାକୁରେ ଅନେଇବେ ନାହିଁ। ମୋ ସାନକୁହା ମାନ, ଆହା ବିଚାରୀ, ତାକୁ ତମେ ଆଣିବ, ତାକୁ ତମେ ନିଶ୍ଚେ ଆଣିବ।

ପାଖରେ ବସିଛି ଗଣିଆଁ, କୋଳରେ ଶୋଇଛି ମଣିଆଁ। ଯୋଗିଆ ଗୋଡ଼ ଆଉଁସୁଛି। ଚାବୁରୀ କହିଲା, ଗଣିବାପା ମତେ ସବୁଦିନେ ସପନଉଛି ଆ ଆ ବୋଲି ଡାକୁଛି। ଯିବି, ଯିବି-, ମଣିଟି ତ ତମର-। ଉତାଣି ପିଲା, କିଏ ପାଳିବ ? ରତନୀ-, ରତନୀ-।

ଚାବୁରୀ ଆଖି ବୁଜିଲା, ହସିଲା ମୁହଁ, ଆଖିରେ ଲୁହ।

ଚାବୁରୀ ସିନା ଚାଲିଗଲା, ତା'ର ସେଇ ଅନୁରୋଧଟା ଯୋଗିଆ ମନରେ ଘୋରତେଇ ହେଲା। ଦୁଇମାସର ପିଲା ଏ ମଣିଆଁଟି, କେମିତି ତାକୁ ବଞ୍ଚେଇବ ? ସାତବର୍ଷର ପିଲା ହେଲେ ବି ଗଣିଆଁ ତାକୁ ଜଗି ବସିଛି। ମାଆ ପରି ଯତ୍ନ ନେଉଛି। ଆଉ ଥରେ ସଂସାର କରିବାକୁ ମନ ଡାକୁନାହିଁ। ହେଲେ, ମଣିଆଁ ବଞ୍ଚିବ କେମିତି ?

ଖଦାଳସାହିର ବୁଢ଼ା ମୁରବିମାନଙ୍କ ସଙ୍ଗେ ପରାମର୍ଶ କଲା। ସମସ୍ତେ ମଙ୍ଗିଲେ। ରତନୀକୁ ଜାତି କରେଇନେବା, ଗୁରୁଗୋସେଇଁଙ୍କ ଗୋଡ଼ତଳେ ଜାତିଆଣ ଟଙ୍କା ଦେବା। ତାଙ୍କ ତୁଣ୍ଡରୁ ଆଜ୍ଞା ପାଇଲେ ଜାତିଭାଇ ଅଡ଼ିବେ ନାହିଁ। ଗୁରୁଗୋସେଇଁ

ଦୟାବନ୍ତ ପୁରୁଷ। ଆମେ ସମସ୍ତେ କହିଲେ, ସେ ନାହିଁ କରିବେ ନାହିଁ। ତୋ ଜମିରେ ତ ସୁନା ଫଳୁଛିରେ, ପୁଅ ଅଭାବ ତ ନାହିଁ, କାହିଁକି ହଇରାଣ ହେଉଛୁ?

ଯୋଗିଆ ମନକୁ ମୁରବିମାନଙ୍କର କଥା ପାଇଲା। ଘରଦ୍ୱାର, ଜମିବାଡ଼ି, ଗାଈଗୋରୁ ପୁଣି ପିଲା ଦି'ଟାଙ୍କୁ ସମ୍ଭାଳିବ କିଏ? ଚାବୁରୀ କହିଯାଇଛି। ରତନୀ ପ୍ରତି ବି ତା'ର ଗୋଟାଏ କର୍ତ୍ତବ୍ୟ ଅଛି।

ରତନୀ ମଙ୍ଗିବ ତ? ଆଜିଯାଏ ତ ସେ ତାକୁ ପଚାରିନାହିଁ। ତା'ର ଭଲମନ୍ଦ ବୁଝିନାହିଁ। ଥରେ ଯିଏ ପଦାକୁ ଗୋଡ଼ କାଢ଼ିଛି, ବାରଦୁଆରେ ହାତ ପାତି ଭିକ ମାଗି ପେଟ ପୋଷିଛି, ସେ କ'ଣ ସହଜରେ ବୋଲ କରିବ? ଓଲେଇ ଗାଈ-

କାହାକୁ କିଛି ନ କହି ଯୋଗିଆ ବାହାରିପଡ଼ିଲା। ରତନୀ ଯଦି ମଙ୍ଗେ, ରତନୀ ଯଦି ସାଙ୍ଗରେ ଆସେ, ଦାଣ୍ଡଲୋକେ ନିନ୍ଦା ମିନ୍ଦା କରି କହିଲେ ସେ ଶୁଣିବ ନାହିଁ। ଜାତି ଭାଇ ତ ତାକୁ କୁଳକୁ ନେବାକୁ ପ୍ରସ୍ତୁତ ଅଛନ୍ତି, ଦାଣ୍ଡଲୋକଙ୍କ ଅଲଣା କଥାରୁ ତାକୁ କି ମିଳିବ?

ଅନୁଭୂତି, ସେଇ ତେନ୍ତୁଳିଗଛ ମୂଳରେ ଦେଖା।

ଯୋଗିଆ କେତେ କ'ଣ କହିବ ବିଚାରିଥିଲା। ରତନୀର ଜଳିଲା ଜଳିଲା ଆଖି ଦୁଇଟାକୁ ଚାହିଁ ସବୁ ପାସୋରିଗଲା। ମନେ ପଡ଼ିଲା ଛ' ବର୍ଷ ତଳର କଥା, ତେରବର୍ଷର ସୁନ୍ଦର ସରଳ ଝିଅ, ଯାହାର ହାତ ଧରି ସେ ବିବାହ କରି ଘରକୁ ନେଇଥିଲା, ସେ ରତନୀ ଯେ! ଦୁର୍ବଳ, ରୁକ୍ଷ, ଭିକାରୁଣୀ, ଦୋଚାରୁଣୀ। କେତେ ଦୁଃଖ ସହିଛି, ଅପମାନର ବୋଝ ମୁଣ୍ଡରେ ବୋହି ବଞ୍ଚି ରହିଛି।

କାହା ପାଇଁ?

ଯୋଗିଆର ଛାତି ଭିତରେ କୋହ। ଆଖି ଦି'ଟାରେ ଢଳଢଳ ଲୁହ। କାହା ପାଇଁ ରତନୀର ଏ ଦଶା? କାହା ପାଇଁ ପେଟ ବିକଳରେ, ଲାଜରୁ ରକ୍ଷା ପାଇବାକୁ ଲୁଗା ଖଣ୍ଡେ ପାଇଁ, କେଉଁ ଅଜଣା ପରପୁରୁଷର କଅଁଳ କଥାରେ ଥରଟିଏ ଭୁଲି ଚିରଦିନ ପାଇଁ ପେଟବିକଳରେ ଛଟପଟ ହେଲା, ଲାଜ, ଅପମାନର ବୋଝ ବୋହି ଚାଲିଲା?

ଯୋଗିଆ ଯଦି ବିଦେଶକୁ ଯାଇ ନ ଥାନ୍ତା, ଆମ୍ବ ଡିମିରି କରି କୁଡ଼ିଆ ଖଣ୍ଡେ ଉଠେଇ ବିଲମାଟି ହିଡ଼ରେ ଲଦି ସୁଖେ ଦୁଃଖେ ସଂସାର କରିଥାନ୍ତା, ତା'ର ବାହାହେଲା ସ୍ତ୍ରୀ କାହା ପରି ଆଜି ଗଛମୂଳେ ଠିଆ ହୋଇଥାନ୍ତା କାହିଁକି? ଯେଉଁ ଦୁଇଟା ଦେହ,

ମନ ଓ ସ୍ୱାର୍ଥ ଭିତରେ ବୁଢ଼ିଆଣୀ-ସୂତା ପାଇଁ ବ୍ୟବଧାନ ନଥାନ୍ତା, ତା ଭିତରେ ଆଜି ମହାମେରୁ ଠିଆହୋଇଥାନ୍ତା କାହିଁକି ? ଯେଉଁ ଦୁଇଟା ଜୀବନର ମାୟା ଛନ୍ଦାଛନ୍ଦି ହୋଇ ପରସ୍ପରର ବ୍ୟକ୍ତିତ୍ୱ ହରାଇ ବସିଥାନ୍ତା, ସେ କାହିଁକି ଛଅବର୍ଷ କାଳ ବିପରୀତମୁଖୀ ହୋଇ ଅନ୍ୟ ଆଶ୍ରା ଲୋଡ଼ିଥାନ୍ତା ?

ଏତେ ଦିନର ଅବହେଳା ପାଇଁ ସେ ଅନୁତାପ କରିବ। ରତନୀକୁ ଫେରାଇନେବ ଘରକୁ। ଜାତିଭାଇ ଯଦି ତାର କାମ ପସନ୍ଦ ନ କରନ୍ତି, ରତନୀ ଆଉ ଗୁଣିଆଁ, ମଣିଆଁ, ଅରକ୍ଷିତର ହାତଧରି ଖଦାଳ ଜାତିର ପାହାଚରୁ ତଳ ପାହାଚକୁ ଓହ୍ଲେଇଯିବ। ହିନ୍ଦୁଜାତିର ଜାତିଆଣ ପାହାଚ ତ ଲମ୍ୱିଯାଇଛି ତଳକୁ ତଳକୁ ରସାତଳକୁ, ନରକକୁ-

ଯୋଗିଆ ମନର କଥା ଖୋଲି କହିବାକୁ ଥରିଲା ଓଠ ଖୋଲି କହିଲା, ରତନୀ, ସବୁ ଦୋଷ ମୋର। ତତେ ମୁଁ ନେବାକୁ ଆସିଛି, ମୁଁ ଯୋଗିଆ, ତୋଓରି ବର। ଚାଲ ମୋ ସାଙ୍ଗରେ ରତନୀ, ଦେ ଅରକ୍ଷିତକୁ। ମୁଁ ତାକୁ ଛାତିରେ ଯାକିନେବି। ସେ ମୋରି ପୁଅ ରତନୀ, ମୋରି ଅବହେଳାର ଜୀଅଁନ୍ତା କଣ୍ଢେଇ। ମୋ ଛାତିରୁ ସେ ତଳକୁ ଓହ୍ଲେଇବ ନାହିଁ। ଚାଲ ରତନୀ, ଗତକଥା ଭୁଲି ଯା-

ଯୋଗିଆର ଆଖିରୁ ଲୁହ ଦିଧାର ଗଡ଼ିଆସିଲା।

ରତନୀର ଜଳିଲା ଜଳିଲା ଆଖି ଛଳଛଳ ହେଲା। ନାକପୁଡ଼ା ଥରି ଉଠିଲା। ସେ କଟମଟ କରି ଚାହିଁଲା ଯୋଗିଆ ମୁହଁକୁ। ଏଇ ତାର ବର ! କେତେ ବର୍ଷ ତଳେ କେଜାଣି ଏଇତାର ହାତଧରି ଘରକୁ ନେଇଥିଲା ଘରଣୀ କରି। ଯେତେଦିନ ତାଙ୍କର ଘରେ ସେ ଥିଲା ଲାଜ ସଙ୍କୋଚରେ ଯୋଗିଆର ମୁହଁକୁ ଭଲକରି ଚାହିଁ ନ ଥିଲା। ଘର ଆଗରେ ଚାବୁରୀ ଅପା, କେଡ଼େ ଭଲ ମଣିଷଟି ତ, ତାରି ପାଖେ ପାଖେ ସେ ଥାଏ। ତାକୁ ପାଖରେ ପାଇବାକୁ୍ ଏଇ ବର ଯୋଗିଆ, ଛୁଆଖାଇ ବିଲେଇ ପରି ଏପାଖ ସେପାଖ ହେଉଥାଏ। ନିରୋଳାରେ ଥରେ ଦେଖିବାକୁ ଓର ଉଣ୍ଟୁଥାଏ। ପାଖରେ ପାଇଲେ ତା ହାତଟି ଧରେ। ଏଣେ ତେଣେ ଅନାଏଁ। ଟିକି ଛୁଆକୁ ବାପ ମା କୋଳ କଲା ପରି ସେ ତାକୁ କୋଳ କରେ। ବାଇଆ କୁକୁର ପରି ମୁହଁରେ ମୁହଁ ଲଗାଇ ଦେହ ସଲସଲିଆ ଗେଲ କରେ।

ଖିଁ ଖିଁ ହୋଇ ଚାବୁରୀ ଅପା ପଛରୁ ହସିଦିଏ। ଏଇ ଯୋଗିଆ ତାକୁ ଛାଡ଼ି ମୁହଁ ତଳକୁ କରି ଠିଆହୁଏ। ଚାବୁରୀ ଅପା ତାର ହାତଟି ଧରି ଗେହ୍ଲେଇ କହେ, ଆରେ ଯୋଗୀ, ରତନୀ। ଛୁଆଟାରେ ତାକୁ ଗେଲ କରିବାର ବୟସ ଆସୁ, ସେ ତ

ତୋଅରି ଦରବ, ତୋଓରି ଘରଣୀ, ଚିରଦିନ ତୋଅରି। ତାର ବୟସ ହେଉ, ଭଲମନ୍ଦ ବୁଝିବାର ମନ ହେଉ, କେତେ ସ୍ନେହ, କେତେ ସୁଆଗ କରିବୁ ଦେଖିବି ରହ।

ଯୋଗିଆର ପିଠି ଆଉଁସେ। ପୁଣି କହେ, ତମେ ଦିହେଁ ମୋ ଆଖି ଆଗରେ ମନଇଛା ଖେଳ, ତୋ ରତନୀ ଯେ ପୁନେଇଁ ଜହ୍ନ, ତୋ ଆଗ ଭାରିଯା କାଳୀ କୋତରୀ ମଙ୍ଗୁଳୀ ପରି ସେ ନୁହେଁ ମ, ମୋ ଆଗରେ ତାକୁ ଗେଲ କରୁନୁ?

ଯୋଗିଆ ଚିଲ ପରି ଛୁଟି ପଳାଏ।

ସାତଦିନ ପରେ ଦାଦି ଘରକୁ ନେଇଆସିଲା।

ବିଦେଶ ଗଲା ଯୋଗିଆ। ଟଙ୍କା କେଇଟି ପଠେଇଥିଲା।

ତା'ପରେ- ?

ଶୁଣା ଗୁଣା ନାହିଁ। କେତେ, ଦହଗଞ୍ଜ, ମାଡ଼ଗାଳି, ଉପାସଭୋକ ସହିଲା।

ତୁଣ୍ଡ ଖାଲି ଜଣକୁ କହିଥିଲା, ପରଗାଁର ପରଘରର ବୋହୂ ଚାବୁରୀକୁ। ମନ ଖୋଲି ଜଣକ ଆଗରେ, ଗୁହାରି କରିଥିଲା,- ଠାକୁରେ ମୋ ବର ଫେରିଆସୁ। ଦୁଃଖ କଷ୍ଟ ପଛେ ମୁଁ ସହେଁ, ସେ ଭଲରେ ଫେରୁ। ପ୍ରାଣଖୋଲି ଜଣକୁ ସେ ଚାହିଁଥିଲା- ତା'ର ଯୋଗିଆ। ଯେତେ ହୀନିମାନ ହେଲେ ବି ଯୋଗିଆ କଥା ଭାବିଲେ ସବୁ ଦୁଃଖ ଭୁଲିଯାଏ।

ଏଇ ସେ ଯୋଗିଆ- ତା'ରି ବର ଆଗରେ ଠିଆ ହୋଇଛି, ଦୋଷଦିଆ ଆଖିରେ ଅନେଇଛି, ପୁଣି ସାକୁଲେଇ ହୋଇ କହୁଛି। ସେ ପୁଣି କାନ୍ଦୁଛି କାହିଁକି ?

କ'ଣ ସେଦିନ ହୋଇଥିଲା ସେ ନିଜେ ଜାଣିନାହିଁ! କୁଆଡ଼ର ସେ ବାବୁଟି, କେଡ଼େ ସୁନ୍ଦର ରୂପ, ଦୟାଳୁ ପୁରୁଷ! କଅଁଳ କଥା। ନୋଳା-ଫଟା ପିଠିରେ ହାତ ଆଉଁସିଥିଲା- ଅତି ଅସନା ଅଭେକା ଖଦାଳ ଝିଅଟାର! ଟିକିଏ ଘୃଣା କଲା ନାହିଁ। ଫୁରୁଫୁରୁ ନୁଖୁରା ବାଳରେ ଆଙ୍ଗୁଠି ଗଳାଇ ସଜାଡ଼ି ଦେଇଥିଲା। ହାତଧରି ପାଖରେ ବସାଇଥିଲା। ମୁଣା ଝାଡ଼ି ଦଶଟଙ୍କା ଅଜାଡ଼ି ଦେଇଥିଲା-

ଦିହରେ ବୋଳିଥିଲା ସେ କଅଁଳ ହାତ, ଦେହ ଶିରି ଶିରି କରେଇଲା, ରକ୍ତରେ ନିଆଁ ଲଗେଇଲା, ଆଖିରେ ନିଦୁଆ ଭେଳିକି, ମନରେ ମୂର୍ଚ୍ଛାଳିଆ ମୋହ!

କୁଆଡ଼େ ପୁଣି ସେ ଗଲା। ସପନ ପରି ଲାଗିଲା।

ଖୁଡ଼ୀ ସେଦିନ ନିସ୍ତୁକ ଛେଚିଲା, ଘରୁ ତଡ଼ିଦେଲା, କହିଲା, ତୋ ପେଟରେ କାହାର ପିଲା, ଯା- ଯା-। ସବୁ ସେ ଶୁଣିଲା। ତଥାପି କହିଲା, ଯା' ଯା', କୂଅ ପୋଖରୀକୁ ଡେଇଁପଡ଼, ଦଉଡ଼ା ଦେଇମର। ତୁ ଦୋଚାରୁଣୀ ହେଲୁ। ବୁଡ଼ିବୁଡ଼ି ପାଣି

ପିଇଲୁ। ତଣ୍ଟିରେ କଣ୍ଟା ଲାଗିଛି। ତୁ ଅଲାଜୁକୀ। ଏ ଘରୁ ତୁ ଯାଆ, ତୋ ପାଇଁ ମୁଁ ନିନ୍ଦା ଅପମାନ ସହିବି ନାହିଁ।

ଯୋଗିଆକୁ ମନେ ପକାଇ ସେ ବାହୁନିଥିଲା, ଭାବିଥିଲା, କେହି ସିନା ତା' ଦୁଃଖ ବୁଝିଲେ ନାହିଁ, ଯୋଗିଆ ନିଶ୍ଚେ ବୁଝିବ। ହାତଧରି ବାହା ହୋଇଛି। ତାକୁ ଝୁରି ଝୁରି ଅପେକ୍ଷା କରି ରହିଛି। ଅଜାଣତରେ ଭୁଲଟାଏ କରିପକାଇଛି, ଦେହଟା ବଞ୍ଚେଇ ରଖିବାକୁ, ସେଇ ଯୋଗିଆ ପାଇଁ। ସେ କ'ଣ ବୁଝିବ ନାହିଁ?

ଏଇ ତା'ର ବର। କେତେଦିନକେ ଆସିଲା। ପଦେ ପଚାରିଲା ନାହିଁ। ଖୁଡ଼ୀ ସଙ୍ଗେ ଦୁଃଖସୁଖ ହୋଇ ବାହୁଡ଼ିଥିଲା।

ଆଜି କାହିଁକି ପାକଳଉଛି? ବାଟ ଓଗାଳିଲା ପରି ଠିଆ ହୋଇ ସକଉଛି?

ଏଡ଼େ ଚଲାଖ?

ରତନୀ ଜାଣେ, ଯେ ସବୁ ଶୁଣିଛି। ଚାବୁରୀ ଅପା ମରିଛି, ଉତାଣି ପିଲା ଛାଡ଼ିଯାଇଛି। ସେଥିପାଇଁ ଗହ୍ଳା ପୁନେଇଁ ଦିନ ମାଇଁ?

ଥଳକୂଳ ନାହିଁ, ଏତେଦିନଯାଏ ଭାସୁଥିଲା ସେ, ଯୋଗିଆ ତ ଗୋଡ଼ରେ ଠେଲିଦେଲା, ମଲା ହଜିଲା ଖୋଜିଲା କି? ଥଳକୂଳ ସେ ଆଜି ପାଇଛି। ସେ ଯିବ, ତାଙ୍କରି ସାଙ୍ଗରେ ଯିବ। ଠାକୁରାଣୀ ମା' ଦୟା କରିଛନ୍ତି। ତାଙ୍କରି ଘରେ ତାଙ୍କର କାମଦାମ କରି ଅରକ୍ଷିତକୁ ବଞ୍ଚେଇବ। ଅରକ୍ଷିତ ମଣିଷ ହେବ।

ଯୋଗିଆର ଫାନ୍ଦରେ ସେ ପଡ଼ିବ ନାହିଁ। ତା' ଲେଖାରେ ରତନୀ ମରିଛି। ଯେଉଁଦିନ ସେ ମୁହଁମୋଡ଼ି ଚାଲିଗଲା, ସେଇଦିନୁ ସେ ଜାଣି ଛାଡ଼ପତ୍ର ଦେଲା। ରତନୀ ଆଉ କାହାରି ଘରଣୀ ନୁହେଁ, ସେ ଖାଲି ଅରକ୍ଷିତର ମା'। ରତନୀ ଆଉ କାହାରି ଭାରିଯା ହେବ ନାହିଁ, କାହାରି ବୋଲଣା ସହିବ ନାହିଁ। ଭିକ ମାଗୁଥିଲା, ଏଥର ସେ ପରଙ୍କର ସେବା କରିବ, ଗାଳିମାଡ଼ ସହି ଯାହାକୁ ସେ ଦୁନିଆକୁ ଆଣିଛି ତାକୁ ବଞ୍ଚେଇବ। ସେ ଯିବ, ଗାଁ ଗଣ୍ଡା ଛାଡ଼ି କେଉଁ ଅଜଣା ଥାନକୁ ପଳାଇବ।

ଯୋଗିଆର ମୁହଁ ଉପରୁ ଦୃଷ୍ଟି ଫେରାଇ ରତନୀ ଅରକ୍ଷିତକୁ ଚାହିଁଲା। ଯୋଗିଆର କଥାର ଉତ୍ତର ନ ଦେଇ ପିଲାଟିକୁ କାଖକରି ଆଗକୁ ଚାଲିଲା।

ଯୋଗିଆ ତା' ପଛେ ପଛେ ଚାଲିଲା। କହିଲା, ଶୁଣୁଛୁ ରତନୀ–

ରତନୀ ରାଗ ସମ୍ଭାଳି ପାରିଲା ନାହିଁ। ପଛକୁ ମୁହଁ ବୁଲେଇ କହିଲା, କିରେ, ତତେ ଆଉ ତିରିଲା ମିଳିଲା ନାହିଁ କି? ତୋ ମାଇପ ରତନୀ କେବଠୁଁ ମଲାଣିରେ, କେବଠୁଁ ମଲାଣି। ଭଲ ଦଶା ଅଛି ତ ବାଟେ ବାଟେ ଯା', ମୋ ପଛରେ ଗୋଡ଼େଇଛୁ କାହିଁକିରେ?

ରାଗୁଛୁ କାହିଁକି ରତନୀ, ମୋ କଥା ଶୁଣ-

ବୁଲିପଡ଼ି ମୁହଁ ଫଣ ଫଣ କରି ରତନୀ କହିଲା, ରଖିଥା' ତୋ ସୋଆଗ। ବିଦେଶରେ ରହିଲୁ, ପଚାରିଲୁ ନାହିଁ। କଅଣ ଖାଇ ବଞ୍ଚିବି, କଅଣ ପିନ୍ଧି ମୋ ଦେହଟା ଘୋଡ଼େଇ ରଖିବି ଖାଲି ତୋଓରି ପାଇଁକି, ସେ କଥା ତୁ ଚିନ୍ତିଲୁ ନାହିଁ, ଟଙ୍କା ପଠେଇଲୁ ନାହିଁ। ପେଟଜାଳା ସିନା ସହିହେଲା, ଖୁଡ଼ୀର ବିଧାଗୋଇଠା କାଠଫାଳିଆ ମାଡ଼ ସିନା ସହି ପାରିଲି, ଅଜାବଅସିଆଙ୍କଠୁ ଭାଇବଅସିଆ ଦୁନିଆଁ ଲୋକଙ୍କର ମୁଡୁକି ହସ, କଣୁଆଁ ଚାହାଣିକୁ ମୋ ଦୃଷ୍ଟିରେ ଗୋଇଠା ମାରି ସିନା ଆଡ଼େଇ ଦେଇ ପାରିଲିରେ ଯୋଗିଆ, ମନକୁ ସିନା କାଠପଥର କଲି, ମୋ ନିଜ ଆଖି ଦି'ଟାକୁ ମୁଁ ତାଡ଼ିକରି ଫୋପାଡ଼ି ଦେଇପାରିଲି ନାହିଁ। ମୋ ଦିହଟା ବଡ଼ ହେଲା, ଡବଡବ କରି ଦୁନିଆଁକୁ ଚାହିଁଲା, ମତେ ବି ଅନେଇଁଲା। ଲାଜସରମରେ ମୁଁ ସଢ଼ିଲିରେ ଯୋଗିଆ। ଭାବିଲି, ତୋଓରି ଦରବ ମୁଁ, ମତେ ମୁଁ ଲୁଚେଇ ଛପେଇ ରଖିବି। ଆହା ସେ ଅଜଣା ବାବୁଟି, ଦୟା ଦେଖାଇ ପାଖକୁ ନେଲା, ଲୁଗାଖଣ୍ଡେ କିଣିବାକୁ, ଏଇ ଦେହର ଲାଜ ଘୋଡ଼ାଇବା ପାଇଁ ଟଙ୍କା ଦେଲାରେ ଯୋଗିଆ। ମତେ ସେ ସ୍ନେହ ଦେଖାଇଲା, ଯେମିତି ଦିନେ ତୁ ଦେଖାଉଥିଲୁ। ମୁଁ ତୋର ଖାଏ ନାଇଁ କି ଧାରେ ନାହିଁ। ତୁଇ ମତେ ଦୋଚାରୁଣୀ କରେଇଲୁ।

ତୋଓରି ପାଇଁ ମୁଁ ଭିକ ମାଗିଲିରେ ଯୋଗିଆ, ଏତେ ଦୁଃଖ ସହିଲି, ସଂସାର ଲୋକଙ୍କ ଟାହିଟାପରା ଦିହରେ ସହି ଗଲି। ଉପାସ ଭୋକରେ କୁକୁରଖିଆ ଅଇଁଠା ଭାତ ପେଜ ପାଣି ପିଇ ଗଛମୂଳ ଆଶ୍ରା କଲି। ଆଜି କାହିଁକି ଧାଇଁ ଆସିଛୁରେ ? ଲାଜ ନାହିଁ ତୋ ମୁହଁକୁ ?

ଯୋଗିଆ କହିଲା, ଗତ କଥା ଭୁଲିଯା' ରତନୀ !

କାହିଁକି ଭୁଲିବି ? ଭୁଲିଥିଲେ, ଖୁଡ଼ୀର ଭଲ କଥା, ହିତ କଥା ଆଗରୁ ଶୁଣିଥିଲେ, ଏତେ ସରି ହୋଇଥାନ୍ତି କାହିଁକି ? ଆଉ କାହାର ଘର କରୁଥାନ୍ତି ଯାଇଁ। ଯେତେବେଳେ ଆଶ୍ରା ନ ଥିଲା, ସେତେବେଳେ କେହି ପଚାରିଲେ ନାହିଁ। ଆଜି ମୁଁ ଆଶ୍ରା ପାଇଛି।

ଆଶ୍ରା ପାଇଛୁ ?

ହଁ। ଆରେ ଯୋଗିଆ, ଯେତେହେଲେ ଦିନେ ମତେ ଘରକୁ ଘରଣୀ କରି ନେଇଥିଲୁ, ତୋର ମନ୍ଦ ମନାସିବି ନାହିଁ। ତୋ ବାଟରେ ତୁ ଯା', ମୋ ବାଟରେ ମୁଁ ଯାଏଁ। ବେଶି ଯଦି କଟାଳ କରିବୁ ଭଲ ହେବ ନାହିଁ।

ରତନୀ ସିଧା ଚାଲିଲା ବଙ୍ଗଳା ଆଡ଼େ।

ଯୋଗିଆ ବାଟ କଡ଼ରେ ଠିଆ ହୋଇ ଏକା ଆଖିରେ ଚାହିଁ ରହିଲା। ମୁଣ୍ଡ

ଭିତରର ଭାବନା ଗୋଳମାଳ ହୋଇଗଲା। କ'ଣ କରିବ ଭାବି ସ୍ଥିର କରି ପାରିଲା ନାହିଁ।

ସୂର୍ଯ୍ୟ କେତେ ଉପରକୁ ଉଠିଲେଣି। ଖରା ଟାଣ ହୋଇଆସୁଛି। ଗାଁ ଆଡୁ କେତେ ଲୋକ ଆସୁଛନ୍ତି। ଦୂରରୁ ମଟର ହର୍ଣ୍ଣ ଶଭୁଛି।

ରାସ୍ତା ମୋଡ଼ରେ ଲୁଚିଯାଉଛି ରତନୀ।

ଜିନିଷପତ୍ର ବନ୍ଧା ସରିଛି, କିନ୍ତୁ ବିତର୍କ ଶେଷ ହୋଇନାହିଁ। ବିବାହିତ ଜୀବନର ଚାରିବର୍ଷ ଭିତରେ ସ୍ୱାମୀ ସ୍ତ୍ରୀ ମଧ୍ୟରେ ଏପରି ବାଦାନୁବାଦ କେବେ ହୋଇ ନଥିଲା। କୌଣସି ବିଷୟରେ ମତଭେଦ, ମୁହଁ ଶୁଖାଶୁଖି, ମାନାଭିମାନ ଯେ ହୁଏ ଏହା ନୁହେଁ, କିନ୍ତୁ ସେସବୁ କ୍ଷଣକରେ କୁଆଡ଼େ ଯାଏ। ଆଗ ସୁକୃତୀ ଆସି ଦୋଷ ମାଗିନିଏ। ସ୍ୱାମୀଙ୍କର ଇଚ୍ଛା ବିରୁଦ୍ଧରେ କୌଣସି କଥା କରିବାକୁ ସେ ପାପ ବୋଲି ମଣେ।

ଆଜି ସ୍ୱାମୀଙ୍କର ଇଚ୍ଛା ବିରୁଦ୍ଧରେ ସେ ଗୋଟାଏ ବଡ଼ କାମ କରିବାକୁ ବସିଛି। ଜୀବନ ଯେତେ ବୁଝାଇଲେ ସେ ବୁଝୁନାହିଁ। ଏକା ଝୁଙ୍କ ଧରିଛି, ରତନୀ ଆଉ ତା'ର ପୁଅ ଅରକ୍ଷିତକୁ ସେ ଅବଶ୍ୟ ସଙ୍ଗରେ ନେବ। ସେଥିପାଇଁ ଯଦି ଶାଶୁଶଶୁର କି ଆଉ କେହି ବିରକ୍ତ ହୁଅନ୍ତି, ସେ ସବୁ ସହିବ। ସେ ଲୋଡୁଛି ଅନୁମତି।

ଜୀବନ କହିଲେ, ଉତ୍ତେଜନାରେ ଭାସିଗଲେ ହେବ ନାହିଁ। ଭଲମନ୍ଦ ଭାବି ବିଚାରି ନ କଲେ ଶେଷକୁ ସମସ୍ତେ ହଇରାଣ ହେବା। ଯାହାର ଭଲ କରିବାକୁ ବସିଛ, ଓଲଟି ତା'ରି ଖରାପ ତମେ କରିବ। ଛୁଆଁ ଅଛୁଆଁ କଥା ମୁଁ କହୁନାହିଁ। ବାପା ବୁଢ଼ାକାଳିଆ ଲୋକ ହୋଇ ମଧ୍ୟ ଜମିଦାରର ଅହମିକା ଛାଡ଼ି ଆଗ ଛୁଆଁ ଅଛୁଆଁ ଆମ ଘରୁ ଉଠେଇଲେ। ଲୋକେ ପ୍ରତିବାଦ କଲାରୁ ପାଖରେ ଟହଲିଆ କରି ରଖିଲେ ହୀନା ସାମଲ ପାଣକୁ। ତା' ହାତରୁ ବି ସେ ପାଣି ଖାଆନ୍ତି। ବୋଉ ଆଗ ଆଗ ବିରକ୍ତ ହେଉଥିଲା, ଏବେ ତାକୁ ଆରେଇ ଗଲାଣି। ସେ ବି ଆଉ ଛୁଆଁଛୁତି ମାନୁନାହିଁ। ତମେ ବି ସେଇଆ–

ବାଧା ଦେଇ ସୁକୃତୀ କହିଲା, ଏକା ମୁଁ କାହିଁକି ହେବି? ସଭ୍ୟ ସମାଜର ସଭିଏଁ ଆଜିକାଲି ଛୁଆଁଛୁତି ଆକଟକୁ ପାପ ବୋଲି ମଣିଲେଣି। ଉଠେଇ ଦେଲେଣି। ତେଣୁ ରତନୀକୁ ସଙ୍ଗରେ ନେଲେ କିଛି ଅସୁବିଧା ହେବନାହିଁ। ଘର ମଣିଷ ପରି ଘରେ ରହିବ। କାମ କରି ମୁଠିଏ ଖାଇବ, ଖଣ୍ଡେ ପିନ୍ଧିବ। ତା'ର ସେଇ ପିଲାଟା ବଞ୍ଚିଯିବ। ଆମ ଘରେ ରହି ମଣିଷ ହେବ।

ତମେ ମତେ କୁହାଇ ଦେଉନ ସୁକୃତୀ, ରତନୀ ତ କେବଳ ଅଛୁଆଁ ଖଦାଳ ନୁହଁ, ସେ ଆଉ କିଛି-

ଦୋଚାରୁଣୀ ? ଭିକାରୁଣୀ ? ଯାହାହେଉ, ମଣିଷ ତ ସେ। ବୋଉଙ୍କୁ ମୁଁ ସବୁ କଥା ଫିଟେଇ କହିବି। ଦେଖିବ, ସେ କେମିତି ଦୁଃଖ କରିବେ, ରତନୀକୁ ଆଦର କରିବେ-

ମୋ ବୋଉଙ୍କୁ ମୁଁ ତମଠୁ ଭଲକରି ଜାଣେ। ତମର ମନରେ ଦୁଃଖ ନ ଦେବାକୁ ତମେ ଯାହା ଭାବୁଛ, ସେ ଠିକ୍ ସେଇଆ କରିବ; କିନ୍ତୁ ତା' ମନ ଭିତରୁ ରତନୀ ଆଉ ତା' ପିଲା ପ୍ରତି ଘୃଣାଭାବ ଘୁଞ୍ଚିବ ନାହିଁ।

କାହିଁକି ?

ଅନୀତିକୁ ସେ ଘୃଣା କରେ। ହିନ୍ଦୁ ନାରୀର ଆଦର୍ଶକୁ ସେ ଜୀବନ ଅପେକ୍ଷା ମୂଲ୍ୟବାନ ମଣେ। ସତୀତ୍ୱର ମାର୍ଗରୁ ଯେ ଅମଡ଼ାକୁ ଗୋଡ଼ ବଢ଼ାଏ, ସେ ତା' ଆଖିରେ ଘୃଣ୍ୟ।

ସୁକୃତୀ ଭାବିଲା। ଯେପରି କୁଣ୍ଠିତ ହୋଇ କହିଲା, ଯଦି ପେଟବିକଳରେ ଜୀବନ ବଞ୍ଚାଇବାକୁ କେହି ଥରଟିଏ ଅବାଟକୁ ଯାଏ ?

ତେବେ ବି, ଆଦର୍ଶ ତ ଭାଙ୍ଗିଲା।

ଯଦି ଭଲମନ୍ଦ ନ ଜାଣି କେହି-

ତେବେ ବି, କାରଣ ଆଦର୍ଶ ତ ଭାଙ୍ଗିଲା ! ଭଲମନ୍ଦ ନ ଜାଣିବା ହିଁ ତ ଦୋଷ।

ତମର ମତ ବି କ'ଣ ଠିକ୍ ଏଇଆ ?

ହଁ। ସ୍ତ୍ରୀ ଜାତିର ପବିତ୍ରତା ପାଇଁ ତ ଏ ଦୁନିଆଁ ସୁନ୍ଦର ହୋଇଛି, ନୋହିଲେ ମଣିଷଜାତି ଅତୀତର ପଶୁ-ସଭ୍ୟତାକୁ, ଗୁହା ଭିତରକୁ ଫେରିଯିବ ! ସ୍ତ୍ରୀ ଜାତିର ସତୀତ୍ୱକୁ ଭିତ୍ତି କରି ହିନ୍ଦୁର ସଭ୍ୟତା ଓ ସଂସ୍କୃତି ଗଢ଼ା।

ପୁରୁଷଜାତିର ନୁହେଁ ?

ହିନ୍ଦୁନାରୀର ଦାୟିତ୍ୱ ବେଶି।

ରତନୀର ଅବସ୍ଥା ତେବେ ହେବ କ'ଣ ?

ଯାହା ଏବେ ହୋଇଛି।

ସେ ଓ ତା'ର ଶିଶୁ ଖାଇବା ବିନା ମରିବେ ?

ହୁଏତ ମରିବେ। ହିନ୍ଦୁସମାଜର ସଭ୍ୟତା ଓ ସଂସ୍କୃତି ଆଗରେ ଯୁଗ ଯୁଗ ଧରି କେତେ ରତନୀ ଆଉ କେତେ ଅରକ୍ଷିତ ଆତ୍ମବଳି ଦେଇଛନ୍ତି, ଦେଉଛନ୍ତି, ପୁଣି ଦେବେ।

ବଞ୍ଚିବାକୁ ଇଚ୍ଛା ଥିଲେ, ରତନୀ ହୁଏତ ପୁଣି ସଂସାର କରିବ। ହିନ୍ଦୁସମାଜର କେତେ ତଳ ପାହାଚକୁ ଓହ୍ଲେଇଯିବ। ଠିକ୍ ତା'ରି ପରି କେଉଁ ହତଭାଗ୍ୟ ହାତ ଧରି-

କିଏ ସେ ହତଭାଗ୍ୟ ? ସେ ପୁଣି କେଉଁଠୁ ଆସିବ ? ଯେଉଁ ଭାଗ୍ୟବାନ, ତମରି ପରି ଉଚ୍ଚଶିକ୍ଷିତ ଧନୀ ଭଦ୍ରଲୋକଟିଏ, ଦରିଦ୍ର ନିଃସହାୟ ଦେଖି ରୂପବତୀ ଅଛୁଆଁ ଝିଅର ସର୍ବନାଶ କରିଗଲା; ସେ କେବଳ ତମରି ପରି ବକ୍ତୃତା ଦେଉଥିବ, ଆଉ ଯାହାର ସର୍ବନାଶ ହେଲା, ଯାହାର ସୁଖର ସଂସାର ଭାଙ୍ଗିଲା, ସୁନେଲି ଭବିଷ୍ୟତ ପୋଡ଼ି ଜଳି ପାଉଁଶ ହେଲା, ସେ କଳଙ୍କର ପସରା ମୁଣ୍ଡରେ ବୋହି ଦାଣ୍ଡେଦାଣ୍ଡେ ବୁଲି ହାତ ପାତି ଭିକ ମାଗିବ, ପୁଣି ଭିକ ନ ମିଳିଲେ ପେଟଜ୍ୱାଳାରେ ଆତ୍ମହତ୍ୟା କରି ମରିବ ?

ସୁକୃତୀର ଆଖି ଦୁଇଟାରେ ନିଆଁ ଜଳିଲା। ସେ କହିବାକୁ ଲାଗିଲା, ନା, ତା' ହୋଇପାରିବ ନାହିଁ। ବୋଉ ଯାହା ମନେ କରନ୍ତୁ; ରତନୀ ଆଉ ତାର ପିଲା ମୋ ସଙ୍ଗରେ ଯିବେ। ହୀନା ସାମଲ ଯେମିତି ତମ ବାପାଙ୍କ ପାଖେ ପାଖେ ଅଛି, ରତନୀ ସେମିତି ମୋ ପାଖେ ପାଖେ ରହିବ। ସେ ନିଶ୍ଚୟ ଯିବ।

ଜୀବନ ଭାବିବାକୁ ଲାଗିଲେ- ଧନ୍ୟ ଏ ଅବାଧ୍ୟ ସୁକୃତୀ ! ସବୁ ଘଟଣା କ'ଣ ସେ ଜାଣିପାରିଚି ? ତୁଣ୍ଡ ଖୋଲି କହୁନାହିଁ ? ଏତେ ଭିକାରୁଣୀ ଦାଣ୍ଡହାଟରେ ବୁଲୁଛନ୍ତି, ହଠାତ୍ ଏ ରତନୀ ପ୍ରତି ସୁକୃତୀର ଏତେ ଦୟା କାହିଁକି ?

ସନ୍ଦେହରେ ପଡ଼ିଲେ ଜୀବନ।

ମନର ଭୂତ କାୟା ବିସ୍ତାରି ଆଗରେ ଠିଆ ହେଲା। ଜୀବନ ଭାବିଲେ, ସୁକୃତୀର ସଂକଳ୍ପରେ ସେ ବାଧା ଦେଉଛନ୍ତି କାହିଁକି ? ଦୁନିଆ ବଞ୍ଚିରହିଛି ତା'ର ସନ୍ତାନ ପାଇଁ। ମଣିଷ ଜାତିର ପ୍ରଗତି, ତା'ର ଉଦ୍ୟମ, ଲୋଭ, ବଞ୍ଚି ରହିବାର ବାସନା କେବଳ ସନ୍ତାନ ପାଇଁ। ତେବେ ରତନୀ ଯାଉ ଅରକ୍ଷିତ ଯାଉ, କେହି ନ ଜାଣିଲେ ମଧ୍ୟ ସେ ତ ଜାଣନ୍ତି ଅରକ୍ଷିତ ତାଙ୍କରି ସନ୍ତାନ ! ନିଜର ସନ୍ତାନ ବୋଲି କହିବାର ସାହସ ନ ଥିଲେ ମଧ୍ୟ ଅରକ୍ଷିତକୁ ତ ସେ ବଞ୍ଚେଇପାରିବେ, ମଣିଷ କରିପାରିବେ !

ସୁକୃତୀ ପଚାରିଲା, ତୁନି ରହିଲ ଯେ ?

ଜୀବନ କହିଲେ, ତମେ ସ୍ଥିର କରିଛ ଯେ ସେମାନେ ଯିବେ। ମୋର ସବୁ ବିତର୍କ ବିଫଳ ହୋଇଛି, ମୋର ଆଉ କହିବାର କିଛି ନାହିଁ। ତମର ଇଚ୍ଛା ପୂରଣ ହେଉ। ମୁଁ ବାଧା ଦେବି ନାହିଁ।

ତମେ ବାଧା ଦେବନାହିଁ, ଅଥଚ ତମର ଆଗ୍ରହ, ଅନୁମତି ନାହିଁ। ରତନୀ ଆଉ ତା'ର ପିଲା ଯେମିତି ଅଛନ୍ତି ସେମିତି ଥାଆନ୍ତୁ। ମୁଁ ସେମାନଙ୍କୁ ସଙ୍ଗରେ ନେବାକୁ ଚାହେଁ ନାହିଁ। ତମର ଅବାଧ୍ୟ ହେବିନାହିଁ। ମତେ କ୍ଷମା କର।

ସୁକୃତୀର ଆଖି ଛଳଛଳ ହେଲା। ସେ ଜୀବନଙ୍କ ଆଗରୁ ଘୁଞ୍ଚିଆସି ଆଉଜା କବାଟ ମୁକୁଳା କଲା। ଚାକର କୋଳରୁ ରୋଗଣା ପିଲାଟିକୁ ନେଇ ଛାତିରେ ଯାକି ଧରିଲା। ଚାକରଟୋକାକୁ କହିଲା, ମଟରବସ୍ ଆସି ରାସ୍ତା ଉପରେ ଠିଆ ହେଲାଣି। ବୁଧିଆକୁ ଡାକ୍। ଜିନିଷପତ୍ର ମଟର ପାଖକୁ ବୋହି ନେ, ଜଲ୍‌ଦି।

ସୁକୃତୀର ନଜର ପଡ଼ିଲା, ରତନୀ ପିଲାଟିକୁ ଧରି ରୋଷଘର ପାଖକୁ ଲାଗି ଯେଉଁ ଘର ବଖରାଟି, ଯେଉଁଥିରେ ବୁଧିଆ ରହେ, ସେଇ କୋଠରି ଭିତରକୁ ଗଲା। ବୁଧିଆର ପାଟି ଶୁଭୁଛି ସେ ଘରୁ।

ପଛରୁ ଡାକିଲେ ଜୀବନ, ଶୁଣ ସୁକୃତୀ!

ସୁକୃତୀ ଆଗକୁ ଗଲା।

ତମେ ରାଗିଲ ?

ରାଗିବି କାହିଁକି ? ତମ ସଙ୍ଗେ ତର୍କ କରିବା ମୋର ଉଚିତ ନ ଥିଲା। ତମର ଆଦେଶ ପାଳନ କରିବା ହିଁ ମୋର କର୍ତ୍ତବ୍ୟ।

ଅଭିମାନ ?

ନା, ଟିକିଏ ଦୁଃଖ। ତମକୁ ନ ପଚାରି ଉତ୍ତେଜନାରେ ମୁଁ ରତନୀ ଆଗରେ କହିପକେଇଲି ଯେ, ତାକୁ ଓ ତା'ର ପିଲାକୁ ସଙ୍ଗରେ ନେବି। ପ୍ରଥମେ ସେ ବିଶ୍ୱାସ କରି ନ ଥିଲା। ପରେ ପୁଣି ବିଶ୍ୱାସ କଲା। ଭାବୁଛି, କେମିତି ତାକୁ ମନା କରିବି। ସତ କଥା ତ, ସମାଜରେ ଶହଶହ ରତନୀ ଅଛନ୍ତି, ଶହଶହ ଅରକ୍ଷିତ ଅଛନ୍ତି, ଜଣକୁ ସଙ୍ଗରେ ନେଲେ ସମସ୍ତଙ୍କର ଦୁଃଖ ଯିବ ନାହିଁ। ରତନୀ ସଙ୍ଗରେ ଦେଖା, ଅନହୁତି। ତା'ର ପ୍ରାଣର ଦୁଃଖ ସେ ମୋ ଆଗରେ ନିଃସଙ୍କୋଚରେ ଖୋଲି କହିଲା ବୋଲି ମୋର ମନ କେମିତି ତା' ଆଡ଼କୁ ଢଳି ଯାଇଥିଲା। ସେ ନ ଯାଉ। କିଛି ତାକୁ ନ କହିଲେ ବଳେ ସେ ବୁଝିବ। ସଭ୍ୟ ସମାଜର ପୁରୁଷଟିଏ ସେ ଦିନେ ଦେଖିଥିଲା, ସଭ୍ୟ ସମାଜର ସ୍ତ୍ରୀଟିଏ ବି ସେ ଦେଖିବ-

ଜୀବନ ପଚାରିଲେ, ହଠାତ୍ ଏପରି ମତ ବଦଳାଇବା ପାଇଁ ମୁଁ ଭାବୁଛି, ମୁଁ ଦାୟୀ।

ସୁକୃତୀ କହିଲା, ଦାୟୀ କେହି ନୁହେଁ। ଆହୁରି ଗୋଟିଏ କଥା ମନକୁ ମୋର ଆସିଲା। ଅତି ଗୁରୁତର। ତମେ ବି ସେ କଥା ବିଚାରୁଛ, କହିବାକୁ ମନ କରୁନାହଁ ?

କ'ଣ ?

ରତନୀ ସିନା ଭିକାରୁଣୀ, ସେ ତ ଯୁବତୀ, ସୁନ୍ଦରୀ। ଆଜି ସେ ଘୃଣାର ପାତ୍ର। କେହି ତାକୁ ଆଡ଼ ଆଖିରେ ଅନାଉନାହିଁ। ତା'ର ପେଟଚିନ୍ତା ଆଉ ତା'ର ପିଲାର

ଚିନ୍ତା ଛଡ଼ା ଅନ୍ୟ ଚିନ୍ତା ନାହିଁ। କାଲି ଯେତେବେଳେ ଆମ କୁଟୁମ୍ବର ଜଣେ ହୋଇ ସେ ରହିବ, ପେଟ କି ପିଲା ପାଇଁ ସେ ଭାବିବ ନାହିଁ, ସେ ପୁଣି ସୁନ୍ଦର ହେବ। ମଉଳିଥିବା ଯୌବନଶ୍ରୀ ଉଜଳି ଉଠିବ। ଦାଣ୍ଡର ଚଗଲା ମଣିଷର ଆଖି ଅବଶ୍ୟ ତା' ଉପରେ ପଡ଼ିବ। ରତନୀ ତ ଆଖି ବୁଜି ରହିବ ନାହିଁ! ସେ ତ ମଣିଷ। ଆମର ସରଳ ସଂସାରରେ ପୁଣି ଏ ଜଟିଳତାକୁ ପ୍ରଶ୍ରୟ ଦେଇ ନୂଆ ସମସ୍ୟା ଆଗରେ ଠିଆହେବାକୁ ପଡ଼ିବ।

ମାନେ ?

ରତନୀକୁ ଅନ୍ୟ କାହାକୁ ବାହା କରେଇଦେବା ସମ୍ଭବ ନୁହେଁ। ରତନୀ ଯିବ, କିନ୍ତୁ ରତନୀ ବେଶି ନ ରହିବ ନାହିଁ। ନିନ୍ଦା, ଅପମାନ ମୁଣ୍ଡକୁ ଆସିବ। ନା, ରତନୀ ଯିବ ନାହିଁ। ସେ ନ ଗଲେ ତା'ର ପୁଅ ଅରକ୍ଷିତ ବି ଯିବ ନାହିଁ। ନ ବୁଝି, ନ ସୁଝି ତା' ମନରେ ଯେଉଁ ଆଶା ଦେଇଥିଲି, ସେଇଥିପାଇଁ ମୁଁ ତା'ଠୁ କ୍ଷମା ମାଗିବି।

ଜୀବନଙ୍କର ଛାତିରେ ଚମକ ଲାଗିଲା- ରତନୀ ଯିବ ନାହିଁ! ଅରକ୍ଷିତ ଯିବ ନାହିଁ। ତାଙ୍କର ମନ ଚାହୁଁଥିଲା, ସେ ପ୍ରତିବାଦ କରିବେ, ବାଧା ଦେବେ; କିନ୍ତୁ ସୁକୃତୀ ଅଡ଼ି ବସିବ, ରତନୀ ଓ ଅରକ୍ଷିତକୁ ସଙ୍ଗରେ ନେବ ନାହିଁ। ଜୀବନଙ୍କର ମନକାମନା ବିଫଳ ହେବ ?

ଅରକ୍ଷିତ ଦାଣ୍ଡରେ ଠିଆହୋଇ ତାଙ୍କରି ଆଡ଼କୁ ବଲବଲ କରି ଅନାଇ ରହିଛି। ଜୀବନ ଚାହିଁ ରହିଲେ। ଦେଖିଲେ, ସେଇ ଟିକି ମୁହଁଟିରେ ତାଙ୍କର ପିତାଙ୍କ ମୁହଁର ଆଭାସ ଅଛି, କାନଦିଓଟି ଠିଆ ଠିଆ, ନାକଟିର ଗଢ଼ଣ ବି ସେହିପରି। କେଜାଣି ତା'ର କପାଳରେ ଅଜାଙ୍କ କପାଳର ସାମଞ୍ଜସ୍ୟ ଥିବ, ଚିବୁକରେ ପଣଅଜାଙ୍କର। ତାଙ୍କ ପୂର୍ବପୁରୁଷର ପ୍ରତୀକ ସେ ଅରକ୍ଷିତ, ଅଣହେଳାରେ ଜୀବନ ହାରିବ ?

ଜୀବନ ଦୀର୍ଘଶ୍ୱାସ ଛାଡ଼ିଲେ।

ଏ ଲୁଗା, ଏ ଟଙ୍କା ମୋର ଲୋଡ଼ା ନାହିଁରେ ବୁଧିଆଭାଇ। ଯିଏ ଦୟା ପାଇ ମତେ ଆଉ ମୋ ପିଲାଟିକୁ ଆଶ୍ରା ଦେବାକୁ ସଙ୍ଗରେ ନେଉଛନ୍ତି, ସେ ଧନୀ ଘରର ବୋହୂ। କେଉଁ କଥାରେ ତାଙ୍କର ଅଭାବ ନାହିଁ। ଏଇ ଦେଖ, ସେ ମତେ ଏଇ ଲୁଗା ପିନ୍ଧିବାକୁ ଦେଇଛନ୍ତି, ମୋ ପିଲାକୁ ଜାମା ଦେଇଛନ୍ତି। ଲୋଡ଼ା ହେଲେ ପୁଣି ସେ ଦେବେ। ରଖିଥା' ବୁଧିଆଭାଇ, ରଖିଥା'; ତୋରି କାମରେ ଲାଗିବ।

ରତନୀର ସୁଆଗିଆ କଥା ଶୁଣି ବୁଧିଆ ଉତ୍ତର ଦେଲାନାହିଁ। କରୁଣ ଆଖିରେ

ଅନେଇ ରହିଲା ତା' ମୁହଁକୁ। କେତେ ଦିନର କେତେ ଘଟଣା ତା'ର ମନେ ପଡ଼ିଲା। ଏଇ ରତନୀ, ପିଲାଟି ଦିନୁ ତାକୁ ସେ ଦେଖିଆସୁଛି। ଅଛୁଆଁ ଖଦାଳ ଘରର ଝିଅ। ବାଟେ ବାଟେ ଯାଏ। ଏଣିକି ତେଣିକି ଅନାଏ ନାହିଁ। କାହାରି ସଙ୍ଗେ ଖଳବ ଲଗାଏ ନାହିଁ। ଭଲ ପିଲାଟିଏ। ରତନୀ ବାହା ହେଲା, ଶାଶୁଘରକୁ ଗଲା। ଶାଶୁଘରୁ ଫେରିଲା। ବର ଆଉ କେଉଁଠି ରହିଲା, ରତନୀ ରହିଲା ଗାଁରେ। ସବୁ ଦୁଃଖ ତା'ର ଦେଖିଛି ବୁଧିଆ- ଖୁଡ଼ୀର ଅତ୍ୟାଚାର, ମାଡ଼ଗାଳି, ରତନୀର ଉପାସ ଭୋକ! ବଳିଲା ଭାତ ଟେକିଦେଇଛି ରତନୀକୁ।

ତା'ପରେ- !

ଓଃ ! କେତେ କଥା ତ ମନେ ପଡୁଛି। ରତନୀ ତାକୁ ହିଁ ଦାୟୀ କରେ- ତୁଇ ମତେ ଏତେ ସରି କଲୁରେ ବୁଧିଆଭାଇ, ତୋରି ପାଇଁ ମୁଁ ଆସି ବାଟରେ ଠିଆହେଲି। ତୋରି ପାଇଁ ଏଇ ଅଣବାପୁଆ ଅବେଇଜ ମୋ ପେଟରୁ ଜନମିଛି, ମତେ ହଇରାଣ କରୁଛି।

ବୁଧିଆ ତୁଣ୍ଡ ଖୋଲି ନ ମାନିଲେ ମଧ୍ୟ ନିଜକୁ ଅପରାଧୀ ମନେକରେ। ଭାବେ, ରତନୀର ପୂରାପୂରି ଦାୟିତ୍ୱ ଯେପରି ତାଆରି ମୁଣ୍ଡରେ ପାହାଡ଼ ପରି ଲଦା ହୋଇଛି।

ସେଇଥିପାଇଁ-

ରତନୀ ଯେବେ ମୁହଁ ଶୁଖେଇ କାଖରେ କାନ୍ଦିଲା ପିଲାକୁ ଯାକି ବୁଧିଆ ଆଗରେ ଆସି ଠିଆହୁଏ, ମାଗେ ନାହିଁ ତ କଟାଳ କରେ, ଦେ ମୋ ଦଶଟଙ୍କା! ପିଲାକୁ ମୋ ପେଟରେ ରଖିବାକୁ ତା'ର ବୋପା ଯେଉଁ ଟଙ୍କା ଦେଇଥିଲା, ମୁଁ ତତେ ଦେଇଛି। ଦେ ବୁଧିଆଭାଇ। କାହାରି ତୁଣ୍ଡରେ ଆଜି ଦୟାପଦ ନାହିଁ। ସଞ୍ଜ ହେଲା, ମା' ପୁଅ ଦିହେଁ ଆମେ ଖାଡ଼ା ଉପାସ। ସେ ସିନା ମୋ ଛାତିରୁ ମାଉଁସ ରେକଟି ରକ୍ତ ଶୋଷୁଛିରେ, ମୋର ଦେହ ଚଳୁନାହିଁ।

ବୁଧିଆ କାଢ଼ି ଦିଏ ତା'ର ଦଶଟଙ୍କା।

ରଖିଥା', ରଖିଥା' ବୁଧିଆ ଭାଇ, କୋଉଠି କାଳେ ହଜିବି। ପଇସା ଦିଅଣା କି ଚାରଣା ଦେଇଥା'। ହୋଟଲବାଲାକୁ ଦେଲେ ଭାତମୁଠିଏ ଦେବ ଯେ,- ମହଙ୍ଗା ତ କାଳ-

ବୁଧିଆ ଦି'ଅଣା ପଇସା ଦିଏ।

କେତେ ଦି'ଅଣା ସେ ଦେଇଛି। ପାଞ୍ଚବର୍ଷ କଟିଲା। ରତନୀର ଦଶଟଙ୍କା ସେମିତି ଅଛି। ବରଂ ସେଇ ଦଶଟଙ୍କିଆ କାଗଜ ଉପରେ ଗୋଟି ଗୋଟି କରି ସେମିତିକା

କେତେ କାଗଜ ସେ ମାସକୁ ମାସ ଯୋଖି ରଖିଛି। କ'ଣ ହେବ ତା'ର ଧନ? କିଏ ଅଛି ଖାଇବ? ସେ ବି ଛେଉଣ୍ଡ ପିଲା, ଛତରା ପିଲା, ଅଜାତି। ଯାହା ରୋଜଗାର କରେ, ସବୁ ସାଇତି ରଖେ।

ଛିଣ୍ଡା ଲୁଗା ପିନ୍ଧି ରତନୀ ଆସି ଆଗରେ ଠିଆ ହୁଏ ଦୂରେଇ କରି। ପିଲାକୁ ତଳେ ଠିଆ କରେ। ଡାକେ, ଆଜି କାହା ତୁଣ୍ଡରୁ ଆହା ପଦ ବାହାରିଲା ନାହିଁ, ଦେ' ମୋ ଟଙ୍କା!

ବୁଧିଆ ନିରିଖି ଚାହେଁ ରତନୀକୁ। ଛାତିରେ ଚମକ ଲାଗେ। ନିରୋଳା ଡାକବଙ୍ଗଳା। କେହି କୁଆଡ଼େ ନାହିଁ। ଆଗରେ ଅଧଲଙ୍ଗୁଳୀ ଯୁବତୀ!

ବୁଧିଆ ନିରିଖି ଚାହେଁ। ମନ ହୁଏ, ଭଲ ଲୁଗା ଖଣ୍ଡେ ଦବ। ଡର ମାଡ଼େ।

ଲୋକେ ଦେଖିଲେ ପଚାରିବେ। ରତନୀ କହିବ। ଲୋକେ କ'ଣ ଭାବିବେ?

ପଇସା ସଙ୍ଗେ ମଇଳା ଦରହ ଲୁଗା ଖଣ୍ଡେ ଦିଏ।

ଭିକାରୁଣୀ ରତନୀ ଆଉ ତା'ରି ପୁଅ ଅରକ୍ଷିତ ଦୂରରେ ଥାଇ ମଧ୍ୟ ଯେପରି ବୁଧିଆର କୁଟୁମ୍ବର ମଣିଷ। ରତନୀ ଗାଁ ଛାଡ଼ି ଚାଲିଯିବ, ଅରକ୍ଷିତ ଯିବ, ବୁଧିଆ ହେବ ଏକୁଟିଆ। ପୁରୁଣା ଲୁଗା ଖଣ୍ଡି ରତନୀକୁ ଦେବ ବୋଲି ନୂଆ ଲୁଗା ଖଣ୍ଡେ ସେ କିଣି ରଖିଥିଲା। ରତନୀ ତ ଯାଉଛି, ନେଇଯାଉ ସେ ନୂଆ ଖଣ୍ଡିକ। ଗାଁଲୋକେ ଜାଣିବେ ନାହିଁ।

ରତନୀ ନେଲା ନାହିଁ। ଓଲଟି କହିଲା, ତୋ ଋଣ ମୁଁ ସୁଝିପାରିବି ନାହିଁରେ ବୁଧିଆ ଭାଇ, ଅରକ୍ଷିତର ବାପ ନାହିଁ ବୋଲି ସିନା ଦୁନିଆ ଲୋକେ କହିବେ। ଅରକ୍ଷିତ ସିନା ବାପ ବୋଲି ତତେ ଡାକିଲା ନାହିଁ, ତୁ ତା'ର ବାପଠୁଁ ବଳି। ପେଟ ଭିତରୁ ତୁ ତାକୁ ବଞ୍ଚେଇ ଆଣିଛୁ। ତୋ ଋଣ ମୁଁ ସୁଝିପାରିବି ନାହିଁ।

ଭିକାରୁଣୀର ଆଖିରେ ଲୁହ।

ବୁଧିଆ ମନର କୋହ ସମ୍ଭାଳି କହିଲା, ଲୁଗା ଖଣ୍ଡକ ନ ନେ ପଛେ, ଏଇ ଟଙ୍କା ତ ପାଖରେ ରଖିଥା'। ପିଲାଟାକୁ ନେଇ ପର ଘରେ ରହିବୁ, କାହାର ଭଲମନ୍ଦ କଥା କିଏ ଜାଣେ? ମୋର ଏ ଟଙ୍କା ହେବ କ'ଣ? ମାସକୁ ମାସ ମୁଁ ଦରମା ଆଣୁଛି। ପୁଣି ମୋ ପାଖରେ ଟଙ୍କା ହୋଇଯିବ। ରତନୀ-

ବୁଧିଆର ସରାଗଭରା ମୁହଁକୁ ରତନୀ ଚାହିଁଲା। ତା' ଆଖିରେ ଏମିତି ବିହ୍ୱଳଭାବ କେତେ ଥର ସେ ଦେଖିଛି। ତା'ର ଥରିଲା ଥରିଲା ଡାକରେ ଆତ୍ମାକୁ ଓଟାରି ନେବାର ଇଙ୍ଗିତ ସେ ପାଇଛି। କେତେ ଥର ତା'ର ଅନ୍ତରାତ୍ମା ଥରିଉଠିଛି। ସେ ଦୂରେଇ ରହିଛି।

ରତନୀ କହିଲା, ସେମିତି ମତେ ଚାହିଁରହିଛୁ କାହିଁକି ? କେତେ ଲୋକଙ୍କଠୁଁ ବିଦାୟ ନେଇ ଆସିଲିଣି। ତୋଠୁଁ ବି ବିଦାୟ ନେବାକୁ ଆସିଛି। ଆଉ ମୋର କିଛି ଲୋଡ଼ା ନାହିଁ। ତୁ ସଂସାର କରି ସୁଖରେ ରହ।

ବୁଧିଆ ପଚାରିଲା, ସତେରେ ତୁ ଯାଉଛୁ ?

ସତରେ ନୁହଁ କ'ଣ ମିଛରେ ?

ଗାଁ ଦାଣ୍ଡ ଖାଲି ଖାଲି ଲାଗିବ।

ସତେ ?

ଆଉ ଏ ବଙ୍ଗଳା।

ସତେ ? ତୋ ମନ ଭିତରଟା ?

ବୁଧିଆ ଉତ୍ତର ଦେଲା ଢଳ ଢଳ ଆଖିରେ।

ଅରକ୍ଷିତ କେତେବେଳେ ପଦାକୁ ଚାଲିଗଲାଣି। ରତନୀ ଥରେ ବାହାରକୁ ଚାହିଁ କହିଲା, ଯିବିନାହିଁ ବୁଧିଆ-

ବୁଧିଆ ଚମକି ଉଠିଲା, ଯିବୁନାହିଁ।

ନା।

କାହିଁକି ?

କହିପାରିବି ନାହିଁ ?

ଚଳିବୁ କେମିତି ?

ଯେମିତି ଚଳୁଛି।

ସତେ ?

ଯାହା କହୁଛି ଠିକ୍ ଯେଉଁଦିନ ତୁ ଘର କରିବୁ, ଯେଉଁଠୁ ହେଲେ ଘରଣୀ ଆଣିବୁ, ମତେ ଦେଖିଲେ ଦୂରରୁ ତଡ଼ିବୁ, ସେଇ ଦିନ ମୁଁ ଏ ଗାଁରୁ ଗୋଡ଼ କାଢ଼ିବି। ସେଦିନ-

ବୁଧିଆ କହିଲା, ମୁଁ ଯଦି କାହାର ଭଲମନ୍ଦ ନ ଶୁଣି, ହାସପରିହାସକୁ ନିଘା ନ ଦେଇ ତୋରି ଆଡ଼କୁ ଅନାଏଁ- ?

ରତନୀ ପଛେଇଯାଇ କହିଲା, ବୁଝି ହୁସିଆର ! ଛତରୀ, ବାରବୁଲୀ, ଦୋଚରୁଣୀ, ଭିକାରୁଣୀ ରତନୀ ଆଡ଼କୁ ଅନେଇବୁ ନାହିଁ, କହୁଛି। କେତେ ଥର ତ ଅନେଇଛୁ। ରତନୀଠୁଁ ଜବାବ୍ ପାଇଛୁ କି ରେ। ପାଇନୁ କି ପାଇବୁ ନାହିଁ।

କାହିଁକି ? ମୁଁ ବି ଛତରଖିଆଟା।

ରତନୀ କାନ୍ଦିଲା। ଆଖିର ଲୁହ ପୋଛି କହିଲା, ଶୁଣିବୁ ? ବିଶ୍ୱାସ କରିବୁ ?

ବୁଧିଆଭାଇ, ବାହା ସିନା ହୋଇଥିଲିରେ, ଯୋଗିଆ କେବେ ମୋର ଛାଇ ମାଡ଼ି ନଥିଲା। ଖୁଡ଼ୀ କାନ କାନ କରି ଶିଖେଇଲା, ଆଉ କେଉଁଠିକି ବାହା ହୋଇ ଯିବାକୁ କହିଲା। କେତେ ପାତ୍ର ଠିକ୍ କଲା। ସବୁ ଦୁଃଖ କଷ୍ଟ ସହିଲି। ଯୋଗିଆକୁ ଅନେଇ ବସିଲି। ଯୋଗିଆ ଯେବେ ଆସିଲା, ମୋତେ ପଚାରିଲା ନାହିଁ। ମୋ ପେଟରେ କାହାର ଏ ଛୁଆଟା ହେଉଥାଏ। ପାଣି ତୋରାଣ ଅଇଁଠା ସଙ୍କୁଡ଼ି ଦେଇ ବଞ୍ଚେଇ ରଖିଥାଉ ତୁ-।

ସେ ସବୁ ତ ଅନେକ ଦିନ ତଳର କଥା।

ଭୁଲି ହେଉନାହିଁ। ଯୋଗିଆ ଯେଉଁଦିନ ବାହାରେ ବାହାରେ ଆସି ପୁଣି ଚାଲିଗଲା, ସେଇଦିନରୁ ତା'ର ମୋର ସମ୍ପର୍କ ଛିଣ୍ଡିଗଲା। ଅଜାଣତରେ ଥରଟିଏ ଭୁଲ କଲି ବୋଲି ସେ କ୍ଷମା କଲା କି ? ସେ କି ବର, ମୁଁ କି କନିଆଁ ? ସେଇଦିନୁ ମୋ ମନରୁ ମୁଁ ତାକୁ ଘଉଡ଼ିଦେଲି। ସେଇଦିନରୁ ମନକୁ ମୋର ବୁଝେଇ କହିଲି, ଯାହାର ପିଲା ମୁଁ ପେଟରେ ଧରିଚି, ସେଇ ଏକା ମୋର ବର। ତା'ର ରୂପ ମୋର ମନେ ନାହିଁ। ତା'ର ସ୍ନେହ, ତା'ର କଥା, ତା'ର ଆଦର, ମୋର ମନେ ଅଛି। ବଡ଼ ଘରର ପୁଅ, ବଡ଼ ଜାତିର ପୁଅ। କେଡ଼େ ସୁନ୍ଦର ରୂପ ! ଆରେ ବୁଧିଆଭାଇ, ସେଇ ମୋର ବର। ମୁଁ ଭିକାରୁଣୀ, ହଁ, ମୁଁ ଦୋଚାରୁଣୀ ?

କିଏ ତୋତେ କହୁଛି କି ଦୋଚାରୁଣୀ ?

ତୋ ଆଖି କହୁଛିରେ, ତୋ ଚାହାଣି କହୁଛି। ସେମିତି ମତେ ଅନା ନା। ଯିଏ ଏ ପିଲାର ବାପ, ଦିନେ ନା ଦିନେ ସେ ଆସିବ। ଦିନେ ନା ଦିନେ ସେ ଜାଣିବ। ସେ ଭଲ ମଣିଷ। ସେ ମତେ ଘଉଡ଼ିଦେବ ନାହିଁ। ଯଦି ମତେ ସେ ଘଉଡ଼ିଦିଏ, ଜାଣିବି ସେ ମତେ ଛାଡ଼ପତ୍ର ଦେଲା-

ବୁଧିଆ ହସିଲା। କହିଲା, ତୁ ସତରେ ପାଗଳୀ। କାହିଁକି ସେ ଆସିବ ? କେମିତି ସେ ଜାଣିବ ? ଜାଣିଲେ ବା କ'ଣ ସେ କରିବ ତୋ ପାଇଁ। ଛାଡ଼ିବ କି ସେ ତା'ର ଜାତି, ଗୋଟାଏ ବାରବୁଲୀ ଭିକାରୁଣୀ, ଦୋଚାରୁଣୀ, ଖଦାଳୁଣୀ ପାଇଁ ? ମରୁନୁ ତୁ- !

ରତନୀ ଭାବିଲା।

ବୁଧିଆ କହିଲା, ଭୁଲିଯା' ସେସବୁ କଥା। ରତନୀ, ଏଇ ଅରକ୍ଷିତ ମୋର ପୁଅ, ତୁ ଅରକ୍ଷିତର ମା'। ତୁ ମନକଲେ ମୋର କନିଆଁ ହେବୁ। ଲୋକେ ଯାହା କହିବାର କହନ୍ତୁ। ମୂଳ ଲାଗିବା, ଘର କରିବା, ରତନୀ !

ରତନୀ ଭାବିଲା। ମୁହଁ ତମତମ କରି କହିଲା, ଏଡ଼େ ସାହସ ତୋର ? ଭିକ ମାଗିଲି, ଖଦାଳୁଣୀ ହେଲି ବୋଲି କ'ଣ ଅରକ୍ଷିତର ମା' ହେବ ଛତରା ବୁଧିଆର ମାଇପ ? ଜାଣୁ ତ ଅରକ୍ଷିତ କେଡ଼େ ବଡ଼ ଲୋକର ପିଲା ?

ରତନୀ- ?

ଚୁପ୍ ରହ, ତୋରି ପାଇଁ ମୁଁ ଗାଁ ଛାଡ଼ି ପଳେଇବି। ଅରକ୍ଷିତ ମୋର ସୁଖରେ ରହିବ। କେଡ଼େ ବଡ଼ ମଣିଷ ହେବ। ମୋର ବର ଲୋଡ଼ା ନାହିଁ କି ଘର ଲୋଡ଼ା ନାହିଁ। ଯାଉଛି ରେ, ମନେ ପକାଉଥିବୁ।

ରତନୀ ଘର ଭିତରୁ ବାହାରିଆସିଲା।

ବାବୁଙ୍କର ଚାକର ଟୋକା ମଟର ପାଖକୁ ଜିନିଷପତ୍ର ବୁହାବୁହି କରୁଛି। ବାବୁଆଣୀ ପିଲାଟିକୁ ଛାତିରେ ଯାକି ପିଣ୍ଡାରେ ଟହଲୁଛନ୍ତି। ପିଣ୍ଡାତଳେ ଠିଆହୋଇ ଅରକ୍ଷିତ ମଟର ଆଡ଼କୁ ଅନେଇଛି।

ରତନୀ ବନ୍ଧା ହୋଇଥିବା ବିଛଣା ପୁଡ଼ାଟି ମୁଣ୍ଡରେ ଧରି ଗାଡ଼ି ପାଖକୁ ଗଲା। ସୁକୃତୀ କ'ଣ କହିବାକୁ ହେଉଥିଲା, ତୁଣ୍ଡ ଖୋଲିଲା ନାହିଁ।

ବେଳ ଦଶଟା। ସୂର୍ଯ୍ୟ କେତେ ଉପରକୁ ଉଠିଲେଣି। ମଟର ବସ୍ ପାଖରେ ଗହଳ ଚହଳ। କେତେ ଲୋକ ଓହ୍ଲେଇଲେ। କେତେ ଲୋକ ଚଢୁଛନ୍ତି। ଭିକାରୀଟିଏ ନୂଆ ଫେସନ୍‌ରେ ଭିକ ମାଗୁଛି, ଗୀତ ବୋଲୁଛି- ହେ ବାବୁ, ପଇସାଟିଏ ଦିଅ, ଗରିବ ଆମେ ନିତି ଉପାସୀ, ଟିକିଏ ସାହା ହୁଅ-, ହେ ବାବୁ।

ଭିକାରୀଟି ଅନ୍ଧ, ପୁଣି ଛୋଟା।

ବସ୍ ପାଖରୁ ଟିକଏ ଦୂରରେ ଠିଆ ହୋଇ ଯୋଗିଆ ବିକଳ ଆଖିରେ ଚାହିଁରହିଛି। ଭାବୁଛି, ଯିବ କି ନ ଯିବ। ଦୁଇମାସର କଅଁଳା ପିଲା ମଣିଆଁର କାନ୍ଦଣା ବାଜିଯାଉଛି ତା' କାନରେ, ଆଉ, ତା' ସଙ୍ଗେ ସଙ୍ଗେ ନ ଥିଲା ଚାବୁରୀର କଥା- ରତନୀ ତୋରି ମାଇପ-।

ଯୋଗିଆ ଚାହିଁରହିଛି-

ରତନୀ ମୁଣ୍ଡରେ ବୋଝ ନେଇ ବସ୍ ପାଖକୁ ଆସିଲା। କେଉଁଠିକାର ବାବୁ ସେ କେଜାଣି, ତାଙ୍କରି ଚାକରଟୋକା ପାଖରେ ବୋଝ ଥୋଇଦେଇ ତା'ରି ସାମନା ବାଟେ ବଙ୍ଗଳାର ହତା ଭିତରକୁ ଗଲା।

ଏଇ ରତନୀକୁ ସୁଖରେ ରଖିବା ପାଇଁ ସେ ଆକୁଳ ବିକଳ ହୋଇ ସାତ ସମୁଦ୍ର ସେପାରିକୁ ଧାଇଁ ଯାଇଥିଲା। ଜୀବନକୁ ପାଣି ଛଡ଼େଇଦେଇ ଦିନରାତି ପରିଶ୍ରମ କରି ଟଙ୍କା ଭେଇଥିଲା। ରତନୀ ଆଡ଼ ଆଖିରେ ଚାହିଁଲା ନାହିଁ। ହଁ, ଅପରାଧ ସେ କରିଛି। ସବୁ ଦୋଷ ତା'ର। ରତନୀକୁ ସେ ପଚାରି ନ ଥିଲା। ମଲା ହଜିଲା ଖୋଜି ନ ଥିଲା। ତଥାପି, ରତନୀର ହାତ ଧରି ତ ସେ ନେଇଥିଲା, ରତନୀ ତ ତା'ରି ଭାରିଯା !

ଯୋଗିଆର ଆଖିରେ ଲୁହ ଛଳଛଳ ହେଲା। ସେ ଆଖି ପୋଛିଲା। ତା'ର ମନ କଲବଲ ହେଲା। ଭାବିଲା, ରତନୀ ତାଆରି ଭାରିଯା। ତା' ପେଟରୁ ଜନମିଛି ଯେଉଁ ଅରକ୍ଷିତ, ସିଏ ତାଆରି କ୍ଷେତର ପିଲା, ସିଏ ତାଆରି ପୁଅ। ତାଆରି ଛୋଟ ବାରିରେ କେଡ଼େ ବଡ଼ ପିଜୁଳି ଗଛଟିଏ ହୋଇଛି, ମୁଠାଣି ସମାନ ବଡ଼ ବଡ଼ ସୁଆଦିଆ ପିଜୁଳି ଲଦି ହୋଇଛି। ଯୋଗିଆ ତ ଲଗାଇ ନ ଥିଲା, କାଉ ତୁଣ୍ଡରୁ ମଞ୍ଜି ଖସି କି ପାଣି ପବନରେ ମଞ୍ଜି ଭାସି ଆସି ତାଆରି ଭୂମିରେ ଗଜା ହେଲା, ଗଛ ହେଲା ତା' ଅଜାଣତରେ, କ୍ଷେତ ତାକୁ ଡାକି ନ ଥିଲା। ସେ କ୍ଷେତ, ସେ ଗଛ, ସେ ଫଳ ଯୋଗିଆର। ଅରକ୍ଷିତ ତାଆରି ପୁଅ! ବଲବଲ କରି ସେ ଚାହିଁ ରହିଥିବ, ଆଉ, କୁଆଡ଼ର କିଏ ଜଣେ ଆସି ବଙ୍ଗଳାରେ ଦିନଟିଏ ରହି ତା'ର ଘରଣୀ, ତା'ର ପୁଅକୁ ଶିଖେଇ ମଣେଇଁ କୁଆଡ଼େ ନେଇ ପଳାଇବ? ଯୋଗିଆ ହାତ ମୁଠାମୁଠା କଲା।

ସାପ ପରି ନିଶ୍ୱାସ ଛାଡ଼ିଲା।

ସୁକୃତୀ କହିଲା ଜୀବନକୁ, ହେଇ, ରତନୀ ଫେରୁଛି, ତମେ ତାକୁ କହିଦିଅ। ମନା କରିବାକୁ ମୋ ଜିଭ ଲେଉଟୁନାହିଁ। ତମୁକୁ ରାଣ ଅଛି, ତମେ ମନା କରିଦିଅ।

ଜୀବନ ଅରକ୍ଷିତକୁ ଚାହିଁଲେ। ମନର କୋହ ମନ ଭିତରେ ଆବଦ୍ଧ ରହିଲା। ରାସ୍ତା ଉପରେ ମଟର ଗାଡ଼ି, ଆଉ ହୁଏତ ଦୁଇ ତିନି ମିନିଟ୍ ରହିବ। ତା'ପରେ? ଯେଉଁ ଶିଶୁଟିକୁ ସେ ସଂସାରକୁ ଆଣିଛନ୍ତି, ଯାହାର ସେବା କରିବାକୁ ଦାସଦାସୀ ଖଞ୍ଜା ହୋଇଥାନ୍ତେ, ଯାହାକୁ ମଣିଷ କରିବାକୁ, ସୁଖୀ କରିବାକୁ ସେ ଜୀବନ ପଣ କରିଥାନ୍ତେ, ସେଇ ଶିଶୁଟିକୁ ବାଟରେ ଠିଆ କରିଦେଇ ସେ ଚାଲିଯିବେ! ମନେ ହେଲା, ଯେପରି ସେ ନିଜକୁ ଛାଡ଼ିଦେଇ ଯାଉଛନ୍ତି।

ତୁନି ରହିଲ କାହିଁକି? ହେଇଟି ସେ ଆସୁଛି-

ବୁଧିଆ ବଙ୍ଗଳା-ଖାତା ଧରି ପାଖରେ ଠିଆ ହେଲା।

ଜୀବନ ଖାତାରେ କ'ଣ ଲେଖିଲେ।

ଦିଅ ସାଆନ୍ତାଣୀ, ଝିଅକୁ ମତେ ଦିଅ। ତମେ ଆସ ଗାଡ଼ି ପାଖକୁ, ଦିଅ-।

ରତନୀ, ହାତ ବଢ଼ାଇ ଝିଅକୁ ଧରିଲା। ସୁକୃତୀର ଅନ୍ୟ ଉପାୟ ନ ଥିଲା।

ତା' ମୁହଁକୁ ଚାହିଁ ତୁଣ୍ଡରୁ ନାହିଁ ପଦ ବାହାରି ପାରିଲା ନାହିଁ।

ରତନୀ କେଡ଼େ ଯତ୍ନରେ ପିଲାକୁ ଛାତିରେ ଯାକି ଗୋଟିଏ ହାତରେ ଅରକ୍ଷିତର ହାତ ଧରି ବସ୍ ପାଖକୁ ଚାଲିଲା।

ବଙ୍ଗଳା ଖାତା!

କେତେକାଳ ପୁରୁଣା ବନ୍ଧେଇ ଖାତାଟା। ମାସକୁ ଦୁଇ ଚାରି ଜଣ ଦର୍ଶକ

ଆସନ୍ତି କି ନାହିଁ। ଯିଏ ଆସେ ନାମ ଧାମ ଲେଖେ, ଦିନକୁ ଆଠଅଣା ହିସାବରେ ଭଡ଼ା ଦିଏ, ଚଉକିଦାରକୁ ବକସିସ୍ ଦିଏ, ବଙ୍ଗଳା ଛାଡ଼ି ଯାଏ।

ସମସ୍ତେ ଆସନ୍ତି ଯାଆନ୍ତି, ଖଟ ଚଉକି ଟେବୁଲ ସେମିତି ପଡ଼ି ରହିଥାଏ, ଯେମିତି ଅତି ପୁରୁଣା ଏଇ ଧରିତ୍ରୀ ମାତା। କେତେ ପିଲା କୋଳରେ ଧରେ, କେତେ ନଚାଏ ହସାଏ କନ୍ଦାଏ। ଜଣ ଜଣ କରି ସମସ୍ତେ ଛାଡ଼ି ପଳାନ୍ତି। କେହି ରହନ୍ତି ନାହିଁ। ଛାଡ଼ିଯାଆନ୍ତି ସନ୍ତକ - ପିଲା କବିଲା। ଧରିତ୍ରୀ ମାତା ତାଙ୍କୁ ବି ଖେଳାଏ ନଚାଏ ହସାଏ କନ୍ଦାଏ।

ବଙ୍ଗଳା-ଖାତା ପେଟରେ ଧରିଛି କେତେ ଲୋକଙ୍କର ସନ୍ତକ। କେତେ ଲୋକଙ୍କର ଏକାଧିକ ସନ୍ତକ ମଧ୍ୟ ତାଆରି ପୃଷ୍ଠାରେ ଅଛି। ଆସିଛନ୍ତି ଯାଇଛନ୍ତି, ଛାଡ଼ିଯାଇଛନ୍ତି ସନ୍ତକ। ଆଉ ଥରେ ଯେ ଆସେ ପତ୍ର ଓଲଟାଇ ନିଜକୁ ଖୋଜେ। ନିଜକୁ ପାଇଲେ ଖୁସି ହୁଏ, ଏଇଠି ମୁଁ! ତାରିଖ ପଢ଼େ। ମୁଁ ଥିଲି, ମୁଁ ଅଛି, ମୁଁ ରହିବି !

କିନ୍ତୁ ଯିଏ ଥିଲେ, ସେମାନଙ୍କ ଭିତରୁ ହୁଏ ତ ଅନେକ ନାହାନ୍ତି।

ଜୀବନ ଅଛନ୍ତି। ଜୀବନ ଥିଲେ। ଏଇ ତାଙ୍କରି ସନ୍ତକ ! ପାଞ୍ଚବର୍ଷ କଟିଗଲାଣି। ଖୁସି ଲାଗିଲା ନାହିଁ। ଛାତିରେ ଚମକ ଲାଗିଲା। ଆଙ୍ଗୁଠିରେ ଖୋଜୁ ଖୋଜୁ ଯେଉଁଠି ଆଙ୍ଗୁଠି ଅଟକି ଯାଇଥିଲା, ମୁହୂର୍ତ୍ତେ ଚାହିଁଲେ ସେ ସନ୍ତକକୁ! ସେଇ ସନ୍ତକ ଭିତରେ କେତେ ସ୍ମୃତି ଛପି ରହିଛି। ତା'ରି ଭିତରୁ ଜୀବନ୍ତ ହୋଇଉଠିଛି ଏଇ ଅରକ୍ଷିତ ପିଲାଟି, ଥରଟିଏ ଭୁଲର ଜୀବନ୍ତ ପ୍ରତିମୂର୍ତ୍ତି !

ଅଙ୍ଗୁଠି କମ୍ପି ଉଠିଲା।

ଜୀବନ ଖାତା ବନ୍ଦ କରି ଉଠିଲେ।

ବୁଧିଆ କଟମଟ କରି ଅନେଇଛି। ମୁହଁ ଗମ୍ଭୀର। ଆଖିରେ ଖେଳୁଛି ସନ୍ଦେହ। ସେଇଠି ଆଙ୍ଗୁଠି ଅଟକିଗଲା, ଯେଉଁଠି ସେ ଦାଗ ଦେଇ ରଖିଛି। ବାଇଗଣୀ କାଳିରେ ଲେଖା ଖାଲି ସନ୍ତକ ! କେତେ ବାବୁଙ୍କୁ ଦେଖେଇଛି, କେହି ନାମ ପଢ଼ି ପାରିନାହିଁ। ମନ କଥା ମନରେ ରଖିଛି। ତୁଣ୍ଡ ଖୋଲିନାହିଁ। ଏଁ, ସେଇଠି ଆଙ୍ଗୁଠି ଅଟକି ଗଲା, ତେବେ କ'ଣ- ?

ଆଶ୍ଚର୍ଯ୍ୟ ହୋଇ ବୁଧିଆ ଚାହିଁଲା ଜୀବନଙ୍କୁ, ଥଳିରୁ ଟଙ୍କା କାଢୁଛନ୍ତି। ମନରୁ ସନ୍ଦେହ ଘୁଞ୍ଚିଲା। ଆଖିଆଗରୁ ବିସ୍ମୃତିର ପରଦା ଘୁଞ୍ଚିଘୁଞ୍ଚି ଗଲା। ମନେ ହେଲା ଯେପରି ସମୟର ସୁଅ ପଛୁଆଣି ବହିଛି, ପାଞ୍ଚ ବରଷ ତଳର ଦିନଟି ଫେରିଆସିଛି।

ଏଇ ସେ ଭଦ୍ରଲୋକ !

ସତେ ତ, ଅରକ୍ଷିତର ବାପ! ସେଇଥିପାଇଁ କାଲି ସେ ଏତେ କଥା ପଚାରୁଥିଲେ। ସେଇଥିପାଇଁ ସେ ରତନୀକୁ, ଅରକ୍ଷିତକୁ ସଙ୍ଗରେ ନେଇଯାଉଛନ୍ତି। ବୁଧିଆର କଲିଜା ଛିଣ୍ଡେଇ ନେଇଯାଉଛନ୍ତି।

ରତନୀ ତ ଜାଣିଲା ନାହିଁ। ସେ ଅବଶ୍ୟ ରତନୀକୁ କହିବ- ଏଇ ସେ ଦୟାଳୁ ଉପକାରିଆ ମଣିଷ ଲୋ ରତନୀ, ଯିଏ ତୋର ସର୍ବନାଶ କରିଛି, ଯିଏ ତୋର ସୁଖର ସଂସାର, ଜୀବନ ଯୌବନ ପୋଡ଼ି ଜାଳି ଛାରଖାର କରିଛି!

ବୁଧିଆର ଆଖି ଆଗରେ-

ବାବୁ ବାବୁଆଣୀ ମଟରଗାଡ଼ି ଆଡ଼କୁ ଚାଲିଯାଉଛନ୍ତି। ଟେବୁଲ ଉପରେ ଦିଓଟି ଟଙ୍କା ଓ ଖାତାଟି ପଡ଼ିରହିଛି। ସତେ କି ବୁଧିଆକୁ ଉପହାସ କରୁଛନ୍ତି।

ସୁକୃତୀ ପୁଣି କହିଲା, ତୁମେ ତାକୁ ମନା କରିଦିଅ-

ଜୀବନ ପଚାରିଲେ, ତମେ ମନାକରି ପାରିଲ ନାହିଁ?

ନା, ବେଳ ପାଇଲି ନାହିଁ।

ହଉ।

ମଟର ପାଖରେ ଦିହେଁ ପହଞ୍ଚିଲେ।

ରୋଗିଣୀ ପିଲାକୁ କୋଳରେ ପୂରେଇ ରତନୀ ଦ୍ୱିତୀୟ ଧାଡ଼ି ବେଞ୍ଚର ଗୋଟିଏ କଡ଼ରେ ବସି ସାରିଲାଣି। ଅରକ୍ଷିତ ମଟର ଉପରକୁ ଚଢ଼ିବାକୁ ଚେଷ୍ଟା କରୁଛି। ଚାକର ଟୋକାଟା କଡ଼େଇ କରି ଠିଆ ହୋଇଛି। ଡ୍ରାଇଭର ନିଜ ଆସ୍ଥାନକୁ ଯାଇ ବସିଲାଣି।

ଜୀବନ ପାଖକୁ ଯାଇ ଡାକିଲେ, ହଇଲୋ ହେ ରତନୀ, ଶୁଣ।

ରତନୀ ଡାକ ଛାଡ଼ିଲା ଗାଡ଼ି ଉପରୁ, ଆସ ସାଆନ୍ତାଣୀ, ଏଇଠିକି ଆସ, ପିଲାକୁ ମୁଁ ଧରିଛି।

ଜୀବନ ପୁଣି ଡାକି କହିଲେ, ତୁ ଓହ୍ଲା ତ।

ସୁକୃତୀ ଚାହିଁଲା ରତନୀର ପ୍ରଫୁଲ୍ଲ ମୁହଁକୁ। ତା' କୋଳରେ ଅଳକା। ଶାନ୍ତିରେ ଆଖି ବୁଜି ଶୋଇଛି। ସୁକୃତୀ ସ୍ୱାମୀଙ୍କୁ ଚାହିଁ ବିନୟଭରା ଆଖିରେ କହିଲା, ବସିଲାଣି ତ ଥାଉ-।

ରତନୀ ପଚାରିଲା, କ'ଣ ସାଆନ୍ତାଣୀ? କିସ ଛାଡ଼ି ଆସିଲ କି?

ଓଠରେ ହସ ଖେଳାଇ ସୁକୃତୀ କହିଲା, ହଁ, ହଁ ଏଇଆକୁ-

ଅରକ୍ଷିତର ହାତ ଧରି ସୁକୃତୀ ଗାଡ଼ି ଉପରକୁ ଚଢ଼ିଲା। ଚାକର ଟୋକାଟି ତା'ରି ପାଖରେ ବସିଲା।

ବୁଧିଆ ହାତରେ ବଙ୍ଗଳା-ଖାତା ଧରି ବେଗି ଆସୁଥିଲା ମଟର ପାଖକୁ, ଗାଡ଼ି ଛାଡ଼ିଲା।

ବୁଧିଆ ରାସ୍ତା କଡ଼ରେ ଠିଆ ହୋଇଛି।

ଥାଆ ଥାଆରେ ବୁଧିଆଭାଇ, ମନେ ପକାଉଥିବୁ।

ଆଲୋ ହେ ରତନୀ!

ଗାଡ଼ି ଚାଲିଲା।

ବୁଧିଆର ମନକଥା ଆଖିବାଟେ ଦୁଇଧାର ଲୁହ ହୋଇ ଝରିପଡ଼ିଲା। ସେ ହାତ ଟେକି ଗାଡ଼ି ଅଟକେଇଲା।

ଗାଡ଼ି ପାଖକୁ ବୁଧିଆ ଆସିଲା।

ଆକୁଳ କଣ୍ଠରେ ବୁଧିଆ ଡାକିଲା, ରତନୀ, ଶୁଣି ଯିବୁନାଇଁ କଥାଟିଏ? ଚାଲିଯାଉଛୁ ତ, ପଦେ କଥା ଶୁଣି ଯା'।

ରତନୀ ଚାହିଁଲା ସୁକୃତୀର ମୁହଁକୁ।

ସୁକୃତୀ ପିଲାକୁ କୋଳକୁ ନେଲା।

ରତନୀ ଓହ୍ଲେଇଲା, ବୁଧିଆ ପାଖକୁ ଗଲା।

ତା' ପଛେ ପଛେ ଓହ୍ଲେଇଲା ଅରକ୍ଷିତ।

ଜୀବନର ମନ ହେଲା ଛଟପଟ।

ଯୋଗିଆ ଖଣ୍ଡେ ଦୂରରୁ କାବା ହୋଇ ଚାହିଁ ରହିଥିଲା।

ମଟର ଡ୍ରାଇଭର ପୁଣି ଗାଡ଼ିରେ ଷ୍ଟାର୍ଟ୍ ଦେଲା।

ବୁଧିଆ ଦଶଟଙ୍କାର ନୋଟଟିଏ ରତନୀ ହାତକୁ ଦେଇ କହିଲା, ବାବୁଙ୍କୁ ଦେଇଦେବୁ। ଛାଡ଼ି ଯାଇଥିଲେ। ଓଠ ଥରିଉଠିଲା ଆଉ କ'ଣ କହିବାକୁ।

କହିଲା ନାହିଁ।

ବୁଧିଆର କଥା ସମସ୍ତେ ଶୁଣିଲେ।

ରତନୀ ପିଲାଟାର ହାତ ଧରି ଗାଡ଼ି ପାଖକୁ ଆସୁଥିଲା, ଡ୍ରାଇଭର ଜୀବନଙ୍କୁ କହିଲା, ବାଇଆଣୀଟାକୁ ସଙ୍ଗରେ ନେବେ କି ବାବୁ? ସେ କ'ଣ କେଉଁଠିକି ଯିବ ନା କାହା ପାଖରେ ରହିବ?

କଣ୍ଡକ୍ଟର ଡାକ ଛାଡ଼ିଲା, ଗାଡ଼ି ଚଲାରେ-।

ଜୀବନବାବୁ ତୁନି ତୁନି ଡ୍ରାଇଭରକୁ କହିଲେ, ନେଉ ସେ ଦଶଟଙ୍କା, ଗରିବଟାଏ ତ।

ଡ୍ରାଇଭର ଗାଡ଼ି ଛୁଟେଇ କହିଲା, ଆଲୋ ହେ ପାଗଳି, ବାବୁ କହିଲେ, ସେ ଟଙ୍କା ତୁ ନେ। ବୁଧିଆକୁ ଦେବୁ ନାହିଁ, ତୁ ନେବୁ, ଯା'-

ଗାଡ଼ି ଛୁଟିଲା-

ଗାଡ଼ିର ପଝାରି ଧନ୍ୟ ଧନ୍ୟ କଲେ- ବଡ଼ଲୋକର ବଡ଼ ମନ। ବଡ଼ଲୋକର ବଡ଼ କଥା।

ସୁକୃତୀ ପଚାରିଲା, ଛାଡି ଆସିଥିଲ ଦଶଟଙ୍କିଆ ନୋଟଟି ?

ମନିବ୍ୟାଗ ଖୋଲିଲା ବେଳେ ଖସିପଡ଼ିଥିବ।

ନେଉ ସେ ଗରିବଟା।

ଜୀବନକିଶୋର ତୁନି ରହିଲେ।

ଗାଡ଼ି ଚାଲିଲା ଆହୁରି ବେଗରେ-

ନ ଗଲା ବୋଲି ରତନୀ ମନରେ ଦୁଃଖ ହେଲା ନାହିଁ। ସେ ଯାହାଥିଲା ସେଇଆ ଅଛି। ହାତ ପାତି ନିକୁଟିହେଲେ କେହି ଗୋଟାଏ ପଇସା ଦିଏ ନାହିଁ। କେଉଁ ରାଇଜର ବାବୁଟିଏ ଆସି ଦିନେ ଅଧେ ରହିଲେ। ବାବୁଆଣୀ, ରୋଗଣା ପିଲା। ବିକଳ ପାଇ ବାବୁଆଣୀ ଦେଲେ ଲୁଗା ଆଉ ଜାମା। ଦୟା ପାଇ ବାବୁ ଦେଲେ ଦଶ ଟଙ୍କା। ସଙ୍ଗରେ ନ ନେଲେ ତ ନାହିଁ।

ଗାଡ଼ି କେତେବେଳୁ ଅଦୃଶ୍ୟ ହେଲାଣି। ବୁଧିଆ ଫେରିଲାଣି ବଙ୍ଗଳା ଭିତରକୁ। ରତନୀ ପିଲାଟାର ହାତ ଧରି ଠିଆ ହୋଇଛି କାହିଁକି ? ଦଶ ଟଙ୍କା ସେ ବୁଧିଆକୁ ରଖିବାକୁ ଦେବ ?

ରତନୀ !

ଆଗରେ ଯୋଗିଆ।

ଏମିତି ହାତ ପାତି ଭିକ ମାଗି କେତେ ଦିନ ଚଳିବୁ ? ମୋ ସାନକୁହା ମାନ୍, ଫେରି ଚାଲ୍ ତୋ ନିଜ ଘରକୁ। ପଛକଥା ପଛରେ ପକେଇ ଚାଲ୍। ନିଜେ ଦହଗଞ୍ଜ ହ ନା, ପିଲାଟାକୁ ଦୁଃଖ କଷ୍ଟ ଦେ ନା। ଚାଲ୍ ମୋ ସଙ୍ଗରେ ରତନୀ।

ନାଗସାପ ପରି ଗର୍ଜିଉଠିଲା ରତନୀ। କହିଲା, ମରୁନୁରେ ଯୋଗିନୀଖିଆ, ଗୋଡ଼ାନା ମୋ ପଛରେ କହୁଛି।

ଶୁଣୁ, ହେ ରତନୀ !

ରତନୀ ଶୁଣିଲା ନାହିଁ। ଏକମୁହାଁ ହୋଇ ଚାଲିଲା ଡାକବଙ୍ଗଳା ଭିତରକୁ, ବୁଧିଆ ପାଖକୁ।

ବୁଧିଆ ଡାକବଙ୍ଗଳାର କବାଟ ଝରକା ବନ୍ଦ କରି ତା' ରହିଲା ଘରକୁ ଆସିଲା। ସବୁ କଥା ସେ ଜାଣିଛି। ଯେଉଁ ବାବୁଟି ଆସିଥିଲେ, ପୁଣି ଚାଲିଗଲେ, ସେ ବି ଜାଣନ୍ତି ସବୁ କଥା। ହୁଏତ ତାଙ୍କର ସ୍ତ୍ରୀ ବି ଜାଣନ୍ତି। କିଛି ନ ଜାଣିଲା ପରି ସଭ୍ୟ ମଣିଷ ସଭ୍ୟତାର ବାନା ଉଡ଼ାଇ ଦୟାର ନିଦର୍ଶନ ଦେଖାଇ ଚାଲିଗଲେ। ଚାଲିଗଲେ ଚିରଦିନ ଲାଗି। ଆଉ ସେ ଫେରିବେ ନାହିଁ।

ବୁଧିଆ ଭାବିଲା, ରତନୀକୁ ସବୁ କଥା ଖୋଲି କହିବ? କହିଦେବ, ଯିଏ ଏ ପିଲାର ବାପ, ସେ ବଡ଼ଘର ପୁଅ, ବଡ଼ ଜାତିର ପିଲା। ହାକିମ। ସୁନ୍ଦର। ଦୟାବନ୍ତ। ଆସିଥିଲା। ସବୁ ଜାଣିଲା। ଆଖିରେ ଦେଖିଲା ପିଲାର ଦୁଃଖ। ପୁଣି ଯେଉଁ ଝିଅଟି ମୁଣ୍ଡରେ ଏତେବଡ଼ ବୋଝ ନଦି ଦେଇଥିଲା ତା'ର ଦୁଃଖ ବି ଦେଖିଲା। ଜାଣି ମଧ୍ୟ ସେ ଜାଣିଲା ପରି ଚାଲିଗଲା। କହିଦେବ?

ବୁଧିଆ ପଶିଲା ତା' ଘରେ। ବାକ୍‌ସଟା ଖୋଲା ପଡ଼ିଛି, ଲୁଗାପଟା ଅସଜଡ଼ା ହୋଇଛି। ବର୍ଷ ବର୍ଷ ଧରି ସଂଚୟ କରି ଯେଉଁ ନୋଟ ବିଡ଼ାକ ସାଇତି ରଖିଥିଲା, ଯହିଁରୁ ଦଶଟଙ୍କିଆ ନୋଟଖଣ୍ଡିକ ତରତର ହୋଇ କାଢ଼ି ନେଇଥିଲା, ସେଇଟା ସେମିତି ପଡ଼ିଛି ଉପରେ।

ବୁଧିଆ ସଜାଡ଼ି ରଖିଲା। ଭାବିଲା, କହିବ କି ନାହିଁ।

ଡାକ ଶୁଭିଲା ବାହାରୁ, ବୁଧିଆଭାଇ?

ବୁଧିଆ ପଦାକୁ ଚାହିଁଲା। ରତନୀ ଠିଆ ହୋଇଛି। ପାଖରେ ଅରକ୍ଷିତ। ରାଗରେ ଗୋଡ଼ରୁ ମୁଣ୍ଡଯାଏ ଥରିଉଠିଲା। ତମ ତମ ହୋଇ ପଦାକୁ ବାହାରି ଆସିଲା। ପଚାରିଲା, କ'ଣ ଲୋ?

କେଡ଼େ ଖୁସିରେ ରତନୀ କହିଲା, ଏଇ ଦେଖ୍ ଏ ଦଶଟଙ୍କାର ନୋଟ, କେଡ଼େ ଦୟାବନ୍ତ ବାବୁ, ଦେଇଗଲେ।

ବୁଧିଆକୁ ପାଟି ଖଲଖଲ ହେଲା କ'ଣ ପଦେ କହିବାକୁ। ମୁହଁ ଫଣଫଣ କରି ଦାନ୍ତ ରଗଡ଼ିଲା।

ରଖିଥା' ଏ ଟଙ୍କା ବୁଧିଆଭାଇ।

ନୋଟଖଣ୍ଡି ବୁଧିଆ ଆଡ଼କୁ ବଢ଼େଇଦେଲା।

ବୁଧିଆ ସମ୍ଭାଳି ପାରିଲା ନାହିଁ, ଭିତରେ ଜଳୁଥିଲା ଯେଉଁ ନିଆଁ ତାଆରି ତାଉ। ରତନୀ ହାତରୁ ନୋଟଖଣ୍ଡି ଟାଣିନେଇ ଆଖି ରଙ୍ଗ କରି ତଳେ ପକେଇଲା।

କହିଲା, ପାଞ୍ଚବର୍ଷତଳେ କେଉଁଆଡ଼ୁର କିଏ ଆସି ଦଶଟଙ୍କା ତତେ ଦେଇଯାଇଥିଲା। ସେ ଟଙ୍କାର ବୋଝ ଆଜିଯାଏ ମୁଣ୍ଡରେ ବୋହି ଚାଲୁଛି। ଦଶଟଙ୍କା ମତେ ତୁ ରଖିବାକୁ ଦେଇଥିଲୁ, କେତେ ଦଶଟଙ୍କା, ନେଲୁଣି, ତଥାପି ମୋର ଜୀବନ ଖାଉଛୁ। ଆଉ ପୁଣି ତୋର ଟଙ୍କା ରଖିବି?

ବୁଧିଆର କଣ୍ଠ ରୁଦ୍ଧ ହେଲା। କହିପାରିଲା ନାହିଁ। ଚାହିଁ ରହିଲା ରତନୀ ମୁହଁକୁ। ବୁଡ଼ିଯାଉଥିବା ସୂର୍ଯ୍ୟର ତେରଛ କିରଣ ରତନୀର ସୁନ୍ଦର ମୁହଁରେ ରଙ୍ଗ ବୋଳିଥାଏ।

ରତନୀ କାବା ହୋଇ ଚାହିଁ ରହିଲା। ଆଖିକୋଣରେ ଲୁହର ଠୋପା ଝଲସିଉଠିଲା। ରାଗିଲା ନାହିଁ। ଗଳା ଥରେଇ କହିଲା, କ'ଣ କଲୁରେ ବୁଧିଆଭାଇ, ଫୋପାଡ଼ିଦେଲୁ!

ବେଶ୍ କଲି। ତୁ ଯା'।

ରତନୀ କହିଲା, ହଁ ବେଶ୍ କଲୁ। ମୋ ମୁଠେ ଅଇଁଠା ଭାତ ଲୋଡ଼ା! ଦି'ଟା ପଇସା ଲୋଡ଼ା ମୁଢ଼ି, ଚୂଡ଼ା ଗଣ୍ଡେ କିଣି ପାଟିରେ ପକେଇ ପ୍ରାଣ ରଖିବାକୁ। ଦଶଟଙ୍କା ହେବ କ'ଣ? କାହିଁକି ତୁ ରଖିବୁ, ପୁଣି କାହିଁକି ଆସି ତତେ ମୁଁ ବିରକ୍ତ କରିବି? ଭଲ କଲୁ ବୁଧିଆଭାଇ। ଯାଉଛି, ଆଉ କେବେ ତତେ ମାଗିବି ନାହିଁ, ବିରକ୍ତ କରିବି ନାହିଁ।

ପିଲାଟିର ହାତ ଧରି ରତନୀ ବୁଲି ଠିଆହେଲା। ଆଖିରେ ପଡ଼ିଲା ଯୋଗିଆ। ବଙ୍ଗଳା କାନ୍ଥକୁ ଆଉଜି ଠିଆ ହୋଇଛି ଦୂରରେ। ବିମର୍ଷ।

ରତନୀ!

ମୁହଁ ବୁଲାଇ ରତନୀ ପଚାରିଲା, କ'ଣ ପୁଣି?

ରହ, ଶୁଣ୍।

ବୁଧିଆ ଘର ଭିତରକୁ ପଶିଲା। ଫେରିଆସିଲା। ହାତରେ ଧରିଛି ବିଡ଼ାଏ ନୋଟ। ରତନୀର ହାତ ଟାଣିଆଣି ବୁଧିଆ ତା' ହାତରେ ଗୁଞ୍ଜିଲା ନୋଟ ବିଡ଼ାକ।

କହିଲା, ନେ ରତନୀ, ଏ ସବୁ ଟଙ୍କା ତୋର। ମୋର କ'ଣ ହେବ?

ଦେଖୁନୁ, ଏଇ ମୋର ରହିଲା ଘର। କେହି ତ ସେଠି ନାହିଁ, ଗୋଟାଏ ପେଟ ମୋର ଅପୋଷା ରହିବ ନାହିଁ। ନେ ରତନୀ, ମନା କର ନା। ଏଇ ଦେଖ, ଯୋଗିଆଭାଇ ସେଠି ଠିଆହୋଇ ତତେ ଅପେକ୍ଷା କରିଛି।

ରତନୀ କଟମଟ କରି ଚାହିଁଲା ବୁଧିଆ ମୁହଁକୁ।

ଯୋଗିଆର କାନରେ ବୁଧିଆର କଥା ପଡ଼ିଲା। ସେ ଚାଲି ଚାଲି ପାଖକୁ ଆସିଲା।

ରତନୀ କହିଲା, ତୋ ଘର ତ ଖୋଲା ପଡ଼ିଛି ବୁଧିଆଭାଇ, ସେଠି କଅଣ ମୋ ପାଇଁ ଟିକିଏ ଥାନ ଦେବୁ ନାହିଁ? ତୁ ତ ସେଇଆ ଚାହୁଁଥିଲୁ, ମୁଁ ସିନା ଆଡ଼େଇ ରହୁଥିଲି। ଆଉ ମୁଁ ନିଜର ଟାଣ ରଖି ପାରିବି ନାହିଁ। ଦାଣ୍ଡହାଟରେ, ଗଛମୂଳରେ ମୋର ଏଇ ଅସନା ଗନ୍ଧିଆ ଦେହଟାକୁ ଫୋପାଡ଼ି ଦେଉଥିଲି। ଦୁନିଆଁ ଲୋକଙ୍କୁ ମୋର ଦକ ନ ଥିଲା। ମୁଁ ଅସନା, ଅଛୁଆଁ, ଅଲୋଡ଼ା ବାଇଆଣୀଟା ବୋଲି କେହି ମୋ ପାଖରେ ପଶିବାକୁ ମନ କି ସାହସ କରୁ ନଥିଲେ ରେ ବୁଧିଆଭାଇ, କେହି ମତେ ଗୋଟାଇ ନେଉ ନଥିଲେ। ଯିଏ ଦିନେ ମୋର ହାତ ଧରି ବାହା ହେଇଥିଲା, ଯାହାକୁ ଅନେଇଁ ଅନେଇଁ ମୁଁ ନ ଜାଣି ଦୋଚାରୁଣୀ ହେଲି, ଯିଏ ଦିନେ ମତେ ଛି' କରି ଚାଲିଯାଇଥିଲା, ସେଇ ଯୋଗନୀଖିଆ ଯୋଗିଆ ମତେ ଚାହିଁଲାଣି। ମୋ ଦୋଚାରୁଣୀପଣ ସେ ଭୁଲିଗଲାଣି। ମୋ ଅସନା ଦେହରେ ସେ କ'ଣ ଆଖିସରସା ଦେଖିଲାଣି। ଆଉ ଏ ଦେହକୁ ମୁଁ ଆଡ଼େଇ ରଖିପାରିବି ନାହିଁ। ଏଇ ଯୋଗିଆ, ଯିଏ ମତେ ଛାଡ଼ପତ୍ର ଦେଲାପରି ଫୋପାଡ଼ି ଦେଇଥିଲା, ସେ ବିଲୁଆ କୁକୁର ପରି ମତେ କେଣ୍ଟା କେଣ୍ଟା କରି ଝୁଣି ଖାଇବ। ମତେ ଡର ମାଡୁଛିରେ ବୁଧିଆଭାଇ, ମତେ ତୋ ପାଦତଳେ ଥାନ ଦେ।

ଚୁପ୍, ଚୁପ୍, ଆଉ କହନା। ସେମିତି ମୋ ଘର ଖୋଲା ପଡ଼ିଥିବ। ଏଇ ଦେଖ, ଯୋଗିଆଭାଇ ଆସୁଛି। ଆଲୋ ରତନୀ, ଭାଇ ବୋଲି ମତେ ଡାକିଛୁ ପରା, ଯେତେବେଳଯାଏ ଯୋଗିଆ ତତେ ଲୋଡ଼ିବାକୁ ଆସି ନଥିଲା, ମୋ ମନରେ କେତେ କ'ଣ ଭାବନା ଆସୁଥିଲା। ମୋ ପାଇଁ ନୁହଁ ଲୋ, ତୋ ପାଇଁ, ଆଉ ଏ ପିଲାଟା ପାଇଁ।

ମିଛ କହୁଛୁ। ସେ ଯେଉଁ ବାବୁଟି ମତେ ସଙ୍ଗରେ ନେଉଁଣୁ ଛାଡ଼ିଦେଇ ଗଲା; ସେ କିଏ ରେ ବୁଧିଆଭାଇ, ମତେ ଚିହ୍ନିଲା ଚିହ୍ନିଲା ପରି ଲାଗିଲା ମ, ମୋ ମନ କହିଲା, ସେଇ ଯେ ସେ ଅରକ୍ଷିତର ମୁହଁର ଛିଟିକା ତା' ମୁହଁରେ ଦେଖିଲି। କାହିଁକି ମତେ ତୁ ଗାଡ଼ିରୁ ଓହ୍ଲାଇ ଆଣିଲୁ, ମତେ ଯଦି ତୁ ପାଖରେ ଥାନ ନ ଦେବୁ? ତୁ ମିଛ କହୁଛୁ।

ହେଉ, ମିଛ ହେଉ। ଆଜିଯାଏ ଯାହା ମିଛ ହୋଇଥିଲା, ଆଜି ସେ ସତ ହେଉ। ଯେଉଁ ଭଲଲୋକ ବଡ଼ଲୋକ ଦୟାଳୁ ଲୋକର ପିଲାକୁ ତୁ କୋଳରେ ଧରିଥିଲୁ, ସେ ଆଉ ଆସିବ ନାହିଁ। ଯାହାକୁ ତୁ ଝୁରିହେଉଥିଲୁ, ଯାହା ପାଇଁ ଅନେଇଁ ବସି ଦାଦି ଖୁଡ଼ୀ ଗାଁ ଲୋକଙ୍କ କଥାରେ ଭୁଲି ଆଉ କାହା ଘରକୁ ଦୁତିଅ ହୋଇ ଯାଇ ନଥିଲୁ, ହେଇଟି, ସେ ଯୋଗିଆଭାଇ ତୋ ଆଗରେ ଠିଆ ହୋଇଛି। ହେଇ ଦେଖ,

ସେ କାନ୍ଦୁଛି। ସେଇ ତୋର ବର, ଆଉ କେହି ନୁହେଁ। ଯିଏ ଆସିଥିଲା, ଯାହା ମୁହଁରେ ତୋ ଅରକ୍ଷିତର ଛିଟିକା ଦେଖିଲୁ ବୋଲି ମଣୁଛି, ସତେ ଯଦି ସେ ଅରକ୍ଷିତକୁ ତୋ ପେଟରେ ଥୋଇ ଦେଇ ଯାଇଥିଲା, ସେ କ'ଣ ତତେ ଚିହ୍ନିଲା ନାହିଁ? ନ ଚିହ୍ନିଲା ନାହିଁ। ଚିହ୍ନି କରି ଯଦି ଡରି ପଳେଇଲା, ଗାଡ଼ି ଅଟକେଇଲା ନାହିଁ, ସେ ମଣିଷ ନୁହେଁ ଲୋ ରତନୀ, ସେ କୁକୁର। ସେ ଯାଉ।

ଯୋଗିଆ କୋହ ସମ୍ଭାଳି ପାରିଲା ନାହିଁ। ଦୁଇ ହାତରେ ମୁହଁ ଘୋଡ଼ାଇ କଇଁ କଇଁ ହୋଇ କାନ୍ଦି ଉଠିଲା।

ରତନୀର ଦୁଇଆଖିରୁ ଲୁହଧାର ଗଡ଼ିଆସିଲା।

ବୁଧିଆ ପୁଣି କହିଲା, ସୁନା ଭଉଣୀ ମୋର ରତନୀ, ଆଉ କେହି ସିନା ଜାଣିବେ ନାହିଁ, ଭଗବାନ ତ ଜାଣନ୍ତି, ତୋର ମନ ତ ଜାଣେ, ଏଇ ଯୋଗିଆଭାଇକୁ ଅନେଇଁ ରହିବୁ ବୋଲି ତୁ ଏତେ ଦୁଃଖ ସହିଲୁ, ଏତେ ଦହଗଞ୍ଜ ଦେଲୁ। ତାକୁ ତୁ ପର କରନା!

ଆଉ କହି ପାରିଲା ନାହିଁ। ଆଖିରୁ ଲୁହଧାରା ଝରିଲା।

ଆକୁଳ ବିକଳ ହୋଇ ରତନୀ କୁଣ୍ଢାଇ ପକାଇଲା ବୁଧିଆକୁ। ଭୋ କରି କାନ୍ଦିଉଠି ଚିତ୍କାର କଲା, ଭାଇ-।

ପିଠି ଆଉଁସି ବୁଧିଆ କହିଲା ଯୋଗିଆକୁ, ନେ ଯୋଗିଆ, ରତନୀର ହାତ ଧରି ନେ। ସଞ୍ଜ ହୋଇଆସୁଛି, ଦୂର ବାଟ। ନେ- ଅତି କଷ୍ଟରେ ତୋଓରି ପାଇଁ ସେ ବଞ୍ଚିରହିଛି। ମୁହଁରେ ନାହିଁ କଲେ ବି ତୋଓରି ପାଇଁ ବଡ଼ଲୋକର ଆଶ୍ରା ଛାଡ଼ି ସେ ଗାଡ଼ିରୁ ଓହ୍ଲେଇ ଆସିଛି। ମୋ ଡାକ ଯେ ତା'ର ଗୋଟାଏ ପତିଆରା।

ଲୁହଝରା ଆଖିରେ ରତନୀର ହାତକୁ ଯୋଗିଆ ହାତରେ ଦେଇ କହିଲା ଗଦଗଦ କଣ୍ଠରେ, କେଡ଼େ କଷ୍ଟରେ ତାକୁ ମୁଁ ବଞ୍ଚାଇ ରଖିଛି, କେମିତି ବୁଝିବୁ ତୁ? କଳଙ୍କପସରା ବୋଲି ଯାହାକୁ ଲୋକେ ଘୃଣା କରୁଥିଲେ ସେଇ ଅରକ୍ଷିତ ଏ, ସେ ମୋ ପାଖରେ ରହିବ ରେ ଯୋଗିଆ ଭାଇ, ରତନୀକୁ ଏକା ତୁ ନେଇ ଯା'। ଆଉ ଏ ଟଙ୍କା-।

ଯୋଗିଆ କହିଲା, ଥାଉ-

କାହିଁକି ଥିବ? ଧର କହୁଛି। ମୋ ଭଉଣୀର ଯୌତୁକ। ପାଞ୍ଚବର୍ଷ ହେଲା ସଞ୍ଚି ରଖୁଥିଲି-। ଧର-

ଆକୁଳ ଆଖିରେ ଚାହିଁଲା ରତନୀ। କହିଲା, ଭାଇ, ଏତେ କଥା ତୁ ମନରେ

ରଖିଥିଲୁ ? ସେମିତି ମୁଁ ଭିକ ମାଗି ଚଳିବି ପଛେ, ମତେ ତୁ ଦୂରକୁ ଠେଲି ଦେ ନା। ଆଉ ତତେ କେବେ ମୁଁ ବିରକ୍ତ କରିବି ନାହିଁ। ତତେ ଏକୁଟିଆ ଛାଡ଼ି-

ମୋ କଥା ଭାବୁଛୁ? ତୁ ଗଲେ ମୁଁ ନିଶ୍ଚିନ୍ତ। ଅରକ୍ଷିତକୁ ତୁ ସିନା ଜନମ କରିଛୁ, ବଞ୍ଚେଇଛି ମୁଁ? ସେ ବଡ଼ ଲୋକର ପୁଅ, ବଡ଼ ଘରର ପୁଅ। ଖଦାଳ ଘରକୁ ଯିବ କାହିଁକି ? ମୁଁ ତାକୁ ବଢ଼େଇବି, ବଡ଼ କରିବି। ଠିକ୍ ତା' ବାପ ପରି କରିବି। ଅରକ୍ଷିତ ମୋର !

ବୁଧିଆ ଅରକ୍ଷିତର ହାତ ଧରିଲା।

ରତନୀ ଯୋଗିଆର ଘରଣୀ ହେଲା। ଘର ସମ୍ଭାଳିଲା। ତିନି ତୁଣ୍ଡରୁ ମା' ଡାକ ଶୁଣେ। ସାଧୁଆ ଆଉ ଚାବୁରୀର ପୁଅ ଗଣିଆଁଟି, କେଡ଼େ ଭଲ, କେଡ଼େ କୁହାର ବୋଲର, ନୂଆମା' ରତନୀର ତୁଣ୍ଡକୁ ଅନେଇଁଥାଏ। କଥା କହିଲେ କାମ କରେ। ଅମାନ୍ୟ କରେ ନାହିଁ। ମନ ଜାଣି ରତନୀ ଖାଇବାକୁ ଦିଏ। ଗଣିଆଁର ମୁଣ୍ଡ ଦେହରୁ ଧୂଳି ଝାଡ଼ି କହେ, ଗଣିରେ, ବାପ ପେଇଁ ଏ ଭାତ କଂସାକ ନେଇଯା', ଦେଖିଲୁ ଧନ, ଖରା ଆସି ମୁଣ୍ଡ ଉପରେ ହେଲାଣି, ବାପ ତୋର ଫେରିନାହିଁ।

ଗଣିଆଁ ଭାତ କଂସା ନେଇ ବିଲକୁ ଯାଏ।

ରତନୀ ମଣିଆଁକୁ କୋଳରେ ଧରେ। କିଏ କହିବ ମଣିଆଁ ସଉତୁଣୀ ଚାବୁରୀର ପୁଅ। ରତନୀ ମନରେ ତ ଏମିତି ଧାରଣା କେବେ ହୁଏ ନାହିଁ। ମଣିଆଁକୁ ତେଲ ହଳଦି ଲଗେଇଦିଏ। ଛେଳି କ୍ଷୀର ପେଇଦିଏ। ସପ ଖଣ୍ଡିଏ ପାରି ଶୁଆଇ ଦିଏ। କହେ, ଆରେ ଅରକ୍ଷିତ, ମଣିଆଁ ତୋର ଭାଇରେ, ତା' ପାଖରେ ଥାଆକି, ମୁଁ ବନ୍ଧରୁ ପାଣି ଦି' ମାଠିଆ ଆଣେ।

ଅରକ୍ଷିତ ଜଗିବସେ।

ସଞ୍ଜବେଳେ-

ଯୋଗିଆ ଫେରେ କାମରୁ। ତିନି ପିଲାଙ୍କ ସଙ୍ଗେ ଖେଳେ। ରତନୀ ପାଖରେ ଠିଆ ହୋଇ ହସୁଥାଏ। ତା'ର ପେଟ ଭିତରେ ଯୋଗିଆର ପ୍ରେମ ମୂର୍ତ୍ତିମାନ ହୋଇ ଖେଳୁଛି। ରତନୀର ମାତୃତ୍ୱ ମୁଣ୍ଡ ଟେକିଛି ସଗର୍ବରେ।

ଡାକ ଶୁଭେ ପଦାରୁ, ଆଲୋ ରତନୀ!

ରତନୀ ତୁଣ୍ଡ ବାରେ।

ଆରେ, ମୋ ବୁଧିଆଭାଇ ଆଇଚି !

ରତନୀ ଧାଇଁ ଯାଏ ପଦାକୁ।

ବୁଧିଆ ପରିବା ବୋଝକ ପିଣ୍ଡାରେ ଥୋଇଦିଏ। କାନ୍ଧରୁ ଫିଟାଏ ଭୁଜା ମୁହାଁ, ପାଚିଲା କଦଳୀ ପୁଡ଼ାଟି।

ରତନୀ ସୁଁ ସୁଁ ହୋଇ କାନ୍ଦେ।

ବୁଧିଆ କହେ, ଯୋଗିଆଭାଇ, ଅରକ୍ଷିତକୁ ପାଞ୍ଚଦିନ ପାଇଁ ନେଇଆସିଥିଲୁ, ପନ୍ଦର ଦିନ ପୂରିଲା, ମନ ହଉନାହିଁ ଛାଡ଼ି ଦେଇ ଆସିବାକୁ? ମତେ ଏକୁଟିଆ ରହିବାକୁ ଭଲ ଲାଗୁ ନାହିଁ। କାଲି ସକାଳେ ସେ ମୋ ସଙ୍ଗରେ ଯିବ।

ଯୋଗିଆ କହିଲା, ମୁଁ କ'ଣ ମନା କରୁଛି?

ରେଡ଼ିକା ଘରର ପୁଅ ତ ବୁଧିଆ, ବଡ଼ ଜାତି, ହେଲେ ସେ ରତନୀ ଘରେ ଖାଇଲା। ଖଦାଳ ବୋଲି ତାର ବାରଣ ନାହିଁ। ଗାନ୍ଧି ମହାତ୍ମା କହିଛନ୍ତି, ଛୁଆଁ ଅଛୁଆଁ ଉଠାଇ ଦିଅ। ଯେଉଁ ବଡ଼ ବଡ଼ ନେତା ବ୍ରାହ୍ମଣ, କରଣ, ଖଣ୍ଡାଇତ ବଡ଼ ବଡ଼ ବକ୍ତୃତା ଦେଇ ଗାନ୍ଧି ମହାତ୍ମାଙ୍କ ଉପଦେଶ ଶୁଣାନ୍ତି; ସେମାନେ ସିନା କୂଅ ପୋଖରୀ ଛୁଆଁଇ ଦିଅନ୍ତି ନାହିଁ; ଗାଁ ଗହଳରେ ଅଶିକ୍ଷିତ ଗରିବ ଯେଉଁମାନେ ସେମାନେ ମହାତ୍ମାଙ୍କ ଉପଦେଶ ମାନନ୍ତି। ସେଇ ଅନୁସାରେ କାମ କରନ୍ତି।

ରେଡ଼ିକା ପୁଅ ବୁଧିଆ, ଖଦାଳ ପୁଅ ଯୋଗିଆକୁ ଆପଣାର କରିଛି।

ତହିଁଆର ଦିନ ସକାଳେ।

ବୁଧିଆ ଅରକ୍ଷିତର ହାତ ଧରି ବାହାରିଲା। ସମସ୍ତେ ଠିଆ ହୋଇଥାନ୍ତି। ଆଖି ପୋଛି ରତନୀ କହିଲା, ବୁଧିଆଭାଇ, ଏମିତି ଏକୁଟିଆ ଥିବୁ, ବାହା ହବୁ ନାଇଁ?

ବୁଧିଆ ହସି ହସିକା କହିଲା, ମୁଁ ତ ଛତରଖିଆ।

ଭଲ ଝିଅଟିକୁ ଠିକଣା କରିଛି। ତା' ନା ଶରଧା। ଏଇ ଗାଁର ହେଲେ, ସେ ଖଦାଳ ଘର ଝିଅ।

ବୁଧିଆ ଆହୁରି ଜୋରରେ ହସିଲା। ଅରକ୍ଷିତକୁ କାନ୍ଧରେ ବସେଇ କହିଲା, ଭଲରେ କେଉଁ ଜାତି କିଏ ଖୋଜୁଛି? ଜାତି ବୋଲି କଥା ରହିଛି ନା ରହିବ ଏ ଯୁଗରେ? କାଲି ଆମ ବଙ୍ଗଳାକୁ ଜଣେ ବାବୁ ଆସିଥିଲେ ଯେ, ସେ ଜାତିରେ କରଣ। କେଡ଼େ ବଡ଼ ଘରର ପୁଅ। କେତେ ପାଠ ପଢ଼ିଛନ୍ତି। ହାକିମ ହୋଇଛନ୍ତି। ତାଙ୍କ ସଙ୍ଗେ ଆସିଥିଲେ ତାଙ୍କ ସ୍ତ୍ରୀ, ଦିବ୍ୟ ସୁନ୍ଦରୀ। ଲୋକେ ଭୁଟ୍‌ଭାଟ୍ ହେଉଥିଲେ, ବାବୁଙ୍କ ସ୍ତ୍ରୀ କୁଆଡ଼େ ହାଡ଼ିଘର ଝିଅ!

ଯୋଗିଆ କହିଲା, ଏଁ-

ରତନୀ କାବା ହୋଇ ଚାହିଁ ରହିଲା।

ବୁଧିଆ କହିଲା, ସତ ମ ରତନୀ, ବାବୁ ଆମ ଗାଁରେ ସଭା କରେଇଥିଲେ। କେତେ ଗାଁର କେତେ ଲୋକ ଆସିଥିଲେ। ସେଇ ସଭାରେ ପରା ସେ ବୁଝେଇ କହିଲେ, ସବୁ ମଣିଷ ଠାକୁରଙ୍କ ଅଂଶ। ବଡ଼ ସାନ କେହି ନାହିଁ। ସବୁ କାମରେ ସମାନ ମାନ, କିଏ କେଉଁ କାମ କରୁଛି, ସେଥିକି ଘୃଣା କାହିଁକି? ଛୁଆଁ ଅଛୁଆଁ ବାରଣ କ'ଣ? ବ୍ରାହ୍ମଣ ଘରେ ଜନମ ହୋଇ ଲୋକେ ପୁଣି ଯୋତା ବେଉସା କରୁଛନ୍ତି, ପାଣ ଘରେ ଜନମ ହୋଇ ଲୋକ ହାକିମ ହୋଇ ନ୍ୟାୟ ଦେଉଛନ୍ତି। ଛୁଆଁ ଅଛୁଆଁ ଉଠେଇ ଦିଅ। ଜାତିଭେଦ ଉଠେଇ ଦିଅ। ଏ ଯୁଗ ସେଇଆ ଚାହୁଁଛି।

ଯୋଗିଆ ପଚାରିଲା, ଲୋକେ କ'ଣ କହିଲେ?

ବୁଧିଆ କହିଲା, କିଏ କେମିତି ଭୁଟ୍‌ଭାଟ୍ ହେଉଥିଲେ। ଆମ ଦାସନନାଙ୍କ ବଡ଼ ପୁଅ, କଅଣଟି ତାଙ୍କ ନାଁ- କଟକରେ ଯିଏ ବଡ଼ ପାଠ ପଢ଼ି ପାଆସ ହେଇ ଆସିଛନ୍ତି ମ- ?

ରତନୀ କହିଲା, କିଏ ସଦେଇ ଭାଇନା କି?

ହଁ ହଁ, ସେଇ ତ। ସେ ଉଠି କହିଲେ, ମୁଁ ଠିକଣା କରିଛି ହରିଜନ ଘରେ ବାହା ହେବି। ହରିଜନ ବୋଇଲେ ଅଛୁଆଁ ଜାତି। ସମସ୍ତେ କାବା ହେଇ ଚାହିଁ ରହିଲେ। କେହି ତ ତୁଣ୍ଡ ଫିଟେଇଲେ ନାହିଁ।

ରତନୀ ପଚାରିଲା, ଦାସନନା?

ସେ ତ ଆଗରୁ ବକ୍ତୃତା ଦେଇଥିଲେ! ସେ ଉଠି କହିଲେ, ଯୁଗ ତ ବଦଳିଲା, ଭଗବାନଙ୍କର ଅବତାର ଯେ ଗାନ୍ଧି ମହାତମା ସେ ତ କହିଛନ୍ତି ସବୁ ମଣିଷ ସମାନ। ମୋ ପୁଅ ହରିଜନ ଘରେ ବାହା ହେଲେ ଦୋଷ ଲେଖୁନାହିଁ କି ପାପ ଲେଖୁନାହିଁ। ମୋ ପୁଅ ପାଇଁ କନିଆଁ ମୁଁ ଠିକ୍ କରିସାରିଛି।

କେଉଁଠି ରେ ବୁଧିଆଭାଇ?

ନନା ତ କହିଲେ, କେଉଁଠି ପାରଳାଖେମଣ୍ଡିରେ ପାଣଘର ଝିଅ ହେଲେ କ'ଣ ହେବ, କୁଆଡ଼େ ଦିବ୍ୟ ସୁନ୍ଦରୀ। କେତେ ପାଠ ପଢ଼ିଛି। ଆହୁରି ବଡ଼ ପାଠ ପଢ଼ିବାକୁ କଟକ ଯାଇଛି। ବାପ ତା'ର ବେପାର କରେ। ବଡ଼ଲୋକ! ଏଇ ବୈଶାଖରେ କରିବେ।

ଲୋକେ କ'ଣ କହିଲେ ବୁଧିଆ- ?

କହିଲେ କ'ଣ? ତାଳି ମାରିଲେ। 'ମହାତ୍ମା ଗାନ୍ଧି କି ଜେ' କହିଲେ। ଖାଲି

ଦାସନନାଙ୍କ ବଡ଼ଭାଇ, ବଡ଼ ପାଟି କରି କହିଲେ, ଯୁଗ ଓଲଟିଲା, ଘୋର କଳିକାଳ ହେଲା, ବସୁଧା ଫାଟିବ। ସମସ୍ତେ ନାଶ ଯିବ। କିଏ ଶୁଣୁଛି ତାଙ୍କ କଥା ?

ରତନୀ ଭାବିଲା, ଯୁଗ ଓଲଟିଲା ! ପାଞ୍ଚବର୍ଷ ଆଗରୁ ଯଦି ଯୁଗ ଓଲଟିଥାନ୍ତା ! ମନେ ପଡ଼ିଲା ତା'ର ସେ ଦିନର କଥା, ଭଲ ଘର ପୁଅ, ବଡ଼ଘର ପୁଅ, ସୁନ୍ଦର, ଶିକ୍ଷିତ। ସେ ଭଲ ପାଇଲେ ଅଛୁଆଁ ଖଦାଳ ଘରର ଅସନା ଗରିବ ଝିଅକୁ। ସେ ସ୍ନେହ କରି ଛାତିରେ ଧରିଲେ। ଦୁନିଆକୁ ଡରି ସେ ମୁହଁଛପା ଦେଇ ଚାଲି ଯାଇଥିଲେ। ଯୁଗ ଯଦି ଓଲଟିଥାନ୍ତା ସେତେବେଳେ !

ରତନୀ ଚାହିଁଲା ବୁଧିଆ କାନ୍ଧରେ ବସିଥିବା ଅରକ୍ଷିତକୁ। ଆଖି ଛଳଛଳ ହେଲା। ଯୋଗିଆର ପ୍ରେମର ସଙ୍କେତ ଅସ୍ଥିର ହେଲା ପେଟ ଭିତରେ। ରତନୀ ଚମକି ଚାହିଁଲା ଯୋଗିଆକୁ, ଦୟାର ଅବତାର !

କହିଲା, ଭଲ ଝିଅଟି ତ ଶରଧା। କେଡ଼େ ଗୁଣର, କେଡ଼େ କାମିକା। ମୋ ବୁଧଆଭାଇ ନାଖି ଏକା। ଏଇ ବୈଶାଖରେ–

ଶୁଣି ନ ଶୁଣିଲା ପରି ବୁଧିଆ କହିଲା, ଖରା ଟାଣ ହେଉଛି। ଯାଉଛି ଲୋ ରତନୀ !

ସଞ୍ଜ। ରେଡ଼ିଓ ବାଜୁଛି। ଦିଲ୍ଲୀର ଗାୟିକା ଗୀତ ବୋଲୁଛି।

ଟେବୁଲ ପାଖରେ ରେଡ଼ିଓ ଆଗରେ ବସି ସୁକୃତୀ କଳ ମୋଡ଼ି ଶବ୍ଦ ଠିକ୍ କରୁଛି। ଦୂରେଇ କରି ବିଜୁଳି ପଙ୍ଖା ତଳେ ଆରାମ ଚୌକିରେ ବସିଛନ୍ତି ପ୍ରଫେସର ଜୀବନ କିଶୋର। ସେ ବି ଯେପରି ତନ୍ମୟ ହୋଇ ଶୁଣୁଛନ୍ତି।

ଅଳକା ଆଉ ଏ ଦୁନିଆରେ ନାହିଁ। କୌଣସି ଦେବତା କି କୌଣସି ଡାକ୍ତର, ବୈଦ୍ୟ ତାକୁ ରଖିପାରିଲେ ନାହିଁ। ଅଳକାମରଣ ଦୁଃଖ ବି ମନରୁ ଲିଭିଗଲାଣି। ତଥାପି, କେବେ କେମିତି ମନେ ପଡ଼ିଲେ ସୁକୃତୀ କାନ୍ଦେ। ମା' ମନ ତା'ର ଘାଣ୍ଟି ହୁଏ। ଛାତିରେ ଶିଶୁଟିଏ ଧରିବାକୁ ମନ ଛଟପଟ ହୁଏ।

ଅଳକା ମନେପଡ଼ିଲେ ଆଉ ଗୋଟିଏ ଶିଶୁ ବି ମନେ ପଡ଼େ ଜୀବନ କିଶୋରଙ୍କର। ଦୁଃଖ ପଛେ ପଛେ ଗୋଡ଼େଇ ଆସେ ଅନୁତାପ ! ଜୀବନକିଶୋର ବହି ଖୋଲନ୍ତି।

ଆଜି ଏଇ ସଞ୍ଜରେ–

ଦିହେଁ ତନ୍ମୟ - ଦିଲ୍ଲୀ ଗାୟିକାର ସଙ୍ଗୀତରେ, ଆଉ ଟେବୁଲ ଉପରେ ଟେଲିଫୋନ୍ ବାଜି ଉଠିଲା।

ସୁକୃତୀ ଉଠିଗଲା । କାନରେ ଲଗାଇଲା ରିସିଭର୍ ।

ହଁ ହଁ । ଯାଉଛୁଁ ଆମେ । ଆଛା ।

ରିସ୍‌ଭର୍ ଯଥାସ୍ଥାନରେ ଥୋଇଦେଇ ରେଡ଼ିଓର ସ୍ୱିଚ୍ ଅଫ୍ କଲା । ହସି ହସି କହିଲା, ଯିବ ନାହିଁ କି ଡକ୍ଟର ପ୍ରଧାନଙ୍କ ବାହାଘର ଦେଖିବାକୁ ? ଡକ୍ଟର ପ୍ରଧାନ ନିଜେ ଫୋନ୍‌ରେ କହୁଥିଲେ । ନିମନ୍ତ୍ରଣ ଆଉ ପ୍ରୋଗ୍ରାମ ତମ ଟେବୁଲ ଉପରେ ରଖି ଦେଖିଥିଲି, ପଢ଼ିନା ?

ନା

ଆରେ, ଆଦର୍ଶ ବିବାହ ଯେ ! ଡକ୍ଟର ପ୍ରଧାନ ନାପିତକନ୍ୟା ଶ୍ରୀମତୀ ସୁଲେଖା ବେହେରା ବି.ଏ. ଙ୍କର ବରଣମାଳା ଗ୍ରହଣ କରିବେ ଗୋପାଳଜୀ ମନ୍ଦିରରେ ।

ସୁଲେଖା ? ମୋ ଛାତ୍ରୀ ଥିଲା ତ !

ସେଇ । ବିବାହପଦ୍ଧତି ବଦଳେଇବାକୁ ଡକ୍ଟର ପଣ କରିଛନ୍ତି । ସହରର କେତେ ଗଣ୍ୟମାନ୍ୟ ଲୋକ ଓ ଭଦ୍ରମହିଳା ଯିବେ । ସମସ୍ତଙ୍କ ଆଗରେ ସୁଲେଖା ଦେବେ ବରଣମାଳା । ଡକ୍ଟର ବି ତାଙ୍କ ବେକରେ ଫୁଲମାଳ ଦେବେ । ପୁରୋହିତ ଜଳତୁଳସୀ ଦେବେ । ବରକନ୍ୟା ଓଳଗି ହେବେ ଠାକୁରଙ୍କୁ । ଶଙ୍ଖ, ହୁଳହୁଳି, ସମସ୍ତଙ୍କର ଆଶୀର୍ବାଦ । ବିବାହ ଶେଷ । ପନ୍ଦର ମିନିଟି ଟାଇମ୍ ।

ତା'ପରେ ?

ପ୍ରସାଦ ସେବା ।

ବେଶ୍ ତ ।

ଟେବୁଲ ଉପରେ ପ୍ରୋଗ୍ରାମ ଅଛି, ପଢ଼ । ମୋଟେ ଆଉ ପଚିଶ ମିନିଟ୍ ରହିଲା । ପ୍ରସ୍ତୁତ ହୁଅ । ମୁଁ ଡ୍ରାଇଭରକୁ ଗାଡ଼ି ଆଣିବାକୁ କହେଁ ।

ସୁକୃତୀ ତରତର ହୋଇ ତଳକୁ ଓହ୍ଲାଇଲା ।

ଜୀବନକିଶୋର ପ୍ରୋଗ୍ରାମ ପଢ଼ିଲେ । ବିଜୁଳି ଆଲୁଅରେ ଘର ଉଜ୍ଜ୍ୱଳ । ଜୀବନକିଶୋର ଚାହିଁଲେ କାନ୍ଥକୁ । ଆଖି ଆଗରେ ମନ୍ଦିରଟିର ଫଟୋ । ତା' ପାଖକୁ ଅଶୋକ ଲିପି ଖୋଳା ବଡ଼ ପଥରର ଫଟୋ । ସେଇ ପଥର ଭିତରୁ ବାହାରି ଆସୁଛି ଆଦ୍ୟ ଯୌବନର କ୍ଷଣିକ ଉତ୍ତେଜନାର ମୁହୂର୍ତ୍ତକର ସାଥୀ, ରୂପଯୌବନର ସମ୍ଭାର ଘେନି ସରଳତା ନିରୀହତାର ନିଦର୍ଶନ । ଦାରିଦ୍ର୍ୟ, ଅତ୍ୟାଚାର, ନିଃସହାୟତାର ପ୍ରତୀକ । ମୂର୍ତ୍ତିମତୀ ପ୍ରୀତି । ସେଇ ଖଦାଳଝିଅ, ଷୋଡ଼ଶୀ ରତନୀ; ଯିଏ ପେଟ ପାଇଁ ଆଶା ମୁଖରେ ହାତ ପାତିଥିଲା । ଦୁନିଆ ଲୋକଙ୍କ ଆଖି ଆଗରୁ ଯୌବନର ଲଜ୍ଜା ଛପେଇ ରଖିବାକୁ ଲୁଗା ଖଣ୍ଡେ ପାଇଁ ଛାତି ଉପରକୁ ଆଉଜିପଡ଼ି ଭୀତିଜଡ଼ିତ ଆଖି ଦିଓଟି ବୁଜି ଦେଇଥିଲା !

ଡକ୍ଟର ପ୍ରଧାନଙ୍କର ଆଦର୍ଶ ବିବାହ !

ମନେପଡ଼େ –

ସେ ବି ତ ବିବାହ । ଖଦାଳଝିଅ ରତନୀ ବି ତାଙ୍କର ପତ୍ନୀ ! ଆଦର୍ଶ ! ମୁହୂର୍ତ୍ତକର ପ୍ରେମକୁ ସେ ତା' ଜୀବନର ସର୍ବସ୍ୱ କରିଛି । ଦୁନିଆ ଆଖିରେ ଯାହା କଳଙ୍କର ବୋଝ; ସେଇ ବୋଝକୁ ଧରି ଲଜ୍ଜା, ଅପମାନ, ଦୁଃଖକଷ୍ଟକୁ ଚିରସାଥୀ କରି ସେହି ନିଭୃତ ପରିଣୟର ବିଜୟକେତନ ସେ ଉଡ଼ାଇଛି । ଦାଣ୍ଡର ଭିକାରୁଣୀ ହୋଇ ମଧ୍ୟ, ପାପ ନୁହେଁ, ପରିଣୟର ଉପହାର ଶିଶୁସନ୍ତାନଟିକୁ ସଙ୍ଗରେ ଧରି ଚାଲିଛି ନିର୍ଭୟରେ, – ମନ ଖୋଲି କହୁଛି, ଏଇ ଅରକ୍ଷିତଟି ତାଙ୍କରି ପିଲା; ଯିଏ ଦିନେ ଆସିଥିଲେ, ବଡ଼ଘରର ପୁଅ, ବଡ଼ଜାତି, କେଡ଼େ ସୁନ୍ଦର– !

ଭାବନାର ତୀବ୍ରତା ସହିପାରିଲେ ନାହିଁ ଜୀବନକିଶୋର, ଆରାମଚୌକିରେ ବସି ମୁଣ୍ଡର ବାଳ ଟାଣିବାକୁ ଲାଗିଲେ । ଲୋକଦେଖଣା ସଭ୍ୟତା, ସଂସ୍କୃତି, ଲୋକାପବାଦକୁ ଯଦି ସେ ଏଡ଼ି ପାରିଥାଆନ୍ତେ; ଯେଉଁ ଭିକାରୁଣୀକୁ ସେ ଗାଡ଼ିରୁ ଓହ୍ଲେଇ ଦେଇ ଆସିଲେ, ସେ ହୋଇଥାନ୍ତା ତାଙ୍କର ଉତ୍ତରାଧିକାରୀ । ସୁକୃତୀ ଆଜି ଦୂରରେ ଥାଆନ୍ତା । କାନ୍ଥରେ ଝୁଲାହୋଇଛି ଯେଉଁ ଛବିଟି, ମଲା ଝିଅ ଅଳକାର, ସେ ବି ଜନମି ନ ଥାନ୍ତା ଏ ଘରେ ।

ସେଦିନ ସେ ବି ହୋଇଥାନ୍ତା ଆଦର୍ଶ ବିବାହ– ଆଜି ଯାହା ଅତି ସାଧାରଣ ହୋଇପଡ଼ିଛି । ହରିଜନ ଆଉ ସବର୍ଣ୍ଣ ହିନ୍ଦୁ ମିଶି ଏକାକାର ହୋଇଛନ୍ତି । ବିରାଟ ମହାନ୍ ଶକ୍ତିଶାଳୀ ହିନ୍ଦୁ ସମାଜ ଗଢ଼ି ହୋଇଉଠୁଛି ।

ରତନୀ ଆଉ ତା'ର ଶିଶୁଟି ! ଆଣିବେ କି ତାଙ୍କୁ ଘରକୁ ? ମୁକ୍ତ କଣ୍ଠରେ ଦୁନିଆ ଆଗରେ ସ୍ୱୀକାର କରିବେ ତାଙ୍କର ଦୋଷ ? ଯାହା ଦିନେ ଆଦର୍ଶ କରେଇପାରିଥାନ୍ତା, ତାହା ହେବ ଛି' ଛି'ର କାରଣ । ଆଉ ସୁକୃତୀ– ?

ଅଜାଣତରେ ଆଖିରୁ ଝରିଲା ଅବାଧ ଲୁହ !

ସୁକୃତୀ ଘରେ ପଶିଲା ।

ଯିବ ନାହିଁ ? ମୋତେ ପନ୍ଦର ମିନିଟ୍ ସମୟ ଅଛି । ଡ୍ରାଇଭର ଗାଡ଼ି ଆଣିଲାଣି । ଆସ ।

ଜୀବନକିଶୋର ନିରୁତ୍ତର ।

ସୁକୃତୀ ପାଖକୁ ଆସିଲା । –ଏଁ, ତମେ କାନ୍ଦୁଛ ?

ଆଶ୍ଚର୍ଯ୍ୟ ହୋଇ ଚାହିଁରହିଲା ସୁକୃତୀ । ସ୍ୱାମୀଙ୍କର ଏପରି ଦୁର୍ବଳତା ସେ କେବେ ଦେଖି ନ ଥିଲା । ଚାହିଁଲା କାନ୍ଥକୁ,– ଅଳକାର ଫଟୋଟି କାନ୍ଥରୁ ଜୁଳୁ ଜୁଳୁ କରି ଚାହିଁଛି ।

ସୁକୃତୀ ବୁଝିଲା। ତା'ର ଦୁଇ ଆଖିରୁ ମଧ୍ୟ ଦୁଇ ଧାର ଲୁହ ଝରିଆସିଲା। ଜୀବନକିଶୋରଙ୍କର ହାତ ଧରି ଉଠାଇ ଗୁରୁ କଣ୍ଠରେ କହିଲା, ଛି, କାନ୍ଦୁଛ ? ଏଡ଼େ ଦୁର୍ବଳ ! ତମେ ଶିକ୍ଷିତ ପ୍ରଫେସର୍, ତମେ ଧୈର୍ଯ୍ୟବାନ୍, ଭୁଲି ପାରୁ ନା ? ମୁଁ ତ ଭୁଲିଗଲିଣି, ଅନ୍ତଫାଡ଼ି ଜନ୍ମ ଦେଇଥିଲି।

ସୁକୃତୀର ଆଖିରୁ ଲୁହର ସ୍ରୋତ ଛୁଟିଲା। ଗଳା ଥରେଇ କହିଲା, ଉଠ, ଭୁଲିଯାଅ ତାକୁ, ଉଠ-

କହୁ କହୁ ଧୈର୍ଯ୍ୟ ତା'ର ଭାଙ୍ଗିଲା। ମାତୃହୃଦୟ ଉଦ୍‌ବେଳି ଉଠିଲା। ଜୀବନକିଶୋରଙ୍କର ଛାତି ଉପରକୁ ଢଳିପଡ଼ିଲା। ଦୁଇ ହାତରେ ସ୍ୱାମୀଙ୍କର ବେକକୁ ଗୁଡ଼େଇ ଧରି, କାନ୍ଧରେ ମୁହଁ ଲଦିଲା। ରୁଦ୍ଧ ବେଦନା କୋହ ହୋଇଉଠିଲା।

ଜୀବନକିଶୋରଙ୍କର ଆଖି ଆଗରୁ ଅପସରି ଗଲା ଅତୀତର ଛାୟା-ଚିତ୍ର। ସୁକୃତୀର ପିଠି ଆଉଁସି କହିଲେ, ଛି, କାନ୍ଦୁଛ ? ଚାଲ, ଆଉ ମୋଟେ ଦଶ ମିନିଟ୍ ଅଛି।

ଟେବୁଲ୍ ଉପରୁ ସଭ୍ୟତାର ସଙ୍କେତ ଟେଲିଫୋନ୍ ବେଲ ବାଜି ଉଠିଲା। ଜୀବନ କଅଁଳେଇ କହିଲେ, ଉଠ ସୁକୃତୀ, ଡକ୍ଟର ପ୍ରଧାନ ଡାକୁଛନ୍ତି- !

ଛତ୍ରପୁର **କାହ୍ନୁଚରଣ**

୩-୨-୪୮

BLACK EAGLE BOOKS

www.blackeaglebooks.org
info@blackeaglebooks.org

Black Eagle Books, an independent publisher, was founded as a nonprofit organization in April, 2019. It is our mission to connect and engage the Indian diaspora and the world at large with the best of works of world literature published on a collaborative platform, with special emphasis on foregrounding Contemporary Classics and New Writing.

www.ingramcontent.com/pod-product-compliance
Lightning Source LLC
Chambersburg PA
CBHW050325110726
47899CB00007B/2373
9781645601876